Das Buch

»Er wollte nur leben ... Das Aufscheinen des Glücks in den Augen des Jungen würde er nie mehr vergessen. Ja, denn es handelte sich um einen Jungen, einen lächelnden Jungen, der jetzt langsam die Pistole auf die Höhe von Millepiedis Stirn richtete.« Signor Millepiedi ist nach seinem Besuch in Stockholm plötzlich reich geworden. Ein paar Jahre später versucht in Palermo ein stadtbekannter Killer ihn umzulegen, und das interessiert nicht nur die Polizei ... Wer gab da welchen Auftrag? Und wer ließ den schwedischen Ministerpräsidenten ermorden? Warum überlassen die Israelis am Vorabend des Golfkriegs dem italienischen Geheimdienst so verdächtig bereitwillig Informationen über einen mysteriösen Waffentransport? Was treibt einen Terroristen der Roten Brigaden nach zwölf Jahren aus seinem Versteck in Ostberlin und in seine Heimat zurück? Und was weiß von alledem der kettenrauchende Inspektor, der Angst vor seiner Pensionierung hat und der seine Informationen aus etwas ungewöhnlichen Quellen bezieht ...

Der Autor

Alfio Caruso wurde 1950 in Catania geboren. Er hat bereits mehrere Romane geschrieben und arbeitet als Journalist für verschiedene italienische Zeitungen.

Alfio Caruso:
Ein Killer in Stockholm

Roman

Deutsch von Moshe Kahn

Deutscher
Taschenbuch
Verlag

Deutsche Erstausgabe
Februar 1996
Deutscher Taschenbuch Verlag GmbH & Co. KG,
München

Titel der italienischen Originalausgabe:
›I Penitenti‹

Gesetzt aus der Stempel Garamond 10/11 ·
Gedruckt auf säurefreiem, chlorfrei gebleichtem Papier
Umschlagbild: doMANSKI
Gesamtherstellung: C. H. Beck'sche Buchdruckerei,
Nördlingen
Printed in Germany · ISBN 3-423-12134-3

I

Massimo zögerte bei dem Anblick der Landschaft, die sich ihm durch die Windschutzscheibe des Pajero bot. Das Tal war nicht grün. Vielleicht wäre es grün gewesen, wenn es nicht von einer dicken Schicht aus Abfällen überzogen gewesen wäre: Überreste von Brötchen, Getränken, Obst, gedörrtem Fleisch, Körnern, hartgekochten Eiern, die der Wind und die Vögel hierhin und dorthin trieben. Spuren eilig zubereiteter Picknicks und eilig verzehrter Vorräte. Noch beeindruckender war der Dreck am Rand der Straße: einer engen Straße, auf der die Autos in beiden Richtungen haarscharf aneinander vorbeifuhren. Die Abfälle waren die Spuren eines unendlichen Mahls, das in der Richtung verzehrt wurde, die von der bulgarischen Grenze nach Serbien führte, zum Herzen Europas. In der Gegenrichtung, zur Grenzstation hin, die in Jugoslawien Gradina und in Bulgarien Kalotina heißt, hätte das Land sogar sauber ausgesehen, wenn nicht plötzliche Windböen die Plastiktüten mit den Essensresten dort abgeladen hätten, nachdem sie sie dicht über die Straßendecke gefegt hatten.

Die Reihe parkender Autos beeindruckte Massimo. Kleine Kinder, die Pipi und anderes machten. Frauen, die mit den Armen fuchtelten, um auf die Gefahr der vorbeifahrenden Autos aufmerksam zu machen. Autos, die im Zickzack fahren mußten, um plötzlich sich öffnenden Türen auszuweichen. Unter Rufen und Lächeln, unter resignierenden Gesten und Gähnen wurde das große Fressen fortgesetzt. Stanniolpapier und Papierservietten lagen so ziemlich überall verstreut.

Jetzt begriff Massimo, weshalb man ihn in Nis darauf hingewiesen hatte, daß er in Kürze auf der Türkenroute sein würde. Bei ihrem Hin und Her zwischen Zuhause und Nordeuropa kürzten die Türken über Sofia ab und kraxelten dann bis Belgrad, Zagreb, Österreich hinauf, bevor sie zum letzten Sprung in die neuen Heimatländer ansetzten. Auf dem Weg nach Gradina beobachtete Massimo sie erstaunt: wieviel Dreck sie machten. Und wie viele sie waren, zusammengepfercht in kaputten Fiats und Volkswagen, die in Italien schon seit Jahren nicht mehr auf den Straßen zu sehen waren. Zufrieden dachte er an das Monster, das er fuhr: eigens für die Reise bis Varna in Begleitung von Serena und Luisa ausgesucht.

Von irgendwoher hatte der Wind eine fettige Serviette direkt unter den Scheibenwischer seines Pajero gefegt, und sie wollte nicht mehr wegfliegen. Massimo schaltete den Scheibenwischer ein, aber es wurde nur noch schlimmer: Auf dem Glas war nun deutlich sichtbar ein Schmutzfilm zu sehen.

»Einfach ekelhaft«, sagte Serena und verzog das Gesicht in einer Weise, daß sich ihre Nasenspitze noch mehr kräuselte. Der Haarschnitt à la Louise Brooke stand ihr zauberhaft.

»Und wenn das Scheiße ist?« Luisa lachte als erste über ihre Bemerkung. In der Hoffnung, daß dem nicht so wäre, streckte sie die Arme auf dem Rücksitz aus, den sie mit einem Koffer und ein paar Reisetaschen teilte: für die hatte es im Kofferraum keinen Platz mehr gegeben. Sie verschränkte ihre Hände hinter dem Kopf. Die Bewegung brachte ihre rechte Brustwarze in Berührung mit dem Baumwollhemd: Ein unerwarteter Schauer überlief sie, und sie fragte sich, ob dieses Gefühl auf die Mattigkeit zurückzuführen sei, die sich durch die letzte Nacht in ihr Fleisch eingeschlichen hatte.

»Tu doch was ...«, beharrte Serena. Sie hatte einen Ton, als wäre sie es gewohnt, daß man ihr gehorchte.

Obwohl die Fahrspur frei war, fuhr Massimo vorsichtig an die Seite. Beim Betrachten dieses kleinen Ausschnitts der Welt auf der Durchreise versuchte er, sich wie ein Privilegierter zu fühlen. Privilegiert wegen des

Wagens, den er fuhr, privilegiert wegen der beiden Mädchen in seiner Begleitung, privilegiert wegen der Erziehung, die ihn daran gehindert hätte, Abfälle auf der Erde zu verstreuen und vor allem daran, morgens um zehn anzuhalten, um alles hinunterzuschlingen, was in Reichweite des Mundes war.

Doch auch jetzt, als er den Motor abstellte, hätte Massimo auf der Stelle diese vermeintlichen Privilegien, einschließlich Serena und Luisa, für etwas eingetauscht, das die Tage nicht alle gleich machte. Alle gleich langweilig.

»Was ist nun? Mach schon ...« Serenas Stimme zwang Massimo, die Windschutzscheibe von der Papierserviette zu befreien. Man mußte sie putzen, und er hatte nichts. Er starrte Serena halb lächelnd an: Zum Zeichen, daß er aufgab, zuckte er mit den Schultern und bat um Unterstützung.

Serena prustete und drehte sich zu Luisa um. Serena war an derselben Fakultät wie Luisa, doch nach der Nacht, die sie in einem kleinen Hotel in Nis verbracht hatten, das außen ebenso schön war wie innen häßlich, war es, als wäre sie die Herrin des Trios geworden.

Luisa lachte, Serena streichelte ihr unbekümmert über die hellblonden, sehr kurz geschnittenen Haare: Diese Geste ärgerte Massimo, der dachte, er könne einen sechsmonatigen Besitz auf Luisa geltend machen. Nun aber war er sich dessen nicht mehr so sicher: Mehr noch, es kam ihm vor, als würde Luisa sich zu Serena vorbeugen. Vielleicht eine unüberlegte Geste, die Serena aber als Aufforderung verstand: Sie hob die Hand zu einem leichten Streicheln.

Ein Ausdruck von Stolz trat in Luisas Gesicht, und so beugte sie sich zum Seitenfenster hinaus, um Massimo ein angefeuchtetes Tuch hinzuhalten. Massimo war drauf und dran, etwas zu sagen, etwa, daß er so viel Vertraulichkeit übertrieben finde, daß das, was in einer Nacht stattgefunden hatte, nicht zur Regel werden könne. Aber hatte es denn nur in einer Nacht stattgefunden? Wo begann die Freundschaft zwischen Serena und Luisa, und wo hörte sie auf? Führte sich Serena nur wie eine Herrin auf, oder war sie wirklich eine?

Massimo nahm das Tuch, ohne ein Wort zu sagen. Er rieb energisch, und erst, als er die letzte Erinnerung an die Papierserviette weggewischt hatte, merkte er, daß Serena ihn mit ihren Blicken anmachte. Zum Lohn schnalzte sie ihm einen Kuß zu, und die gespitzte Zunge wurde zwischen ihren Zähnen sichtbar. Sie hatte unregelmäßige Zähne, ein paar von ihnen hatten sich über die danebenstehenden geschoben, und die gaben ihr etwas Burschikoses und Unschuldiges, auch wenn sie mit Dingen beschäftigt war, die wenig Unschuld an sich hatten.

Sie fuhren an Dimitrovgrad vorbei. Die Hinweisschilder kündigten die Grenze nach wenigen Kilometern an. Die Sonne strahlte. Das Steuer des Pajero war das gefügigste und folgsamste, das Massimo je in seinen Händen hatte. Er konnte sich an kein Lenkrad erinnern, das derart auf die leiseste Berührung reagierte. Ganz sicher nicht das von dem A 112, mit dem er an seinem ersten Rennen teilgenommen hatte. Damals war er sechzehn gewesen und fuhr schon seit zwei Jahren, allen Gesetzen, Führerscheinen und provisorischen Fahrerlaubnissen zum Trotz. Jeder seiner Freunde konnte dafür bürgen, daß er wie ein junger Gott fuhr, doch ein junger Gott ohne Führerschein und ohne provisorische Fahrerlaubnis kann von einer Teilnahme an Wettrennen höchstens träumen, vor allem, wenn es um die italienische Bergmeisterschaft geht. Aber dann war der Traum leider wahr geworden und wurde sofort zum Alptraum. Schlimmer noch: Massimo wurde bewußt, daß aus ihm niemals ein Formel-1-Fahrer werden würde. Aber hatte es ihm wirklich etwas bedeutet, etwas zu sein, jemand zu werden? Er hatte das Leben nie richtig ernst genommen, genauso wie er andere Menschen nie richtig ernst genommen hatte.

»Woran denkst du?« fragte Luisa und riß ihn damit aus seinen Erinnerungen. »Seit wir wieder losgefahren sind, hast du noch keinen Ton gesagt.«

»Er kommt wahrscheinlich erst langsam wieder zu Kräften«, meinte Serena und legte ihre Hand auf seinen Schenkel. Die Geste einer Herrscherin. Für wen hielt dieses Mädchen sich eigentlich, das so dreist in seine Tage und vor allem in seine Geschichte mit Luisa eingebrochen war?

»Mir ist nicht nach reden«, antwortete Massimo unwirsch.

Einen Kilometer bis Gradina. Massimo fuhr langsamer... Wie er sich vorstellte, daß die Rennfahrer auf den Rennstrecken langsamer fuhren, nachdem sie durchs Ziel gekommen waren. Massimo wußte, daß er kein Ziel je erreicht hatte. Das hatte er in den Jahren gelernt, in denen er die Unschuld verloren und seine Selbstachtung geopfert hatte. Er hielt sich für jemand ohne jede Moral, doch in manchen Nächten, wenn er nicht einschlafen konnte, war er zu dem Schluß gelangt, daß dies eine Entschuldigung war, um sich zu trösten, eine Ausrede, um sich loszusprechen.

Während er sich nach dem sehnte, was er niemals sein würde, war er bei den Zeitungen gelandet. Er schrieb über andere und hielt seine wahre Natur verborgen; gleichzeitig war die Lust auf die Formel-1 der Lust auf Autos gewichen, von denen er glaubte, daß er sie nie besitzen würde: die schönsten, die teuersten, die mit der größten Power. Er wollte jeden demütigen, der ihm vor die Flinte kam. Er wußte, daß er viel besser fuhr als die, neben die er sich auf der Straße schob, und er mußte es Meter für Meter beweisen. Jeder Tritt aufs Gas, jedes Überholmanöver in der Kurve, jedes nicht beachtete Stopschild gehörten zum Bewußtsein, anders zu sein als die anderen.

Sie hieß Fidi e Fiducia, Trauen und Vertrauen, und er war an einem Donnerstag dort hineingegangen. Sie war eine jener vielen Finanzierungsgesellschaften, die direkt darauf brannten, Geld zu verleihen. Es reichte, wenn man ein festes Einkommen nachweisen konnte und das verzweifelte Verlangen, Zinsen zu zahlen, die an Wucher grenzten. Massimo brauchte zweiundzwanzig Millionen für einen Maserati Biturbo, das erste einer Reihe von Autos, mit denen er versucht hatte, eine unauffüllbare Leere zu füllen.

»Massimo Deodato, Journalist...« Die Stimme des bulgarischen Polizisten klang entschieden.

»Das bin ich.«

»Das sehe ich von selbst. Das Foto in Ihrem Paß ist das Ihre, kein Zweifel. Aber sind Sie wirklich Massimo Deodato, Journalist?« Der Polizist gönnte sich einen Lacher. Dann wurde er wieder ernst. »Welchem Umstand verdanken wir das Vergnügen Ihres Besuchs?«

Massimo sah auf die verdreckten Wände des Zollbunkers. Er hatte es eilig, wieder auf den Platz zurückzukommen: Serena und Luisa waren allein im Geländewagen geblieben, und um sie herum hatten sich mit unterschiedlichsten Entschuldigungen fast alle Grenzpolizisten versammelt. Ob die Kontrolle seines Passes lediglich ein Vorwand war, um ihn von den Mädchen wegzulocken?

»Ich fahre nach Varna für einen Zeitschriftenartikel. Ich arbeite für eine Monatszeitschrift, die sich mit Tourismus, mit Urlaub beschäftigt, und wir haben die Absicht, unseren Lesern die Schönheiten von Varna vorzustellen.«

»Ein Reisejournalist? Kein Politjournalist?«

Die Politik kümmerte ihn einen Dreck, genauso wie die Nachrichten, der Sport, die Wirtschaft. Das alles kümmerte ihn sogar noch weniger als Dreck. Auch der Tourismus kümmerte ihn einen Dreck, aber immerhin hatte er dadurch die Möglichkeit zu reisen und einen Großteil seiner Stunden am Steuer eines Autos zu sitzen. Er hatte sich auf die ›Turismo 2000‹ gestürzt, nachdem er sich mit der Zeitung überworfen hatte, bei der er angefangen hatte, und vor allem mit dem Herausgeber, der sich vor ihm als Pygmalion aufspielen wollte. Mit ›Turismo 2000‹ hatte er die Welt bereist: von der Halbinsel Yukatan bis Feuerland, von der Chinesischen Mauer bis zu den Stränden Kenias.

»Ich hab's Ihnen doch gesagt: Ich fahre nach Varna, um für unsere Leser die Schönheiten seiner Strände, seines Meeres zu beschreiben. Wir wollen die Italiener davon überzeugen, ihren nächsten Urlaub hier zu verbringen.«

»Sind Sie sicher?« Der Polizist glättete sich seinen Schnauzbart, und seine Frage stürzte Massimo in Verlegenheit. Sicher worüber? Daß er ein Reisejournalist war oder daß die Italiener ihren nächsten Urlaub in Varna verbringen würden?

Er lief fast hinaus, der Platz war leer. Die Grenzpolizisten waren verschwunden.

Serena hatte den Pajero im Schatten des Zollbunkers geparkt. Er sah Serena an, sah Luisa an: Er dachte, daß viele ihn beneiden würden. Er verweilte bei dem Geländewagen, der Stärke und Wichtigkeit ausschwitzte. Von derartigem Tändelkram konnte er sich so viel erlauben, wie er wollte: einen alle sechs Monate oder auch alle drei, wenn ihm danach war. Und ohne die Angst, sein Gehalt bei der Fidi e Fiducia lassen zu müssen. Seine Zukunftsaussichten hatten sich dadurch verändert, daß er für ein paar Stunden einen Volvo durch die Straßen von Stockholm fuhr. An jenem Abend lag Schnee in der schwedischen Hauptstadt ...

Die Erinnerung jagte Massimo einen Schauder über den Rücken, und dieser Schauder hatte nichts mit der Kälte jener Stunden zu tun, die er in Stockholm verbracht hatte. Er zwang sich, nicht daran zu denken, indem er sich auf die Wärme konzentrierte, die ihn auf dem Platz umfing: In Varna würden sie im Schwarzen Meer baden können. Er atmete tief ein: Das war etwas Ungewöhnliches für ihn, es brachte ihm keinerlei Wohlbefinden. Wieder blickte er auf den Geländewagen. Dann auf die beiden Mädchen; er stellte sich die kommende Nacht vor, und nach vielen Jahren – wie vielen? Zehn. Wirklich ganzen zehn? – war er der Meinung, er habe seine persönliche Quadratur des Kreises gefunden: daß auch die Langeweile eine Lebensweise sei. Doch das war eine Hoffnung, keine Gewißheit.

Die erste Stadt hieß Dragomar: vierzig Kilometer mit dem Rat, diese Straße nicht zu verlassen, die sich zum Glück etwas verbreitert hatte. Massimo schätzte, daß sie in Sofia Halt machen und in Kazanlak übernachten würden.

Luisa und Serena hatten die Plätze getauscht. Massimo fragte sich, ob er heiraten würde. Bestimmt nicht Luisa, auch nicht Serena. Aber warum sollte er überhaupt heiraten? Er war aus der elterlichen Wohnung nicht ausgezogen, und ihn streifte nicht einmal der Gedanke, sich eine eigene zu suchen. Für ihn bedeutete Zuhause eine warme Mahlzeit und ein gemachtes Bett, und im übrigen Rumtanzerei auf den Eiern und das Bezahlen von Rechnungen. Er würde die Vorteilhaftigkeit einer Ehe in Erwägung ziehen, wenn die Mutter gestorben wäre, die einzige, deren Blick er nicht standhielt. Bis jetzt hatten ihn immer die Mädchen gesucht. Er akzeptierte sie, er ertrug sie, selten erwärmte er sich für sie. Für Luisa tat er es nicht. Für Serena könnte er es. Aber Serena hatte eine solche Lust zu beherrschen ... Bis jetzt standen sie noch nicht im Wettstreit. Ihr Terrain war Luisa. Wer würde sie bekommen? Sie hatten zwei Wochen vor sich, zwei Wochen um zu kämpfen und zu siegen. Am Ende würden die Trophäen – Luisa und die Verachtung für den geschlagenen Gegner – stehen.

Massimo schüttelte den Kopf. Er liebte es, die anderen zu verachten: das war der Grund, weshalb er nicht verlor. Vielleicht hatte er aus dem gleichen Grund das einzige Mal, wo es ihm darauf angekommen wäre, nicht gewonnen.

»He, was will denn das Riesenvieh da von uns?« Serena klang ganz vergnügt.

Im Rückspiegel erkannte Massimo die Vorderfront eines beigefarbenen Sattelschleppers. Er fand ihn unverschämt. Viele von denen, die sich für die Herren der Straße hielten, hatte er schon bestraft: das waren die, mit denen er sich begeistert auf kilometerlange Duelle einließ. Aber an jenem Morgen, als er hoffte, seine persönliche Quadratur des Kreises gefunden zu haben, konnte er es sich leisten, großzügig zu sein. Er konnte sich überholen lassen, ohne Furcht haben zu müssen, vor Luisa und Serena sein Gesicht zu verlieren. Er fuhr rechts ran und bemerkte im Rückspiegel, daß der Sattelschlepper das gleiche tat. Er trat aufs Gas und bedauerte, daß er nicht in dem Lamborghini Miura saß, den er für diesen Japsen zurückgegeben hatte, denn der galt für diese Reise als bequemer und schicker. »Ich muß nach Bulgarien, wozu ratet ihr mir?« Man hatte ihm die letzte Schöpfung von Mitsubishi vorgeschlagen, einen geräumigen Sechszylinder, widerstandsfähig, herrschaftlich. Der Pajero wurde schneller, aber der Sattelschlepper ließ nicht locker. Er war so dicht hinter ihnen, daß Massimo das Nummernschild nicht erkennen konnte. Er wagte nicht, langsamer zu werden. Er streckte den Arm aus dem Fenster und forderte den Sattelschlepper auf, ihn zu überholen. Eine unerwiderte Äußerung guten Willens.

Er nahm den Fuß etwas vom Gaspedal, und der Sattelschlepper fuhr dem Pajero fast hinten drauf.

»Der will uns umbringen.« Aus Serenas Stimme war jede Vergnügtheit verschwunden.

»Kannst du das Nummernschild erkennen?« Massimo hielt den Fuß fest auf dem Gaspedal.

Serena beugte sich bis ans Rückfenster. »Das Nummernschild ist total verdreckt. Was wird hier eigentlich gespielt?«

»Siehst du ihn? Ich meine den Fahrer ... Siehst du ihn? Wie sieht er aus?« Massimo riß den Wagen auf die Straßenmitte. Die Gegenfahrbahn war leer. Wohin waren die Türken verschwunden?

»Er hat getönte Scheiben. Ich seh' nur seine Hände ...«

Massimo riß den Wagen wieder herum, diesmal auf den Seitenstreifen. Dieses Manöver traf Luisa und Serena unvorbereitet: Luisa flog gegen das Gepäck, Serena gegen Massimo.

»Paß auf, du bringst mich ins Schleudern ...« In letzter Sekunde, bevor der Wagen im Graben gelandet wäre, bekam Massimo ihn noch in die Gewalt. Um wieder geradeaus fahren zu können, mußte er langsamer werden. Der Sattelschlepper rammte ihn. Der jäh nach vorne gestoßene Pajero würde gleich an einen der wenigen Bäume prallen. Massimo versuchte, wieder Herr der Lage zu werden: Um ohne Zurückzusetzen weiterfahren zu können, streifte er den Baum. Aus dem Augenwinkel sah er in den Rückspiegel: Der Sattelschlepper war im Begriff, sie unter sich zu begraben.

II

New York war von Bord des Alitalia-Jumbos aus gesehen weniger eindrucksvoll als Mexico City. Dort waren sie abends gelandet. Während des Flugs hatten sie getanzt, die Erbsen zum Fleisch waren zwischen die Sitze gekullert, doch das Schauspiel der Lichter der Hauptstadt hatte sie für die Ängste und Unannehmlichkeiten des Flugs entschädigt, hatte Schlaf und Müdigkeit verdrängt. Mexico City wirkte damals grenzenlos: Die Lichter verloren sich in alle Richtungen. Vom Flugzeug aus betrachtet, hätte das tausendfarbige Lichtermeer der Weltstadt eine Festbeleuchtung sein können, Leuchtreklamen. Wer hätte sich vorgestellt, daß es sich dabei oft um Birnen mit niedriger Wattzahl handelte, die über Baracken und Elend hin- und herbaumelten? Diese Reise nach Mexiko hatte eine Überraschung nach der anderen bereitgehalten, und die *ciudad* war die allergrößte: geteerte Luft, Armut, Dreck, Korruption sogar noch auf den großen baumbestandenen Alleen des vornehmen Wohnviertels. Und dann das Wasser: Es stank zum Himmel.

Durch die Fensterchen des Jumbos kam New York einem kleiner vor, bescheidener. Die Oktoberwolken ließen die Stadt melancholisch wirken, das vorherrschende Grau der Gebäude machte den Eindruck von Unsauberkeit. Das Flugzeug setzte ohne Rucken auf der Piste auf. Maria beklatschte mit einem Großteil der Passagiere das perfekte Landemanöver.

»Eine schöne Reise, nicht, Giorgio?« Monica, Marias Mutter, wandte sich an ihren Ehemann, um ihr Bedürfnis nach ständiger Rückbestätigung zu befriedigen.

»Ja«, sagte Giorgio und hantierte mit dem Sicherheitsgurt herum: Auch diesmal gelang es ihm nicht, ihn aufzubekommen. Ein Steward bemerkte es und half ihm.

»Was machen wir heute abend?« Zehnmal schon hatte Monica diese Frage gestellt.

»Na ja«, sagte Giorgio, obwohl er wußte, daß sie nichts tun würden und er um acht zu Bett ginge. Für den nächsten Morgen war der Weckanruf auf halb sieben bestellt. Eine halbe Stunde später würden sie vom Bus abgeholt und zum Sammelpunkt für den Marathonlauf gebracht werden. Fünfundzwanzigtausend eingetragene Teilnehmer, und er würde einer von ihnen sein. Wenn er im Fernsehen den Start des großen New Yorker Wettlaufs verfolgte, hatte er immer ein Zucken der Bewunderung verspürt. Diesmal würden es die anderen sein, die Freunde, die Kollegen in der Bank, die ihn sahen, die wußten, daß er irgendwo da, inmitten der anderen fünfundzwanzigtausend stecken würde.

»Die Gentile gehen zum Abendessen in ein Restaurant in Little Italy.« Monica ließ nicht locker. »Ihre Cousins, die sich in New York gut auskennen, haben es ihnen empfohlen. Was machen wir? Gehen wir mit?«

Giorgio war gerade im Begriff, vom Flugzeug in den Tunnel zu gehen: Er warf zwei Stewardessen einen Gruß zu und tat, als hätte er nicht gehört. Natürlich gingen die Gentile essen: Keiner von den beiden würde am nächsten Tag mitlaufen, und außerdem war ihre Rechnung des Restaurants in Little Italy von den Reiseteilnehmern ohne deren Wissen bereits bezahlt worden. Saro Gentile, hoher Angestellter in derselben Bank wie Giorgio und verantwortlich für Freizeitveranstaltungen, konnte nur zu gut seine eigene Freizeit organisieren. Offiziell hatten die Gentile zwar auch ihre Teilnahmegebühr überwiesen, aber Giorgio war sich sicher, daß die eine Million siebenhunderttausend Lire pro Kopf der beiden ebenso schnell wieder hereingekommen sind, wie sie rausgegangen waren. Er dagegen hatte vier Millionen neunhunderttausend Lire locker machen müssen – Maria kostete zweihunderttausend weniger, weil sie erst zehn Jahre alt war –, die nie mehr hereinkommen würden.

»Jetzt gehen wir durch die Paßkontrolle, und ich hoffe, daß keiner seinen Paß im Flugzeug vergessen hat.« Gentile sprach mit falscher Höflichkeit. Er blieb am Eingang der großen Halle stehen, nachdem er die dreißig Bankangestellten mit deren Familienangehörigen um sich versammelt hatte, die an dem Programm »Im Laufschritt nach New York« teilnahmen.

»Nach der Erledigung der Paßformalitäten«, fuhr Gentile fort, »holen wir unser Gepäck. Das Laufband zeige ich Ihnen, oder wenn Ihnen das lieber ist, können Sie es auch selbst suchen. Draußen wartet der Autobus auf uns, das heißt, ich hoffe, der Autobus wartet auf uns und fährt uns dann zum Hotel. Der Abend ist, wie Sie sich erinnern, zur freien Verfügung, das heißt: Er geht auf Ihre Kosten. Aber ich glaube, daß Sie alle zusammen mit meiner Gattin und mir ins Restaurant gehen.«

Gentile deutete ein Lächeln zufriedener Herablassung an, das Giorgio auf die Nerven ging.

Deine Gattin ..., wiederholte Giorgio im Geiste und achtete darauf, daß sein Mund verschlossen blieb. Seit zwei Jahren arbeitete sie unmittelbar neben ihm an der Kasse. Sein Instinkt sagte ihm, daß sie ihrem Mann Hörner aufsetzte. Wenigstens wünschte er es sich.

Sie stiegen in den Bus, plötzlich war es dunkel geworden. Und diese Dunkelheit war schuld daran, daß Giorgio sich neben Simona setzte.

»Du, Giorgio, du hast dich geirrt: Ich bin nicht Monica.«

Wie hätte sie auch Monica sein können? So frisch, so verführerisch nach zehn Stunden Flug, so voller Charme, wie ihn Monica nicht mehr hatte, wenn sie ihn überhaupt je hatte. Monica war die perfekte Studienrätin. Sie war nur zwei Jahre älter als Simona, sah aber zehn, hundert, tausend Jahre älter aus. Sie war ein typisches Exemplar einer Gattin (das heißt das schlimmste), während Simona die Faszination der Frau verkörperte, die stets so zurechtgemacht war, als wäre sie jederzeit bereit, sich hinzugeben. Typisch, daß so etwas diesem Einfaltspinsel von Gentile passierte. Und aus welchem Grund hatte eine Frau wie Simona bloß einen Gentile geheiratet? Gut: Gentile war Bankmanager und stand dem Bereich Vermögensverwaltung vor, konnte ihr auch helfen, Karriere zu machen, aber er war dick, alt, durchschaubar und zudem, wie Giorgio meinte, impotent oder jedenfalls völlig phantasielos. Giorgio war kein Bankmanager, obgleich man ihm für das neue Jahr die Beförderung zum Abteilungsleiter versprochen hatte, aber er hatte einen sehnigen, athletischen Körper und war in der Lage, beim New York-Marathon mitzulaufen. Und innerhalb der Bankengruppe konnten das nur zwei: er und einer aus der Börsenabteilung.

Doch Giorgio hielt sich nicht nur für einen athletisch gebauten jungen Mann, er hielt sich auch für geistreich, für brillant. Vor seiner Ehe hatte er keine Schwierigkeiten, die neueingestellten Frauen abzuschleppen. Er dachte, er habe das richtige Flair, das Flair eines gutaussehenden und perversen Typen. Ein Flair, das die Bank, seiner Meinung nach, nicht mochte und das ihn in seiner Karriere behinderte. Immerhin, besser er selbst und einfacher Angestellter zu sein als Gentile und ein Bankmanager.

Die Mitteilung, daß sie im Hilton wohnen würden, hatte Monica erregt, und ihre Erregung hatte sich beim Betreten des Hotels in gemessene Schritte verwandelt, in eine Zurückhaltung, die sie daran hinderte, etwas zu sagen, aus Angst, es könnte unangebracht wirken.

Das Zimmer war mit Blumenmustern tapeziert. Monica fand es bezaubernd, so wie sie jede Einzelheit bezaubernd fand, sogar noch einen blöden Aschenbecher aus Glas. Auf einem Sessel glänzte, zum Dreieck zusammengefaltet, der Brustaufkleber, zusammen mit der Tasche, die jedem Marathon-Teilnehmer geschenkt wurde. Das war ein kleiner Vorteil der organisierten Reise: Ein Beauftragter der Bank hatte Brustaufkleber und Taschen vorher abgeholt, damit Warteschlangen, Identifizierungsprozeduren und die Unterschrift unter zehn Formulare vermieden wurden.

»Was machen wir heute abend?« Monica gab sich nicht geschlagen.

»Ich esse auf dem Zimmer, ich muß mich danach richten, was ich essen darf und was ich nicht essen darf. Wenn du Lust hast, geh mit den Gentile.«

»Du weißt doch, daß ich ohne dich nicht gerne ausgehe.«

»Dann bleib, und wir essen gemeinsam auf dem Zimmer.«

»Unser erster Abend in New York ...«

Giorgio ging hinaus und klopfte an die Tür des Zimmers, das Maria mit der Tochter eines anderen Paares teilte.

»Papa, es ist alles wunderbar. Ich komme mir vor wie die Hauptperson in einem Märchen. Die Lehrerin hat mich aufgefordert, einen Reisebericht mit allen Einzelheiten zu schreiben. Stell dir vor, Papa: Ich bin dann die einzige in meiner Klasse, die schon in New York war. Danke, Papilein, für das schöne Geschenk.«

Maria umarmte ihn. Ihre Begeisterung war das eigentliche Motiv, weshalb Giorgio sich die Reisekosten aufgehalst hatte. Für Maria, sein einziges Kind, hätte er jedes Opfer gebracht. Er würde alles tun, damit sie anders wurde als Monica, und etwas hatte er auch schon getan, etwas, das zwar ihn betraf, aber sich auf das Wohlbefinden der Familie und damit auf Maria auswirkte. Er fühlte sich Monica gegenüber im Unrecht: Vor fünfzehn Jahren war sie eine anmutige Aushilfslehrerin, gerade frisch von der Universität und voller Hoffnung, ihrem Traumprinzen zu begegnen. Giorgio war dreißig und arbeitete seit acht Jahren in der Bank: Als sie einen Monat zusammenwaren, hatte er mit einem gewissen Erstaunen entdeckt, daß Monica ihn für den Traumprinzen hielt.

Der Anfang ihrer Ehe war vielversprechend gewesen: Giorgio war von Monicas Hingabe berauscht. Sie war bereit, ihm jede nur erdenkliche Aufmerksamkeit zukommen zu lassen, und immer zufrieden mit dem, was sie dafür erhielt. Innerhalb von zwei Jahren hatte Giorgios Interesse für Monica sichtlich nachgelassen. Giorgio war der Meinung, daß es in jedem Fall nachgelassen hätte, auch ohne das Aufkommen der verzehrenden Leidenschaft für Pferde bei ihm, der bis zum Alter von zweiunddreißig Jahren noch auf keiner richtigen Rennbahn gewesen war und nicht einmal etwas von der Existenz von Wetten wußte.

Giorgios geringere Aufmerksamkeit hatte Monica nicht gestört. Ihr Verhalten war typisch das einer Frau, die es für unvermeidlich hielt, daß es in jeder Ehe früher oder später zu Gewohnheitsverhältnissen und gut nachbarschaftlichen Beziehungen kommen müsse. Monica tat weiterhin ihr Bestes als Ehefrau, und Giorgio hatte im Gegenzug für eine bescheidene Summe, die Monicas Gehalt aufbesserte, warmes Essen, gebügelte Hemden und Anzüge, gestopfte Socken, ein immer ordentlich gemachtes Bett und, wenn er wollte, etwas, das den Beginn der Nacht wärmte. Doch Giorgio hatte nach diesem zuletzt Genannten immer seltener das Bedürfnis, so daß ihn die Neuigkeit von Monicas Schwangerschaft an ihrer Treue zweifeln ließ.

Marias Gesichtszüge hatten allerdings keinen Zweifel daran gelassen, wer ihr Vater war. Ein Vater, der, als sie ihre ersten Schreie tat, sich in Tordivalle über einen Bruch von Ammaliante beim Start grämte, einem Klepper, auf dessen Sieg er sein halbes Monatsgehalt verwettet hatte. Bei Marias Geburt war Giorgio bereits seit drei Jahren von Pferden, Rennbahnen und Wetten besessen. Seit dem letzten Freitag im Juli 1977, seit dem letzten Arbeitsnachmittag, der seinem ersten Urlaub am Meer mit Monica vorausging. Sie fuhren nach Crotone: drei Wochen in einer winzigen Pension, um der Sonne, dem Meer und der Pastasciutta zu frönen.

»Ihr alten Stinkhosen, es geht um etwas Verrücktes, wer ist dabei?« Giulio Bertini war einer der Dienstältesten der Zweigstelle. Er stand im Ruf, ein Frauenheld zu sein und ein besessener Spieler. Karten, Pferde, Spielbanken, Würfelspiele. Sogar Stein, Schere, Papier und Kopf oder Zahl. Elegant, gefallsüchtig, immer eine witzige Bemerkung parat. Keine Wolke verdüsterte seinen Horizont. Die sechshunderttausend Lire Gehalt, die andere zwangen, sich ein Bein auszureißen, waren für ihn gleichbedeutend mit Glück und Sicherheit. Wenn man dem Getuschel, den Ellbogenpüffen Glauben schenkte, die sein Einherschreiten begleiteten – denn Bertini ging nicht, er schritt –, bestand das Geheimnis in zwei alten Damen, Apothekerinnen und Jungfern, die ausreichend für ihn, den ältesten Neffen, sorgten. Und doch war für Bertini diese an sich schon beneidenswerte Situation nur eine Durchgangsphase zum vollkommenen Glück, das mit dem Tod der beiden Tantchen – so nannte er sie – eintreten würde, wenn die Apotheken sich in eine prächtige Yacht verwandeln würden, mit der man über warme Meere segeln und die man gelegentlich an amerikanische Touristen vermieten könnte, um die Unterhaltungskosten hereinzubekommen. Getuschel und Ellbogenpüffe behaupteten allerdings, daß mindestens eine Apotheke von den Tantchen bereits abgestoßen worden war: damit sie sich den Luxus leisten konnten, einen so verschwenderischen Neffen zu verwöhnen.

»Ihr alten Stinkhosen, macht ihr nun mit oder nicht?« Seit dem Abend, an dem er den Film ›Ein über jeden Verdacht erhabener Bürger‹ gesehen hatte, liebte es Bertini, den Tonfall des Kommissars Volonté anzunehmen, und vor allem hatte er sich den Ausdruck »alte Stinkhose« zu eigen gemacht, mit dem er seine Arbeitskollegen bedachte. Sogar der Zweigstellenleiter, der unbeugsame Cavaliere Raimondi, drückte ein Auge zu. Und auch für dieses Verhalten hatten das Getuschel und die Ellbogenpüffe eine Erklärung: Bertini ließ dem Zweigstellenleiter sichere Tips für Pferde zukommen und händigte ihm, nach bestimmten Gewinnen in Spielkasinos oder bei Würfelspielen, ein Bündel Geldscheine aus, mit der Bemerkung, er habe es treuhänderisch verwaltet.

»Ihr alten Stinkhosen, ich meine euch: Ich will euren mittelmäßigen, unaufregenden Tagen einen Sinn verleihen. Ich will euch einen Samstag im Zeichen des regenerierenden Zitterns schenken, des Zitterns um den Treffer, der euer freudloses Dasein verändern könnte. Stellt euch vor: ein Treffer, nur ein einziger Treffer, und vor euch werden sich unerwartete Horizonte auftun.« Bertini, der bis dahin deklamierend zwischen den Schreibtischen herumgegangen war, hatte sich schräg auf den von Giorgio gesetzt. Mit einem Lächeln hatte er ihm den Stift aus der Hand genommen und auf eine Devisenauszahlungsquittung mit Druckbuchstaben geschrieben: DELPHI.

»Sagt euch dieser Name etwas? ... Ich wette, nein.«

Giorgio war an einer empfindlichen Stelle getroffen worden und aufgesprungen, immerhin hatte er das humanistische Gymnasium besucht: »Das berühmte Orakel von Delphi.«

»Großartig«, gab Bertini zur Antwort, der sich mit einer Drehung vom Rest der Zuhörer abgewandt hatte, um sich ausschließlich Giorgio zu widmen.

»Das Orakel von Delphi, Weissagungen für die Zukunft, Erfolg und Mißerfolg, Leben und Tod. Und wer weiß, ob das Orakel diesmal nicht ausgerechnet dich ins Visier genommen hat, alte Stinkhose.«

Giorgio war vom Zweifel befallen worden, ob Bertini wohl getrunken hatte: Doch unter den anderen Lastern war der Alkohol nie aufgetaucht.

»Von diesem Orakel«, fuhr Bertini fort, »hat ein wunderbares italienisches Pferd seinen Namen bekommen, ein ebenso genialer wie verrückter Traber: Delphi. Ihr könnt euch nicht vorstellen, wieviel Freude und wieviel Schmerz er mir schon geschenkt hat. Ich habe noch nie so schöne, so mächtige Beine gesehen wie bei ihm. Ein majestätisches Profil. Ein emporgereckter Hals. Ein hervorstehender Rist. Ein fester Huf. Ein muskeldurchflochtenes Hinterteil. Eine menschliche Intelligenz. Delphi ist nicht wie die anderen Vollblüter, die auf Kommando gewinnen. Er gewinnt, wenn ihm danach ist, und ihm ist danach, wenn die anderen es am wenigsten erwarten ... Ich erkenne ihn als Bruder an.«

Bertini, als Bruder eines Pferdes, war, auch wenn er es durch so außergewöhnliche Eigenschaften wie bei diesem Delphi war, eine Offenbarung, die einen bestürzte; obwohl es Juli war, obwohl man erstickte, obwohl nicht einmal mehr eine Stunde bis zum Wochenende fehlte, das für viele den Beginn des Urlaubs bedeutete.

»Dieses Wunder der Menschheit«, fing Bertini wieder an und hatte damit die Zugehörigkeit Delphis zur Nachkommenschaft Adams festgelegt, »läuft Samstag abend in New York beim International Trot, wenn es in Italien schon fast Sonntag morgen ist. Eigentlich wäre es ein Zweilirelauf, aber weil ihn die Amerikaner organisieren, weil er in New York ausgetragen wird und weil er für sie ein Gala-Ereignis darstellt, ist daraus etwas ganz Besonderes geworden. Unser Bruder Delphi stellt sich da vor, gelenkt von einem, den man wegen seinen Fähigkeiten den ›Piloten‹ nennt. Soweit so gut: Die italienischen Buchmacher sind sich sicher, daß er direkt zur Schlachtbank rennt, und haben ihn auf fünfundzwanzig zu eins gesetzt, das heißt fünfundzwanzigtausend Lire Gewinn für jede gesetzten tausend Lire. Jetzt frage ich mich: Kann man Delphi mit fünfundzwanzig auf Sieg abspeisen? Und wäre es nur aus Dankbarkeit, die alle diese dreckigen Subjekte gegenüber einem Pferd empfinden müßten, das sie reich gemacht hat, da es bei fast allen Rennen, bei denen es als Favorit galt, verloren hat?«

Bertini war voll in Fahrt. Die ihm zuhörten, hingen an seinen Lippen, und er war sich dessen bewußt. Er hatte sich den Krawattenknoten zurechtgerückt, sich in den großen spiegelnden Fensterscheiben betrachtet. Alle hatten still abgewartet, aus Angst, den Zauber zu zerstören. »Und sie sollen mir bloß nicht damit kommen, daß er sie ruiniert habe, wenn er die Rennen gewann, die er verlieren sollte, denn das ist eine Lüge. Ich bin bereit, das vor jedem Gericht zu bezeugen: Delphi hat viel öfter verloren als gewonnen. Folglich verdienen diese Blutsauger eine Bestrafung: Sie verdienen es, daß ihr Stinkhosen auf Delphi setzt. Und wenn ihr Schwein habt, könnt ihr davon sogar noch euren Enkeln erzählen.«

Bertini hatte seinen Blick über die Anwesenden wandern lassen und nagelte sie auf ihre Verantwortung fest. Die Angestellten der Filiale waren stumme Zuschauer, die nicht wußten, wie sie sich diesem Kreuzzug entziehen könnten. Auch der Zweigstellenleiter, der unbeugsame Cavaliere Raimondi, war aus seinem Zimmer gekommen. »Kann man denn nicht auf die Plazierung von Delphi wetten?« hatte er gefragt und damit eine gewisse Kompetenz zu erkennen gegeben.

»Oh nein, lieber Herr Direktor. Bei Delphi setzt man auf Sieg oder gar nicht. Sie wollen doch wohl nicht ein Meisterschaftspferd seines Schlags heruntermachen und es zwingen, als erster, zweiter oder dritter anzukommen? Und außerdem, wollen wir ihnen nun eine Lektion erteilen oder nicht, diesen Hungerleidern von Buchmachern, die erst dann bei unserem Bruder Delphi großzügig werden, wenn er beim International Trot läuft, nachdem sie ihr Leben damit verbracht haben, bei den Quoten zu knausern?«

Giorgio befand sich in einem inneren Aufruhr. Der Hinweis auf das Orakel, auf die Weissagung, auf den Wink des Schicksals, auf den Treffer, der allein neue Horizonte eröffnen konnte, hatte seine Eingeweide durcheinandergebracht. Bertinis Worte hatten etwas in Gang gesetzt, von dessen Vorhandensein Giorgio nichts wußte und das jetzt machtvoll an die Oberfläche drängen wollte.

»Also, ihr alten Stinkhosen, ich frage euch zum letzten Mal: Wollt ihr zu dem engen Kreis der Privilegierten gehören, die mit ihrer Siegerwette auf Delphi diesem herrlichen Pferd das Bangen um ihre Erlösung anvertrauen? Den Geschmack, ein unvergleichliches Abenteuer zu erleben? Die Freude, die Massen und vor allem diese elenden Blutsauger von Buchmachern herauszufordern?«

Bertini hatte seine Frage mit übertriebenem Gelächter abgeschlossen. Es machte ihm Spaß, sich in der ungewohnten Position eines Volksredners wiederzufinden. Wahrscheinlich glaubte er auch nicht ein einziges der bis dahin geäußerten Worte.

Giorgio allerdings war unterdessen von einer so verführerischen und so gewaltigen Raserei erfaßt worden, daß er den Rufen der Vernunft nur wenig Beachtung schenkte.

»Hier sind hunderttausend Lire.« Die Worte waren seinem Mund entschlüpft und der Bewegung vorausgeeilt.

Bertini hatte den Geldschein eingesteckt und war im wahrsten Sinn des Wortes in Giorgios Arme geflogen. Er drückte ihn und küßte ihn ab.

»Giorgio, mein Bruder«, sagte Bertini immer wieder und machte keine Anstalten, ihn loszulassen. Eine Art Initiationsritus, auf Grund dessen Giorgio innerhalb weniger Sekunden, kurz vor dem Urlaub, der Reise nach Kalabrien, des ersten Urlaubs als verheirateter Mann, in eine ihm unbekannte Dimension vorgedrungen war: Er hatte gewettet, und dazu noch auf ein Pferd, das ihm irgendwie zum Bruder wurde. Hatte Bertini Delphi und ihn nicht Bruder genannt?

Giorgios Beispiel wirkte ansteckend. Alle hatten gesetzt, auch der harmlose Buchhalter Minghetti, der drei Monate später in Rente gehen würde. Bertini hatte zweieinhalb Millionen zusammengekratzt, einschließlich der Quote des Zweigstellenleiters.

»Wie erfahren wir, ob wir gewonnen haben?« Minghettis Frage hatte das feierliche Geflüster derer zum Verstummen gebracht, die herausfinden wollten, wieviel die anderen gesetzt hatten und wie hoch der mögliche Gewinn sein würde.

»Aus den Zeitungen am Montag.«

Bertinis Antwort hatte die zusammengewürfelte Schar der Abenteurer bestürzt, und da er begriff, daß drei Tage des Wartens einfach zuviel für sie waren, sie, die frisch Getauften, die in größter Eile die Ausbeute verbrauchen wollten, fügte er großzügig hinzu: »Doch wenn ihr es gar nicht mehr aushalten könnt, alte Stinkhosen, dann schaltet Sonntag das Radio oder das Fernsehen ein: In den Nachrichten werden sie mit Sicherheit darüber reden.«

»Wird es denn nicht live übertragen?« Alle drehten sich zu Minghetti um, denn von dem glaubten viele, er würde gar nicht wissen, daß das Fernsehen schon erfunden war.

»Lieber Minghetti, das glaube ich nicht. Aber wollen Sie mir etwa weis machen, daß ein internationaler Typ wie Sie keinen Freund oder besser keine Freundin in New York hat, die er Samstagnacht anrufen kann? Minghetti, Mann, bei all den Herzen, die Sie auf diesem Planeten schon gebrochen haben.«

Minghetti, der Buchhalter, hatte Bertini fassungslos angestarrt, die anderen waren in schallendes Gelächter ausgebrochen.

»Aber warum informierst du dich nicht, und ich rufe dich an.« Giorgios Vorschlag fand sofort Beifall.

»Was weiß ich denn, wo ich in der Nacht von Samstag auf Sonntag bin.«

»Wenn ich mich recht erinnere, sind Sie Montag noch im Dienst. Ihr Urlaub ist im August.« Dieser Satz des Zweigstellenleiters war ernüchternd.

»Verstanden«, hatte Bertini mit einer Geste angedeutet. »Aber ihr werdet mich doch wohl nicht alle anrufen? Organisieren wir uns, alte Stinkhosen: Stellt Gruppen mit einem Gruppensprecher zusammen, der ruft mich um fünf an, und ihr ruft ihn dann an.«

Eine Vereinbarung folgte der anderen, Telefonnummern wurden von einem Schreibtisch zum anderen gerufen, Listen ständig neu erstellt, Namen aufgeschrieben und wieder ausgestrichen. In Minghettis Erinnerung, der seit siebenundzwanzig Jahren in der Zweigstelle tätig war, hatte es einen solchen Freitag noch nie gegeben. Auch keinen Montag, keinen Dienstag, keinen Mittwoch, keinen Donnerstag.

Giorgio und Monica waren Freitag abend in den Zug gestiegen, der sie früh am Samstag morgen in Crotone absetzte. Giorgio war aufgeregt. Monica hatte das bemerkt und außer, daß sie ein paarmal fragte »Was hast du?«, hatte sie ihre kleinen Gesten der Hingabe vermehrt.

Giorgio fühlte sich wie in einem Käfig, und was gibt es Schöneres als die Wahnvorstellung, aus diesem Käfig auf dem Rücken eines Pferdes zu fliehen. Die Zeitungen beurteilten Delphis Chancen sehr zurückhaltend, auch wenn dem »Piloten« magisches Können zuerkannt wurde. Die Stunden dieses Samstags waren unendlich, und der Abend war noch länger als der Tag. Um das Warten abzukürzen, hatte Giorgio mit Monica herumgedengelt, obwohl das Bett in der Pension so hart war, daß Bewegungen und Gegenstöße nicht angeraten schienen. Er hatte ihr so viele Aufmerksamkeiten zukommen lassen wie noch nie. Streicheleien, Küsse, ausgedehnte Erkundungen der Zunge in allen Vertiefungen. Um das zu tun, hatte er den Verdruß über die Haare überwinden müssen, die er überall fand – auch an den Stellen, wo seiner Meinung nach keine hätten sein dürfen –, und den Verdruß über Feuchtigkeiten, die ihm den Mund mit einem Geschmack ausfüllten, der schlimmer war als Natron.

Ein so geiler, so zuvorkommender Giorgio hatte Monica überrascht. Ihr wurde bewußt, daß die körperliche Liebe viel weitergehende chemische Reaktionen auslösen konnte als die, an die sie gewöhnt war. Sie hätte sich gerne für weitere Experimente zur Verfügung gestellt, doch die Nacht von Crotone hatte sich nie mehr wiederholt, und Monica hatte sich innerhalb kürzester Zeit wieder auf den üblichen Rhythmus eingestellt. Die ungewohnte Gymnastik hatte eine Stunde gedauert. Als er auf die Uhr schielte, war Giorgio bestürzt: Er hatte gedacht, gehofft, er habe die Nacht hinter sich gebracht. Statt dessen war es erst eins, und außerdem tat ihm der Rücken überall weh. Giorgio hatte bei der Tuttelei mit Monica seine ganze Phantasie, seine ganze Begierde, seine ganze Energie verausgabt: War er es nun, der nichts taugte, oder waren es die Journalisten, die Schriftsteller, die Ammenmärchen verbreiteten, wenn sie von Erregungen erzählten, die von Sonnenuntergang bis Sonnenaufgang oder von Sonnenaufgang bis Sonnenuntergang anhielten?

Am Ende dieser trostlosen Gedanken hatte Giorgio sich zu Monica umgedreht: Sie schlief. Sie hatte einen völlig entspannten Ausdruck: Im Widerschein einer Neonlampe, der von der Straße kam und sich an der Fensterscheibe brach, zeigte Monica Gesichtszüge, die zum Streicheln einluden. Die von der Ehefrau zur Geliebten verwandelte Monica war anziehend. Das hatte Giorgio noch nie bemerkt: Wie hätte er es auch merken sollen, wo die beiden doch nie ein Liebesverhältnis miteinander hatten?

Viertel nach zwei. Was machte Delphi jetzt wohl? Giorgio hatte keine Ahnung, ob Pferde sich wie Fußballer verhielten, ob sie vier Stunden zuvor fressen, ob sie dann ein Schläfchen in ihren Boxen machten, ob jemand ihre kostbaren Muskeln massierte. Er war sicher, daß der Start auf drei Uhr festgesetzt war. Aber was, wenn er um vier Uhr war? Was, wenn Bertini um fünf Uhr das Ergebnis immer noch nicht wußte?

Er hatte sich hin und her gewälzt. Von einer Seite hatte er sich auf die andere gedreht. Er hatte die Decke angestarrt und das vom Widerschein der Neonlampe getroffene Fenster. Er hatte die Uhr genommen: fünf nach halb drei.

»Giorgio«, hatte Monica gemurmelt, als sie mit ihrem Arm sein Bein streifte. »Alles in Ordnung? Brauchst du was?«

»'ne Pizza«, hatte er gebrummelt.

»Du hast gewonnen, alte Stinkhose.« Um zwanzig nach fünf hatte Bertinis Brüllen den Telefonhörer und Giorgios Trommelfell durchlöchert und gleichzeitig die Entfernung zwischen Rom und Crotone aufgehoben. »Siehst du jetzt, alte Stinkhose, daß ich recht hatte? Stell dir vor, wenn Bertini euch am Freitag nicht zu diesem Abenteuer gedrängt hätte, zu Geld, zu Ruhm. Ach ja, wir werden immer Delphis Anhänger bleiben.« Ein Wortschwall, eine Seligkeitswoge begrub Giorgio unter sich, der sich zwanzig verdammte Minuten abgemüht hatte, bis die Leitung frei war. »Ich möchte ja zu gerne die Gesichter der Buchmacher sehen, dieser ausgemachten Trottel, die ihn mit fünfundzwanzig angesetzt haben, obwohl es sich um Delphi handelte und obwohl der ›Pilot‹ ihn lenken würde. Wie kann man Delphi nur mit fünfundzwanzig ansetzen? Das ist doch, wie wenn man in der Kirche klaut oder aufs Rote Kreuz schießt. Was sagst du, alte Stinkhose? Versteht Bertini was davon oder nicht? Alte Stinkhose, im Urlaub kannst du das Geld mit vollen Händen ausgeben, und wenn du nach Rom zurückkommst, warten zweieinhalb Millionen auf dich. Oder willst du, daß ich sie dir per Postanweisung schicke? Stell dir nur die Arschlöcher vor, die jetzt fünfundsiebzig Millionen rausrücken müssen, nur weil sie Delphi, den ›Piloten‹ und Bertini herausgefordert haben. Begreifst du das, alte Stinkhose: fünfundsiebzig Superriesen. Hast du die schon mal auf einem Haufen gesehen?« Nein, Giorgio hatte noch nie fünfundsiebzig Millionen auf einem Haufen gesehen.

Beim schnellen Überschlagen bedeuteten fünfundsiebzig Millionen Gewinn, daß Bertini insgesamt drei Millionen gesetzt hatte, und weil er in der Bank zweieinhalb Millionen zusammenbekommen hatte, bedeutete das, daß er fünfhunderttausend aus seiner eigenen Tasche dazugetan und infolgedessen zwölfeinhalb Millionen gewonnen hatte. Das war wesentlich mehr, als Giorgio in einem Jahr verdiente. Andererseits, machten seine zweieinhalb Millionen Gewinn etwa nicht annähernd vier Monatsgehälter aus?

Die drei Wochen in Crotone waren in einem Gemisch aus Langeweile über die ewig gleichen Tage und aus Vorfreude auf die Rückkehr nach Rom vorübergeflogen. Giorgio hatte Monica den Gewinn verschwiegen. Mit großer Vorsicht hatte er sich bei einem weit von der Pension entfernten Kiosk danach erkundigt, ob es dort Zeitungen über Pferdesport gab: Rennen, Pferde, Buchmacherquoten. Der Kioskbesitzer hatte solche Zeitungen, machte aber deutlich, daß die angegebenen Quoten die offiziellen des Totalisators seien. Und was, wenn man die Quoten der Buchmacher in Erfahrung bringen will? fragte Giorgio hartnäckig weiter. Ach, dafür müsse er in die Hippodrome gehen, dort haben die Buchmacher reguläre Boxen. Oder, und der Kioskbesitzer hatte seine Stimme gesenkt und mit den Augen gezwinkert, man muß gute Beziehungen haben. Giorgio war von dem Kiosk mit einer Zeitung voller Namen, Abkürzungen, Nummern und mit einer ziemlichen Verwirrung im Kopf weggegangen.

Die Zeitung hatte er versteckt: Er las sie während unendlicher Sitzungen auf der Toilette. Mit viel Hingabe war es ihm gelungen, Nummern und Abkürzungen zu verstehen. Er hatte eine Welt entdeckt, die aus exotischen Namen, aus unendlich vielen Stammbäumen und aus Vorhersagen bestand, die zu fünfzig Prozent richtig waren. Als er die Zeitung, die dreimal in der Woche erschien, zum dritten Mal kaufte, kannte er den Unterschied zwischen Trab und Galopp, und er wußte, daß das erste unberechenbarer war als das zweite und daß Delphi überhaupt der Unberechenbarste unter allen Unberechenbaren war. Jemand, der offensichtlich nichts von ihm hielt, hatte seinen Sieg beim International Trot mit dem Glücksfall verglichen, aus einem Haufen von fünfhundert Spielkarten den einzigen Joker herauszufischen.

Einen Abend, nachdem er den Gewinn eingestrichen hatte – Bertini hatte ihn in einer Ecke des Tresors deponiert –, war er im Hippodrom von Capannelle schon wieder verschleudert. Giorgio hatte sogar noch zwanzigtausend von seinem eigenen Geld dazugetan. Acht Rennen, acht Wetten auf Pferde, die bei den Buchmacherboxen die höchsten Quoten hatten: nicht eines war als erstes durchs Ziel gelaufen. Doch nachdem er alles innerhalb von drei Stunden verloren hatte, war seine Gier befriedigt.

Nach der Pleite mit dem letzten Pferd – es hieß Blauer Donner und war, nachdem es so ausgesehen hatte, als würde es auf der Zielgeraden krepieren, als drittes durchs Ziel gelaufen – hatte er eine ungewöhnliche Erleichterung empfunden und war in einem Zustand leichten Taumels nach Hause gefahren. Nicht schlecht, sich mit der Welt, vor allem mit der eigenen Seele versöhnt zu fühlen. Ein Seligkeitsgefühl, das ihn dazu gebracht hatte, Stammgast auf den Pferderennbahnen zu werden. Die Wette war das Pferd geworden, auf dessen Rücken er aus dem Käfig fliehen wollte. Beim Wetten mußte er körperlich anwesend sein: Er verabscheute die Wettbüros, und noch schlimmer waren die schmuddeligen Spielhöllen in Café-Bar-Manier. Er wollte die Weite und das Grün des Hippodroms: die Luft schnuppern, die nach Pferdemist, nach Stroh und Heu roch; plötzlich an den Buchmacherboxen auftauchen; sich auf das Pferd mit der höchsten Quote unter den Siegern schwingen. Die Plazierten waren etwas für Hungerleider. Bertinis Lektion hatte er nicht vergessen: Der Unterschied zwischen Sieg und Platz ist der gleiche wie zwischen Vögeln und Wichsen.

Wie vielen Kleppern hatte er seine Nachmittage und Abende gewidmet; bei wie vielen Gerippen, die sich kaum bis auf die Bahn schleppen konnten, hatte er gehofft, mit ihnen aus dem Käfig fliehen zu können. Lauf schon, meine Schöne, los, mach schon, lauf, lauf, lauf, wir schaffen es schon ... Sie hatten es fast nie geschafft. Und ein neuer Delphi mit Quote fünfundzwanzig war nicht mehr aufgetaucht.

Was wäre aus Giorgio ohne Delphi geworden? Wahrscheinlich hätte er sich von Monica getrennt, hätte wieder angefangen, die unterschiedlichsten Betten heimzusuchen, vor allem aber hätte er nicht dieses Gefühl des Versinkens verspürt, in das hinabgezogen zu werden so wunderbar war, nachdem er den letzten Geldschein verloren hatte.

Er hatte die Jahre vergeudet und seine Gehälter, und ihm war weder das eine noch das andere zu Bewußtsein gekommen. Das Leben war neben ihm hergelaufen, ohne ihn zu schrammen. Monica war Ehefrau, Studienrätin und Mutter. In der Bank arbeitete er immer noch an der Kasse: Man hatte Leute befördert, die nur halb soviel Dienstjahre hatten wie er. Bertini hatte aufgehört zu arbeiten: Einige sagten, er habe die Tantchen beerbt und segle nun glücklich über warme Meere; andere sagten, er habe auf die andere Seite der Erde fliehen müssen, verfolgt von den Tantchen, die nicht mehr für seine Schulden aufkommen wollten.

Die Wende war an dem Tag gekommen, an dem er plötzlich auf Orakel von Delphi gestoßen war. Giorgio hatte den Namen dieses Pferdes mit Zuneigung und Begierde ausgesprochen. Er war sicher, daß es ein Wink des Schicksals war. Er hatte Geld, das er nicht besaß, auf es gesetzt: drei Millionen, Sieg auf zwölf. Laut Zielfoto war es zweiter geworden. Um die Buchmacher zu bezahlen, hatte er sich an die Affidavit gewandt, eine mysteriöse Geldverleihergesellschaft. Er hatte mit einem Darlehen von fünf Millionen begonnen. Nach drei Jahren hatte er sein Gehalt der nächsten zehn Jahre verpfändet, dazu die Wohnung, in der er wohnte, und die andere, die er beim Tod seiner Mutter erben würde.

Eines Nachmittags eröffnete ihm ein Typ von der Affidavit, daß er dreißig Tage Zeit habe, um vierzig Millionen zu überweisen. Anderenfalls würde er die Hypothek auf die Wohnung in Anspruch nehmen.

Und Monica? Was hätte er ihr sagen sollen? Und wohin hätte er Maria bringen sollen? Maria, die im ersten Schuljahr war und jedesmal, wenn er zur Tür hereinkam, ihre Arme um seinen Hals warf ...

Unerwartet und entschieden war der Vorschlag der Reise nach Stockholm vorgebracht worden, die beste Wette seines Lebens, sogar noch besser als die Wette auf Delphi. Nach Stockholm waren die Schulden bezahlt, und außerdem erhielt er alle sechs Monate die Empfehlung, am darauffolgenden Sonntag zu einer weit entfernten Pferderennbahn zu fahren. In irgendeinem Nebenlauf gab es jedesmal ein Pferd, das die Buchmacher nicht einmal in Erwägung zogen, das aber immer als erstes durchs Ziel lief.

Giorgios Lebensumstände hatten sich geändert. Die beiden beträchtlichen und garantierten Gewinne pro Jahr erlaubten es ihm, hartnäckig weiter auf Pferde zu setzen, die ihn regelmäßig enttäuschten. Trotz dieses finanziellen Blutverlustes gelang es ihm jetzt, drei Viertel seines Gehalts vor dem Sog der Pferderennbahn zu retten, und wenn er ganz gelegentlich Geld brauchte, behandelte man ihn bei der Affidavit wie einen Freund und räumte ihm bankübliche Zinsen ein.

Die wiedergewonnene Verfügbarkeit über ein paar Lire hatte zu einer Verbesserung der Familienatmosphäre, speziell auch für Marias Entwicklung, beigetragen. Gerade der Wunsch, ihr ein Geschenk zu machen, das erste, hatte ihn veranlaßt, an der von der Bank organisierten Reise nach Mexico City teilzunehmen.

New York war das zweite Geschenk. Dazu das einzigartige Erlebnis des Marathonlaufs und der Wunsch, eine alte, sentimentale Rechnung zu begleichen und zum Roosevelt zu fahren, der Rennbahn Delphis, der zu einem Stück Erinnerung geworden war. Vielleicht würde er sich von Yonkers verleiten lassen, wo die Traber Rennen im Paßgang liefen. Er hatte die Leute von der Affidavit gefragt, ob sie ihm ein Pferd empfehlen könnten. Bei den Reisekosten ...

Bei der Affidavit hatte man sich zwar für die Reise zum Big Apple interessiert, aber Pferde konnte man ihm nicht empfehlen.

Im Bett des Hilton konnte Giorgio keinen Schlaf finden. Das war ihm in der Nacht mit Delphi auch passiert, aber diesmal war nicht einmal Monica da, mit der er sich hätte ablenken können. Monica und Maria hatten sich für das Abendessen in Little Italy an die Gentile gehängt.

Auch der Marathonlauf war eine Folge von Stockholm. Jene Minuten im Schnee, als jeder Meter der letzte hätte sein können, hatten Wallungen und Zusammenbrüche hinterlassen, mit Einstürzen, in die zu versinken alles andere als wunderbar war. Der Herzspezialist hatte ihm geraten, anzufangen zu laufen. Diesen Rat hatte er befolgt, und es ging ihm wirklich besser. Jetzt erwartete ihn die schwierigste Prüfung. Er rechnete, dreißig Kilometer durchhalten zu können. Der Arzt hatte ihm gesagt, er könne ein paar Schwächephasen nach etwa fünfzehn Kilometern haben: in dem Fall solle er sofort zu Salzen und zur Flasche mit Zuckerwasser greifen; wenn es innerhalb der nächsten fünfhundert Meter nicht besser werde, solle er ausscheiden.

Er löste Kreuzworträtsel, als Monica und Maria zurückkamen.

»Geht's dir gut?« Monicas Sorge erstickte ihn. »Brauchst du irgendwas? Toll, dieses New York, was meinst du? Du hättest ruhig mitkommen können, hast ja doch nicht geschlafen. Morgen bitte keine Verrücktheiten. Sobald du dich unwohl fühlst, hör auf.«

»Hast du bereits beschlossen, daß ich mich unwohl zu fühlen habe?«

»Ach wo, ich wollte sagen, für den Fall, daß du dich nicht wohl fühlst, sollst du nicht den Helden spielen.«

Giorgio kam um sechs in die Halle, eine halbe Stunde zu früh, und sagte dem Portier, er solle den Weckruf für Zimmer 1229 nicht durchstellen. Gegenüber einer großen Spiegelwand setzte er sich in einen Sessel. Peinlich genau kontrollierte er den Giorgio Valle, den er dort erblickte, und war mit dem Ergebnis der Untersuchung zufrieden.

Er las an die zehn Touristenprospekte und ein Heftchen über die Geschichte der Hilton-Hotels. Um Viertel vor sieben betrat er als erster den Frühstücksraum. Im Geist wiederholte er: Zwieback, Honig, Marmelade, Tee. Er legte die Wasserflasche mit Zuckerwasser auf einen Stuhl und begab sich zu dem großen Buffet, auf dem alles hervorstach, was Appetit, Gewohnheiten und unterschiedliche Bedürfnisse um Viertel vor sieben morgens nur wünschen konnten. Da er vor den anderen da war, suchte er sorgfältig die Honigart, die Marmeladensorte, die Teemarke aus; er schielte lange zum Frühstücksspeck und zum Schinken hinüber; zu den Rühreiern mit Tomaten und Chili, die ihn an Mexiko erinnerten; zu den Haferflocken mit Schokolade; zu den Puddings; zur flüssigen Sahne; zum Apfelkuchen und zur Ananastorte; zu den dicken Käsescheiben; zu allem, womit er sich ab dem folgenden Morgen vollzustopfen gedachte, und zwar so, daß er den Mittagsimbiß auslassen und problemlos bis zum Abendessen durchhalten konnte. Denn in den Reisekosten waren die Reise, das Hotel und das Frühstück enthalten. Die anderen Mahlzeiten gingen auf eigene Rechnung, und er hatte mit Monica und Maria vereinbart, eine Mahlzeit auszulassen.

Er kehrte an seinen Tisch zurück. Als er sich setzte, stieß er mit dem linken Knie an die Wasserflasche, die verrutscht war und um Haaresbreite auf dem Boden gelandet wäre.

Mit dem Autobus bohrten sie sich durch ein New York, das wegen des Marathons bereits pulsierte. Rollschuhe, Motorräder, Autos, Fahrräder, Rikschas, Skier auf Rollen: Teilnehmer und Schaulustige gelangten zu den Sammelpunkten in der Nähe der Da Verrazzano-Brücke. Inmitten einer Unzahl von Fernsehkameras und Mikrofonen, die aus Bäumen und Sträuchern hervorkamen, stiegen sie aus. Die Luft wurde von tausend Sprachen und vom säuerlichen Geruch von Pomaden durchzogen. Giorgio war orientierungslos: Er suchte nach bekannten Gesichtern, stieß auf lächelnde unbekannte Gesichter. Eines von ihnen rief ihm »Buona fortuna«, viel Glück, zu, und sofort machte er mit Zeigefinger und kleinem Finger das Zeichen für Hörner und berührte seine Genitalien zur Abwehr von Unheil. »Viel Glück«, das durfte jetzt keiner sagen: Zum Glück mußte er nicht wetten.

Er konnte nicht pinkeln. Man hatte ihm erklärt, daß dies einer der klassischen Riten sei, die zum Marathon gehörten, aber die Zentimeternähe des einen zum anderen, das Beobachtetwerden aus vorbeifahrenden Autos auf den unteren Fahrbahnen der Brücke, blockierte ihn völlig, während der Urinbach bereits floß. Fünf Minuten vor dem Startschuß wurden die Jogginganzüge in die Luft geworfen, die jeder von zu Hause im Bewußtsein mitgebracht hatte, daß er sie wegwerfen müßte: eine Hommage an den Lauf und an die Armen von New York.

Er wurde einer Gruppe zugeteilt, die am Ende loslief, wo die Brücke wieder aufs Land aufsetzt. Er hörte den Startschuß nicht: Er wurde von der riesigen Woge fortgetragen.

Er lief, ohne die Füße auf den Asphalt zu setzen. Er dachte, daß es unter diesen Bedingungen nicht schwer sein würde, den Lauf durchzustehen, ohne einmal zur Flasche zu greifen.

Am Ende der Brücke lief jeder nach seinem eigenen Rhythmus. Männer und Frauen, beim Start getrennt, hatten sich vermischt. Giorgio versuchte, sich auf die großen Verkehrsadern, auf die hohen Gebäude zu konzentrieren, an denen sie vorüberlaufen würden, auf die Leute, die ihnen von den Bürgersteigen in Brooklyn zuklatschten. Er war überzeugt, daß er die Anstrengung weniger spüren würde, wenn er nicht ans Laufen dächte. Er hielt den Kopf hoch und richtete seinen Blick über die Bäume hinauf zu den Hubschraubern, die über den Dächern der Wolkenkratzer Manöver vollführten. Er lief übermütig, ganz gefangengenommen von der Stadt und dem Megakosmos des Marathons: alle zehn Meter Tische, Ambulanzen, Jungen und Mädchen mit Mützen, Trainingsanzügen, Abzeichen der Organisation.

Er achtete darauf, nicht schneller zu werden. Er rechnete damit, zwanzig Kilometer in den ersten beiden Stunden zurückzulegen. Danach würde er sich auf seinen Instinkt verlassen, auf die Tragfähigkeit seiner Beine, auf sein Gesamtbefinden. Unter den Zelten sah man Pritschen, um die Ärzte, Krankenpfleger, Sauerstoffflaschen standen. Er war beruhigt: Immerhin würde er nicht sterben.

Nach der ersten Stunde hatte er weit über zehn Kilometer geschafft. Er hatte sich einer Fünfergruppe angeschlossen, die die Fahne von Neuseeland hochhielt. Sie hatten ihn freundschaftlich aufgenommen, preschten abwechselnd vor, und Giorgio war schon zweimal an der Reihe. Gewöhnt, alleine zu laufen, ohne Regeln und ohne Prinzip, hatte ihn die chronometrische Präzision der Neuseeländer überrascht, die sich alle zwei Minuten abwechselten.

Wie lange würde er durchhalten? Er hoffte, er würde nicht das übliche schlechte Bild des geistesabwesenden, kraftlosen Italieners abgeben. Er beschloß, zur Wasserflasche zu greifen: er mußte es zwar nicht, wollte aber sein Bestes geben. Er nahm zwei Schluck von dem Zukkerwasser, das er abends zuvor zubereitet hatte. Er war der dritte in der Reihe: Als er wieder die Spitze der Gruppe übernehmen sollte, spürte er, wie Müdigkeit ihm in jede Faser drang. Er wurde langsamer, und die Neuseeländer stellten sich freundlicherweise darauf ein. Nach ein paar Metern gab ihm sein Hintermann einen leichten Schlag auf die Schulter, um zu überholen. Giorgio war froh, ganz hinten zu landen. Er machte einen tiefen

Atemzug, den er aber nicht zu Ende brachte. Mit der Hand gab er den Neuseeländern ein Zeichen, daß sie weiterlaufen sollten. Er wurde noch langsamer. Er dachte daran, stehenzubleiben, beschloß zu trinken: vielleicht würde ihm das helfen. Im Gehen schüttete er eine gute Menge Zuckerwasser in seine Kehle. Sofort wurde ihm leichter, aber dann umtanzten ihn Gebäude, Menschen, Bäume. Er streckte eine Hand aus, suchte Hilfe, hoffte, Monica und Maria wären auf dem Bürgersteig und würden ihm zu Hilfe eilen. Giorgios Herz glitt hinab. Er versank.

III

»Millepiedi! ... Millepiedi? ... Millepiedi ...«

Aufrecht vor dem Spiegel stehend, sprach Peppe Millepiedi seinen Familiennamen aus und äffte dabei den Tonfall und die Grimassen nach, mit denen andere ihr Erstaunen, ihre Neugier, ihre Bestürzung über einen Nachnamen zum Ausdruck brachten, der so komisch war, daß man ihn für eine Erfindung halten konnte. Und wenn sie dann begriffen, daß er wirklich Millepiedi, Tausendfüßler, hieß, hagelte es spitze Bemerkungen, grobe Anzüglichkeiten und maßloses Gelächter. Die Erfahrung war ebenso alt wie schmerzhaft: Sie ging bis zum ersten Schultag zurück, als die Lehrerin die Namen aufrief.

Mithin waren es einundvierzig Jahre, die er mit einem Familiennamen zurechtkommen mußte, der ihm nicht gefiel und ihm bei der Arbeit geschadet hatte. Der Slogan, mit dem er sich in der Welt der Werbung vorgestellt hatte (»Was tausend Füße für dich tun, kann auch Tausendfüßler tun«), hatte dazu geführt, daß das Unternehmen innerhalb von sechs Monaten dichtmachen mußte. Zuweilen, in seltenen Augenblicken der Aufrichtigkeit, war er sich nicht ganz so sicher, ob sein Nachname die eigentliche Ursache dieser ersten Pleite war, aber es war ganz praktisch, so zu denken. Kreditkarten, Personalausweise, Führerscheine, Pässe: jeder offizielle Vorgang, jedes Verwaltungsbüro hatten die Empfindlichkeit gegenüber einem Familiennamen verstärkt, mit dem er sich nicht arrangieren wollte. Es stimmt nicht, daß man sich an alles gewöhnt: Er hatte sich nicht daran gewöhnt, Signor Millepiedi zu sein. Über viele Jahre hatte er geglaubt, daß die Schwierigkeiten, Fuß zu fassen, an seinem Familiennamen lägen. Als er es endlich geschafft hatte, seinen Platz zu erobern, und was für einen Platz, war ihm eine Unduldsamkeit verblieben, die angesichts einer bevorstehenden Verabredung explodierte: Er konnte sich jetzt schon die Reaktionen derer ausmalen, denen er vorgestellt würde.

Vielleicht würden aber die, die ihn in einer Stunde erwarteten, viel zu sehr mit zeremoniösem Getue beschäftigt sein, um auf seinen Nachnamen zu achten.

Die Einladung war unerwartet gekommen. Folglich hatte er Maria angerufen, seine Frau, von der er getrennt lebte, ohne in acht Jahren Zeit und Lust gefunden zu haben, sich von ihr scheiden zu lassen, und hatte sie gebeten, das Abendessen mit Sabrina und Rebecca um vierundzwanzig Stunden zu verschieben. Das waren seine Töchter, und er hätte sie lieber Giovanna und Giuseppina genannt, nach seiner Mutter und seiner Schwiegermutter. Maria aber wollte davon nichts wissen und nichts hören. »Was? Mit so einem Familiennamen, den sie das ganze Leben mit sich rumschleppen müssen, geben wir ihnen wenigstens ein bißchen andere Vornamen.«

Ihm aber kamen sie gar nicht so anders vor, eher aufgeblasen: Namen, die sich für Puppen eigneten oder für jemand, der beim Film Karriere machen will, nicht aber für zwei tüchtige Mädchen, die sich einen Mann suchen mußten und vielleicht eine Arbeit. Aber so war es nun mal: Sie hießen Sabrina und Rebecca.

Er erinnerte sich daran, wie sie noch kleine Mädchen waren, und er hatte Mühe, sich damit abzufinden, daß sie inzwischen zwei Signorine waren. Sabrina war siebzehn, Rebecca sechzehn. Millepiedi kamen sie wunderschön vor, intelligent, tugendhaft, und sie hätten einen ganz anderen Vater verdient als den, der er bis vor vier Jahren war. Ein Vater ohne eine Lira, der ihnen weder ein Mädcheninternat noch Geschenke bieten konnte und gerade mal in der Lage war, hin und wieder ein paar Stücke Stoff zu kaufen, die sich unter Marias geschickten Händen in anständige Kleidchen verwandelten. Doch seit vier Jahren hatte sich die Lage verändert: Obwohl er sie weiterhin selten besuchte, war Millepiedi der Meinung, daß er ein Vater wie alle anderen geworden war, ja, ein besserer als die anderen, angesichts des Geldes, das er mit vollen Händen für seine Töchter ausgab. Auch die Einladung zum Abendessen verbarg einen kleinen Exhibitionismus: nämlich den Wunsch, ihnen die Wohnung vorzuführen, in die er gezogen war und mit der er die Einzelzimmer mit Küchenbenutzung aufgegeben hatte, in denen sein Leben als getrennt lebender Ehemann verlaufen war. Jetzt war er Eigentümer einer Dachterrassenwohnung, in der allein die Küche drei Räume beanspruchte, und es fehlte auch nicht eines der wunderlichen Dinge aus der Werbung. Er hatte alles vollgestellt, um sich für die Zeit zu rächen, als er sich nicht einmal eine Mikrowelle leisten konnte. Er vertraute darauf, daß ihm dieses verrückte Zeug bei der schwierigen Aufgabe helfen würde, alleine ein Abendessen zuzubereiten: Er hatte es den Mädchen versprochen und wollte auch in dieser Hinsicht kein schlechtes Bild abgeben. Es sollte ein erinnerungswürdiger Abend werden, seine Weihe als erfolgreicher Vater, angefangen bei dem herrlichen Wohnzimmer, das zur großen Straße am Meer hinaus lag.

Mit dem Kauf der Dachterrassenwohnung hatte Millepiedi noch eine andere Laune befriedigt. Die Wohnung schloß ein großes Wohnhaus mit karmesinroten Fliesen ab. Millepiedi war dort schon während seiner Gymnasialzeit gewesen, weil Claudio dort wohnte, der reichste Junge in der Klasse. Seitdem war dieses Wohnhaus in seinen Augen so etwas wie das Symbol für Wohlstand und gesellschaftliche Bedeutung. Millepiedi war der Meinung, beides erreicht zu haben. Er plante eine strahlende Party: er würde die derzeitigen Geschäftspartner und Kunden der Mille P einladen, der Marketing- und Werbegesellschaft, mit der er endlich erfolgreich war. Er würde den Bürgermeister und die Stadtdezernenten einladen, Politiker und Industrielle, bedeutende Männer und unauffällige Milliardäre. Er rechnete damit, daß alle kommen würden. Ein Fest, an das man sich erinnern sollte, dafür würde er ein paar hundert Millionen springen lassen, und das würde er sich auch leisten können.

Vorsichtig fuhr er durch den dichten Stadtverkehr. Es war acht Uhr abends, Stoßzeit. Auch er fuhr, wie die meisten anderen Autos, in die Richtung des neuen Stadtteils, Viertel, die planlos am Fuß des Vulkans hochgezogen worden waren, massenweise große Wohnhäuser und Villen, die die kleinen Dörfer des Außengürtels überzogen und sie in anonyme Schlafstätten verwandelt hatten. Er fand zunächst die Straße nicht. Die Kreuzung, von der sie abging, war von übervollen Müllcontainern belagert. Der Müll fiel sogar auf die Straße, und die Autos, die darüber hinwegfuhren, hatten einen Teppich aus Dreck daraus gemacht.

Es war ein eingeschossiges Haus, das ein außerordentlich gepflegter Rasen umgab, der es von der Straße trennte. Am Tor eine Sprechanlage ohne Namen und eine Videokamera, die zu laufen begann, sobald er klingelte. Von drinnen fragte ihn eine düstere Stimme, wer er sei.

»Millepiedi«, sagte er entschlossen.

»Wie bitte?«

Fängt das schon wieder an, dachte er: Ja, ich heiße Millepiedi, na und? Jedenfalls ist es nicht meine Schuld. Bevor er antworten konnte, öffnete sich das Tor. Ein mit Lavastein gepflasterter Weg brachte ihn bis vor die gepanzerte Tür. Ein junger Farbiger in einer merkwürdig militärischen Aufmachung statt einer Butlerkleidung erwartete ihn dort.

»Und die Abzeichen?«

»Ich verstehe nicht, Signore.«

»Ich wollte sagen, mein Bester, bei einer solchen Aufmachung, wo sind da die Abzeichen?« Der junge Mann sah ihn an und setzte ein halbes Lächeln auf: Er hatte kein Wort verstanden.

Millepiedi wurde in den weiträumigen Salon geführt.

Der mit schwarzem Tuch bedeckte dreibeinige Tisch stand in der gegenüberliegenden Ecke.

»Teuerster.« Mit schnellen Schritten trug die Baronin Stramondo ihm ihre sechzig Jahre entgegen, die unter kostbaren Seidenstoffen verhüllt und von teuren Liftings gestützt wurden. Sie war die Hausherrin und auch die Herrin des kleinen Geheimnisses, auf das sie sich nun einlassen wollten. Die Baronin stellte den Cavaliere Ragonese vor, dessen hagere Gestalt mit rundem Glatzkopf an ein Wachsstreichholz erinnerte; Rechtsanwalt Strano, dünkelhaft sogar noch beim Handreichen; Signora Vadalà, die ihn mit einem leichten Klappern der Augenlider begrüßte.

Sie waren also zu fünft, eine ungewöhnliche Zahl, die Millepiedi die Bedeutung des Abends bestätigte. Seit seiner Rückkehr aus Stockholm hatte er angefangen, mit Geistern aus dem Jenseits und dreibeinigen Tischen zu verkehren. Er hatte sich selbst immer wieder gesagt, daß er es gemacht habe, um einer Schönen mit Titel, einem üppigen Hinterteil und fünf Boutiquen zu folgen. Statt dessen wußte er genau, daß er einer Antwort auf seine Befürchtungen nachjagte, die ihn wochenlang mit Angst erfüllt hatten. Er hätte gerne das eigene Schicksal erfahren: Würde er leben und frei bleiben?

Er hatte keine so deutlichen Fragen vorzubringen gewagt, um die nicht Verdacht schöpfen zu lassen, die neben ihm saßen. Die Fragen waren nur halbe Fragen, und auch die Antworten waren nur halbe Antworten, die die Angst vermehrten. Die trat in unterschiedlicher Weise auf, denn trotz eifriger Besuche hatte er nie eine tiefsitzende Skepsis überwunden: Er weigerte sich, daran zu glauben, daß jemand aus dem Totenreich das Interesse und die Fähigkeit besitzen sollte, den Lebenden ein paar Zukunftsfunken mitzuteilen.

»Wenn das alles stimmte, und ich würde als Toter angerufen, würde ich das Gegenteil antworten«, hatte er Maria gestanden, die ihm heftige Vorwürfe wegen seiner

Beteiligung an solchen Sitzungen machte. Mit einem Wort, Millepiedi glaubte nicht, wich weitergehenden Vereinnahmungen aus, hätte aber nichts dagegen gehabt, wenn die arme Seele ein paar Klopfzeichen als Vorboten guter Nachrichten machen würde. Zwischen einem Ja und Nein hin und her gerissen, das auch als Nein und Ja verstanden werden konnte, hatte er es sich zur Gewohnheit werden lassen, wenigstens einmal alle zwei Wochen mit am Tisch zu sitzen. Die Gewohnheit war geblieben, obwohl sich im Lauf der Zeit die Angst von Stockholm verflüchtigt hatte. Und zu der Gewohnheit war die Möglichkeit gekommen, neue Namen und Anschriften ins Adressenverzeichnis seiner Agentur und in sein privates Notizbuch einzutragen.

Millepiedi hatte es leicht beim anderen Geschlecht: Er hatte keinen imponierenden Körper, doch er hielt ihn schlank und wendig, und vor allem hatte er – wenigstens hatte man ihm das gesagt – ein vertrauenerweckendes Gesicht, das typische Aussehen von jemandem, dem man einen gebrauchten Schuhlöffel abkaufen würde. Nur Maria sah die brennende Gier in seinen Augen. »Peppe«, hatte sie zu ihm am Abend, bevor sie ihn rausschmiß, gesagt, »begnüg dich mit dem, was du hast, das Brot ißt man nur scheibenweise.« Millepiedi hatte sich damit nicht begnügt. Und hatte er nicht recht gehabt? Jetzt hatte er Geld und hatte Frauen. Oft hatte er sogar die Qual der Wahl. Um die eine oder andere Nacht alleine zu verbringen, mußte er höfliche Absagen erteilen. Als seine Haare anfingen grau zu werden, hatte er gelernt, Geschäfte auch in der Horizontalen abzuschließen.

Vor zwei Jahren hatte man ihn zur Baronin Stramondo mitgenommen: andere Musik, andere Umgebung. Die Grande Dame verfügte in Millepiedis Augen nur über bescheidene körperliche und finanzielle Vorzüge, hatte aber die besten Beziehungen in der Stadt. Dagegen hatte Millepiedi große Anziehungskraft auf die Baronin ausgeübt. Die Einladungen waren immer beharrlicher geworden. Die Baronin hatte ihn in den engen Kreis der Privilegierten aufgenommen, die sich, im Unterschied zu den zahlreich Flehenden, nicht in die Warteschlange zu stellen brauchten, um an ihren Sitzungen teilzunehmen.

Der Diener nahm das Tuch vom dreibeinigen Tisch und verschwand. Die Lampen wurden ausgeschaltet, außer einer Stehlampe, die eigens abgeschirmt worden war. Millepiedi bemerkte, daß der Cavaliere Ragonese abgekaute Fingernägel hatte und Signora Vadalà eine äußerst starke Jasminessenz benutzte.

Die Baronin packte energisch Millepiedis rechte Hand und die linke des Rechtsanwalts Strano; diese schlossen den Kreis, indem sie die Hände von Signora Vadalà und dem Cavaliere Ragonese faßten.

Die Hausherrin entrückte sich der Gesellschaft allmählich immer mehr. Ihre Gesichtszüge wurden weich, ihre Hände wirkten wie Seidenpapier. Millepiedi dachte, daß seine Gastgeberin ohne diesen kleinen Kettenkreis auf und davongeflogen wäre.

Da war etwas, das nicht zu Millepiedis Skepsis passen wollte: und das war die Zeit, die sich seiner Kontrolle entzog. Erst wenn er die Sitzungen verließ, wurde ihm bewußt, wie viele Stunden vergangen waren. Solange er drinnen war – in einem Haus, in einem Zimmer, in einem Kreis von Menschen –, wurden die Minuten zu Stunden und Stunden zu Minuten. Wie sehr er sich auch anstrengte, ein Teil von ihm verschwand.

Die Baronin neigte den Kopf nach hinten, ihre Augen waren halb geöffnet, wie bei jemandem, der im stillen leidet. Millepiedi merkte, wie etwas von seinem Wesen abwärts glitt. Er wurde leer: Er spürte ein Kribbeln in den Füßen, er empfand etwas Neues und Unerklärliches.

Du wirst schon sehen, daß alles stimmt. Dieser Gedanke beängstigte ihn, und der erstickte Schrei der Baronin wirkte auf ihn wie ein Ruf, der in der Lage war, die Natur und die Körper zu durchdringen.

Die Baronin schwitzte und stöhnte, ihre Hand war kein

Seidenpapierbogen mehr, sondern ein Eiszapfen, und von diesem Eiszapfen gingen Zuckungen aus, auf die Millepiedi hätte verzichten können. Er hatte den Eindruck, auf einen Strudel loszusteuern. Er schloß die Augen: Er sah sich als Kind, wie er auf einen Balkon ohne Geländer, mit vier armseligen, von der Sonne und vom Regen verrotteten Holzlatten zuging. Er ging auf den Balkon zu und lächelte seine Mutter an, die ihn anschrie, er solle stehenbleiben, oder wenigstens glaubte er, das sei der Grund, weshalb sie den Mund unkontrolliert auf und zu machte. Millepiedi sah, aber er hörte nicht. Er lächelte dieser Mutter verständnisvoll zu, die, wie alle Mütter, überall Gefahren witterte. Vom Balkon aus beherrschte man die vier Straßen unten und die Kreuzung. Er beugte sich vor, er hörte, wie das Holz nachgab, öffnete die zu Eis erstarrten Augen und blickte die anderen an. Das Halbdunkel des Zimmers kam ihm vor wie bei einer Trauerwache.

Was treibt mich nur hierher? Millepiedi war wütend über seine Unfähigkeit, sich den Unarten anderer zu entziehen. Er hatte gelebt, indem er sich den Wünschen anderer angepaßt hatte in der Hoffnung, daß für ihn etwas dabei herauskommen würde. Es war immer schief gelaufen, außer bei dem Mal in Stockholm, wo man sich nicht anpassen, sondern einfach gehorchen mußte.

Er schwor sich, es würde das letzte Mal sein, daß er sich hierher schleppen ließ: Die Baronin und ihr Freundeskreis konnten ihm gestohlen bleiben.

Die Agentur lief ja inzwischen ... Vor Millepiedis inneres Auge traten zwei Männer: Sie liefen gebeugt durch eine Landschaft unter einem grauen Himmel. Um sie herum sprangen Männer mit Gewehren und Pistolen. Einer der beiden Flüchtenden drehte sich nach den Verfolgern um und legte ein Gewehr an: Er drückte den Abzug, aber der Schuß ging nicht los. Millepiedi erkannte sich in dem Mann mit dem Gewehr, das nicht schoß ...

»Bleib, bleib ...« Der Ruf holte ihn wieder zurück. Vor dem inneren Auge waren sowohl die fliehenden Männer als auch ihre Verfolger verschwunden.

»Bleib, bleib ...« Es war die Baronin, die Kontakt aufgenommen hatte. Millepiedi bemerkte, daß sie am Boden lag, ihre linke Ferse lag auf dem rechten Knie, die Hände waren ineinander verschränkt. Wer weiß, wie lange sie den Kreis schon durchbrochen hatte.

Millepiedi war völlig fertig: Die Muskeln der Beine und der Arme waren verkrampft, das Herz raste, der Blick war verschleiert und taumelte wie in einem Strudel um den Tisch. Jede Drehung vergrößerte den Abstand zu den anderen vier: Ihre Worte vermischten sich, er war unfähig, sie zu unterscheiden. Die Baronin, der Cavaliere, der Rechtsanwalt und die Signora verschwanden am Horizont.

»Wo? ... Wann? ...«

Millepiedi stürzte mitten unter die anderen zurück, zerfressen vor Angst, daß die Fragen, die die Baronin gestellt hatte, ihn betreffen könnten, genauer: daß sie ihm galten.

Die Baronin warf sich hin und her. Von ihren Lippen kamen schwache Laute, die Beine streckten sich wieder aus, die Hände lösten sich. Die Reise ging ihrem Ende entgegen. Millepiedi war verstört. Alles schien ihm fern und unsinnig: von der Rückkehr nach Hause bis zu den Verpflichtungen, die ihn am nächsten Morgen erwarteten. Er fürchtete, Türen aufgestoßen zu haben, an die er nicht klopfen wollte. Er erinnerte sich genau an die Bilder wie aus einem Alptraum, die von ihm Besitz ergriffen hatten, doch die Baronin versicherte stets, daß *sie* sich an nichts erinnern würde, wenn der Kontakt zum Totenreich wieder zu Ende wäre.

Millepiedi starrte auf einen kleinen Empirespiegel, in dem er gewöhnlich die Wirkungen der Sitzungen kontrollierte, und sah wieder die Szene auf dem Balkon. Schaudern überkam ihn, er hatte den Eindruck, daß ihm ein Aufschrei entfahren sei; die vier, die bereits aufgestanden waren, sahen ihn bestürzt an.

»Ist irgend etwas?« Die Baronin trat besorgt neben ihn.

»Nein ... das heißt ja. Die Fragen, betrafen sie mich? Ich meine das ›Wann‹, das ›Wo‹, die Sie herausgeschrien haben, waren die an mich gerichtet?«

»Teurer Millepiedi, beruhigen Sie sich ... Seien Sie nicht so aufgeregt. Möchten Sie etwas trinken, etwas Starkes?«

»Nein, es geht mir gut, es geht mir sehr gut ... Machen Sie sich keine Sorgen, Baronin. Sagen Sie mir bitte nur, ob das Angst um mich war: Sie klangen so alarmierend. Als ich Sie dieses ›Wo‹, dieses ›Wann‹ aussprechen hörte, hat es mich übermannt.«

»Mein Freund«, die Baronin schenkte ihm das strahlendste Lächeln, zu dem sie fähig war, »Sie wissen sehr wohl, daß ich keinerlei Spur von dem, was ich gesehen oder gehört habe, nach mir ziehe. Sie versichern mir, daß ich ein ›Wo‹ und ein ›Wann‹ ausgesprochen habe. Aber ich weiß nicht und werde es nie wissen, ob ich das wirklich von mir gegeben habe und warum.«

»Sie haben es gehört?« Millepiedi wandte sich an Signora Vadalà, an Rechtsanwalt Strano und an den Cavaliere Ragonese, und Gott war sein Zeuge, daß er darauf gerne verzichtet hätte. »Können Sie bestätigen ... Vielleicht Sie, Signor Avvocato: Hatten Sie vorher eine Frage gestellt, und die Baronin hat Sie gemeint?«

Rechtsanwalt Strano zeigte Unduldsamkeit. Er hielt die Frage für eine Unverschämtheit und machte dies deutlich, indem er die Worte sorgfältig wählte, die seinen Verdruß über einen derartigen Mangel an Diskretion zum Ausdruck bringen sollten.

»Hochverehrter Signor Millepiedi, Sie müßten die Regeln unserer Treffen doch kennen. Dank der Baronin haben wir die Gelegenheit gehabt, eine einmalige, unwiederholbare Erfahrung zu machen. Jeder war dermaßen konzentriert, eine Verbindung zu der edlen Seele aufzunehmen, die uns ihre Aufmerksamkeit zukommen ließ, daß wir uns um nichts anderes kümmern konnten. Und doch könnte ich vor jedem Gericht beschwören, daß die Baronin diese beiden Worte nicht gesagt hat, die Sie so verwirrt haben.«

»Und auch Sie haben nichts gehört?« Millepiedi wandte sich niedergeschlagen an den Cavaliere Ragonese und an Signora Vadalà, die beide bestätigten, daß das »Wo« und das »Wann« nicht ausgesprochen worden waren.

»Nun, teurer Freund, grämen Sie sich nicht.« Die Baronin Stramondo warf ihrem bevorzugten Gast einen Rettungsring zu. »Es kommt vor, daß man etwas wahrnimmt, das der Wirklichkeit nicht entspricht. Wenn Sie sich Sorgen über Ihre Zukunft machen, kann ich Sie auf der Stelle beruhigen: Der, der uns mit seiner Gegenwart beehrt, geht nicht in Einzelheiten. Fassen Sie wieder Mut, die Zukunft leuchtet Ihnen entgegen.«

»Ich habe die beiden Fragen gehört.« Millepiedis brüske Behauptung rief Versteinerung hervor. Man hielt ihn für schlimmer als einen Ungläubigen: Er erhob den Anspruch, dort einzudringen, wo nur die Auserwählten eindringen konnten.

In Wirklichkeit erhob Millepiedi keinerlei derartige Ansprüche. Er hätte sich damit zufriedengegeben, mißverstanden zu haben, aber er forderte sichere Beweise, keine wolkigen Grundsatzerklärungen oder Blicke wie von vergewaltigten Jungfern. Er begriff, daß sie ihn nicht mehr einladen würden, und hätte gewünscht, daß diese Maßnahme ihn früher getroffen hätte: Es hätte ihm das Gefühl des Entsetzens erspart, in das er nun eingemauert war.

Er war der erste, der ging. Er verhedderte sich mit der Diebstahlsicherung des Autos und der Zündung. Er stellte sich vor, wie sie jetzt über ihn lachten und ihn kritisierten. Und was, wenn ich morgen beichten gehe? Er hoffte, daß der Priester Schatten und Gespenster vertreiben würde, indem er ihn aufforderte, nicht zu glauben, wie damals im Internat bei den Salesianern, der einzigen Zeit, in der er Priester aufsuchte und Sakramente empfing. Allerdings hatte er Angst vor finsteren Bündnissen zwischen Mächten, die über ihn hinauswuchsen. Soweit er etwas über die Welt und die Menschen gelernt hatte, gehörten die Gläubigen alle zu derselben Clique und unterschieden sich lediglich durch Interpretationen und Sophismen.

Die Straßen waren leer. Er fuhr unaufmerksam, mit großen Schlenkern. Die Uhr am Armaturenbrett zeigte Mitternacht an. Fast drei Stunden, etwas weniger als bei den letzten Zusammenkünften.

Ja doch, da gab es in seiner Kindheit einen Balkon ohne Geländer: in der Wohnung auf der dritten Etage in der Via Francesco Crispi, er mußte acht oder neun Jahre alt gewesen sein, denn er besuchte die vierte Grundschulklasse. Die Arbeiter hatten einen ganzen Tag lang gearbeitet, um ein höheres Geländer anzubringen. Sein Vater hatte ihn auf den Arm genommen, um ihn auf die Straße hinuntersehen zu lassen ... Er hatte sich vorgestellt, wie er den Armen seines Vaters entglitt, wie er lange von der dritten Etage hinabstürzte, einer sehr hohen dritten Etage, hunderteins Stufen, ohne Aufzug ...

Er war schweißgebadet. Zuckte zusammen. Mußte anhalten, um wieder zu sich zu kommen. Der Himmel war sternenklar. Er bog auf die Umgehungsstraße, die Circonvallazione ein, wo die Straße mit den kleinen Villen am Meer begann. Er war überrascht, wie menschenleer es um ihn war: Die Café-Bar der Lastwagenfahrer war geschlossen, die sonst immer bis morgens früh geöffnet hatte; geschlossen war der Zeitungskiosk, der auf pornographische Hefte spezialisiert war und von einer nächtlichen Fauna vorsichtiger oder besonders skrupelloser Männer gestürmt wurde; geschlossen war sogar der riesige Imbißwagen mit Brötchen und Spanferkel am Spieß. Millepiedi war darüber betroffen: Er fuhr mit zwanzig Stundenkilometern und versuchte, wieder aus dem tiefsitzenden Unbehagen aufzutauchen, das ihm die Luft zum Atmen nahm. Gerade jetzt hätte er es nötig gehabt, von der täglichen Normalität getröstet zu werden, doch statt dessen war seine gewohnte Krippe verschwunden. Vor der letzten Kurve sah er den Karren mit den Körnern: Beseligt fuhr er heran und war sicher, daß seine Probleme sich in Luft auflösen würden.

»Wie geht's?« In seiner Stimme lag so viel Begeisterung, daß der Alte den Kopf von den Eimern aufrichtete.

»Hm ... Is kein Abend, das.«

»Was ist eigentlich los? Sind Sie als einziger übriggeblieben?«

»Is kein Abend, das.« Der Alte schüttelte den Kopf, um damit das zu bekräftigen, was er meinte. »Da liegt was in der Luft. Ich geh jetzt auch.« Und war im Begriff, aufs Fahrrad zu steigen, das den Karren schob.

»Warten Sie, geben Sie mir noch was ... Warum ist das kein Abend? Was bedeutet das, da liegt was in der Luft?«

»Spürn Sie's denn nicht? Viel zu still alles. Sagen Sie mir, was Sie wollen, denn ich muß los.«

Millepiedi kaufte ein bißchen von allem: Kürbiskerne, Kichererbsen und geröstete Getreidekörner, Johannisbrot. Er hatte die Hände voller Papiertüten. Er fragte sich, was er damit sollte: Er hatte noch nie Kürbiskerne, Johannisbrot und geröstete Getreidekörner gegessen. Allein der Geruch ekelte ihn an.

Vorsichtig legte er sie auf den Sitz und achtete darauf, daß die Körner nicht herauskullerten. Er legte den Gang ein und überholte den über seine Pedale gebeugten Kernverkäufer. Er verließ die Circonvallazione und fuhr die Rampe hinauf, die auf den Platz vor seinem Haus mündete. In einem Lieferwagen bewegte sich etwas, aber vielleicht, sagte er sich, litt er an Sinnestäuschungen. Er parkte seinen Wagen vor dem Parkverbotsschild. Es war das erste Mal, daß er eine Parklücke auf diesem großen improvisierten Parkplatz fand, auf dem die Autos an die Stelle der Bäume und Bänke des ursprünglichen Bebauungsplans getreten waren. Es war auch das erste Mal, daß er nicht die unterirdische Garage benützte. Die Chancen standen fünfzig zu fünfzig, daß er am nächsten Morgen seinen metallicfarbenen Tema Turbo noch vorfinden würde, aber er war viel zu durcheinander, als daß er Tore hätte auf und zu machen und Rolläden rauf und runter ziehen können. Sollte der Wagen gestohlen werden, wäre das ein Grund mehr, einen neuen zu kaufen: Das wollte er schon seit dem Sommer.

Er zwängte sich durch den engen Raum zwischen den Autotüren seines Temas und des Wagens daneben. Bei der letzten Kontrolle der Scheinwerfer und der Diebstahlsicherung erinnerte er sich an die auf dem Sitz liegengebliebenen Tüten. Sichtlich verdrossen wiederholte er die Verrenkungen, um hinein und wieder heraus zu gelangen, wobei er darauf achtete, den Inhalt der vier Tüten nicht zu verschütten. Als er sich frei bewegen konnte, stellte er sich seitlich hin, bückte sich und warf die Kürbiskerne, Kichererbsen und gerösteten Getreidekörner unter einen Lastwagen. Er rieb sich die Hände, die aber einen Hauch von dem öligen Papier beibehielten. Er steckte den Schlüssel ins Schloß, wurde aber von dem knarrigen Geräusch des sich öffnenden Garagentors abgelenkt. Zwei junge Männer kamen dort heraus, der erste hatte ein Walkie-talkie. Er stürzte auf ihn zu. Daß sie keine Polizisten oder Wachmänner waren, sah Millepiedi gleich am Funkeln in den Augen, erst danach an der auf ihn gerichteten Pistole. Das Funkeln in den Augen eines Wolfs, der ein Lamm schlägt.

»Ganz ruhig, ich bin unbewaffnet, ich geb euch alles, macht keine Witze.«

Der Alptraum wurde Wirklichkeit, und Millepiedi wollte unter keinen Umständen dem fliehenden Mann gleichen, der ein Gewehr im Anschlag hatte, das nicht schoß. Er wollte nur leben.

Das Funkeln in den Augen wurde intensiver.

»Was wollt ihr? Um Gottes willen... Seid ihr verrückt? Ich geb euch alles: hier, das Portemonnaie, die

Uhr, wollt ihr auch die Autoschlüssel? ... Wollt ihr die Wohnungsschlüssel?« Als er das sagte, berührte seine Zunge eine Träne, die sich zwischen den Lippen verloren hatte. Er hatte nicht einmal bemerkt, daß er zu weinen angefangen hatte.

Das Aufscheinen von Glück in den Augen des Jungen würde Millepiedi nie mehr vergessen. Ja, denn es handelte sich um einen Jungen, einen lächelnden Jungen, der jetzt langsam die Pistole auf die Höhe von Millepiedis Stirn richtete.

»Warum nuuur?« Nicht sein Schrei zerriß die Stille der Nacht, sondern der Motorenlärm eines Autos, das auf den Platz geschossen kam.

»Keine Bewegung, Polizei ...«

Das Lächeln wurde zum Grinsen. Der Junge machte eine halbe Drehung und begann zu schießen. Millepiedi warf sich auf die Erde, ohne etwas zu begreifen, ohne hinzuschauen. Wieder verlor er das Zeitgefühl, er hörte kleine Knalle und ohrenbetäubende Knalle, Flüche und erstickte Schreie. Dann jähe Stille, Geruch nach Schüssen. Er drehte seinen Kopf in die Richtung, aus der schnelles Getrampel kam.

»Alles in Ordnung? Sind Sie verletzt?« Der Polizist mit einer noch rauchenden Schnellfeuerpistole und einem kreidebleichen Gesicht hatte Mühe, seine zitternden Hände unter Kontrolle zu bringen.

Millepiedi stand auf und suchte nach möglichen Verletzungen. Er spürte etwas Feuchtes in der Leistengegend: Er berührte seine Hose, sie war naß, doch nicht von Blut. Er blickte zur Erde, da war alles trocken.

Er wandte sich verloren und verlegen an den Polizisten: »Kann ich in die Wohnung? Ich muß mich umziehen ... Ich hab mich vollgepinkelt.«

Der Polizist starrte ihn bestürzt an: »Was sagen Sie? Sind Sie verletzt oder ist alles in Ordnung?«

»Ich bin nicht verletzt, ich bin völlig naß ...« Millepiedi war wieder nach weinen zumute vor lauter Scham.

Wenige Meter weiter lag der Junge mit den funkelnden Augen lässig da, fast obszön. Ein Auge war weit aufgerissen. Millepiedi achtete weder auf den Jungen noch auf die Gefahr, die dieser Junge kurz vorher noch dargestellt hatte: Nur seine Blamage ging ihm durch den Kopf.

»Reden Sie keinen Scheiß! Sie kommen jetzt mit uns aufs Polizeipräsidium. Ach ja, wer sind Sie eigentlich, und warum wollte man Sie erschießen?« Der Polizist bekam wieder Farbe ins Gesicht, das Zittern der Hände hatte aufgehört.

Wer sind Sie, und warum wollte man Sie erschießen? Viele fragten ihn das in dieser Nacht, deren Morgen nicht dämmern wollte. Millepiedi saß seit einer Stunde in einem kaputten Kunstledersessel im schmutzigsten Raum des Präsidiums. Aber er stand dem in Sachen Schmutz in nichts nach. Man hatte ihm nicht erlaubt sich umzuziehen, und jetzt mußte ein Gestank von ihm ausgehen wie nicht einmal in seiner Kindheit.

»Ich bin Ispettore Torrisi.« Er stand vor Millepiedi: lang und ungepflegt, das Hemd am Hals aufgeknöpft, durchgescheuert, halb in der Hose, halb draußen. Der schwarze, stachelige Bart der Nacht, eine Zigarette hing zwischen Daumen und Zeigefinger, an denen das Nikotin Spuren hinterlassen hatte, die von gelb bis braun reichten.

Nach dieser Vorstellung ging Inspektor Torrisi im Zimmer auf und ab, schaffte mit dem Fuß eine Kippe zur Seite, legte den schlaffen Hut auf den mit Papierkram, Kugelschreibern, Zeitungsseiten, Fotografien, einem Tablett aus Karton mit der Aufschrift »Pasticceria Mantegna«, Konditorei Mantegna, bedeckten Schreibtisch.

Millepiedi war von dem auf eine orangefarbene, mit Papieren prall gefüllte Mappe gelegten Hut fasziniert: Es war ein Borsalino aus grauem Stoff mit einem dunkelgrauen Band. Ein altes Modell.

»Er gehörte meinem Vater.« Inspektor Torrisi kannte das Interesse der anderen an diesem Hut schon. Wenn er ihn trug, hatte er das Gefühl, damit das Gedächtnis an den Vater zu ehren.

Der Inspektor hatte eine rauhe Stimme und räusperte sich. Als er hereingekommen war, hatte er den gefalteten Regenmantel über der rechten Schulter, und dort behielt er ihn auch, obwohl er seine Hand hineinsteckte, um irgend etwas zu suchen. Er zog ein Blatt kariertes Papier heraus, das von einem Notizblock abgerissen worden war, wie der perforierte Rand zeigte.

»Millepiedi Giuseppe, genannt Peppe, richtig? Einundvierzig Jahre alt, verheiratet, getrennt lebend, zwei Töchter, Eigentümer der Werbeagentur Mille P, richtig?«

Millepiedi, überrascht, daß sein Name unbeanstandet durchgegangen war, nickte.

»Warum wollte man Sie umbringen?«

»Wie soll ich das wissen?«

»Wer soll es denn sonst wissen?«

Millepiedi kam sich nicht nur schmutzig und stinkend vor, sondern auch noch verdächtigt, und das war wirklich das Tüpfelchen auf dem i in einer Nacht, in der der Tod ihn gestreift hatte. Ein Tod, der ihn bereits umschwebt hatte, bevor er die Gestalt dieses Jungen angenommen hatte, in dessen Augen das Glück aufblitzte, als er gerade den Abzug drücken wollte.

»Hören Sie, Millepiedi, machen Sie ruhig, was Sie wollen, verhalten Sie sich, wie es Ihnen am besten scheint, aber Sie sollen wissen, daß Sie das Glück, das Sie heute nacht gehabt haben, kein zweites Mal haben werden.« Torrisi hatte einen gelangweilten Ton. Millepiedi erwartete, daß der Inspektor zum Beweis dafür, wie wenig er um sein Leben gab, nach seinem Hut greifen und weggehen würde. Aber er bewegte sich nicht fort. »Sie leben noch, weil die von der Streife den Typ mit den Körnern getroffen haben, sie wollten ein paar kaufen und haben dann ein bißchen miteinander gequatscht ...«

Torrisi starrte ihn an, weil er eine Frage erwartete, die aber nicht kam.

»Als sie ein bißchen auf den Kernen rumgebissen hatten, fragten sie ihn, warum er schon so früh von seinem Platz aufgebrochen sei, und er hat geantwortet, er wäre dem Tod begegnet.« Wieder fixierte der Inspektor Millepiedi. »Alles klar?«

»Das fragen Sie mich?«

Torrisi schob das karierte Blatt Papier unter die Lampe. »Ja.« Er begann mit der Angestrengtheit eines Kurzsichtigen zu lesen, der seine Brille vergessen hatte.

»Nach Ansicht des Typen mit den Kernen stand Ihnen der Tod ins Gesicht geschrieben ...«

Der Inspektor betrachtete das Blatt genauer: »... wörtlich hat er gesagt: ›Einer hat angehalten, der machte einem allein schon dadurch Angst, daß er aussah, wie wenn er eine Verabredung mit dem Tod gehabt hätte. Ich, ich hatte keine Verabredung und beschloß, nach Hause zu fahren.‹«

Millepiedi rieb sich die Augenlider und die Wangen mit der linken Hand: Diese Nacht war ein Tunnel ohne Ende.

»Der Kernefritze muß überzeugend gewesen sein, wenn die Streifenbeamten gleich zu Ihnen gestürzt sind. Stimmt's?« Torrisi erwartete keine Bestätigung, er machte einfach weiter. »Wer weiß, warum sie ausgerechnet die Auffahrt nahmen, die Sie raufgefahren waren ... Das steht hier nicht ...« Torrisi schien zu beichten.

Er zog die Nase hoch und fuhr fort. »Eine Polizei wie immer zur Verfügung des Bürgers, und mir scheint, daß der zur Debatte stehende Bürger sie gebraucht hat.«

Mit dem letzten Stummel zündete er sich noch eine Zigarette an, die er zwischen den Fingern verglimmen ließ.

»Also, Sie wissen immer noch nicht, warum man Sie umbringen wollte?«

»Wie soll ich es Ihnen denn noch erklären, daß ich

der erste bin, den diese Geschichte völlig fertig macht? Ja, der Alte hatte recht: Als ich das Zeug bei ihm kaufte, war ich völlig durcheinander...«

»Wieso völlig durcheinander?«

Millepiedi dachte wieder an das »Wo« und an das »Wann«. Seit einer Stunde war auch noch ein »Warum« hinzugekommen, und der Polizist, den er vor sich hatte, schien sich nicht leicht irreführen zu lassen.

»Ich hatte einen irgendwie besonderen Abend hinter mir, er hatte bei mir ein ungutes Gefühl zurückgelassen.« Er schwieg in der Hoffnung, daß die Erklärung ausreichen würde. Doch aus der Art, wie Torrisi ihn anstarrte, begriff er, daß sie es nicht tat.

»Ich war im Haus der Baronin Stramondo. Kennen Sie sie?«

»Eine spiritistische Sitzung. Nehmen Sie auch daran teil?« Der Inspektor war enttäuscht, die spiritistische Sitzung war nicht die Enthüllung, die er sich erwartet hatte.

Millepiedi war erleichtert: Wenn auch der letzte Polizist wußte – und der da gehörte ganz sicher nicht zu den ersten, auch wenn er nicht blöd war –, was im Salon Stramondo vor sich ging, war es nicht nötig, sich beeinflussen zu lassen. Liegt die Zukunft denn nicht in Zeus' Schoß? Und wer kennt Zeus schon?

»Also, diese Sitzung hat Sie völlig durcheinandergebracht. Schlimme Nachrichten?«

Millepiedi rutschte im Sessel hin und her. »Es gibt keine schlimmen oder guten Nachrichten. Sagen wir, eine Unruhe war in mich gedrungen und wollte nicht mehr weichen.«

»Ist es nicht etwa so, daß der Geist Ihnen das Unheil angekündigt hatte, das sie vor Ihrem Haus erwartete?«

»Aber wie kommen Sie denn darauf?«

»Sie haben einen Garagenstellplatz, und doch haben Sie draußen geparkt. Sechster Sinn oder sahen Sie unangenehme Begegnungen auf sich zukommen?«

»Ich wollte so schnell wie möglich rein, duschen, einen

Cognac trinken und dann ins Bett. Schlafen hilft vergessen.«

»Wenn man Sie im Untergeschoß erwischt hätte ...« Torrisi legte den Zeige- und den Mittelfinger der rechten Hand zusammen und machte das Kreuzzeichen in der Luft, um anzudeuten, was Millepiedis Schicksal gewesen wäre.

»Sie sind sich absolut sicher, daß die mich umlegen wollten?«

Torrisi schob noch einmal das Blatt mit den Kästchen unter die Lampe: »Ich lese hier, Sie hätten meinen Kollegen gesagt, daß Sie Ihren Aggressoren Geld, die Autoschlüssel und sogar die Wohnungsschlüssel angeboten haben und daß die überhaupt keine Anstalten machten, es anzunehmen. Wenn es also kein bewaffneter Raubüberfall war, was war es dann?«

»Vielleicht eine Warnung, sie wollten mir angst machen. Ich habe eine Werbeagentur, die viel einbringt, und bis jetzt habe ich noch nie Schutzgelderpressungen bekommen. Das war vielleicht die erste.«

»Signor Millepiedi, Sie sind über vierzig und leben hier seit Ihrer Geburt: Haben Sie jemals gehört, daß Drohungen mit der Waffe der Geldforderung vorausgehen?«

Millepiedi antwortete nichts.

»Haben Sie eine Vorstellung, wer Ihr Aggressor gewesen sein könnte, der Mann, der bei der Auseinandersetzung mit unseren Leuten getötet wurde?«

»Nein.«

»Also keine Ahnung?« Der Inspektor kratzte sich den immer stoppeliger werdenden Bart, der hier und da von Weiß durchzogen war. »Dann sage ich Ihnen, wer das war: Filippo Lo Verso, und Sie wissen, wer das ist, das heißt, wer das war, Filippo Lo Verso, stimmt's?«

Millepiedi konnte nicht umhin zuzustimmen.

»Und Filippo Lo Verso, seit fünf Jahren an erster Stelle auf der Fahndungsliste, der grausamste Killer der jüngsten Generation, verhätschelt und gebraucht von den vier

Freunden, die sich die Insel aufgeteilt haben, soll Ihrer Ansicht nach für einen Dreilireraub oder für die Einleitung einer Erpressung engagiert worden sein ... Er soll sich für eine kleine Schweinerei wie die hergegeben haben, die Sie uns weismachen wollen?« Torrisi bekam einen Hustenanfall, der ihn zwang aufzustehen, hin und her zu gehen und sich mit der Hand auf die Brust zu klopfen.

Filippo Lo Verso genannt Brioche.

Millepiedi hatte zehnmal und öfter seine Fahndungsfotos gesehen, die für eine gewisse Zeit auch öffentlich ausgehangen hatten. Der Junge, der so glücklich gewirkt hatte, daß er ihn umbringen konnte, glich dem blühenden, rosigen Jugendlichen auf den Fahndungsfotos überhaupt nicht, die seinem Spitznamen Brioche, der ihm schon in frühester Kindheit gegeben worden war, alle Ehre machten.

»Signor Millepiedi, erzählen Sir mir nun die Wahrheit oder nicht? Sagen Sie mir, warum Filippo Lo Verso in angemessener Gesellschaft vor Ihrem Haus auf Sie gewartet hat?«

»Der andere, was ist mit dem?«

»Auf und davon. Die beiden hatten mit Sicherheit Komplizen in einem Auto. Wer Lo Verso zu Ihnen geschickt hat, weiß bereits, daß das Attentat schiefgegangen ist, daß man es also noch mal versuchen muß. Und wenn die es das nächste Mal versuchen, was machen Sie dann, da Sie ja darauf verzichten, sich von uns beschützen zu lassen?«

»Aber ich verzichte doch gar nicht ...«

»Wir schon.« Torrisi genoß bereits im voraus, was er sagen wollte. »Überlegen Sie: Sie behaupten, Sie wissen den Grund nicht, weshalb man Sie umbringen wollte, mehr noch, Sie schließen sogar aus, daß die beiden da waren, um Sie zu Ihrem Schöpfer zurückzuschicken. Welchen Grund hätten wir also, Sie zu beschützen? Wir sind schon zu wenige für den ganz normalen Kram, und da sollen wir Männer haben für einen, der gar nicht beschützt werden will.«

Der Morgen dämmerte, als Millepiedi aus der Tür des Polizeipräsidiums trat. Torrisi hatte sich seinem Wunsch nicht widersetzt, nach Hause zu fahren, er hatte lediglich sämtliche Telefonnummern haben wollen, unter denen Millepiedi erreichbar war, und ihm angekündigt, daß sie ihn anrufen würden, um zu versuchen, Lo Versos Kumpanen zu identifizieren.

Die Café-Bar auf der anderen Straßenseite zog die Rollläden hoch. Millepiedi war versucht, einen Espresso zu trinken, doch eine Duftwolke aus den unteren Bereichen seines Anzugs hielt ihn davon ab.

Nur eine »geachtete« Persönlichkeit konnte Brioche in Bewegung setzen, und offensichtlich verlangte diese »geachtete« Persönlichkeit den Tod Millepiedis: Darüber, daß sie ihn töten wollten, hatte er keine Zweifel. Doch wenn jemand seinen Tod verfügt hatte, konnte der Grund dafür nur Stockholm sein. Und wenn der Grund Stockholm war, mußte er sofort Don Salvatore aufsuchen. Der hatte ihn engagiert, der mußte die Sache wieder in Ordnung bringen.

Sofern es nicht Don Salvatore selbst war, der den Todesvertrag ausgehandelt hatte.

Der Tag verhieß strahlend schön zu werden, das Ende eines typischen Oktobers voller Sonne und Wärme. Millepiedi hatte Angst vor allem: vor dem Licht und vor den vereinzelten Passanten, vor der Gegenwart und vor der Zukunft, vor den geparkten und vor den fahrenden Autos, vor dem Stehenbleiben dort, am Haupteingang des Polizeipräsidiums, und vor dem Nachhausegehen. Er mußte sich umziehen. Er mußte sich vor allem sicher fühlen. Er hätte seinen Bruder wecken können, verwarf aber diesen Gedanken gleich wieder. Der Bruder wohnte mit seiner Familie in der alten Wohnung in der Via Francesco Crispi, die mit dem Balkon ohne Geländer …

Er blickte sich erschrocken um, überzeugt, daß jemand einen Abzug drücken würde.

»Wollen Sie, daß ich Sie begleite?« Inspektor Torrisi hatte den Regenmantel an, der Hut ließ seine Stirn frei. Er hatte die Backen voll und einen Rest von durchwachsenem Speck in der Hand; typisch jemand, der seit seiner Jugend natürlich schlank war.

»Danke, ich bin mit dem Auto da.«

»Das weiß ich. Wenn Sie es für sinnvoll halten, gebe ich Ihnen Geleitschutz bis zum Bett. Sie wirken so erschreckt, das brauchen Sie nicht, denn man wollte Sie doch nicht umbringen ...« Torrisi lächelte, dann hatte er Mitleid mit diesem Mann aus Schein und ohne Sein. »Warten Sie: Eine Streife macht gleich ihre erste Runde, ich sage ihnen, sie sollen uns folgen, und ich komme mit in Ihrem Wagen.«

Torrisi machte den Streifenpolizisten ein Handzeichen, flüsterte und zündete mit dem Stummel der letzten eine neue Zigarette an, auf dem Weg zum Tema, in den Millepiedi bereits eingestiegen war.

»Stört es Sie, wenn ich rauche?« fragte er und suchte einen Aschenbecher, den er nicht fand. Er gab es auf und tastete die Innenseite der Tür ab, um die Fensterkurbel zu finden. Millepiedi drückte auf einen Knopf, und die Scheibe ging runter.

»Schönes Auto ...« Torrisi streckte den Arm hinaus und ließ die Asche auf die Erde fallen. Er zog kurz an der Zigarette und streckte den Arm wieder in die schneidende Luft. Millepiedi, angespannt und mürrisch, stellte sich darauf ein, noch eine Salve ironischer Fragen und Verdächtigungen über sich ergehen zu lassen.

Keiner machte bis zum Ziel den Mund auf.

Der Portier des Wohnhauses zeigte dem Müllmann, zwei Jugendlichen mit Büchern und einem alten Herrn mit bodenlangem Mantel die Überreste der großen, notdürftig weggespritzten Blutlache. Millepiedi stieg aus dem Auto, die kleine Gruppe löste sich auf. Der Portier war verlegen, er sah ihn an, sah den Mann mit der Zigarette zwischen den Fingern neben ihm an, sah die Polizisten an, die aus dem Streifenwagen gestiegen waren: Um nicht grüßen zu müssen, ging Millepiedi mit gesenktem Kopf ins Haus. Er hatte Angst, sich sowohl vor denen zu kompromittieren, die versucht hatten, ihn umzubringen, wie vor denen, die möglicherweise die Absicht hatten, ihn zu beschützen.

»Sehen Sie nun, daß Sie sich entscheiden müssen, auf welcher Seite Sie stehen wollen?« brummte Torrisi hinter Millepiedis Rücken. Er räusperte sich, doch der Hustenanfall kehrte zurück.

Der Inspektor hatte recht: Millepiedi befand sich im Niemandsland und fürchtete, dort nicht mehr herauszukönnen.

»Die Jungs bringen Sie hoch und schauen sich drinnen kurz um ...« Torrisi blockte Millepiedis Frage ab. »Das ist keine Durchsuchung, es ist nur, um sicherzugehen, daß Sie nicht in Gefahr sind. Vielleicht hat man Ihnen ein Empfangskomitee geschickt. Ich gehe in die Garage runter, einfach um keine Gewissensbisse haben zu müssen.«

Millepiedi verabschiedete sich leise von ihm.

»Man kennt mich, machen Sie sich keine Sorgen ... Sie können ruhig lauter sprechen«, versetzte Torrisi leicht amüsiert. »Ach, Millepiedi ... wenn Sie anderer Meinung geworden sein sollten, wissen Sie, wo Sie mich erreichen können. Suchen Sie sich ein anderes Loch: das hier ist nur noch gut, um Ihnen Trauerkränze zu schicken.«

In der Wohnung war niemand, in der Tiefgarage auch nicht. Torrisi verabschiedete sich von den Streifenpolizisten. Er wollte die Morgendämmerung genießen, bevor die erwachende Stadt sie kaputtmachen würde. Sie roch sauber, und das war ein selten gewordener Geruch. Er kostete sie durch Mund und Nase, doch seine mit Teer vollgestopften Lungen mochten das nicht und warfen Schleim aus. Torrisi verbiß sich in diesen Vorgang und vergaß den Stummel, der zwischen seinen Fingern verglimmte. Um die nächste anzuzünden, mußte er zu den Wachsstreichhölzern greifen.

Er ließ sich von seinen Füßen leiten. Er ging die Circonvallazione hinunter bis zu einer schmalen, von Gestrüpp überwucherten Treppe, die auf eine Straße hinabführte. Das Meer wehte seine Gerüche herüber und eine Feuchtigkeit, welche die Häusermauern grün färbte. Das alte Fischerviertel überlebte nur mühevoll die Tatsache, daß seine Bewohner es verlassen hatten. Im letzten zweigeschossigen Haus an der Ecke des Platzes war Torrisi vor annähernd sechzig Jahren geboren worden. Wahrscheinlich waren die beiden großen Räume mit der unendlich langen und unendlich schmalen Küche immer noch unverändert. Die Küche war so lang, daß sein Vater sie verkürzte, als Torrisi größer geworden war, um ein Bad einzurichten, das heißt einen Bereich, in dem eine Toilettenschüssel untergebracht werden konnte. Zum Pinkeln mußten die Jungen und Männer den Rücken gegen die rechte Wand krümmen und mit der Stirn die linke Wand berühren. Zu der Zeit, als Torrisi auszog, waren dort zwei dunkle Flecken deutlich sichtbar, einer unten und einer oben.

Niemand kannte ihn mehr. Die Fischer von einst waren durch noch verzweifeltere arme Menschen ersetzt worden. Der Inspektor versuchte, sich auf dem Straßenpflaster voller Steine, Gestrüpp und Unkraut, das die allgemeine Liederlichkeit einfach hatte wachsen lassen, als wäre man in der Prärie, im Gleichgewicht zu halten. Dort oben hatte er gespielt, dort war er aufgewachsen. Er hatte gelernt zu rennen, und vor allem war er im Juli 1943 gerannt, als die alliierten Flugzeuge die Stadt halb zerstörten. Er war zu seiner Mutter gestürzt, die Stickereien in Heimarbeit machte, gemeinsam hatten sie sich in die große Kirche geflüchtet, die die Seele und der Stolz des Viertels war. Die Kirche all derer, die sich ihren Lebensunterhalt auf dem Meer verdienten. Und bei jeder Rückkehr war es üblich, für eine rasche Verbeugung oder ein hastiges Kreuzzeichen an der Weihestätte vorüberzuziehen.

Da war sie, wie gekräuselt, voller Risse, sogar wehmütig in ihrer Ärmlichkeit, in der sie vor sich hinvegetierte, die auch durch das große Fest am 8. September nicht mehr gemildert wurde. Im übrigen Land war das ein der heiligen Jungfrau Maria geweihter Tag, hier war er dem Meer, seinen Früchten, seinen Gefahren geweiht. Das war auch der Tag, an dem sich alle trafen, die im Umkreis dieser Kirche geboren waren. Seit langem schon übertraf die Zahl der Abwesenden die Zahl der Anwesenden, und unter diesen wurde es immer schwieriger, jemand wiederzuerkennen oder wiedererkannt zu werden. Hier war er getauft worden, hatte die erste Kommunion und die Firmung bekommen, hier hatte er geheiratet. Er dachte oder träumte damals sogar, er würde den Kreis schließen, indem er seine einzige Tochter Mariannina hier zum Altar führen würde. Seine Mariannina aber hatte mit einundzwanzig die Ordensgelübde abgelegt.

An jenem Nachmittag, an dem Mariannina ihre Entscheidung bekanntgegeben hatte, war Torrisi von Rachsucht gegenüber der Welt befallen worden. Was soll das: Da setzt man eine Tochter in die Welt, läßt sie aufwachsen, als wäre sie das einzige Gut auf der ganzen weiten Erde, ist stolz auf ihre Eigenschaften, auf ihre Tüchtigkeit in der Schule, auf die Note dreißig cum laude in der Universität, und als Dank dafür beschließt sie, sich in ein Kloster einzusperren?

Stunden um Stunden war er ziellos herumgestreift. Er hatte geflucht, er hatte Gott und alle Heiligen, die ihm auf die Lippen kamen, beleidigt. Er hatte gegen die schlimmste Bestrafung, die ihm auferlegt werden konnte, angeschrien.

Beim Herumirren war er an den rückwärtigen Eingang der Kirche gelangt, den nur die Gemeindemitglieder kannten. Er war den nach heiligem Öl riechenden Flur entlanggegangen und hatte sich auf der Rückseite des

Hochaltars wiedergefunden. Die Statue des heiligen Joseph hatte ihm den Rücken zugekehrt, und er hat sie endlos lange betrachtet. Die Wut hatte sich in Resignation, in Ruhe verwandelt. Wenn das der Wille des Herrn war, aus und Amen. Wenigstens bliebe Mariannina so den Drogen und allen anderen Schrecklichkeiten fern, mit denen er jeden Tag in Berührung kam.

Seit diesem Tag waren zehn Jahre vergangen. Mariannina lebte in San Severino Marche, einem Kloster der Zisterzienserinnen. Als sie die Gelübde ablegte, nahm sie den Namen Schwester Maria von der göttlichen Vergebung an. Einige Regeln waren geändert, ein paar Verbote aufgehoben worden, und Torrisi hatte die eine und andere zusätzliche Gelegenheit, mit der Tochter zusammenzusein. Nach dem Tod seiner Frau hatte er es sich zur Gewohnheit gemacht, einmal alle drei Monate nach San Severino Marche zu fahren. Im Kloster fielen Spannung und Wut von ihm ab. Arbeit, Meditation und Gebet wetteiferten miteinander, um eine Harmonie zu schaffen, die man außerhalb dieser Mauern unmöglich finden konnte. Wäre es nach ihm gegangen, wäre er nach seiner Pensionierung dorthin umgezogen. Aber es ging nicht nach ihm, und im März, wenn er nach vierzig Dienstjahren die Polizei verlassen würde, erwartete ihn das Dunkel eines neu zu gestaltenden Lebens.

Er liebäugelte mit dem Gedanken, an der Seite der Tochter alt zu werden, er trachtete danach, ihr etwas Angemesseneres zu hinterlassen als den von seinem Vater ererbten Borsalino. Er hatte zu viel gesehen und erlebt, um sich der Illusion hinzugeben, daß er für seine Tochter ein besserer Vater sei, als es sein Vater für ihn gewesen war. Trotzdem war er von der Aussicht angetan, in ihrer Nähe zu sein und durch seine ständige Gegenwart die vielen Abwesenheiten der Vergangenheit wiedergutzumachen.

Aber vielleicht brauchte Mariannina ihn gar nicht mehr.

Der Husten schüttelte ihn zwanghaft und unbarmherzig. Die Anfälle, die ihm die Brust zerrissen, waren erschütternd, und doch hatten die Röntgenaufnahmen vor einer Woche jede Komplikation an den Lungen ausgeschlossen. Es waren die Überreste von einem halben Jahrhundert Zigaretten, fünfzig Nazionali pro Tag. Die Nazionali waren offiziell immer noch auf dem Markt, in Wirklichkeit aber wurden nur noch kleinste Mengen von miesester Qualität hergestellt. Man brauchte sie für den Warenkorb, nach dem man allmonatlich die Inflationsrate bestimmte. Die schönen Nazionali von einst, die die Bronchien zerrissen und den Atem durchschnitten, waren nur noch ferne Erinnerung. Torrisi aber hatte Glück gehabt. Ein alter Klassenkamerad hatte ein ganzes Vorratslager voll davon: Er war Schmuggler, mehr noch, er war die Nummer Eins des Gewerbes, denn nicht zufällig hatte man ihm den Spitznamen Pino »der beiden Meere« gegeben, um deutlich zu machen, wie groß sein Reich war.

Ausgerechnet Pino war einer seiner ersten Verhafteten gewesen. Für den alten Klassenkameraden empfand er Bewunderung, und diese war noch gestiegen, als er entdeckte, daß Pino sich mit den Großhändlern angelegt hatte, die seine Motorboote für den Transport von Drogen von ihm verlangt hatten. Doch außer daß er Pinos Konsequenz und Mut zu schätzen wußte, hatte Torrisi vor allem die fünf Kartons voll blauer Päckchen mit dem schwarzen N und den ganz feinen Druckbuchstaben geschätzt, die Pino ihm am vergangenen Weihnachtsfest nach Hause hatte bringen lassen.

Torrisi hatte es für das schönste Geschenk gehalten, und es tat ihm leid, daß er Pino nicht auftreiben konnte, um ihm zu danken. An dem Abend, als sein von der Mafia auf bestialische Weise zugerichteter Körper gefunden wurde, war Torrisi nicht im Dienst, aber er tat, was ihm zu Weihnachten nicht gelungen war: Er grüßte Pino ein letztes Mal. Er hatte einer Leiche gedankt und keine

Zeit mit dem Versprechen verloren, ihn zu rächen. Wer hätte Pino auch rächen können und all die anderen, die im Schlachthofrhythmus in dieser Stadt totgeschlagen wurden, in der das Meer zwar die Natur sanft macht, aber nicht die Menschen? Torrisi hatte der Seele seines alten Freundes garantiert, daß er nicht aufgeben würde. Und das war bereits ein heldenhaftes Unterfangen. Daher hatte er sich auch gefragt, ob er oder ob die Zigaretten zuerst draufgehen würden.

Als er sich an den Karton erinnerte, der in seinem Wohnzimmer thronte, bereitete er sich darauf vor, die Wette zu gewinnen, die er lieber verloren hätte. Was sollte er rauchen, wenn auch diese Päckchen zu Ende gegangen waren? Er hatte noch nie eine andere Marke probiert, und wenn er sie noch nicht probiert hatte, dann mußten sie wirklich ekelhaft sein, richtig? Aber weil ein Unglück selten allein kommt, war er davon überzeugt, daß die Nazionali an dem Tag alle sein würden, an dem man ihn in Pension schickte.

Er betrachtete die Kirche: Was tu ich eigentlich hier? Er hatte weder Gnadenbeweise noch Ratschläge zu erflehen. Doch wenn er weiterhin gegenüber dem Portal mit den Kreuzigungsszenen stehenblieb, mußte das wohl irgendeinen Grund haben. Einen Grund, der zwar seinem Verstand entging, nicht aber seinem Instinkt. Er trat in der Hoffnung ein, ein Indiz zu erwischen, das ihm den Weg wies. Er setzte sich in eine der mittleren Bänke. Er war der einzige, und das tat ihm leid: Eine Kirche ohne betende alte Frauen, was für eine Kirche ist das? Er schaute sich um und ergab sich in die Tatsache. Bevor er hinausschlich, stellte er eine Kerze für den heiligen Joseph auf. Er sah aufs Meer und zündete sich eine Zigarette mit dem Wachsstreichholz an. Im Geiste machte er sich Vorwürfe: Es war das zweite Mal, daß er innerhalb einer Stunde ein Streichholz vergeudet hatte.

Er begann mit dem Aufstieg und achtete dabei auf einen regelmäßigen Schritt. Als er am Bäckerladen vorbeiging, berauschte ihn ein besonderer Duft: Zitronenkuchen.

Wer konnte ein derartiges Interesse haben, daß er Lo Verso engagierte, um Millepiedi zu töten? Er hatte alles durchgeackert, was in seiner Reichweite war: Vor dem Gesetz war Peppe Millepiedi unbescholten, unbefleckt, jungfräulich rein. Nicht einmal eine Verwarnung wegen nächtlicher Ruhestörung. Dennoch gab es einen ehrenwerten Herrn, der Filippo Brioche überzeugt hatte, jemand aus dem Weg zu räumen, der nach außen hin ein Niemand war. Torrisi hatte herausgefunden, daß Millepiedis Agentur seit vier Jahren immer größeren Erfolg hatte: riesige Aufträge seitens des Rathauses und öffentlicher wie privater Großunternehmen. Eine blitzartige Karriere nach dürftigen Jahren, in denen er manchmal Werbeaufträge für Kinos ergatterte oder völlig unerwartet das eine oder andere Werbeplakat ins Stadion einschleusen konnte.

Torrisi entschloß sich, den kleinen, handverlesenen Kreis seiner einschlägigen Helfer zu alarmieren. Das waren die, die er mit bitterer Ironie die »Reumütigen« nannte. Die Suche nach verwertbaren Hinweisen war aber fast hoffnungslos. Signor Millepiedi war einer der vielen von fulminantem und unerklärlichem Erfolg Getroffenen. Die Stadt war voll von Männern dieser Art: Nach Zahl und Vermögen stellten sie eine beeindruckende Gruppe dar. Man erkannte sie auf den ersten Blick. Sie trugen unverwechselbare Markenzeichen zur Schau. Daß Millepiedi einer von ihnen war, sah man an allem: von der Hosenfalte bis zu den leichten Gesichtsfalten. Er hielt darauf, wohlsituiert und sauber und sogar noch beim Grau in seinen Haaren nach der letzten Mode zu erscheinen.

Mit den Haaren hatte Torrisi kein Problem: Sie stellten wenig mehr als eine Erinnerung dar.

IV

»Scheiße und nochmals Scheiße.«

Millepiedi konnte über Don Salvatores deftige Ausdrucksweise nicht lächeln. Er hatte ihn das schon xmal sagen hören und immer dabei gelächelt: manchmal aus Ehrerbietung, manchmal weil es ihn amüsierte. Diesmal dagegen war er finster und blieb auch finster. Diesmal ging es um das eigene Leben, und da bekamen auch solche Bemerkungen eine eigene Färbung. Mit der Nachsicht war Schluß, so wie mit einer gewissen Art, an den Problemen der Welt teilzunehmen, Schluß war, einer Welt, die ihn, die Agentur, die Töchter, die Frau einschloß. Seit einigen Stunden hatten die Dinge und die Menschen andere Bedeutungen bekommen. Sich verändert. Sie waren wichtig gewesen, solange er noch voll im Leben stand. Doch seit einigen Stunden war sein Leben nur noch ungewiß.

Er hatte in der Agentur angerufen, um mitzuteilen, daß er den ganzen Tag nicht da sein würde, so daß die Termine verschoben werden müßten. Er hatte auch so getan, als hätte er den besorgten Ton in Concettas Stimme, einer seiner Angestellten, überhört: Sie hatte ihn gefragt, ob alles mit ihm in Ordnung sei, ihm erklärt, daß man in dieser Stadt wirklich nicht mehr ruhig leben könne, daß man als ehrlicher Bürger Angst haben müßte, abends nach Hause zu kommen. Er hatte den Hörer aufgeknallt, noch während Concetta mehr neugierig als besorgt fragte: »Kann ich irgendetwas für Sie tun, Dottore?«

Niemand konnte etwas tun, vielleicht nicht einmal Don Salvatore. Millepiedi hatte das ungeheuer große, schräggeschnittene Wohnzimmer der Dachterrassenwohnung wieder und wieder angesehen, bevor er zu dem Schluß gelangte, daß er zum Mittagessen schon tot sein könnte.

Nachdem er zwanzig Jahre damit zugebracht hatte, Geld, den durch Geld garantierten Erfolg, die durch Erfolg garantierten Privilegien zu ergattern, mußte er nun versuchen zu überleben. Daran war er nicht gewöhnt, er wußte nicht, wo er damit anfangen sollte.

Angefangen hat er dann mit dem Einschalten des Anrufbeantworters: besser niemand wissen lassen, daß er zu Hause war. Rebeccas Stimme hatte er widerstanden, die deutlich gemacht hatte, daß sie auch in Sabrinas und Mutters Namen sprach: Sie seien in Sorge, hätten ihn überall gesucht, wüßten nicht, wo sie ihn noch suchen sollten, warteten darauf, daß er sich mit ihnen in Verbindung setze. Doch Millepiedi wollte sich nur mit Don Salvatore in Verbindung setzen, dem einzigen, der in der Lage war, ihm zu erklären, was hier gespielt wurde.

Er hatte wieder an Filippo Brioche denken müssen.

»Sind die verrückt geworden?« Der Schrei war aus der dunkelsten Ecke seiner Seele hervorgebrochen, wo der Schrecken sich mit Empörung vermischt hatte. Ihm Lo Verso auf den Hals zu schicken: was für eine Niedertracht.

Was wollten sie? Was verlangten sie? Er hatte weder Gewissensbisse noch irgendeine Schuld, die ihm vergeben werden mußte. Was er getan hatte, hatte er im Auftrag getan. Sie müßten ihm dankbar sein. Zeigten sie ihm ihre Dankbarkeit etwa auf diese Weise?

Das Meer war ruhig und glitzerte unter den Strahlen der Sonne. Es war Spätherbst, aber im Grunde hätte es Frühling sein können. In Stockholm an jenem Abend war es fast schon Frühling gewesen, und doch wirkte es wie im sibirischen Winter: Schnee überall.

Lange war er vor dem Balkon stehengeblieben. Das Meer, den Platz, die Autos, den Parkplatz, die Passanten, die aus dieser Höhe wie die Bauern auf einem Schachbrett aussahen, konnte er nicht mehr unterscheiden. Er suchte nach einem Schimmer und fand ihn nicht. Man hätte ihn gleich nach der Rückkehr aus Stockholm aus dem Weg schaffen können, in den folgenden Wochen, den folgenden Monaten. Aber nichts; im Gegenteil, man behandelte ihn gut, hielt die Versprechungen ein. Warum ihn also nach viereinhalb Jahren umbringen? Was war passiert, das seinen Tod erforderte?

Millepiedi war Worte, Begegnungen, Gesten, Vertraulichkeiten des vergangenen Monats durchgegangen und hatte sich freigesprochen. Er hatte seine Verpflichtungen peinlich genau eingehalten. Vielleicht war er das Opfer eines Mißverständnisses. Eines bösartigen Gerüchts von jemand, der ihm nicht wohlgesonnen, der eifersüchtig auf seine Geschäfte, sein Geld war. Ihn interessierte es nur zu leben. Sollten die anderen ruhig die Bedingungen festlegen.

Er war sogar bereit, seinen guten Willen unter Beweis zu stellen: Er würde sich für ein anderes kleines Geschäft zur Verfügung stellen. Und zwar kostenlos. Er würde beweisen, daß Peppe Millepiedi sein Wort hielt, daß der Erfolg ihm nicht so weit zu Kopf gestiegen war, daß er darüber diejenigen vergaß, denen er etwas, ja alles schuldete.

Der Ausgangspunkt war Don Salvatore. Er mußte in der Hoffnung zu ihm gehen, daß er sich nicht in die Höhle des Löwen begab. Er hielt Don Salvatore für einen ausgemachten Hurensohn, aber ihm war der Luxus genommen worden, wählen zu können: Diese kaltblütige Smaragdeidechse stellte das einzig mögliche Verbindungsglied zu diesem Gewürm und dieser Brut von Gewürm dar, das ihm Filippo Brioche auf den Hals geschickt hatte. Und wenn Don Salvatore der Auftraggeber war, zum Teufel dann mit Angst und Sorgen. Ein einziger Schuß und gute Nacht, Marie.

Die grundsätzliche Überlegung hatte ihn heiter gestimmt. Er war versucht, seine Töchter anzurufen, hatte sich dann aber entschieden, es nicht zu tun. Rebecca und Sabrina würden ihn in guter Erinnerung behalten, wenn sie die Dachterrassenwohnung erbten, die bereits abgezahlt war mit einem Geldschein nach dem anderen. Ein schöner Anfang für beide. Das konnte er wohl sagen, er, der als Laufbursche beim Vermessungstechniker Micale angefangen hatte, dem Agenten der mächtigsten Werbeunternehmen für ganz Sizilien. Er beklagte sich nicht darüber: Es war die nützlichste Schule, die Schule des Betrugs. Dort hatte er gelernt, daß bei Geschäften der einzige Beurteilungsmaßstab der Erfolg war, daß die Moral im umgekehrt proportionalen Verhältnis zum Bankkonto steht.

Um zu Don Salvatore zu kommen, hatte er ein Taxi gerufen: Er wagte nicht, den Tema anzurühren. Zu auffällig, wenn man einmal davon ausging, daß keine Bombe darin versteckt war. Vom Portier hatte er sich die Zeitung ausgeliehen.

Im Lokalteil stand die Nachricht unten mit einem zweispaltigen Artikel und seinem Foto: es war das, das sechs Monate zuvor bei der Preisverleihung im Rathaus an beispielhaft viel Geld verdienende Bürger veröffentlicht worden war. Der Artikel berichtete, daß die Polizei einen Raub verhindert habe und der getötete Bandit nicht identifiziert worden sei. Der Reporter hatte ihn »Dottor Peppe Millepiedi, den bekannten Eigentümer der Agentur Mille P« genannt.

Dottor Peppe Millepiedi ... Sein Vater hatte ihm immer wieder gesagt: »Wenn du nicht lernst, nimmst du ein böses Ende ...«, um ihn zum Lernen anzuhalten. Doch das war ein Ende, das ihm gefiel: Es war das Ende von Menschen, die ihm frei und rücksichtslos vorkamen, Herr über ihre eigene Zeit und die der anderen. Nach dem Urteil seines Vaters, eines Angestellten im Katasteramt, waren sie gemeine Nichtstuer, doch nach dem Urteil Millepiedis waren sie besser als die Ritter der Tafelrunde.

Er hatte wenig und ohne Lust gelernt. An der Universität hatte er nicht eine einzige Prüfung abgelegt, und doch hätte er bis zum Abend zuvor noch gesagt, daß er ein gutes Ende genommen habe. Man hängte ihm sogar ein bestandenes Abschlußexamen an, indem man ihn als »Dottor« bezeichnete. Sein Bruder Giacomo, der das Abschlußexamen in Ingenieurswissenschaften ernst genommen hatte und bei der Stromgesellschaft Enel arbeitete, stand am 20. eines jeden Monats bereits in den Miesen.

Ausgestreckt im Taxi, in der Hoffnung, sich vor den Blicken von außen zu verstecken, gelangte er zu dem Schluß, daß sein Bruder Giacomo, trotz des wenigen Geldes, nicht mit ihm getauscht hätte. Besser so, sonst wäre die Konkurrenz zu groß geworden.

Er war für kurze Zeit in einen tiefen Schlaf gesunken. Das harsche Bremsen des Taxis hatte ihn wieder aufgeweckt.

Das Italian Business war ein an einer billigen und kürzlich frisch gestrichenen Holztür befestigtes Messingschild. Man trat unmittelbar von der Straße ein, ein Ladenlokal unter vielen, die meisten von Prostituierten gemietet. Es war gerade erst zehn Uhr morgens, doch die Ware hatte sich schon prächtig zur Schau gestellt.

Auf das Schild und die Tür folgten zwei Räume. Seitdem Millepiedi hierher kam, hatte sich an der Spärlichkeit ihrer Einrichtung nichts geändert. Im ersten, der zur Straße lag und das Wartezimmer darstellte, befanden sich etwa zehn strohgeflochtene Stühle. Der zweite enthielt einen kaputten, wackeligen Tisch und drei beispiellos unbequeme Holzstühle. Einer stand hinter dem Schreibtisch, und auf dem ruhten die ausgemergelten Hinterbacken von Don Salvatore. Die anderen beiden standen vor dem Schreibtisch und dienten als Sitzgelegenheit für die Bewerber. Das Telefon war ein antiquiertes Modell vom Anfang der fünfziger Jahre. Millepiedi hätte garantieren können, daß auch die Spinnweben in den Ecken noch dieselben waren. Don Salvatore wußte weder etwas vom Gebrauch noch von der Existenz von Karteikästen, Fax, Computer, Einbauschränken, Mitarbeitern, Sekretärinnen: Und trotzdem hatte der Schleier seiner Geldverleiherfirma weite Bereiche der Stadt abgedeckt, brachte ihm Geld und Ansehen ein.

Millepiedi war ein treuer Stammkunde in den Jahren gewesen, als er kämpfen mußte, um nicht unterzugehen. Bei all den Wechseln und Hypothekensicherungen hatte er den Eindruck bekommen, daß Don Salvatore ihn mit ungewöhnlicher Achtung behandelte. Der Vorschlag vom Februar '86 war eine überdeutliche Bestätigung seines Eindrucks. Ein vager Vorschlag (»Lieber Millepiedi, wären Sie für ein kleines Geschäft nebenbei zu haben? Eine Vereinbarung unter Männern, deren Wort gilt, nichts Geschriebenes natürlich«), aber er hatte verstanden und eingewilligt. Er hatte es nicht bereut. Bis zur Begegnung mit Lo Verso.

Als Don Salvatore Millepiedi sah, war er sogar aufgestanden. Er hatte ihn zu der Gefahr, der er entronnen war, beglückwünscht und ein paar Schritte und einen Espresso vorgeschlagen. Millepiedi hatte den Vorschlag übergangen. Er hatte alles erzählt, angefangen bei dem Abend im Haus der Baronin Stramondo. Don Salvatore hatte mit größter Aufmerksamkeit zugehört: Das »Scheiße und nochmals Scheiße« war ihm beim Namen Filippo Lo Verso entfahren.

Don Salvatore rückte seine Schiebermütze mit Schottenkaro zurecht. Millepiedi hatte ihn noch nie ohne sie gesehen. Man erzählte sich, daß sie eine erschütternde Kahlköpfigkeit verberge.

»Sie wußten also nichts ...«

»Worüber?« Seine Stimme nahm einen argwöhnischen Tonfall an.

»Na, worüber schon? Über das Attentat, den Plan, mich umzubringen, über Filippo Brioche.« Millepiedi war explodiert und spülte alles nach oben, was ihn in seinem Innersten bewegte: die Wut, eine Zielscheibe zu sein, das Entsetzen, nach Tod zu riechen, die Kränkung, nichts über die Pläne der anderen zu wissen, die ihn ins Visier genommen hatten.

»Machen Sie Witze, oder meinen Sie es ernst?«

»Ich war zehn Zentimeter vom Tod entfernt, und Sie fragen mich, ob ich Witze mache?«

Er wollte noch etwas Grobes hinzufügen, nahm sich aber zusammen: Seine geringen Hoffnungen davonzukommen hingen ausschließlich von diesem alten Mann ab, der sich mit wenigem zufriedenzugeben und von nichts zu leben schien.

»Jemand will mich auf dem Friedhof haben, und ich hoffte, daß Sie mir helfen können.«

»Wie?« Auf die Bitte um Hilfe hatte Don Salvatore wieder seinen gewohnten Tonfall angenommen und war wieder in die Rolle geschlüpft, die ihm von Gott und von jemand anderem anvertraut worden war.

»Nur Sie können mir sagen, was hier gespielt wird.«

»Ich weiß es nicht.«

Die Antwort sauste schlimmer herunter als ein Henkersbeil. Wenn auch Don Salvatore nichts wußte, dann war Rettung ausgeschlossen.

»Millepiedi, reden wir miteinander wie Männer und sehen wir uns dabei in die Augen: Verheimlichen Sie mir vielleicht ein krummes Ding? Ich meine, sind wir ganz sicher, daß Sie nicht versucht haben, den Schlaumeier zu spielen? So ein Ding, das sich scheinbar leicht drehen läßt, dann aber eine Kette von Katastrophen auslöst?«

»Wer? Iiiich? Sie kennen mich, sehen Sie mir genau in die Augen: Bin ich jemand, der sein Unheil sucht? Es lief doch alles bestens für mich, warum hätte ich da versuchen sollen, den Unklugen zu spielen?«

Die Frage hallte in dem Raum mit der hohen Decke wider. Don Salvatore legte die Hände auf die mit Papierbögen und Akten übersäte Tischplatte. Er hatte die Angewohnheit, alles in den beiden endlos großen Schreibtischschubladen aufzubewahren: Wechsel, Wertpapiere, private Vereinbarungen. Schubladen, die nie abgeschlossen wurden. Wer wäre so verrückt gewesen und hätte Don Salvatore bestohlen?

»Ich hatte an die Geschichte von Stockholm gedacht.« Millepiedi flüsterte es mit der gleichen, mit Entsetzen vermischten Achtung, mit der seine Großmutter sich an die Heiligen Alphius, Cyrinus und Philadelphus wandte.

»Auch ich, aber ich finde den logischen Zusammenhang nicht. Und außerdem: ohne mich hinzuzuziehen ...« Don Salvatore tat nichts, um seine Verwunderung zu verbergen: Millepiedi anzurühren bedeutete, in seinen Handlungs- und Interessenbereich einzudringen. Er spürte, daß man eingedrungen war, und man hatte es ihm nicht gesagt.

»Was sollen wir tun?« Millepiedi erkannte einen Strohhalm, an den er sich klammern konnte: Ah, wenn es ihm gelingen würde, sein Schicksal mit dem von Totò Leanza zu verbinden, den Freunde wie Feinde mit dem Titel Don Salvatore grüßten.

»Geben Sie mir Zeit zum Nachdenken, ich will mit den zuständigen Leuten sprechen und mir ein klares Bild verschaffen.«

»Hinge es von mir ab, alle Zeit dieser Welt. Aber es hängt nicht von mir ab. Was, wenn die's wieder versuchen?«

»Haben Sie keine Bleibe, wo Sie auf Nachrichten von mir warten können?«

»Eine Bleibe, wo ich mich verstecken kann?« Wieder explodierte seine Wut, und zusammen mit der Wut kam ein unaufhörlicher Tränenstrom. »Warum will man mich umbringen? Ich habe nichts getan ... Verstehen Sie mich? Wer glauben die eigentlich zu sein? Halten die sich für mächtiger als Gott? Tun und lassen die, was ihnen gerade in den Sinn kommt?« Schluchzend beugte er sich zu Don Salvatore hinüber. »Sie müssen mir alles sagen. Wer steckte hinter der Geschichte von Stockholm? Für wen habe ich gearbeitet? Wieso vertrauen Sie mir plötzlich nicht mehr? Entweder schützen Sie mich, oder ich gehe zur Polizei und erzähle alles.«

»Was wollen Sie erzählen?« Don Salvatore hielt mit

seiner Verachtung für diese Ameise nicht zurück, die dem Elephanten zu drohen versuchte. »Was erzählen Sie? Erzählen Sie, auf welche Weise Sie zu Ihren Aufträgen und Konzessionen gekommen sind? Erzählen Sie, daß Sie auf den Abzug in Stockholm gedrückt haben? Sie müssen nur verschwinden. Wenn Sie nicht verschwinden, verlieren Sie den Kopf und noch was anderes. Ich werde mich um Sie und Ihren Fall kümmern. Rufen Sie mich morgen früh an.«

»Morgen früh?« Millepiedi zählte die Stunden, die ihn vom nächsten Morgen noch trennten. Viele, viel zu viele.

»Sie haben richtig verstanden, morgen früh. Bin ich etwa der Erzengel Gabriel, der in einer Minute spricht, sich informiert, die Dinge regelt? Ich brauche Zeit, geben Sie mir einen halben Tag. Wenn Sie mir eine Nummer hinterlassen, rufe ich Sie heute abend an. Wenn ich Sie wäre, würde ich es vermeiden, nach Hause zu fahren.«

Der gleiche Rat, den ihm der Polizist gegeben hatte. Millepiedi stellte fest, daß die Überlebensregeln in beiden Gräben die gleichen waren.

»Ich weiß nicht, wo ich hingehe ... Ich werde Sie anrufen.«

»Sie vertrauen nicht einmal mir, und das ist gut so.« Don Salvatore hatte schnell die Kontrolle über seine Stimme zurückgewonnen. Wenn er nur auch ebenso schnell Herr der Lage würde ... »Aber vertrauen Sie auch sich selbst nicht. Ich empfehle Ihnen nochmals: starke Nerven. Das sind unsere Angelegenheiten: Polizisten, Richter ... die müssen außen vor bleiben.« Er verzog das Gesicht zu einem Ausdruck des Angewidertseins, mit der Hand machte er ein Zeichen, wie jemand, der einen Eindringling verscheucht.

Don Salvatore begleitete die Gäste nicht zur Tür, er hatte ihnen schon die Gunst erwiesen, sie zu empfangen.

Millepiedi stand wieder inmitten der Geschwätzigkeit und des Durcheinanders eines sonnigen Tages. Der Kopf drehte sich ihm wie ein Kreisel, und seine Ohren sausten.

Dreimal wechselte er die Richtung, bevor er sich unter das Dach einer Bushaltestelle stellte.

Don Salvatore rief ins andere Zimmer hinüber, um herauszufinden, ob nicht jemand dort wartete. Er war allein. Er nahm die Schiebermütze ab, zog aus der rechten Hosentasche ein zerknülltes Taschentuch und trocknete sich die Schweißtropfen ab, die den bis auf einen schütteren Haarkranz kahlen Kopf gekitzelt hatten.

»Du siehst aus wie ein Bettelmönch«, hatte man bis zu seinem fünfundzwanzigsten Lebensjahr gewitzelt, und daraufhin hatte er sich entschlossen, den früh von Haarausfall geplagten Schädel mit einer Schiebermütze zu bedecken. Die Witzeleien hörten auf: Doch mehr als die Schiebermütze hatte die von ihm eingeschlagene Laufbahn dazu beigetragen. Er wischte vorsichtshalber noch einmal mit dem Taschentuch, hielt die Mütze dicht an die Nase, sie stank unerträglich. Er setzte sie mit einem Schwung wieder auf. Soweit er sich erinnern konnte, war sein Kopf nur bei drei Gelegenheiten schweißgebadet gewesen: Das war sein Instinkt, der ihm eine gefährliche Situation signalisierte. Er öffnete die rechte Schublade, schob die Hand bis hinten hinein und ergriff die Pistole. Er wog sie in der Hand, eine Walter 22, ein Juwel seiner Art. Er kontrollierte das Magazin, lud sie und legte sie wieder hinten in die Schreibtischschublade zurück. Die Walter 22 war eine Erinnerung an die Vergangenheit, an das, was er einmal war. Er würde sie nicht einmal unter so nebulösen Umständen wie den von Millepiedi in Aussicht gestellten in die Tasche stecken.

Er dachte lange darüber nach, was er tun konnte, und darüber, was er tun mußte. Ein Rädchen hatte sich im Getriebe verklemmt: Wollte er entdecken, welches es war, mußte er einen Preis dafür bezahlen. Lohnte sich das? Er bejahte es: Er würde sonst an Ansehen verlieren. Millepiedi war sein Geschöpf, und man hätte ihn um Erlaubnis, ihn umzubringen, fragen müssen. Das war eine Frage der Achtung, jener Achtung, auf deren Mangel ein

Schuß aus der Lupara fällt. Um zu verstehen, daß er sich in einen sehr engen Trichterhals begab, brauchte nicht einmal sein Kopf zu schwitzen. Doch was änderte das schon? Informierte er sich, bedeutete das, daß er direkt auf Unannehmlichkeiten zusteuerte. Informierte er sich nicht, würden die Unannehmlichkeiten ihn von alleine suchen.

»Toll was los?«

Keiner kümmerte sich um den spöttischen Ton in Torrisis Frage. Aufregung und Durcheinander herrschte von der Tür des Polizeipräsidiums bis zur ersten Etage, wo der Presseraum lag. Journalisten, Fotografen, Kameraleute jagten hinter jedem Schatten, hinter jedem Geflüster her. In Abständen ließ sich der eine oder andere Polizist an eine Wand drängen, und unter Blitzen und Scheinwerfern waren sie dann gezwungen zu wiederholen, daß man in alle Richtungen ermittle, daß Lo Versos Tod eine gute Nachricht für die Bevölkerung sei, aber auch, daß die Sicherheit und die Lebensqualität auf dem Nullpunkt angelangt seien.

»Li Destri sucht dich.« Mit einem Stoßseufzer ließ Torrisi den Zigarettenstummel auf den Boden fallen und trat ihn aus. Er würde ein weiteres Wachsstreichholz verbrauchen müssen, um sich die nächste Nazionale anzuzünden.

Der Kommissar Li Destri rauchte nicht und gestattete es auch nicht, daß man in seinem Büro rauchte.

»Sie wollten mich ...« Torrisi brach den Satz ab, um sich zu räuspern.

Li Destri kam in Hemdsärmeln aus seinem ihm vorbehaltenen Waschraum: das einzige Privileg, um das Torrisi ihn beneidete.

»Sie haben Ihren Borsalino schon auf? Bei der Hitze?«

»Dottore, mit der Hitze ist es wie mit der Demokratie: Sie ist nicht für alle gleich.«

Madonna, wie alt ich werde. Torrisi hatte vergessen,

daß er mit dem Hut weggegangen war und ihn noch aufhatte. Er nahm ihn schnell ab.

»Ein schönes Gewühle da draußen.«

Der Inspektor hörte auf, mit der Hand an der Innenseite seines Hutes zu drehen und blickte auf die Uhr.

»Ich hatte mit der Invasion um neun gerechnet, jetzt ist es schon halb elf. In dieser Stadt schläft man viel zu lang.«

»Ich muß denen da draußen was erzählen, und die These vom Raubüberfall funktioniert nicht.« Der Kommissar schüttelte den Kopf. »Die werden die Geschichte nicht fressen, daß Lo Verso nachts auf Raubzug war.«

»Das ist eine Vermutung. Wer kann schon ausschließen, daß Brioche im Elend gelandet ist? Wie das Leben eben so spielt. Man muß sehen, wo man bleibt.« Torrisi konnte sich endlich die Kehle reinigen und hatte den Schleim hinten auf der Zunge. Ein Taschentuch zu nehmen war zu kompliziert, er zog es vor, ihn runterzuschlucken.

»Dottore, wir sagen, was wir wissen. Millepiedi behauptet, er könne sich für die Aggression kein anderes Motiv als Raub vorstellen. Was sollen wir uns dann vorstellen, die wir weniger Phantasie haben als er. Wären wir sonst hier und würden Polizisten spielen?«

»Ich möchte Sie auffordern, weniger pindarische Höhenflüge zu unternehmen. Wie weit sind wir mit Millepiedi? Wie kommt er überhaupt in die Sache?«

»Signor Giuseppe Millepiedi, genannt Peppe, ist ein absolut unbescholtener Bestandteil unserer absolut unbescholtenen Stadt. Vorstrafenregister so sauber, wie es sauberer nicht geht. In gesellschaftlichem Aufstieg begriffen, dank einer Agentur für Marketing, Public relations, Werbung und was sonst noch alles so hilft, um Aufträge von der Stadt, der Region, der Provinz und von regionalen und privaten Unternehmen zu bekommen.«

»Alles in Ordnung?« Li Destri hatte verstanden: Torrisi glaubte nicht ein Wort von dem, was man ihm gesagt hatte, nicht eine Zeile von dem, was er gelesen hatte.

»Alles am Licht der Sonne. In den letzten vier Jahren hat die edle Erde Siziliens nicht eine Gesetzesinitiative verabschieden können, bei der die Mille P nicht federführend beratend beteiligt gewesen wäre.«

Li Destri sah seinen Inspektor verwundert an.

»Mille P ist die Agentur von Millepiedi. Ein unaufhaltsamer Aufstieg mit spiritistischen Sitzungen und großen Salons als Beigabe. Doch eines Nachts präsentiert sich Filippo Brioche, und der Traum ist aus. Die schöne Prinzessin wird wieder zum Aschenputtel. Gefällt Ihnen das als Gleichnis? Also, fast bin ich geneigt, es an Millepiedi zu verkaufen ...«

»Wo ist er jetzt?«

»Würde mich wundern, wenn er zu Hause wäre.«

»Entschuldigen Sie: Haben wir ihn laufen lassen?«

»Wir versuchen, ihm ein bißchen auf den Arsch zu klopfen: Vielleicht erinnert er sich ja an irgendeine kleine Sache, die uns interessieren kann.«

»Ispettore, da sind wir nicht einer Meinung.« Li Destri wollte gleich daran erinnern, wer hier kommandiert.

»Ich verlange, daß Millepiedi offiziell unter Aufsicht gestellt wird. Wenn man ihn umbringt, dann erklären Sie mal den losgelassenen Hunden da draußen, warum ein anständiger Mensch, und bis zum Beweis des Gegenteils ist er das, der Gewalt seiner Henker überlassen wurde.«

»Aber, Dottore ...«

»Tun Sie, was ich gesagt habe.« Li Destri brachte seine Haare mit den Fingern der rechten Hand in Ordnung, ging hinaus und ließ Torrisi allein mitten im Zimmer stehen.

Der Inspektor fand sich damit ab: Zu Li Destri hatte er ein von Hochs und Tiefs gekennzeichnetes Verhältnis. Jeder spielte seine Rolle, doch bei wichtigen Entscheidungen standen sie zusammen und gaben sich Rückendeckung. Und außerdem würde er in weniger als vier Monaten pensioniert. Mehr als Millepiedi und dessen Schicksal beschäftigte ihn die erdrückende Schwere von

Tagen ohne Verpflichtungen. Was tut man, wenn man nicht weiß, was man vierundzwanzig Stunden rund um die Uhr tun soll?

Er leitete den Auftrag zur Bewachung und zum Schutz weiter. Er konnte nur wünschen, daß Millepiedi nicht so dumm sein würde, im Sessel sitzen zu bleiben und das Meer zu betrachten. Er grinste. Er hatte gehofft, daß Millepiedi verschwinden und daß mit seinem Verschwinden etwas aus seinem Leben durchsickern würde. Es hatte ihm genügt, ihn flüchtig zu beobachten, um seine Doppelbödigkeit zu begreifen.

Millepiedi sah er es von weitem an. Seine Anzüge und die manierierte Art waren ein Versuch, das Ekelhafte in sich zu verbergen. Millepiedi und Lo Verso waren die ersten beiden Perlen des Rosenkranzes. Und die anderen?

Würde er auf die üblichen Bekannten stoßen, die er zu verachten gelernt hatte? Sein Gedächtnis war das Archiv für jede Untat. Er kannte Verbrechen, Verbindungen, Feindschaften, Komplotte. Bis vor zehn Jahren war er davon überzeugt, er könnte die Ausweitung des Verbrechens aufhalten. Das war eine Illusion. Er hatte es am eigenen Leib erfahren, daß die anderen die Mehrheit und Leute wie er zur Minderheit geworden waren. Eine verschwindende Minderheit, die vom Aussterben bedroht war. Er hatte offiziellen Verweisen, privaten Strafpredigten und Versetzungsandrohungen widerstanden, doch er hegte keine Illusionen mehr. Er wußte, daß er gelegen kam: Er diente als Beweis für das Überleben der Unbestechlichen. Es gab keine Ermittlung, von der er ausgeschlossen worden war, aber es gab auch keine Ermittlung, bei der die wirklich Verantwortlichen bestraft worden wären. Wie viele Fetzen hatte er fliegen sehen. Aber das war auch schon alles. Jedesmal gelang es ihnen, alles herauszufinden und nichts zu beweisen. Ein Überfluß an Indizien, die im Gericht nur dem Verstopfung verursachten, der sie zusammengetragen, nicht aber dem, der sie verursacht hatte. Und wenn man einen Beweis fand, gab es die Rechtsanwälte und die Richter, um ihn im Namen des Gesetzes zu zerfetzen.

Eine Salve von Hustenstößen erinnerte ihn daran, daß er seit über zehn Minuten nicht mehr geraucht hatte. Die Schachtel mit den Wachsstreichhölzern enthielt nur noch eins, und wenn Li Destri ihn rufen würde, hätte er Pech gehabt: Er würde die Zigarette nicht wegwerfen. Wie er auch nichts von seinen Ermittlungsergebnissen weggeworfen hatte.

Die großen Kartons, aus denen die Nazionali-Päckchen allmählich verschwunden waren, hatten sich Blatt für Blatt mit Papier gefüllt. Fotokopien von Untersuchungsprotokollen, von Aussagen, von offiziellen Dokumenten. Außerdem ein paar kostbare Originale: Anzeigen, die nie weiterverfolgt wurden, Dienstanweisungen, geheime Informationen. Es war die unaussprechliche Geschichte der Stadt. Jedes Aktenbündel bestand aus Urkunden und Begleitnotizen, die Rollen und Personen entlarvten.

Zeitungen, Hoher Rat der Richterschaft, Innenministerium, Justizministerium: ihnen würde er in regelmäßigen Abständen das zuschicken, was er als sein Testament betrachtete. Glücklicherweise hielt dem allgemeinen Niedergang der anonyme Brief stand: die einzig wirkliche Form der den Italienern bekannten und von ihnen praktizierten Massenkommunikation.

Er kostete schon im voraus das subtile Vergnügen, den vielen Unantastbaren den Schlaf zu rauben, so wie sie ihm den Schlaf geraubt hatten. Er war neugierig darauf, ihm unbekannte Empfindungen zu entdecken: Wie ist es, wenn man die Lage in der Hand hat, wenn man bestimmt, wo es langgeht, wenn man andere in die Knie zwingt, wenn man die Situation mal nach rechts, mal nach links driften, mal vor und mal zurück schlingern läßt?

Die Erschütterung würde beachtlich sein, und Torrisi würde sogar den heiligen Joseph um Beistand anflehen und der Statue in der alten Kirche zwei Kerzen anzünden, nur um das in Gang zu bringen. Er hatte seinen Sitz in der ersten Reihe bereits gefunden: die Parkbank im Schatten der einzigen Linde. Von dort aus würde er das kleine Schauspiel durch die Lektüre der Tageszeitungen genießen. Wie würden sie ihn bezeichnen? Fledermaus, Uhu, Kojote, Krähe? Läge die Wahl bei ihm, würde er den Titel eines Westerns wählen, den er in der Jugend gesehen hatte: ›Der Rächer‹. Es wäre die einzige Revanche für seine Niederlagen, und es wäre die einzige Art, die Trostlosigkeit des Pensionärsdaseins zu ertragen.

Diese Gedanken hoben seine Laune. Er machte per Telefon eilig den Rundgang bei seinen Reumütigen. Transvestiten, kleine Dealer, Zuhälter, Drogenabhängige, kleine Diebe, Betrüger: Sie stellen seine Privatarmee dar, den Trumpf in der Hand, den man in schwierigen Situationen ausspielt. Bei manchen hatte er ein Auge zugedrückt. Einem anderen hatte er die Haftzeit halbiert, weil er als Zeuge vor Gericht aussagte. Arianne, mit bürgerlichem Namen Girolamo Di Stefano, hatte er ein rotes Korsett geschenkt, das er im Miederwarenladen unten im Haus entdeckt hatte. Bei den Drogenabhängigen war er unparteiisch: Er war bereit, sie zu Padre Munafò zu bringen, dem Leiter des einzigen Therapiezentrums in der Stadt, war aber genauso bereit, ihnen den Stoff zu geben, der während der Razzien gefunden wurde.

Keiner von ihnen würde ihm eine Vertraulichkeit verweigern. Es waren Reumütige, die Torrisi keineswegs lossprechen wollte. Er gebrauchte sie diskret, er schützte sie mit höchster Aufmerksamkeit. Keinem waren sie bekannt, und das würde auch so bleiben, wenn er in Pension ginge: Als höchste und endgültige Preisverleihung für ihre gute Führung würde er sie vergessen. Vorläufig aber mußten sie noch kämpfen, um Hinweise über Giuseppe Millepiedi, genannt Peppe, herauszufinden, der auf wunderbare Weise einem Attentat entkommen war, dem Besucher spiritistischer Sitzungen, Eigentümer der

Agentur Mille P, dessen Foto in der Zeitung veröffentlicht worden war.

Anders als sonst verständigte Torrisi die gesamte Truppe, und die beiden, die er nicht angetroffen hatte, meldeten sich umgehend bei ihm.

Das Warten dauerte zehn Zigaretten lang, zusätzlich zu denen, die zwischen seinen Fingern verglimmten. Der Zuhälter war der erste, der anrief. Er sagte, einer, auf den die Beschreibung passen könnte, sei gesehen worden, als er zu Don Salvatore vom Italian Business ging. Eine halbe Stunde später sei er wieder herausgekommen. Er sei im Taxi angekommen und mit dem Autobus weggefahren, wahrscheinlich Linie 27.

Torrisi hielt den Zuhälter am Apparat, während er den Plan mit dem Streckennetz der Autobuslinien durchblätterte. Der 27er durchquerte die Stadt von oben nach unten. Torrisi teilte dem Zuhälter die Stadtviertel mit, in denen Millepiedi möglicherweise ausgestiegen sein könnte, und gab ihm Anweisung, sich wieder auf die Fährte zu machen. Der Zuhälter war davon überhaupt nicht begeistert, machte geltend, daß er sich so nicht um seine Geschäfte kümmern könne und diese den Bach runtergehen würden. Er nannte Torrisi »Mastro« und bat um ein Darlehen, um die Rate für den Spider zahlen zu können.

Der Inspektor verabscheute es, »Mastro« genannt zu werden, und antwortete barsch. Verschlechtert wurde seine Laune noch durch den Husten und den Schleim: Der bedauernswerte Zuhälter bekam das Gebrüll ab. Torrisi gab ihm den Rat, seine Mutter, seine Schwester, seine Frau und seine Töchter sollen die Beine breit machen, um das Angebot zu vergrößern. Er gab ihm den Rat, den Spider, seine Kinder und auch die Villa am Meer zu verkaufen, die er gerade gekauft hatte: Soviel Geld würde er nämlich brauchen, um die Sitte zu bezahlen, damit er nicht eingebuchtet würde. Und er, Torrisi, würde sich höchstpersönlich darum kümmern, wenn der

Zuhälter bis zum Abend nicht herausgefunden habe, wo Millepiedi steckt.

Nach dem Gespräch mit dem Zuhälter machte er wieder die Runde bei den anderen Reumütigen, um die neuen Koordinaten durchzugeben. Am späten Nachmittag bekam er einen anderen brauchbaren Hinweis. Marcello lieferte ihn, zwanzig mit Drogen vergeudete Jahre jung: Seine Freunde in der Nähe des Bahnhofs versicherten, daß der Mann von dem Foto vorsichtig in einen Zug zum Festland gestiegen sei. Torrisi war fassungslos. Wohin war Millepiedi auf der Flucht? Er hatte mit Angst gerechnet, das ja, aber ohne das blanke Entsetzen miteinzukalkulieren. Er hatte Millepiedi geraten, sich ein Versteck zu suchen, war aber davon überzeugt, daß Millepiedi in der Nähe bleiben würde, im Aktionsradius der Reumütigen. Jeder Fisch schwimmt in seinem Gewässer: Es fiel ihm schwer sich vorzustellen, daß der elegante und aufgeputzte Unternehmer noch ein weiteres Gewässer hatte. Es sei denn, daß die ganze Angelegenheit wesentlich verwickelter war, als er angenommen hatte.

Ja, ja, Don Salvatore war nicht umsonst mit von der Partie.

Er kannte ihn seit der Zeit, als er für alle noch Totò Leanza war, in der Nase bohrte, kurze Hosen trug und Zigaretten im Tabakladen an der Ecke stahl. Auch Totò Leanza stammte aus dem Viertel der Fischer. Sie waren in derselben Grundschulklasse und gingen gemeinsam zur ersten Heiligen Kommunion. Dann nichts mehr. Sie sahen sich an jedem 8. September an der alten Kirche beim Fest des Meeres, sie grüßten sich flüchtig und rasch. Daß das Leben es gut mit Totò Leanza meinte, hatte Torrisi nicht nur durch seine Informationsquellen erfahren, sondern auch an den immer neuen, immer kostspieligeren Autos und an der Ehrerbietung des Küsters beim Einsammeln der Kollekte gesehen.

Im Geist stellte er Millepiedi, Don Salvatore und Filippo Brioche in eine Reihe. Etwas verband sie. Aber was?

Millepiedi und Filippo Lo Verso waren zum gleichen Zeitpunkt ins Rampenlicht getreten – der Begriff entlockte ihm ein Lächeln. Millepiedi hatte mit seiner Agentur den Durchbruch geschafft und war außerordentlich erfolgreich, unbeeindruckt von Gerüchten und übler Nachrede. Lo Verso besuchte noch die letzte Klasse des Instituts für Vermessungstechniker, als er seines ersten Mordes verdächtigt wurde. »Verdächtigt« war ein freundlicher Ausdruck: Für eine Million hatte er einen Ladenbesitzer umgebracht, der sich geweigert hatte, Schutzgelder zu bezahlen. Bei seinen ersten Morden hatte er einen blauen Schutzhelm getragen, später einen weißschwarzen. An dem Morgen, als er in aller Frühe verhaftet werden sollte, hatte er bereits die Laufbahn eines Untergetauchten und Superkillers eingeschlagen. Worin war Millepiedi super? Er hätte Totò Leanza danach fragen können, aber das würde bedeuten, das Spiel offenzulegen, und die Karten waren noch nicht einmal ausgegeben worden.

Totò Leanza … Der Husten hinderte ihn daran, weiter seinen Erinnerungen nachzugehen. Er setzte sich auf den Stuhl und wartete auf den nächsten Hustenanfall, der nicht kam.

Er räusperte sich und befreite seine Kehle von dem Schleim, der sich dort angesammelt hatte. Seine armen Bronchien produzierten ihn in gigantischen Mengen, schade, daß er nicht verkäuflich war. Er kehrte zu Totò Leanza zurück: der hatte wirklich Karriere gemacht. Er war die Radnabe eines blühenden Geschäfts: Geldverleih zu Wucherzinsen, Geldwäsche, Finanzierung illegaler Tätigkeiten. Wo die Legalität aufhörte, begannen Don Salvatore und sein Italian Business. Die einzige Anzeige und die einzige Verurteilung reichten in prähistorische Zeiten zurück: Mittäterschaft bei einem Mord.

Das Schicksal wollte es, daß auch Don Salvatore sich an dieses ferne Ereignis erinnerte. Sie mußten einem Arschloch eine Lektion erteilen, das zu aufmüpfig geworden war. Sie waren zu dritt. Seine beiden Kumpane hatten dem Arschloch in den Bauch geschossen. Torkelnd war der Typ mit dem Rücken an einem Baum gelandet: Mit Mühe versuchte er, die Eingeweide, die aus der Wunde hervorquollen, zurückzuhalten. Er staunte, daß es ihm nicht gelingen wollte. Eine Hand hatte er zum Boden ausgestreckt, wo sich das Gedärm mit Gras vermischt hatte: Ein bißchen von diesem Brei hielt er fest in der Hand, dann starb er.

Don Salvatore fürchtete, daß er sich, wie dieses Arschloch, Mühe gab, eine längst aussichtslose Situation wieder in den Griff zu bekommen. Er mußte auf die Stumpfheit reagieren, auf die Gewißheit, die jeder Spitze die Gefährlichkeit nehmen würde. Auch wenn er an seinem gewohnten Platz saß, auch wenn von der Straße das Durcheinander hereindrang, das der Mittagszeit vorausgeht, auch wenn Küchendüfte durch die Luft zogen, auch wenn alles so aussah, als wäre das ein Tag wie jeder andere, war dem absolut nicht so.

Etwas hatte den Zauber des Gewohnten durchbrochen. Und dieses Etwas war Millepiedi: Sein Erscheinen hatte die Ordnung durcheinandergebracht und Chaos erzeugt, die beiden Motorradfahrer, die ihm die Vorladung des Dottore überbracht hatten, waren Unheilsboten.

Spekulationen über eine Flucht häuften sich in seinem Kopf und ließen auf seinen Schädel erneut Schweißperlen treten. Er verwarf eine Variante nach der anderen. Er zählte seine Kinder, seine Frau, seine Enkel: Sie hatten ein Recht zu leben und nicht wie Unkraut ausgerottet zu werden. Es gab niemand, der ihm helfen konnte, denn ihm zu helfen kam einer Grabreservierung auf dem Friedhof gleich.

Doch vielleicht hatte der Dottore ihn nur gesucht, um einen Rat von ihm zu bekommen. Vielleicht war auch er über das Attentat auf Millepiedi besorgt. Vielleicht wollte er ihm einen vertraulichen Auftrag erteilen. Vielleicht ...

Don Salvatore war noch bestürzter, als er merkte, daß er laut gesprochen hatte, daß aber niemand da war, der überzeugt werden mußte, außer jener Teil von ihm, der das Ende bereits vorausahnte.

Er verfluchte das Jahr, den Monat, den Tag, die Stunde, als er die Idee gehabt hatte, sich an den Dottore zu wenden. Aber was hätte er sonst tun sollen? Wer verfügte im Jahr 1970 denn schon über fünfhundert Millionen bar auf der Kralle? Die fünfhundert Millionen brauchte er für diesen Hungerleider von Marchese Dotti, der im Gegenzug dafür die Villa Dotti mitsamt umliegendem Land anbot, dessen einfacher Verkehrswert drei Milliarden betrug und das später, durch eine kleine Abänderung des Bebauungsplans, dreißig Milliarden wert war, weil es aufgeteilt und parzellenweise verkauft wurde.

Der Dottore hatte anfangs 70 Prozent Beteiligung gefordert. Später dann 90 Prozent unter dem Vorwand höherer Ausgaben für die Beratung seiner Freunde im Stadtrat und die des Bauausschusses, damit sie diese unbedeutende Änderung vornehmen würden. Don Salvatore, der zu der Zeit nur Totò Leanza war, mit einem Vorstrafenregister, das noch nicht zu den längsten gehörte, die im Umlauf waren, hatte eingewilligt: einmal, weil es nicht ratsam war, dem Dottore zu widersprechen, zum anderen, weil er auch so drei Milliarden verdient hatte. Wo hatte er denn schon einmal drei Milliarden in bar gesehen? Damals hatte er das Jahr, den Monat, den Tag, die Stunde gesegnet, als er den Einfall hatte, sich an den Dottore zu wenden. Für ihn war das ein Sprung nach oben. Und was für ein Sprung.

Das Italian Business lavierte sich damals mittels elender Kredite durch, so elend wie die, denen sie eingeräumt wurden. Ladenbesitzer, kleine Geschäftsleute, Hausfrauen, die sich in einen Nerz vergafft hatten, Angestellte, die Schwierigkeiten mit dem Weihnachtsgeschenk für ihre Geliebte hatten. Viel Staub durch Geschäfte, Verhandlungen, heiße Diskussionen. Jedesmal, wenn der Staub dann verflogen war, kamen am Ende ein paar Hunderttausender raus. Trotz der Geringfügigkeit der Summen reichten Drohungen oft nicht aus, und dann war es nötig, die Pistole zu ziehen, um sich die vereinbarte Rate aushändigen zu lassen.

Inmitten so großer Trostlosigkeit war Marchese Dotti mit schlaksigem Schritt auf ihn zugekommen. Ihn kümmerte kein bißchen, was ihn umgab. Mit absoluter Gewandtheit hatte er den Grund seines Besuchs dargelegt. Eine halbe Milliarde. Er brauchte dringend eine halbe Milliarde, innerhalb einer Woche. Als Pfand bot er den Sitz seiner Vorfahren an, einen der meist beneideten in der Stadt. Ohne mit der Wimper zu zucken, hatte Don Salvatore ihm Antwort innerhalb von achtundvierzig Stunden versprochen. Das war das Geschäft, das aus Schwarz Weiß machen, das die Nacht in Tag verwandeln konnte, und er hatte sich den Brocken geschnappt und war entschlossen, ihn nicht mehr herzugeben.

Glücklicherweise erinnerte sich der Dottore an den Jungen, den man in längst vergangenen Zeiten aus dem Fischerviertel zu ihm geschickt hatte, weil er geeignet schien, ein paar Aufträge mit Sorgfalt auszuführen. Der Dottore war bereit gewesen, ihn zu empfangen. Er hatte ihm zugehört und dann verfügt: »Das läßt sich machen.«

Es war ein Volltreffer. Marchese Dotti hatte um ein Darlehen für drei Monate gebeten, und nach neunzig Tagen war er nicht in der Lage, die halbe Milliarde plus die einhundert Millionen für Zinsen zurückzuzahlen. Dem einzigen Kreditinstitut, das, um sich in den Besitz der Villa zu bringen, geneigt zu sein schien, ihm unter die Arme zu greifen, wurde davon abgeraten.

Don Salvatore hatte geahnt, daß dieses Geschäft eine göttliche Gnade war, ein Gottesbeweis. Er hatte so viel verdient, daß auch die nachfolgende Generation ihr Auskommen hatte. Es wäre ein Zeichen von Klugheit gewesen, wieder zu den mittelmäßigen Geschäften von einst zurückzukehren. Andererseits hatte er sich nicht zufriedengeben können, er hatte Appetit bekommen: wimmelte Italien nicht nur so von Dottis, die bereit waren, sich von dem ausnehmen zu lassen, der ihnen einen Knochen hinwarf?

Diese Frage hatte er sich zunächst selbst gestellt, später dann dem Dottore, als dieser eingewilligt hatte, ihn ein zweites Mal zu empfangen.

»Wie viele?« hatte der Dottore gefragt, neugierig geworden durch die Gier dieses Mannes, der sich nicht zufriedengab.

Don Salvatore hatte geantwortet, die Zahl sei zu den zahlreichen Aktiengesellschaften – Finanz- und Immobilienunternehmen –, die sie in jeder Stadt Italiens gründen könnten, direkt proportional.

»Ich«, hatte er hinzugefügt und dabei auf die Spitze seiner staubigen Schuhe gestarrt, »ich hätte da eine ganz kleine Idee, wie wir vorgehen müßten, natürlich nur, wenn mir Euer Gnaden die Ehre gewährten, mir bis zum Schluß zuzuhören.«

Die Idee war alles andere als klein, und vor allem befriedigte sie den Wunsch des Dottore nach Verschwiegenheit. Don Salvatore hatte ganze Nächte über den verstaubten Büchern der höheren Handelsschule verbracht, die er nach zwei Jahren aufgegeben hatte: Er hatte mit Verbissenheit das gelernt, dem er sich in seiner Jugend voller Ungeduld verweigert hatte. Der Plan war in allen Einzelheiten bereits in seinem Kopf vorhanden.

So war die Fidi e Fiducia in Florenz zu einer Filiale einer in Ancona eingetragenen Treuhandgesellschaft geworden, die Affidavit in Rom zu einer in Turin eingetragenen Treuhandgesellschaft, und sogar das Italian Business war mit einer Treuhandgesellschaft in Mailand verbunden. Jede dieser Gesellschaften hatte als einzigen Gesellschafter und einzigen Geschäftsführer einen Rentner, dem man lediglich zehn Millionen im Jahr zahlen mußte, um im Gegenzug seine Unterschrift unter die Mindestbilanzen mit praktisch nicht vorhandenen Gewinnen zu erhalten. Eine andere Treuhandgesellschaft in jeder Stadt, ein anderer Notar für jede Treuhandgesellschaft. Don Salvatore hatte oft die spöttischen Blicke der Notare bemerkt, während sie die vom Gesetz vorgeschriebenen Verfahren abwickelten. Man brauchte nicht besonders schlau zu sein, um ihre Vermutungen über die Funktion des Schriftführers erraten zu können, der sich auch mit den kleinsten Einzelheiten der zu gründenden Treuhandgesellschaft beschäftigen sollte. Doch die Notare wurden überreichlich bezahlt und waren per Gesetz zur Verschwiegenheit verpflichtet. Zudem vermied es Don Salvatore, unter seinem eigenen Namen zu erscheinen. Er genoß eine immer andere Identität, die er sich ohne Wissen des legitimen Firmeninhabers auslieh, der ein unbescholtener Mann war und dessen unbeflecktes Vorstrafenregister den Unterlagen beigefügt wurde. Das alles, um die Freunde des Dottore im Schatzministerium nicht zusätzlich zu belasten, die beauftragt waren, den Vorgang zu einem guten Abschluß zu bringen.

Die ständige Ausweitung hatte den Norden, die Mitte und den Süden der Halbinsel erfaßt. Die Finanzierungs- und Immobiliengesellschaften zählten insgesamt über dreißig, ebenso viele Treuhandgesellschaften waren vorhanden, die sie verwalteten, jede unabhängig von der anderen und ohne auch nur den leisesten Hinweis auf die wirklichen Eigentümer. Seit drei Jahren hatten sie ihren Fuß auf Mailändischem Boden: die entscheidende Etappe für die Erstürmung des Himmels. Die Beträge in Mailand verursachten Don Salvatore Schwindelgefühle: 80 Billionen Bankeinlagen, 170 Billionen in der gesamten Lombardei, 53 Billionen an Wertpapieren, die alljährlich an der Börse eingetauscht wurden, 22 Billionen in Einlagen mit fester Rendite in staatlichen Schatzbriefen und Anleihen. Das waren keine Zahlen, das war das Paradies auf Erden, und sie würden einen gehörigen Batzen davon abbekommen. Nach Mailand Europa, das dabei war, seine Grenzen aufzuheben.

Die Verteilung der Aufgaben sah vor, daß Don Salvatore – der Name war ihm vom Dottore bei einem denkwürdigen Abendessen verliehen worden; über sich hatte er nur den Allmächtigen und, wohlgemerkt, den Dottore – sich um die gesamte Organisation kümmerte. Aus seiner eigenen Tasche zahlte er 30 Prozent des vom Gesetz vorgesehenen Mindestkapitals für die Gründung einer Treuhandgesellschaft mit beschränkter Haftung ein; er mietete die Büroräume an; er stellte das Personal ein und bezahlte es; er nahm die unübersehbar vielen Obliegenheiten wahr, die eine derartige Konstellation von Abkürzungen und Namen mit sich brachte. Über diese Verzweigungen existierten lediglich zwei erläuternde Darstellungen: eine hatte der Dottore, die andere Don Salvatore, und es war das einzige Dokument, das er nicht in seinen beiden weiträumigen Schreibtischschubladen aufbewahrte.

Don Salvatore wußte, daß er ein kleines Meisterwerk auf die Beine gestellt hatte, und er war zufrieden damit. Als gute Krämerseele und besorgt, keine Spuren zu hinterlassen, hatte er sich mit Arbeit überhäuft, doch das hatte er für seine Pflicht gehalten. Diese ständig in Ausweitung begriffene Tätigkeit hatte ihn völlig in Anspruch genommen. Doch die Vergangenheit und die Gegenwart waren nichts im Vergleich zu einer anderen kleinen Idee, die er im Hinblick auf Europa hegte: sämtliche Treuhandgesellschaften in Italien auflösen und den Kernbereich ihrer Aktivitäten nach Liechtenstein transferieren, wo die Anonymität selbst vor den Richtern gewahrt blieb. »Mit dem gleichen Prozentanteil wie bisher?« hatte der Dottore sich erkundigt.

Don Salvatore hatte dies bestätigt. Er hielt die vom Dottore einbehaltenen 70 Prozent zwar für überzogen, doch die 30 Prozent, die ihm verblieben, waren auch eine schöne Marge. Beim Dottore gab es die Gewißheit, daß keine Probleme aufkommen würden, weder im Augenblick der Zusage einer Finanzierung, wie hoch die Summe auch immer sein mochte, noch im Augenblick des Inkassos.

Als er auf die Schnellstraße in Richtung Ebene abbog, wo sich die Festung des Dottore erhob, ging Don Salvatore im Geist noch einmal durch, zu was er es gebracht hatte. Zwei Wohnhäuser in der Stadt; ein schönes Milliardenbündel Wertpapiere, aufgeteilt auf Generali-Versicherungen, Fiat, Comit, Schatzbriefe und Anleihen; 30 Prozent an einem Import- und Exportunternehmen mit Sitz in Bologna; eine beträchtliche Aktienbeteiligung an einer Zürcher Süßwarenfabrik. Ihm schwebte vor, etwas in New York zu kaufen, aber er zweifelte, ob er dazu die Zeit haben würde: Die Begegnung, zu der er auf dem Weg war, könnte jedes Projekt zunichte machen. Er bereute es jetzt, der Einbestellung des Dottore so schnell gefolgt zu sein. Er hätte ein paar Stunden mit der Abwicklung dringenderer Angelegenheiten verbringen sollen, um mit den Kindern zu reden und ihnen zu raten, in den USA zu investieren.

Vor allem, um ihnen zu erklären, wie sie sich zu verhalten hätten, wenn er plötzlich abtreten müßte. Sie waren noch so jung, oder wenigstens kam es ihm so vor... Das Leben war für sie ein sanfter Aufstieg. Und er wollte dafür sorgen, daß es weiterhin so blieb.

Der Dottore war ihm zu Dank verpflichtet. Er hatte beachtliche Gewinne erzielt, und vor allem hatte er durch die Finanzierungs- und Immobiliengesellschaften eine Möglichkeit der Geldwäsche von schmutzigem Geld geschaffen, das aus anderen Geschäften stammte. Für besondere Umstände hatte er unter den Kunden der Gesellschaften eine besonders spezialisierte Arbeitskraft aufgetrieben, die er sonst nie gefunden hätte. Mit einem Wort: wenn der Dottore auch nur einen Hauch von Dankbarkeit zeigen wollte, würde sie Don Salvatore vor jeder Art Überraschung schützen.

Doch Don Salvatore wußte, daß der Dottore frei von derartigen Schwächen war. Und mußte er dem Dottore denn nicht auch dankbar sein? Natürlich, und er dachte, er habe es dadurch gezeigt, indem er treu diente und sich als Schutzschild in schwierigen Situationen anbot. Millepiedi war schließlich zu ihm gekommen und hatte protestiert, nicht zum Dottore, dessen Unternehmungen und Rolle er nicht kannte.

Millepiedi ... Das heißt Deodato und Valle. Was war eigentlich aus den beiden geworden? Lebten sie noch oder nicht?

Er hätte eigentlich nachforschen und wissen müssen. Die Stunden verflogen, und mit ihnen sah er auch seine Hoffnungen schwinden davonzukommen. Er fuhr langsamer, weil er ein Kribbeln im Kopf verspürte, das an diesem Tag allmählich zu etwas Gewohntem wurde. Sein Kahlschädel hatte noch niemals soviel Sorge ausgeschwitzt.

»Scheiße und nochmals Scheiße«, rief er aus, weil er sich in den Fängen eines nicht zu unterdrückenden Wunsches nach Auflehnung spürte. Sollte man ihn zur Hölle schicken, würde er eine ganz schöne Zahl von Leuten hinter sich herziehen, angefangen beim Dottore. Er war zum großen Schritt entschlossen. Er gegen den Dottore. Endlich.

V

Er hatte ein Stechen in den Augen wie von tausend Nadelstichen. Dieser Wassersack von Augenarzt Di Stefano beharrte auf einer leichten Form von Bindehautentzündung, doch die Augentropfen halfen nicht. Die Qual stellte sich ein, sobald er aufwachte, und machte es ihm sogar unmöglich zu lesen. Er hatte Angst, die Sehkraft zu verlieren. Diese Angst hatte er auch jetzt. Doch etwas anderes vertrieb die Lust, die Annettas Mund ihm schenken wollte, obwohl sie sich mit Lippen und Zunge hingab. Annetta hob den Kopf und sah ihn ratlos an. Das Objekt ihrer Bemühungen lag reglos und gekrümmt da. Sie erhielt ein Lächeln, das sie freizusprechen schien, und senkte erneut den Kopf, doch zwei kräftige Hände, dieselben Hände, die ihr kurz zuvor noch den Pullover aufgeknöpft und ihre Brüste gewalttätig gestreichelt hatten, halfen ihr aufzustehen. Annetta machte ihren Pullover bis zum letzten Knopf wieder zu, befeuchtete ihre trockenen Lippen und deutete im Hinausgehen eine leichte Verbeugung an.

Der Dottore knöpfte sich die Hose zu. Was für ein gräßliches Geschäft, das Alter. Und auf der Schwelle zum siebzigsten Lebensjahr konnte er sich nicht einmal mehr als betagt bezeichnen: Er war wirklich alt. Das Sprichwort behauptete, daß der Schwanz keine Probleme will, aber der seine lebte von Geburt an mit Problemen und hatte es sich nie anmerken lassen, daß ihm das irgendwelche Sorgen bereitete. Nicht einmal damals, als Marco, sein dritter Sohn, entführt wurde, hatte ihm das Sorgen bereitet. Im Gegenteil, seine Zuckungen hatten ihm geholfen, die fürchterliche Spannung jener zehn Tage abzubauen.

Es war die reine Hölle gewesen: Tränen und Ohnmachtsanfälle seiner Frau, die ihn anflehte, die Polizei, die Carabinieri zu verständigen, und seine Verbissenheit, die Sache, wie man so sagt, alleine erledigen zu wollen. Er hatte die Männer, die Freundschaften, die angehäuften Guthaben durch in so vielen Jahren in alle Richtungen verteilte Vergünstigungen und Geschenke um sich geschart.

Anfangs hatten die Entführer drei Milliarden in der Schweiz verlangt, dann hatten sie den Preis erhöht und auch die Herausgabe von Bebauungsland im Industriegebiet der Stadt gefordert. Das sah wie eine geringfügige Forderung aus, doch auf diesem Bauland sollte eine private Raffinerie entstehen, die den Wert enorm steigern würde. Das war der entscheidende Fehler der Entführer: Das Wissen über die Raffinerie war streng geheim, nicht mehr als vier Personen waren eingeweiht.

Eine ganze Nacht hatte er gebraucht, bis er wußte, wer von den vieren die Entführung veranlaßt hatte, und wie immer hatte er diese Nacht in Silvias Bett verbracht. Sie war die junge Frau eines seiner Banditenführer, zu dessen vielfältigen Diensten es auch gehörte, nicht zu wissen, was in seinem Nest vor sich ging. Um fünf Uhr in der Frühe, als Silvia ihn immer noch streichelte, hatte er seinen Verdacht auf den Diplomkaufmann konzentriert. Zwei Stunden später hatte er ihm drei Männer nach Hause geschickt. Diese vergewaltigten seine Frau und seine zwölfjährige Tochter. Der Diplomkaufmann sagte ihnen, wo Marco gefangengehalten wurde. Sie befreiten ihn und machten dabei die sechs Bewacher nieder. Der Kaufmann durfte so lange leben, bis er alle Einzelheiten des Plans und die Komplizen enthüllt hatte. Dann gab es weitere sechs Morde, die die öffentlichen Ordnungskräfte unter dem Begriff »Begleichung von Rechnungen« zusammenfaßten. Am Ende war die Familie des Diplomkaufmanns an der Reihe: für sie wurde ein Autounfall inszeniert. Beim Begräbnis stach der Trauerkranz des Dottore wegen seiner Großartigkeit heraus.

Marcos Rückkehr wurde mit Tränen und Rührung begrüßt. Marco, der von seiner Mutter in die Arme des Dottore gescheucht wurde, hatte ihm zugeflüstert, daß ihm die Befreiung mehr Angst und Schrecken eingejagt habe als die Gefangenschaft. Dann wurde ein pompöses Fest gegeben, an dem der Dottore aber nicht teilnahm: Der Satz seines Sohnes hatte ihn von der Pflicht befreit, sich liebevoll zu zeigen. Er hielt sich für unfähig zu jeder Gefühlsregung und war es auch: lieber empfing er sie, und die Frau des Banditenführers war zu jener Zeit unübertrefflich. Er begab sich zu ihr, nachdem er die ersten Gäste begrüßt hatte.

Es war also nicht die Furcht vor der Blindheit, die den von Annetta erregten magischen Hauch in seinen abgestumpften Muskeln erschlaffen ließ. Es war die Lebensenergie, die aus seinen Gliedern wich. Ihm blieb nur noch die Macht, die er über Freund und Feind ausüben konnte. Doch wozu will man schon kommandieren, wenn man nicht vögeln kann? Das erste langweilte ihn, und das zweite gelang ihm nicht. Alles, was er zuwege gebracht hatte, hatte er zuwege gebracht, weil er an die Frauen dachte und an den Schacht höchsten Glücks zwischen ihren Schenkeln. Geld, Herrschaft, Respekt waren alle wichtig: um sie zu erlangen, hatte er getötet und töten lassen, ohne vor dem Gesetz der Menschen, noch vor dem Gesetz Gottes innezuhalten. Doch den Geschmack hatten die Frauen jeder Eroberung verliehen, vor allem die Frauen der anderen, die Engel des heimischen Herdes, die unbescholtenen Ehefrauen, die leuchtenden Beispiele ehelicher Hingabe.

Eine mehr als ein halbes Jahrhundert währende Aktivität auf diesem Gebiet hatte ihn eine feste Überzeugung gewinnen lassen: Jede machte die Beine breit. Es war nur eine Frage der Geduld, des Preises, der Umstände, aber es gab nicht eine, die nicht dazu bereit gewesen wäre, sofern eine vernünftige Gegenleistung mitspielte. Auch seine Frau. Hatte sie es etwa nicht mit ihm gemacht? Und als er sich diese Antwort gab, trat in seinen verbitterten Blick etwas Undefinierbares, das für ihn das höchste Gefühl der Freude war.

Zu der Zeit, als er es sich noch erlauben konnte, jeden Tag unter eine andere Bettdecke zu kriechen, hatte er die Frauen in fünf Kategorien eingeteilt. Die Kämpferinnen für das Leben, die den Existenzkampf mit breitgemachten Beinen bestreiten, unschlagbare Sprinterinnen der vaginalen Öffnung. Die Veteraninnen, die dem Schlachtenruf nicht widerstehen können und bei der ersten Aufforderung loseilen, um sich unter die Kämpferinnen zu mischen. Die Halbjungfrauen, bei denen jede Gewährung durch Stöhnen begleitet wird und die anfangs eine Liste mit dem Erlaubten und dem Nichterlaubten dabeihaben, sich dann aber bedingungslos hingeben. Die getreuen Jungfrauen, die es nur aus Liebe tun und aus Angst, unverschämt zu wirken, jeden Lustlaut unterdrücken, dann aber, wenn sie sich richtig gehenlassen, lauter heulen als jede Feuerwehrsirene. Und schließlich die Archimederinnen, und auf diese Etikettierung war er besonders stolz. Es kam ihm vor, daß sich allein deswegen schon die vertrödelte Zeit am Gymnasium und an der Universität gelohnt hatte. Die Archimederinnen sind absolut sicher, die einzigen zu sein, die das Paradies zwischen den Schenkeln besitzen; daß sie es erfunden haben. Sie sind würdevoll, stolz, hochmütig, sie kümmern sich keinen Deut um die Welt und sind nur auf die eigene Person bedacht. Sie sind überzeugt, daß sie Anspruch auf alles haben und daß ihre Einwilligung der am heißesten begehrte Preis sei. Ihre Vorstellung ist, daß die Existenz anderer nur durch deren Mission gerechtfertigt sei, ihnen Hochachtung zu erweisen. Eine von ihnen zu vögeln, sie zu demütigen, stellte für den Dottore jedesmal die Bestätigung der Überlegenheit des Mannes über die Frau dar.

Annetta hatte er den Archimederinnen zugerechnet, und obwohl sie weder verheiratet noch offiziell verlobt war, hatte er einen Narren an ihr gefressen. Und das nicht nur, weil sie sich gebärdete, als wäre sie die Urheberin dieser Erfindung: sondern auch weil einerseits ihre gigantischen Brüste, die unter Blusen und Pullovern herumhopsten, und andererseits die Tatsache, daß sie die jüngste Tochter einer der Schwestern seiner Frau war, ihn vor Erregung zum Zittern brachten.

Der Dottore hatte sich der Bereitwilligkeit Annettas versichert, als er eine ihrer von der Kostümjacke bedeckten Titten gestreichelt hatte. Die war riesig und stand von alleine aufrecht. Das übrige besorgte Annetta: Doch ihr Ungestüm und ihre Weiblichkeit hatten für ein sicheres Gelingen nicht ausgereicht. Er hatte Ladehemmung bekommen, und Annetta hatte es mit dem Mund zu Ende bringen müssen. Nachdem der Anfang gemacht war, zeigte Annetta sich immer bereitwillig, doch er hatte Vorsicht walten lassen; an dem Mädchen lag ihm viel zu sehr, als daß er ein jämmerliches Bild von sich hätte rechtfertigen können. Und jetzt hatte er ein jämmerliches Bild abgegeben, und er hatte keinerlei Rechtfertigung.

Er ergab sich in die Wahrheit: Mit ihm und seinem treuen Hosenstallknappen ging es bergab. Er dachte an den Tod. Noch nie hatte er an ihn gedacht: Er war viel zu sehr damit beschäftigt, ihn anderen zu schicken. Er wünschte nur, daß es kein Jenseits gebe: Er würde keinen Ausweg haben. Das Verzeihen der Welt würde nicht ausreichen, ihn vor der Höchststrafe zu bewahren. Ihn ärgerte die Vorstellung, daß ein Mann, dem es gelungen war, nicht von anderen Männern gerichtet zu werden, sich vor einem »Höheren Wesen« beugen müsse. Die einzige Hoffnung bestand darin, daß nachher das Nichts kam.

Das Summen der Sprechanlage kündigte Rechtsanwalt Midolo an. Er wurde von zwei hünenhaften Wachmännern begleitet, nahm den Hut ab und lächelte ausgiebig.

»An ein so heißes Oktoberende kann ich mich überhaupt nicht erinnern«, sagte er, nur um etwas zu sagen.

Rechtsanwalt Giovanni Midolo war der Sohn von Rechtsanwalt Antonio Midolo, welcher der erste Rechtsbeistand des Dottore gewesen war. Er sah älter aus als seine fünfzig Jahre, und rasieren mußte er sich wohl miserabel, wenn er zur Mittagszeit bereits graue Stellen auf den Backen und am Kinn aufwies.

»Sie können sich nicht vorstellen, wie ich auf dem Weg hierher geschwitzt habe.«

Der Rechtsanwalt beklagte sich jedesmal, wenn er die Reise von der Stadt hierher auf sich nehmen mußte; beides gehörte zur Tagesordnung.

Der Dottore besaß außerdem eine Villa in der zauberhaftesten Bucht der Küste, einen Palazzo in der Stadt und ein dreistöckiges Landhaus in Hügellage. Doch seit einiger Zeit zog er es vor, auf dem Gehöft zu schlafen, das hergerichtet worden war, um den Kernbereich seiner Geschäfte zu beherbergen. Das Gehöft erhob sich inmitten einer sonnenbeschienenen und gottgesegneten Ebene, sofern es Gott gab. Dazu gehörten Weizenfelder, Orangenhaine, Weideland, Tierzucht und eine Käserei. Lange Zeit hatte er das Land gehaßt, nun aber hatte er das Wunder der Stille und der Tierlaute entdeckt, die Begeisterung für Spaziergänge bei Tagesanbruch unter den in Reihen ausgerichteten Orangenbäumen und die Freude, in den Duft der Orangenblüten einzutauchen.

»Wie auch immer, wenn Sie nur zufrieden sind ...« Der Satz bedeutete, daß der Rechtsanwalt mit den Höflichkeiten jetzt durch war. Seine innere Substanz stand ganz im Gegensatz zu seiner äußeren Erscheinung. Midolos Grille bestand darin, nach außen hin den Einfältigen zu spielen und den subtilen Verstand, den er von seinem Vater geerbt hatte, sorgfältig zu verbergen.

»Etwas ist schiefgelaufen«, waren die ersten Worte des Dottore.

»Das können Sie wohl sagen. Doch wir haben ein reines Gewissen. Wir haben uns den besten Mann geholt, den man haben konnte.«

»Und was fangen wir mit Ihrem reinen Gewissen an?«

Der Rechtsanwalt stieß einen resignierten Seufzer aus. »Sie haben ja recht, aber wer konnte denn ahnen, daß diese Nichtstuer von Polizisten ausgerechnet in dem Augenblick auftauchen würden, in dem Filippo Brioche die Partie zu Ende bringen wollte?«

»Midolo, ich brauche Sie ja wohl nicht ausdrücklich daran zu erinnern, daß wir die Sache mit Millepiedi jetzt schnellstens hinkriegen müssen.«

Wenn sie diese kopflose Schabe nicht loswurden, könnte die Operation nicht starten, und der Dottore hatte große Hoffnungen auf sie gesetzt. Er hatte sogar sein Schicksal der nächsten zehn Jahre damit verbunden, praktisch das, was er an Leben noch zu erwarten hatte. Natürlich nur, wenn er so lange noch leben würde.

»Millepiedi ist verschwunden.« Der Rechtsanwalt rückte mit der Sprache heraus und wartete gefaßt auf das Donnerwetter.

»Ist er denn nicht zu Don Salvatore gegangen?«

»Schon, aber dann hat man ihn in den Bus 27 steigen sehen, und bei dem Verkehr, der heutzutage die Stadt rund um die Uhr lahmlegt, haben die, die ihn beschatten sollten, seine Spur verloren. Trotzdem, keine Sorge: Wir finden ihn schon.«

»Hier geht es um Minuten.«

Der Rechtsanwalt zuckte mit den Schultern: Manchmal war der Dottore ein bißchen zu anspruchsvoll, er lief ständig gegen etwas oder gegen jemand an.

Doch diesmal übertrieb der Dottore nicht: Das Telefongespräch mit der Schweiz war unerquicklich gewesen. Er hatte das Hindernis nennen müssen. Wie ist das möglich? hatte sein Gesprächspartner höhnisch gefragt. Und er hatte ihn daran erinnern müssen, daß auch der liebe Gott – diesmal war ihm seine Existenz gelegen gekommen – sich manchmal ablenken läßt.

»Ich habe Don Salvatore herbestellt.«

»Warum?« Rechtsanwalt Midolo war weniger erstaunt als vielmehr unverhohlen anderer Meinung über eine Einmischung, die ihm nicht gefiel.

»Um herauszufinden, was er weiß. Könnte ja sein, daß er weiß, wo Millepiedi sich versteckt hält. Wir müssen die Sache so schnell wie möglich zum Abschluß bringen: Jede Stunde, die vergeht, ist vertan.«

»Wie wird er es aufnehmen, wenn er bemerkt, und ich glaube, er hat es bereits bemerkt, daß wir in seine Territorien eingedrungen sind, ohne ihn davon in Kenntnis zu setzen?«

»In seine Territorien ...« Der Dottore mochte diesen Satz überhaupt nicht und noch weniger den Hinweis auf eine mögliche Unhöflichkeit seinerseits. »Don Salvatore arbeitet für mich, er hat keine Territorien. Jetzt hat er die Gelegenheit, mir seine Dankbarkeit für all das zu zeigen, was ich in vielen Jahren für ihn getan habe.«

»Sind Sie sich da sicher?« Rechtsanwalt Midolo kannte die Überlegungen des Dottore. Er wußte daher, daß er seine Entscheidung bereits getroffen hatte und nur die Karten neu sortierte, bevor er sie auf den Tisch legte.

»Mit Deodato und Valle«, fuhr der Dottore fort, »hat alles geklappt. Jetzt müssen wir nur noch dieses letzte Detail regeln.« Nur so würde er die Lieferung am Monatsende in Empfang nehmen können. Bis zum 15. Dezember, so rechnete er, würde er sie am Zielpunkt in der Türkei haben. Im Januar wollte er sich mit der von Don Salvatore erarbeiteten Übersiedlung nach Liechtenstein beschäftigen. Mit dem neuen Jahr begann der letzte Teil seines irdischen Abenteuers. Ihm fielen wieder die Morgen ein, als er noch zu Fuß zur Universität ging, und das dauerte gut eine Stunde, weil er das nötige Geld für die Straßenbahn nicht hatte.

»Ich habe gesehen, daß sich die Zeitungen auch für Valle nicht interessiert haben ...« Midolo hatte instinktiv den Ton seiner Stimme gesenkt.

»Das will ich wohl meinen: Der kleine Scherz mit Deodato und Valle hat mich immerhin fast eine Milliarde gekostet, schließlich haben wir auch die von den Nachrichtenagenturen schmieren müssen, damit sie den beiden Mitteilungen nur ein Minimum an Raum geben, indem sie sie in die Nachrichten der Nacht abschieben. Das hat sich gelohnt.«

»Signor Gesualdo, sind Sie sich wirklich sicher, daß wir uns nicht in eine Sackgasse hineinmanövrieren?«

Der Dottore schreckte zusammen: Er war es nicht mehr gewohnt, bei seinem Namen genannt zu werden. Für alle war er der Dottore, auch für Rechtsanwalt Midolo, der zum Taufnamen nur in heiklen Situationen überging, wenn er unangenehme Wahrheiten darlegen mußte, die andere sich nicht einmal vorzustellen wagten.

»Ich erlaube mir, so zu sprechen, weil Sie mich seit meinem zehnten Lebensjahr kennen, und es gibt keinen Schritt, den ich nicht in Ihrem Schatten gemacht hätte.« Die Stimme des Rechtsanwalts war wesentlich fester, als sein schlaffes, heruntergekommenes Aussehen es hätte vermuten lassen. »Ich war schon gegen die Operation in Stockholm, Sie wollten sie durchziehen, alles ging gut, für meinen Geschmack sogar zu gut, doch das sind Dinge, in die ich meine Nase nicht stecke. Mit einem Wort, wir haben Glück gehabt, geben wir uns zufrieden. Aber nein: Sie wollen aus irgendwelchen geheimnisvollen Gründen die Sache wieder aufnehmen ...«

»Rechtsanwalt Midolo, wenn ich mich in meinem Leben je zufriedengegeben hätte, würde ich dann Ihrer Meinung nach hier sitzen? Ich meine: wäre ich hier und würde zusehen, wie die Leute meine Fußspuren mit der Zunge ablecken? Und hätten Sie so viel verdient, daß Sie der drittgrößte Steuerzahler in der Stadt sind? Übrigens bin ich sicher, daß Sie in Ihrer Einkommensteuererklärung nur ein Zehntel Ihrer Einkünfte angeben.«

Der Dottore war durchaus bereit, sich den Rest der Predigt anzuhören, aber er hatte eine angeborene Liebe zur Provokation: Sie zeigte ihm, wes Geistes Kind seine Gesprächspartner waren. Nur wer die Prüfung der Provokation bestand, wurde zum inneren Kreis zugelassen. Und nur wer zum inneren Kreis zugelassen worden war, durfte die Brosamen aufsammeln, die von des Herren Tisch fielen.

»Wie Unser Herr schon sagte, Staub war ich, und Staub können Sie mich wieder werden lassen.« Rechtsanwalt Midolo schlug die Augen nieder. »Das Wohlwollen und die Ergebenheit, die mich an Ihre Person binden, lassen mich dennoch wiederholen, daß wir im Begriff stehen, den Deckel von einem Vipernnest abzuheben. Wie ich Sie kenne, erwarten Sie Don Salvatore, um eine Entscheidung zu treffen. Wegen der verdammten Geschichte, die ich nicht kenne, und ich bete zu Gott, daß ich sie nie kennenlernen werde, setzen Sie sich der Gefahr aus, einen Ihrer besten Männer zu verlieren. Ich bin keineswegs sicher, ob wir ohne Don Salvatore in der Lage sind, sämtliche Treuhandgesellschaften nach Liechtenstein zu transferieren. Wenn Sie auf Don Salvatore verzichten, der Ihnen gegenüber von beispielloser Treue gewesen ist, könnte sogar jemand wie ich auf den Gedanken kommen, daß er nur an einem seidenen Faden hängt.«

»Midolo, wir sind hier nicht im Gerichtssaal: Ihr Plädoyer hat schon viel zu lange gedauert.«

»Bin schon fertig, bin schon fertig. Wenn man überhaupt was bewirken kann ...«

»Wenn es jemanden gibt, der Don Salvatore schätzt, bin ich das ... Ich habe ihn geschaffen.« Der Dottore betonte den letzten Satz. »Don Salvatore ist von Millepiedi da hineingezogen worden. Das ist schlimm für ihn, denn ich hatte beschlossen, daß er draußen bleiben sollte. Wenn ihm beim Verlassen seines Hauses ein Dachziegel auf den Kopf gefallen wäre, wäre das meine Schuld gewesen? Ist es meine Schuld, wenn ihm Millepiedi auf den Kopf gefallen ist und wenn er es nicht für nötig gehalten hat, uns von dem Mißgeschick in Kenntnis zu setzen?«

»Wir müssen ihm zugute halten, daß er überrascht war. Er hat mit Sicherheit versucht, seine Gedanken zu ordnen.«

»Ich habe ihm eine Stunde eingeräumt, in der ich auf seinen Anruf gewartet habe, der nicht gekommen ist, der auch nicht gekommen wäre, selbst wenn ich noch zehn Stunden länger gewartet hätte. Deshalb habe ich ihn herbestellt.«

»Was, wenn wir voreilig gewesen wären?« Wenn er eine Kritik anbringen wollte, benutzte Rechtsanwalt Midolo den Pluralis majestatis, auch wenn nicht er, sondern der einzig Voreilige der Dottore war. »Wer sagt uns denn, daß Don Salvatore in diesem Augenblick nicht dabei ist, eine Lebensversicherung abzuschließen?«

»Seit Millepiedi seinen Fuß ins Italian Business gesetzt hat, wird auch Don Salvatore auf Schritt und Tritt beobachtet. Eben um ihn daran zu hindern, den Kopf zu verlieren. Sie sagten, Don Salvatore habe in diesen Jahren beispiellose Treue gezeigt. Wie glauben Sie eigentlich, daß er sich anders hätte verhalten können? Reden wir Klartext, Midolo. In diesem Spiel kann man nicht gleichzeitig Spieler, ehrlich und intelligent sein. Ist einer ehrlich und intelligent, nimmt er nicht an dem Spiel teil. Ist er intelligent und liebt er es zu spielen, ist er nicht ehrlich. Will einer spielen und ehrlich bleiben, ist er nicht intelligent und übersteht es auch nicht lange. Don Salvatore hat es lange überstanden, aber der Augenblick, wo man in Rente gehen muß, kommt für alle ...«

»Und ich?« fragte Rechtsanwalt Midolo unsicher.

»Sie kümmern sich um Liechtenstein, vor allem, wenn Don Salvatore sich nicht mehr darum kümmern kann.«

Rechtsanwalt Midolo begriff, daß er verabschiedet worden war.

Der Dottore ging ans große Fenster. Er sah, wie der Wind durch die Orangenbäume fuhr. Die Früchte hingen an den Zweigen und schienen vor Fülle zu platzen. Er liebte Orangen, er hielt sie für die beste Süßigkeit der

Welt und war stolz, daß von seinen Ländereien die besten Taroccos auf Sizilien kamen. An seinem sechzigsten Geburtstag hatte er mit dem Vorsatz gespielt, sich aufs Land zurückzuziehen. Doch man lebt nur einmal, und er wollte das Leben bis auf den Grund mit all seinem kräftigen und bitteren Geschmack, an den er gewöhnt war, auskosten. Jetzt, mit annähernd siebzig, brauchte er neue Herausforderungen, die das langsame, unerbittliche Auftauchen des Wortes Ende wie den Teufel austrieben.

Der Vorschlag war ihm an einem sternenklaren Abend gemacht worden, am Abend des 15. Septembers 1990. Er hatte ihn für genau das Richtige gehalten, um sich auf ein neues Abenteuer einzulassen, bei dem er alles andere vergessen konnte. Im Gegenzug hatte er kein Geld gefordert, im Gegenteil, er hatte gebeten, Geld auszugeben, indem er Aktienbeteiligungen in Europa und auf den anderen Kontinenten erwerben wollte.

Don Salvatore hatte es richtig gesehen: Die Zeit des Zusammenhortens war vorbei, jetzt mußte investiert werden. Der Dottore hatte Geld in solchen Mengen aufgehäuft, daß er sich damit die Streichung der Vergangenheit erkaufen konnte. Wenn Geld schon vor zweitausend Jahren nicht stank, warum sollte es dann in der Zeit der internationalen Transaktionen per Computer stinken? Sogar die physische Unannehmlichkeit, Geld anfassen zu müssen, war ausgeräumt worden.

Er öffnete einen Teil des Fensters: Die Luft hatte sich erhitzt und war schwer von Düften. Er überdachte noch einmal das Projekt: Es vermittelte ein derartiges Gefühl von Macht, daß er die hätte abküssen mögen, die aufgefordert worden waren, dabei mitzumachen. Ihn erregte die Herausforderung an den Rest der Welt. Obwohl Ingenieur Armenise – jemand, der aus dem gleichen Stoff gemacht war wie er und mit dem er seit zehn Jahren geschäftlich versippt war – ihm versichert hatte, daß sie auf die Unterstützung einiger westlicher Geheimdienste zählen könnten, brauchte man nicht viel Phantasie, um sich vorzustellen, daß Waffenlieferungen an den Irak bedeuteten, sich ins Zentrum eines Wirbelsturms zu begeben.

Er war wirklich allein. Allein auf Grund eigener Wahl und auf Grund von Berechnung. Immer schon offenbarte er seinen Mitarbeitern den Teil eines Projekts, der sie betraf, aber die Gesamtentwicklung behielt er für sich. Rechtsanwalt Midolo hatte er lediglich die Präambel des komplexen Geschäfts mitgeteilt: die Ausschaltung Deodatos, Valles und Millepiedis. Das andere würde, wenn alles nach Plan verlief, Rechtsanwalt Midolo nicht bekannt werden. So hatten die fünf an der Stockholmer Mission Beteiligten – Don Salvatore, Midolo, Millepiedi, Deodato und Valle – das, was sie da eigentlich angerichtet hatten, erst aus der Zeitung erfahren. Jedenfalls erfuhren sie nie vom zweiten Teil der Sache, dem Einstreichen der Beute. Dafür waren die Männer der Flotte zuständig gewesen, die sich alles hätten vorstellen können, nur nicht, daß der Dottore einer der Köpfe des Mordes war, der die Regierungen rund um den Erdball erschütterte.

Diese Vorgehensweise, das Für-sich-behalten eines jeden Geheimnisses, hatte seine Introvertiertheit nur noch verstärkt. Es gab keinen Menschen, von dem er hätte behaupten können, er hänge an ihm. Die Frauen waren Lustobjekte. Die Kinder waren im Haus aufgewachsene Fremde und seinem Herzen fern. Er hatte sich keinem Menschen je verbunden gefühlt, nicht einmal seiner Mutter. Mit der Wahrheit hinterm Berg zu halten, kostete ihn also keine Mühe. Anfangs hatte dies einem sehr genauen inneren Zustand entsprochen, später war es zu einer grundlegenden Vorsichtsmaßnahme geworden.

Plötzlich überkam ihn Unbehagen. Vergeblich versuchte er, die peinigende Vorstellung aus seinem Kopf zu verjagen, daß das neue Projekt nur eine gigantische Falle sei, in die man ihn hineinziehen wollte. Er lebte umgeben und beschützt von bewaffneten Männern, Vertrauensleuten, Ratgebern. Die Erfahrung hatte ihn allerdings gelehrt, daß dies, wie bei den Frauen, nur eine Frage des Preises und der Form der Überzeugung war. Er hatte beides auf höchstem Niveau ausgeübt, aber er konnte nicht ausschließen, daß jemand in der Lage sein würde, es auf einem noch höheren Niveau auszuüben. Seine Laune verschlechterte sich. Er kehrte ins Wohnzimmer zurück, ließ aber das Fenster halb geöffnet. Diese Ängste ärgerten ihn. Er war sie nicht gewohnt: Auch sie schrieb er dem Alter zu. Um sich wieder aufzurichten, stellte er sich den künftigen Besitz vor.

Die Gesellschaften, mit denen sich Don Salvatore beschäftigte, würden nach Liechtenstein verlagert, alles übrige auf die Jungferninseln und auf die Bahamas. In Zürich würde er eine Vertretung eröffnen und alle anderen Investitionen losschlagen. Es war an der Zeit, von Sizilien wegzugehen. Er mußte die Tage, in denen alles erlaubt war, hinter sich lassen. Nur die Ländereien in der Ebene würde er behalten: Er war zwar immer lieber zwischen Häusern als unter Bäumen spazierengegangen, spürte jetzt aber das Bedürfnis, näher an der Natur zu sein. Und weil dieses Bedürfnis ebenso stechend wie verworren war, hatte er es als soundsovieltes Anzeichen für das Alter angesehen.

Es tat ihm leid, sich von der Flotte trennen zu müssen, die er Anfang der siebziger Jahre auf die Beine gestellt hatte: an die zwanzig Fischkutter und Handelsschiffe, zu denen einige Kabinenschiffe hinzugekommen waren, die auch über die Ozeane fahren konnten. Die Fischkutter hatten es ihm ermöglicht, in den Handel mit Drogen und Waffen einzusteigen. Ohne die Handelsschiffe hätte er nicht die Möglichkeit gehabt, sich an der Sache in Stockholm zu beteiligen und noch weniger an der Sache, die Armenise ihm vor fünfundvierzig Tagen in Aussicht gestellt hatte. Wenn dieser letzte Treffer ins Schwarze ginge, würde er keinen Grund mehr haben, eine Flotte zu behalten. Im Gegenteil, wenn er sie los würde, wäre er auch die beunruhigendsten Spuren der alten Machenschaften los. Man mußte die Kleider wechseln, um von den Gentlemen der neunziger Jahre akzeptiert zu werden. Mitte der vierziger Jahre besaß er lediglich einen Anzug: den, der ihm vor dem Krieg für das humanistische Abitur und während des Krieges für seine Hochzeit gedient hatte. Er hatte ihn auch an dem Morgen getragen, als er sich auf der Suche nach dem Auftragsvergabebüro der Königlichen Eisenbahnen am Bahnhof einfand.

»Auftragsvergabebüro?« hatte er im Oktober '45 immer wieder gefragt und sich dann an den einzigen gewandt, der sich auf dem Trottoir des Bahnhofs herabließ, ihm zuzuhören. Der war gebeugt und steckte in einer Art Uniform, die ihm viel zu weit war: Er hatte auf einen großen verqualmten Raum gedeutet, prallvoll mit Menschen, die vor einem langen Tisch standen, schrien und kreischten und sich stritten. Hinter dem Tisch saßen drei Angestellte, die das Theater völlig gleichgültig ließ.

Er hatte sich mit den Ellbogen vorgearbeitet und den Dunst verschwitzter Kleidung und Körper aus nächster Nähe zu riechen bekommen, denen man den sonnenverbrannten Herbst und den Wassermangel anmerkte. Es fehlte an Wasser, es fehlte an Strom, es gab von allem wenig. Eine Folge des Krieges, der in Sizilien seit über zwei Jahren zu Ende war und in Italien seit sechs Monaten.

Als die Reihe an ihm war, hatte er den an die Eisenbahnen des Königreichs, Sektion Geschäftsverkehr adressierten Umschlag übergeben. Er stand vor einem schmierigen vierschrötigen Kerl, dessen Haare mit Brillantine angeklebt waren. Der Vierschrötige hatte den Brief überflogen, bevor er ihn samt Umschlag zurückreichte und sein Gesicht verzog: »Sinnlos.« Dann hatte er sich dem nächsten zugewandt, der sich wegen eines Pakets beschwerte, das seit einem Monat aus Reggio Calabria hätte eintreffen müssen.

»Was ist sinnlos?« Der Dottore hatte seinen Blick in

den Blick des vierschrötigen Schmierentyps gebohrt. Im Oktober '45 war er noch Gesualdo Bellomio, Jurastudent, der die übliche Studiendauer überschritten hatte, eine Frau, zwei Söhne – der erste eineinhalb Jahre alt, der zweite zwei Monate –, keine Arbeit und einen ungeheueren Drang, etwas zu tun. Er war noch auf der Jagd nach einer angemessenen Beschäftigung, aber bereits fest davon überzeugt, daß sein Nächster ein Scheißkerl sei und als solcher auch behandelt werden müsse.

»Ich will sagen, Ihr Antrag auf Konzessionserteilung für den Transport von Eisenbahnwaggons mittels Straßenkarren in der Stadt hat keinerlei Aussicht auf Erfolg. Haben Sie eine Vorstellung davon, wie viele entsprechend ausgerüstete Unternehmen den gleichen Antrag gestellt haben?«

Nein, Gesualdo Bellomio hatte keine Vorstellung davon, wie viele Anträge vorlagen, um den Auftrag zu erhalten, aber er wußte, daß Salvatore Morana, genannt Dreifinger-Turi, weil an seiner rechten Hand der Daumen und der Zeigefinger flötengegangen waren, ihn aufgefordert hatte, den Antrag zu stellen und sich keine Sorgen zu machen. Und Salvatore Morana war der Patriarch ganzer Stadtviertel: Zum Zeichen der Achtung küßte man ihm die Hand mit den drei Fingern, wobei man mit dem Mund die Daumen- und Zeigefingerstümpfe berührte, und wenn Morana nicht sicher war, daß er die Feuchtigkeit der Lippen gespürt hatte, streckte er sie nochmal aus.

»Glauben Sie etwa, man hat auf Sie gewartet, um Ihnen die Konzession zu erteilen?« Der untersetzte Kerl hatte es noch einmal klar machen wollen, vielleicht weil er die Gründe für das plötzliche Schweigen mißverstanden hatte.

»Was geht es Sie eigentlich an, ob man auf mich oder jemand anderes wartet? Ob wir wenige oder ob wir viele sind?« Seine Verachtung, sein Haß, seine Entschlossenheit waren einfach hervorgebrochen. »Sind Sie da hingesetzt worden, um die Anträge entgegenzunehmen oder um zu entscheiden, wer sie stellen darf? Wenn Sie da hingesetzt worden sind, um die Anträge entgegenzunehmen, dann nehmen Sie sie an und Punkt und Schluß. Wenn Sie da hingesetzt worden sind, um zu entscheiden, dann sehen Sie zu, daß Sie gut entscheiden, weil sonst nämlich jemand von Ihnen Rechenschaft verlangen könnte.«

Er hatte die Jacke aufgeknöpft, um sich freier bewegen zu können, und diese Bewegung hatte dafür gesorgt, daß es neben ihm leer wurde. Klagen und Quatschen hatten aufgehört.

»Aber ich habe doch nur Ihr Bestes gewollt, damit Sie sich die fünfhundert Lire Steuer sparen, die man bei Antragstellung entrichten muß. Natürlich können Sie sich verhalten, wie Sie es für richtig halten. Hier muß man ja sogar auf der Hut sein, jemandem etwas Gutes zu tun.« Der untersetzte Kerl hatte um sich geblickt, um – vergebens – Verständnis und Solidarität zu finden.

Der Dottore hatte die Konzession fünfzehn Tage nach Ausrufung der Republik erhalten. Im Bericht der Carabinieri, die der Verkehrsminister um Informationen gebeten hatte, stand geschrieben, daß er in Jura promoviert habe; daß er jeden Sonntag an der heiligen Messe, den Sakramenten und an der Kommunion teilnehme; daß er aus einer Familie mit soliden Grundsätzen stamme, die er selber mit Eifer vertrete und befolge; daß er über eigene Geldmittel verfüge, die aus einer glänzend begonnenen Verteidigertätigkeit stammten; daß er diese Mittel investiert habe, als er Gesellschafter einer hochmodernen Werkstatt wurde, die unter anderem Eigentümerin der Karren und der Traktoren sei, die für den Transport der Eisenbahnwaggons dienen sollten. Der Bericht kam zu dem Schluß, daß »angesichts des vorstehend Erwähnten Dottore Gesualdo Bellomio geeignet ist, die Leitung der Tätigkeit zu übernehmen«.

Als man ihm eine Kopie des Berichts zu lesen gegeben hatte, war Bellomio aus allen Wolken gefallen. Er hätte nicht gedacht, daß Moranas Einfluß derart weit reichen würde.

Er war damals so klug gewesen, Vincenzo Strano in jener Nacht zu folgen, in der er bei ihm zu Hause vorstellig geworden war und mit dem langen Geklingel die Kinder aufgeweckt hatte. Strano war so alt wie er, auch er unbedingt darauf aus, nach oben zu kommen.

»Zieh dich an«, hatte Strano ihn aufgefordert. »Wir dürfen keine Zeit verlieren, wir müssen wo hin.«

Er war ihm gefolgt, ohne zu fragen. Sie waren in die Kanzlei des Notars Pizzolungo eingedrungen, der auf dem Boden lag, das Gesicht von einer Ladung Kugeln entstellt. Ein paar Unbekannte machten sich am geöffneten Panzerschrank zu schaffen.

»Hör mir zu, Gesualdo: Du hast die Möglichkeit, jemand einen Gefallen zu tun, der dir das nie vergessen wird.« Strano hatte geredet und dabei versucht, Fassung zu bewahren. »Da ist ein kleines Problem aufgetaucht. Es gibt gewisse Papiere des Notars, die verschwinden und durch andere ersetzt werden müssen. Diese anderen müssen nach aller Regel der Kunst geschrieben werden, so, als hätte er sie geschrieben. Ich dachte, du könntest dafür sorgen. Du studierst doch schon dein Leben lang Jura ... Was meinst du?«

»Und die Unterschrift?«

»Das ist unsere Sache, und die ist leicht.«

Er hatte bis zum Mittagessen geschrieben. Ein Testament über eine Erbschaft von Kilometern und Kilometern von Ländereien, auf denen Staumauern, Straßen, Industrieansiedlungen errichtet werden sollten, war innerhalb von neun Stunden aus seiner Hand entstanden.

Morana hatte ihn zwei Tage später empfangen. Bevor er sprach, hatte er ihn genau gemustert. »Sie haben uns einen Gefallen erwiesen, und Salvatore Morana zeigt sich immer erkenntlich.« Strano hatte ihm vor Zufriedenheit den Arm gedrückt. Dreißig Tage später war es wieder Strano, der nachts bei ihm auftauchte: Er hatte ihm den bereits ausgefüllten Antrag für die Konzession des Transports von Eisenbahnwaggons durch die Stadt überreicht. »Zieh dich ordentlich an«, hatte er ihm noch geraten, bevor er wieder ging.

Auf diese Weise wurde er der Leiter eines Dienstes, der die astronomische Summe von einer Million im Monat einbrachte. Auch wenn er die Hälfte an Morana abgeben mußte, war das der Beginn eines bis vor kurzem unvorstellbaren Wohlstands. Zu dem Transport der Eisenbahnwaggons kamen dann noch die Parzellierung der früheren Latifundie Miraglia, die zehn riesigen Wohnhäuser im Vorort Mirabello, die beiden Parzellen am Anfang der Panoramastraße auf den Berg, eine beträchtliche Quote beim Zigarettenschmuggel, die Restrukturierung des baufälligen Hurenviertels.

Bei der Taufe von Luigi, dem letzten seiner zehn Kinder, das Ende der fünfziger Jahre geboren wurde, hatte er zwei gewichtige Entscheidungen treffen müssen. Die erste war, den Vorschlag der Democrazia Cristiana abzulehnen, bei den Gemeindewahlen zu kandidieren. Das Angebot war ihm vom Vorsitzenden der städtischen Sektion überbracht worden, in Begleitung einer ganzen Schar von Speichelleckern und Honoratioren. Mit großer Ehrerbietung hatten sie sich an ihn gewandt und nannten ihn Dottore: Sie wußten zwar, daß er keiner war, aber sie wußten auch, daß dieser Titel ihm durch Volkes Willen zugesprochen worden war. Um seine Ablehnung zu entschärfen, hatte er einen Scheck über zwanzig Millionen ausgestellt. Die Christdemokraten hatten das Nein übel aufgenommen und gefragt, ob sie dann wenigstens auf das Wohlwollen des Dottore und seiner Freunde rechnen dürften. Das hatte er ihnen versichert, wie er es in der Vergangenheit auch schon den Repräsentanten der Separatisten, der Monarchisten, der Sozialdemokraten und der Liberalen versichert hatte. Das waren die vier Parteien, die ihn vor der Democrazia Cristiana angesprochen hatten, um ihn auf ihre Liste zu setzen. Doch der Dottore hatte widerstanden, er hielt es für unklug, sich mit einer Partei zusammenzuschließen: es hätte bedeutet, sich gegen die anderen zu stellen und, darüber hinaus, ins Blickfeld zu geraten. Umgekehrt wünschte er, solange wie möglich im Hintergrund zu bleiben und die größtmögliche Zahl von Verbündeten in jeder Partei zu haben. Er wählte sie sorgfältig aus und traf vorher Vereinbarungen über die praktischen Ziele, denen es zu folgen galt, als Gegenleistung für das beachtliche Stimmenpaket, das er zu vergeben hatte.

Die zweite Entscheidung war ihm urplötzlich im Badezimmer des ersten Stockwerks gekommen, in das er sich mit Luiginos Taufpatin eingeschlossen hatte. Signora Midolo, bis dahin nicht einmal würdig, in einer seiner fünf Frauenkategorien zu erscheinen, hatte seine Begierde, sie zu besitzen, entzündet, weil sie ein großzügiges Dekolleté über einer Brust darbot, die ihm noch nie aufgefallen war. Die Anwesenheit ihres Gatten, des alten Rechtsanwalts Antonio Midolo, und des jugendlichen Sohnes, des gutmütigen Giovanni, der sich nur für die Beignets interessierte, hatten im Dottore die Lust an einer Überrumpelung aufkommen lassen. Er hatte dieses weitere Muster einer getreuen Jungfrau bis zum Elternbadezimmer begleitet, das sonst das Reich seiner Frau war. Und dort, zwischen Körben und Körbchen von Lockenwicklern, Cremes, Parfüms und Lippenstiften, hatte er ihr das durchsichtige Seidenkleid hochgezogen, die Spitzenhöschen runtergerissen und ihr von hinten gezeigt, wer hier der Herr war, wobei er sich an dem überbordenden Vorgebirge festhielt, das unter dem Druck seiner Hände allerdings zusammengesunken war. Einer der Körbe war auf dem Boden gelandet und hatte überall kleine Tuben in verschiedenen Farben verstreut. Mit wenigen Stößen hatte er sich ausgetobt. Signora Midolo winselte noch »Weiter, weiter«, als er bereits beschlossen hatte: Salvatore Morana mußte weg.

Dreifinger-Turi stand in vorgerücktem Alter, trotzdem

hatte er noch mitzureden, und das hatte er getan, um gegen das Angebot der amerikanischen Familien zu stimmen, in den Drogenhandel einzusteigen. Die Leute in New York und Chicago hatten den Wunsch, über ein paar Basen auf der Insel verfügen zu können. Der Dottore führte die dichte Gruppe der Ja-Stimmer an, aber sie hatten den Makel, neue Männer zu sein, die wenig oder nichts gegen die Front der Nein-Stimmer ausrichten konnten, die zwar klein war, aber die anerkanntesten Namen versammelte und von Morana angeführt wurde. Dreifinger-Turi verdiente es daher zu sterben.

Um sich sein Ding sauber machen zu lassen, hatte er es Signora Midolo, die auf dem Bidet saß, in den Mund gesteckt. Signora Midolo hatte die Absichten mißverstanden und sich fleißig daran gemacht, das zu erwidern, was sie für unerschöpfliche Leidenschaft hielt. Doch der Dottore dachte nur noch an Morana. Man mußte ihn so vom Angesicht der Erde tilgen, daß seine Männer keinerlei Ahnung haben würden, wer dafür verantwortlich war. So kam es, daß Morana nicht einmal ein erbärmliches Begräbnis bekam, sondern sich damit zufriedengeben mußte, auf dem Grund einer Schlucht, die man die »Hundeschlucht« nannte, weil die Bauern dort die Gerippe ihrer Tiere hinabwarfen, ins Jenseits überzusetzen.

Moranas Männer hatten sich mit dem Fehlen handfester Beweise nicht aufgehalten und ihre Aufmerksamkeit auf die kleine Gruppe derer gerichtet, die sich mit den Vertretern der Cosa Nostra verständigen wollten. Mehr noch als der Wunsch, Morana zu rächen, hatte sie der Vorsatz vorangetrieben, den zuletzt Hinzugekommenen eine Lektion zu erteilen, die glaubten, daß es genüge, Kikeriki zu schreien, um ein Hahn zu sein. Kapaune waren sie, und wie Kapaune sollten sie auch behandelt werden.

Der Dottore hatte am Rand des Abgrunds gewankt. Die allergeringste Kleinigkeit hätte genügt, und mit Karriere und Leben wäre es zu Ende gewesen. Ihn hatte ein waghalsiger Walzer im Gleichgewicht gehalten, den er neben Moranas Männern drehte. Weil er der einzige war, der die Identität von Moranas Henkern kannte, hatte er sich gebrüstet, sie gefunden und den Auftrag erteilt zu haben, sie auszulöschen, und zwar mit ausgesuchter Langsamkeit, damit sie die Zeit und vor allem die Lust hätten, ihren Verrat zu bereuen. Nachdem die Meuchelmörder hingerichtet waren, hatte er sich dafür eingesetzt, daß die Auftraggeber exemplarisch bestraft werden sollten: Auch bei dieser Aufgabe hatte er sich durch Phantasie und Grausamkeit hervorgetan. Am Ende der blutigen Jagd, die sich über Monate hinzog, wurde er in die Provinzkommission aufgenommen, den engen Kreis der Weisen und Mächtigen, die den Auftrag hatten, das Gute vom Bösen zu scheiden. Zu Beginn des neuen Jahrzehnts war er ein gefürchteter und geachteter Geschäftspartner der Cousins in Amerika.

Die Droge hatte Hierarchien und Gewohnheiten durcheinandergewirbelt. Dem Dottore hatte sie enormen Reichtum eingebracht und ein unübersehbares Gewühl an Bekanntschaften und Freundschaften in Parteien, Ämtern und Ministerien. Er hatte sich eine Position erarbeitet, durch die er wesentlich früher als andere sowohl die Bedeutung verstand, eine Flotte zu besitzen, als auch die, über saubere Investitionsformen verfügen zu können.

Er erinnerte sich an keinen Tag der Ruhe: die Drogenraffinerien, die in wenigen Stunden auf- und wieder abgebaut werden mußten, die französischen Chemiker, die der Konkurrenz entrissen werden mußten, der erbarmungslose Kampf gegen die Arschlöcher vom Narcotics Bureau, der Krieg gegen die Marseilleser. Von einer Mitternacht zur nächsten rasten die Stunden davon und reichten nicht aus. Es gab Phasen, in denen mußte er sich an dem abreagieren, was ihm gerade unter die Hände kam: Dienstmädchen, Sekretärinnen, die eine oder andere Ehefrau auf Durchreise.

Er besaß viel, aber keine halbe Stunde, um einmal an

die frische Luft zu gehen. Die Zeit war immer knapp, denn er knauserte weder mit Geld noch mit Männern: Mit vollen Händen gab er beides für Geschenke und für Tote aus. Es hatte sich in jedem einzelnen Fall gelohnt. Da er weder Gefühle noch Skrupel kannte, war er immer einen Schritt voraus. Er sah keine Notwendigkeit, andere zu lieben: Er liebte sich und stimmte mit sich überein.

Sein Name wurde in Zeitungsmeldungen nur gestreift, um schließlich unaussprechbar zu werden, als er seinen sechzigsten Geburtstag feierte. Sein Vermögen entging dem Fiskus, der Familie, den Freunden und den Feinden. Man konnte über ihn tuscheln wegen des angenehmen Lebens und wegen der geheimnisvollen Umstände, die seinen Aufstieg begleitet hatten, aber niemand hätte auch nur den flüchtigsten Beweis gegen ihn in Händen gehabt.

Die Parteien hatten ihn nicht mehr bedrängt, für sie zu kandidieren, und er hatte schon vor langer Zeit aufgehört, Zuwendungen an sie zu zahlen. Er hatte auch weiterhin erstrangige Verbindungen zu den Vertretern nahezu aller politischen Gruppen, einschließlich der Flügel und Strömungen der wichtigsten Parteien. An Ideologien glaubte er nicht, doch um sich gut mit ihnen und ihren Vertretern zu stellen, hatte er sich eine neue Methode ausgedacht. Zeitweilige Beteiligungen an Unternehmen, die er auf die Beine stellte und in denen alle zusammenarbeiteten: Gemeinden, Provinzen, Regionen, Abgeordnetenhaus, Senat. Durch die Ligen und Roten Kooperativen hatte er auch Beziehungen zu den Enkeln von Marx geknüpft. Es gab keine Spuren von Zahlungen, Schecks, Bankabhebungen; statt dessen gab es eine ständige Ausweitung von Initiativen, von Investitionen. Ins sogenannte »dritte« Lebensalter war er mit dem Trost der Ehrerbietung der vielen Bewerber eingetreten, die sich die Klinke in die Hand gaben, um ihm ein Geschäft anzutragen. Anfang 1980 hatte er, ohne mit der Wimper zu zukken, der Einbestellung durch den Ingenieur Filippo Armenise in die Schweiz Folge geleistet, obwohl Armenise theoretisch tausend Meilen von seiner Welt hätte entfernt sein müssen. Es war am 22. Januar, und das Jahrzehnt hätte nicht besser beginnen können.

Armenise war einer der wichtigsten staatlichen Manager. Er war von heute auf morgen zurückgetreten und hatte Italien und seiner Familie den Rücken gekehrt. Aus seiner politischen und wirtschaftlichen Umgebung war das Gerücht verbreitet worden, daß eine Frau im Spiel wäre. In Wirklichkeit waren Finanzen im Spiel, genauer gesagt die Guardia di Finanza, die Finanzpolizei, die einen Aktenstapel von einem halben Meter Höhe zusammengetragen hatte. Armenise war vorgeworfen worden, Kapital im Ausland gehortet zu haben; sich fingierter Rechnungen bedient zu haben, um die Besteuerung einer auf seinen Bruder zugelassenen, in Wirklichkeit aber ihm gehörenden Vermittlungsgesellschaft zu umgehen; Aufträge in Milliardenhöhe den Unternehmen seiner Kinder, Cousins und Neffen zugeschanzt zu haben; Schwarzgeldreserven mittels skrupelloser Verwendung von Bankeinlagen angelegt und dieses Schwarzgeld dazu verwendet zu haben, um beachtliche Aktienpakete jenes staatlichen Unternehmens zu erwerben, dem er vorstand. Der Bericht der Guardia di Finanza schloß mit der Feststellung, daß sich die Aktienpakete allesamt außer Landes befanden und die sofortige Verhaftung Armenises das einzige Mittel wäre, deren unverzügliche Rückführung zu bewirken. Doch die Verhaftung wurde nicht vorgenommen, und der Skandal war nicht öffentlich geworden. Leute aus der Umgebung Armenises hatten nämlich eine von den Carabinieri erstellte Akte aus den Schubladen eines Staatsanwalts entwendet. Diese Akte betraf ein staatliches Unternehmen, dem ein Manager von der gegnerischen Partei vorstand. Weil klar war, daß die Auseinandersetzung unentschieden ausgehen würde, hatten sich die beiden Potentaten verständigt, daß es ihnen besser bekommen würde, wenn sie zu einer Übereinkunft gelangten, ohne die Auseinandersetzung in die Zeitungen, in die Gerichtssäle und in die parlamentarischen Untersuchungsausschüsse zu tragen.

Armenise hatte den Dottore in ein Restaurant direkt am See von Campione eingeladen. Er hatte ihm erklärt, daß er eine besondere Vorliebe für Chemin de fer habe und daß das Casino von Campione nur einen Steinwurf weit von der Villa in der Nähe von Lugano entfernt sei, wo er zu Gast war.

Er hatte vor, nach dem Abendessen ins Casino zu gehen, und den Dottore gefragt, ob er nicht mitkommen wolle. Der Dottore hatte abgelehnt: Er zog andere Glücksspiele vor. Als sie bei den geschnetzelten Nierchen waren, hatte Armenise ihm den Grund für ihre Begegnung eröffnet. Es bestand die Möglichkeit, ein wichtiges Eisen- und Stahlwerk zu erwerben, das an der Mailänder Börse eingeführt war. Die Person, die am Kauf interessiert war, wollte sich zunächst nicht exponieren und zog es vor, erst im letzten Augenblick auf der Szene zu erscheinen, um sich dann in das Gewand des weißen Ritters zu hüllen, das heißt dessen, der die zusammengekehrten Aktien aufkaufte, um zu verhindern, daß sie in wer weiß wessen Hände gelangten.

»Es geht um eine Operation von fünfzig Milliarden.« Der Dottore erinnerte sich noch, daß Armenise mit halbvollem Mund geredet hatte: kein schöner Anblick. »Wenn ich meine Verbindungen zu den Börsenkonzessionären ausnütze, könnten wir es innerhalb eines Monats hinter uns haben. Man verkauft für sechzig Milliarden weiter. Die zehn Milliarden teilen wir uns zu gleichen Teilen. Sie stecken zwar das Geld hinein, aber ich bringe die Idee und die Informationen ein. Genaugenommen, schenke ich Ihnen fünf Milliarden.«

»Wer sagt Ihnen eigentlich, daß ich diese fünfzig Milliarden habe?«

»Wenn Sie sie nicht hätten, müßte ich ein paar Informanten feuern. Das täte mir leid. Für die Informanten und für Sie.« Zufrieden mit seiner witzigen Bemerkung hatte Armenise gelächelt.

»Wieso ausgerechnet ich?«

»Im Augenblick ist es, als hätte ich die Pest. Niemand will etwas mit mir zu tun haben. Jetzt stellen Sie sich vor, ich würde einer der vornehmen Familien des italienischen Kapitals dies krumme Ding vorschlagen. Die würden mir doch glatt Interpol auf den Hals schicken. Für solche Operationen braucht man Leute wie Sie: mit viel Geld und ohne Skrupel.«

»Diese Beschreibung trifft aber auch auf Sie zu.« Als er das sagte, hatte der Dottore ihn scharf angesehen.

»Das bedeutet, daß wir füreinander wie geschaffen sind. Vielleicht können wir auch in Zukunft ein paar gute Geschäfte miteinander machen.«

Armenise war ein guter Prophet. Außer dem Geschäft mit den fünfzig Milliarden hatten sie auch noch andere gemacht, bis hin zu dem Riesendeal von '86 und bis zu dem, den er Mitte September in Aussicht gestellt hatte und der inzwischen die Gedanken und die Tage des Dottore ausfüllte.

Ein Frösteln überkam ihn. Immerhin war es Herbst. Rechtsanwalt Midolo hatte gut reden, wenn er sagte, er litte unter der Hitze: Die Sonne strahlte, aber die Luft wurde frisch. Er ging zu dem imposanten Bücherschrank vom Ende des neunzehnten Jahrhunderts hinüber, mit Türen aus schmiedeeisernen Blumen. Er öffnete sie und nahm aus einem Regal einen wollenen Überwurf. Den legte er sich über die Schultern. Auf dem Weg zurück zum Sessel kontrollierte er im Spiegel sein Menjoubärtchen, das ganz fein geschnitten und ungleich war. Die Symmetrie hing von der Festigkeit der Hand ab, wenn er es morgens stutzte.

VI

Er betrachtete sich im großen Badezimmerspiegel und gefiel sich nicht. Leo Levy wäre gern zehn Zentimeter größer und zehn Kilo leichter gewesen. Mit kritischem Blick untersuchte er die kleinen Fettwülste an seinen Hüften, den schwabbeligen Bauch, die schwach entwickelten Brustmuskeln. Auch seine Haare mit Mittelscheitel kamen ihm unangemessen vor, unmodisch, wie auch die Hemden mit spitzem Kragen. Man konnte wirklich nicht sagen, er sei ein gutaussehender Mann. Trotzdem erstaunte es ihn immer wieder, wenn er einen Korb von den Frauen bekam. In solchen Fällen trat auch wieder das leichte Stottern auf, das er seit seinem zehnten Lebensjahr zu beherrschen gelernt hatte.

Er war noch nie im Mailänder Grand Hôtel gewesen, hatte es aber ausgesucht, weil er sich noch an die geheimnisvolle Anziehungskraft der Salons erinnerte, wenn er in seiner Kinderzeit von der Via Manzoni aus verstohlen hineinblickte. Als er am Abend zuvor seinen Fuß hineinsetzte, hatte er begriffen, daß es der Zauber vergangener Zeiten war: die, vor denen er immer noch auf der Flucht war.

Am Telefon erkannte er die Stimme von Menachem Bronstein, dem Mann, der seit sechs Monaten den Mossad in Mailand vertrat.

»Leo, die Verabredung ist für heute abend.«

»Wie wahrscheinlich ist sie?«

»Mindestens neunzig Prozent, doch wenn ich alles übrige hinzurechne, sind es neunundneunzig. Und das ist noch nicht alles. Rate mal, wo die Verabredung stattfindet.«

Levy sagte nichts, und Bronstein fuhr fort: »Im Fußballstadion von San Siro. Um halb neun findet ein Fußballspiel statt. Dritter Ring, grüne Sektion.«

»Hast du schon Karten?«

»Ja, aber du mußt wissen, daß die Eintrittskarten bei den Vorverkaufsstellen ausverkauft waren: Wir haben sie auf dem Schwarzmarkt bekommen, zum doppelten Preis, sogar noch etwas teurer... Auf die Spesenabrechnung mußt du deine Unterschrift setzen, sonst zahlen sie uns nur den Normalpreis. Ich erzähl dir alles beim Mittagessen.«

»In Ordnung. Ist das Salvini nach deinem Geschmack?«

»In einer Stunde bin ich da. Ich werd gleich ohnmächtig vor Hunger.«

Er mochte Menachem: Ihm gefiel dessen Phantasie und Lebensfreude. Er hatte ihn drei Jahre zuvor in Tel Aviv kennengelernt, einer der vielen aufgeregten und orientierungslosen Juden aus der Ukraine; ein Elektroingenieur, der sich in Kiew mit hundert Arbeiten durchgeschlagen und von hundert Notbehelfen gelebt hatte; ein Genießer, der Frauen, Männer, Kartenspiele, Champagner mit der gleichen Intensität liebte und gleichzeitig fähig war, acht Sprachen zu erlernen.

Er hatte ihn zum Mossad gebracht und war sein Führungsoffizier, so wie 1974 Uri Aroch sein, Levys, Führungsoffizier gewesen war...

Uri hatte ihn so akzeptiert, wie er war. Und damals war er nicht nur Leone Levi, Sohn des Mosé und Enkel des Leone, sondern er war ein Rebell, der den Studentenprotest an der Staatlichen Universität von Mailand angeführt hatte; er war ungeduldig und von marxistischer Ideologie und einer verzehrenden Leidenschaft für das Gelobte Land durchdrungen.

Aroch hatte dies alles verstanden, er hatte ihm die Möglichkeit geboten, seine Ängste auszuleben und miteinander zu versöhnen, und zwar auf die paradoxeste Art und Weise: nämlich indem er ihn für den Mossad arbeiten ließ.

Levy hatte Bronstein die gleiche Möglichkeit geboten.

Das begann damit, daß er ihn zur Akademie brachte, offizieller Sommersitz des Premierministers, in Wirklichkeit aber die Ausbildungsschule des Mossad in Tel Aviv. Wie Aroch es mit ihm gemacht hatte, bot er Bronstein den Eintritt in den Kidon an, die Sonderabteilung des Geheimdienstes, der sich mit Entführung und Mord beschäftigte. Doch obwohl die Bezahlung fast doppelt so hoch war und obwohl er jeden Dollar brauchte, um seine Familie aus der Sowjetunion herauszuholen, hatte Bronstein abgelehnt. Genau wie Levy dreizehn Jahre zuvor Aroch gegenüber. Und weil Levy möglicherweise einen noch größeren Enthusiasmus als Aroch verspürte, der bis zum letzten Tag eine überaus romantische Vorstellung vom Mossad hegte, war er mehr als glücklich, Bronsteins Schutzheiliger zu werden. Nachdem er die Ernennung zum Missionschef für Italien erhalten hatte, war es nur natürlich, daß er Bronstein bat, sein Assistent für Mailand und Norditalien zu werden.

Bronstein hatte Jagdinstinkt. Von einem Indiz gelangte er zum handfesten Beweis. Levy mochte ihn, nahm es hin, daß Menachem ihn mit einer Ehrerbietung behandelte, die mit der Dreistigkeit eines jüngeren Bruders durchsetzt war. Die Vorstellung, ein paar Stunden mit Menachem zu verbringen, hatte den Verdruß beiseite geschoben, mit dem er in den »Pendolino« gestiegen war, der ihn um elf Uhr am vorhergehenden Abend in die Stazione Centrale von Mailand gebracht hatte.

Seit siebzehn Jahren war er nicht mehr in seiner Geburtsstadt gewesen. Das letzte Mal im Oktober '73, als er sich am Flughafen Linate ins Flugzeug nach Zürich setzte, dem obligatorischen Zwischenstop vor der Landung in Tel Aviv. Bis zur letzten Stufe der Gangway hatte er sich gefragt, was eigentlich jemand wie er in Israel sollte. Seine Jugend hatte er damit verbracht, die Rechte der Palästinenser im Namen des Kommunismus, der proletarischen Erhebung, der Gleichheit aller Menschen zu verteidigen. Doch der Jom-Kippur-Krieg, der Angriff der ägyptischen Armee, hatte ideologische Überzeugungen und existenzielle Hindernisse über den Haufen geworfen. Das Rasseln der Waffen hatte seinen äußeren Panzer durchlöchert und das zutage gefördert, was unter ihm verborgen war: Das Überleben Israels war wichtiger als jede Ideologie, auch als der Marxismus, den er für die Erlösung der Menschheit für unverzichtbar hielt.

Das Savini hatte sich nicht verändert, nicht einmal die vielen Japaner an den Tischen hatten der Atmosphäre von Großmutters Wohnzimmer etwas anhaben können. Levy kannte es, seit sein Vater, der Architekt Mosé, einen kleinen Saal für die Feier seines, Leos, humanistischen Abiturs im kleinen Kreis von Freunden und Kollegen gemietet hatte. Danach war er immer wieder zum Silvesteressen dort hingegangen, bei dem sein Vater die Gratifikationen an die Mitarbeiter und Angestellten seines Büros verteilte. Dann hatte ihm sein politisches Engagement verboten, an Feiern teilzunehmen, bei denen sich Paternalismus und Kapitalismus aufs schlimmste verbanden.

Er aß Risotto und einen Krabbensalat und beobachtete dabei vergnügt Menachem, der außer Risotto und Krabben noch Schinken und Melone, einen Teller gedünstetes Gemüse und einen kleinen Fisch bestellt hatte. Levy trank Sprudelwasser, Bronstein kippte sich gut gelaunt eine Flasche Gavi La Solca hinunter.

»Weißt du, Leo, was das allermerkwürdigste ist?«

Leo wußte es, wollte Bronstein aber nicht die Freude verderben, es zu enthüllen.

»Das Geschäft wird das Jahr 1990 mit einem Aktivsaldo von ungefähr zehntausend Dollar abschließen, das heißt, in nur fünf Monaten haben sich die Anlaufkosten amortisiert.« Das Geschäft war der Computerladen, der Bronstein als Tarnung diente.

»Trotzdem, lieber Leo, brauche ich deine Unterschrift unter die Spesenabrechnung für die Karten heute abend.« Um dem, was er sagte, größeres Gewicht zu verleihen, hatte Bronstein den Finger inquisitorisch gehoben, was Levy an die unendlichen Diskussionen mit Aroch erinnerte. Auch Levy hatte den Finger oft unter die Nase des alten Pygmalion gehalten: Das war sein Versuch, ihn einzuschüchtern.

»Diese Schieber müssen einen jüdischen Vorfahren haben, oder wir sind es, die einen Schieber unter unseren Vorfahren haben.«

Bronstein war mit seinem Witz sichtlich zufrieden. »Sie haben mir was von der Leidenschaft der Italiener für den Fußball erzählt, aber ich dachte nicht, daß es so weit geht. Du kennst sie: Ist das immer so?«

»Das Spiel heute abend ist sehr wichtig.« Levi sprach leise: Auch wenn es sich um Fußball drehte, war es besser, wenn man sie nicht hörte. »Inter ist die Mailänder Mannschaft. Dazu kommt, daß es um die Qualifikation für den Europacup geht, daß der Gegner eine englische Mannschaft ist, Aston Villa, und daß Inter beim Hinspiel 2:0 verloren hat. Damit sind alle Voraussetzungen gegeben, daß die Begegnung von heute abend große Aufregung verursacht.«

Levy spulte noch einmal sein Gedächtnis ab. »Dritter Ring, grüner Sektor ... Als ich noch ins San Siro ging, gab es weder den dritten Ring noch den grünen Sektor. Wer weiß, wo wir da landen ...«

»Das kann ich dir auf der Stelle sagen: auf der Seite von der Pferderennbahn. Ich hab mir den kleinen Plan auf der Rückseite der Eintrittskarte genau angesehen: kosteten fünfzehntausend Lire eine, aber bei den Schiebern haben wir doppelt soviel bezahlt. Denken Sie an die Unterschrift unter die Spesenabrechnung, Herr Missionschef.«

Bronstein war nach Witzeln zumute, und Levy eignete sich dafür ganz gut. Bronstein aß und redete ausgiebig, vor allem aß er: Er gönnte sich noch ein Stück Großmuttertorte und ein Zitronensorbet. Ein Espresso mit einem Schuß Bourbon rundete die Sache ab.

In der Galleria trieb die Kälte die Passanten zum

schnellen Gehen an. Der strahlend schöne Nachmittag wich einem dunstigen Abend.

»Alles organisiert?« Levy hatte keine Lust mehr auf Witze.

»Wenn du einverstanden bist, würde ich folgendermaßen vorgehen: zu siebt im Stadion, fünf von uns in einer Gruppe, dann die zwei, die der Beyer auf den Fersen sind. Ich glaube nicht, daß ein fest verabredeter Kontakt besteht. Sie wollen nur sichergehen, daß der Frau niemand folgt, und schleppen sie dann unerwartet ab. Vor dem Stadion haben wir zwei Autos mit jeweils vier Männern, abgesehen von dem Auto für die beiden von der Beyer. Zu den Autos mußt du auch noch die beiden für uns hinzurechnen. Am Eingang verwenden sie Metalldetektoren, deshalb sollten wir mit Glocks und Messern aus Knochen gehen. Wir sind alle mit Sendern ausgerüstet, aber wir müssen unauffällig aussehen. Ich habe mich erkundigt: Im Radio werden gleichzeitig andere Fußballspiele übertragen, deshalb wird es viele geben, die einen Kopfhörer haben, um die Ergebnisse mitzubekommen.«

»Wann treffen wir uns?«

»Ich hol dich um sieben ab. Wenn es was Neues gibt, finde ich dich dann im Hotel?«

»Nein, ich laufe ein bißchen herum. Ich melde mich alle halbe Stunde.« Bronstein schenkte ihm ein freundschaftliches Lächeln. Levy wußte die plötzliche Stille zu schätzen, mit der Menachem seine Achtung vor den Gefühlen und Empfindungen des älteren Freundes zum Ausdruck brachte. Der Altersunterschied zwischen beiden betrug zehn Jahre, mal hob er sich auf, mal multiplizierte er sich um das Zehnfache.

Levy ging kreuz und quer durch die Stadt. Nach kurzem Zögern ging er mit fast schleppendem Schritt in die Via Borgospesso. Er war überzeugt, daß er nur so den Widerstand überwinden könnte, den ein Teil von ihm empfand. Er ging über das Kopfsteinpflaster, über das er dreiundzwanzig Jahre gegangen war, seine ersten dreiundzwanzig Jahre. Er kam vor das Tor seines Hauses: Wer weiß, wer darin wohnte, er wußte nur, daß es vermietet worden war. Er war an jenem Morgen im Oktober 1973 von dort weggegangen, zum Flughafen. Jetzt kehrte er mit der Angst dorthin zurück, daß ihn jemand erkennen könnte.

In Israel hatte er anfangs gelitten. Die Behörden wußten alles über ihn, über seine politischen Sympathien, über seine Beteiligung 1969, nach dem Attentat auf die Synagoge in Paris, am stillen Protestzug der Juden, bei dem er deutlich sichtbar eine rote Fahne mit Hammer und Sichel schwenkte: Er ging als letzter in diesem Zug, um sicher zu sein, daß alle auf ihn aufmerksam wurden. In Israel kannte man jeden einzelnen Morgen, an dem er auf Zehenspitzen aus seinem Zimmer geschlichen war, um auf dem Motorrad zu einer Fabrik zu fahren und die ›Lotta Continua‹ an die Arbeiter der ersten Schicht zu verkaufen.

Die Beamten des Einwanderungsbüros hatten ihm ein Einreisevisum ausgestellt, sich aber geweigert, seiner Bitte, zum Wehrdienst eingezogen zu werden, zu entsprechen. Sie hatten ihm klar und deutlich gesagt, daß sie ihm nicht trauen würden: Bestenfalls könnten sie ihn in einen Kibbuz schicken, und das nur, weil ein Zweig der Familie, der zu Beginn des Jahrhunderts Palästina Italien vorgezogen hatte, für ihn eingetreten war und sich für die Aufrichtigkeit seiner Absichten verbürgt hatte.

Die israelischen Levys, Nachkommen des Bruders seines Großvaters Leone, hatten ihm zu einem Kibbuz in der Nähe von Haifa geraten und ein Begleitschreiben für Benjamino Segre geschrieben, die weiseste Stimme in jenem Teil der Wüste, die jahrzehntelange Opfer in einen kleinen Garten Eden verwandelt hatten. Bei Segre hatte er Nächte verbracht, die in den Morgen übergingen, am Feuer, sie hörten das Knistern der glühenden Holzscheite. Sein Herz blieb aufgewühlt, bis der alte Benjamino ihm erklärt hatte, daß er besser werden, daß er wachsen, daß er alles das werden könne, was er gewollt hat, sofern er die Bescheidenheit besitze, sich so anzunehmen, wie er war.

Und wer er war, das wußte er seit dem Tag, an dem er das Pergament gelesen hatte, das im Büro seines Vaters hing. Es war die genaue Abschrift jenes Pergaments, das im Büro seines Großvaters hing, der auch schon Architekt war. Das Pergament enthielt die Rede, die Nello Rosselli auf dem Kongreß der Jüdischen Jugend 1924 in Livorno gehalten hatte.

»Ich bin ein Jude, der am Schabbat nicht in den Tempel geht, der kein Hebräisch kann, der keinerlei kultische Gesetze einhält. Und dennoch stehe ich zu meinem Judentum und will es vor jeder Abirrung bewahren. Ich bin kein Zionist, bin mithin auch kein ganzer Jude. Nun werdet ihr sagen: Wieso fühlst du dich dann als Jude? Was ist das für ein Judentum, zu dem du so eifersüchtig stehst? Ich nenne mich Jude, ich stehe zu meinem Judentum, weil unzerstörbar ein monotheistisches Bewußtsein in mir ist, wie es möglicherweise keine andere Religion mit soviel Klarheit hervorgebracht hat; weil ich ein lebendiges Bewußtsein von meiner persönlichen Verantwortung habe und daher von meiner Nichtbeurteilbarkeit durch andere, außer durch mich selbst und durch Gott; weil mich jede noch so geringe Form der Götzenverehrung abstößt; weil ich mit jüdischer Strenge die Aufgabe unseres irdischen Lebens und mit jüdischer Heiterkeit das Mysterium nach dem Tode betrachte; weil ich alle Menschen liebe, wie man sie in Israel zu lieben gebietet; und daher habe ich die Vorstellung von einer Gesellschaft, wie sie den besten Traditionen entspringt; weil ich jenen Familiensinn habe, der dem, der uns von außen betrachtet, wie ein grundlegendes und granitenes Merkmal der jüdischen Gesellschaft erscheint. Auch ich muß meinen Frieden, die heitere Ruhe meines Lebens finden. Sie kann ich nur da finden, wo die Grundlagen meiner Individualität liegen, im Judentum und in meiner italienischen Herkunft.«

Er wußte, daß er dies alles war und vergebens versucht hatte, sein Wesen durch eine totale politische Militanz auszulöschen. Am Ende hatte er den Frieden und die heitere Ruhe im Judentum gefunden. Er hatte es sogar als Wink des Schicksals hingenommen, daß der Mossad ungewollt seinen Namen geändert hatte. Auf dem ersten Formular, das man ihm zur Unterschrift vorlegte, stand nämlich Leo Levy und nicht Leone Levi geschrieben, und er hatte es nicht verbessert. Seit diesem ersten Formular hatte er nicht nur auf seinen Namen verzichtet, sondern auch auf einen Teil von sich, auf die Ideologie, an die er geglaubt hatte, auf seine Familie. Das einzige, worauf er nicht verzichtet hatte, war der Traum, daß eines Tages Kommunist-sein gleichbedeutend sein würde mit Jude-sein.

Er hatte den Winter und das Frühjahr in Segres Kibbuz verbracht. Uri Aroch und der Sommer hatten sich gemeinsam eingestellt. Leone Levi gab es nicht mehr. Leo Levy war bereit, die neue Reise anzutreten: Seine Seele forderte einen Platz im Land der Verheißung, das nicht Israel war, doch für das Israel die unverzichtbare Voraussetzung war. Beim Mossad hatte er jede Begeisterung und jeden Kompromiß erlebt. Er hatte die widerlichsten Prüfungen auf sich genommen. Das eigene Gewissen hatte er beruhigt, indem er ihm versprach, daß er am Ende des Weges wieder der harmlose Mensch werden würde, der er gewesen zu sein glaubte, der Idealist, der beim Klang der ›Internationalen‹ tief bewegt wurde. Jede Schweinerei hatte er gerechtfertigt. Er hatte die Beförderungen durchlitten, die ihn auf die Verantwortungsstufen hoben, die nur jemand wie er erreichen konnte. Das heißt jemand, der, bevor er gehorchte, immer das Bedürfnis hatte, Fragen zu stellen und Antworten zu bekommen.

Im Oktober 1989 hatte man ihm Italien zugewiesen, und Levy hatte sich voller Schmerz in eine Wiederbegegnung gefügt, die er bis dahin mit aller Kraft verhindert hatte. Von einem Jahr aufs andere hatte er eine Rückkehr zu seinen Ursprüngen hinausgezögert, weil er befürchtete, daß die Vergangenheit die Gegenwart in Stücke schlagen würde. Daß die Mutter in einer Zürcher Klinik gestorben war und in der Familiengruft in Florenz begraben wurde, war ihm gerade recht gewesen – so mußte er Mailand nicht wiedersehen und konnte herzzerreißenden Erinnerungen ausweichen.

Als Witwer hatte sein Vater sich in Tel Aviv niedergelassen. Sie sahen sich selten und achteten darauf, niemals alleine zu sein. Levy hatte den Verdacht, daß der alte Architekt Mosé Mailand mit dem uneingestandenen Wunsch verlassen habe, sich seinem einzigen Sohn, der auch der Erstgeborene war, anzunähern. Doch er hatte sich geweigert, dieses Thema zu vertiefen, weil er vor der Vorstellung zurückschreckte, sich eine Verwandtschaft auf die Schultern zu laden, von der er sich losgesagt hatte. Und doch hatte ihn der letzte Jom Kippur, den er mit den eigens aus den Vereinigten Staaten angereisten Schwestern verbrachte, in Verwirrung gestürzt. Am Versöhnungstag war es ihm vorgekommen, als würden sie nun auch seine Versöhnung einfordern.

»Und wann wirst du endlich heiraten?« hatte ihn Rachele gefragt, seine jüngste Schwester. »Wann werden wir die neuen Levis zum Tempel bringen können, die Söhne Leones und Enkel von Mosé?«

Er hätte gerne geantwortet, daß sie in jedem Fall die neuen Levys zum Tempel bringen würden, die Söhne Leos und Enkel von Mosé. Aber er war ausgewichen. »Wenn ich der richtigen Frau begegne, werde ich heiraten.«

Der richtigen Frau war er schon begegnet, Michal Liebermann, Captain der Armee, aber sie war schon verheiratet, und den Qualen der Leidenschaft hatte sie die Ruhe mit ihrem Mann und den Kindern vorgezogen. Levy wußte, daß er keiner zweiten Michal mehr begegnen würde: Nach ihr hatte er Küsse empfangen, die nicht von Dauer waren, Küsse, die immer nur Äußerlichkeiten oder die von irgendeinem Drehbuch vorgeschriebenen Rollen waren. Der einzige Kuß, an den er sich erinnerte, der einzige, der ihn von oben bis unten durcheinandergebracht hatte, war der von Michal. Doch Michal war nicht mehr Teil seiner Tage, und keine andere Frau verdiente es, ihre Stelle einzunehmen.

Er kam ganz gut ohne Frauen aus, außer in manchen Stunden, in denen ihn die Lust packte, einer von ihnen Knopf für Knopf den Körper zu enthüllen. Doch irgendeine x-beliebige kam für ihn nicht in Frage: Er wollte Michal, ihren Esprit, ihre von Zynismus verhüllte Intelligenz, ihre Lässigkeit, mit der sie sich hingab, ihre so schwer zu entfesselnde Weiblichkeit. Er hielt sie für das größte Miststück unter allen Frauen, die er kennengelernt hatte, und gerade das machte sie so einzigartig und unersetzbar.

Der Spaziergang in die Via Borgospesso lockerte den Zangengriff, der ihm die Brust zudrückte. Er hatte sich nichts vorzuwerfen: Er war dem Schicksal und seiner eigenen Neigung gefolgt. Die Angst verflog. Als er ins Hotel zurückkehrte, pfiff er ›O mia bella Madunina‹. Leo Levy hatte die Prüfung von Leone Levi bestanden.

Bronstein wartete auf ihn in der Halle. Levy genügte ein Blick, um zu verstehen, daß es Neuigkeiten gab.

»Vor einer Stunde hat unsere Freundin einen Telefonanruf erhalten.« Bronstein redete wie ein Wasserfall und strich mit der linken Hand über seine blitzsauberen Reebok. »Um ehrlich zu sein, hatte das Telefon um zwei Uhr nachmittags angefangen zu klingeln, aber die Signora war nicht da. Sie ist vor einer Stunde wiedergekommen, nachdem sie ein bißchen was in der Via Montenapoleone gekauft hatte. Ein Mann rief an, sie sprachen englisch. Er sagte, daß sich das Warten hinziehen würde, und sie hat gefragt, was sie tun solle. Er hat ihr kurz und knapp befohlen, weiterzumachen und dem Geschäftspartner den Rat zu geben, er solle die Ferien so lange genießen, bis das Zeichen gegeben würde. Doch wann kommt das

Zeichen? Der Mann hat ihr geantwortet: Das weiß nur Allah.«

»Und weiß Allah auch, von woher dieser freundschaftliche Rat kam?«

»Aus der Schweiz vermutlich. Wir haben die Daten unseren Leuten in Bern übermittelt. Sie versuchen jetzt, den Apparat ausfindig zu machen, von dem aus dieser Anruf gemacht wurde.«

»Ist sie immer noch zu Hause?«

»Vor fünf Minuten ist sie weggegangen, wir glauben, sie geht zur Straßenbahnhaltestelle. Die Richtung stimmt. Hinter ihr sind unsere Leute, außerdem das Auto.«

Am Piazzale Lotto fügten sie sich in den Strom von Autos ein, die in Richtung San Siro fuhren. Bronstein hatte die Sonderdurchlaßgenehmigungen besorgt. Während der Aktionen wurde Levy gewöhnlich eiskalt, doch die ungewohnte Aufregung um ihn herum, die Rückkehr an einen Ort, der seine jugendlichen Phantasien beflügelt hatte – er war ein glühender Anhänger von Inter gewesen –, brachten ihn irgendwie in Wallung. Er berührte die Pistole, die er in der Manteltasche trug, ein kleines Juwel aus Plastik, das durch jede Kontrolle kam; er befühlte das Messer, das er sich um den Knöchel gebunden hatte. Er betrachtete ganz genau das neue Aussehen, das Ulrike Beyer sich zugelegt hatte, eine der letzten Anhängerinnen der Roten Armee Fraktion. Das Foto war Sonntag aufgenommen worden. Jeder der siebzehn Teilnehmer an der Operation besaß einen Abzug davon.

Die Spuren der Beyer hatten sich 1984 in Mogadischu verloren. Plötzlich war sie Anfang September in Ost-Berlin aufgetaucht: Die Vereinigung Deutschlands hatte sie dazu, auf der Suche nach einem neuen Unterschlupf, nach neuen Beschützern, gezwungen. Der Vorhang der Komplizenschaft und des Schweigens hatte sich aufgelöst. In dem in die Brüche gehenden Ostdeutschland stand alles zum Verkauf. Eine Woche später hatte das Tamtam der Spione wieder zu dröhnen angefangen: Die

Beyer war vom irakischen Geheimdienst angeworben und nach Südeuropa gebracht worden, irgendwo ans Mittelmeer. Sie war in der Türkei aufgetaucht. In Ankara wurde sie gefilmt. Sie reiste mit einem amerikanischen Paß, ausgestellt auf Sylvia Collins. Die langen schwarzen Haare waren durch eine burschikose, ins Rötliche gehende Frisur ersetzt worden. Auch die Farbe der Augen war verändert worden; anstelle der langen Röcke und geblümten Blusen trug sie Jeans und teuere Lederstiefel. Ihre Fingerabdrücke waren den Computern völlig unbekannt. Unverändert war ihre Größe und ihr Blick, auf den diejenigen, die ihr seit Jahren auf den Fersen waren, bereit gewesen wären zu schwören. Sie waren der Frau seit Tagen überallhin gefolgt und warteten auf eine Bestätigung aus den Stasiarchiven. Dort war alles zum Verkauf angeboten worden, wegen Geschäftsaufgabe. Dossiers, Geheimnisse und Schicksale zu Ausverkaufspreisen.

Aus den Stasiarchiven war das Foto der neuen Ulrike Beyer auf den Tisch geflattert. Es war dieselbe Person, der sie seit Ankara folgten und die sich in Athen, zwischen den Ruinen des Parthenontempels, mit dem Handelsvertreter der irakischen Botschaft getroffen hatte. Die Beyer war von Athen aus im Auto durch Jugoslawien nach Norden gefahren, hatte die italienische Grenze in der Nähe von Triest überschritten, das Auto gewechselt und war in Richtung Poebene gefahren. In Mailand war sie am vergangenen Freitag angekommen. Abgestiegen war sie in einer kleinen Wohnung in der Gegend von Gratosoglio, einem der Schlafviertel an der Peripherie, und hatte sich unter die Arbeiter, Einwanderer und Drogendealer gemischt.

Levy hatte das gesamte Netz alarmiert: Sein Instinkt hatte ihm gesagt, daß die Beyer das Ziel ihres Umherirrens erreicht hatte. Bronsteins Mannschaft hatte sie übernommen.

Die falsche Sylvia Collins hatte die Tage mit Müßiggang zu Hause – zwei kleine Zimmer, Küche, Bad – und stundenlangen Spaziergängen durch die Stadt verbracht. Sie benutzte nur Straßenbahn und Metro. Bronstein und seine Leute, die für diese Gelegenheit durch die aus der Schweiz, aus Piemont und Venetien verstärkt worden waren, schworen, daß sie bis Sonntag abend weder mit jemandem zusammengetroffen war, noch mit jemandem gesprochen hatte. Die Telefonate fingen am Montag morgen an. Die Beyer hatte eine Konditorei am Corso Magenta angerufen und in fließendem Italienisch nach Nicola gefragt. Lange war es still, dann hatte ein Klicken die Verbindung unterbrochen. Innerhalb von zehn Minuten rief sie noch zweimal in der Konditorei an, wiederholte die gleiche Frage, auf die es keine Antwort gab. Dienstag hatte sie zweimal innerhalb von fünf Minuten in der Konditorei angerufen: dieselbe Frage nach Nicola, dieselbe Stille, dasselbe Auflegen des Hörers.

An diesem Punkt hatte Levy sich gefügt: Schweren Herzens verließ er Rom und fuhr nach Mailand. Am Abend hatte er einen Bericht über die Konditorei am Corso Magenta erhalten: kein Angestellter oder Kellner, der Nicola hieß, die Telefonate waren vom Kassierer angenommen worden, der einen Pferdeschwanz hatte. Er hieß Sergio Limoli, achtundzwanzig Jahre alt, keine Vorstrafen, fern jeder politischen oder terroristischen Aktivität.

Mittwoch morgen hatte die Beyer wieder in der Konditorei angerufen, wieder nach Nicola gefragt und den Hörer aufgelegt, ohne eine Antwort zu erhalten. Sie hatte die Wohnung verlassen und war mit der Metro an der Piazza San Babila ausgestiegen. Sie hatte einen Schaufensterbummel gemacht, bevor sie die Café-Bar an der Ecke betrat. Sie ging auf einen Tisch im Hintergrund zu, an dem ein unelegant gekleideter alter Mann saß, der ein Croissant in seinen Cappuccino tunkte. Sie tuschelten, bevor sie Geld aus ihrer Handtasche zog und etwas bekam, das sie in die Handtasche steckte.

Zwei von denen, die ihr auf den Fersen waren, hatten

eilig die Café-Bar betreten: In weniger als zehn Minuten hatten sie den uneleganten Alten auf die Toilette gelockt und ihn fast stranguliert, um ihn zum Reden zu bringen. Er war ein Schieber: Er verkaufte die Eintrittskarten für San Siro zum Doppelten des normalen Preises. Die Signora – hatte er hustend und nach Luft schnappend erklärt – hatte eine für den dritten Ring, grüne Sektion gekauft, bei der Pferderennbahn. Die beiden Männer von Bronstein hatten sieben gekauft und dem Alten hunderttausend Lire geschenkt, damit er den Mund hielt. »Kannst du dir vorstellen, daß Ulrike Beyer ihre Höhle verläßt, weil sie der Versuchung nicht widerstehen kann, für ein Spiel von Inter nach Mailand zu kommen?« Bronstein hatte gegrinst. »Hier geht was vor, von dem wir nicht die geringste Ahnung haben. So wie wir keine Ahnung von diesem deutsch-italienischen Netz hatten, das über Wohnungen und über Begegnungsrituale verfügt.«

Im Außenbereich des Stadions hatten sie Mühe, sich in der Menge nicht aus den Augen zu verlieren. Levy ging eilig vorwärts und hielt Jugenderinnerungen von sich fern: Dies war nicht der Augenblick, sich von Gefühlen ablenken zu lassen. Bronstein war von dem Durcheinander, von den mal fröhlichen, mal aufgeregten Stimmen, von der Eile, mit der jeder zu seinem Platz drängte, begeistert, obwohl bis zum Beginn des Spiels noch eine Stunde blieb. Dreimal zwang er die anderen stehenzubleiben, um ihn nicht zurückzulassen: Ein ernster Blick von Levy machte ihm klar, daß es besser für ihn wäre, nicht noch einmal stehenzubleiben.

Nach sechs Aufgängen traten sie ins sternenklare Freie. Der dritte Ring war für die Weltmeisterschaften gebaut worden und war dem Himmel näher als dem Spielfeld. Die Menschen auf dem Rasen wirkten wie kleine Figuren, aber das war nur eine Nebensache für die außer Rand und Band geratenen Jungs, von denen viele kahlrasierte Köpfe hatten: Sie wechselten Aufheizchöre für die eigenen Spieler mit Grimassen für den Gegner ab. Fahnen wurden geschwungen, Spruchbänder hochgehalten, es herrschte eine irgendwie hysterische Ausgelassenheit, die zeitweise bedrohlich wirkte. Nach einem Vierteljahrhundert erkannte Levy weder San Siro noch die Menschen wieder. Mit seinem Vater war er immer auf die Mitteltribüne gegangen und daher ein anderes Publikum gewöhnt. Er hatte den Eindruck, die Fans hätten ihre Seele verändert und wären zu Anhängern einer satanischen Sekte geworden. Inmitten der besessenen Blicke, der vor Spannung verzerrten Gesichter gab es aber jemanden, der seine Seele dem schlimmsten aller Satane verkauft hatte, und Levy hatte die Pflicht, ihn ausfindig zu machen.

Der grüne Sektor lag hinter einem der beiden Tore, und dort befanden sich die verbissensten Anhänger. Levy zog ein kleines Stück Papier aus der Tasche und skizzierte die Verteilung, die sie einnehmen würden. Er stellte sich selbst in die Mitte: Von dort aus genoß er den besten Blick aufs Spielfeld, vielleicht würde er sogar ein Tor von Inter zu sehen bekommen.

Die Zuschauer strömten weiter herein und drängten sich auf den Stufen zusammen. Levy hörte im Kopfhörer Bronsteins Stimme: »Bei diesem Durcheinander können sie uns auch entwischen.« Er antwortete nicht. Bronstein hatte völlig recht: Der Ort war gut ausgesucht worden und setzte eine gründliche Vorbereitung voraus. Die Beyer war in Mailand immer alleine geblieben, während der Telefonate hatte sie nie den Namen San Siro erwähnt: und dennoch hatte sie sich eine Eintrittskarte für das Stadion besorgt. Die, die ihr auf den Fersen waren, hatten gerade mitgeteilt, sie hätten das Verkehrsmittel in Piazza Cordusio gewechselt: Die Frau und ihre beiden Beschützer befänden sich jetzt in einer Straßenbahn, die sie bis auf wenige Meter ans Stadion bringen würde. Levy schloß aus, daß der Ort und der Zeitpunkt des Treffens in den letzten Tagen vereinbart worden waren: Sie mußten lange im voraus festgelegt worden sein, Monate, wenn nicht Jahre zuvor.

»Sie geht jetzt rein. Der erste unterirdische Gang links.« Stefanos Stimme klang besorgt. Levy wußte über diesen schmächtigen Jungen mit wild herabfallenden schwarzen Haaren nur, daß er seinen einundzwanzigsten Geburtstag noch vor sich hatte. Er sagte sich, daß es vielleicht ein Fehler war, ihn in eine Aktion miteinzubeziehen, bei der alles möglich war. Sie hatten alle zusammengetrommelt, die in Norditalien und in Lugano zur Verfügung standen. Bei der täglich größer werdenden internationalen Krise hatte das Stammhaus erklärt, daß es keine Verstärkung gebe und jede Sektion im Ausland mit dem zurechtkommen müsse, was vorhanden sei.

»Sie blickt herum. Da war jemand, jetzt sieht sie geradeaus. Sie applaudiert.« Das war Bronstein. Das gesamte Stadion hatte dem Sprecher applaudiert, der die Namen der Spieler aufzählte. Levy stand nicht weit von der Frau entfernt. Er versuchte, in ihre Nähe zu gelangen, doch scharfe Blicke, Rempeleien, Brummeleien, Proteste ließen ihn davon Abstand nehmen.

»Sie hat sich hingesetzt, hat die Beine übereinandergeschlagen. Sie sitzt zwischen einem Mann mit weißem Haar und einem ganz in Schwarzblau zurechtgemachten Jugendlichen.« Das Einlaufen der Mannschaften löste Wirrwarr und Aufregung aus. Levy nutzte diese Gelegenheit, noch einmal den Versuch zu machen, in ihre Nähe zu kommen. Als ihn eine rauhe Stimme aufforderte zu verschwinden, zeigte er ihm den Stinkefinger und ging unbeirrt weiter, ohne auf die Füße zu achten, auf die er trat. Einer, der jähzorniger war als die anderen, stieß ihn beiseite, und Levy landete direkt in den Armen von Ulrike Beyer, die, seiner Berechnung nach, ein paar Reihen weiter oben hätte sein müssen.

»Alles in Ordnung?« fragte die Frau und rückte sich die Lederjacke wieder zurecht.

Levy nickte mit dem Kopf, erging sich in zehnerlei Entschuldigungen und verschwand zu den unterirdischen Gängen. Er durfte sich der Beyer gegenüber nicht mehr bemerkbar machen. Sonst hätte er ihren Argwohn erregt.

»Chef, du bist ein alter Schweinigel: Du läßt wirklich keine aus«, grinste Bronstein. »War's schön in den Armen der Dame?« Jeder Ton wurde vom bestürzten Gebrüll der Menge übertrumpft. Levy schloß daraus, daß Inter am Tor vorbeigeschossen hatte. Wenige Minuten später brach ein Freudentaumel aus und war nicht mehr zu bremsen: Inter hatte ein Tor geschossen.

»Achtung, da ist einer, der sie umarm ... Ich weiß nicht ... von wo der aufgetaucht ist ...« Stefano sprach schnell, ohne auf das Mikrophon zu achten: Der Empfangssender hatte geknackt und einige Wörter verschluckt. »Augenblick ... Das ist der Kassierer der Konditorei ...«

»Leo, das ist der Kontaktmann«, meldete sich Bronstein. »Was sollen wir tun?«

»Was tun sie jetzt?« Levy wagte nicht, sich zu zeigen.

»Der Junge hat sich zwischen ihre Beine gehockt. Sie flüstert ihm was ins Ohr. Der Junge hört zu und senkt gelegentlich den Kopf. Aber jetzt reden sie nicht mehr.«

»Geht nicht näher ran, bleibt, wo ihr seid.« Levy beruhigte, er erweckte Vertrauen. »Wenn die Frau und der Mann sich trennen, folgen zwei dem Mann, die anderen beschäftigen sich weiterhin mit der Frau. Überwachung rund um die Uhr auch für den Mann, wir dürfen ihn nicht mehr aus den Augen verlieren. Ein Auto fährt zum Haus der Frau und wartet dort auf uns. Ihr müßt auch wieder die Geräte für die Telefonüberwachung mitbringen, aber daß das klar ist: Nehmt einen anderen Lastwagen.«

Beim Schlußpfiff zur ersten Halbzeit standen die Menschen auf, um ihre Muskeln zu entspannen, den Blutkreislauf in den Füßen wieder anzuregen und ein paar Bewegungen zu machen, die etwas Wärme bringen sollten. Levy verließ den unterirdischen Gang, stieg wieder ein paar Stufen hoch und tauchte in die Menge ein, die um eine maßlos große schwarzblaue Fahne herumstand. Er blickte verstohlen dorthin, wo die junge Frau war, und sah, daß sie mit dem jungen Mann sprach, der seine langen Haare zum Pferdeschwanz gebunden hatte. Die Beyer klopfte mit ihrer Hand auf die Schulter des jungen Mannes, der von ihr wegging.

»Der Mann geht.« Der Alarm ging von Bronstein aus. »Stefano und Napoleone, ihr folgt ihm. Gebt uns sobald wie möglich Nachricht.« Der Kassierer aus der Konditorei, Stefano und Napoleone zogen an Levys Blicken vorbei, der bereits die nächsten Schritte festgelegt hatte. Ob sie falsch oder richtig waren, würde er erst wissen, wenn nichts anderes mehr zu machen war. Das war der Teil seines Berufes, der ihn am meisten begeisterte: Entscheidungen auf des Messers Schneide zu treffen. Man hätte nicht meinen sollen, daß er vom Glücksspiel nie angezogen worden war, auch nicht von Wetten.

Es war 21 Uhr 25. Bis zum Beginn der zweiten Halbzeit waren es noch fünf Minuten: Ulrike Beyer kam springend herunter und ging auf die Treppe zu.

»Auf ziemliche Distanz.« Eilig gab Levy Anweisungen. »Laßt ihr Raum, wir haben nicht mehr die Menschenmenge, die uns beschützt. Denkt dran, sie ist nicht dumm, sie weiß, wie sie sich bewegen muß, und vor allem weiß sie, daß sie sich genau umsehen muß.«

Außerhalb des Stadions war Levy noch einmal zu Kopf oder Zahl gezwungen. Die Beyer ging nämlich in Richtung Piazzale Lotto, auf die der Endhaltestelle der Straßenbahnlinien entgegengesetzte Stadionseite.

»Was macht sie?« Zum ersten Mal ließ Bronstein Besorgnis erkennen, und das überraschte Levy: Er gab Befehl, daß keiner ihr zu Fuß folgen solle. Er schickte zwei Männer an die Metro-Haltestelle an der Piazzale Lotto, disponierte die Autos so, daß sie an den Straßen standen, die von der Piazzale wegführten. Die Frau schöpfte augenscheinlich keinen Argwohn.

»Sie ist zehn Meter von uns entfernt«, sagte einer der beiden, die an der Metro auf Posten standen. »Das ist eine Haltestelle der roten Linie. Habt ihr eine Ahnung, wohin sie gehen könnte ... ich bin nicht aus Mailand ...«

Auch Bronstein im Auto wandte sich Levy zu.

»Sie kann in Cordusio aussteigen und die Straßenbahn nach Hause nehmen.« Levy wünschte es sich wenigstens so. »Nochmals: allergrößte Vorsicht. Entweder fühlt sie sich so sicher, daß sie sich den Luxus eines Spaziergangs leistet, oder sie führt die soundsovielte Kontrolle durch, um herauszufinden, ob ihr jemand folgt. Steigt nicht beide in denselben Waggon, einer soll in den dahinter einsteigen.«

»Da kommt der Zug ... Signor Levy, sie bleibt stehen ... Nein, sie steigt ein: wir auch ...«

»Was hast du vor?« fragte Bronstein.

»Wir fahren alle Haltestationen der Metro ab. Wenn sie nichts Besonderes bemerkt, bin ich sicher, daß sie nach Hause fährt.«

»Bist du dir da wirklich sicher?«

»Sie muß ja wohl mitteilen, daß die Verabredung im San Siro geklappt hat. Übrigens, wissen wir denn schon was von dem Lastwagen mit den Geräten, um uns in ihr Telefon einzuschalten?«

»Der steht sicher schon vor dem Haus unserer Freundin.«

Die Fahrt ging schnell durch eine Stadt, die wegen der Fußballübertragungen im Fernsehen wie leergefegt war. Die Beyer stieg am Dom aus dem Zug und in die gleiche Straßenbahn, die sie beim Kommen benutzt hatte.

Levy war noch nie in Gratosoglio gewesen. Dieser Teil der Stadt gehörte nicht zu den Wegen seiner Jugendzeit: Damals war das ein kleiner unbekannter Vorort, wohin ein holpriger Bus fuhr. Mailand hatte ihn nach und nach verschluckt und verwandelte ihn in einen Haufen der Ausgrenzung und des Elends. Schlecht beleuchtete Straßen; Berge von Müll an den Straßenecken; Kreuzungspunkte von Menschen, die gestikulierend miteinander redeten und verschwanden, sobald ein Auto auftauchte; Motorräder, die plötzlich Gas gaben; eine unnatürliche, spannungsgeladene Stille. Gratosoglio kam Levy vor wie die anderen Außenposten der Verzweiflung, die man an den Rändern einer jeden Weltstadt vorfand. Diese Entdeckung ließ plötzlich Bitterkeit ihn ihm aufsteigen: Er fühlte sich von Mailand verraten.

Die Beyer wohnte auf der zweiten Etage eines zwölfstöckigen Wohnblocks, von dem es noch drei weitere gab. Eine heruntergekommene und verlassene Portiersloge; ein sich auf einen zum Parkplatz umfunktionierten Innenhof öffnendes Gittertor, auf dem ein bißchen Erde hier und da das einzige war, was von nie bepflanzten Rabatten übriggeblieben war. Levy und Bronstein gingen durch das Gittertor, nachdem das Licht auf der zweiten Etage eingeschaltet worden war.

»Siehst du den Peugeot da an der Mauer?« fragte Bronstein.

Levy reckte den Hals.

»Auch wenn du ihn nicht siehst, er steht da«, fuhr Bronstein fort. »Den haben wir vorige Woche dahin gestellt und benutzen ihn als vorgeschobenen Beobachtungsposten: Nachts passiert hier so ziemlich alles.«

Levy nickte, während er den Blick starr auf das erleuchtete Fenster gerichtet hielt.

»Wir haben viele Erinnerungsfotos gemacht, aber die haben nichts erbracht«, sagte Bronstein. »Lauter saubere Typen: Diebe, Dealer, Nutten, Mörder mit Freigang. Keiner, der uns interessiert.« Bronstein wartete vergeblich auf ein Lächeln der Billigung, ein Wort der Dankbarkeit.

»Wo sind die elektronischen Geräte?«

Sie hatten einen Müllwagen ausgerüstet, mit zwei perfekten Müllmännern, die sich hinten, neben der Trommel, an ihm festhielten. Der Wagen hielt bei den Müllhaufen, die beiden Müllmänner sprangen herunter, hoben

Säcke, Kartons und Möbelstücke auf, warfen sie scheinbar in den Müllschredder, stellten sie dann aber wieder ab. Das Innere des Wagens war eine leere Hülse, vollgestopft mit leuchtenden Vorrichtungen, Minicomputern, Kabeln und Drähten.

»Neuigkeiten, Indiskretionen, geheime Hinweise, Gerüchte, Bomben, Liebesbotschaften?« fragte Bronstein gedehnt.

Hinter ihm, aus einem Sichtfenster hinter dem Fahrer hervorkriechend, tauchte Levy auf: Die drei für die Geräte Zuständigen erstarrten.

»Bis jetzt nichts«, antwortete der Gesprächigste.

»Wenn sie wieder aus der Schweiz anrufen sollten«, fragte Levy, »könnten wir dann den Ort und die Stelle bestimmen?«

»Nicht von hier. Von Bern aus ist das möglich. Das hängt von der Dauer des Anrufs und von vielen anderen kleinen Faktoren ab. Man hat auch Zürich verständigt. Wenn sie von einer Stadt aus anrufen, haben wir eine Chance, aber wenn sie von einem Bergnest aus anrufen, na dann gute Nacht. Und auch nur dann, wenn der Anruf aus der Schweiz kommt.«

»Bist du sicher, daß sie anrufen?« mischte sich Bronstein ein.

»Ich hab dir schon gesagt, sie wollen sichergehen, daß der Kontakt stattgefunden hat, daß der Befehl weitergegeben wurde und daß er ausgeführt wird«, antwortete Levy.

»Was, wenn wir bei der Beyer eindringen und sie zwingen, auf das zu antworten, was wir wissen wollen?«

»Nein, Menachem. Sie könnten einen Code haben, den die Beyer benutzt, ohne daß wir davon wissen. Ein Wort würde genügen, und dann würde alles in die Binsen gehen. Wäre schade um die Männer und die bisher eingesetzten Energien.«

Levy bemerkte Beunruhigung im Blick seines Freundes und drückte dessen Arm.

Das Telefon von der Beyer klingelte um drei. Bronstein und die anderen sagten, daß es die gleiche Stimme wie am Nachmittag war. Die Mithörzentralen in Bern und Zürich wurden benachrichtigt. Der Mann sprach abgehackt, stellte ganz kurze Fragen. Gab es Probleme? Sind Einwände gemacht worden? Ging alles, wie es sollte? Hielt sie ihren Aufenthalt in Italien für beendet?

Die Beyer war noch kürzer: Sie antwortete zweimal mit Nein und zweimal mit Ja.

»Signor Levy ...« Einer der Männer bat Levy schüchtern um Aufmerksamkeit. »Der Anruf kommt aus demselben Gebiet wie vorher. Mit Sicherheit die Schweiz, eher aus der Berner Gegend als Zürich. Es könnte auch Bern selbst sein, wenn ...«

»Gut. Teilt das Bern und Zürich mit.«

Levy lief fast auf das offenstehende Gittertor zu. Er und Bronstein nahmen die Treppe, die beiden aus dem Peugeot den Aufzug. Die Wohnungstür war aus minderwertigem dunklem Holz. Levy machte ein Zeichen, den Aufzug zu blockieren, bis Bronstein mit dem Nachschlüssel soweit wäre. Er nahm einen Ausweis, der ihn als Polizeikommissar ausgab. Bronstein stürzte mit vorgehaltener Pistole hinein. Levy folgte ihm so rechtzeitig, daß er das Gesicht der in einem Sessel zusammengekauerten Beyer sehen konnte. Ein Gesicht, das eher angewidert als überrascht war. Die Beyer trug einen himmelblauen Morgenmantel und nippte an einem in einem hohen Glas schwappenden Getränk. Das Fernsehgerät lief.

»Ulrike Beyer.« Levy sprach den Namen mit deutscher Betonung aus.

»Ich heiße Sylvia Collins. Wenn Sie sich die Mühe machen und diesen Beutel da öffnen wollen, finden Sie meinen Paß«, antwortete die Frau auf englisch.

»Signora Beyer, versuchen wir, die Sache schnell zu erledigen. Wir sind Ihnen seit Ankara auf den Fersen, wir haben das Foto erhalten, das die von der Stasi gemacht haben, nachdem Sie ein paar Veränderungen an sich vorgenommen hatten. Wir sind Ihnen nach Athen gefolgt, wir waren am Parthenon, als Sie den Beamten der irakischen Botschaft getroffen haben. Gemeinsam mit Ihnen sind wir durch Jugoslawien gefahren. Seit einer Woche lassen wir Sie in Mailand nicht aus den Augen. Wir haben Ihre Telefongespräche aufgezeichnet, die mit der Konditorei im Corso Magenta, als Sie nach Nicola fragten, und die, die Sie heute nachmittag und gerade eben erhalten haben.«

Er schwieg und hielt die Pistole an den Kopf der Frau. »Wollen Sie unsere Zeit vergeuden, oder wollen wir zu einer Einigung kommen?«

»Ich hab so viel Zeit, wie ich will.«

»Wir nicht.«

Ihre Reaktion traf ihn unvorbereitet. Die Frau schleuderte ihr Glas gegen Levy und stürzte auf den Balkon zu. Sie hätte ihn auch erreicht, wenn Bronstein sie nicht mit einem Rugbygriff gekeilt hätte. Sie wälzten sich auf dem Boden und schlugen für ein paar Sekunden wild aufeinander ein, bis es Bronstein endlich gelang, ihr ein Knie in den Unterleib zu drücken. Die Frau begann, leise zu wimmern. Der Fernseher wurde lauter gestellt.

Levy hob die Frau auf und half ihr zum Sessel hinüber.

»Signora Beyer, ich mache Ihnen einen Vorschlag.«

»Wer seid ihr?«

»Israelische Staatsbürger.«

Sie zog eine Grimasse, die gemeiner war als eine Beleidigung.

»Signora, ich biete Ihnen das Leben für ein paar Informationen. Machen Sie mit?«

»Laß dich doch in den Arsch ficken, du, Israel, deine Freunde, der internationale Zionismus und die Schweine, die euch unterstützen.«

Die Frau spuckte ihm ins Gesicht.

Zwei mächtige Hände packten sie von hinten. Bronstein klebte ihr den Mund mit ein paar Klebestreifen zu. Die Frau deutete eine rebellische Bewegung an, aber

Bronstein verpaßte ihr einen weiteren Knietritt in den Unterleib. Sie krümmte sich zusammen.

»Richtet sie wieder auf«, sagte Levy, aber das war keine mitmenschliche Geste.

Sie rissen ihr den himmelblauen Morgenmantel und ein rosafarbenes Trikot herunter. Die Narbe einer Gallenoperation zerfurchte den Körper oberhalb des Magens. Sie legten die Frau auf den Boden. Derjenige, der sie von hinten festhielt, setzte sich auf ihren Bauch, ohne sie loszulassen. Bronstein kniete sich zwischen die Beine und öffnete und schloß sie mit den Händen. Der vierte Mann gab Levy die grüne Dose aus dem Lastwagen. Sie sah aus wie ein Schuhkarton, war aber aus Stahl. Levy zog sich einen Gummihandschuh über seine rechte Hand, bevor er einen Rand der Schachtel anhob und seine Hand hineinsteckte. Er holte eine fette weiße Ratte mit halbgeschlossenen Augen heraus. Das Licht machte sie erregt, und Levy streichelte mit dem Daumen über ihren Rükken. Dann ließ er sich einen Plastikbeutel geben. Er öffnete ihn mit den Zähnen, spuckte das Stückchen Plastik aus und beugte sich zu der Frau hinunter.

»Signora, das hier ist geriebener Käse. Ich verreibe ihn jetzt in Ihrer Vagina und dann führe ich diese kleine Ratte heran, die schon zwei Tage lang nichts mehr gefüttert worden ist und alles fressen wird, was nach Käse riecht.«

Der Blick der Frau wurde stumpf. Sie versuchte, die Beine zusammenzupressen, doch sie verlor gegen Bronsteins Griff. Levy verrieb den Käse sorgfältig, dabei wurden die Härchen weiß, und er drang in sie ein. Dann ließ er die Ratte herunter, die sich ans Licht gewöhnt hatte und mit der Nase nach dem angenehmen Duft schnupperte. Langsam brachte Levy sie näher an die Frau heran. Die Ratte streifte mit den Zähnen den Venushügel, und ein heftiges Zucken durchfuhr den Körper der Beyer. Levy hielt die Ratte, die wie verrückt mit der Nase herumschnupperte, dicht darüber.

»Signor Levy, es gibt was Neues«, sagte der, der rittlings auf dem Bauch der Beyer saß. Er war der einzige, der ihr ins Gesicht blickte. Levy tat so, als hätte er nicht gehört und ließ die Ratte ein paar Sekunden lang herumnagen, die wie eine Ewigkeit waren. Er stand auf und wandte sich an die Frau.

Die Blicke der Beyer flehten ihn an. Vergeblich versuchte sie zu sprechen. Sie drehte ihren Kopf zur Seite und sah den vom Käse grau gewordenen Kopf der Ratte, aber auch ein paar rote Flecken, die nur Blut sein konnten.

»Wollen Sie auf unsere Fragen antworten?«

Die Beyer bejahte, indem sie die Augenlider senkte.

Levy nahm die Klebestreifen weg. Der Frau entfuhr ein Wimmern, das sie selbst zu unterdrücken versuchte.

»Für welche Aufgaben sind Sie von den Irakern angeworben worden?« Levy streichelte der Ratte weiterhin mit dem Daumen über den Rücken.

»Ich sollte das Netz reaktivieren, das die Rote Armee Fraktion in der Türkei organisiert hatte.«

»Woher haben die Iraker von diesem Netz gewußt und daß Sie es reaktivieren könnten?«

»Frag doch deine ...« Die Frau atmete schwer, und Levy gab dem, der auf ihrem Bauch saß, ein Zeichen mit dem Kopf, daß er aufstehen solle.

»Du willst mir doch nicht weismachen, daß der sagenumwobene Mossad den neuen, großen Supermarkt nicht kennt, der an der Stelle eröffnet worden ist, die bis vor kurzem noch Ost-Berlin hieß. Männer und Frauen im Verkaufsangebot, weil sie an den Kommunismus geglaubt haben ...«

»Oder an den Terrorismus?«

»An den Terrorismus als eines der Mittel, die derzeitigen Regime zu stürzen und die wahre Demokratie zu errichten. Seit zweitausend Jahren verläuft die Geschichte so.«

Levy bedauerte, sie unterbrochen zu haben. »Bitte, beantworten Sie meine Frage.«

»Meine alten Arbeitgeber haben an alles gedacht: Sie haben mich zusammen mit meiner kleinen Aussteuer verkauft. Die Iraker waren außerordentlich an den Kontakten der RAF in der Türkei und in Italien interessiert. Ich war die einzige, die den Schlüssel dazu besaß.«

»Wollen Sie damit sagen, man habe Sie gezwungen?«

»In Westdeutschland erwartet mich eine lebenslange Haftstrafe. Wenn ich den Vertrag nicht angenommen hätte, wäre ich den deutschen Gerichten übergeben worden. Wir sind Kriegsbeute.«

»Was haben Sie in der Türkei gemacht?«

»Das sollten Sie eigentlich wissen. Ich habe ein paar Genossen aus dem Schlaf gerissen. Ich habe eine Losung für die Iraker übermittelt.«

»Wie lautet die Losung?«

Levy meinte, ein höhnisches Lächeln bei ihr beobachten zu können. Er ließ die Ratte auf dem Bauch der Beyer herumlaufen.

»Die Losung besteht aus zwei Sätzen. Der irakische Agent muß fragen: ›Woran denken Sie?‹ Und sie müssen antworten: ›An das große Abenteuer‹.«

»Was ist das große Abenteuer?«

»Weiß ich nicht. Ich mußte unser Netz reaktivieren, den Genossen mitteilen, daß es wieder gegen die falschen Götter des Westens zu Felde gehe, und dann den Irakern Namen und Anschriften mitteilen.«

»Und die Begegnung am Parthenon in Athen?«

Die Beyer senkte die Augenlider.

»Warum sind Sie im Anschluß an Athen nach Italien gekommen?«

»Vor drei Jahren haben wir mit den Überlebenden der Roten Brigaden eine Vereinbarung über gegenseitige Hilfeleistung getroffen. Jeder sollte einen Unterschlupf im Land des anderen erhalten, außerdem haben wir vereinbart, wie wir Kontakt aufnehmen können.«

»Die Telefonanrufe in die Konditorei und nach Nicola fragen?«

»Ja.«

»Drei Telefonanrufe am Montag, zwei am Dienstag, einen am Mittwoch. Wie lautet der Code?«

»Von September bis Mai ist der Ort der Verabredung das Stadion von San Siro ...«

»Immer derselbe Sektor?«

»Zuerst war es die Seitentribüne. Nachdem das Stadion erweitert worden war, hatte man uns den Wechsel mitgeteilt. Dort konnte man sich besser unter den Fans verstecken. Das glaubten wir wenigstens.« Sie sagte das mit großem inneren Schmerz. Sie begann zu zittern.

»Mir ist kalt ...«

Levy tat so, als hätte er nicht gehört. Er ließ sogar die Ratte wieder auf den Bauch und nach unten laufen.

»Warum?« Es war ein erstickter Schrei, der der Frau einen Faustschlag auf die Brust eintrug.

»Und von Juni bis August finden die Treffen wo statt?«

»Am Wasserflugplatz, sonntags. Für San Siro dagegen hängt der Tag von den Fußballspielen ab: mittwochs oder sonntags. Diesmal wurde am Mittwoch gespielt. Daher habe ich angerufen, um mitzuteilen, daß wir uns in drei Tagen sehen würden, wobei auch der Tag mitgerechnet wird, an dem ich angerufen habe. Dienstag dann zwei und heute morgen einen.«

»Mit wem haben Sie in Mailand Verbindung aufgenommen?«

»Mit niemand. Ich hatte den Auftrag, niemand zu sehen. Ich war früher da, weil meine neuen Auftraggeber sichergehen wollten, daß mir niemand folgt. In Wahrheit hatten sie Angst, ich würde ein doppeltes Spiel treiben.«

»Was haben Sie dem Kassierer von der Konditorei gesagt?«

»Ob es ihm passen würde, am Montag, den elften November, nach Orbetello zu fahren.«

»Was sollte er da tun?«

»Weiß ich nicht. Die Iraker haben mir aufgetragen, jemand nach Orbetello zu schicken, mit einem Mädchen, damit es nicht auffällt. Er soll den perfekten Touristen mimen und warten, daß jemand sich bei ihm meldet, der ihm ein Paket gibt, das er irgendwohin bringen soll.«

»Was für ein Paket? Wer überbringt es? Wohin soll es gebracht werden?«

»Weiß ich nicht. Ich weiß nichts über diese ganze Geschichte, willst du das endlich kapieren?« Es sollte ein Schrei sein, es wurde ein Schluchzer. »Ich bin ein Rad im Getriebe: Ich werde benutzt und im dunkeln gehalten.«

»Das glaube ich nicht.«

»Fick dich doch. Du bist einer der wenigen verblödeten Zionisten, denen ich begegnet bin.«

»Hat der Kassierer der Konditorei Ihr Angebot angenommen?«

»Würdest du für zehn Millionen plus Spesen nicht zehn Tage in Urlaub fahren?«

Levy rückte ein paar Zentimeter zur Seite und setzte die Ratte an die Vagina: Sie biß sich hinein, während eine Hand den Mund der Frau zuhielt.

Die Beyer verdrehte die Augen, die Hand ließ den Mund los.

»Ich weiß es nicht«, sagte die Beyer keuchend. »Ich weiß es nicht, glaub mir das, du verdammtes Arschloch. Sie haben mir nur das Allernotwendigste gesagt. Ihr habt doch die Gespräche gehört. Das einzige, was ich weiß und was auch ihr wißt, ist, daß es eine Verzögerung gibt.«

»Von wo haben sie telefoniert?«

»Auch das weiß ich nicht, ich vermute von außerhalb Italiens. Kapiert doch endlich, daß ich ein einfaches Werkzeug in Händen von Leuten bin, die so sind wie ihr.«

»Wie lauten Ihre neuen Befehle?«

»In die Vereinigten Staaten zu fliegen. Mein Flug ist für dreizehn Uhr gebucht, nach New York. Am Kennedy Airport werde ich einen Umschlag mit der Anschrift und dem Schlüssel für eine Wohnung auf Coney Island vorfinden. Dort werde ich nach ein paar Tagen neue Anweisungen erhalten.«

Bronstein durchwühlte den Beutel und wedelte mit einem Flugticket. Levy steckte die Ratte in die Dose. Vom Bett nahm er die Decke und das Kissen. Er deckte die Frau zu, ging dann um sie herum, um ihr das Kissen unter den Kopf zu schieben. Mit der linken Hand rückte er das Kissen zurecht, mit der rechten zog er die Pistole heraus und schoß ihr ins Genick. Derjenige, der die Beyer an den Armen festhielt, bekam einen Blutspritzer ab.

»Entschuldige«, sagte Levy. »Macht den Boden sauber, dann gehen wir.«

Ulrike Beyer wurde zusammen mit der Decke und dem Kissen in einen großen Sack der Müllabfuhr gesteckt. Vor dem Gittertor stand der Müllwagen, und diesmal nahmen die beiden Müllmänner den Sack und warfen ihn hinein.

»War's hart?« Bronstein wirkte verwirrt.

»Nicht mehr und nicht weniger als die anderen Male.«

»Möchtest du, daß ich dir ein bißchen Gesellschaft leiste?«

»Ich möchte nur wissen, ob unsere Verdammnis wenigstens dazu dient, Israel zu retten.«

Levy stellte sich diese Frage seit fünfzehn Jahren vergebens.

»Leo, wir hatten keine andere Wahl.«

»Menachem, was du da sagst, ist unser Alibi. Wir wollen keine Wahl, und ich bete zu Gott, nicht eines Tages entdecken zu müssen, daß wir auf der Seite des Unrechts stehen.«

»Eines Tages, eines Tages werden wir ins Land der Verheißung gehen.«

»Eines Tages, eines Tages werden wir zur Hölle fahren.«

Bronstein sah ihn voller Bitterkeit an, Levy hakte sich

bei ihm ein. »Ich wünsche mir, Menachem, daß deine Kinder im Land der Verheißung aufwachsen mögen. Wir tun es für sie und für alle, die so sind wie sie.«

Aber Levy wollte sich eigentlich gar nicht um die künftigen Generationen kümmern, auch nicht um Kriege und das Schicksal der Welt. Er wollte sich um das Überleben der Seehunde in Skandinavien kümmern. Er sah auf die Uhr. »Menachem, du hast acht Stunden Zeit, um ein Mädchen zu finden, das aussieht wie die Beyer. Schick sie mit dem Flug in die Vereinigten Staaten und steck sie in die Wohnung auf Coney Island. Ich setz' mich mit Tel Aviv und New York in Verbindung. Wir haben nicht viel Zeit, irgendwas Großes kocht da zwischen der Türkei und Italien.«

»Heften wir uns an die Fersen des jungen Mannes mit dem Pferdeschwanz?«

»Klar tut ihr das. Zuerst bis Orbetello, danach bis wohin er und die anderen wollen. Nimmt das denn nie ein Ende?«

Er kam ins Hotel zurück, als die Straßenlaternen ausgeschaltet wurden. Er schlief in der Gewißheit ein, daß er auf der Seite des Guten stand, auch wenn er oft vom Bösen berührt wurde.

VII

Don Salvatore verließ das Haus des Dottore, als es schon dunkel wurde. Die manchmal erstickende Hitze des Vor- und des Nachmittags war einem eisigen Lufthauch gewichen, der durch das Laub der Bäume fuhr. Don Salvatore steckte die Hände in die Jackentaschen. Er betrachtete die massigen Umrisse des Mittelbaus, die schmaleren der Ställe, der Hütten, die als Abstellschuppen dienten: In der Dunkelheit hatten sie etwas von einer zum Sprung bereiten Katze bekommen. Don Salvatore achtete nicht auf dieses Spiel der Schatten: Er hielt Ausschau nach anderen Schatten, kleineren, weit gefährlicheren. Das Gespräch mit dem Dottore hatte Angst in ihm ausgelöst, Angst, die ihn schneller gehen ließ. Bevor er seine Schiebermütze aufsetzte, fuhr er mit der Hand über seinen Kopf. Als er in den Wagen stieg, warf er noch einmal einen Blick in die heraufziehende Nacht. Er sah niemanden, er hörte kein Geräusch, und das machte ihn noch unruhiger.

Stunden und Stunden hatten sie miteinander diskutiert, und Don Salvatore hatte gemerkt, daß der Dottore angesichts einiger Behauptungen, die seinen, Don Salvatores, Umgang mit Menschen und Geschäften betrafen, an sich halten mußte, um ihm seinen Verdruß nicht offen zu zeigen. Der Dottore steckte voller Wut, und Don Salvatore hatte nicht das Geringste getan, um sie zu besänftigen, im Gegenteil, er hatte sie mit seinem Verhalten, das beide überrascht hatte, sogar noch geschürt.

Der Dottore hatte ihn mit ausgebreiteten Armen empfangen und ein »Endlich!« auf ihn abgeschossen, das seine Mißbilligung und Irritation deutlich zum Ausdruck brachte. Nur zögerlich bat er ihn, Platz zu nehmen.

»Also, Don Salvatore, was ist los?«

»Das sollte ich Sie fragen.« Er hatte das in einem derart harschen Ton gesagt, daß der Dottore ihm einen Blick zuwarf, der nichts Gutes verhieß.

»Man sagt mir, daß Sie heute morgen Besuch von Signor Millepiedi bekommen haben.«

»Das ist richtig.«

»Ich hätte erwartet, daß Sie mich benachrichtigen.« Der Dottore sagte dies honigsüß, und das tat er bewußt.

»Und ich hätte erwartet, daß Sie mich über die Absicht benachrichtigen, Millepiedi töten zu lassen. Vielleicht hätte ich Ihnen dann ersparen können, daß Filippo Brioche umgebracht wurde und Millepiedi jetzt in Angst und Schrecken versetzt und zu jeder Handlung fähig ist.«

»Don Salvatore, verlieren wir jetzt nicht jedes Augenmaß?«

Das war eine Warnung, der keine weitere mehr folgen würde.

»Seit zwanzig Jahren reiße ich mir den Arsch auf für ein Endprodukt, von dem Sie mehr als zwei Drittel kassieren. Und damit bin ich einverstanden. Ich war immer damit einverstanden und werde es auch in Zukunft sein. Womit ich aber nicht einverstanden bin, ist, daß ich gemeiner behandelt werde als ein Wischlumpen. Es gefällt mir nicht, daß man Entscheidungen in Fragen trifft, die in meine Zuständigkeit fallen, ohne daß ich irgendetwas darüber erfahre.«

»Fragen Ihrer Zuständigkeit?« Das Staunen des Dottore war echt. Don Salvatore hätte sich gern die von tausend Schweißperlen bedeckte Glatze abgewischt, aber seine Hände waren mit der Schiebermütze beschäftigt.

Er legte sie entschlossen auf den niedrigen Tisch, der ihn zwang, seine Beine unter den Stuhl zurückzuziehen. Das Taschentuch, das er herauszog, war verknüllt und klebte zusammen: An diesem Tag, an dem die Schafe brüllten und die Löwen blökten, hatte er es allzuoft gebrauchen müssen. Er schämte sich und war schon im Begriff, es wieder wegzustecken, wickelte es dann aber gleichgültig auf: Dem Dottore schuldete er keinerlei Respekt mehr. Er wischte mit dem Taschentuch über seinen Kopf, und sofort war ihm wohler. Die Herausforderung konnte fortgesetzt werden.

»Ja, meiner Zuständigkeit«, hatte Don Salvatore beharrt. »Millepiedi habe ich besorgt, so wie ich alle anderen besorgt habe, die Sie für Ihre Geschäfte benutzt haben. Und meine Idee war es auch, die am höchsten verschuldeten Kunden für Operationen einzusetzen, für die man völlig unbekannte Gesichter brauchte.«

Es war die soundsovielte Wiederentdeckung des Eis des Kolumbus, doch so, wie Kolumbus das Verdienst zukam, etwas bewiesen zu haben, was jeder seit Jahrhunderten hätte beweisen können, so schrieb sich Don Salvatore das Verdienst zu, eine glänzende Lösung gefunden zu haben, die jeder anschließend für selbstverständlich hielt, nur daß niemand an sie gedacht hatte. Der Funken hatte in einem jener äußerst seltenen Augenblicke der Vertraulichkeit gezündet, die der Dottore und Don Salvatore sich gegenseitig zugestanden hatten. Sie waren zwischen den Felsen der Villa am Meer des Dottore spazierengegangen, und die Gischt der Wellen berührte Schuhe und Hosensäume. Der Dottore war mürrischer und streitsüchtiger als sonst. Etwas zog seine Aufmerksamkeit auf sich und lenkte ihn ab, während Don Salvatore ihm Kombinationen, Verträge und Perspektiven erläuterte. Der Dottore hatte zugegeben, nicht bei der Sache zu sein: Er mußte eine Entscheidung besiegeln – so sagte er wörtlich –, und ihm fehlten dazu die geeigneten Leute.

Was für Leute? hatte sich Don Salvatore erkundigt und schon gefürchtet, sich zu weit vorgewagt zu haben.

Leute, die nichts zu verlieren und alles zu gewinnen haben, hatte der Dottore erklärt.

Als er antwortete, hatte er den Blick von den Felsen, von der Gischt, von den Schuhen abgewandt. Diesen Blick würde Don Salvatore nicht mehr vergessen: Verachtung und Bösartigkeit glänzte in seinen Augen. Damals hatte er sich gewünscht, sie nicht eines Tages gegen sich zu haben, und hatte sich für verrückt gehalten, sich in etwas einzumischen, das ihn nichts anging. Doch nun hatte er sich auf den Tanz eingelassen und mußte tanzen.

Halb lächelnd hatte er den Vorschlag einfach so hingeworfen: Warum machte sich der Dottore nicht anhand der Kassenbücher über die Kunden der Finanzierungsgesellschaften kundig? Hunderte und Aberhunderte bis zum Hals verschuldeter armer Christenmenschen, verstreut über die gesamte Halbinsel, von Gott nicht gekannt, aber vor allem nicht von Menschen: Es dürfte nicht schwer sein, die herauszufinden, die man brauchen konnte.

Der Dottore hatte ihn schweigend beobachtet. Er hatte nur ein langes Gesicht gezogen und die Unterlippe über die Oberlippe geschoben: ein Anblick, den Don Salvatore in seinem Inneren für komisch und unangebracht hielt.

»Gut«, hatte der Dottore schließlich ausgerufen.

Don Salvatore erhielt sofort den Auftrag, fünf Personen anzuwerben, die sich untereinander nicht kannten, und sie innerhalb von sechsunddreißig Stunden auf eine jugoslawische Insel zu schicken. Um den Rest würden sich andere kümmern.

So waren durch Vergleich der Finanzierungsgesellschaften die gesichts- und namenlosen Lehrlinge aufgetaucht, die der Dottore für die verwickeltsten und riskantesten Vorgänge eingesetzt hatte. Lehrlinge, die niemals auf den Mann gekommen wären, der sie engagiert hatte: Für jeden von ihnen war Don Salvatore der Ansprechpartner, der sich mit ihnen in Verbindung setzte, sie lenkte und ihnen nach ihrer Rückkehr – doch nicht alle kehrten zurück! – den Stapel Wechsel aushändigte, der sich über die Jahre angesammelt hatte, dazu ein paar Arbeitserleichterungen oder den einen und anderen nützlichen Hinweis.

Don Salvatore hatte sich mit großer Sorge auf diese

Aufgabe eingelassen: Er hatte sie als Teil einer Verpflichtung für ein Bündnis verstanden, das bei der Abwägung von Soll und Haben immer noch eine Aktivbilanz aufwies. Er mischte sich nicht in die Unternehmungen ein, für die die Lehrlinge benutzt wurden, trotzdem wußte er, daß, wenn auch nur eine Einzelheit schiefging, jemand in Uniform oder, schlimmer, in Zivil Rechenschaft und Aufklärung von ihm fordern würde.

Don Salvatore hatte sich auch bei Millepiedi, Valle und Deodato nicht eingemischt. Der Dottore hatte damals drei Männer verlangt und klargemacht, daß einer von ihnen ein routinierter Autofahrer sein müsse. Dann hatte er noch eine andere Einzelheit genannt: Den drei Ausgewählten müsse das Wasser *wirklich* bis zum Hals stehen. »Solche«, hatte er genauer beschrieben, »die uns dankbar sein müssen, wenn wir sie mit einem einzigen Schuß umbringen, statt langsam und stückweise.«

Zwei Tage lang hatte Don Salvatore Akten über Akten durchforstet und rasche Informationen hier und da eingeholt. Der Autofahrer war eine zwingende Entscheidung: Zu Deodato gab es keine Alternative, er war der einzige, der mit schnellen Autos Erfahrung hatte. Auf Valle und Millepiedi hatte Don Salvatore aus Instinkt und Erfahrung gesetzt. Instinkt und Erfahrung hatten ihm nämlich gesagt, daß es sich um zwei durchgegeigte Ärsche handelte, die versessen darauf waren, nach oben zu kommen, aber so viele Pleiten und Enttäuschungen angesammelt hatten, daß sie inzwischen bereit waren, jeden Pakt abzuschließen. Die Vermutung hatte sich als richtig erwiesen, doch Don Salvatore konnte nicht vorhersehen, was für einen Pakt der Dottore vorschlug.

An jenem Morgen, an dem er über das Attentat in Stockholm gelesen hatte, hatte er so eine böse Ahnung gehabt, die zur Gewißheit geworden war, als er Millepiedi wiedergesehen hatte. Er stand blaß und verängstigt vor dem Italian Business, obwohl seit der Operation bereits ein Monat vergangen war.

»Man hat mir gesagt, Sie hätten etwas für mich ...« Während er das flüsterte, hatte Millepiedi die Wände des Raumes vorsichtig mit seinen Blicken abgesucht. Gleich nachdem er zurück war, hatte man ihm gesagt, daß Don Salvatore etwas für ihn hätte, doch Millepiedi hatte sich in seiner Wohnung verschanzt. Er mußte eine fiebrige Anspannung abbauen. Er hatte begreifen lernen müssen, daß man ihn vielleicht nicht umbrachte, und daß, wenn jemand ihn am Zeitungskiosk oder vor der Haustür anstarrte, das nicht bedeutete, diese Person wisse von seinem furchtbaren Geheimnis.

Auch Don Salvatore hatte qualvolle Wochen durchlebt: Er war hin und her gerissen, ob er den Dottore zur Rede stellen sollte oder nicht, womit er für dieses Mal die Diskretion durchbrochen hätte. Er sah das wackeln, was er in fünfzehn Jahren aufgebaut hatte. Er fürchtete für sich und vor allem für seine Familie. Sein Sturz hätte den Nimbus der Achtbarkeit zerstört, von dem die neue Generation der Leanza umgeben waren. Seine Söhne hatten Universitätsabschlüsse, Zeugnisse, Verdienste, wichtige Stellungen; außer ihrem eigenen, verwalteten sie auch die Vermögen anderer und hatten deren Vertrauen. Er hatte sich dafür eingesetzt, daß sie fern von Gefahren und leidvollen Geschehnissen aufwuchsen. Sofern nicht der Teufel selbst dazwischenfahren würde, würde keiner von ihnen auf seinem Weg dem Dottore oder jemandem von dessen Schlag begegnen.

Don Salvatore war somit der Meinung, entscheidende Gründe zu haben herauszuplatzen, hatte es aber vorgezogen zu schweigen. Obwohl ein Teil von ihm ihn drängte zu rebellieren, weil der Dottore jedes Maß überschritten hatte, weil er das Vertrauen mißbraucht und ihn und seine Familie tödlichen Risiken ausgesetzt hatte, hatte der andere Teil von ihm, der, welcher Milliarden auf Milliarden hortete, ihm zur Vorsicht geraten und ihn davor gewarnt, eine Person herauszufordern, die weniger Skrupel als ein Krokodil besaß.

Die Schlagzeilen, die Untersuchungen im Fernsehen hatten Don Salvatore tagelang verfolgt. Die Geschichte in Stockholm hatte den halben Erdball in Aufregung versetzt, und daß er eine der Ursachen für einen derartigen Aufruhr sein sollte, ließ ihn nächtelang nicht schlafen. Don Salvatore kam sich vor wie der Floh in den Geschichten, die sein Vater ihm erzählt hatte, der Floh, der gezwungen war, sich auch noch um das Niesen des Elefanten zu kümmern. Don Salvatore hatte keine Schwierigkeiten, sich mit einem Floh zu vergleichen, aber hätte der Dottore es hingenommen, mit einem Elefanten verglichen zu werden?

Welche Gedanken dem Dottore durch den Kopf gingen, war nicht leicht zu erraten. Don Salvatore war zum Beispiel erstaunt darüber, daß Millepiedi nicht aus dem Weg geschafft worden war: das wäre die allererste Vorsichtsmaßnahme gewesen. Aber nichts geschah. Bei Valle und Deodato das gleiche. Doch über diese beiden hatte sich der Dottore wenig besorgt gezeigt, ließ ihm sogar freie Hand bei der Belohnung, die über die Wechsel hinausging. Und Don Salvatore hatte sich nicht ausgepreßt gefühlt, als er dem einen immer neue Autos und dem anderen den einen oder anderen Tip für Pferderennen garantierte. Bei Millepiedi dagegen hatte er nur die Anweisungen des Dottore befolgt. Eine ungewöhnliche Interessensbekundung, die ihn vermuten ließ, daß es Millepiedi war, der abgedrückt hatte. Doch auch darüber war er hinweggegangen.

»Ändert das was für uns?« Nach Stockholm war das die einzige Frage, die Don Salvatore zu stellen gewagt hatte. Ein so durcheinandergebrachter Don Salvatore, daß er nicht mehr begriff, ob die Erde sich noch um die Sonne drehte oder ob die Sonne sich inzwischen um die Erde drehte.

»Warum sollte es?«

Tja, warum sollte sich irgendetwas ändern? Am Tag vor Millepiedis Erscheinen an der Tür des Italian Business hatte Don Salvatore vom Dottore die Mitteilung erhalten, daß Millepiedis Agentur, die Mille P, den Auftrag erhalten würde, die Werbekampagne der Stadtverwaltung für die Kinderschutzimpfung durchzuführen.

Millepiedi hatte diese Mitteilung ohne irgendeine Reaktion aufgenommen. Er schien viel zu sehr damit beschäftigt, die ihm von Don Salvatore ausgehändigten Wechsel in eine Ledertasche zu stopfen.

»Allerdings hätten Sie es mir sagen können ...«, hatte Millepiedi gesagt, während er mit einem Bein schon draußen war. »... Sie hätten mir sagen können, um welche Art von kleinem Geschäft so ganz nebenbei es sich handelte.« Und dann war er sozusagen auf und davon.

Don Salvatore war sich über die Schiebermütze gefahren, verlegen, weil er nichts antworten konnte.

Eine Verlegenheit, an die er sich noch erinnerte, und auch ihretwegen war er absolut entschlossen, sich schadlos zu halten, wie auch wegen der anderen Demütigungen, die er während der zwanzigjährigen Geschäftsbeziehung hatte einstecken müssen. Denn war einerseits die Wirtschaftsbilanz positiv, so wies die moralische Bilanz schwere Verluste auf, und er war entschlossen, sie auszugleichen, obwohl er in der Höhle des Ungeheuers war, das ihn geschunden hatte und das ihm jetzt seine ganze Verachtung zeigte.

»Ich habe den Eindruck, daß das Mißgeschick von Millepiedi Sie verstört hat.« Der Dottore hatte seinen Tonfall nicht verändert, und doch klang jeder Vokal und jeder Konsonant bösartiger als eine Drohung. »Lieber Don Salvatore, ich erkenne Sie nicht wieder, Sie sagen und wollen Dinge, die Ihnen nicht zustehen.«

»Ich sage, daß ich respektiert werden will, daß ich es leid bin, als Schutzschild herzuhalten. Wer hat beschlossen, daß Millepiedi liquidiert werden soll? Warum jetzt und nicht gleich nach Stockholm? Was gibt es

Neues, von dem ich nichts weiß, das mich aber betrifft ...«

»Sind Sie sicher, daß es Sie betrifft?« Der Dottore war schmeichlerisch.

»Tausendprozentig sicher. Jede Ermittlung über Millepiedi kann Carabinieri und Polizei direkt zu mir führen. Können Sie ausschließen, daß Millepiedi eine Notiz hinterlassen hat, etwas, das später einmal als Geständnis aufgefaßt werden kann? Millepiedi kennt mich, nicht Sie. Und wenn ich da hineingezogen werde, verlange ich zumindest, den Grund dafür zu erfahren.« Don Salvatore hatte gebrüllt, ohne es zu merken.

»Don Salvatore, in meinem Haus brülle nur ich.« Die Stimme des Dottore klang leicht verändert.

»Die Wahrheit ist, daß Sie sich herausnehmen, auch im Haus anderer Leute zu brüllen.«

»Ich habe immer noch nicht verstanden, was Sie eigentlich wollen. Sie müssen mir erklären, warum Sie mich nicht von Millepiedis Besuch bei Ihnen verständigt haben. Statt dessen kommen Sie hierher und verlangen, mit welchem Recht eigentlich, Erklärungen. Warum haben wir es damals nicht getan? Warum tun wir es jetzt? Was tun wir? Wer hat Ihnen gesagt, wir hätten Filippo Brioche geschickt? Und wer sagt Ihnen, daß es nicht wirklich ein Raub war und daß Millepiedi den Kopf verloren hat, so wie Sie ihn verloren haben, seit Sie sich etwas einreden, das niemand auch nur in den Sinn kommt? Polizei, Carabinieri, Richter: Haben Sie auch nur einen von denen je zu sehen bekommen, seit Sie mit mir zusammenarbeiten? Nein. Und Sie werden sie auch weiterhin nicht zu sehen bekommen.« Der Dottore hielt inne, schluckte und schnappte nach Luft. »Und Sie werden sie nicht einmal dann zu sehen bekommen, wenn Sie es wollten.«

Don Salvatore wollte hinausstürzen. Er hatte es bereut, daß er der Einbestellung gefolgt war, vor allem aber, daß er seinem Groll Luft gemacht hatte: In zwanzig Jahren war es das erste Mal, und es konnte einmal zuoft gewesen sein. Die Worte, die er hörte, ließen ihm keinen Ausweg. Er hatte die Lage richtig eingeschätzt, als er auf den Bunker zufuhr: Er befand sich im Wettlauf mit der Zeit, der Zeit, die ihm der Dottore nehmen wollte.

»Wenn ich Nachrichten von Millepiedi habe, rufe ich Sie sofort an. Jedenfalls wissen Sie, wo Sie mich erreichen können.« Don Salvatore gab sich keiner Täuschung hin: Er hatte den Dottore nicht besänftigt. Er bezweifelte sogar, daß dieser ihn gehen lassen würde. Er hatte die hohen Arkaden erreicht und versuchte zu erraten, von wo der lange Arm des Dottore auftauchen könnte.

Er blickte angestrengt in die heraufziehende Nacht. Hinter ihm lagen die Mauern der Gebäude aus Lavastein, vor ihm der Weg, der ihn auf die große Straße führen würde. Er schloß die Augen und zündete den Motor. Der Explosionsknall, den er erwartete, kam nicht. Eine merkwürdige Euphorie bemächtigte sich Don Salvatores: Er liebäugelte mit der in seinen Augen aufsehenerregenden Möglichkeit, daß auch der Dottore Zeit brauchte, um sich zu organisieren. Don Salvatore gab Gas, in der Hoffnung, einen Vorsprung herauszuschlagen.

Vom Fenster aus beobachtete der Dottore, wie das Auto von Don Salvatore zielstrebig den Weg hinauffuhr, dann gab er einem untersetzten Mann mit weiß durchwirktem großen Schnurrbart, der ein Walkie-talkie in der Hand hielt, ein Zeichen mit dem Kopf.

»Er fährt weg«, sagte der Mann ins Walkie-Talkie. »Folgt ihm unauffällig und dann greift ein, sobald sich die Möglichkeit dazu bietet.«

»Dann haben Sie also wirklich die Entscheidung gefällt?« Rechtsanwalt Midolo kam wieder herein. Die Spuren des langen Tages waren ihm anzusehen: zerknitterter Anzug, ein vom Schweiß dunkel gefärbter Hemdkragen, Wangen mit Bartstoppeln.

Der Dottore wartete, bis der Mann mit dem Walkie-talkie aus dem Zimmer gegangen war. »Er hat uns keine Wahl gelassen. Glauben Sie mir, Midolo: Es tut mir leid. Aber was hätten wir sonst tun können?«

Rechtsanwalt Midolo vermied es, auf eine Frage zu antworten, die keine Antwort voraussetzte. Der Dottore wirkte auf ihn nicht besonders niedergeschlagen: im Gegenteil, das gerade ausgesprochene Todesurteil über seinen wichtigsten Mitarbeiter gab ihm neue Energie.

»Hoffentlich bedeutet das alles nicht, daß sich die Arbeit von zwanzig Jahren in Luft auflöst«, sagte der Rechtsanwalt hüstelnd.

»Die Welt ist ohne Leonardo da Vinci und Einstein ausgekommen. Glauben Sie da, sie könnte nicht ohne Totò Leanza auskommen?« Ein leichtes Grinsen zeichnete sich auf dem Gesicht des Dottore ab.

»Ich will ja nicht hartnäckig sein, aber die Kehrtwende von Don Salvatore macht mir Sorgen. Ob er irgendetwas verbirgt? Ich weiß nicht, ob ich mich klar genug ausdrücke ...«

Dem Rechtsanwalt genügte ein flüchtiger Blick, um zu verstehen, daß er sich klar genug ausgedrückt hatte. Trotzdem entschloß er sich, nicht ein Komma von dem auszulassen, was er argwöhnte. Zur künftigen Erinnerung und Besiegelung. »Ich meine: was, wenn Don Salvatore mit Millepiedi gemeinsame Sache macht? Was, wenn wir die Partie mit einem zu Ende bringen und dadurch den anderen ermuntern, sich einem Richter oder einem Polizisten zu stellen? ...«

»He, he, he, Herr Rechtsanwalt, nur immer mit der Ruhe: viel zu viele Wenns. Wenn, wenn, wenn ... wenn meine Tante Räder hätte, wär sie ein Omnibus. Was sein muß, muß sein. Millepiedi ist für den Augenblick damit beschäftigt zu fliehen. In diesem Teil der Welt haben wir das offizielle Schalten und Walten unter unserer Kontrolle. Außerhalb unseres Bereichs haben wir einflußreiche Freunde, Freunde, die uns einen Haufen Gefälligkeiten schuldig sind. Millepiedi stellt sich in einem Gericht, in einer Polizeikaserne? Und dann? Was gibt er zur Anzeige? Uns ganz sicher nicht. Wird er zur Anzeige geben, daß er vor vier Jahren eine kleine Reise nach Stockholm gemacht hat, um irgendeinen Typen aus dem Weg zu schaffen?«

»In Ordnung. Kümmern wir uns um das, was jetzt ansteht.«

»Gebenedeite Worte. Ich will das neue Geschäft bis Ende des Jahres unter Dach und Fach bringen: Ab Januar steht die Übersiedlung nach Liechtenstein an.«

Midolo hatte eine jähe Eingebung über das, was der Dottore als neues Geschäft bezeichnet hatte. »Ist Armenise wieder aufgetaucht?«

»Schöner denn je.« Der Dottore schickte sich in die Tatsache, daß er einen kleinen Teil seiner Geheimnisse preisgeben mußte: Er tat es widerwillig.

»Und Sie vertrauen ihm?«

»Hat er uns jemals einen Reinfall beschert?«

»Die Tatsache, daß das bis jetzt nicht passiert ist, schließt nicht aus, daß es einmal passieren könnte.«

»Das wiederholen Sie mir seit zehn Jahren: Bis jetzt ist es nicht vorgekommen.« Dem Dottore wurde kalt, trotz des Überwurfs aus schwerer Wolle auf der Schulter.

»Was hat Stockholm mit dem neuen Geschäft zu tun?«

»Es sind dieselben Auftraggeber wie damals.«

»Und was wollen sie diesmal?«

Rechtsanwalt Midolo war weniger neugierig als entsetzt.

»Es geht um eine Schiffsladung, die in Talamone entgegengenommen und in die Türkei verbracht werden soll. Dafür hat man zwei Schiffe angefordert.«

»Bei dem, was auf dem Spiel steht, bei einem Mittelmeer, das einem vorkommt wie der Domplatz am Tag der Schutzpatronin? Das ist doch Selbstmord. Und ausgerechnet Talamone: nach all den Ermittlungen, die es in den Mittelpunkt der Aufmerksamkeit gerückt haben?«

»Eben darum. Wer käme auf den Gedanken, daß wir

den bekanntesten und meist untersuchten Weg benutzen?«

»Je mehr Sie erklären, um so sicherer werde ich mir, daß es ein Wahnsinn ist.«

»Wenn wir tüchtig sind, wenn wir uns zu organisieren verstehen, wird es kein Wahnsinn sein. Es wird lediglich ein Geschäft mit hohem Risiko und hohem Lohn sein.«

»Es gibt Umstände, die sind alles Geld der Welt nicht wert, und der hier scheint mir so einer zu sein.«

Der Dottore war da anderer Ansicht, erwiderte aber nichts. Zur Erwiderung hätte er die eigentlichen Gründe erläutern müssen, die ihn dazu gebracht hatten, diesen letzten wie auch alle vorangegangenen Verträge anzunehmen. Er hätte sowohl von der Ladung über fünfhundert Kilo Heroin Nummer 4 mit einem Reinheitsgrad von 90 Prozent erzählen müssen, mit der er für Stockholm bezahlt worden war, als auch von der megagigantischen Entlohnung jetzt: Aktienpakete der größten internationalen Holdings. Eine neue Welt, die sich für Gesualdo Bellomio und seine Erben aufgetan hatte. Es bestand die Möglichkeit, daß die Bellomios in hundert Jahren zu den Herren des Universums gehörten und er dann als der Gründer dieses Imperiums in der Erinnerung fortleben würde. Es gab den Taumel der Ewigkeit, und da dachten zwei Nichtse wie Millepiedi und Leanza, sie könnten alles zu Fall bringen?

Beim Abendessen am Ende des Sommers auf der Terrasse des gewohnten Restaurants in Campione hatte Armenise es an Klarheit nicht fehlen lassen: Der Auftrag war äußerst heikel, die Gefahr, entdeckt zu werden, sehr groß, die Entlohnung würde sehr hoch sein. Mit zufriedenem Gesicht hatte Armenise zu einem äußerst günstigen Preis einige Aktienpakete von Gesellschaften angeboten, die an den Börsen von Tokio, London und New York gehandelt wurden: eine Investition von fünfhundert Milliarden, und die Herkunft des Geldes war unerheblich. Der Dottore hatte mit zunehmendem Interesse die Liste der ihm von seinem vorzüglichen Gastgeber vorgelegten Gesellschaften durchgesehen: das Beste vom Besten war auf ihr verzeichnet.

Mit dem bewährten Trick der chinesischen Schachteln würde der Dottore zu den exklusivsten Finanzkreisen Europas, Amerikas und Asiens zugelassen werden. Sein Geld würde er endgültig vor jedem möglichen Unglücksschlag schützen, und wenn er Abschied vom Leben nehmen müßte, so würde er das von den Gipfeln einer unantastbaren Respektabilität aus tun. Seine Kindeskinder und alle nachfolgenden Generationen würden auf ihn als den unnachahmlichen Gründer des Geschlechts der Bellomio zurückblicken. Aber hätte er diese subtilen, beschwingenden Gefühle jemals einem Mann wie Rechtsanwalt Midolo erklären können, der sich immer noch mit Don Salvatore aufhielt?

»Was haben Millepiedi, Valle und Deodato mit dieser Geschichte zu tun?«

Rechtsanwalt Midolo hörte nicht auf, den Inquisitor zu spielen.

»Wir sind übereingekommen, daß es allen zum Vorteil gereichen könnte, jegliche Möglichkeit auszuschließen, die Vergangenheit mit der Zukunft, die uns erwartet, zu verknüpfen.«

Ein Zucken durchfuhr Midolo. »Und was ist mit mir? Nachdem Millepiedi, Valle und Deodato tot sind, bleibe ich übrig ... genauer gesagt: bleibt auch Don Salvatore übrig: das also ist der Grund, weshalb Sie ihn unter die Erde bringen wollen.« Midolos Gesicht war blaß geworden: Alles erschien ihm unheilvoll klar. »Wollen Sie auch mich umbringen?«

»Was haben Sie denn damit zu tun? Sie sind mein Rechtsanwalt, ich habe Ihnen bereits gesagt, daß Sie sich mit der Übersiedlung der von Don Salvatore gegründeten Treuhandgesellschaften nach Liechtenstein beschäftigen sollen. Gehen Sie, gehen Sie ...«

Midolo ging unschlüssig zum Ausgang.

»Herr Rechtsanwalt, ich vergaß etwas.« Der Dottore wollte sich gründlich amüsieren. »Stecken Sie das nächste Mal Ihre Nase nicht in andere Dinge, und vor allem gehen Sie einem mit Ihren Skrupeln nicht so auf die Eier!« Mit dem Blick begleitete er diese Jammergestalt, die mit unsicherem Schritt hinausging: Er meinte, er könne sie zittern sehen. Auch der Rechtsanwalt war auf Vordermann gebracht.

Der Dottore räkelte die Arme und gähnte, bis der Unterkiefer knackte. Die Vorstellung, welche Eroberungen ihm das Jahr 1991 vorbehalten würde, hatte ein Zittern in ihm ausgelöst, das beruhigt werden mußte. Er ging zum Haustelefon und rief Annetta zu sich. Man antwortete ihm, daß sie schon nach Hause gefahren sei. Ein Tag, an dem einiges schieflief, dachte er. Und noch war niemand zurückgekehrt, um ihm beruhigende Nachrichten über Don Salvatore zu bringen.

Don Salvatore blickte verstohlen in den Rückspiegel. Die lange Autoschlange fuhr und stoppte seit einigen Kilometern: eine gleichmäßige Prozession von Scheinwerfern, und doch hätte er geschworen, daß ein Paar von ihnen seit dem Augenblick, als er das Grundstück des Dottore verlassen hatte, hartnäckig hinter ihm her war. Wieder blickte er in den Spiegel auf der Suche nach einer unmöglichen Bestätigung: Wenn alle Katzen nachts grau sind, was soll man dann erst von Scheinwerferpaaren sagen. Doch er sah, wie die, auf die er gewettet hätte, etwas zurückfielen, so, als hätten die Insassen seine verstohlenen Blicke bemerkt. Übrigens hätte es im Gegensatz zum Ruf und zu den Methoden des Dottore gestanden, daß er ihn seinem Schicksal überließ. Don Salvatore hatte einen Plan, aber um ihn in die Tat umzusetzen, mußte er wissen, welches Ende für Valle und Deodato vorgesehen gewesen war. Er drehte sich um, um die lange Reihe der Scheinwerfer zu kontrollieren. Wenn sein Instinkt ihn nicht trog, war ein

Paar von ihnen greller als die Posaunen des Jüngsten Gerichts.

Es sei denn, sie folgten ihm in der Überzeugung, daß er sie zu Millepiedi führte.

Diese Vermutung machte ihn wütend. Links von sich erblickte er ein L-förmiges Gebäude, auf dem die Leuchtschrift Café-Bar-Tabakwaren thronte, und daneben den gelben Ring der Telefongesellschaft SIP, der auf einen öffentlichen Fernsprecher hinwies. Ein Name fiel ihm ein, eine Person, die die notwendigen Informationen über Valle und Deodato bekommen könnte. Wie lange würde das dauern? Eine Stunde, vielleicht zwei.

Er warf plötzlich das Lenkrad herum und provozierte damit ein wütendes Hupkonzert. Dann war er auf der anderen Fahrbahn, die menschenleer war. Er bremste vor der Café-Bar, stieg aus und kontrollierte, ob jemand in der Schneckenreihe das gleiche Manöver versuchte. Die Autoschlange schien sich nicht zu rühren. Er schob einen Vorhang aus kleinen Bakelitröhrchen zur Seite. Als er ihn berührte, fingen die Röhrchen fröhlich an zu klingen. Er betrat einen ersten Raum, der fast völlig von der Theke, von der Espressomaschine und von der Vitrine mit den alkoholischen Getränken eingenommen wurde, während der zweite so groß war, daß dort ein Billardtisch und etwa zehn quadratische kleine Tische standen. Die Atmosphäre war ausgelassen. An den Tischen saßen Kartenspieler, Weinkaraffen standen darauf und Gläser, die vom vielen Waschen beschlagen waren. Am Billardtisch machte eine kleine Gruppe Kommentare und Witze über vier Jungs, die mit einer Partie zugange waren.

»Wo ist das Telefon?« Don Salvatore wandte sich an den Mann hinter dem Tresen.

Der trocknete sich die Hände an der Schürze ab und nahm die Fernbedienung für ein Fernsehgerät, das oben auf einem Regal so aufgestellt war, daß man es von beiden Räumen aus sehen konnte.

»Was machst du denn da? Bis das Spiel anfängt, dauert

es noch eine Stunde.« Ein Mädchen mit rot angemalten Lippen wandte sich an den Mann mit der Schürze. Sie stand vor einer Tür, die zur Schmalseite der Café-Bar führte, wahrscheinlich die Wohnung der Pächterfamilie.

»Das von Inter schon«, antwortete der Mann mit der Schürze. »Aber jetzt fangen zwei andere an. So was wie ein Aperitif, bis das von Inter beginnt. Heute abend reißen wir den Engländern den Arsch auf, und der ist besser als deiner.«

»Ach nee«, sagte das Mädchen. Sie kam hinter dem Tresen hervor und trug ein Hinterteil zur Schau, das einer der überzeugendsten Gottesbeweise war, die Don Salvatore in den letzten Monaten geboten bekommen hatte.

»Hat das Spiel schon angefangen?« fragte ein alter zahnloser Mann.

»Welches wollen Sie denn sehen?«

»Was weiß ich, man hat mir gesagt, daß ein Spiel stattfindet.«

»Ich sag Ihnen Bescheid«, sagte der Mann mit der Schürze.

»Ich hab Sie nach dem Telefon gefragt.« Don Salvatore erinnerte sich, daß jede Sekunde kostbar sein konnte.

»Da hinten. Sehen Sie's nicht?«

Don Salvatore hätte gerne etwas geantwortet, aber er ging in den anderen Raum. Als er in der Nähe des Billardtischs war, entdeckte er in der Ecke die altmodische Telefonkabine.

Er wählte drei Nummern.

»Hallo, hier 113.«

»Ich suche Ispettore Torrisi.«

»Wer spricht?«

»Ein Freund.«

»Sie müssen das Präsidium anrufen. Wollen Sie die Nummer?«

Don Salvatore unterbrach jäh die Verbindung. Irgendwo hatte er gelesen, daß, je kürzer man am Telefon ist, die Möglichkeiten, den Ort festzustellen, von dem aus telefoniert wurde, geringer werden. Er nutzte die bereits abgenutzten und fleckigen Seiten des Telefonbuchs noch mehr ab, um die Nummer des Präsidiums herauszufinden.

»Präsidium ...«

»Ist Ispettore Torrisi da?«

»Wer spricht?«

»Ein Freund.«

»Bleiben Sie dran.« Die Stimme wurde argwöhnisch, gab den Routinetonfall auf. Don Salvatore hörte Geräusche, Freizeichen, Besetztzeichen. Er war versucht aufzulegen, wartete dann aber.

»Torrisi.«

»Giovanni, hier ist Totò: hör zu ...«

»Hör du mir zu: Gib mir deine Nummer, und ich rufe zurück.«

Torrisi war wie vom Schlag getroffen: Über vierzig Jahre waren vergangen, seit sie zuletzt ein paar Sätze miteinander gesprochen hatten.

»Nein, das geht nicht.« Obwohl Don Salvatore ihn schätzte, traute er ihm nicht.«

»Dann gebe ich dir eine Nummer. 76546888. Leg auf und wähl neu.« Torrisi brach das Gespräch ab. Aus seiner Tasche zog er einen Schlüssel mit kronenförmigem Bart und drei Zähnen, der in ein besonderes Schloß paßte. Er öffnete die unterste Schublade seines Schreibtisches: darin stand ein schwarzes Telefon, eins von denen, die inzwischen aus der Mode waren. Er stellte es auf den Schreibtisch und zog den mit ihm verbundenen *Caller id* nicht heraus. Beim dritten Klingeln hob er den Hörer ab.

Er hörte ein Rauschen im Hintergrund.

»Hallo ... Hallo? ... Totò, bist du da? ... Totò ...« Er hörte ein Klicken, die Leitung war wieder frei. Schnell schaute er auf den *Caller id*, auf dessen Sichtfeld die Nummer des Apparates deutlich sichtbar war, von dem aus telefoniert worden war. Er steckte die Zigarette in den Mund und schrieb die Nummer auf die Packung mit den filterlosen Nazionali. Er stellte das schwarze Telefon wieder in die Schublade zurück, ließ das Schloß einschnappen, das theoretisch möglichen Einbrechern die Aufgabe erschweren sollte. Auf dem grauen Telefon voller Tasten und Funktionen wählte er eine Hausnummer.

»Hier Torrisi, ich muß wissen, wem der Anschluß 335614 gehört.« Aus dem Päckchen zog er eine andere Zigarette und zündete sie mit der an, die er zwischen den Lippen hielt.

»Einen Augenblick, können Sie wiederholen?«

Mit der Zunge stieß er die Zigarette heraus und wiederholte.

»Ispettore, wir haben sie. Es handelt sich um ein öffentliches Lokal, eine Café-Bar. Wollen Sie sich die Anschrift aufschreiben?«

In der rechten Hand hielt Torrisi die angezündete Zigarette, er legte sie leise fluchend weg.

»Sag's mir.«

»Strada provinciale, Nummer 128.«

»Wo, heiliger Himmel, ist das?«

»Außerhalb der Stadt, warten Sie, ich will sehen, ob ich Ihnen die Gegend sagen kann.«

Torrisi blickte auf den Boden: Eine Zigarette war aus, aber die andere nicht. Er hob sie auf, machte sie sauber und steckte sie wieder in den Mund. Er brauchte sie, um eine neue anzuzünden.

»Das ist Richtung Ebene, ein Stückchen vor der Abzweigung von Sferrocavallo.«

»Danke.« Ein Hustenanfall zwang ihn, die Zigarette aus dem Mund zu nehmen. So hatte er eine Zigarette in jeder Hand. Die, die er in der rechten Hand hielt, warf er auf den Boden, und als er sie mit dem Fuß zerdrückte, sagte er sich, daß er ein ausgemachter Idiot sei. Es war die Zigarette, die er gerade angezündet hatte. Resigniert nahm er den Stummel der anderen Zigarette aus der linken Hand in die rechte. Er setzte den grauen Borsalino auf: Es hätte ihm gefallen, ihn so zu tragen, wie er das als Junge James Stewart in einem Film hatte machen sehen.

Er stieß auf weniger Verkehr, als er angenommen hatte. Die Stunde der Fußballübertragungen rückte näher, und die Zuspätkommenden tobten sich mit allen möglichen Manövern und Übertretungen aus.

Torrisi fuhr den Fiat Seicento mit großer Vorsicht, den er 1958, gleich nach der Geburt von Mariannina, gekauft hatte und der das einzige Auto war, das er je besessen hatte. Alle sechs Monate ließ er den Motor nachsehen, auf dessen Geräusche er immer achtete. Der Seicento war von schmutzigem Grau, damit der Staub nicht so auffiel und er nur zweimal im Jahr gewaschen werden mußte. Er war ein besonderes Modell: Die beiden Türen öffneten sich nämlich nach hinten.

Als Mariannina drei Jahre alt war, hatte er zwei Spiegel anbringen lassen, einen rechts und den anderen links, um sich über ihr Staunen zu amüsieren. Mariannina war gewachsen, sie hatte aufgehört, sich zu wundern und sogar in dem Wagen mitzufahren, aber Torrisi hatte die beiden Spiegel dennoch behalten: einmal, weil sie ihn an glückliche Tage erinnerten, zum anderen, weil sie ihm beim Chaos auf den Straßen halfen. Er war sogar fest davon überzeugt, daß er ohne sie überhaupt nicht mehr fahren könnte.

Neben den Zigaretten war die Unterhaltung des Seicento eines der ganz wenigen Luxusdinge, die er sich gönnte. Ein teurer Luxus für seinen Geldbeutel: Er hatte keinen Überblick mehr, wie viele Spiegel ihm geklaut worden waren, doch jedesmal hatte er sie wieder neu gekauft. An dem Tag, als er merkte, daß sie auch bei den Hehlern zu seltenen Stücken geworden waren, hatte er sich in sein Schicksal gefügt und sie jede Nacht ab- und jeden Morgen wieder anmontiert.

Torrisi beneidete die, die sich beeilten, um nach Hause zu kommen. Einmal, weil sie ein Zuhause hatten und nicht wie er seit vielen Jahren ein ungemachtes Bett und eine nie geputzte Küche. Und dann, weil es bedeutete, daß jemand auf sie wartete, daß dieser oder diese jemand den Tisch für sie decken und das Essen auftragen würde. Was hätte er nicht gegeben, um dabei die Spiele genießen zu können, die das Fernsehen in Kürze übertragen würde und schon übertrug. Doch vielleicht war das kein so großer Verlust. Vielleicht würden seine Milan die Runde nicht überstehen.

Und würde Totò die Runde dieser Nacht überstehen? Torrisi reihte die Ereignisse aneinander. Millepiedi entgeht rein zufällig dem Hinterhalt von Filippo Brioche und rennt zu Leanza, bevor er verschwindet, wahrscheinlich mit einem Zug nach wer weiß wohin. Keine zwölf Stunden später ruft Leanza einen Freund aus Kindertagen an, mit dem er seit über vierzig Jahren nicht mehr als ein rasches »Ciao« pro Jahr gewechselt hat, und verschwindet seinerseits, ohne die Gründe für sein plötzliches Auftauchen zu klären.

Offensichtlich wurde Leanza verfolgt und wußte es, mehr noch: Ihm mußte das Wasser bis zum Hals stehen, wenn er sich an einen Bullen wandte, eine Gattung, der er immer sehr sorgfältig aus dem Weg gegangen war. Torrisi bedauerte, daß er ihm seine Geheimnummer gegeben hatte.

»Geheim?« schrie er und übertönte dabei sekundenlang den Lärm seines Motors. Was war denn noch geheim? Und war es nicht paradox, daß die Polizei sich mit Geheimnummern versehen mußte? Torrisi hatte das schwarze Telefon von zu Hause mitgebracht, nach dem Abhörskandal im Präsidium, der den gesamten Ermittlungsapparat durcheinandergebracht hatte. Versetzungen, Absetzungen, Verdächtigungen, Polemiken: mit einem Wort, das übliche Manna für den Verbrecherstaat, das übliche Hindernis für den Rechtsstaat, der auf der Insel kaum mehr war als ein Eindringling.

Alles hatte mit der Ermordung des Kommissars Ribaudo begonnen, einer, der an die heiligen Prinzipien und an den Unterschied zwischen Gut und Böse glaubte. Er glaubte sogar, daß seine Aufgabe darin bestünde, Jagd auf Verbrecher zu machen. Ribaudo hatte eine kleine Mannschaft von wildgewordenen Verrückten wie ihm selbst aufgebaut. Sie waren davon überzeugt, sie könnten die Stadt säubern, doch als Ribaudo ihm vorschlug, in seine Mannschaft einzutreten, hatte Torrisi abgelehnt. Er hatte zu viel gesehen, als daß er Vertrauen in Institutionen gehabt hätte.

»Lieber Commissario«, hatte er gesagt, »Ihnen ist das nicht bewußt, aber ihr alle seid Schlachtopfer. Glauben Sie wirklich, man würde Ihnen erlauben, die ins Gefängnis zu werfen, die Sie wollen? Sie sind zwar das Gesetz, das stimmt: Aber die anderen Vertreter des Gesetzes, auf welcher Seite stehen die eigentlich?«

Trotzdem hatten die ersten Erfolge der weißen Mannschaft – sie wurden so nach den hellen Trenchcoats genannt, die die meisten von ihnen trugen – dazu geführt, daß er seine Entscheidung gegen sie bedauerte. Als er es sich gerade anders überlegen wollte, wurden Ribaudo und zwei seiner Männer das Opfer eines Hinterhalts. Massakriert unter einer unvorstellbaren Verschwendung an Munition. Durchsiebt von Schüssen, nachdem sie das Präsidium auf geheimem Weg für eine Mission verlassen hatten, der man niemals auf den Grund gekommen ist.

Es war sofort klar, daß die drei verraten worden waren. Die Art, wie der Hinterhalt organisiert worden war, zeigte eine genaue Vorbereitung, einen Plan, der in Gang gesetzt wurde, sobald jemand das Zeichen dafür gab. Aber wer hatte die Rolle des Judas gespielt?

Die Empörung der Bevölkerung hatte das Ministerium veranlaßt, sich wirklich in die Sache hineinzuknien. Die Carabinieri und Agenten des Hohen Antimafia-Kommissariats waren ärger herumgeflattert als die Geier. Um einige Büros war eine tödliche Schlinge gezogen worden, bis eines Morgens ein Trupp von Fernmeldetechnikern im Korridor des Polizeipräsidiums auftauchte. Tagelang hatten sie Mauern durchbohrt, Haustelefonanlagen herausgerissen, Telefondrähte und Telefonkabel untersucht und Spuren von Spannung festgestellt. Torrisi hatte beobachtet, wie diese stillen Männer mit ihren hochfeinen Geräten Handbreit um Handbreit jede Ritze in dem alten Gebäude untersuchten. Sein Telefon stellte sich als eines der abgehörten heraus, das von außen kontrolliert wurde. Technische Erklärungen gab es überreichlich: Abzweigungen und Mithörgeräte, die es nicht geben durfte, zeigten, daß über die Hälfte aller Telefone nicht sauber war. Der offizielle Abschlußbericht schien erschöpfende Antworten auf alle Fragen zu geben. Ribaudos Telefone und die seiner Mannschaft wurden abgehört; folglich hatten die Auftraggeber über das Telefon ihre Bewegungen mitverfolgen können und die tödliche Falle gestellt.

Diese Erklärung hatte bei Torrisi ziemliche Skepsis hervorgerufen. Einer seiner Kontaktleute bei der SIP hatte ihm eine Kopie der Einheitenauflistung gegeben: daraus ergab sich, daß es in der Stunde vor dem Massaker auf Ribaudos Telefonen weder hereinkommende noch hinausgehende Anrufe gegeben hatte. Torrisi war der Meinung, daß die Desinfizierung der Telefone im Polizeipräsidium eine vulgäre Schau zur Deckung des Maulwurfs war. Es hätte genügt, den Namen dessen zu kennen, der das Eingreifen der Fernmeldedienste veranlaßt hatte, um der Identifizierung des Verräters sehr nahe zu kommen. Niemand hatte Ribaudo abgehört: Jemand hatte Ribaudo verkauft.

Der Inspektor hatte nicht einmal Li Destri etwas davon angedeutet. Seinem Chef vertraute er zwar mehr oder weniger, aber er vertraute nicht den Chefs seines Chefs. Und warum sollte er sich exponieren? Er hatte damals bereits mit der Sammlung geheimer Dokumente, heißer Fotokopien begonnen: Wenn der Augenblick gekommen wäre, würde er auch diesen Fall mit lautem Knall explodieren lassen. Die verwickelte Geschichte der weißen Mannschaft, die Ermordung Ribaudos und der anderen beiden, die Auflösung der Mannschaft waren in der Tat eines der explosivsten Kapitel in der unaussprechlichen Geschichte der Stadt. Auf die Papiere, die er in den leeren Zigarettenkartons aufhäufte, hatte er den Namen des möglichen Judas nicht geschrieben. Er hatte eine sehr dezidierte Meinung, doch war sie durch nichts gestützt, und daher hatte er sich auch enthalten. Aber er wurde nicht müde, nach dem Beweis zu suchen, um den fehlenden Namen hinzufügen zu können.

Die Sarabande über die möglichen Abhörschaltungen hatte zu dem Versprechen geführt, komplexe Elektroniksysteme installieren zu lassen. Torrisi hatte eine zusätzliche Direktleitung bekommen, die nicht über interne Nummern lief. Ihm wurde zwar eine Nummer zugewiesen – die 76546888 –, aber man hatte die Bereitstellung des Apparats verzögert, und so hatte er im Keller wieder das alte schwarze Telefon ausgegraben, das damals den Fortschritt zur gleichen Zeit ins Haus gebracht hatte, wie Mariannina geboren wurde. Auf diese Verzögerung folgten weitere. Nach einem Jahr fragte niemand mehr, was aus den *Scramblern* oder aus den *Secur voice* geworden war; niemand kümmerte sich mehr um die noch ausstehende Installation der Klangübertragung durch binäre Impulse wie bei Computern. Mehr noch, die Traditionalisten, die bei der bloßen Ankündigung dieser Geräte, die die Stimme bis zur Unkenntlichkeit verzerren konnten, in helle Aufregung geraten waren, hatten erleichtert aufgeatmet.

Mit einem Wort: In dem Durchschlagsieb, wie die Polizisten untereinander das heruntergekommene Präsidiumsgebäude nannten, hatte sich nichts geändert, außer Torrisis schwarzem Telefon. Unter Mithilfe eines Schmiedes und des Freundes von der SIP hatte er eine Art Lügendetektor konstruiert, auf den er äußerst stolz war. Der Schmied war notwendig, um in die unterste Schublade ein Kronenschloß einbauen zu lassen; der Freund von der SIP, um in den Besitz eines *Caller id* zu gelangen, das genauso aussah wie ein Einheitenzähler, statt dessen aber die Nummer des Apparats anzeigte, von dem aus angerufen wurde.

»Autsch.« Torrisi öffnete Daumen und Zeigefinger der rechten Hand, die mit der Glut des Zigarettenstummels in Berührung gekommen waren. Über die Jahre hatte er die Angewohnheit angenommen, die beiden Finger vom Lenkrad abzuspreizen und um die Zigarette zu klammern. Was auf die Bodenmatte des Seicento gefallen war, war wirklich nur noch ein schnell verglimmender Hauch aus Tabak und Papier, trotzdem reichte es, einen Geruch nach verbranntem Gummi zu erzeugen. Torrisi war auf die ganze Welt wütend, bis zurück zu Eva, und nach ein paar vergeblichen Versuchen, den winzigkleinen Stummel vom Boden aufzuheben, wütete er auch gegen einige nicht so bekannte Heilige, die er auf den Kalenderblättern auf seinem Schreibtisch entdeckt hatte. Sich verrenkend, das Steuer mit nur einer Hand haltend, tastete er mit der anderen die Bodenmatte ab und legte seine Hand schließlich auf das, was er suchte. Er verbrannte sich noch einmal und machte dieses letzte Überbleibsel aus. Er fuchtelte mit der Hand durch die Luft, um die Verbrennung etwas zu kühlen, dann fuhr er mit der Zunge darüber und spürte eine kurze Erleichterung. Aus der linken Innentasche seiner Jacke zog er ein ungeöffnetes Päckchen Nazionali: Er beroch es voller Glück, doch das Glück schwand bei der Aussicht, daß er in ein paar Monaten eine andere Marke rauchen müßte. Er fühlte sich hilflos und verloren, wie jemand, der sich auf feindseliges, unbekanntes Gebiet begibt.

Ein Schild machte darauf aufmerksam, daß es bis zur Abzweigung von Sferrocavallo noch fünf Kilometer waren. Der Inspektor schaltete herunter. Er war durch ausgedehnte Weizenfelder gefahren, jetzt sah er Reihen mit Orangenbäumen. Das Fehlen von Beleuchtung und bewohnten Häusern machte die Stille noch tiefer. Er kniff die Augen zusammen, um die Café-Bar nicht zu verpassen, auch wenn er sich dachte, daß sie, wie alle Café-Bars auf dem Land, viele andere Aufgaben erfüllte und wegen der Fußballübertragung mit Leuten und Stimmen vollgestopft sein würde.

Er hatte sich nicht getäuscht. Das Leuchtschild auf dem Dach war ausgeschaltet, doch aus den Räumen drang Licht und Bewegung. Keiner nahm wahr, daß Torrisi eintrat. Die allgemeine Aufmerksamkeit war auf das Fernsehgerät gerichtet, in dem die Bilder des Spiels Inter – Aston Villa liefen.

»Wie steht's?« wandte sich der Inspektor an die Allgemeinheit.

»0:0«, prustete ein Mädchen, das rittlings auf einem Hocker saß und seinen wunderschönen unteren Rücken zur Schau stellte.

Torrisi zündete sich mit dem Stummel zwischen seinen Fingern eine neue Zigarette an, während er zum Tresen hinüberging, auf dem ausgestreckt ein Mann lag, eher vierzig als dreißig Jahre, und völlig in das Spiel versunken war.

»Kann ich Sie was fragen?« Torrisi streifte die Krempe seines Borsalinos zum Zeichen des Grußes.

»Ausgerechnet jetzt?«

»Tooor!« Der Schrei kam aus vielen Kehlen, auch aus der des Mannes, der auf dem Tresen lag, sich jetzt aufrichtete und die Hände zum Himmel emporrichtete. Doch nicht alle Gäste zeigten dieselbe Begeisterung für das Tor von Inter. Einige wollten Distanz und Desinteresse deutlich machen. Torrisi fragte sich, ob sie treue Genossen von Milan oder, schlimmer, Anhänger von Juventus wären. Er geduldete sich, bis die Euphorie sich wieder gelegt hatte.

»Kann ich Ihnen jetzt die Frage stellen?« Er wandte sich mit entschiedenem Ton an den Mann, der schon wieder ausgestreckt auf dem Tresen lag.

»Sie schon wieder?«

»Vor ungefähr einer Stunde hat mich ein Freund vom

Telefon dieses Lokals aus angerufen. Doch während wir noch miteinander redeten, ist er verschwunden.«

»Was?«

Torrisi sah, daß der Mann die verwässerten Augen eines Ochsen hatte. Vielleicht hatte er auch die gleiche Intelligenz, aber ganz sicher hatte er nicht die gleiche Sanftmut.

»Er hat den Hörer aufgeknallt und mich stehenlassen wie einen Trottel.«

»Vielleicht hatte er es satt, Ihnen zuzuhören.« Der Mann lachte und während er lachte, suchte er jemand mit seinen Blicken. Torrisi nahm mit der linken Hand das Päckchen Nazionali und zog mit den Lippen eine Zigarette heraus. Als er das Päckchen wieder einsteckte, bewegte er sich gerade soviel, wie er mußte, um zwei Halbstarke zu beobachten, die auf dem Boden saßen und ihn anstarrten, statt das Fernsehen. Ruhig führte er die Zigarette, die er in der Rechten hielt, zu der, die er zwischen den Fingern hielt und machte ein paar Züge. Im Aschenbecher drückte er die alte Zigarette aus.

»Ist denn dieses viele Rauchen nicht schlecht für Sie?«

»Viel schlechter ist es für mich, wenn ich meinen Freund nicht wiederfinde: Er schuldet mir Geld, viel Geld.«

»Darum ist er also verschwunden.«

»Er ist um die sechzig, mager, klein, läuft immer mit einer Schiebermütze aus schottischer Wolle rum. Der muß Ihnen aufgefallen sein.«

»Nicht mal im Traum. Er hat Sie nicht von hier aus angerufen. Er wird Ihnen gesagt haben, daß er hier ist, um auf diese Weise leichter seine Spuren zu verwischen und in heiligem Frieden sein Geld zu genießen.«

»Meinen Sie?«

»Ich meine außerdem noch, daß ich mir das Fußballspiel ansehen will. Das Telefon ist da drüben links: Gehen Sie hin, und sehen Sie nach. Wer weiß, vielleicht ist Ihr Freund ja noch da.«

Torrisi ging mit der Überzeugung zum Wagen zurück, daß nur der liebe Gott Totò Leanza noch beschützen konnte. Er drehte sich um, bevor er ins Auto stieg: Die beiden Halbstarken waren offensichtlich im Lokal geblieben. Er mußte auf der Stelle herausfinden, wem die Café-Bar mit den Tabakwaren gehörte, und an wen der Mann vom Tresen Schutzgelder zahlte. Er versuchte sich zu erinnern, wer der Boss der Gegend sein konnte. Da war etwas, das aus seinem Gedächtnis herauswollte, aber nicht herauskonnte.

Er lehnte sich gegen den Seicento. Er fing an, die Sterne zu zählen und versuchte, sich an die Zusammensetzung des Großen und des Kleinen Bären zu erinnern. Er kniff die Augen zusammen, konzentrierte sich, doch so sehr er auch die Sterne absuchte, er fand keinen Wagen unter ihnen.

Ja doch, ja: Gesualdo Bellomio, genannt Dottore. Sein Landgut war irgendwo hier in der Gegend. Er erinnerte sich an einen alten Bericht der Guardia di Finanza, der Finanzpolizei, der von Hektar über Hektar ausgetrockneten, verbrannten Landes sprach, das in üppige Orangenhaine umgewandelt worden war, von raffinierten Anbaumethoden mit reichlichem Einsatz von Technik, von einem verfallenen Gutshaus, das zum Bunker umgebaut worden war, mit allen Annehmlichkeiten und allen Schutzvorrichtungen. Und dann eine große Zahl von Bauern, die allesamt leidenschaftliche Jäger sein mußten, da sie immer mit Gewehren bewaffnet herumgingen. Das Gut hatte seine eigene Jagd, auf die, wenn man der Stimme der kleinen Leute Glauben schenken wollte, die Mächtigen jeden Schlags und jeden Rangs kamen. Konnte jemand wie Gesualdo Bellomio mit Totò Leanza, Peppe Millepiedi und Filippo Brioche in Verbindung gebracht werden? Sie schienen ihm zu weit auseinanderzuliegen. Torrisi hatte den Dottore nicht mehr als drei-, viermal zufällig gesehen; dessen Name wurde allenfalls geflüstert und immer nur, um jede Beschuldigung auszuschließen, nie um sie ihm anzuhängen. In seiner häuslichen Sammlung hatte Torrisi ihm aber einen Ehrenplatz reserviert: einen Aktenordner, der ausschließlich dem Dottore vorbehalten war. Darin hatte er auf organische Weise alles angelegt, was er über den Dottore gehört hatte. Keinerlei Indizien, höchstens Übereinstimmungen, die einen leidenschaftlichen Rätselrater aber vor Aufregung in Wallung gebracht hätten.

Wenn hinter Leanza wirklich der Schatten Bellomios stand, bekam die Sache ein anderes Gewicht und wurde gefährlich: dann könnte sie sogar den würdevollen Rang eines Falls von nationalen Ausmaßen annehmen. Torrisi befühlte den 45er Colt, den er im Hosengürtel trug, und kehrte in die Café-Bar zurück.

Der Mann vom Tresen würdigte ihn eines halben Blicks.

»Haben Sie sich entschlossen, hier auf Ihren Freund zu warten?«

»Ich muß mal telefonieren.«

»Nicht, daß Sie dann auch verschwinden und in einer Stunde ein anderer Nervtöter auftaucht und mich fragt, ob ich was über einen Typen so um die sechzig mit einem Borsalino weiß, der ihn einfach stehengelassen hat, während sie miteinander redeten, und der ihm auch noch Geld schuldet!« Der Mann vom Tresen wollte gewinnend wirken, aber sein Blick sagte etwas anderes.

»Ich hab Kleingeld. Oder braucht man Telefonmünzen?«

»Der nimmt alles.«

Wie sein Herr, dachte Torrisi.

Er schloß die Kabinentür, um sich vor dem Geschrei, vor den Freuden- und Wutausbrüchen abzuschirmen. Mißgestimmt dachte er an die Mannschaft von Milan. Er wählte die Nummer von Michele, einem der Reumütigen, der ein Dealer war: Zu dieser Zeit war er immer zu Hause, um die Anrufe seiner Kunden zu beantworten, die einen spritzigen Abend verbringen wollten.

»Michele, ich bin's.«

»Das hör ich und vermute, daß es Neuigkeiten über den von heute morgen gibt, ich meine den, der Brioche durch die Lappen gegangen ist?«

»Nein, ich brauche ein paar Informationen.«

»Jetzt? Das ist die Hauptstoßzeit für mich ...«

»Jetzt ist doch das Spiel.«

»Eben, während sich die Leute das Spiel ansehen, organisieren sie sich für nachher und rufen Michele an ...«

»Wenn besetzt ist, rufen sie wieder an. Deine Mission dient dem öffentlichen Wohl.«

»Das können Sie wohl sagen. Stoff vom feinsten. Am Stoff von Michele ist noch keiner gestorben. Ispettore, wenn Sie mal einer Laune nachgeben wollen ...«

»Wieso nicht? Aber jetzt muß ich einer anderen Laune nachgeben. Gibt es in der Gegend von Sferrocavallo jemanden, der neben Gesualdo Bellomio ein bißchen Einfluß ausübt?«

»Und Sie rufen mich zur Hauptarbeitszeit an, um mich einen solchen Scheißdreck zu fragen? Glauben Sie denn, daß da, wo der Dottore hinscheißt, jemals noch ein anderer hinscheißen kann? Seit er da ist, ist die Gegend aufgeblüht. Die ehrlichen Bürger schlafen nachts bei offenen Türen, und das ganz sicher nicht, weil Sie sie beschützen.«

»Michele, du bist großartig, ich mach die Leitung frei. Übrigens, wie steht's für Milan?«

»Erste Halbzeit 0:0. Aber abgesehen davon, daß Sie Polizist sind, sind Sie auch noch für Milan?«

VIII

Es war ein Uhr morgens, die Luft roch nach Regen. Torrisi setzte die Lesebrille auf und las den Namen an der Haustürklingel. Da gab es fünf Leanza. Er klingelte beim mittleren: Sein Vater sagte immer, die Drei sei nie falsch. Nach einer Weile antwortete eine Kinderstimme.

»Wer ist da?«

»Ich bin Ispettore Torrisi. Ist dein Papa da oder deine Mama?«

»Sind alle bei der Großmutter ... Ist der letzte Name auf der Sprechanlage.«

»Danke.«

Er drückte den Klingelknopf, und eine kreischende Männerstimme drang auf die Straße.

»Ja? ...«

»Ich bin Ispettore Torrisi.«

»Ich öffne. Sobald Sie drinnen sind, wenden Sie sich nach rechts. Es ist das kleine Haus am Ende der Baumallee. Auf der ersten Etage sehen Sie Licht. Sie können es nicht verfehlen.«

Hoffentlich, dachte der Inspektor. Es waren alles viergeschossige Häuser, eines sah aus wie das andere, jedes von ihnen mit seiner eigenen, in eine dichte Vegetation getauchten Allee. Er hatte den Zigarettenstummel in der Hand und wußte nicht, wohin er ihn werfen sollte: Perfekt geschnittene englische Rasenflächen umgaben ihn, Pinien und Fichten, die von fernen Hügeln und Bergen hierher gebracht worden waren, Efeu, das sich vom Tor in den Innenbereich rankte. Torrisi bemerkte auch die trockenen Ranken des wilden Weins, die im Frühjahr wieder ausschlagen würden. Ein Kondominium reicher Leute, die nicht auf den Pfennig achteten, wenn sie nur ein bißchen Grün vorzeigen konnten. Torrisi bückte sich und steckte die Kippe zwischen die Pflastersteine aus Lava, über die er nur unsicher ging, weil er zu stolpern befürchtete. Hätte er das Geld gehabt, um sich eine solche Behausung gönnen zu können, dann hätte er Anspruch auf spiegelglatten Marmor aus Carrara und Feigenkakteen angemeldet.

Torrisi liebte Kaktusfeigen. Er mochte ihren Geschmack, ihre Farbe. Es war eine armselige Frucht, geschaffen für die Armen: Sie wuchs und reifte von selbst, unter Sonne und Wind, unter Regen und Schnee. Sein Vater sagte, daß die Stacheln auf den Schalen ein Beweis dafür waren, daß das Leben einen auf die Probe stellt, auch wenn es dir etwas schenkt, und daß man dafür zahlen muß, wenn man nicht geschickt ist. Und sein Vater war unglaublich geschickt darin, das zuckersüße Fruchtfleisch aus der Schale zu holen. Bei ihnen zu Hause waren Kaktusfeigen die einzige Süßigkeit gewesen: Sie kamen gewöhnlich sonntags auf den Tisch und machten den Tag zu einem Festtag, der ganz anders war als die anderen geschichtslosen Tage, einschließlich Weihnachten, Neujahr und Ostern. Sein Vater fuhr mit der Straßenbahn in die Außenbezirke der Stadt, und von dort aus ging er zu Fuß bis zu den alten, längst erkalteten Lavafeldern, wo es Feigenkakteen in Hülle und Fülle gab. Mit prall gefüllter Plastiktüte kehrte er wieder, und ohne den Borsalino abzunehmen, schälte er die Früchte. Dabei benützte er eines der beiden Durchschlagsiebe aus der Küche. Und wieviel Wert er darauf legte, sie vor seinen Augen zu schälen, mit Messer und Gabel fuchtelnd, stolz auf die Genauigkeit seiner Bewegungen, die ihm jedesmal die Möglichkeit gaben, die grellbunten Früchte wie Trophäen zu preisen. Torrisi erinnerte sich an die Freude seines Vaters bei solchen Gelegenheiten: Er hatte dem Sohn bewiesen, daß auch er bei etwas geschickt war.

Und ich, fragte sich Torrisi, womit habe ich Mariannina bewiesen, daß auch ich geschickt bin? Seine einzige Tochter war viel zu schnell erwachsen geworden. Jetzt bedauerte er, daß er sie nicht gewiegt hatte, daß er nicht da war, als ihre Milchzähne ausfielen, daß er sie nicht an ihrem ersten Schultag zur Schule begleitet hatte, auch nicht zur Mittelschule und auch nicht zum Gymnasium. Er war nicht bei ihren Aufführungen im Schultheater oder bei ihren Weitsprungwettkämpfen bei den Studentenmeisterschaften gewesen. Er fühlte, daß er etwas verloren hatte, das er nicht mehr wiederfinden würde. Mariannina war erwachsen geworden, und ihre Welt war ihm unbekannt geblieben. Und dann kam der Tag, an dem sie verkündete, sie würde Klausurnonne werden.

Er sah das Licht in der ersten Etage und war sicher, daß er sich nicht geirrt hatte. Er ging zu Fuß hinauf und auf halber Treppenhöhe spürte er eine unendliche Müdigkeit: Es war die zweite Nacht in Folge, die er nicht schlief. Mit dreißig, da steckte er fünf, sechs solcher Nächte für Ermittlungen weg, aber inzwischen war er fast doppelt so alt.

Ein junger Mann öffnete die Tür, der so aussah, wie Torrisi Totò Leanza im gleichen Alter in Erinnerung hatte.

»Ich bin Vincenzo Leanza«, sagte er und bat den Inspektor in ein nüchtern möbliertes Entrée. Hinter dem Entrée lag das Wohnzimmer, in dessen Mitte ein Fratino stand, ein Klostertisch, um ihn herum sieben zerknirschte Personen. Vincenzo Leanza stellte sie der Reihe nach vor. Die älteste war die Mutter, die Torrisi gut kannte. Die Frau grüßte mit einer leichten Verneigung des Kopfes und streckte ihm eine weiche Hand entgegen.

»Signora, Sie erinnern sich an mich?« fragte Torrisi jovial. »Wir haben uns jedes Jahr beim Fest des Meeres gesehen, unten, an der alten Kirche.«

Die Frau nickte zustimmend. Der Sohn stellte die anderen vor. Das waren die beiden jüngeren Brüder mit ihren jeweiligen Ehefrauen, seine Frau und die jüngste

Schwester. Dem Inspektor genügte ein Blick auf die Nasenspitze, um zu erkennen, daß das Mädchen das Hätschelkind des alten Totò war.

»Ispettore, haben Sie irgendwelche Nachrichten über unseren Vater?«

»Keine.«

Er hatte den Streifenwagen und der 113 die mögliche Entführung mit Mordabsicht durchgegeben. Kein Hinweis war gekommen, und er bezweifelte, daß einer kommen würde. Von Don Salvatore hatte er nur eine mündliche Beschreibung liefern können: Er hatte nämlich entdeckt, daß aus dem Aktenbündel des alten Verfahrens die Steckbrieffotos verschwunden waren: Sie waren vor fünfunddreißig Jahren aufgenommen worden und wären wahrscheinlich auch unbrauchbar gewesen, jedenfalls waren sie nicht mehr da. Er hatte Kommissar Li Destri zu Hause angetroffen. Beim Namen Gesualdo Bellomio hatte der Kommissar nur »uuhm« gebrummelt, was Torrisi veranlaßt hatte, ihm nichts über den morgendlichen Besuch Millepiedis bei Leanza vor seinem Verschwinden zu sagen.

»Als Sie uns vor einer Stunde angerufen haben, waren wir schon völlig beunruhigt.« Mit augenscheinlicher Ruhe begann Vincenzo Leanza wieder zu sprechen. »Jetzt sind wir es noch mehr, weil wir nicht wußten, daß er aus der Stadt gefahren war. Für uns war es ein Abend wie jeder andere, wir glaubten, er wäre im Büro.« Vincenzo Leanza gebrauchte die erste Person Mehrzahl, um hervorzuheben, daß er auch im Namen der anderen sprach.

Torrisi sah sie alle an. Die Mutter hatte die Gesichtszüge, die Kleidung, die fülligen Formen vieler sizilianischer Frauen, die von der Natur dazu bestimmt sind, Kinder zu bekommen und zu weinen. Die Kinder waren elegant, adrett, entschlossen, überzeugt, daß die Welt ihnen gehöre und es ausreiche zuzugreifen. Sie bildeten eine fest zusammenhaltende Gruppe und waren bestimmt streng erzogen worden. Der Älteste übernahm die Rolle des

Sprechers, und wahrscheinlich würde seine Meinung immer die Zustimmung der Geschwister finden. Doch auch diese hatten den Blick von Menschen, die sich im geeigneten Augenblick Gehör verschaffen. Der Inspektor dachte mit einer Spur von Neid an den alten Schulfreund, der in der Lage war, vier Kinder auf diese Art großzuziehen.

»Dottor Leanza ...« Torrisi stellte sich ohne viel Umschweife vor, daß sein Ansprechpartner einen Universitätsabschluß hatte und ihm damit der akademische Titel zustehen würde, »wie ich Ihnen am Telefon sagte, habe ich den Anruf Ihres Vaters so gegen halb acht bekommen, eher etwas später als früher. Sie wissen es vielleicht nicht, aber Ihr Vater und ich kennen uns seit unserer Kindheit: Auch ich stamme, wie Ihr Vater, aus dem Fischerviertel. Wir haben gemeinsam Münzstücke aus dem Opferstock in der Kirche geklaut.« Diese Erinnerung brachte die Kinder von Don Salvatore in Verlegenheit.

»Dann, na ja, wie das eben so ist: Jeder geht seiner Wege, oft trennen sich diese Wege, und wir haben uns aus den Augen verloren. Aber wir trafen uns einmal im Jahr beim Fest des Meeres, ich erinnerte Ihre Mutter gerade eben daran, unten, bei der alten Kirche. Wir sahen uns an, prüften, ob der andere bei guter Gesundheit ist, und dann sagten wir ›Ciao‹. Ist es nicht so, Signora?«

Die Frau bestätigte es, indem sie erneut den Kopf senkte. Torrisi hatte sogar den Eindruck, daß sich ein leichtes Lächeln auf ihrem Gesicht zeigte.

»In der Tat habe ich meinen Vater niemals Ihren Namen nennen oder Sie zu seinen Bekannten zählen hören«, sagte der junge Leanza.

»Hab ich's Ihnen nicht gesagt? Sie können sich daher meine Überraschung vorstellen, als ich den Anruf Ihres Vaters bekam, der mich dringend sprechen wollte und einen ... sagen wir, einen etwas besorgten Ton in der Stimme hatte ... Ich weiß nicht, ob ich mich deutlich ausgedrückt habe.« Torrisi blickte Leanzas Kinder,

Schwiegertöchter und seine Frau verstohlen an: Lediglich seine Frau schreckte zusammen und preßte die Lippen aufeinander. Die anderen standen unbeweglich da.

»Haben Sie«, fing der Inspektor wieder an und wandte sich an die ganze Gruppe, »haben Sie Kenntnis von irgendeinem Motiv, das Ihren Vater dazu gebracht haben könnte wegzugehen? Sagen wir: in Deckung zu gehen?«

»Verdächtigen Sie Papa, er könnte in eine wenig saubere Sache verwickelt sein?« Leanzas Tochter hatte das gefragt, und jeder Konsonant, jeder Vokal zitterte vor Protest gegen einen Verdacht, den sie für absurd und infam hielt.

»Signorina, ich versuche nur zu verstehen, was mit Ihrem Vater geschehen ist. Ich hatte gehofft, daß Sie alle mir helfen könnten.«

»Wir wissen nichts«, sagte Vincenzo Leanza gelassen. »Sofern es überhaupt etwas zu wissen gibt. Papa eröffnete vor über dreißig Jahren seine Finanzierungsgesellschaft, das Italian Business, und dank seiner unermüdlichen Arbeit hat er es erweitert und zur Nummer Eins auf dem Gebiet gemacht. Sein Verhalten ist immer einwandfrei und glasklar gewesen. Zu seinen Lasten gibt es weder eine Anzeige noch auch nur das geringste Gerücht.«

Torrisi war drauf und dran, den Mord auszugraben, für den Leanza in seiner Jugend verurteilt worden war: Er hielt ihn für einen derer, die den Mord ausgeführt hatten, aber er hatte nur ein paar Jahre wegen Beihilfe bekommen, und die hatte er alle im Krankenhaus zugebracht, wegen einer angeblichen Herzerkrankung, die ihn danach aber nicht hinderte zu heiraten, Kinder zu haben und ein ganz normales Leben zu führen.

Der Inspektor blickte verstohlen zu Leanzas Frau hinüber: Sie bewahrte einen undurchdringlichen Gesichtsausdruck. Er war sich sicher, daß Don Salvatore den Kindern und seiner Frau gegenüber nichts von diesem Vorkommnis enthüllt hatte. Er entschloß sich, die Version des untadeligen Familienvaters mitzutragen. Ansonsten hatte Vincenzo Leanza die Wahrheit gesagt: In dreißig Jahren hatte es keine Anzeigen gegeben, keine geheimen Berichte, die die Fassade der Achtbarkeit, die um die neue Tätigkeit herum aufgerichtet worden war, hätte ankratzen können. Viele Gerüchte hatte es gegeben, aber die waren alle für die Akten bestimmt, die er zu Hause hatte, und nicht, um neue Ermittlungen in die Wege zu leiten. Seine Reumütigen hatten ihm oft erzählt, daß sich hinter der Fassade des Italian Business alles mögliche abspielte. Und zudem hatte sich Torrisi immer die Frage gestellt, woher Totò Leanza zu Beginn das Geld aufgetrieben hatte, das er an andere auslieh.

»Vielleicht hat er Sie gesucht, weil er sofortige Hilfe brauchte«, sagte einer der Söhne, der bis zu diesem Augenblick den Mund nicht aufgemacht hatte. Dieser Sohn kam vom Gesicht her nicht auf den Vater. Der Inspektor sah die Mutter genau an: nein, er kam auch nicht auf die Mutter. »Was weiß ich: eine versuchte Entführung, ein Raubüberfall, ein Autofahrerstreit, der in eine Schlägerei ausgeartet ist ...«

Die Tochter mischte sich ein. »Oder er war Zeuge irgendeiner Sache: eines Diebstahls, eines Mordes, ich meine irgendeiner dieser kleinen Darbietungen, deren Zeuge man in dieser Stadt manchmal wird, und wollte die Polizei verständigen. Da hat er sich an Sie erinnert und Sie angerufen.«

»Und wo ist er jetzt?« fragte die Mutter klagend.

»Vielleicht wird er bei denen versteckt gehalten, die er gesehen hat«, wagte eine der Schwiegertöchter zu sagen. »Er wird an irgendeiner Stelle versteckt sein, von der aus er keine Verbindung aufnehmen kann.«

»Wissen Sie, von wo aus er angerufen hat?« fragte Vincenzo Leanza.

»Eine Café-Bar in der Nähe der Abzweigung von Sferrocavallo. Aber als ich dort ankam, konnte sich keiner an ihn erinnern.«

»Sind Sie sicher, daß es von dort aus war?«

»Das ist das einzige, was Ihr Vater mir vor seinem Verschwinden gesagt hat.« Er hatte nicht die geringste Absicht, das Geheimnis seines ganz persönlichen Lügendetektors preiszugeben.

Enttäuscht ging Torrisi weg. Er hatte gehofft, einen Hinweis zu erhalten, wie klein er auch sein mochte, der ihn auf die richtige Fährte setzte, und er hatte sich der Täuschung hingegeben, daß dieser Hinweis sich auf Gesualdo Bellomio beziehen würde. In dieser Wohnung waren ihm statt dessen Befürchtungen und Zweifel begegnet, keiner schien eine Ahnung zu haben. Und vielleicht, dachte der Inspektor, trog der Augenschein diesmal nicht.

Leanza hatte, wie viele, die in all diesen Jahren vor Torrisi erschienen waren, darauf geachtet, seine Familie nicht in seine Geschäfte hineinzuziehen; er hatte seine Kinder so großgezogen, daß sie mustergültige Staatsbürger wurden, und die Kinder sahen in ihm einen vorbildlichen Vater, einen Vater, auf den man stolz sein, den man sogar verehren konnte. Torrisi stellte sich das Leid vor, das auf sie zukommen würde, wenn das gewaltsame Ende ihres Vaters – das er als sicher voraussetzte – die Falltür der Geheimnisse öffnen würde.

Er war sich unsicher: Sollte er ins Präsidium gehen oder ins Bett sinken? Die Vermutung, daß Leanzas Schicksal längst besiegelt war, ließ ihn sich für Schlafen entscheiden: Er konnte die Augen kaum noch offenhalten. Mit dem Wagen fuhr er nicht schneller als vierzig: Er war völlig übermüdet, und vom Motor kamen beunruhigende Geräusche. Er würde den Seicento wieder in die Werkstatt bringen müssen. Erst letzten Monat hatte er das getan.

Die Müdigkeit ließ seinen Kopf auf die Brust sinken. Er fühlte sich so kraftlos, daß er darauf verzichtete, sich eine Zigarette anzuzünden, obwohl er schon seit einer Stunde nicht mehr geraucht hatte. Unter einer Laterne erkannte er Arianne, mit bürgerlichem Namen Girolamo Di Stefano, den Transvestiten, der zur Bruderschaft der Reumütigen gehörte. Aus dem roten Korsett, das ausgerechnet der Inspektor ihm geschenkt hatte, kamen zwei wunderschön geformte Beine und zwei riesige, feste, derart mit Silikon vollgestopfte Brüste hervor, daß sie die Schwerkraft herausforderten. Arianne wackelte wie eine vom Dämon Besessene auf ihren Bleistiftabsätzen auf und ab. Torrisi reihte sich mit seinem Auto in die Schlange ein, und als die Reihe an ihm war, kurbelte er das Fenster herunter.

»Sie?« Ein Ausruf, der durch die Angst erstickt wurde, daß die anderen mithören könnten: Er war der letzte, den Arianne als Kunden erwartet hätte.

»Gegen zehn hab ich den einen und den anderen angerufen, aber dich habe ich nicht erreichen können.«

»Das will ich wohl meinen«, sagte Arianne nervös, die um sich blickte und die Perücke schüttelte, deren lange kupferrote Haare ihr auf die Schulter herabfielen. »Da war ich schon hier, und hier will ich Sie nicht treffen. Mein Freund ist da und kontrolliert, er könnte Sie erkennen, und jedenfalls will er nicht, daß ich Zeit mit Quatschen verliere.« Arianne wurde lauter und trat von der Wagentür zurück. Sie machte eine halbe Drehung auf den Absätzen und kam wieder näher: »Mein Schatz, entweder entscheidest du dich, oder du verschwindest, du hältst nämlich den Verkehr auf. Jeder hat ein Recht darauf, Arianne zu bewundern.«

»Totò Leanza ist verschwunden, Don Salvatore, der vom Italian Business. Hast du von deinen Verehrern nichts erfahren?« Der Inspektor amüsierte sich.

»Was ist das eigentlich heute, der Tag des Verschwindens? Nein, ich hab nichts gehört, weder über den ersten noch über den hier. Ich ruf Sie an, wenn ich was weiß, aber jetzt hauen Sie ab.« Das war eine flehentliche Bitte.

Ariannes letzte Worte wurden vom Gehupe derer begleitet, die hinter ihm standen und es leid waren, länger zu warten. Der Inspektor freute sich über den Erfolg, den

Girolamo Di Stefano hatte. Wenn einer es als Mann nicht schafft, dachte er, kann er es immer noch als Frau schaffen; die Gefährlichen sind die, die es als Arschlöcher schaffen.

Widerwillig zog er sich aus, im Hemd schlüpfte er unter die Decke. Er war überzeugt, von einem klingelnden Telefon zu träumen, bis er begriff, daß es das Telefon auf seinem Nachttisch war. Völlig benommen starrte er auf den alten Wecker: Er hatte weniger als eine Stunde geschlafen.

»Hallo?« sagte er hohl. Am anderen Ende der Leitung erkannte man ihn nicht.

»Ispettore, sind Sie's?« Marcellos Stimme klang unsicher. Das war der zwanzigjährige Drogenabhängige, der zwischen der Straße und dem Therapiezentrum von Padre Munafò hin und her pendelte.

»Wer denn sonst?«

»Auf dem Marktplatz vor der Carmine-Kirche ist ein Toter. Ich glaube, das ist der, den Sie gesucht haben.«

»Millepiedi oder Leanza? Jung oder alt?«

»Alt. Mehr oder weniger Ihr Alter.«

»Verdammte Scheiße.« Mit dem Schlafen war es vorbei.

»Ispettore ... noch etwas. Die Nacht heute war mager, hätten Sie nichts für mich?«

»Nicht zu Hause. Ich muß zu dem Toten, danach ins Büro. Gibst du mir ein paar Stunden Zeit?«

»Ich weiß nicht, ob ich's schaffe. Trotzdem vielen Dank.«

»Komm zur Piazza del Carmine, ich geb dir fünfzigtausend.«

»Nein. Wenn mich meine oder Ihre Leute sehen, was soll ich denen denn sagen? Daß ich an Schlaflosigkeit leide?«

Torrisi war bereits angezogen, hatte sich etwas Wasser ins Gesicht geschüttet und genoß den immer wieder neuen und immer wieder beglückenden Geschmack einer filterlosen Nazionale, als man ihm vom Präsidium aus mitteilte, daß man wahrscheinlich Totò Leanza gefunden habe. Tot.

Don Salvatore hatte ein Einschußloch zwischen den Augen und zwei zusammengerollte Hunderttausendlirescheine im Mund. Er lag mitten auf dem großen Platz zu Füßen des Karmeliterklosters mit der danebenliegenden Kirche, die eine der wichtigsten in der Stadt war. Der Platz war menschenleer, obwohl in wenigen Stunden der Donnerstagsmarkt beginnen würde, der auch samstags und dienstags stattfand. Verschwunden waren auch die Drogensüchtigen, die sich nachts um improvisierte Lagerfeuer versammelten und sich mit kleinen Banden von Dieben und Handtaschenräubern zusammentaten, die die Beute mit ihnen teilten. Torrisi war von dieser absoluten Leere beeindruckt. Es bedeutete, daß dies eine besondere Nacht war und daß der Tote es verdient hatte, die Bühne für sich alleine zu haben. Li Destri unterdrückte nur mit Mühe ein Gähnen und machte einen komischen Satz nach hinten, um nicht einen Polizisten in Zivil anzurempeln, der mit Kreide Linien und Umrisse auf die Erde zeichnete.

»Böses Ende«, sagte der Kommissar und deutete auf Don Salvatore: Die beiden Geldscheine hatten sein Gesicht zu einer fürchterlichen Grimasse entstellt. Torrisi wollte ihn nicht ansehen, aber er konnte sich ein paar schnelle Blicke nicht versagen.

Ein Blitzlicht leuchtete auf, weitere folgten: Sie beleuchteten gebückte Männer mit Handschuhen und Plastiksäcken, die mit kleinen Pinseln und Röhrchen herumhantierten, in denen geheimnisvolle Pülverchen die unterschiedlichsten Färbungen annahmen. Am Rand der Piazza war ein Fernsehteam angekommen, das mit einer kleinen Gruppe uniformierter Polizisten über die Erlaubnis verhandelte, drehen zu dürfen. Der Inspektor entschloß sich zu handeln: Auch Don Salvatore verdiente ein Minimum an Ehrfurcht.

»Seid ihr fertig?« fragte er die von der Gerichtsmedizin.

Keiner antwortete, und er deutete das Schweigen als Zustimmung. Mit kleinen Schritten ging er zu dem Körper hinüber, der mit dem Rücken zur Kirche lag. Er beugte sich herunter und mußte ihm die Zähne gewaltsam auseinandermachen, um die beiden Geldscheine herauszuziehen. Er hatte die Zigarette im Mund: Der Rauch drang in seine Kehle und verursachte ein paarmaliges Niesen, das sich in einen schleimigen Hustenanfall verwandelte.

Die Position, in der man Don Salvatore vorgefunden hatte, war der letzte Teil der Botschaft. Bereits die beiden Hunderttausendlirescheine deuteten darauf hin, daß Don Salvatore ein übler Halsabschneider war, so raffgierig, daß ihn am Ende jemand gezwungen hatte, das Geld zu verschlucken, das er so liebte; der zur Kirche gedrehte Rücken sollte bedeuten, daß er ein miserabler Christ war und es daher nicht die Mühe lohnte, Gebete oder Tränen auf ihn zu verschwenden.

»Neues Verbrechen in der Welt des Wuchers.« Der Kommissar äffte den tiefen Klang der Stimme nach, die in den Jahren gleich nach dem Zweiten Weltkrieg die Filme der Metro Goldwin Mayer ankündigte.

»Meinen Sie?«

»Das werden die Zeitungen meinen, und wir haben kaum etwas Besseres anzubieten.«

»Notfalls haben wir den Anruf bei mir.«

»Da geben wir kein gutes Bild ab, wenn wir erzählen, daß der bekannteste Halsabschneider der Stadt sich kurz, bevor er kaltgemacht wurde, an einen Polizisten gewandt habe.«

Torrisi sah den Kommissar prüfend an: Er zeigte die gleiche Erleichterung wie jemand, der sich gerade von einer Last befreit hat.

»Leanza ist nicht wegen einer Wuchergeschichte umgebracht worden. Das wollen sie uns und die anderen zwar glauben machen, aber so ist es nicht. Wir müssen Gesualdo Bellomio fragen, wie das ist.«

»Ich vermute, der Dottore wartet auf nichts anderes.

Warum lassen Sie sich nicht einen schönen Termin geben? Ich sehe die Szene bereits vor Augen: Hochverehrter Signor Bellomio, oder ziehen Sie es vor, daß ich Sie Dottore nenne? Können Sie mir erklären, warum Salvatore Leanza ermordet wurde? Wären Sie so freundlich und würden mir die Tatwaffe zeigen? Wollen Sie hier das Geständnis ablegen oder auf dem Polizeipräsidium?«

Torrisi merkte, daß die Zigarette fast aufgeraucht war und zündete sich eilig die nächste an. Liebevoll betrachtete er den kleinen Stengel aus weißlichem Papier und Tabak: Ohne ihn wäre sein Leben wesentlich trister und grauer.

»Zeugen?« fragte Torrisi einen jungen Mann, der sich mit der an der Hüfte schaukelnden Pistolentasche genähert hatte.

»Null Komma null. Waren alle im Bettchen. Zum ersten Mal seit hundert Jahren war diese Piazza unbewohnt.«

»Das ist doch unmöglich, daß niemand auch nur einen Schatten, die kleinste Bewegung gesehen hat.« Torrisi hatte sich wieder an den Kommissar gewandt. »Um ihn mit so viel Umsicht hierherzulegen, müssen sie mindestens zu zweit gewesen sein, und diese beiden müssen aus einem Auto gestiegen sein. Und doch hat keiner was gesehen, gehört oder gemerkt. Wir stehen hier und fragen uns, was dahinter steckt, und die Leute haben schon gewittert, daß hinter dieser Leiche nur Scherereien stecken, und zwar große.«

Li Destri klopfte Torrisi auf die Schulter. »Wenn ich mich nicht täusche«, sagte er, »läßt man Sie schon die zweite Nacht nicht schlafen. Morgen früh, das heißt heute, machen Sie langsam. Schlafen Sie so lange, wie Sie wollen, und bekommen Sie wieder einen klaren Kopf.«

Torrisi ging schlurfend weg.

»Torrisi, warten Sie …« Mit zwei Sätzen war Li Destri bei ihm. »Ich will Ihre Ermittlungen nicht behindern. Folgen Sie Ihrem Instinkt. Aber denken Sie daran, daß ich, genauso wie Sie, lebend die Pensionierung erreichen will, und ohne daß man mich nach Sardinien oder ins Aostatal versetzt. Träumen Sie was Schönes.«

Doch der Inspektor schlief nicht. Er wollte es zwar: um schneller ins Bett zu kommen, hatte er schon zum zweiten Mal die Außenspiegel nicht abmontiert, aber konnte einfach nicht einschlafen. In seinem Kopf spielte er sämtliche Möglichkeiten durch, die Bellomio, Leanza und Millepiedi miteinander verbinden konnten. Aber es war, wie Arianne festgestellt hatte, der Tag des Verschwindens.

Millepiedi, wo bist du? Wer hat dich gesehen? Was machst du?

Millepiedi hakte er ab. Die einzige Hoffnung, dieses Dickicht durchdringen zu können, war Vincenzo Leanza. Don Salvatores Sohn würde gezwungen sein, sich mit einer Realität auseinanderzusetzen, die er nicht kannte oder die er um keinen Preis kennen wollte: Totò Leanza war ein untadeliger Familienvater gewesen, aber durchaus nicht der vornehme Herr, für den die Kinder ihn hielten. Wie würde Vincenzo reagieren? Würde er versuchen, den Vater zu rächen, oder würde ihm die Achtbarkeit seiner Geschwister und der Berufe, die sie ausübten, wichtiger sein? Und selbst, wenn er sich entschließen würde, den Kopf nicht zu beugen, würde er bereit sein, sich an einen Polizisten mit niederem Rang zu halten, der kurz vor der Pensionierung stand?

Unter diesen Fragen warf er sich hin und her, bis ein Hustenanfall ihn zwang, sich halb aufzurichten. Er machte einen tiefen Seufzer und zündete sich eine Zigarette an. Er hielt sie in die Luft, wechselte dabei oft die Hand, weil sein Arm in dieser ungewohnten Haltung schnell ermüdete. Er machte nur ganz wenige Züge. Das erste Licht bohrte sich durch die Fensterläden, als er das leere Päckchen filterloser Nazionali zusammenknüllte.

Die Regionalnachrichten im Radio berichteten über

den Mord an Leanza, und sie benutzten die gleichen Worte wie Kommissar Li Destri: neues entsetzliches Verbrechen in der Welt des Wuchers. »Was sollen sie sonst sagen?« murmelte Torrisi, als er sich an der Espressomaschine zu schaffen machte, unter schläfrigem Gähnen.

Die erste Tasse Espresso kam ihm herrlich vor. Die zweite schon weniger. Er hielt sie zusammen mit der Untertasse in der Hand, blies hinein, um sie abzukühlen, und gelangte zu dem Zimmer, das einmal das von Mariannina war. Es stand jetzt mit den Kartons voll, die einmal die Päckchen mit filterlosen Nazionali enthalten hatten und jetzt die Freude seiner Pensionärstage enthielten. Fünf Kartons waren es, und jeder hatte außen eine Zahl. Der Inspektor kannte die Aktenbündel im Schlaf, die Zusammenfassungen und die Fotokopien, aus denen sie bestanden. Trotzdem setzte er die Tasse und die Untertasse ab, steckte eine neue Zigarette in den Mund und fing an, jeden einzelnen Karton zu untersuchen: Er wollte sichergehen, daß nicht irgendein Aktenbündel sich auf leisen Sohlen auf und davon gemacht hatte. Das Bündel über Gesualdo Bellomio war im Karton Nummer 3. Es war eines der dünnsten.

Als die sinnlose Untersuchung zu Ende war, war der Espresso kalt. Torrisi trank ihn trotzdem und war angewidert.

Es regnete in Strömen. Torrisi überlegte, ob er den Hut aufsetzen sollte. Seit seiner Kindheit hatte ihm die Berührung mit Wasser Freude gemacht, die Tröpfchen, die in den Hemdkragen sickerten, der jähe, durchdringende Kälteschauer: folglich benutzte er keine Regenschirme und hatte ein gestörtes Verhältnis zu seinem Regenmantel. Doch der Regen konnte den Borsalino ruinieren: so beschloß er, ohne ihn zu gehen und sich mit einem Schal vor Arthrose zu schützen.

Er beugte sich zum Haustor hinaus, um die Entfernung zwischen sich und dem Seicento abzuschätzen. Die Außenspiegel waren wunderbarerweise noch an ihrem Platz.

Das lag am Regen: Sie waren es nicht wert, daß man sich für sie durchnässen ließ.

Die Straße war eng und leicht abschüssig. Die Bürgersteige waren zu Parkplätzen geworden; Hinweisschilder und Pfeile deuteten an, daß dies eine Einbahnstraße war, aber darum kümmerte sich keiner, und der Verkehr lief stockend. Hupen, Proteste, Flüche, Beleidigungen verschiedenster Art. Torrisi beugte sich wieder vor. Das Durcheinander, die Pfützen, die Spritzer, welche die Hosensäume mit Dreck beschmutzen würden, waren ihm unangenehm, doch die gleich folgende Berührung mit dem Regen versetzte ihn in gute Stimmung. Er zog den Kopf nicht mehr in den Hauseingang zurück: Er drehte ihn plötzlich nach rechts und links, um etwas Störendes auszumachen, das er schon beim ersten Mal wahrgenommen hatte, ohne aber mit Bestimmtheit sagen zu können, was. Er zog die Augenbrauen zusammen, um Einzelheiten besser erfassen zu können, die ihm vertraut waren. Alles schien in Ordnung, wie immer, aber er fühlte das Kribbeln der Gefahr. Er zog sich in den Hauseingang zurück, bis er im Dunkel verschwand. Er steckte den Revolver vom hinteren Teil seiner Hose in die rechte Jackentasche und hielt die Hand darauf. Er ging auf den Bürgersteig hinaus und trottete zu seinem Seicento, der zwischen einem Lieferwagen und einem Personenwagen eingekeilt war.

»Signor Torrisi, soll ich den Lieferwagen wegfahren?« fragte ihn ein Mann mittleren Alters, dessen Haare eher weiß als grau waren. Er stand auf der Schwelle des kleinen Geschäfts mit der Aufschrift »Druckerei«. Er trug einen vom vielen Waschen verblaßten schwarzen Kittel, in seiner Stimme schwang Ernsthaftigkeit.

»Wem gehört denn dieses Panzerfahrzeug?« sagte der Inspektor und zeigte auf das Familienauto, auf dessen Hecktür er »Renault« las.

»Wer das errät, ist tüchtig. Der war schon hier, als ich ankam. Ich habe mich hinter Ihren Seicento gestellt, weil das der einzige freie Platz in der ganzen Straße war. Lieber Ispettore, da muß was getan werden, so geht das nicht weiter. Zu viele Autos, zu viel Durcheinander, keine Achtung vor dem, der den Platz braucht. Da kommt einer von irgendwoher und stellt sich da hin. Da frag ich doch und sage: und die, die hier wohnen und arbeiten, was machen die? Wo sollen die hin? Meinen Sie, da läßt sich was machen?«

Der Inspektor hatte die letzten Worte nicht mehr mitbekommen. Aus den Augenwinkeln hatte er gesehen, wie sich hinter ihm etwas bewegte. Er hatte sich nicht gleich umdrehen wollen. Während er so tat, als würde er dem Drucker zuhören, hatte er die Haltung verändert, bis das, was er vorher im Rücken hatte, nun seitlich von ihm war. Schließlich richtete er seinen Blick auf das, was er zuvor schon wahrgenommen hatte, ohne es zu erkennen.

Sie waren zu zweit, mit Sturzhelm auf. Sie saßen auf einem großzylindrigen himmelblauen Motorrad. Torrisi begriff, daß sie darauf warteten, sich auf ihn zu stürzen, doch das Auftauchen des Druckers hatte sie daran gehindert, und jetzt zögerten sie. Sollte er das Polizeipräsidium anrufen und Verstärkung anfordern? Das hatte er noch nie getan. Aber er war ja auch noch nie auf zwei Typen gestoßen, die so ungeduldig waren, ihn umzubringen. Und außerdem war er sechzig und hatte den legitimen Wunsch zu leben.

»Kann ich mal telefonieren?«

»Aber selbstverständlich, Ispettore.« Der Drucker zeigte mit einer zeremoniösen Handbewegung auf das Geschäft. »Fühlen Sie sich ganz wie zu Hause.«

Torrisi machte einen Schritt. Dann blieb er stehen. Was, wenn sich die beiden aus dem Staub machen oder beweisen würden, daß sie gar nicht seinetwegen hier waren? Im Präsidium hätten sie getuschelt, daß Torrisi inzwischen eine derartige Angst hat, die Pension nicht mehr zu erleben, daß er, sobald er zwei harmlose

Motorradfahrer sieht, sie für seine Killer hält. Gerade so, als wäre er der Kommissar Ribaudo, Friede seiner Seele.

Torrisi stellte sich mit dem Rücken zum Geschäft. Er sah sich die beiden mit dem Sturzhelm genau an: Sie waren nicht da, um einen Freund zu treffen, sie waren nur seinetwegen da. Als vorgesehenes Opfer überlegte er sich genau, wie er zum unvorhergesehenen Köder werden könnte. Die beiden würden den Mund nur aufmachen, um einer schweren Beschuldigung zu entgehen, einer Anklage wegen versuchten Mordes. Aber würden sie den Mund auch aufmachen? Die Wahrscheinlichkeit stand eins zu hundert.

Und wegen dieser Wahrscheinlichkeit soll ich mein Leben aufs Spiel setzen? Er nannte sich ein ausgemachtes Arschloch. Er nahm sich eine Zigarette, die unter dem Regen nicht angehen wollte.

Aber wie nehme ich sie fest? Er schaute auf die Zigarette und hatte keinen Einfall.

»Wissen Sie was?« Torrisi hatte einen Entschluß gefaßt, und während er redete, wiederholte er sich, daß er ein ausgemachtes Arschloch sei. »Ich rufe doch nicht an. Es geht genauso schnell, wenn ich direkt fahre.« Der Regen hatte jeden Reiz verloren, er störte ihn nur.

»Dann fahr ich den Lieferwagen weg«, war die eifrige Antwort des Druckers.

»Aber wo wollen Sie ihn denn hinstellen? Mir wäre es lieber, wenn Sie mich herauslotsen würden, wenn Sie mir sagen würden, ob jemand kommt, vor allem, ob ein Motorrad kommt. Die kommen blitzartig angeschossen, und schon hat man sie unter den Rädern. Dann muß man für sie möglicherweise auch noch so bezahlen, als wären sie neu.« Sein Lachen war angestrengt, und der andere lachte ebenso.

»Wahre Worte«, sagte der Drucker. »Also nicht telefonieren?«

Torrisi schüttelte den Kopf: Er dachte wieder über

die Falle für die beiden mit dem Motorrad nach, aber es fiel ihm nichts ein.

»Soll ich wirklich den Lieferwagen nicht wegfahren? Für mich kein Problem ... In Ordnung, hab verstanden. Steigen Sie ein, ich helf Ihnen heraus. Immer zu Diensten.«

Als er die Wagentür öffnete, hatte er das Motorrad und die beiden mit dem Sturzhelm direkt vor sich. Sie warteten darauf, wegfahren zu können, der Motor lief ganz leise. Torrisi nahm den Schal ab und legte ihn auf den Beifahrersitz: Unter den Schal legte er den Colt. Sein 45er war fast ein Museumsstück, aber er zog ihn allen automatischen Waffen vor, die im Umlauf waren: Man lief keine Gefahr, daß er klemmte oder daß ein Schuß von alleine losging. Und außerdem erinnerte er ihn an Tex Willer, den unbesiegbaren Helden seiner Kinderzeit.

Der Drucker stellte sich mitten auf die Straße und versuchte, den Fluß der Autos etwas einzudämmen. Mit lauter Stimme sagte er: lenken, vorwärts, rückwärts. Torrisi folgte den Anweisungen, dem Gefuchtel des Druckers nur mit Mühe. Er wanderte mit seinen Augen ständig von einem Spiegel zum anderen. Es kümmerte ihn einen Dreck, ob er an den Lieferwagen stieß, an den er ohnehin schon zweimal gekommen war, oder auch an den Renault; ihn kümmerten nur die Bewegungen der beiden mit dem Sturzhelm. Sie saßen rittlings auf dem Motorrad und zeigten keinerlei Ungeduld.

Die Schinderei mit dem Lenkrad hatte ihn ins Schwitzen gebracht, aber Torrisi wußte, daß die Hitzewallungen, die sich vom Kopf über den ganzen Körper ausgebreitet hatten, nicht nur das Ergebnis hektischer Arm- und Beinbewegungen waren. Eine derartige Angst hatte er noch nie gehabt. Wieder liebäugelte er mit der Idee, aus dem Wagen zu steigen, in den Laden zu stürzen und Verstärkung anzufordern.

Der Drucker gab ihm mit beiden Armen ein Zeichen, daß er endlich herausfahren konnte.

Torrisi wandte den Kopf erst zum Geschäft, dann zu den beiden. Er kurbelte das Fenster herunter, dankte, gab Gas und schleuste sich in ein zehn Meter freies Stück Straße ein. Nach weiteren zehn Metern war er in eine Autoschlange eingekeilt, die nur stockend vorwärts kam. Im Innenspiegel sah er, daß das Motorrad ziemlich weit hinten war: um an ihn heranzupreschen, hätte es über den Bürgersteig fahren müssen, aber dort behinderten es Fußgänger und die verboten geparkten Autos. Torrisi warf die Zigarette aus dem offenen Fenster und legte die Pistole zwischen seine Schenkel. Fehlt nur noch, daß ich mir zwischen die Eier schieße.

Sie kamen auf die Via XX Settembre. Das Wasser, das von den weiter oben gelegenen Straßen heruntergeschossen kam, bildete Pfützen und Bäche, die das Weiterfahren der Autos und die Fußgänger behinderten. Das Motorrad gab etwas Gas, Torrisi griff zur Pistole. Er blickte hektisch auf die Geschäfte, Bäume, Bürgersteige, Autos: Seine Ermittlungen kümmerte sie alle einen Dreck, auch die Festnahme der beiden mit dem Sturzhelm, die Bedeutung, sie in Handschellen zu legen, während sie im Begriff waren, ein schweres Verbrechen zu begehen, nämlich den Mord an ihm. Und wen von seinen verwichsten Kollegen würde das kümmern? Und wen kümmerte schon die Polizei, der Staat, Don Salvatore und der Dottore? Er wollte leben, aber er hielt sich schon für eher tot als lebendig.

Es gab niemanden. Weder Schutzmänner noch Streifenwagen noch Zivilstreifen. Es gab nur die beiden auf dem Motorrad und den Regen, dessen Dichte einen Schleier vor der Windschutzscheibe des Seicento bildete. Er drückte auf die Hupe: aus Verzweiflung, um Hilfe zu erhalten, um freie Fahrt zu bekommen. Das Hupen verlor sich inmitten der anderen Hupen, die Protest und Unverschämtheit derer zum Ausdruck brachten, die in diesem Gewühl steckten und ihrer Wut auf die Gemeinde, die Provinz, die Region und die Regierung freien Lauf ließen.

Plötzlich bremste er. Er hatte die Ampel an der Kreuzung vergessen: Erst im letzten Moment hatte er das Rot und den schon stillstehenden Linienbus bemerkt. Er blickte in den rechten Außenspiegel: Das Motorrad war verschwunden. Er blickte in den linken und sah es auf dieser Seite näherkommen. Der Fahrer war über den Lenker gebeugt, der andere hatte eine Hand in die Jacke gesteckt.

Die Ampel sprang auf gelb. Der Autobus ruckte an und schaukelte auf den Rädern, bereit weiterzufahren. Das Motorrad war noch wenige Meter vom Seicento entfernt. Es hatte beschleunigt, und der auf dem Hintersitz war dabei, die Hand aus der Jacke zu ziehen. Torrisi öffnete blitzartig und mit aller Kraft die nach hinten aufgehende Wagentür und drängte es gewaltsam zurück. Er duckte sich so tief es nur ging, drückte sich auf den Beifahrersitz und versuchte, dort auszusteigen. Er hörte das Quietschen von Bremsen, einen Zusammenstoß, dann ein Geräusch, das ihm wie ein Knall vorkam, gefolgt von einem Strahl verrückt gewordener Glassplitter. Er warf die Tür auf, während ein zweiter Knall einen Hagel von Glasscherben verursachte. Torrisi überraschte sich selbst mit dem Beckenstoß, der es ihm ermöglichte, sich sozusagen auf den Asphalt hinauszuköpfen. Er landete im Wasser, während ein dritter Knall die Scheibe des Seitenfensters wenige Zentimeter von seinem Kopf entfernt zertrümmerte.

Er hielt den Colt fest in der rechten Hand: mit der linken verstellte er den rechten Außenspiegel und sah, daß der Hintermann auf dem Motorrad seine Pistole auf ihn richtete. Der Killer hatte den Inspektor nicht gesehen, mutmaßte aber, wo er sich versteckt haben könnte. Torrisi rollte sich zum hinteren Teil des Seicento: An seinen Anzug hefteten sich alle nur möglichen Abfälle, das schmutzige Wasser von der Straße drang ihm in den Mund. Der vierte Knall pulverisierte die Scheibe der Tür, durch die Torrisi entwischt war, und traf auch den Außenspiegel genau in der Mitte. Er atmete schwer. Neben ihm fuhren unzählige Autos vorbei. Kein Fluchtweg war breiter als zehn Zentimeter: versuchte er, einen zu benutzen, wäre er leichte Beute. Er wußte nicht, was er tun sollte, er wußte nur, daß er nicht sterben wollte. Er war jetzt am äußersten Rand des Seicento angekommen, noch ein Schritt, und er wäre ohne Schutz. Auf den Fersen kauernd, rückte er zum Nummernschild hinüber: Er schloß die Augen, erwartete den fünften Knall, den endgültigen, der seinen Kopf in die Luft jagen würde. Der Knall kam nicht, und Torrisi öffnete die Augen: Er stützte eine Hand auf die Rückscheibe, hielt sich an ihr fest und sprang auf. Er hätte niemals sagen können, ob er zuerst schoß und dann schrie oder ob er zuerst schrie und dann schoß. Jedenfalls tat er beides, hielt die Pistole ganz gerade, nutzte das Dach des Seicento als Armstütze. Der Colt 45 hatte sechs Schüsse: nicht einer ging verloren.

Es zerriß ihm das Herz, als er sah, in welchem Zustand sich sein Seicento befand. Da reichte kein Mechaniker mehr. Hier brauchte man einen Autoschlosser und einen Lackierer. Drei Millionen würden nicht genügen, und jeder würde ihm sagen, daß es ein Wahnsinn sei, daß die klügste Entscheidung der Kauf eines neuen Modells wäre. Doch auf den Seicento würde er niemals verzichten. Er hatte beschlossen, daß der Wagen ihn überleben sollte, indem er ihn dem Kloster seiner Mariannina schenkte.

Er wollte Urlaub, Mariannina wiedersehen ...

»Ispettore, ist alles in Ordnung?« Der junge Polizist hatte ein M12 und den Blick eines Besessenen. »Ispettore, was ist passiert?«

Torrisi hatte ihn schon gesehen, erinnerte sich aber nicht an seinen Namen. Er hörte die Sirenen der Streifen- und der Krankenwagen. Er hörte aufgeregte Schreie, er hörte die geflüsterten Sätze von denen, die wenige Zentimeter von ihm, vom Seicento, von denen mit dem Sturzhelm entfernt standen. Der Fahrer war halb vom Motorrad zugedeckt, sein Kumpane mit der Pistole war gegen ein geparktes Auto geschleudert worden und lag auf dem

Asphalt: Zwischen seinen Beinen hatte sich ein kleiner Bach gebildet.

Torrisi näherte sich mit vorgehaltener Pistole. Als er sich über den ersten beugte, erinnerte er sich, daß er alle Schüsse abgefeuert hatte und steckte den Colt in die Jakkentasche.

»Der hier ist hinüber«, sagte ein Polizist, der ihm zuvorgekommen war.

»Der hier auch«, pflichtete ihm einer in Zivil bei, den Torrisi am Anzug erkannte: der Superintendent Licciardello.

Der Polizist nahm dem Motorradfahrer den Helm ab, und Torrisi hatte den deutlichen Eindruck, daß ihm dieses Gesicht nicht neu war. Er machte zwei Schritte zu dem anderen hinüber. Licciardello nahm dem, der geschossen hatte, den Helm ab.

»Erkennst du ihn wieder?«

»Das Gesicht ist mir nicht neu«, antwortete Torrisi. Als er den zweiten ansah, begriff er auch, wer der erste war: die beiden Halbstarken, die ihn am Abend zuvor in der Café-Bar von Sferrocavallo so eingehend gemustert hatten. Ein weiteres Indiz gegen den Dottore. Aber das sagte er Li Destri nicht, der eine Viertelstunde später dazukam. Der Kommissar umarmte ihn bewegt.

»Wissen Sie schon, wer Ihnen die geschickt hat?«

»Eine halbe Vorstellung habe ich. Aber die behalte ich für mich, damit vermeide ich ein Attentat auf Ihre Pension und auf Ihr Verbleiben in dieser edlen, wunderbaren Stadt, die von Tag zu Tag schöner wird.«

Der Inspektor wandte sich entschlossen von den Toten ab, von der Menschenmenge, von den aufgeregten Kommentaren der Zeugen, die endlich einmal etwas gesehen hatten und Lust verspürten zu erzählen. Torrisi bot sein Gesicht dem Regen dar: Die Tropfen auf den Augen, auf den Lippen, auf den Wangen munterten ihn auf und bestätigten ihm, daß er lebte. Er benutzte das Wasser, um sich zu säubern: ein Glück, daß er den Borsalino zu Hause gelassen hatte, weil er sonst ebenso draufgegangen wäre wie der Cashmere-Schal, den ihm Mariannina zum vergangenen Weihnachtsfest geschenkt hatte.

»Torrisi, wo gehen Sie hin?« Li Destris Schrei löschte jedes andere Geräusch aus.

»Ich will sehen, ob es mir gelingt, die halbe Vorstellung in eine abgerundete ganze zu verwandeln und sie einem bereitwilligen Untersuchungsrichter zu servieren.«

»Wollen Sie Begleitschutz?«

Am Taxistand machten die Leute ihm stumm Platz. An der Art, wie sie ihn ansahen, begriff er, daß er keine besondere Achtung erregte. Er gab das Fahrziel an. Er war in einem erbarmungswürdigen Zustand. Das Weiß seines Hemdes erkannte man kaum noch; Spuren von Schlamm und Dreck waren auf Hose und Jacke. Hier und da versuchte er, Abhilfe zu schaffen, machte die Flecken aber nur noch größer. Auf dem Sitz ausgestreckt, bereitete er sich innerlich darauf vor, eine filterlose Nazionale zu genießen.

Um das Haus der Leanzas bewegte sich eine ununterbrochene Prozession von Männern und Frauen, alle mit traurigem Gesicht, gesenktem Kopf, betroffenem Ausdruck. Torrisi ließ die Zigarette in einen Spalt des Straßenpflasters fallen, sah, daß dort bereits eine Kippe lag, vielleicht war es seine von letzter Nacht. Niemand hielt ihn auf, niemand fragte ihn, wo er hin wollte. Ein paar Frauen sahen ihn wegen seiner Kleidung schief an, dachten aber wohl, das wäre wegen des Regens, der ohne Vorankündigung heruntergestürzt war.

Er kam zur ersten Etage. Die Tür stand auf. Um hinein- oder herauszukommen, mußte man sich in eine Schlange stellen und warten, bis man an der Reihe war. Er dachte nicht, daß Leanzas Leiche bereits nach Hause gebracht worden sein könnte: Die Autopsie war ein langwieriger Vorgang. Er hatte sich geirrt. Ein leises Wimmern führte ihn zum Wohnzimmer. Der Klostertisch war an die am weitesten entfernte Wand gestellt worden, und an seiner Stelle stand der mit einer Glasscheibe abgedeckte Sarg. Totòs Frau saß in einem großen Sessel und empfing still die Ehrfurchts- und Beileidsbezeigungen. Die Kinder und Schwiegertöchter hatten sich hinter ihr aufgestellt und verweilten im Gespräch mit denen, die es verdient hatten.

Leanzas Frau war von Kopf bis Fuß in Schwarz gehüllt, die Kinder und die Schwiegertöchter nicht. Die Söhne trugen dunkelblaue und dunkelgraue Maßanzüge, die wahrscheinlich ihre gewohnte Bürokleidung war. Die Schwiegertöchter und die Tochter hatten elegante Nachmittags- und Abendkomplets an. Torrisi war von der Darstellung gedeckter, auf den Umstand abgestimmter Farben beeindruckt. Viele der Besucher, vor allem die nicht mehr so jungen, kamen dagegen im traditionellen Schwarz. Wer nichts Schwarzes hatte, trug eine schwarze Armbinde oder schlimmstenfalls einen schwarzen, über dem Herzen angenähten Knopf. Es war ein Tag der Trauer für den, der dieses Haus besuchte, und alle sollten es wissen.

Torrisi stellte sich in eine Ecke. Er war verdreckt und wollte sich hier so nicht vor aller Augen zeigen. Er war nicht da, um zu gedenken, wie großzügig Totò Leanza gewesen war, wie umsichtig, Freund den Freunden, rechtschaffen, ehrlich, treu; auch nicht, um vor seinem Sarg niederzuknien. Er war nicht wegen des Toten da, sondern wegen der Lebenden. Er war da, um einen Pakt abzuschließen, der auch dem Verstorbenen zugute kommen würde: Ist Rache denn nicht die beste Vergebung?

Eine der Frauen machte Vincenzo Leanza auf die Anwesenheit des Inspektors aufmerksam. Zwischen ausgestreckten Händen hindurchgleitend, die ihn berühren wollten, kam Don Salvatores Erstgeborener zu Torrisi herüber.

»Was ist Ihnen passiert?« Vincenzo Leanza war klar, daß es nicht das Unwetter gewesen war, das den Inspektor in diesen Zustand gebracht hatte.

»Man hat versucht, mich dahin zu schicken, wo ich Ihrem Vater Gesellschaft leisten kann.«

Vincenzo Leanza hatte Mühe, seine Tränen zurückzuhalten.

»Entschuldigen Sie ... Es tut mir leid ... Ich wollte nicht ...« Torrisis Übermut versiegte angesichts dieses echten Schmerzes. »Es ist ein Wunder, daß ich am Leben bin. Ich habe zwei Typen umgelegt, und das habe ich noch nie gemacht. Ich bin noch immer ganz durcheinander, aber leider habe ich vergessen, daß ich weiterhin lebe und Ihr Vater nicht.«

Er strich dem Sohn von Don Salvatore über den Arm.

»Wollen Sie ihn sehen?«

»Ich habe ihn auf der Piazza del Carmine gesehen, und das hat mir gereicht.«

»Hatte er Geldscheine im Mund?«

»Ja.« Er sagte das leise, mit echtem Widerwillen, er drehte den Kopf weg, so, als hätte er Angst, die Szene noch einmal zu sehen.

»Dottor Leanza, wie kommt es, daß der Leichnam Ihres Vaters schon hier ist?« Seine berufliche Neugier war stärker als jede Ehrfurcht. Wer als Bulle geboren wird, stirbt auch als Bulle: Das war die schlimmste Beleidigung unter den kleinen Kindern auf den Gassen.

»Dank des Schwiegervaters meines Bruders Ferdinando. Er ist ein langjähriger Freund und Kollege des Gerichtsmediziners. Er hat die Autopsie gleich durchgeführt.« Vincenzo Leanza war noch hin und her gerissen zwischen dem Schmerz über den Verlust des Vaters und den Pflichten, die seine neue Rolle als Familienoberhaupt ihm auferlegten. Torrisi beobachtete, daß der junge Leanza sich souverän in dem dunkelblauen Anzug bewegte, der drei Viertel von Torrisis Gehalt gekostet haben mußte. Anders als Don Salvatore, war der Sohn im Wohlstand aufgewachsen, hatte dessen Regeln und Gewohnheiten angenommen. Torrisi hatte gelernt, daß auch das Reichsein ein Beruf ist. Wieviel von seinem Reichtum wäre der junge Leanza wohl bereit auszugeben, um die Mörder seines Vaters zu finden?

»Dottor Leanza, bitte hören Sie mir aufmerksam zu. Derjenige, der den Auftrag gegeben hat, Ihren Vater zu töten, hat auch den Auftrag gegeben, mich zu töten.«

»Sind Sie sich da sicher?« Vincenzo Leanza war es nicht und musterte den Inspektor eiskalt.

»Mir fehlen die Beweise, aber ich hoffe, Sie können sie mir liefern.«

»Was?«

»Hat Ihr Vater jemals den Namen Gesualdo Bellomio erwähnt, den, den alle den Dottore nennen?«

»Nein. Aber ich weiß, wer er ist.«

»Ihr Vater hat Bellomio nie erwähnt?« Torrisi erhitzte sich, als er den Namen wiederholte, durchschnitt die Luft mit der Hand und zog die allgemeine Aufmerksamkeit auf sich.

»Kommen Sie«, sagte Leanza. »Gehen wir woanders hin.« Er führte ihn in einen rechteckigen Raum. Drei von vier Wänden wurden von einem Schrank mit verschlossenen Türen eingenommen. An der letzten Wand ein kleiner Schreibtisch mit einer Schreibunterlage aus Leder und einem Tintenfaß aus früheren Zeiten, in dem ein Gänsekiel steckte.

»Das war Papas Arbeitszimmer«, sagte Leanza. »Er benutzte es nie. Aber hier bewahrte er jeden Vorgang aus dem Italian Business auf. Sind Sie da jemals gewesen? Ein häßlicher Tisch, ein paar Stühle, zwei Schubladen, in die er alle Papiere stopfte. Wäre es nach ihm gegangen, hätte man Computer, Fax und Taschenrechner gar nicht erfinden müssen. Und er hat Wohlstand für uns alle geschaffen.«

Torrisi dachte anders über die Reichtümer der Leanzas, behielt das aber für sich.

»Was ist hier drin?« Der Inspektor deutete auf den Schrank, der von einer Wand zur anderen reichte und an dem keine Schlüssel steckten.

»Wer weiß? Wer hat schon je seine Nase da hineingesteckt? Meine Mutter müßte die Schlüssel haben. Ich vermute, wir würden darin die notariellen Unterlagen über das finden, was wir besitzen, und vielleicht noch anderes.«

»Hatte Ihr Vater Angst, ermordet zu werden?«

»Soll das ein Witz sein?« Vincenzo Leanza durchfuhr ein Wutschauer. Er verzog sein Gesicht und rückte die tadellose Jacke zurecht. »Ich verstehe Ihre Frage, und ich weiß nicht, was ich darauf antworten soll.« Er hatte die Beherrschung zurückgewonnen. »Für uns war Papa ein Geschäftsmann, der bei Null angefangen und ein Vermögen geschaffen hatte. Er hat mit uns niemals über Probleme oder Ängste gesprochen. Er wurde mit heiterer Gelassenheit alt, mehr noch, er alterte gar nicht, er ersann immer neue Unternehmungen. Ich habe mit meinem zweiten Bruder Ferdinando ein Steuerberatungsbüro, und mit Carmelo, meinem jüngsten Bruder, betreiben wir eine Versicherungsagentur. Ich, Ferdinando und Carmelo sind zudem Inhaber einer Finanzierungsgesellschaft, die unser Vermögen und das einiger Freunde verwaltet. Meiner Schwester Francesca, die noch ihren Universitätsabschluß in Philosophie machen muß, hatte mein Vater ein paar Immobilien übertragen, doch vor einiger Zeit hatte er vorgeschlagen, daß Francesca in die Finanzierungsgesellschaft eintreten und als ihren Kapitalanteil die Immobilien einbringen sollte. Papa liebte Francesca blind: Er hielt sie für die Intelligenteste in der Familie. Sobald wir einen Augenblick Ruhe haben, nehmen wir Francesca in die Finanzierungsgesellschaft auf. Wie Papa es wollte.«

»Und das Italian Business diente wozu?«

»Das war Vaters Spielzeug, die Finanzierungsgesellschaft für seine persönlichen Geschäfte, die von denen der Familie streng getrennt wurden.«

Torrisi war der Meinung, er habe verstanden. »Ihr Vater ist für etwas ermordet worden, das mit dem Italian

Business zu tun hat. Unter den Papieren, die er dort aufbewahrte, werden wir die Erklärung für den Mord an ihm und für das Attentat auf mich finden.«

Vincenzo Leanza blieb reglos stehen und sagte nichts. Mit dem Daumen und dem Zeigefinger der linken Hand zerrte er heftig an einem Knopf seiner Jacke.

»Darf ich rauchen?« fragte Torrisi.

»Bitte sehr.«

Torrisi suchte die am wenigsten zerdrückte Zigarette aus und zündete sie an.

»Ich dachte nicht, daß es die noch gäbe.« Der junge Leanza war überrascht, ein Päckchen mit filterlosen Nazionali zu sehen.

»Geschenk eines alten, viel zu früh verstorbenen Freundes. Einer aus vergangenen Tagen, wie Ihr Vater.« Torrisi betrachtete eingehend die Physiognomie des Sohnes von Totò Leanza: Es war die Physiognomie eines jungen Mannes, der offen war, selbstsicher, und ein ungebrochenes Vertrauen in die Zukunft hatte. Und bis vor wenigen Stunden war er sich auch seines Vaters noch sicher gewesen.

»Ich will mich mit dem, was geschehen ist, nicht abfinden«, sagte Vincenzo Leanza. »Ich glaube hartnäckig daran, daß es eine Erklärung gibt, aber ich kann sie nicht finden.« Er verschränkte die Arme vor der Brust.

»Ich erzähle Ihnen etwas, das ich weder dem Richter noch der Polizei, das heißt meinen Kollegen erzählt habe.« Torrisi wollte um jeden Preis das Vertrauen desjenigen gewinnen, der die letzte, flüchtige Spur in Händen hatte. »Ihr Vater hat mich gestern abend aus einer Café-Bar angerufen, die sich in der Nähe des verbunkerten Landsitzes von Bellomio befindet. In dieser Gegend unterstehen selbst die Hundescheiße und die Fliegen, die darauf herumschwirren, der Gerichtsbarkeit des Dottore. Als ich in dem Lokal eintraf, konnte sich der Mann am Tresen nicht an Ihren Vater erinnern. Ich habe gebohrt und gebohrt, aber ohne Ergebnis. Dafür aber waren zwei

Mistkerle da, zwei Wanzen, als Halbstarke getarnt. Die haben mich so angestarrt, als müßten sie meine Gesichtszüge auswendig lernen. Um drei finden wir die Leiche Ihres Vaters, um acht gehe ich aus dem Haus, und da sind zwei, die auf mich warten, um mich aus dem Weg zu räumen. Das waren die beiden Kerle aus der Café-Bar. Wissen Sie, was Montanelli sagt? Er sagt, daß drei Zusammentreffen einen Beweis ausmachen, und ich stimme ihm voll zu.«

»Ispettore ...«, Vincenzo Leanza hatte Schwierigkeiten zu sprechen: Er zog die Worte eins nach dem anderen mühevoll hervor. »... Ich möchte eine schöne Erinnerung an meinen Vater bewahren. Für mich, für uns, ist er der beste aller Väter gewesen. Ich will nicht entdecken, daß er anders war, als wir ihn immer gesehen haben. Verstehen Sie mich?«

»Wollen Sie denn, daß die Mörder Ihres Vaters ungeschoren davonkommen?«

»Ich will, daß dieser Alptraum so schnell wie möglich ein Ende nimmt, und wenn ich Sie höre, dann geht er nie zu Ende, oder wir sind vor ihm am Ende, Sie, ich und wer weiß, wie viele andere noch. Meine Mutter hat schon genug geweint.«

Torrisi tat so, als hätte er ihn nicht verstanden. »Wir müssen die Papiere des Italian Business durchgehen ...«

»Ich weiß ja nicht einmal, wo die Schlüssel sind.«

Torrisi begriff, daß die Schutzmauern um seinen Gesprächspartner wackelten.

»Vielleicht weiß meine Mutter es«, sagte Vincenzo Leanza vorsichtig. »Jedenfalls bezweifle ich, daß Sie irgendetwas Wichtiges finden. Was suchen Sie eigentlich, Ispettore?«

»Eine Verbindung zwischen Ihrem Vater und Bellomio. Einen Vertrag, eine beeidigte Aussage, ein Dokument, damit wir verstehen, was los gewesen ist ... oder was los ist.« Torrisi hatte unbewußt leiser gesprochen.

»Und wenn's die nicht gibt?«

»Es muß sie geben. Wenn nicht, warum sollte man dann versucht haben, mich umzubringen?«

»Ich kann nichts versprechen. Immerhin, wo kann ich Sie erreichen? Nicht in Ihrem Büro.«

»Werden Sie auch einen Blick in diese Schränke werfen?«

»Ja!« rief Leanza wütend. »Wo erreiche ich Sie?«

»Ich gebe Ihnen meine Nummer zu Hause. Sie steht nicht im Telefonbuch ... Was immer das auch für einen Sinn hat in dieser Stadt ...« In diesem Augenblick wurde Torrisi klar, daß seine Wohnung völlig der Gnade seiner Feinde ausgeliefert war, und das bedeutete, daß die Aktenbündel von einer Stunde auf die andere entdeckt und vernichtet werden konnten. Die Aktenbündel waren seine Revanche für das Leben und waren wesentlich mehr wert als sein Leben.

Die Taxis waren verschwunden, verscheucht vom schlechten Wetter. Die Stadt glich einer Lagune, die Straßen der Altstadt hatten sich in Bäche verwandelt, die von den Vierteln an den unteren Hängen des Vulkans herunterstürzten. Torrisi brauchte eine Stunde, bis er in einen total überfüllten Bus steigen konnte. Weit von seiner Wohnung entfernt stieg er aus. Nachdem er eine halbe Stunde vergebens auf den zweiten Autobus gewartet hatte, ging er den langen Weg zu Fuß. Er brauchte noch einmal fünfundvierzig Minuten, bis er endlich seine Haustür erreicht hatte. Nicht einmal die Portiersfrau erkannte ihn. Auf dem ersten Treppenabsatz ging ihm die Puste aus. Sein schleimiger Husten zerriß ihm die Brust. Er setzte sich auf die Stufen: Ihm fiel ein, daß man in seiner Wohnung vielleicht auf ihn wartete. Er war versucht, sich von der Portiersfrau begleiten zu lassen. Aber das hätte nichts genützt. Man hätte sie neben ihm umgelegt, und dann wäre er mit einer weiteren Last auf dem Gewissen vor den heiligen Petrus getreten. Er nahm den Colt und erinnerte sich, daß er ihn nicht nur leergefeuert hatte, sondern auch, daß er keine Munition bei sich hatte.

Er befingerte die Zigaretten: Sie waren zu einer unförmigen Masse geworden.

Fehlt nur noch, daß ich auf den Stufen ausrutsche, brummelte er, als er wieder aufstand.

Man wartete nicht auf ihn. Er streckte sich in der Badewanne aus. Bei jeder Bewegung krachten irgendwelche Knochen, taten ihm irgendwelche Wirbel und Rippen weh. Er schlief, bis er von der Kälte des Wassers geweckt wurde, die sich in seinen Gliedern ausbreitete.

»Kann ich jetzt mal telefonieren?« fragte Torrisi, als er in das Druckereigeschäft kam.

Der Drucker sah ihn an, als hätte er einen sprechenden Toten vor sich.

»Aber natürlich können Sie das«, stammelte er und trat von einem Bein auf das andere. »Fühlen Sie sich ganz wie zu Hause.« Während er das sagte, vergewisserte er sich, daß niemand mithörte. Er war durchaus nicht mehr sicher, ob es so klug war, mit Inspektor Torrisi freundschaftlichen Umgang zu pflegen.

Mit seinem Körper verdeckte Torrisi die Tasten. Er wollte dem Drucker nicht die Möglichkeit geben, neugierig die Nummer zu beobachten, die er wählte. Er hatte das Telefon in seiner Wohnung nicht benutzt, weil er wahrscheinlich bereits abgehört wurde.

Nachdem er die Sperre dreier Schwestern überwunden hatte, konnte er mit Mariannina sprechen.

»Papa, ist etwas passiert?«

»Nichts Schlimmes, ich hatte einen Unfall, aber es geht mir gut. Mariannina, ich habe es eilig, du mußt mir einen Gefallen tun. Ich werde dir die Truhe schicken, die wir in der Diele stehen haben.«

»Ich muß die Schwester Oberin erst um Erlaubnis bitten.«

»Mariannina, die Truhe geht heute nacht ab, spätestens morgen früh. Du hast zwei Tage Zeit, um die Schwester Oberin zu überreden. Laß dir eine Entschuldigung einfallen, irgendwas ...«

»Aber Papa ...«

»Mariannina, komm sei lieb, ich bin ein bißchen müde. Ich wollte sagen, du wirst schon einen Weg finden, die Schwester Oberin zu überreden. In der Truhe sind ein paar Papiere: Du mußt mir den Gefallen tun und sie ein paar Wochen lang bei dir aufheben. Sowie ich kann, komme ich und schaffe sie weg.«

»Papa, du verheimlichst mir doch nichts?«

»Die üblichen Probleme, ich erzähl dir alles später. Ich komme bald.«

»Ich werde für dich beten.«

»Das scheint mir eine schöne Idee zu sein. Gemeinsam mit deinem Chef können wir was Gutes auf die Beine stellen.«

»Papa, wie redest du denn?«

»Mein Schatz, einen Kuß. Ach, beinahe hätte ich es vergessen: Das, was in der Truhe ist, darfst du keinem zeigen, und du darfst es dir auch nicht ansehen.«

Die Truhe mit den Aktenbündeln wurde abends von den Gästen des Zentrums von Padre Munafò abgeholt, die mit der Sammlung der Weihnachtsspenden für die Armen begonnen hatten. Am nächsten Morgen setzte sich Padre Munafò persönlich mit dem Spediteur in Verbindung. Zwölf Stunden später wurde die Truhe an das Klausurkloster in San Severino Marche geschickt. Empfängerin: Schwester Maria von der Göttlichen Vergebung, mit weltlichem Namen Mariannina Torrisi.

IX

Was für eine schöne Art, die Woche zu beginnen. Den von General Miglietta bei ihm angeforderten Geheimbericht hatte er bis zuletzt aufgehoben. Er betraf den Diebstahl von sechs Mauser-Karabinern, Kaliber 7.62: eine Waffe von großer Präzision, für Scharfschützen. Und Scharfschützenanwärter gab es in jedem Winkel des Landes mehr als genug. Bevor er den Bericht übergab, wollte er sichergehen, daß er die richtigen Worte gebraucht, die Kommas richtig gesetzt hatte. Der Diebstahl war vor vier Tagen passiert – oder besser: da wurde er bemerkt. Er hoffte, die Ausbreitung der Nachricht verhindert zu haben, indem er mit den fünf Carabinieri gesprochen hatte, die nach und nach davon erfahren hatten. Ihnen hatte er schwerste Disziplinarmaßnahmen angedroht.

Die Mauser-Karabiner mit ihren optischen Zielvorrichtungen sowohl für den Gebrauch bei Tag, ein Fernrohr, als auch bei Nacht, ein Lichtbündelungsgerät, waren die perfekten Waffen für ein Attentat. Alles deutete darauf hin, daß es sich um einen Diebstahl auf Bestellung handelte. Doch wer steckte dahinter? Miglietta hatte getobt und unverzüglich eine Klärung gefordert, und zwischen den Tobsuchtsanfällen hatte er auch die Spur aufgezeigt, der seines Erachtens nachzugehen wäre: ein letztes Aufbäumen extremistischer Gruppen, ein Versuch, die bewaffneten Banden wiederherzustellen.

Er las aufmerksam den knapp eine Seite umfassenden Bericht, der Migliettas Wertung widersprach. Aus ihm ging nämlich hervor, daß nach Berichten aus der zuverlässigsten externen Quelle einer der sechs Karabiner bereits an der Porta Palazzo zum Verkauf angeboten worden war und zwei weitere im Arsenal des Mafiaclans der Mezzapunta gelandet waren.

Kurz: Der Terrorismus hatte damit gar nichts zu tun, wohl aber das gewöhnliche und hoch gefährliche Verbrechermilieu, das sich auf einen Basismann innerhalb der Kaserne und auf weitere Komplizen stützen konnte, die die sechs Karabiner zur Seite geschafft hatten. Mithin, aber das hatte er nicht geschrieben, handelte es sich um einen viel komplizierteren Fall, als man voraussehen konnte.

Wären die guten alten Roten Brigaden an der Sache beteiligt gewesen, die ihm nicht nur aufregende Tage, sondern auch einen schönen Sprung auf der Karriereleiter beschert hatten, hätte er die Schuldigen schließlich gefunden, weil sie sich durch ihre Idealen und ihre Ideologie am Ende verraten hätten. Doch hier war weder das eine noch das andere beteiligt: Es handelte sich ausschließlich um eine Frage des schnöden Geldes, Komplizenschaft unter Maulwürfen, vielleicht sogar Erpressung. Jeder Aspekt in dieser Sache würde wesentlich komplizierter, wesentlich doppelbödiger, wesentlich nuancierter sein. Der Fäulnisgestank verpestete bereits die Luft und würde sich in der gesamten Kaserne verbreiten, wenn er die wurmstichigen Äpfel nicht aussortieren und in den Abfalleimer werfen würde.

Leise deklamierte er die letzten Zeilen des Berichts: »In Anbetracht des bisher Dargelegten wird vorgeschlagen festzustellen, ob das Geschehene bekannt gemacht werden sollte oder nicht. Unsere Erfahrung läßt es ratsam erscheinen, das Geschehene so lange unter Verschluß zu halten, bis es vollständig aufgeklärt ist. Es besteht allerdings die Gefahr, daß innerhalb des für die Feststellung und die Festsetzung der Verantwortlichen notwendigen Zeitraums das eine oder andere der sechs Gewehre für kriminelle Handlungen eingesetzt werden könnte, was zu einem Erklärungsbedarf führen würde. Unterzeichnet Colonnello Alberto Cosentino.« Sie schienen ihm überzeugend, auch mit der klanglichen Wirkung seines Vor- und Nachnamens war er zufrieden: Er hörte sich gut an, zwang den, der ihn aussprach, das deutlich zu tun, und das verlieh ihm einen martialischen Ton.

Er faltete den Bericht zweimal und steckte ihn in einen Umschlag. Mündlich hätte er noch hinzugefügt, daß man die Sache nicht verborgen halten könne. Innerhalb kurzer Zeit würden alle, von den Offizieren bis zu den Kompaniefeldwebeln, etwas von dem Diebstahl mitbekommen haben, und dann wäre ein Wort zuviel, das einem in einer Café-Bar oder bei einem Familientreffen herausrutscht, der Anlaß dafür, daß jemand unsympathische Fragen zu stellen beginnt. Wie würden sie sich dann verhalten? Würden sie leugnen oder zugeben, daß in der Waffenkammer sechs Karabiner fehlten? Jedenfalls wäre das eine peinliche und heikle Situation, der man am besten zuvorkommen sollte.

Der Glockenschlag des Campanile sagte ihm, daß es eins war. Der kleine Appetit, der sich in seinem Magen meldete, bestätigte ihm, daß es Zeit war, nach Hause zu fahren. Auf den Ritus des Mittagessens verzichtete er nicht, auch nicht nach zwanzig Jahren in Norditalien.

Das Mittagessen als der Augenblick, an dem die ganze Familie beisammen ist, war eine Gewohnheit, die er aus Kindertagen mit sich schleppte. In allen Kasernen, in denen er gewesen war, hatte diese Manie ihm Witzeleien und väterliche Ratschläge beschert, damit aufzuhören und sich den Forderungen und den Abläufen des militärischen Lebens anzupassen. Aber auf diesem Ohr war er absolut taub. Und das schon als junger Offizier, als er noch bestrebt gewesen war, zu jeder Tages- und Nachtzeit vorbildlich zu erscheinen; und er war es auch jetzt, wo die beiden ersten seiner vier Kinder aufs Gymnasium gingen und mehr Freiraum bei ihrem Stundenablauf hätten haben wollen. Er war bereit, beim Abendessen ein Auge zuzudrücken, doch beim Mittagessen gab er nicht nach. Um 13 Uhr 30 wollte er sie alle um den runden Tisch im Eßzimmer versammelt haben. Das war seine Art, sich einen Überblick darüber zu verschaffen, daß die

Kinder wuchsen, daß seine Frau ihnen weiterhin Anweisungen gab, daß die Familie funktionierte.

Über Treppen und durch Flure gehend, erwiderte er, ohne aufzublicken, die Grüße derer, die an ihm vorbeigingen. Er verabschiedete den Fahrer, der am Steuer des zuckertütenbraunen Croma saß. Er fuhr aus der Kaserne und überlegte, welche Pasta es geben würde. Er erinnerte sich nicht mehr, ob heute Rigatoni mit Tomatensauce und Ricotta vorgesehen waren oder Fadennudeln mit einer Sauce aus Mettwürstchen, die eine seiner Schwestern zusammen mit fünf Litern Olivenöl aus Sizilien geschickt hatte.

In der Via Micca mußte er einmal nach links und dann nach rechts abbiegen, dann ging es geradeaus. An seinem Seitenfenster klopfte es, als er gerade den ersten Gang einlegte, um nach rechts abzubiegen. Er nahm einen Stadtplan wahr, eine Masse grauer Haare mit Seitenscheitel, die über der Stirn nach vorne quollen, ein Gesicht, das ganz auf Mitleid aus war. Der Mann fuchtelte mit dem Stadtplan und zeigte mit dem Finger auf etwas. Der Colonnello hätte ihn am liebsten verwünscht, dachte dann aber an die Uniform, die er trug, an den Eid, jederzeit und unter allen Umständen dem Bürger zu Diensten zu sein. Er fuhr so dicht wie möglich auf die Seite und ließ das Seitenfenster herunter.

»Entschuldigen Sie, entschuldigen Sie vielmals...«, sagte der Mann mit dem Stadtplan in der Hand. »Ich suche diese Via Dusmet, die nach dem Plan hier in der Nähe sein muß. Aber ich laufe seit fast einer Stunde im Kreis und finde sie nicht.«

»Eine Via Dusmet gibt es nicht«, antwortete der Colonnello, irritiert wegen der sinnlosen Frage. »In diesem Viertel nicht, und ich würde mich wundern, wenn es sie in der Stadt gäbe. Ich habe noch nie von ihr gehört. Ich wüßte wirklich nicht ...«

Der Colonnello grüßte und drückte auf den Knopf, der die Fensterscheibe schloß.

»Weißt du, was das hier ist, Alberto?«

Der Colonnello erkannte sofort, daß es sich um eine Browning vom Kaliber 9 handelte. Der Lauf kam unter dem Stadtplan hervor; er hatte irgend etwas Schamloses, und vor allem hinderte er die Scheibe daran, sich zu schließen. Der Colonnello musterte den Mann, der auf ihn zielte: Woher wußte der, daß er, der Colonnello, Alberto hieß? Wo kam er her? Und wieso duzte er ihn, als wären sie alte Bekannte?

»Mach die hintere Tür auf. Und keine Bewegung... versuche nichts.«

Aber der Befehl war überflüssig: Der Colonnello war von dem, was ihm widerfuhr, viel zu gelähmt für jegliche Reaktion. Er begriff, daß er in die einfältigste Falle getappt war, eine Falle, die man bereits als Rekrut erklärt bekam.

Er gab sich der Hoffnung hin, daß einer seiner Kollegen vorbeikommen oder daß man von den Fenstern der Kaserne aus merken würde, daß da etwas nicht stimmte. Er spürte bereits die Demütigung, wenn er erzählen müßte, daß er tolpatschiger als ein Fisch ins Netz gegangen war. Wer war der Mann? Ein Terrorist? Ein Killer? Ein Wahnsinniger? Ein Entführer? Im Rückspiegel sah er sich ihn an, er hatte sich hinter ihn gesetzt und die Browning nach unten gerichtet, wie kein Professioneller sie halten würde. Das kam ihm nicht wie das Verhalten eines Entführers vor. Er sah, daß der Mann unbeholfen, unentschlossen, wesentlich nervöser war als er selbst. Und außerdem, wer hätte das Lösegeld zahlen sollen? Etwa General Miglietta? Das konnte keine Entführung sein, allerdings konnte es etwas sein, das mit dem Diebstahl der Gewehre im Zusammenhang stand: eine Warnung, eine Einschüchterung? Oder war er ein bedauernswerter Verrückter, ein Aufgebrachter, zu jeder Wahnsinnstat bereit, weil man ihm den Gewerbeschein verweigert oder seinen Nachbarn nicht verhaftet hatte, der nachts den Fernsehapparat auf vollen Touren laufen ließ?

Doch wer immer er auch war, rätselhaft blieb, daß er den Namen Alberto mit zuviel Vertrautheit ausgesprochen hatte, als daß es nur ein Zufall sein konnte.

Der Colonnello sah erneut in den Rückspiegel, und dieses Mal begegnete er dem Blick des Mannes. Plötzlich erinnerte ihn das Gesicht, die Augen, eine leichte Falte um den Mund an etwas aus seiner Vergangenheit.

Der andere hatte bemerkt, daß er die lange Dünung der Erinnerung in Bewegung gesetzt hatte.

»Erinnerst du dich wirklich nicht, Alberto?« Sein Ton war leise, verbarg aber nicht den sizilianischen Akzent.

Er war nicht, wie der Colonnello befürchtet, vielleicht sogar gehofft hatte, ein Verrückter auf Freigang. Es war eine Stimme aus einer nie vergessenen Vergangenheit, die sich ihm um die Eingeweide schlang.

»Ich bin's«, sagte der Mann und steckte die Pistole in eine Tasche seines Dufflecoats. »Peppe Millepiedi.«

Der Colonnello haßte ihn seit siebenundzwanzig Jahren, das heißt seit dem Tag, als sie sich nach der Aushändigung der Abschlußzeugnisse der Mittelschule im Internat, das nach dem heiligen Franziskus von Sales benannt war, ›Auf Wiedersehen‹ gesagt hatten. Da hatte es den Beifall der Verwandten gegeben, die Süßigkeiten und den Spumante bei der Erfrischung, die Küsse und Umarmungen, die Versprechen unter Jungen, sich wiederzusehen, Jungen, deren Schicksalswege sich nun trennten. Zwei von ihnen waren Alberto Cosentino und Peppe Millepiedi, die drei Jahre lang die letzte Bank der mittleren Reihe miteinander geteilt hatten.

»Alberto«, hatte Peppe ihm gesagt, »leider nichts zu machen. Mein Vater hat es mir gestern abend nochmal gesagt: Ab Oktober gehe ich auf eine öffentliche Schule.«

Peppe war sofort aufs Land gefahren, und er, Alberto, hatte an Wehmut gelitten. Als der Unterricht wieder begann, hatte er angerufen, doch nur einmal war es ihm gelungen, mit Peppe zu sprechen, der jede Menge Vorwände anführte, um ihre Verabredung zu verschieben.

Alberto war darüber bitter enttäuscht: Ihm kam es vor, als hätte Peppe sich drei Jahre lang über ihn lustig gemacht, als wäre die Freundschaft nur ein Vorwand gewesen, um die Lateinaufgaben abschreiben zu können. Dann war Don Petralia gekommen, Italienisch- und Geschichtslehrer, der auch den Auftrag hatte, zweimal in der Woche Religion zu unterrichten.

Don Petralia hatte sie in die Schriften des Alten und des Neuen Testaments eingeführt: Moses, David, Hiob; die schwierigen Beziehungen zwischen Männern und Frauen; Schwestern und Müttern, die sich mitunter in Ehefrauen verwandelten und zu dem paßten, was sie in der alten Geschichte entdeckten, wo Römer und Ägypter eine besondere Neigung zum Inzest zeigten. Jedesmal, wenn sie zu einer derartigen Geschichte kamen, blickte Don Petralia von seinem Buch auf, ein furchterregender, ein flammender Blick schoß über seine dicken Brillengläser hinweg, die er auf der Nasenspitze trug, und er begann über den Niedergang der Sitten zu wettern. Von diesen Gebräuchen leitete er die Verstreuung der Juden, den Untergang der ägyptischen Kultur und den Fall des römischen Kaiserreichs ab.

Alberto hörte mit wachsender Unruhe zu: Er hielt diese Lesart der Geschichte für einseitig, trotzdem wagten es weder er noch die anderen, dem Lehrer zu widersprechen, der die Macht hatte, über Versetzung oder Sitzenbleiben zu entscheiden. Das Schlimmste aber war mit den alten Griechen auf sie zugekommen, über deren freizügige Sitten, die nach Don Petralias Ansicht vom Satan selbst geschaffen worden waren. Diese Liebschaften unter Männern, diese ungezügelten Leidenschaften zwischen erwachsenen Männern und Jünglingen ließen Don Petralias Halsadern jedesmal anschwellen, dessen Gesicht dann die Farbe von Peperonischoten annahm, wie Albertos Mutter sie im Herbst einmachte. Für Don Petralia war es die Sünde aller Sünden, das Symbol für menschliche Ausschweifung. Dann stand Don Petralia von seinem Stuhl auf, stieg vom Katheder herunter und zeigte, während er zwischen den Bankreihen auf und ab ging, mit dem Anklagefinger auf irgendeinen, auf den sein Blick gerade fiel. Don Petralia befragte jeden einzelnen in der Klasse und drohte denen mit dem Höllenfeuer im Jenseits und den fürchterlichsten Krankheiten im Diesseits, die sich allein schon in Gedanken diesem widernatürlichen Verhalten hingegeben oder einen anderen auch nur flüchtig gestreift und dabei gedacht hätten, daß es doch nur ein Körper und kein Mann sei.

»Und überhaupt«, sagte Don Petralia abschließend, als die Halsadern schon wieder aufgehört hatten zu hämmern, »wie würdet ihr denn aussehen, wenn ihr statt Hosen Röcke tragen würdet?«

Alberto hatte zunehmend Angst bekommen: Don Petralias Predigten brachten ihn um den Schlaf und raubten ihm die Luft zum Atmen. In der Klasse unternahm er übermenschliche Anstrengungen, um angesichts der tödlichen Prophezeiungen eine gleichmütige Haltung vorzutäuschen, doch nachmittags, wenn er in seinem Zimmer eingeschlossen war und lernte, war es eine Qual, und noch schlimmer war es in der Nacht. Er konnte die in der letzten Bank der mittleren Reihe verbrachten Monate einfach nicht aus seinen Gedanken verjagen: Es war ein Alptraum, der Tag für Tag sein Herz und seine Lust am Leben zerfraß. Wie konnte er all die Stunden vergessen und vor allem sich von ihnen freisprechen, in denen er mit Peppe Händchen gehalten hatte? Konnte er noch einen unschuldigen Freundschaftsbeweis in der von Peppe vorgeschlagenen Haltung sehen, die darin bestand, daß sie ein Bein über das Bein des anderen legten?

Nein, er hatte sich von jemandem umgarnen lassen, den er für seinen besten Freund hielt, und niemand würde ihm seine reinen Absichten glauben. Er war ein dreckiger Sünder. Jedesmal, wenn er sich vorstellte, wie seine Mitschüler ihn an dem Tag begrüßen würden, wo er im Rock erscheinen müßte, stürzte Alberto ins Bad. Er kotzte und weinte zugleich. Scham und Angst erfüllten ihn mit Zorn und Haß, er glaubte, er habe sich mit der verwerflichsten Sünde befleckt, er verging vor Verlangen, sich jemand anzuvertrauen, aber er erschauderte bei der Vorstellung, die Achtung der anderen zu verlieren, nachdem er seine eigene Selbstachtung verloren hatte.

Wie hätte er sich jemals vor seiner Mutter und seinem Vater rechtfertigen können? Was für eine Strafe hielte Don Petralia für ihn bereit, wenn er entdeckte, wie leicht er der Verlockung des Fleisches nachgegeben hatte?

Er schloß die Augen, sah sich in einem Rock, und als er sie wieder öffnete, standen sie voller Tränen. Er verfluchte Peppe, er verfluchte seine eigene Nachgiebigkeit. Nachts zitterte er vor Entsetzen über die Strafe, die ihn erwartete. Die wechselseitigen Zärtlichkeitsbekundungen hatte er für harmlos gehalten, aber er erinnerte sich an die Hitzewallungen, an die Zuckungen, die er jedesmal verspürt hatte, wenn sich ihre Beine umeinanderschlangen. Hitzewallungen, Zuckungen, die Don Petralias Zornesausbrüche inzwischen in einem anderen Licht hatten erscheinen lassen, und dieses Licht wurde durch die Flammen des Bösen zu etwas Grauenhaftem.

Diese Monate waren die Hölle. Aus seinen Wangen waren alle Zeichen der Gesundheit gewichen, seine Augen waren hohl, die Haut eingetrocknet. Seine Eltern waren darüber besorgt, und nachdem sie seinen Gewichtsverlust erst mit seinem Entwicklungsalter als Vierzehnjähriger erklärt hatten, schleiften sie ihn zum Arzt. Dottor Molinari gehörte zu den Hausärzten, die so tun, als würden sie den Puls fühlen, und einen dann die Zunge herausstrecken lassen, und die den Fall damit erledigen, daß sie abwechselnd ein Abführmittel und Aspirin verordnen. Alberto verabscheute beides, doch dieses Mal hätte er auch die doppelte Dosis genommen, wenn er damit sein Geheimnis hätte bewahren können. Doch entgegen seinen Gewohnheiten hatte Dottor Molinari ihn gründlich untersucht, bevor er Albertos Eltern hinausschickte. Dann fragte er unvermittelt: »Wie oft machst du's am Tag?« Alberto sah ihn mit weit aufgerissenen Augen an, und Dottor Molinari wurde genauer: »Wichsen.«

Weder Dottor Molinari glaubte ihm noch sein Vater. Der erstere hatte ihm erklärt, daß er, Alberto, sich im Wachstum befinde und Gefahr laufe, es zu stören. Sein Vater hatte ihm das genauer erklärt: Er hatte gesagt, daß jeder Mann vom lieben Gott eine genaue Anzahl von Patronen mitbekommen habe und es keine Möglichkeit gebe, weitere zu erhalten, wenn sie alle verschossen worden seien.

»Und du, Alberto«, hatte sein Vater feierlich gesagt, »verschwendest auf diese Weise nur deine Patronen, ohne etwas dafür zu bekommen, ohne sie zu genießen. Verstehst du?« Sein Vater hatte mit den Augen gezwinkert, aber Alberto war nicht ganz sicher, ob er die Bedeutung dieses Ratschlags wirklich verstanden hatte. Er hätte schreien mögen, daß er ja längst ein Mensch ohne jede Zukunft sei, dazu bestimmt, in die Tiefen der Erde zu versinken, daß kein menschliches und kein göttliches Erbarmen in der Lage sei, seine Sünden zu vergeben und zu läutern.

Das Gespräch über die Patronen hatte ihn noch unglücklicher gemacht. Bestürzt fragte er sich, mit wem er sie denn hätte verschießen sollen. Er war ja sicher, daß die mit Peppe getauschten Streicheleien ihn für immer gezeichnet hatten: Er würde sich für keine Frau mehr interessieren können. Dieser Mangel an Vertrauen in die eigenen Liebesneigungen begleitete ihn über viele Jahre. Auch wenn er im Lauf der Zeit das Trauma der Selbstbefriedigung, der Schuld, der Buße unter Höllenqualen überwunden hatte, brauchte er gegenüber dem anderen Geschlecht eine lange und leidvolle Lehrzeit. Er war von der Furcht durchdrungen, nicht auf der Höhe zu sein, und diese Furcht hatte ihn bis zum achtzehnten Lebensjahr jungfräulich erhalten, bis ihn die Mutter von Luca, mit dem er für das Abitur büffelte, in einer Espressopause förmlich vergewaltigt hatte.

Nach bestandener Anfangsprüfung hatte Alberto alle bis dahin aufgesparten Patronen rückhaltlos verschossen. Doch Peppe Millepiedi, seinen liebsten Jugendfreund, der seine Naivität ausgenutzt hatte, hatte er nicht vergessen. Sein Haß war im gleichen Maß gewachsen wie sein Bart. Er hatte nicht versucht, ihm zu begegnen, aber er hatte oft mit dem Wunsch an ihn gedacht, Millepiedi das durchmachen zu lassen, was er monatelang unter dem unbarmherzigen Finger von Don Petralia durchgemacht hatte.

Und da war Millepiedi nun. Der Colonnello rückte sich so auf seinem Sitz zurecht, daß er ihn besser beobachten konnte: Dieser Peppe hatte nichts mehr mit dem Peppe gemein, den er gekannt hatte. Das Aufblitzen einer obszönen Zweideutigkeit war an die Stelle aufblitzender List getreten, die ihn als Dreizehnjährigen von den anderen unterschieden hatte.

»Ich stecke in der Klemme«, flüsterte Millepiedi. »Tief in der Klemme.«

»Was heißt das?«

»Man will mich umbringen.«

»Warum?« Der Colonnello betrachtete eingehend Millepiedis Gesichtszüge: Er sah wirklich aus wie jemand, der dem Tod ins Auge geschaut hatte. Er wollte ihn als Mythomanen abtun, aber er schaffte es nicht.

»Ich bin in eine Geschichte hineingeschlittert, die größer ist als du und ich zusammengenommen.«

Der Colonnello antwortete nichts. Millepiedi deutete dieses Schweigen negativ und fuchtelte mit der Pistole unter Albertos Nase herum.

»Weißt du, wo du dir die Pistole hinstecken kannst?« Der Ton des Colonnello hatte sich plötzlich verändert. »Jetzt gehst du mir wirklich auf die Nerven. Für wen, zum Teufel, hältst du dich eigentlich? Ich erinnere mich kaum an dich, ich schulde dir nichts, und ich schmeiß dich aus dem Wagen, wenn du dich noch einmal unterstehst, mich zu bedrohen!«

»Ich habe Palme umgebracht.« Millepiedi legte die Pistole auf den Sitz. Sein Kinn legte er auf die Brust und steckte die Hände in die Tasche.

»Was für einen Palme?«

»Den schwedischen Premier. Stockholm ... 1986.«

»Du?«

»Ja, ich.« Millepiedi deutete so etwas wie Stolz an.

»Ich glaub dir nicht.«

»Du mußt mir aber glauben, denn ich brauche Hilfe.« Millepiedi regte sich so auf, als hätte er eine elektrische Ladung abbekommen. »Du mußt mich beschützen. Verstehst du, sie wollen mich umbringen, und ich bin seit zwölf Tagen auf der Flucht.«

»Und sie haben vier Jahre gebraucht, um den Entschluß zu fassen, dich aus dem Weg zu räumen?«

»Das fragst du mich?«

»Wen denn sonst? Deine Schwester?«

Sie lächelten beide, doch nur für wenige Sekunden.

»Alberto, ich weiß nicht genau, was los ist.« Millepiedi sprach mit hauchdünner Stimme. »Ich hatte inzwischen Erfolg. Die Sache mit Stockholm hatte ich schon fast vergessen, bis vor zwei Dienstagen zwei bewaffnete Männer vor meinem Haus standen. Ich denke, das ist ein Raubüberfall, sage, daß ich bereit bin, ihnen alles zu geben, doch einer mit blutunterlaufenen Augen richtet die Pistole auf mich und will schießen. Zufällig oder auch nicht zufällig taucht genau in diesem Augenblick ein Streifenwagen auf. Sie schießen aufeinander: Der, der mich abknallen wollte, bleibt tot liegen, der andere haut ab. Weißt du, wer mich umbringen wollte? Filippo Lo Verso... Filippo Brioche.«

Dieser Raubüberfall, dieser Name trafen den Colonnello wie ein Schlag. »Ach, du warst das mit dem fehlgeschlagenen Raubüberfall. Im Bericht, der uns zugegangen ist, stand kein Name.« Der Colonnello hatte wieder das Gefühl, daß der für seine jugendlichen Alpträume Verantwortliche nach siebenundzwanzig Jahren aufgetaucht war, um ihn in einen neuen Alptraum hineinzuziehen.

»Siehst du, daß ich dir die Wahrheit gesagt habe?« Millepiedis Ton wurde wärmer. »Für die bin ich so gefährlich, daß sie meine Ermordung als Raubüberfall mit tödlichem Ausgang tarnen wollten.«

»Und das alles, weil du Palmes Mörder bist?«

»Mein Gott, bist du schwer von Begriff? Ja, ja, ja, ich bin es. Ich habe den Beweis...«

»Gib ihn mir.«

»Nein, tu ich nicht... Ich bin doch nicht blöd... Ich brauche Schutz.« Millepiedi wurde wieder zur gehetzten Beute. »Wenn ich mich sicher fühle, liefere ich dir den Beweis.«

»Komm nach vorne, meine Schulter ist vor lauter Kopfumdrehen eingeschlafen.«

»Und wenn ich aussteige, nimmst du die Gelegenheit wahr, um Gas zu geben und mich hier inmitten der anderen zurückzulassen.« Millepiedi bewegte seine Hand zur Pistole.

»Laß die Pistole, wo sie ist. Ich gebe kein Gas, ich lasse dich nirgends zurück. Auch ich steig aus: Ich muß zu Hause Bescheid sagen, daß ich nicht zum Mittagessen komme.«

»Bleib«, sagte Millepiedi mit vorgehaltener Pistole. »Du legst mich nicht rein. Du tust so, als wolltest du zu Hause anrufen, dann läßt du mich verhaften, und ich bin verloren. Weißt du, wieviel Zeit die brauchen, mich im Gefängnis um die Ecke zu bringen?«

Sie forderten sich mit Blicken heraus.

»Aber die behalte ich.« Millepiedi steckte die Pistole in eine Innentasche seines Dufflecoats und kam nach vorne. »Ich will nicht gesehen werden«, sagte er fast erklärend. »Du kennst die nicht, aber ich: Sie haben überall Augen und Ohren.«

Die Telefonzelle war zehn Meter entfernt. Der Colonnello war versucht, die Zentrale der Kaserne der Carabinieri anzurufen, tat es dann aber doch nicht und wußte, daß er es nicht aus dem edelsten Motiv tat: Er spürte den Rausch, derjenige zu sein, der Anordnungen gab. Diesmal war Peppe dran zu gehorchen. Alberto schätzte Peppes Lage ab: Er war verängstigt, am Rand der Verzweiflung, und wirkte viel hinfälliger, als er dem Alter nach hätte sein dürfen. Die Gesichtszüge unter dem sorgsam gekämmten Haar waren zerstört. Seine Hände zitterten leicht, und er machte den Eindruck, als könnte er jeden Augenblick anfangen zu weinen. Er hatte ihn mit der Pistole bedroht, nicht aus dem Auto zu steigen, und jetzt war er in Gedanken versunken und kümmerte sich nicht im geringsten um das, was um ihn herum vorging. Gerade Millepiedis körperliche und seelische Verfassung war es, die ihn dazu brachte, ihm zu glauben. Doch bevor er ihn zum General Miglietta führen würde, wollte er nach eigenem Gutdünken mit ihm verfahren.

Der Colonnello folgte den Schildern in Richtung Venaria.

»Peppe«, sagte er, »um dir zu helfen, muß ich alles wissen.«

»Ich hab es dir schon gesagt: Ich habe Palme umgebracht. Wir waren zu dritt, außerdem einer von dort, zumindest glaube ich, daß er Schwede war, obwohl er hervorragend italienisch sprach. Aber mehr sag ich dir nicht, ich will beschützt werden, ich will sicher sein, daß die, die mich jagen, mich nicht erwischen können.«

»Wer jagt dich?« Der Colonnello blickte abwechselnd auf die Straße, dann zu Millepiedi. Er war über die jähen Stimmungswechsel besorgt.

»Begreifst du wirklich nicht oder tust du nur so?« Millepiedi reagierte verärgert, aber das verflog mit den Worten. Sofort beruhigte er sich wieder. »Ich weiß nicht, ich weiß es nicht... Ich bin von Phantasiegestalten umgeben, aber das sind Phantasiegestalten aus Fleisch und Blut, die schießen und töten.«

Millepiedi sah den Colonnello böse an. »Nach allem, was ich gelernt habe, könntest du auch einer von ihnen sein.« Der drohende Blick verwandelte sich in ein entgegenkommendes Lächeln. Der Colonnello fing dieses Lächeln nur flüchtig auf, aber es genügte, um sich an ein anderes Lächeln zu erinnern, das vor siebenundzwanzig Jahren ihre vertraulichen Gesten begleitet hatte.

Er wurde böse, sehnte sich danach, ihm alles heimzuzahlen, jetzt, wo er das Spiel bestimmte. Er war durch die Stadt gefahren, hatte dabei den Croma immer auf vierzig gehalten, um sich zu vergewissern, daß ihm kein verdächtiges Auto folgte. Er fuhr noch langsamer. »Willst du mich verarschen oder was, Peppe? Du erzählst mir, daß man dich aus dem Weg schaffen will, aber du weißt nicht, wer. Irgendwer wird dich doch angeheuert, wird dich nach Stockholm geschickt, wird dir eine Pistole in die Hand gedrückt haben? Oder war es der Heilige Geist? Entweder erzählst du mir die Wahrheit, und zwar sofort, oder ich werfe dich raus. Inzwischen bist nicht du es mehr, der hier entscheidet, daran solltest du dich erinnern.«

Millepiedi rutschte verängstigt auf seinem Sitz hin und her. Der Colonnello begriff, daß seine Drohung ihn durcheinandergebracht hatte, die fernen Ursachen dieser Drohung ihm aber unbekannt waren. Für Peppe war das, was vor siebenundzwanzig Jahren zwischen ihnen geschehen war, völlig normal, hatte jedenfalls bei ihm weder Alpträume, noch innere Wunden, noch Schuldgefühle ausgelöst. Er hatte sich nicht mit Don Petralia herumschlagen müssen.

»Alberto, wenn du mich fallenläßt, bin ich ein toter Mann.«

Millepiedi wiederholte es langsam. »Wir haben uns seit der dritten Mittelschulklasse nicht mehr wiedergesehen. Das letzte Mal war es auf dem Hof der Salesianer. Erinnerst du dich?« Und wie er sich erinnerte, aber er sagte keinen Ton.

»Was ich sagen will, ist«, fuhr Millepiedi fort, »auch wenn wir uns siebenundzwanzig Jahre nicht gesehen haben, bist du meine letzte Hoffnung.«

Millepiedi richtete sich auf und sprach mit überzeugterem Ton weiter: »Andererseits, wenn du dem nicht vertraust, mit dem du von der ersten bis zur dritten Mittelschulklasse zusammen in einer Bank gesessen hast, wem sollst du dann vertrauen? Diesem Arschloch von Leanza?«

»Wer ist Leanza?« Der Colonnello hoffte, daß Millepiedi nicht die Übereile bemerkte, mit der er die Frage gestellt hatte.

»Gut, auch das sage ich dir, aber das ist der letzte Vorgriff auf die Geschichte, den ich dir gebe. Alles andere, wenn ich mich von über Jahrhunderte treuen Carabinieri umgeben sehe, und das wird der schönste Anblick meines Lebens sein.« Millepiedi war zufrieden mit seiner Stegreifdarbietung. »Leanza ist der Eigentümer einer Finanzierungsgesellschaft, dem Italian Business, der ersten, die bei uns unten entstanden ist. Im Milieu heißt er Don Salvatore: Sagt dir der Name etwas?«

»Nein.«

»Gut. Ich glaube, daß die Finanzierungsgesellschaft lediglich ein Schutzschild für viele andere Tätigkeiten ist, sicher aber für Geldverleih zu Wucherzinsen. Ich habe diesen Typen kennengelernt, als ich Geld brauchte, weil ich Probleme mit meiner Werbeagentur hatte. Wußtest du, daß ich eine Werbeagentur habe? Nein, nicht? Na ja, jetzt läuft sie bestens, ich bin wirklich zufrieden, nach so vielen Opfern, nachdem ich so viel mit diesen Wölfen zu tun hatte, daß ich dir ein Lied von der Moral der sogenannten Großunternehmer singen kann...«

»Du hast gesagt, daß Leanza dir Geld geliehen hatte.« Der Ton des Colonnello war kurz und knapp.

»Ja, er lieh mir Geld, ich unterschrieb die Wechsel,

und... so lernten wir uns kennen. Bist du erst einmal in einem solchen Kreis, kommst du nicht wieder raus, sie lassen dich erst wieder raus, nachdem sie dir das Fleisch bis aufs Mark von den Knochen gelöst haben. Oder gegen eine so große Gefälligkeit, wie du sie nicht mal von deinem Sohn erwarten würdest. Hast du Kinder?«

»Ja, vier.«

»Dann verstehst du, was ich meine.«

»Was soll ich verstehen?« Der Colonnello fing an, sich über die Fragen zu ärgern, die ihm sinnlos vorkamen, und noch mehr über die Art des Erzählens, das in Augenblicken auf eine Tragödie hinauslief, dann wieder einer Farce gleichkam.

»Leanza hatte mich für Stockholm angeworben, aber ich glaube, daß er nur ein Mittelsmann war.« Millepiedi drehte sich zum Colonnello, um herauszufinden, welche Wirkung seine Enthüllung gemacht hatte. »Damit habe ich dir den Namen meiner einzigen Bezugsperson in dieser Geschichte genannt.«

»Leanza ist ermordet worden.«

»Nein ... wann?« Millepiedi schüttelte einige Male den Kopf, bevor er ihn wieder auf die Brust sinken ließ.

Der Colonnello parkte den Wagen vor den Schaufenstern des Kaufhauses Rinascente. »Man hat ihn auf der Piazza del Carmine kurz vor Tagesanbruch am Donnerstag, dem ersten November gefunden. Das wußtest du nicht?«

»Am Vormittag jenes Mittwochs, an dem ich mich auf die Flucht begeben habe, war ich in Leanzas Büro. Man erzählte sich, er besitze Milliarden, aber wenn du gesehen hättest, wie er angezogen war und wo er arbeitete: ein großes dunkles Zimmer, Stühle und Tische aus der Zeit vor dem Krieg, ein ekelerregender Modergeruch.«

»Bist du eigentlich in der Lage, etwas zu erzählen, ohne immer wieder bei Adam und Eva anzufangen?«

»Du hast recht, entschuldige. Siehst du, daß ich nicht lüge?« Von einem zerstörten Mann verwandelte Millepiedi sich in eine Furie. »Nach dem Attentat, nachdem ich die Nacht auf dem Polizeipräsidium mit einem Scheißkerl von Polizisten verbracht hatte, der mich nicht gehen ließ, und nachdem ich erfahren hatte, daß der Typ, der mich umlegen wollte, Brioche war, bin ich zu Leanza gelaufen, um ihn um Hilfe zu bitten und eine Erklärung zu bekommen. Don Salvatore, das heißt Leanza war noch tiefer erschüttert als ich. Da habe ich begriffen, daß die Situation auch ihm inzwischen entglitten war, und ich faßte den Entschluß zu fliehen. Ich bin in einen Zug gestiegen, in Reggio Calabria bin ich wieder ausgestiegen: Dort habe ich alle Bankautomaten abgeklappert und zwei Millionen zusammengekratzt. Von Reggio Calabria bin ich nach Bologna gefahren und von Bologna nach Verona...«

»Wieso nach Verona?«

»Weil ich mich daran erinnerte, daß ich mal einen Artikel über Bürger der Stadt gelesen hatte, die achtenswerte Stellungen einnahmen. Darin wurde auch über dich geschrieben, über deine Arbeit im Kampf gegen den Terrorismus, über deine Beförderung und über das Kommando, das man dir in Verona übertragen hatte. Ich habe an dich als an den einzigen Schutzengel gedacht, den ich auf dieser Erde haben könnte. In Verona habe ich einen Tag gebraucht, um herauszufinden, daß man dich nach Turin versetzt hatte, und zwei Tage, um mir eine Pistole aus der Nato-Basis zu beschaffen. Ich habe eineinhalb Millionen für sie bezahlt, und dann war ich blank. Ich habe ganz Verona abgeklappert, um fünf funktionierende Bankautomaten zu finden und eine runde Million zu kassieren, mit der ich hierher gekommen bin.«

»Dann wußtest du also nichts über Leanza. Obwohl ein paar Zeitungen eine kurze Notiz gebracht hatten.«

»Erstens: In Zeitungen lese ich normalerweise den Sportteil und die Börsennotierungen, du weißt schon, um die eine oder andere kleine Operation durchzuführen, und fast immer gewinne ich was dabei. Den Artikel über dich habe ich rein zufällig gelesen. Zweitens: Wie sollte ich eigentlich die Zeit und die Lust gehabt haben, eine Zeitung zu kaufen?«

»Seit wann bist du in Turin?«

»Seit vergangenen Donnerstag. Um keine Spuren zu hinterlassen, habe ich mich in diesen Nächten in ein Zugabteil gedrückt. Ich habe hier und da Informationen über eure Gewohnheiten gesammelt: wo ihr eure Wagen parkt, ob ihr sie in die Kaserne fahrt oder auf der Straße abstellt. Ich wußte, daß du in der Via Micca abbiegen würdest.«

»Wenn ich nun aber nicht angehalten hätte?«

»Für mich war es keine Frage, daß du anhalten würdest: Kann ein Carabiniere einem armen Wanderer eine Auskunft verweigern?«

»Wie hast du mich erkannt?«

»Du vergißt das Foto in der Zeitung. Und außerdem hast du dasselbe Mondgesicht, nein, nicht ganz, dasselbe Dorfpfaffengesicht wie mit dreizehn.«

Der Colonnello war verblüfft über Millepiedis Fähigkeit, seine Stimmung zu wechseln, ganz in einem Gesprächsgegenstand aufzugehen und gleichzeitig den vorhergehenden zu vergessen. Verängstigt und schutzlos, wenn er als Flüchtiger sprach, burschikos und provozierend als alter Klassenkamerad, der Erfolge noch größer erscheinen ließ und mit Adjektiven gemeinsame Erinnerungen aufpolierte. Für so jemand war es ganz natürlich, kein Bewußtsein für die Folgen des eigenen Handelns zu haben: ein Leben, zugebracht mit der Jagd nach dem Eigennutz, ohne sich um die anderen zu scheren. Der Colonnello begriff, daß Millepiedi niemals die Gründe erfassen würde, derentwegen er ihn seit siebenundzwanzig Jahren so verbissen haßte: Bei dieser Art Typen war sogar die Rache vergeudet. Millepiedi war noch übler als ein vertrocknetes Stück Scheiße, das man immerhin mit dem Absatz zu Staub zermahlen konnte; er war flüssige Scheiße, die alles verschmutzen konnte, was er anfaßte.

»Wie ist Leanza umgebracht worden?« Millepiedis Frage riß den Colonnello aus seinen Gedanken.

»Ein Schuß mit der Pistole zwischen die Augen: eine richtiggehende Hinrichtung. Dann haben sie ihm zwei Hunderttausendlirescheine in den Mund gesteckt.«

»Um den Eindruck zu erwecken, daß er wegen seiner Tätigkeit als Halsabschneider hingerichtet wurde. Begreifst du, Alberto, wie mächtig die sind?«

»Wie willst du beweisen, daß Leanza aus einem anderen Grund umgebracht wurde?«

»Ich weiß schon wie, nur keine Sorge. Beschütz mich, dann wirst du sehen, daß du meinetwegen innerhalb von achtundvierzig Stunden noch zum General befördert wirst. Aber Moment mal, woher weißt du, daß Leanza ermordet wurde?« Millepiedis Hand bewegte sich zu der Tasche, in der er die Browning verwahrte.

»Immer mit der Ruhe: Hast du vergessen, welchen Beruf ich ausübe? Vor zwei Tagen ist bei der Kommandostelle der übliche Bericht eingegangen. Ein paar Zeilen, weil der Fall in der Zuständigkeit der Polizei liegt, aber sie haben sich mir eingeprägt. Das ist wohl der Ruf der Heimat.«

Keiner von beiden hatte noch etwas zu sagen. Der Colonnello konzentrierte sich auf die Straße, Millepiedi sah auf die Spitzen seiner Schuhe, die er am Morgen von einem Jungen aus Afrika hinter dem Bahnhof Porta Nuova hatte putzen lassen.

»Wo sind wir?« Millepiedi fuhr plötzlich empor. Der Croma hatte vor einem einstöckigen Haus mit rustikaler Fassade und abfallendem Dach sanft gebremst. Ein gestreifter Boxer ging friedlich um seine Hütte. Ein gut gepflegter kleiner Garten trennte das Haus von der Straße. Dahinter standen Bäume und Sträucher an einem Hang, der in einen Wald überging.

»Das ist das Haus zweier Freundinnen von mir...« Der Colonnello sagte das in einem äußerst freundlichen Ton.

»Was soll das heißen?«

»Ich habe sie angerufen, nachdem ich bei mir zu Hause angerufen hatte, und sie sind bereit, dich aufzunehmen.«

»Mich aufzunehmen? Was soll das: Ich bitte dich um Schutz, ich sage dir, daß ich nur rede, wenn ich von deinen gottverfluchten Carabinieri umgeben bin, und du bringst mich zu deinen Freundinnen?« Millepiedi tobte. »Was hast du eigentlich in deinem Kopf? Steckst du mit ihnen unter einer Decke? Warten sie drinnen auf mich, oder nietest du mich um, sobald ich aussteige. Und ich habe dir vertraut... Du hast alles schon gewußt, stimmt's? Sag schon, daß du alles schon gewußt hast, daß du auf mich gewartet hast, daß es eine Falle ist, in die ich getappt bin. Sag's schon, du Mist...« Millepiedi klammerte sich am Arm des Colonnello fest: Sein Gebrüll endete in einem unterdrückten Weinen. Die Haustür ging auf, und der Kopf einer Frau mit langem Haar erschien. Der Boxer hob die Schnauze.

»Peppe, vertrau mir.« Der Colonnello setzte seine ganze Überredungskunst ein. »Es gibt keine Falle, keiner, außer diesen beiden Frauen, erwartet dich hier, sie sind bereit, dich aufzunehmen. Sie wissen nicht, wer du bist, wissen nicht, was du getan hast; sie wissen nur, daß ich dich herbringe. Hier bist du sicherer als irgendwo anders. Nachdem du mir den Rest erzählt hast, werde ich ein paar Tage Zeit brauchen, um die eine oder andere Überprüfung vorzunehmen und dich zu meinen Vorgesetzten und zu einem Richter zu bringen. Dann wird die Ermittlung eingeleitet, und wir können dich nach allen Regeln beschützen. Momentan aber ist das die beste Lösung.«

Der Colonnello befreite sich vorsichtig aus Millepiedis Händen. »Glaubst du mir, Peppe?«

Millepiedi antwortete nicht.

»Wenn du willst, Peppe, wende ich das Auto, wir kehren nach Turin zurück, und du kannst gehen, wohin du willst. Du kannst auch in einem Hotel absteigen oder weiterhin in dem Zugabteil schlafen, und morgen treffen wir uns in einer Café-Bar im Stadtpark. Du hast die

Wahl. Ich bin davon überzeugt, daß ich dir die sicherste Unterkunft angeboten habe, aber es ist deine Haut.«

Millepiedi zog die Nase hoch, suchte nach einem Taschentuch, das er nicht fand.

»Und wer sind die hier?«

»Zwei Schwestern, beide Mittelschullehrerinnen, eine von ihnen war die Lehrerin von Giacinta, meiner zweiten Tochter. So habe ich sie kennengelernt.« Sie stiegen gleichzeitig aus dem Wagen. Die Haustür war angelehnt.

»Sind sie auch gesellig?« fragte Millepiedi leise.

»Ich versteh nicht.«

»Na, ich meine, machen sie's oder machen sie's nicht?«

»Du behauptest, daß halb Sizilien auf der Jagd nach dir ist, daß du innerhalb einer Sekunde ein toter Mann sein könntest, und da denkst du an so was?«

»Du hast doch gesagt, hier wäre ich sicher. Und wenn ich schon sterben muß, dann wenigstens satt und befriedigt.« Millepiedi setzte sein verführerischstes Lächeln auf und ging auf das Haus zu.

Der Colonnello machte sie miteinander bekannt.

»Signorina Eulalia Rebaudengo.«

»Nennen Sie mich einfach Lia.«

»Signorina Primavera Rebaudengo.«

»Nennen Sie mich einfach Vera.«

»Lia, Vera«, sagte der Colonnello noch, »das hier ist der Mann, von dem ich Ihnen erzählt habe. Mein Freund Peppe. Achtung, er ist ein Schurke: Er ist fähig, Sie glauben zu machen, daß er in Sie beide verliebt ist und daß ohne Sie das Leben nicht mehr lebenswert ist. Doch Sie werden tugendhaft sein und ihm nicht auf den Leim gehen.«

Die Rebaudengoschwestern hielten eine Hand vor den Mund, um ihre gespielte Entrüstung zu verbergen. Sie waren hochgewachsen, trotzdem trugen sie hohe Absätze. Sie hatten das gleiche Kleid an: schwarz mit weißen Punkten und einem halb von den schulterlangen Haaren verdeckten Spitzenkragen. Die Haare fielen ihnen tief in die Stirn, und oft fuhren die beiden Schwestern mit der Hand durch sie und enthüllten dabei pfeilscharfe Augen. Sie waren eher vierzig als dreißig, und der Altersunterschied mußte sehr gering sein. Sie hätten einander gleichen können wie ein Ei dem anderen, wenn Lia nicht fünfzehn Kilo süßer, über Brust, Hüften und Hinterteil gleichmäßig verteilter Weichheit mehr gehabt hätte.

Millepiedi war verzaubert von den Schwestern Rebaudengo, ihren angenehmen Gesten, der Art, wie sie dastanden, als würden sie an Luft lehnen. Wenn sie lachten, lachten sie mit dem ganzen Körper, und der Kopf hüpfte gleichmäßig mit. Dieses Hüpfen, dieses Auf und Ab des Kopfes riefen bei Millepiedi eine gewisse Unruhe hervor. Doch die Schwestern hatten nur Augen für den Colonnello, hingen an seinen Lippen, waren voller Bewunderung, während sie für Millepiedi nur abwesende Blicke übrig hatten. Sie waren gut aufeinander eingespielt, das konnte man deutlich erkennen, und das hatte Millepiedi erstaunt: Alles hätte er sich vorstellen können, außer daß unter der Uniform dieses Trottels von Alberto das Herz und noch etwas anderes eines Liederlings pochte. Macht er es mit beiden zusammen, oder hat er eine nach der anderen? Wenn er der Colonnello wäre, wüßte er, was er machen würde und wie. Jedenfalls freute er sich, dort zu sein. Die Nacht schien ihm Schönes zu verheißen. Es tat ihm leid, daß die Rebaudengoschwestern das Wohnzimmer verließen. Innerlich erregt verfolgte er die Umrisse der beiden Hinterteile, die im Nebenzimmer verschwanden.

»Ist jetzt jede Sorge auf und davon geflogen, Peppe?« Der Colonnello konnte den finsteren Gesichtsausdruck nicht beibehalten, den er sich vorgenommen hatte.

»Alter Schweinigel.« Millepiedis Reaktion kam für ihn überraschend. »Trotz der Waffengattung, trotz der jahrhundertealten Treue und allem anderen: Du treibst es mit beiden. Wer hätte das von dem Knäblein erwartet, das immer ganz rot wurde?«

»Nein, im Gegenteil, was das angeht...«

Der Colonnello hatte keine Lust, mit Peppe irgendwelche Vertraulichkeiten zu haben. Er gefiel ihm nicht, er wunderte sich, wie er ihn drei Jahre lang als seinen besten Freund hatte haben können. Er war in allem meilenweit von seinem eigenen Geschmack entfernt. Er hielt den Augenblick für gekommen, mit der Sprache herauszurücken und klarzustellen, was in der dritten Mittelschulklasse vorgefallen war. Doch er konnte nicht sprechen: Er mußte sich Millepiedis Händen erwehren, die ihn in die Hüften und in den Bauch zwickten und ihm etwas zu fest auf die Schultern klopften.

»Wie machst du das nur?« sagte Millepiedi, als der Colonnello ihn zwang aufzuhören, indem er ihn fest an den Handgelenken packte. »Was hast du, 'nen Goldschwanz? Und deine Frau hat nie was gemerkt?«

Gegen seinen Willen wurde der Colonnello in dieses Spiel, in die scherzhafte Atmosphäre hineingezogen, die sich ergeben hatte und so ganz anders war als die förmliche, bleierne der Kaserne oder die gewohnte zu Hause. Mit der Sprache würde er herausrücken, sobald das Gespräch wieder ernsthaftere Formen annähme.

»Was sollte meine Frau merken, wenn ich nichts tue?« sagte der Colonnello. »Ich liebe die Frauen längst nur noch in Gedanken. Ich suche sie nicht mehr, ich stelle sie mir in der Phantasie vor: Das ist viel unterhaltsamer und weniger ermüdend.«

»Ist der Gedanke zwanzig Zentimeter lang?« Millepiedi begleitete seine Frage mit einer eindeutigen Handbewegung.

»Ach, komm schon...«

»Mein Problem ist«, sagte Millepiedi, »daß ich einfach nicht in der Lage bin, eine einzige zu lieben, ich will sie alle... fast alle. Es ist noch nie vorgekommen, daß ich eine Frau angesehen und gewünscht habe, den Rest meines Lebens an ihrer Seite zu verbringen.«

Der Colonnello dachte an Evelina, seine Frau: Sie waren seit sechzehn Jahren verheiratet. Für die Eheschließung hatte er vom Generalkommando eine Sondergenehmigung einholen müssen. Die hatte man ihm erteilt, weil Evelina bereits mit Gianmarco schwanger war, allerdings hatte man auch mit finsterer Miene hinzugefügt, daß dies nicht der beste Ausgangspunkt für eine Laufbahn sei. Dann kam glücklicherweise der Terrorismus, der diesen Makel tilgte und auch andere Makel, die auf seine Impulsivität zurückzuführen waren. Für den Colonnello war es ganz natürlich, sich vorzustellen, daß er gemeinsam mit Evelina alt werden würde: Sie war weder die erste noch die letzte Frau in seinem Leben. Er fand sie berechenbar, ein stilles Wasser, sie wurde nur dann zu einer Löwin, wenn sie der Meinung war, daß die Familie ihres Schutzes bedurfte; eine Glucke für ihre Kinder wie für ihren Mann; weder besonders einfallsreich noch irgendwie anspruchsvoll; zufrieden mit dem, was sie hatte, und schon fleißig dabei, Geld für die Aussteuer der beiden Mädchen zu sparen. Mit einem Wort: eine Ehefrau. Er hatte sie ausgewählt und würde niemals auf sie verzichten.

»Ich muß gehen.«

Dieser Satz rief Millepiedis Widerstand hervor. »Du willst mich allein lassen?«

»Die beiden Schwestern sind ja da. Außerdem Tremal Naik, der Boxer, der mehr wert ist als eine unserer Streifen. Und du hast ja die Pistole.« Der Colonnello ließ es an Ironie nicht fehlen, wurde aber wieder ernst. »Bleib im Haus, dann bekommst du keine Probleme. Ich kann wirklich nicht bleiben. Wir haben ein kleines internes Problem, und ein General wartet auf mich. Morgen früh bin ich wieder hier, dann erzählst du mir alles. Von Anfang bis Ende. Verstanden?«

»Und was hast du deinen Feen erzählt?«

»Nichts, das habe ich dir schon gesagt. Je weniger sie wissen, um so besser ist es auch für sie.«

»Warum tun sie das? Was fällt für sie dabei ab?«

»Daß du ihre Vorräte auffrißt, solange du hier bleibst.

Für sie fällt nichts dabei ab. Es sind Freundinnen von mir, und sie tun mir einen Gefallen.« Der Colonnello wurde ungeduldig.

»Einen solchen Gefallen?« Millepiedi war völlig sprachlos. »Da müßt ihr aber ein starkes Vertrauensverhältnis haben, wenn sie dir einen solchen Gefallen tun und du sie um einen solchen Gefallen bitten kannst.«

»Ich konnte dich nirgendwo sonst hinbringen, ohne viel erklären zu müssen.«

»Gib mir eine Telefonnummer, unter der ich dich erreichen kann.«

»Die Rebaudengos haben alle meine Nummern. Sei unbesorgt.« Der Colonnello versuchte, beruhigend zu wirken und ging zur Tür.

»Einen Augenblick noch«, sagte Millepiedi. »Gehören die beiden Feen dir?«

»Was tun sie?« Der Colonnello tat so, als hätte er nicht verstanden.

»Paß auf, Alberto, ich frage kein zweites Mal, sondern gehe gleich zum Angriff über.« Millepiedi schwitzte Begeisterung aus allen Poren.

»Hals- und Beinbruch.« Der Colonnello ging kopfschüttelnd hinaus.

Lia kochte ein Curryhühnchen. Vera bereitete Tiramisu vor. Um seinen guten Willen zu beweisen, deckte Millepiedi den Tisch, doch Lia veränderte lächelnd die Anordnung der Gabeln und Messer. Vera drückte Millepiedi ein Glas Rotwein aus Langhe in die Hand und drängte ihn sanft, aber entschieden zu einem Sessel, in dem sie ihn Platz nehmen ließ.

»Wir werden uns um alles kümmern«, sagte sie, und sie roch nach Lavendel und reifem Fleisch.

Millepiedi drückte die Beine aneinander, um seiner beginnenden Erektion Trost zu spenden, und umschloß sein Glas wie einen Kelch mit den Händen. Die Bewegungen der Rebaudengoschwestern waren harmonisch, sie flogen auf ihren Absätzen hinaus und herein, und bei jedem Schritt betonte ihr schwarzes Kleid mit den weißen Punkten irgendwelche Kurven.

Aus der Küche strömte der Duft der Gewürze herein, die beim Kochen des Hühnchens verwendet wurden.

Millepiedi, der sich endlich wieder mal geduscht und rasiert hatte, fragte sich, ob dieses Haus nicht eine gehörige Scheibe des irdischen Paradieses bereithielte.

Das Wohnzimmer war geräumig, und überall lagen und standen Bücher. Millepiedi las wahllos den einen oder anderen Titel von Essays, Wörterbüchern, Schulbüchern, Astrophysik, Mathematik und Anthologien. Nicht ein einziger Roman. Ein ganzes Regal war der Astrologie gewidmet, den Häusern der Planeten, der Vorhersage der Zukunft.

»Interessiert Sie das?« Lia befand sich in Verteidigungshaltung.

Millepiedi drehte sich jäh um und tat nichts, um nicht mit dem Arm Lias Busen zu streifen, der sich einladend unter den weißen Tupfen wölbte.

»Astrologie habe ich nicht betrieben, aber die Zukunft macht mich neugierig. Haben Sie jemals an spiritistischen Sitzungen teilgenommen?«

»Aber nein. Die sind nur etwas für Leichtgläubige, wir dagegen suchen den Trost in der Wissenschaft. Sie werden schon sehen ...«

Lia entfernte sich, als wäre sie die Hüterin eines Geheimnisses.

»Und Sie, Peppe, gehen einer Arbeit nach, die Ihnen gefällt?« Vera stellte diese Frage, nachdem sie bei Tisch über Weinlese und Lehrprogramme für die Schule gesprochen hatten, über die mangelnde Phantasie der Kinder von heute, mit Ausnahme von Giacinta, der Tochter des Colonnello, die in der dritten Mittelschulklasse eine Schülerin von Lia gewesen war, die Italienisch, Geschichte und Geographie unterrichtete, während Vera Mathematik und Naturwissenschaften in einem anderen Schuljahr unterrichtete.

Zu diesem Zeitpunkt hätte Millepiedi gerne alles über sich erzählt, doch hielt er sich an Albertos Anweisungen und antwortete ausweichend.

»Ob mich meine Arbeit befriedigt? Na, sagen wir ja, sie ist sehr abwechslungsreich.«

Sie aßen das Hühnchen auf, und Millepiedi bekam eine zweite Portion Tiramisu. Für den Espresso gingen sie zum Sofa hinüber. Der Dolcetto d'Alba vereinte Eßgenüsse und Schauder zu einem Zustand angenehmer Schlaffheit. Millepiedi streckte eine Hand nach einer der beiden Schwestern aus: Vor seinem verschleierten Blick vermischten sich die Gesichtszüge der einen mit den Gesichtszügen der anderen.

Als er die Augen öffnete, zeigte der Wecker vor ihm Mitternacht an. Er hatte drei Stunden geschlafen. Ein schwerer, tiefer Schlaf, von dem er nichts in Erinnerung behalten hatte.

»Geht es Ihnen jetzt besser?« Die Schwestern waren am Tisch beschäftigt.

Millepiedi erblickte einen Sextanten. Er ging darauf zu und unterdrückte dabei ein Gähnen.

»Machen Sie Seeschlachten?«

»Aber nein«, sagte Vera. »Wir haben nur mit Hilfe der Astrologie zu verstehen versucht, was für ein Typus Sie sind.«

»Und was die Zukunft für Sie bereithält«, fügte Lia hinzu. »Sofern Sie es überhaupt wissen wollen, denn wir sagen alles: das Angenehme genauso wie das Unangenehme«, schloß sie mit einem leisen Kichern, das Millepiedis Blut gefrieren ließ.

»Sind Sie Krebs?« wollte Lia wissen.

»Ich bin am 27. Juni geboren.«

»Hab ich's dir nicht gesagt?« Vera sprühte vor Zufriedenheit. »In welchem Jahr und um wieviel Uhr?«

»1949. Um 14 Uhr 18. Wenigstens hat mir meine Mutter das über Jahre hinweg immer so gesagt. Ist irgendwas nicht in Ordnung?«

»In derselben Stadt wie Alberto?« fragte Lia.

»Ja.«

Lia zog ein Buch zu Rate. Millepiedi bemerkte, daß das große Blatt Millimeterpapier in Abschnitte und Striche unterteilt war. Er sah ein paar Figuren, die er als Mars, Jupiter und Merkur wiedererkannte. Breiten- und Längengrade überschnitten sich mit Meridianen. Er wurde von leichter Unruhe erfaßt: Die Szene im Haus der Baronin Stramondo kam ihm wieder ins Gedächtnis, und er versuchte auf die bestmögliche Weise, die beiden Schwestern von ihrer Beschäftigung abzubringen, ohne sie zu verärgern.

»Sie reisen gern: Merkur schwirrt über Ihrem Zeichen hin und her. In der Vergangenheit hatten Sie die eine oder andere Schwierigkeit im Ausland.« Veras Feststellung bestürzte ihn. »Ihr Aszendent ist der Skorpion, und die Krebse sind bei diesem Aszendenten immer auf der Kippe zwischen Leben und Tod. Sie mögen den Wettstreit, das Risiko. Stimmt's?«

Vera redete, ohne Millepiedi anzusehen, und so konnte sie die Verwirrung nicht wahrnehmen, die sie in ihm auslöste.

»Einerseits lieben Sie Ihr Zuhause, die Familie; andererseits werden Sie von allem angezogen, was geheimnisvoll ist. Sie sind zäh und ein Träumer, und Sie sind es gewohnt, Schwierigkeiten anzupacken. Auch vor kurzem haben Sie Schwierigkeiten gehabt, doch die Tatsache, daß Sie hier sind, bedeutet, daß Sie sie überwunden haben. Oder irre ich mich?«

Die beiden Frauen sahen Millepiedi an.

Millepiedi fragte sich, was sie über ihn wußten. Wollten sie ihn auf die Schippe nehmen, oder forschten sie wirklich sein Leben aus?

»Ihre Arbeit läuft gut, stimmt's?« Lia war zufrieden, daß sie etwas Positives gefunden hatte.

»Ein paar Männer suchen Sie«, drängte Vera weiter. »Keine Freunde. Sie sollten vermeiden, ihnen während

Ihrer Reise zu begegnen. Das könnte schlimm für Sie werden.«

»Wie schlimm?« Für Millepiedi hielt dieses Haus keinerlei Stück vom irdischen Paradies mehr bereit.

»Wir werden es Alberto sagen«, sagte Lia entschlossen. »Wir werden ihm raten, Sie sofort in Ihre Stadt zurückzubringen. Alberto glaubt uns: Er verbietet uns zwar, ihm sein Horoskop zu stellen, aber er vertraut uns, wenn wir ihm einen Rat geben. Er hat selbst die Erfahrung gemacht, daß hier kein Irrtum möglich ist.« Lia schlug die Hand auf das Blatt. »Es war die Überschneidung von Häusern und Planeten, die uns ankündigten, daß wir Alberto begegnen würden, als wir noch nicht einmal wußten, daß es ihn gab.«

Millepiedi bat um Entschuldigung und zog sich auf sein Zimmer zurück.

Licht drang durchs Fenster, als er bemerkte, daß jemand zu ihm ins Bett kam. Er hatte wach gelegen und mußte immer wieder an die Vorhersagen der beiden Schwestern denken. Zehnmal hatte er mit dem Gedanken gespielt, wieder hinunter in seine Stadt am Meer zurückzukehren, und zehnmal hatte er ihn verworfen.

Die Frau ertränkte ihn mit ihrem Haar und bedeckte ihn mit immer heißeren Küssen und Zärtlichkeiten. Sie ließ ihn fühlen, wie weich und voll ihr Fleisch an den entscheidenden Stellen war. Sie wiegte ihn und provozierte ihn, doch Millepiedi blieb regungslos.

»Wollen Sie denn nicht?« Lias Stimme klang besorgt.

»Ich habe zu große Angst wegen dem, was Sie beide mir gesagt haben.«

»Aber Ihre Sterne sagen, daß Sie Probleme mit Männern haben können, nicht mit Frauen.« Lia strich die Haare aus dem Gesicht. »Als wir merkten, daß Alberto Schwierigkeiten bekommen könnte, wenn er weiterhin Frauen besuchte, die miteinander verwandt waren, haben wir ihn darauf aufmerksam gemacht, und von da an hat er keine Nacht mehr hier verbracht.«

Lia tauchte wieder zu Millepiedis Glied hinab und leckte es lange. »Mein kleiner Junge«, seufzte sie.

»Wollen die Sterne das?« flüsterte Millepiedi hoffnungsvoll.

Lia bejahte es mit einer Kopfbewegung und senkte ihren Mund bis zur Wurzel des Penis hinunter.

Millepiedi dachte, daß es das letzte Mal sein könnte und legte los.

X

Die drei Mercedes hielten in der Nähe der Fensterfront, die den Eingang bildete. Der uniformierte Portier eilte herbei, nahm die Mütze ab, öffnete die Wagentür des ersten Mercedes, doch ein Blick sagte ihm, daß dies nicht der wichtigste Wagen war. Der einzige alte Mann stieg nämlich aus dem mittleren Wagen und schien sich nicht um den Portier zu scheren, der auf ihn zugeeilt kam. Er beachtete ihn nicht und ging auf den Eingang zu. Einer aus der Gruppe drückte dem Portier einen Fünfzigtausendlireschein in die Hand, und dieser kümmerte sich nicht weiter um die gravitätische Gesellschaft. Zufrieden ging er zurück zur großen gläsernen Drehtür.

Von den neun aus den Mercedes gestiegenen Männern traten fünf ins Städtische Casino von Campione ein, vier verteilten sich zwischen den geparkten Autos auf dem Vorplatz und unter den Bäumen an der Straße, die zum See hinabführte. Es konnte lange dauern, und jeder der vier suchte sich die bequemste und vor Blicken am besten geschützte Stelle.

Es war ein Abend am Wochenbeginn, und daher waren nicht viele Menschen anwesend. Der Dottore bewegte sich voller Unbehagen zwischen diesem Menschenschlag, den er verachtete. Vom Spielteufel besessene Männer und Frauen, fähig, ihr Schicksal der Laune von Karten oder, schlimmer noch, einer Kugel anzuvertrauen, die auf einem Rad rotierte. Der Dottore war noch nie von diesen subtilen Schwingungen befallen worden und mißtraute denen, die sie empfanden: Er beurteilte sie als schwach, als Menschen, die sich ihre Empfindungen auf künstliche Weise beschaffen mußten, nicht anders als Drogensüchtige. Leute, die auf den Müll gehörten, nachdem man sie ausgenutzt hatte.

Er sah den Menschenschlag, der ihn umgab, prüfend an: mechanische Bewegungen, zwanghafte Tics, kleine und große beschwörende Gesten. Wieder einmal freute es ihn, anders zu sein als die anderen.

Gott sei Dank oder mir sei Dank?

Er antwortete sich nicht darauf: Ihm genügte die Erleichterung, nicht zu dem Volk der Besiegten zu gehören, das ihn streifte. Und doch gehörte der Mann, mit dem er seit zehn Jahren sein eigenes Geschick verband, zu diesem Gesindel, das er so verabscheute. Daß er sich hier befand, daß er die oberflächlich imponierenden Räume der Spielbank von Campione betreten hatte, daß er die von Qualm und Ausdünstungen durchtränkte Luft einatmen mußte, daß er plötzlichen Böen von Achselgerüchen ausgesetzt war, lag an der Anwesenheit des Ingenieurs Filippo Armenise, den er im Verdacht hatte, daß sein Leben dem Spiel galt.

Seit sie miteinander zu tun hatten, hatte Armenise ihn oft eingeladen, ihm zu den Tischen des Chemin de fer und des Roulette zu folgen, doch das hatte der Dottore immer abgelehnt. Allenfalls hatte er ihm zugestanden, ihm bei den eiligen Abendessen, die Armenises Eintauchen in die Spielerwelt vorausgingen, Gesellschaft zu leisten. Dieses Mal war der Dottore gezwungen, eine Ausnahme zu machen. Und das alles wegen dieser Kloake von Land, das er lieber heute als morgen verlassen hätte. In Italien funktionierte nichts mehr, nicht einmal das Flugzeug, das ihn mit dreistündiger Verspätung in Mailand abgeladen hatte.

Im Restaurant am See, einen Steinwurf weit von der Spielbank entfernt, wartete ein trauriges Billet von Armenise auf ihn. Darin erklärte er ihm, daß er eilig habe aufbrechen müssen, weil im Privatsalon der Spielbank ein ganz besonderer Chemin de fer-Tisch auf ihn warte. Sich tausendmal entschuldigend, was sogar noch auf dem Papier unecht klang, schlug Armenise ihm vor, sich am folgenden Morgen in seinem Hotel zu treffen, es sei denn, der Dottore sei ein einziges Mal bereit, eine Ausnahme zu machen, seine bekannte Phobie zu überwinden und ihn in der Lasterhöhle aufzusuchen.

Genau so hatte Armenise sich ausgedrückt und damit die Verärgerung des Dottore noch gesteigert, der keinerlei Sinn für Humor besaß. Er hatte die Mitteilung noch einmal gelesen: Als er den Kopf hob, warf ein achteckiger Rokokospiegel ein Bild seines Schnauzbartes zurück, von dem der eine Teil kaum merklich weiter vorstand als der andere. Der Dottore fluchte, und das nicht einmal leise: Waren sie ihm morgens denn nicht vollkommen gleich erschienen?

Er hatte das Billet noch in der Hand und den Schnauzbart im Kopf, als er von einem Blitz getroffen wurde: Nur dadurch hatte er den unvermeidlichen, einen Meter fünfzig großen Japaner bemerkt, der von seiner Frau neben einem vom Dach herunterhängenden Anker fotografiert wurde. Am liebsten hätte er gebrüllt und protestiert, doch er war stumm geblieben: Er wußte nicht, in welcher Sprache er es hätte sagen sollen, außerdem hatten seine Augen zu tränen angefangen und ihn daran erinnert, daß seine Sehkraft inzwischen zu einem Problem geworden war. Der zuletzt konsultierte Augenarzt hatte ihm absolute Ruhe verordnet, lange Aufenthalte in abgedunkelten Räumen und den ständigen Gebrauch einer Sonnenbrille. Der Dottore war zwar immer schnell bereit, jeden möglichen Arzt für jeden möglichen Krankheitsverdacht zu Rate zu ziehen, scherte sich dann aber um ihre Diagnosen und Anweisungen einen Dreck. Doch daß die Augen vor allen Leuten tränten, hatte ihn verlegen gemacht: Er kam sich vor wie ein bedauernswerter alter Mann, und er war sicher, daß die paar Leute hier ihn auch für einen bedauernswerten alten Mann hielten. Eine blinde Wut gegenüber Armenise und seiner unseligen Leidenschaft war in ihm hochgekocht.

Zu dieser Wut war noch Verwirrung gekommen, als er vor dem Eingang zum Privé angehalten wurde. Die beiden Leute vom Aufsichtspersonal kannten ihn nicht und weigerten sich, ihn durchzulassen. Schnaubend erklärte er, daß Ingenieur Armenise ihn erwarte. Als sie den Namen hörten, betrachteten die beiden Aufsichtspersonen ihn nicht mehr als Eindringling und deuteten ein Lächeln an. Einer ging hinein, der andere erklärte, daß die Maßnahmen im Hause streng seien, Ingenieur Armenise sie aber regeln würde.

»Mein lieber Dottor Bellomio«, sagte Armenise feierlich.

Der Dottore hatte keinen derartigen Empfang erwartet und war darüber irritiert. Er mochte es nicht, wenn man ihn Dottor Bellomio nannte, und noch weniger mochte er es, wenn man ihn vor anderen so nannte, vor allem in einer Lokalität wie dieser.

Armenise öffnete die Arme, und der Dottore hatte einen Augenblick lang die Befürchtung, daß er ihn umarmen wollte. Statt dessen verharrte Armenise auf der Schwelle und stand für den Eintritt seines Gastes Spalier. Der Dottore machte drei Schritte und bemerkte dann ein leichtes Durcheinander hinter sich: Die Männer von der Aufsicht hielten seine Begleiter zurück. Armenise deutete mit einer knappen, entschiedenen Bewegung seines Kopfes ein Nein an, und der Dottore hob kaum merklich die Hand, um anzudeuten, daß er allein weitergehen würde.

Drinnen stand zwischen großen atlasbezogenen Empiresesseln und runden dreibeinig geschwungenen Tischchen ein großer Chemin de fer-Tisch. Der Dottore zählte elf Personen, die an mit Nummern bezeichneten Plätzen saßen. Vier Zuschauer waren dabei: zwei alte juwelenbehängte verblühte Frauen – die juwelenschwerste flüsterte einem Gigolo, der weniger als halb so alt wie sie sein mußte, etwas ins Ohr – und eine bildschöne Mulattin in einem verwirrenden Minirock; ein äußerst sanfter junger Mann mit langem schwarzem Haar, einem kleinen Smaragd im linken Ohrläppchen und einem maßgeschneiderten Smoking, der die geschmeidigen Linien seines Körpers betonte. Der schöne Jüngling stand aufrecht hinter einem Fünfzigjährigen, der kahlköpfig war, aus dessen Nase und Ohren aber kleine Haarbüschel wuchsen. Dieser trug am kleinen Finger der linken Hand einen Ring mit einem so großen leuchtenden Stein, wie der Dottore noch keinen gesehen hatte: Wenn er echt war, wäre er allein soviel wert wie das gesamte Casino.

»Nummer fünf kommt heraus«, rief der Croupier.

»Ingegnere Armenise, Sie sind dran.« Einer der Angestellten, der für das Eintauschen der Chips zuständig war, kam zu Armenise herübergelaufen.

»Heute abend zeig ich's ihm«, sagte Armenise und deutete mit seinem Blick auf den Glatzkopf.

Der Dottore blieb wieder allein in der Mitte des Raumes zurück. Wütend beschloß er, sich abseits hinzusetzen, war dann aber der Meinung, daß er so die Aufmerksamkeit auf sich lenken könnte. Widerwillig ging er zum Spieltisch hinüber. Die Karten verblüfften ihn. Es waren nur Zeichen und Bilder darauf zu sehen, Zahlen und Buchstaben fehlten. Das bestätigte ihm, daß nur Verrückte sich für ein derartig merkwürdiges Spiel erwärmen konnten, bei dem die Personen mit Nummern aufgerufen wurden.

Ein kleines Schild oberhalb des Tisches erklärte auf französisch, daß der Mindesteinsatz zweitausend Schweizer Franken betrug. Schnell rechnete der Dottore durch: Das entsprach rund einer Million achthunderttausend Lire, und er staunte über die Ankündigung des Croupiers: »Bank fünftausend.« Er richtete seinen Blick auf Armenise. Der Dottore hätte schwören mögen, daß er von Armenises Lippen eine von dessen Lieblingsmaximen ablesen konnte: »Wir leben, um zu leiden.«

Ein junger Mann mit abgekauten Fingernägeln rechts von Armenise legte auf fünf runden Tausender-Chips einen großen rechteckigen Fünftausender-Chip. Armenise übertrug dem Croupier die Aufgabe, die Karten aus dem

Stapel herauszuziehen und verschränkte seine Arme über der Brust. Der junge Mann bekam die beiden Karten und legte sie auf die 6, die seinen Platz bezeichnete. Mit der zweiten Karte ließ er die erste durch die Luft wirbeln, die unordentlich auf dem Tisch landete. Es war ein schwarzes Bild. Der junge Mann blickte verstohlen auf die Karte, die er in der Hand hatte, und warf sie nervös auf den Tisch. »Acht für die Seite«, verkündete der Croupier gelangweilt. Soviel Schnelligkeit versetzte den Dottore in noch schlechtere Laune, der das schwarze Bild gerade erst als Pik König erkannt hatte und versuchte, sich mit den Karos auf der anderen Karte zurechtzufinden. Der Dottore gab es auf, die zweite Karte zu verstehen und konzentrierte sich darauf, Armenise zu wünschen, auf der Stelle zu verlieren. Armenise zeigte auf die Karten, die der Croupier vor ihn hingelegt hatte: Der Croupier holte sie mit der Palette zu sich herüber und deckte sie langsam auf. Das »Uhh!« von einer der beiden alten Frauen ging sowohl der Ankündigung des Croupiers als auch dem Rechnen des Dottore voraus: »Neun für die Bank.«

Der junge Mann mit den abgekauten Fingernägeln deckte den neuen Einsatz zu und verlor ihn so schnell wieder, daß der Dottore weder seinen Einsatz noch den von Armenise erkennen konnte. »Bank zwanzigtausend«, erklärte der Croupier, als er die von Armenise vorbereiteten Chips kassierte.

In weniger als fünf Minuten gewann die Bank weitere zwei Spiele. Armenise hatte mit einer Neun und einer Sieben die Gegner niedergeworfen. Der Begleiter der Mulattin, der die letzten beiden Runden verloren hatte, stand auf und ging, unverständliches Kauderwelsch auf deutsch sprechend, zweimal um den Tisch.

»Mach dir nichts draus, lieber Dieter.« Armenise frohlockte und machte keinen Hehl daraus. »Du kannst nicht alles im Leben haben. Du hast Jeanine und willst auch noch gewinnen?« Die Mulattin deutete ein überaus sinnliches Lächeln an, das Armenise zu einer leichten Verneigung mit dem Kopf veranlaßte.

»Du bist schon für dich glücklich«, sagte Dieter und nahm wieder Platz: Sein Italienisch hatte etwas Metallisches. »Wenn man dir aber die Karten so zusammenmischt und mit Fünf aufruft, ja, dann sind wir alle kaputt. Und kaputt ist dann auch Jeanine.« Aber er war der erste, der nicht glaubte, was er da sagte. Er drehte sich zu dem Mädchen um und streichelte ihren Arm.

»Bank, einhundertsechzigtausend.« Der Croupier war jetzt ein Blonder, fast noch ohne Bart, der die melancholischen Blicke der beiden alten Frauen auf sich zog und einen durchdringenden Blick des glatzköpfigen Mannes, den es nicht störte, daß der schöne Jüngling kerzengerade hinter ihm stand und ins Leere starrte.

Der Tisch wurde durch das Gerassel von Juwelen abgelenkt. Die Schlampe, die hinter dem Gigolo saß, hatte sich zu ihm gebeugt: Diese Bewegung reichte aus, um ein kleines Erdbeben wackelnden Fleisches auszulösen.

»Bank«, sagte der Gigolo. Sein Blick war der eines Raubvogels, frühe Runzeln gaben seinem Gesicht etwas Vulgäres. Er legte die Karten so auf den Tisch, daß man die zweite kaum sah.

Der Dottore ärgerte sich maßlos: Seine Geduld war am Ende. Die Länge der letzten Runde hatte ihn aufgebracht, und jetzt machte sich dieses ausgehaltene Schwein ein Vergnügen daraus, die Punktzahl verborgen zu halten. Was für ein beschissenes Spiel war das eigentlich?

»Ingegnere«, fragte der Croupier, »wollen Sie gleich wissen, ob Sie von acht oder neun geschlagen sind?«

»Weshalb sollten wir uns die Überraschung verderben?« Armenise gab mit seiner Hand grünes Licht, der Croupier deckte auf.

»Kompliment«, sagte Dieter, und es war nicht ganz klar, ob er sich damit an Armenise oder an den Croupier wandte. Auf dem Tisch glänzte eine Pik Neun und eine Pik Dame.

»Entscheiden Sie«, befahl der Gigolo dem Croupier. Ein kurzer Schlag mit der Palette deckte die Karte auf, von der nur die Spitze eines Karos sichtbar gewesen war. Drei Karos.

»Neun auch für die Seite«, gab der Croupier bekannt.

Der Dottore sah, wie die juwelenschwere Schlampe dem Gigolo den Arm drückte, und er sah auch, wie der Glatzkopf dem schönen Jüngling etwas zuflüsterte, der ihm mit seinem Atem den Hals wärmte.

Von der Seite rief man wieder Bank, und der Croupier verteilte die Karten. Auch Armenise hatte einen Tiefpunkt. Aber trotz seiner schlechten Karten blieb das Glück ihm treu.

»Null für die Seite, Baccarat. Bank gewinnt mit eins«, schloß der Croupier.

Armenise setzte ein erstauntes Gesicht auf, das seine Freude nicht verbergen konnte. Der Dottore schloß daraus, daß Armenise mit der erreichten Summe zufrieden war, und sie sich jetzt so schnell wie möglich den Themen zuwenden konnten, deretwegen er hier hergeschleppt worden war.

»Bank, dreihundertzwanzigtausend.« Die Ankündigung traf den Dottore, als er schon auf dem Weg zum Ausgang war.

»Table«, sagte der Gigolo und schob ein schönes Häufchen von rechteckigen und quadratischen Chips zu sich heran.

»Table, einhundertsechzigtausend«, machte der Croupier noch einmal deutlich und hoffte auf neue dicke Einsätze.

»Wozu rätst du mir, Dieter?« fragte die Mulattin.

»Bist du verrückt?« Dieter antwortete eher amüsiert als besorgt. »Kennst du den Italiener nicht? Der ist fähig und spielt bis zum Ende des Stapels. Jeanine, laß die Finger davon.«

»Wozu raten Sie mir?« Die junge Frau wandte sich direkt an Armenise.

Der zeigte das übliche halbe Lächeln: »Ich hätte Sie lieber als Verbündete, nicht als Rivalin.«

»Also, was mach ich?« Der Schrei war derart, daß man ihm nicht widerstehen konnte, und Dieter widerstand nicht: Er setzte zwei Chips zu zwanzigtausend.

Der größte Teil der Spieler schien von Armenises Glückssträhne eingeschüchtert zu sein. Niemand wagte es, alleine die Bank herauszufordern, die inzwischen fünfhunderttausend Franken wert war. Der Einsatz wurde durch die Teilnahme des gesamten Tisches erreicht. Ausnahme war der Glatzkopf, der vollkommen mit seinen Chips beschäftigt war, die er ständig anders anordnete. Armenise sicherte sich das Spiel mit einer Fünf gegen eine Zwei. Das »Merde« der Mulattin war nicht zu überhören.

»Eine Million.« Der Dottore multiplizierte Lire und Franken: Das waren ungefähr neunhundert Millionen Lire. Er war wütend und verstört: Seit zehn Jahren machte er Geschäfte mit einer Person, die hochgradig vertrauensunwürdig war. Was für Garantien konnte jemand geben, der fähig war, eine Milliarde in einem Bruchteil von Sekunden aufs Spiel zu setzen? Der Dottore war außer sich, als er sich noch einmal die zahllosen Gelegenheiten vor Augen führte, bei denen er sein Schicksal in Armenises Hand gelegt hatte. Bei einem Partner dieser Art mußte man mit allem rechnen, auch mit Verrat!

»Bank.« Der Glatzkopf klopfte kaum wahrnehmbar mit den fünf Fingern auf das grüne Tischtuch. Armenises Augen fingen sofort wieder an zu leuchten.

Der Croupier verteilte die Karten, doch der Herausforderer nahm sie nicht zur Kenntnis: Er war viel zu sehr mit der Bewunderung seines Diamanten beschäftigt.

Es waren unendlich lange Sekunden, bis der schöne Jüngling, den viele bereits für ein Nippesobjekt hielten, mit einer blitzschnellen Bewegung die Karten ergriff und sie wenige Zentimeter vor dem Gesicht seines Herrn und Meisters aufdeckte.

»Deck sie zu«, war die barsche Anweisung.

Der Dottore war überrascht, daß aus einem so abstoßenden Körper ein so feines und anmutiges Stimmchen hervorkommen konnte. Und die katzenartig schnellen Bewegungen des schönen Jünglings fielen ihm auf.

»Sechs«, sagte der Croupier, als er Armenises zweite Karte aufgedeckt hatte.

»Auch wir«, fügte der schöne Jüngling hinzu. Mit einer Geste bestätigte sein Herr und Meister den Einsatz. Armenise war einverstanden.

»Deck auf«, sagte der Glatzkopf und warf einen beiläufigen Blick auf die Karten. Der schöne Jüngling bewegte sich in einer Weise, die auf regelmäßige Besuche in einem Fitneß-Center schließen ließen. Weder sprach er, noch veränderte er seinen Gesichtsausdruck. Er benahm sich wie ein Sklave.

»Neun für die Bank und ... acht für die Seite.«

»Was hab ich dir gesagt?« Vor Freude schnalzend, wandte sich Armenise an den Croupier.

»Bank, zwei Millionen Franken.«

Die Einsätze erreichten die Höhe von eineinhalb Millionen Franken, und Armenise kassierte sie ein weiteres Mal mit sieben gegen vier.

»Bank, drei Millionen Franken.«

»Setzen Sie?« hörte man wieder die feine, anmutige Stimme fragen.

»Wollen Sie?« Armenise schmeichelte.

Der Glatzkopf nickte. Absolute Stille senkte sich über den Raum. Armenise nahm die Arme von der Brust, der schöne Jüngling beugte sich über den Stuhl, um sich in den Besitz der Karten zu bringen. Dem Dottore fiel auf, daß der schöne Jüngling dem Spiel innerlich fernstand und auch dem Mann, von dem er abhängig war. Wäre er einer seiner Leute gewesen, hätte er ihn töten lassen: Hinter dem reglosen Gehorsam, hinter den haargenauen, mechanischen Bewegungen erkannte er eine ernste Gefahr. Doch er war nicht Teil seiner Interessenssphäre, also konnte er am Leben bleiben. Viele hielten den Atem an, während der schöne Jüngling die Karten aufdeckte: Sein Herr und Meister machte eine Kopfbewegung, und der junge Mann legte sie über Kreuz auf den Tisch.

Er zog die Karten auseinander. »Bitte, geben sie ...«, sagte das feine, anmutige Stimmchen.

Armenise gab: er hatte eine Pik Drei und ein Karo As.

Der Croupier deckte ein Pik As auf.

»Und was machen wir jetzt, lieber Michele?«

Zum ersten Mal kam Armenises Tonfall dem Dottore zweifelnd vor.

Der Croupier Michele sagte kein Sterbenswörtchen.

»Ich bin dabei.« Armenise sagte das so, als würde er vor den Wörtern fliehen, die er aussprach.

Der Croupier bewegte die Palette zu den beiden zugedeckten Karten. Der Glatzkopf zeigte seine Teilnahmslosigkeit, indem er an seinem Ring herumspielte. Die Palette deckte ein Herz As und ein Kreuz As auf.

»Drei für die Seite, die Bank gewinnt mit vier.«

Der Dottore hatte den deutlichen Eindruck, daß plötzlich alle wie auf einen geheimen Befehl gleichzeitig hin und her wogten.

»Bank, sechs Millionen Fr ...«

»Je cède la main, danke.«

Armenise verteilte ein ansehnliches Häufchen Chips, an die Croupiers und an die Pagen. Als er mit der Wohltätigkeitsprozedur zu Ende war, glänzte unter seiner Nase ein weißer Scheck mit Goldrand. Der, der ihn ausgestellt und unterschrieben hatte, war mit seinem Spielzeug aus Fleisch und Blut bereits verschwunden.

»Was für ein Abend«, sagte Armenise und hakte sich beim Dottore ein. Er schleppte ihn zu einer Seitentür, die in einen kleinen dreieckigen Salon führte, der mit Geschmack und Prunk eingerichtet war.

»Das muß Ihr Einfluß gewesen sein, lieber Bellomio.« Armenise hatte Lust zu reden, um die aufgestaute Spannung abzubauen. »Seit mindestens zwei Jahren will ich diesem schwulen Sack eine Lektion erteilen. Jedesmal mit einem anderen Jüngelchen, und wieviel Spaß es ihm macht, sich in der Öffentlichkeit bedienen zu lassen! Aber im Bett ist er dann wohl der Sklave.«

»Was macht er?«

»Das weiß der Teufel. Ich weiß nicht einmal, wie er heißt.« Armenise hielt den Scheck unter das Licht. »Ich kann die Unterschrift nicht entziffern: vielleicht Andej, mit j am Ende.«

»Was, wenn der Scheck faul ist?«

»Das Casino bürgt für ihn. Das will ich doch sehen, ob ich den ersten anständigen Gewinn des Jahres in den Wind schreiben muß. Über sechseinhalb Millionen Franken: Da können wir zufrieden sein, oder?«

Armenise erwartete keine Bestätigung, und so fuhr er fort zu reden, ohne auf eine Antwort zu warten. »Man sagt, er sei Albaner, ein Staatenloser. Offiziell hat er ein Import-Export-Unternehmen, aber von allem: Waffen, Giftmüll, Geldwäsche, vielleicht sogar Drogen. Heute abend haben wir ihn zusammengestutzt. Was meinen Sie?«

»Daß ich eine Stunde meiner Zeit vergeudet habe.« Der Dottore witterte weiterhin Situationen, die ihm nicht gefielen. Das hatte er noch nie erlebt: Er wollte nach Hause, um sich sicher zu fühlen.

»Ach, kommen Sie, Bellomio: Seien Sie nicht so böse, lassen Sie mich nicht spüren, daß Sie Geduld haben mußten. Die habe ich sehr geschätzt, wissen Sie?«

Das interessierte den Dottore nicht. Ihn interessierte nur, daß er bei einem Schauspiel anwesend war, das ihn angewidert und ihm beunruhigende Fragen über seinen Abenteuergefährten gestellt hatte. Er hatte bereits beschlossen, daß er sich nie wieder an einen Mann binden würde, der dem Spleen des Kartenspiels frönte.

»Wie weit sind wir?« Der Umschwung in Armenises Laune war unerwartet.

»Beim Appell fehlt weiterhin Millepiedi.«

»Der, der geschossen hat, nicht wahr?«

»Genau. Wir hetzen ihn, es ist nur noch eine Frage von Tagen.«

»Viele haben wir nicht mehr.« Armenise suchte im Sessel die bequemste Stellung. »Das Datum ist auf den 25. November festgesetzt.«

»Der Abfahrt?«

»Des Eintreffens. Das heißt in zwölf Tagen.«

»Wann geht es weiter?«

»Das weiß ich nicht. Das hat man mir nicht gesagt, und ich habe nicht danach gefragt. Bevor die Schiffe anlegen, muß ich mich dafür verbürgen, daß die Operation glatt verläuft, daß Stockholm ausgelöscht ist. Wir können nicht bluffen.« Um seinen Worten größeres Gewicht zu verleihen, sah Armenise dem Dottore scharf in die Augen. »Ich genieße das Vertrauen der Leute, und ich verrate niemals das Vertrauen anderer, vor allem nicht bei Leuten wie diesen. Kann ich bis zum Tagesanbruch des 25. die Garantie liefern, die man von mir verlangt?«

»Das können Sie.« Der Dottore nahm als sicher an, was im Augenblick eher Wunschdenken war. Andererseits hatte er keine andere Wahl und keinen Platz für Zweifel. Er war gezwungen, den Weg des Wagnisses einzuschlagen und sich auf die vermeintlichen Fähigkeiten derer zu verlassen, die Millepiedi ausfindig machen und beseitigen mußten.

Zur selben Stunde in jener Nacht von Dienstag auf Mittwoch bog Torrisi auf die Circonvallazione ein. Er hatte sich Zeit gelassen und war den Lungomare entlanggefahren, um die Brise zu schnuppern, die von den Felsen heraufkam und durch das heruntergekurbelte Fenster in den Uno drang. Beim Fahren ließ er einen Arm zur Wagentür heraushängen, Daumen und Zeigefinger klebten an einem Zigarettenstummel, die anderen Finger prüften die Beschaffenheit des Metalls eines Autos, bei dem er auf jedem Meter dem Seicento nachtrauerte.

»Nur weil Sie es sind, Ispettore«, hatte der Automechaniker gesagt, als er am Abend des Attentats voller Schaudern die Überreste des Seicento gesehen hatte. Zwei Monate Arbeit würden nötig sein und ungefähr drei Millionen, um ihn wieder fahrtüchtig zu machen. Li Destri hatte versprochen, ihm mit einer außerordentlichen Unterstützung zu helfen, doch was Torrisi wirklich Kummer machte, war: Nicht einmal der Automechaniker konnte garantieren, daß der Seicento wieder so würde wie vorher.

Kurz zuvor war er in der Werkstatt gewesen: Das Auto wirkte wie ein zerquetschtes, verbogenes Gerippe. Der Mechaniker hatte ihm schüchtern zu verstehen gegeben, daß statt der drei Millionen vier nötig wären. Er müsse es praktisch rekonstruieren.

»Schon gut, schon gut«, hatte der Inspektor zugestimmt, der sich gerade eine neue dreihunderttausend Lire teure Brille gegen seine Kurzsichtigkeit geleistet hatte. Die andere war bei der Schießerei zu Bruch gegangen. Von dieser Schießerei trug er immer noch Zeichen in Form von verschiedenen Wehwehchen mit sich herum und die Angst, an der erstbesten Kreuzung abgeknallt zu werden. Trotzdem hatte er Personenschutz abgelehnt.

»Commissario«, hatte er zu Li Destri gesagt, »wie soll ich andere dazu bringen, Vertrauen zu mir zu haben, wenn ich selbst mit Personenschutz auftauche? Schon so kommen wir nicht zurecht ...«

Entlang der ganzen Front tappte man im dunkeln. Keine Spur von Millepiedi und Leanzas Mördern. Zum ersten Mal hatten die Reumütigen nichts anzubieten, nicht einmal die dümmste aller Schlußfolgerungen. Torrisi war überzeugt, daß der richtige Weg der war, der zum Dottore führte, das heißt zu Gesualdo Bellomio, aber das war seine ganz persönliche Überzeugung.

Die Zigarette verbrannte zwischen den Fingern. Nicht der Schmerz machte ihm Sorgen, sondern der Lack des Autos. Beim Autopark der Polizei hatte man ganz schöne, bürokratische Schwierigkeiten gemacht, bevor man ihm den Uno anvertraute. Man hatte Zusätze zum internen Reglement und Runderlasse vom Ministerium geltend gemacht, die jemand weniger hartnäckiges längst entmutigt haben würden. Aber Torrisi verlangte einen Wagen. Am Ende hatten sie ihm einen gegeben, aber er würde unübersehbare Schwierigkeiten bekommen, wenn er ihn nicht in absolut einwandfreiem Zustand wieder zurückgäbe.

Die Straße stieg an, und die Verkehrsschilder folgten dicht aufeinander, wiesen in Stadtviertel, Dörfchen, vornehme Wohnviertel, von denen er noch nie etwas gehört hatte. Er war angewidert von den anonymen Wohnhäusern, die sich dermaßen glichen, daß man sich unmöglich zurechtfinden konnte. Da gab es tausend Kreuzungen, und der Inspektor mußte eine finden, an der rechts ein Haus mit grüner Fassade und links ein Haus mit orangener Fassade stand. Im weißen Licht der Straßenbeleuchtung konnte Torrisi eine Farbe nicht von der anderen unterscheiden. Dreimal hielt er den Uno an und setzte die Brille auf, um aus der Nähe verstohlen auf überkrustete und nahezu farblose Mauern zu blicken. Er fand die Kreuzung nicht, er fiel förmlich darüber.

Mit lauter Stimme verwünschte er Luigi, fuhr langsam in dem kleinen Sträßchen weiter und gelangte auf die breite Panoramastraße, die vor dem Ausbruch direkt zum Vulkan hochführte. Aber dann war der Ausbruch gekommen, und niemand hatte sie wieder in Ordnung gebracht, obwohl inzwischen acht Jahre vergangen waren. Jetzt wurde sie von Pärchen auf der Suche nach gefährlicher Intimität aufgesucht, von Voyeuren, denen Wind und Wetter nichts ausmachten, und – einmal nachts in der Woche – von zwei Pferden und einer Tausendschaft von leidenschaftlich Besessenen. Das waren die von den heimlichen Rennen. Heimlich nur dem Namen, nicht den Tatsachen nach, denn das herbeiströmende Publikum war dermaßen zahlreich, daß die Organisatoren, die mächtige und unnachsichtige Familie Pecoraro, die nicht zufällig den Spitznamen »die Wilden« bekommen hatte, Quoten festgelegt hatten: nicht mehr als hundert Personen pro Viertel.

In der Stadt erzählte man sich, daß »die Wilden« ungeheuere Summen an Bestechungsgeldern zahlten, damit sie nicht gestört würden, und anders hätte Torrisi sich auch die Blindheit seiner Kollegen nicht erklären können, die nur einmal im Jahr auf die Menschenmenge aufmerksam wurden, die zum Ort des Geschehens strömte. Und bei dieser einzigen Razzia kam es nie vor, daß irgend jemand von den Pecoraros geschnappt wurde und man seine Personalien feststellte.

Torrisi parkte den Wagen dort, wo ein kleiner, verfrorener Junge ihn einwies. Der kleine Junge schien unter einem riesigen Hut mit Sichtschutz zu verschwinden: Doch gerade dieser Sichtschutz verlieh ihm beim Einweisen in die Parklücken Autorität.

Bevor er sich auf die Suche nach Luigi begab, mußte der Inspektor mit einem Hustenanfall kämpfen. Er spuckte den Schleim krampfartig zum Fenster hinaus. Der Husten war nach dem Feuergefecht häufiger aufgetreten, das in den Zeitungen als versuchter Raubüberfall auf einen Polizisten in Zivil ausgegeben worden war. Er setzte sich die Brille auf die Nasenspitze. Den Borsalino zog er bis zu den Augenbrauen herunter, den Kragen des Regenmantels stellte er hoch. Ansonsten empfahl er sich dem Ewigen im Himmel, zu dem er geschickt würde, wenn ihn jemand von den ehrenwerten Herren in dieser Gegend erkannte. Und das hatte nichts mit den beiden Burschen zu tun, die er umgelegt hatte. Doch der Inspektor rechnete damit, daß der Ewige im Himmel ihn wohlwollend anblinzeln würde angesichts der engen Beziehungen, die beide mit Mariannina verbanden. Trotzdem holte er den 45er Colt hinten aus der Hose und steckte ihn in die Manteltasche.

Er tauchte unter Menschen jeden Schlags und jeden

Alters ein. Er ging über Steine und Sträucher: Die Menschenmenge war derart groß, daß er für die hundert Meter bis zur Panoramastraße mehrere Minuten brauchte. An dieser Stelle war die Asphaltdecke noch in gutem Zustand, die Lava war einige Kilometer weiter oben zum Stillstand gekommen. Die Scheinwerfer einer langen Autoschlange erhellten die Rennstrecke, beließen aber alles im Dunkel, was auf beiden Seiten davon vor sich ging. Torrisi bewegte sich ruhig von einem Ende zum anderen: Er fürchtete, Luigi nicht finden zu können, und das hatte er ihm auch am Telefon schon gesagt.

»Machen Sie sich keine Sorgen: Sie finden mich schon«, hatte Luigi mit burschikoser Sicherheit behauptet. »Aber kommen Sie nicht zu mir, ich melde mich irgendwie. Wenn sie uns zusammen sehen und Sie erkennen, dann gnade mir Gott.«

Die Verabredung hatte dem Inspektor nicht gefallen. Er witterte irgendein krummes Ding, tat aber so, als würde er sich nichts dabei denken. Luigi war als einer der letzten in den Kreis der Reumütigen aufgenommen worden. Torrisi wählte die Mitglieder seines Clubs lieber selber aus, bei Luigi hatte er eine Ausnahme gemacht. Er war ihm Anfang letzten Sommers vom Zuhälter vorgestellt worden, der Luigis Intelligenz und Reaktionsvermögen lobte.

»Was macht er?« hatte Torrisi gefragt, der in diesem Augenblick ganz stolz auf die merkwürdige Gestalt war, die darum gebeten hatte, von ihm angeworben zu werden, so wie man sich bei der Fremdenlegion anwerben lassen konnte.

»Alles und nichts«, war die überzeugende Antwort des Zuhälters. »Er besorgt sich, was zum Leben nötig ist, deshalb braucht er Ihre Hilfe: Wenn sich die Gelegenheit bietet, könnten Sie ein Auge zudrücken, dafür hält er bei seinen Streifzügen durch die Stadt immer ein Auge offen.«

Torrisi hatte Luigi aufgenommen, doch nachdem er ihn

beschnuppert hatte, hielt er ihn auf Distanz. Er traute dieser übertriebenen Bereitwilligkeit nicht: Er hatte den Verdacht, daß Luigi ganz anders war als er sich gab. Das heißt, daß er ein Eingeschleuster der Banden war. Möglicherweise hatten die Banden begriffen, daß Inspektor Torrisi gar nicht der Polizist kurz vor der Pensionierung war, als der er erscheinen wollte. Möglicherweise hatten sie etwas über den Kreis der Reumütigen mitbekommen. Möglicherweise ... Wer weiß schon, was in den Köpfen dieser Leute vor sich ging.

Wenn die wüßten, daß er sich für einen armseligen Provinzpolizisten hielt, der die neuen Bündnisse der Mafia nicht mehr durchschaute und von den Computern überhaupt nicht mehr berücksichtigt wurde.

Luigi hatte er vergessen, und zwar bis zu dem Tag, an dem dieser ihn im Präsidium anrief und ihm mitteilte, er habe Neuigkeiten über den Mord an Don Salvatore.

»Endlich werden Sie mit mir zufrieden sein, Ispettore, und mich nicht mehr links liegenlassen. In all den Monaten haben Sie sich nicht einmal bei mir gemeldet ...«

»Wo treffen wir uns?« hatte Torrisi gemurmelt, der längst davon überzeugt war, daß der Freund des Zuhälters ein doppeltes Spiel trieb, bereit, sich eigenhändig Verletzungen zuzufügen. Luigi hatte die allererste Regel des Kreises der Reumütigen übertreten: nicht selber die Initiative zu ergreifen, sondern zu warten, daß der Inspektor den ersten Zug macht. Das war eine Vorsichtsmaßnahme Torrisis, um die Identität seiner Informanten so gut es ging zu schützen, und die Informanten wiederum waren nur zu glücklich, sie zu befolgen. Luigi dagegen nicht, und das konnte nur eines bedeuten: Luigi hatte weder Angst, erkannt zu werden, noch andere wissen zu lassen, daß er Verbindungen zu einem Bullen hatte.

»Können wir uns bei den Pferderennen sehen?«

Torrisi hatte Luigis Vorschlag sofort angenommen. Er wußte, daß zu dem »alles und nichts« von Luigis Geschäften auch heimliche Wetten und Schmuckhehlerei gehörten. Mehr noch, man hatte ihn wissen lassen, daß Luigi sich in Gesellschaft großer Kaliber befand, mit denen er, theoretisch, nicht besonders viel zu schaffen haben dürfte. Lauter kleine Indizien, die den Verdacht des Inspektors über Luigis Rolle nur erhärteten und die Wichtigkeit, so schnell wie möglich etwas über Luigis eigentliche Absichten zu erfahren, unterstrichen.

Und was passiert, nachdem ich es entdeckt habe? Torrisi war niedergeschlagen. Praktisch waren ihm die Hände gebunden. Er würde ihn nicht verhaften können, er schloß aus, daß er ihn umlegen oder ihn umlegen lassen könnte – und von wem? Ihm blieb nur, den Kreis der Reumütigen aufzulösen. Er hatte sich ja entschlossen, sie an dem Tag von jeder Verpflichtung zu entbinden, an dem er in Pension ging. Aber zu ihrem eigenen Besten mußte er sie wohl früher verabschieden, sogar gleich nachdem er mit Luigi gesprochen hatte, natürlich sofern er überhaupt noch in der Lage war, das zu tun. Wer garantierte, daß die Verabredung keine Falle war, um ihn umzubringen? Die Pistole in der Manteltasche war eher eine Art Gewohnheit als von wirklichem Nutzen. Wenn man beschlossen hatte, ihn aus dem Weg zu räumen, hätte sie ihm nichts genützt, doch ein heimliches Pferderennen war der am wenigsten geeignete Ort, um einen Polizisten auszuschalten. Für die Herren des Rennens, die Pecoraros, wären daraus unabsehbare Schwierigkeiten entstanden, angefangen bei der Aufhebung ihrer Unantastbarkeit.

Er zündete die Zigarette an – die letzte? –, und ganz gegen seine Gewohnheit genoß er sie, bis er einen Hustenanfall bekam, den er zu unterdrücken versuchte, indem er eine Hand zum Mund führte. Er wollte so wenig wie möglich auffallen, während er im hier und da von den plötzlichen Lichtsäbeln der Scheinwerfer unterbrochenen Dunkel die Schatten verfolgte, die Luigi glichen.

Er erblickte ihn in einer Gruppe von Leuten, die untereinander Geld tauschten und Notizen auf lose Zettel schrieben. Er hätte schwören mögen, daß auch Luigi ihn gesehen hatte, obwohl er in die andere Richtung ging, gefolgt von einem Schwanz von Leuten, die etwas hinter ihm herriefen. Torrisi wankte zwischen Personen herum, die so tief in Wetten, in Gewinnaussichten, in Witzeleien übereinander versunken waren, daß sie nicht einmal die Kälte und die Feuchtigkeit spürten, die bis in die Knochen drang. Er traf auf eines der beiden Pferde, das die Rennstrecke ausprobierte: ein braver Klepper, ziemlich alt, dessen wesentlichste Eigenschaft Widerstandskraft war. Und Widerstandskraft brauchte es wirklich, um sich die zwei Kilometer lange, steil ansteigende Strecke hochzukämpfen und dazu noch den Sulky und den nicht gerade dürren Jockey hinter sich herzuziehen.

Der Mechanismus, der die Rennen regulierte, war denkbar einfach: Das Siegerpferd gewann eine feststehende Summe, einen Prozentanteil der auf es gesetzten Wetten und das Recht, in der folgenden Woche erneut zu laufen. Das Verliererpferd endete fast immer auf dem Schlachthof, es sei denn, die Besitzer räumten ihm eine nochmalige Chance ein. Doch der Schlachthof war früher oder später das Schicksal all dieser abgekämpften Vierbeiner. Die Rennstrecke war ein Serpentinenweg mit einer Steigung von an die zehn Prozent, und kein Pferd hielt das länger als zwei Monate durch. Eine Steigung, die Beine, Herz und Lungen zerriß: Das erlebte Torrisi selbst, als er an die hundert Meter zu Fuß hinaufstieg, bis er schließlich auf einen aus einem aufgeschütteten Damm herausragenden Baum stieß und sich hinter ihm duckte. Von dort aus konnte er den Anfang der Rennstrecke beobachten und, sofern er gewollt hätte, das Ziel. Aber das interessierte ihn nicht: Ihn drängte es nur, sein Gesicht wenige Zentimeter entfernt vor Luigis Gesicht zu halten.

Beim Start fingen viele an zu grölen, aus Freude, ihren Instinkten freien Lauf lassen zu können. Torrisi konnte die beiden Klepper durch den Wald emporgestreckter Arme und hochspringender Körper kaum sehen. Nur wenige Auserwählte hatten die Möglichkeit, dem Rennen hinter den beiden Pferden zu folgen, die anderen mußten sich irgendwie arrangieren, und sie arrangierten sich entsprechend den Gegebenheiten. Einige saßen bereits auf Bäumen, andere kletterten gleich nach dem Start hinauf. Die Wagemutigsten forderten die Widerstandsfähigkeit ihres eigenen Herzens heraus, indem sie ganz dicht am Rand mitliefen.

Als erstes kam das Verliererpferd wieder herunter: Niemand hatte sich die Mühe gemacht, ihm eine Decke überzuwerfen, sein Gebiß war weiß vom Schaum und sein Blick erloschen. Der Jockey trieb es an, doch das Pferd hatte seinen Kopf gesenkt und ließ sich Zeit. Torrisi fragte sich, ob das Pferd wohl wußte, wohin es nun ging: Er empfand Solidarität mit einem anderen Lebewesen, das seine Pflicht getan und den Befehlen gehorcht hatte und nun zum Lohn dem Tod zugeführt werden sollte. Einen Augenblick lang erwog er, ob er einschreiten und, mit gezückter Pistole, das Pferd befreien sollte. Torrisis Blick überschnitt sich mit dem Blick des Pferdes, das seinen Kopf schüttelte und schnaubend zur anderen Seite schaute.

»Haben Sie sich amüsiert?« Luigi unterbrach Torrisis Träumereien.

»Immer noch besser als dieses arme Tier.«

»Ich kann nicht lange bei Ihnen bleiben. Ich muß Sie wie einen Kunden behandeln.« Luigi bekritzelte ein paar Zettel, die genauso waren wie die, die Torrisi vor Beginn des Rennens hatte herumwandern sehen. »Na ja, wenn Sie einen Blauen für mich hätten, wäre die Szene noch überzeugender.« Luigi deutete eine Verzerrung im Gesicht an, die ein Lächeln darstellen sollte.

»Was gibt's?«

»Ich weiß, wer Don Salvatore ermordet hat.« Luigi kritzelte wieder etwas.

Torrisi blieb stumm und reglos.

»Millepiedi war's.«

»Ach.«

»Ich habe gehört, er ist noch in der Stadt, andere behaupten sogar, er habe sich zu Hause verschanzt. Hält man das für möglich?« Luigi steckte den Zettel und den Stift in die Tasche. Er sah den Inspektor an.

»Weshalb hat er ihn getötet?« Torrisi gab sich Mühe, jeden Anflug von Skepsis zu vermeiden.

»Sagen Sie mir ja nicht, Sie wüßten nichts von der eigentlichen Tätigkeit Don Salvatores.« Luigi rieb den Daumen und den Zeigefinger, um Geld anzudeuten. »Es sieht so aus, als ob ein ganz schöner Batzen Geld im Spiel war, ein Kredit, der mit den Wucherzinsen zu einer Riesensumme aufgelaufen war und den armen Millepiedi zur Verzweiflung und nahezu in den Ruin getrieben hat. Was macht einer in so einem Fall? Er nimmt die Abkürzung und denkt, damit ist das Problem erledigt.« Jetzt benutzte Luigi Daumen und Zeigefinger, um eine Pistole nachzumachen.

»Millepiedi sollte das alleine bewerkstelligt haben?«

»Ispettore, das müssen Sie herausfinden. Ich muß jetzt weg, bevor irgend jemand Verdacht schöpft.«

Torrisi neigte den Kopf, um zugleich mit den Händen das Streichholz zu schützen, mit dem er sich eine Zigarette anzündete. Als er den Kopf wieder hochhob, war er über Luigis weitaufgerissene Augen entsetzt, der auf ihn zustürzte. Er glaubte zuerst, daß Luigi ihn angreifen wollte, machte eine unbeholfene Armbewegung und sah dann das Loch in der Stirn, aus dem Blut hervorquoll, und begriff jetzt, was das »Flupp« bedeutete, das er ein paar Sekunden zuvor gehört hatte. Torrisi warf sich auf die harte kalte Erde und ließ sich von Luigis Körper zudecken, hatte dann einige Schwierigkeiten, sich von ihm zu befreien und hinter dem Baumstamm Schutz suchen.

Es gab kein weiteres »Flupp«, und niemand schien etwas bemerkt zu haben. Torrisi hatte nicht einmal den Versuch gemacht, den Colt hervorzuziehen. Er zog sich von Luigis Körper zurück, der mit dem Bauch nach unten lag, und ging in Richtung Panoramastraße: Er mischte sich unter die, die in großen Scharen zu Fuß zu dem improvisierten Parkplatz gingen. Er brauchte gut zwei Stunden, um zur Wohnung von Kommissar Li Destri zu gelangen. Beim ersten Klingelzeichen antwortete die Stimme des Kommissars aus der Sprechanlage.

Li Destri trug Hose, Hemd, Krawatte und Wollpullover mit über die Hemdmanschetten hochgeschobenen Ärmeln.

»Dem Himmel sei Dank«, sagte Li Destri und brachte Torrisi damit ganz aus der Fassung. »Vor ungefähr einer halben Stunde habe ich einen Telefonanruf erhalten, natürlich anonym«, fuhr Li Destri fort. »Man teilte mir mit, daß du in den Mord eines deiner Informanten verwickelt wärst, eines gewissen Luigi. Stimmt das?«

Torrisi setzte sich betrübt auf eine Bank in der Diele. Der Kommissar hatte ihn noch nie mit Du angeredet, das gehörte nicht zu den Gewohnheiten des Kadettensohns von Baron Li Destri.

»Entschuldigen Sie«, sagte der Kommissar und ließ offen, ob sich die Entschuldigung auf das Du oder auf den eiligen, unförmlichen Empfang bezog. »Ich habe Sie nicht einmal hereingebeten.«

Die Wohnung war sauber und anonym. Li Destri rückte die Kissen zurecht und sammelte die auf dem Parkettboden verstreuten Zeitungen auf. »Diese Sache hat mich völlig mitgenommen. Ich habe Sie zu Hause zu erreichen versucht, ich habe das Präsidium gebeten, Sie ausfindig zu machen, aber niemand wußte, wo Sie sich verkrochen hatten. Ich hatte mich angezogen, um ins Büro zu gehen und zu versuchen, irgend etwas zusammenzubekommen. Entschuldigen Sie meine Beharrlichkeit, aber was ist das für eine Geschichte mit dem Mord?«

»Ich hatte eine Verabredung mit diesem Luigi bei den heimlichen Pferderennen.« Torrisi erzählte leise, nicht aus Sorge, die anderen Menschen in dieser Wohnung aufzuwecken, sondern aus dem Gefühl der Machtlosigkeit, das ihn zermürbte.

»In diesem Zusammenhang will ich Sie auf die Razzien unserer Leute aufmerksam machen: Wie kommt es, daß sie nie einen fangen? Heute nacht waren drei Generationen der Pecoraros dort versammelt, doch der einzige Polizist war ich, und ich mußte auch noch darauf achten, nicht erkannt zu werden ... Nach dem Rennen habe ich mit Luigi gesprochen, ich habe den Kopf gesenkt, um mir eine Zigarette anzuzünden, und sie haben ihm genau zwischen die Augen geschossen.«

»Hatte man auf Sie gezielt?«

»Darf ich rauchen?« Torrisi sah keinen Aschenbecher in dem Wohnzimmer, in das der Kommissar ihn geführt hatte.

»Bitte sehr. Ich hole Ihnen einen Aschenbecher ... bei uns raucht nur meine Frau.« Li Destri hüstelte. »Wir sind nicht sonderlich darauf eingerichtet.« Er fand einen muschelförmigen Aschenbecher und beobachtete, wie der Inspektor eine Nazionale anzündete.

»Nein, ich glaube nicht, daß sie's auf mich abgesehen hatten.«

»Was denn dann?«

»Sie haben ihn umgebracht, um mich davon zu überzeugen, daß er mir etwas Wichtiges mitgeteilt hat.«

»Und was?«

»Daß Don Salvatore von Millepiedi beseitigt wurde.«

»Ach.«

Torrisi atmete tief ein, sofort stieg der Schleim ihm in die Kehle und zwang ihn, ihn loszuwerden. »Entschuldigen Sie bitte«, sagte er aufrichtig betroffen. »Ich sollte mich entschließen, mit dem Rauchen aufzuhören oder die Zahl der Zigaretten und der Züge zu erhöhen.«

»Sie glauben nicht daran?«

»Nicht eine Sekunde. Man hat mir Luigi geschickt, natürlich ohne ihm zu sagen, daß sie ihn umnieten würden, damit er glaubwürdiger erscheint. Und um sicherzugehen, daß ich die Sache nicht für mich behalte, hat man Sie von der Begegnung in Kenntnis gesetzt.«

»Wenn Sie jetzt also nicht hier wären, sollte ich anfangen, Argwohn gegen Sie zu hegen und hätte damit Luigis heimliche Information glaubwürdig erscheinen lassen, die ich Sie gezwungen hätte, mir offenzulegen.«

»So ist es.«

»Warum sollte Millepiedi Don Salvatore ermordet haben? Ich vermute, daß Ihr Informant auch über diese Einzelheit gesprächig war.«

»Geldleihgeschäfte zu Wucherzinsen. Eine Schuld, die nicht mehr abgetragen werden konnte. Es dürfte nicht schwierig sein, etwas über Millepiedis Vermögenslage herauszufinden. Auch wenn die anderen in der Lage sind, nicht vorhandene Schulden und Wechsel zu konstruieren.«

»Sie wissen sogar meine Telefonnummer zu Hause, die eigentlich geheim sein sollte.« Li Destri sagte das voller Resignation.

»Sie wissen noch viel mehr. Sie wissen alles, was sie wissen wollen.«

»Warum kann es Millepiedi nicht gewesen sein?« Li Destri, der bis dahin an der Wand gelehnt hatte, setzte sich auf den Stuhl, der am nächsten stand.

»Weil mir bekannt ist, daß Millepiedi einen Zug bestiegen hat, nachdem er bei Don Salvatore gewesen war. Erinnern Sie sich an die Hautabschürfungen an den Handgelenken von Don Salvatore? Das kann keiner allein gewesen sein, der ihn umgebracht hat: Während man auf ihn schoß, wurde er von jemandem festgehalten.«

»Wir müssen Millepiedi um jeden Preis finden.« Der Kommissar sprang auf. »Irgendwo muß er schließlich stecken ...«

»Das steht außer Zweifel. Doch solange wir keine heimliche Geliebte oder keinen unbekannten Freund aufspüren, werden wir ihn nicht finden. Er ist seit ...«

Torrisi suchte einen Kalender oder irgend etwas, das ihm sagte, welcher Tag heute war.

»Wenn wir rechnen, daß wir schon vor Tagesanbruch des dreizehnten sind«, sagte Li Destri, »ist er seit zwei Wochen verschwunden. Und keiner weiß etwas?«

»Keiner, auch die anderen nicht.«

»Wenn wir der Sache irgendwie auf den Grund kommen wollen, müssen wir ihn als erste finden.«

»Ich hab meine Zweifel, daß wir ihn als erste finden werden. Das werden die nicht zulassen.«

»Wer, zum Teufel, sind die?« brüllte Li Destri.

»Carlo, was ist los?« Das war die schlaftrunkene und besorgte Stimme einer Frau.

»Nichts, schlaf nur, schlaf.« Li Destris Ton wurde wieder normal. »Meine Frau.«

»Commissario, die sind diejenigen, die Ribaudo und seine Mannschaft massakriert haben; diejenigen, die sich diese Stadt und diese Insel einverleibt haben; diejenigen, vor denen wir Tag für Tag unseren Kniefall machen, die so viel Macht besitzen, daß wir nicht einmal wagen, den Blick zu ihnen hochzuheben, um sie anzusehen, wenn sie vorübergehen.«

»Wissen Sie, wo ich die mir hinstecke?«

»Commissario, ersparen Sie sich den Wutausbruch. Denn selbst wenn Sie sagen, wohin Sie die stecken würden, sind die es am Ende, die über uns hinweggehen: und zwar wann und wie die wollen. Ach, ja, würden Sie mir einen Durchsuchungsbefehl beschaffen? Ich möchte zwischen Millepiedis Hemden herumstöbern.«

XI

Die Schlagzeile von ›La Stampa‹ nahm zwei Drittel der Titelseite ein und beschäftigte sich mit der Lage in der Sowjetunion: »Jelzin: ›Teilen wir uns die Macht‹«. Millepiedi las es geistesabwesend, während er in ein mit Marmelade gefülltes Hörnchen biß. Jelzins Aufforderung war an Gorbatschow gerichtet. Daß Gorbatschow der Chef der UdSSR war, wußte sogar Millepiedi. Aber Jelzin, wer war Jelzin? Und überhaupt, wen kümmerte das schon?

Das Tablett mit den Hörnchen und die Zeitung befanden sich auf dem Küchentisch, zusammen mit einem in einer überaus feinen Handschrift geschriebenen Billet. »Angebeteter Gast, das Hörnchen mit Vanillepuder ist mit Creme gefüllt, die beiden anderen mit Marmelade. Die Milch ist im Kühlschrank, die Espressomaschine ist voll, die Kaffeedose ist, für alle Fälle, hinter der dritten Schranktür oberhalb der Herdplatte. Wenn die Geschirrspülmaschine um elf immer noch läuft, drücken Sie bitte den großen Knopf. Fürs Mittagessen sorgt Vera, die bis zwölf Uhr zurück sein wird. Alles Gute. Lia.«

Die Geschirrspülmaschine war stumm, der Espresso eiskalt, erledigte aber den Umstand, welchen machen zu müssen, den Hörnchen hätte Millepiedi die warmen und weichen Brioches von der Café-Bar am Lungomare vorgezogen, in der er morgens frühstückte. Doch der Gedanke an die Brioches rief ihm eine andere Brioche ins Gedächtnis – Filippo Lo Verso genannt Brioche –, und auf der Stelle gewann das mit Marmelade gefüllte Hörnchen an Geschmack.

Er probierte den Espresso. Der war zum Kotzen, und Millepiedi fügte sich in die Notwendigkeit, einen neuen zu machen. Er haßte Espresso, wenn er nicht schon eingegossen in der Tasse vor ihm stand.

Er hörte, wie ein Auto draußen stehenblieb, und erinnerte sich, daß er die Pistole oben liegenlassen hatte, unter dem Kopfkissen seines Bettes. Der Hund bellte nicht, die Haustürklingel ging.

Millepiedi war vor Panik wie gelähmt. Er starrte auf die Haustür, überzeugt, daß sie jede Sekunde auffliegen konnte und bewaffnete Männer mit einer Sturmhaube über dem Gesicht vor ihm stehen würden. Er war nicht in der Lage, sich zu bewegen. Er hörte auf nachzudenken und stürzte weit in die Jahre zurück: Er sah seine Mutter wieder, seinen Vater, ihre Gegenwart erwärmte ihn.

»Peppe ... Peppe«: Seine Eltern riefen ihn, und er starb vor Verlangen, zu ihnen zu laufen.

»Peppeee.« Der Ruf war so gewaltig, daß Millepiedi zusammenfuhr und begriff, daß es nicht seine Eltern waren, sondern Alberto, der vor der Tür brüllte. Der Colonnello hatte die Pistole in der Hand, und sein Gesicht war so zusammengezogen, daß es Millepiedi kalt über den Rücken fuhr.

»Wo, himmelherrschaftszeiten nochmal, hast du gesteckt?« Der Colonnello rempelte ihn an und drängte ihn beiseite. Millepiedi zeigte auf die Küche, den Tisch, den Stuhl. »Ich war fest davon überzeugt«, sagte er, »daß es die anderen wären ... Daß sie mich aufgespürt hätten. Ich hatte unendliche Angst: Ich wünschte mir nur noch, daß sie es schnell erledigen.«

Der Colonnello sah ihn argwöhnisch an.

»Du brauchst mich nicht so anzusehen, Alberto: Du hast noch nie vor einem Exekutionskommando gestanden. Ich kann dir nicht einmal erklären, was man empfindet, ich weiß nur, daß man es vorzieht zu sterben, nur damit das ein für allemal aufhört. Was weißt du schon davon.« Millepiedi stützte sich auf den Tisch. Die Espressomaschine blubberte auf dem Herd.

»Sieh mich nicht so an, Alberto«, wiederholte Millepiedi niedergeschlagen.

»Wie so?« sagte der Colonnello, der davon überzeugt war, ihn völlig normal anzusehen.

»Sieh mich nicht an, als wär ich der Teufel, das personifizierte Böse. Ich bin einer wie viele andere auch, ja, genau, wie viele andere, wie du. Ich bin einer, der sich irgendwann entschlossen hat, sich der allgemeinen Moral anzuschließen. Ich war es müde, mich dauernd in den Arsch ficken zu lassen. Es war doch nicht möglich, daß jedesmal mein Name genannt wurde, wenn es einen Reinfall gab. Millepiedi, Giuseppe ... Hier ... Treten Sie vor, damit wir Sie in den Arsch ficken können. Wieder ich? Können wir es nicht reihum machen? Schweigen Sie und seien Sie dankbar.«

Millepiedi gestikulierte mit den Händen, verdrehte die Augen, erweckte den Eindruck, daß er eine schon bewährte Szene spielte. Als er die Vorstellung oder, möglicherweise und viel einfacher, den inneren Aufruhr hinter sich hatte, wurde er still. Seine Worte wurden traurig.

»Du erträgst es heute, du erträgst es morgen, dann kommt der Tag, wo du rebellierst, wo du dich fragst, warum andere sich bereichern und du immer ärmer wirst. Sind die denn tüchtiger als du? Sind die ehrlicher als du? Haben die mehr Glück als du? Nicht einmal im Traum, sie sind nur viel unmoralischer als du. Sie haben die gewinnbringende Idee im Flug erfaßt: Wichtig ist nicht, sich anständig zu verhalten, sondern sich nicht auf frischer Tat erwischen zu lassen. Die Gesellschaft zwingt dich, ständig zwischen Gut und Böse zu leben. Als Kind sagen sie dir immer wieder, daß man nichts Böses tun darf: erinnerst du dich noch, bei den Salesianern? Und ich bin mit dieser Vorstellung aufgewachsen; bevor ich etwas Unrechtes tat, habe ich es lieber ertragen. Als ich jedoch gemerkt habe, daß ich kein Geld hatte, um meinen Töchtern etwas zu essen zu geben, als mir klar geworden ist, daß ich ohne Aufträge war, weil ich keine Beschützer hatte, habe auch ich mich verhalten wie die anderen. Und ich hab's im großen Stil gemacht, wie alles, was ich angefaßt habe. Du weißt, wie ich bin ...« Millepiedi suchte ein kleines bißchen Solidarität, aber der Colonnello, der mit dem Espresso beschäftigt war, wandte ihm den Rükken zu.

»Abgesehen von der Sache mit Palme, bin ich ein anständiger Mensch, willst du das nun begreifen oder nicht?«

Millepiedi hatte Lust, den Colonnello bei den Schultern zu nehmen und ihn zu zwingen, sich umzudrehen, aber er ließ es sein. »Ich bin besser als viele, die verehrt werden, vor denen man Diener macht. Nicht ich habe die Entscheidung getroffen, eine bestimmte Sache durchzuführen, sondern die Geschäftswelt trifft die Entscheidung für dich, und du hast nur die Wahl, entweder mitzumachen oder unterzugehen. Ich bin fast untergegangen beim Versuch, den geraden Weg zu gehen, so wie die heiligen Männer der Salesianer es uns gepredigt hatten.«

Beim Reden hatte sich Millepiedis Wut gesteigert. »Willst du wissen, wie ich in den Klauen von Don Salvatore gelandet bin? 1981 löste meine Bank, bei der ich seit sechs Jahren Kunde war, den Kreditvertrag über 5 Millionen Lire, weil ich mit einem Scheck die Kreditlinie um fünfzigtausend Lire überschritten hatte. Von den Banken kann ich dir ein Lied singen. Hör dir folgende Geschichte an. Da gab es eine kleine Tuchfabrik, der ging es gut, obwohl sie nicht zu den eingeführten Unternehmen zählte. Vielleicht war keiner auf sie aufmerksam geworden, vielleicht hatte keiner etwas von ihrem Umsatzvolumen gemerkt. Eines Tages kommt ein Briefchen von der Bank. Die Zinsen für den beantragten Kredit stiegen von vierzehn auf achtundzwanzig Prozent. Der Unternehmer läuft zur Bank, rennt aber gegen eine einzige Mauer. Anweisungen von oben, heißt es, neue Bürgschaften für die Finanzierung von Privaten, Kreditknappheit, Kapitalkosten. Komplizierte Sätze, schöne Worte, die in solchen Fällen gebraucht werden. Der Unternehmer geht von einer Bank zur anderen und stößt überall auf verschlossene

Türen. Er glaubt, verrückt zu werden. Die Löhne des ersten Monats zahlt er nicht; um etwas flüssige Mittel zu bekommen, beginnt er mit dem Verkauf von Außenständen, die er noch eintreiben muß. Das heißt, er hat eine Rechnung von hundert Millionen mit einem Zahlungsziel von drei Monaten, die gibt er den Wucherern für den Gegenwert von fünfzig Millionen. Wie lange kann man unter solchen Bedingungen überleben? Einen Monat? Ein Jahr? Einen Tag? Sie haben ihn sechs Monate überleben lassen. Nach sechs Monaten kommt ein Anruf, bei dem sie ihm vorschlagen, sie würden ihm das Unternehmen abkaufen, die Schulden bezahlen und ihm eine Abfindung von zehn Millionen geben. Der Unternehmer nahm an. Ein paar Wochen vergingen, da entdeckt er, daß die Banken sein früheres Unternehmen jetzt mit Krediten zu zwölf Prozent finanzieren. Man hat ihn verhaftet, als er mit einer Pistole in der Tasche um das Haus des Bankdirektors herumschlich. Jetzt ist der arme Kerl in einer Irrenanstalt, und dort hat man nicht die Absicht, ihn zu entlassen: Er sei eine Gefahr für die Gesellschaft, heißt es. Die Geschichte ist vor ein paar Jahren passiert, aber jeder, der verstehen sollte, hatte verstanden. Mir ist es noch schlimmer ergangen als ihm. Als die Bank die Kreditvereinbarung kündigte, ist keiner gekommen und wollte die Mille P kaufen. So hab ich mich an Don Salvatore gewandt, und das war das Ende. Ich arbeitete nur noch für ihn: Er gab mir zehn Millionen, und ich mußte fünfzig, mitunter sechzig Millionen zurückzahlen. Glaub mir, Alberto: Als man mir den Vorschlag machte, mich auf dieses Abenteuer einzulassen, hatte ich keine Wahl.« Millepiedi war still, um dem Colonnello die Möglichkeit zu geben, etwas zu sagen, aber der blieb stumm.

»Also gut«, sagte Millepiedi. »Ich erzähle dir, wie es gewesen ist, dann denken wir nicht mehr weiter daran, vor allem du denkst dann nicht mehr daran.« Millepiedi sah den Colonnello verstohlen an, in der Hoffnung, daß seine Bemerkung ins Schwarze getroffen habe.

Der Colonnello betrachtete Millepiedi, wie man einen alten Hund betrachtet, der versucht, ein freundliches Streicheln herauszuschinden, indem er mühevoll Männchen macht.

»Aber danach«, und Millepiedi streckte seinen Anklagefinger aus, »bringst du mich zu deinen Leuten. Ihr beschützt mich, wie es sich gehört.«

Der Espresso begann zu zischen, und der Colonnello stellte die Flamme kleiner: Mit einem Kaffeelöffel hob er den Deckel der Espressomaschine hoch und rührte langsam die kochende Flüssigkeit durch.

»Wir befanden uns auf der gegenüberliegenden Fahrbahn.« Millepiedi starrte auf die einzige freie Stelle der Wand, an der keine Bilder, kein Nippes, keine Keramiksachen angebracht waren. Seine Stimme war dunkel geworden: Sie hatte Windungen und Abgründe durchwandert, bevor sie wieder hörbar wurde. »Eine große Straße: Geschäfte, Warenhäuser, ein Kino, aber wenig Licht. Vor kurzem hatte es aufgehört zu schneien. Der Mann mit dem Hut, der mich ein paar Stunden zuvor am Flughafen abgeholt hatte und ausgezeichnet italienisch sprach, obwohl ich der Meinung bin, daß er kein Italiener war, gab dem Fahrer ein Zeichen. Er sagte ihm, er solle langsam weiterfahren ...«

Der Colonnello unterbrach ihn: »Wer ist der Mann mit dem Hut? Wie heißt die große Straße?« Es waren nicht so sehr Fragen als vielmehr endgültig klingende Befehle.

»Stockholm, 28. Februar 1986. Ist das in Ordnung so?« Millepiedi gab sich Mühe, einen so gewinnenden Tonfall wie nur möglich zu haben. »Ich hatte das Flugzeug in Rom bestiegen, mit Zwischenaufenthalt in Mailand. Um neun Uhr abends war ich in Stockholm angekommen. Am Flughafen hatte sich der Mann mit dem Hut vorgestellt, den ich nie zuvor gesehen hatte und auch nachher nie wieder gesehen habe. Vor dem Flughafengebäude stand ein Auto, frag mich nicht, was für ein Auto, denn ich weiß es nicht und würde es auch nicht wiedererkennen. Drinnen saßen zwei weitere Personen, Italiener wie ich ...«

»Warum Italiener?«

»Weil der Mann mit dem Hut sich an uns alle auf italienisch wandte und die anderen auf italienisch antworteten.« Millepiedi sah den Colonnello fragend an. »Das ist nicht einleuchtend, stimmt's? Kurz und gut, so, wie ich dir schon sagte, daß der Mann mit dem Hut kein Italiener war, so sage ich dir, daß die anderen beiden Italiener waren. Es kann auch eine Finte gewesen sein, um mich auf eine falsche Fährte zu leiten, jedenfalls würde ich beschwören, daß sie Italiener waren. Auch sie habe ich nie wiedergesehen.«

»Wie hatte man dich angeworben?«

»Das habe ich dir gesagt ...«

»Auch wenn du es mir gesagt hast, wiederholst du es jetzt. Hier bestimme ich, es wird getan, was ich sage, und zwar genau, wenn du beschützt werden willst. Wenn nicht, dann erinnere dich, daß das Angebot, dich nach Turin zurückzubringen und dich auf dem erstbesten Trottoir abzusetzen, immer noch steht.« Der Colonnello berührte die Espressomaschine mit der Hand und zog sie rasch wieder fort. Er hätte sich fast verbrannt, aber es ging ihm besser. Gegenüber Millepiedi hatte er sich von einer Last befreit. Der ersten.

»Schon gut, schon gut. Aber du brauchst ja nicht gleich so zu werden. Ich wiederhole von Anfang an. Don Salvatore ... Leanza hatte mich angeworben. Ich mußte ihm viel Geld zurückzahlen. Eines Tages fragte er mich, ob ich mich für mein ganzes Leben gesundstoßen wolle. Was hätte ich ihm deiner Meinung nach antworten sollen? Ich sagte ja, und Don Salvatore sagte mir, ich solle mich für alles bereithalten.«

»Was heißt das?«

»Ich begriff, daß es hier nicht um einen Akt der Nächstenliebe ging, aber ich fragte nicht weiter. Sie hätten es mir sowieso nicht gesagt.«

»Hast du damit gerechnet, daß sie dich für einen Mord benutzen würden?« Das Erstaunen des Colonnello war echt.

»Ich habe mit gar nichts gerechnet. Aber ich wußte, daß ich Don Salvatore über einhundert Millionen schuldete, daß ich keinen Pfennig besaß, aber eine Frau und zwei Töchter hatte, die versorgt werden wollten, und daß mein Leben mit sechsunddreißig vor dem Zusammenbruch stand. Scheint dir das nicht ausreichend, um eine Lösung zu akzeptieren, wie immer sie auch aussieht?«

Der Colonnello goß den Espresso in die Tassen. Unter den zahlreichen, völlig gleich aussehenden Gefäßen auf dem Regal hatte er mit sicherem Blick die Zuckerdose herausgefunden.

»Nach zehn Tagen«, erzählte Millepiedi weiter, »bestellte mich Don Salvatore zu sich und sagte mir, daß die Verabredung auf den nächsten Tag festgesetzt war. Ich sollte einen Typ töten. Ich sagte, daß ich noch nie geschossen hätte, und Don Salvatore antwortete, daß es nicht schwer wäre: man brauche nur auf den Abzug zu drücken. Er sagte mir noch, daß ich keiner Menschenseele erzählen dürfe, daß ich am nächsten Tag verreisen würde. Er wünschte mir gute Reise und fügte hinzu, daß ich in Rom zwischenlanden würde. Am Flughafen von Fiumicino würde mir eine Person alles Weitere erklären. Alles Weitere war ein Koffer, ein Hinflugticket nach Stockholm und ein brandneuer Paß. Sowohl das Ticket als auch der Paß waren auf Calogero Di Giacomo ausgestellt, Beruf Handelsvertreter. Das Paßfoto war wirklich meins: Du hättest sehen sollen, wie gut ich in Pose gestellt worden war, aber ich schwöre dir, daß ich für dieses Foto niemals posiert habe. Der Koffer war voller Kleidungsstücke, Pullover, Unterhosen, Socken, Rasierklingen: mit einem Wort alles, was einer braucht, der für ein paar Tage unterwegs ist. Ach, ich vergaß: alles gebrauchtes Zeug und etwa in meiner Größe. Verstehst du, was für eine Organisation?«

»Und du warst die Ruhe selbst: niemals eine Frage, ein Zweifel, kein bißchen Angst vor dem, was du im Begriff standest, da zu tun?«

»Meine Angst, meine Zweifel bestanden darin, daß ich mich der Aufgabe nicht gewachsen zeigen könnte. Ich wollte mein Leben verändern: kapierst du das nicht? Ich wollte ein Herr werden, ein Signore, ich wollte wie alle anderen sein, und um wie all die, die es geschafft haben zu werden, war ich zu allem bereit.«

Der Colonnello warf ihm einen kurzen mißbilligenden Blick zu.

»Du brauchst mich überhaupt nicht so anzusehen ... Erstens: Du bist weder mein Vater noch Gott der Allmächtige. Zweitens: Ich könnte dir Begebenheiten von Kannibalismus unter sogenannten ehrenwerten Leuten erzählen, wogegen das, was ich getan habe, nichts ist und noch weniger als nichts.« Millepiedi sprang unvermittelt auf, so als ob ihm eine Gefahr drohen würde, und ging im Wohnzimmer auf und ab.

»Sogar lächerlich. Ja, ich habe einen Menschen getötet, aber die anderen haben Schlimmeres getan, und zwar gratis. Ich wenigstens hatte ein Motiv.« Millepiedi starrte den Colonnello an. »Ja, nämlich mein Überleben und das Überleben meiner Familie ...«

»Wir waren bei deiner Ankunft in Stockholm.«

»Wir fuhren ein bißchen herum. Der Mann mit dem Hut wollte das Ticket und den Paß, er forderte mich auf, den Mantel auszuziehen, die Jacke, die Krawatte, die Schuhe und gab mir eine Kopfbedeckung mit Ohrenschutz, eine dunkelblaue Windjacke, ein Paar Schnürstiefel mit Gummisohle. Meine Sachen verstaute er im Kofferraum. Wir warteten, bis es an der Zeit war, dann fuhren wir Richtung Stadt. Wahrscheinlich ins Stadtzentrum.

Nachdem der Mann mit dem Hut dem Fahrer des Wagens gesagt hatte, er solle langsamer fahren, drehte er sich nach hinten, zu mir: In seiner Hand hatte er eine kleine

Pistole mit Schalldämpfer. Wortlos reichte er sie mir herüber. Ich hatte noch nie eine Pistole in der Hand gehabt: Er muß meine Gedanken gelesen haben, denn gleich darauf sagte er, daß ich nur ganz leicht auf den Abzug drücken müsse. ›Ans Schießen‹, fügte er ganz ohne Ironie und auf die Pistole deutend hinzu, ›denkt sie.‹ Ja, er sagte ›sie‹, als wäre sie eine Person. Dann zeigte er auf einen alten Mann, der mit einer etwa gleichaltrigen Frau auf dem gegenüberliegenden Bürgersteig ging. ›Sehen Sie die beiden?‹ fragte er mich. Und wie man sie sehen konnte. Ihr Gang war ... wie soll ich sagen? Beschwingt, ja beschwingt. An einer Ampel blieben die beiden stehen. ›Das ist er‹, sagte der Mann mit Hut. ›Sobald wir anhalten, gehen Sie über die Straße, überholen die beiden, drehen sich um, damit Sie sie vor sich haben. Zielen Sie auf den Magen: zwei Schüsse genügen. Schießen Sie von so nah wie möglich. Kommen Sie sofort zurück, Sie finden uns neben dem Bürgersteig.‹«

Millepiedi hatte einen trockenen Gaumen, und es kam ihm vor, als hätte sich im Magen ein großes Loch geöffnet, durch das sein Körper aufgesogen würde. »Der Mann mit dem Hut wandte sich an den, der neben mir saß: ›Sie‹, sagte er, ›decken seinen Rückzug; wenn Sie ihn zurückkommen sehen, gehen Sie auf die beiden zu und tun so, als wollten Sie ihnen helfen; statt dessen gehen Sie aber weiter bis zu der Treppe am Ende dieser kleinen Straße‹, und der Mann mit dem Hut deutete auf eine enge Straße, die den Bürgersteig kreuzte, auf dem das Paar an der Ampel stehengeblieben war. ›Wir‹, sagte der Mann mit dem Hut dann noch, ›stehen oben und warten auf Sie: Passen Sie auf, daß Sie auf den Stufen nicht ausrutschen, sie sind aus Eisen, und unter dem Schnee könnte eine Eisschicht liegen.‹«

Millepiedi stand am Fenster, das nach hinten hinaus ging. Seine Stirn hatte er an die Scheibe gelehnt, und er betrachtete den sanften Hang, die Bäume des Wäldchens, die in den blauen Himmel hinaufragten. Es herrschte vollkommene Stille.

»Würdest du mich fragen, wie ich aus dem Wagen gestiegen bin, könnte ich es dir nicht beantworten.« Millepiedi hielt die Augen halb geschlossen. »Ich sehe mich wieder, wie ich schnell die Kreuzung überquere. Die beiden, der Mann und die Frau, gingen ganz normal weiter; hin und wieder blieb der Mann stehen und bewegte die Arme: Das wirkte wie die Bewegungen eines Malers, der mit dem Pinsel vor einem Bild stand. Ich überholte sie, wahrscheinlich bemerkten sie mich nicht einmal. Ich drehte mich um und stand vor dem Mann: Ich drückte auf den Abzug, während ich ihm ins Gesicht blickte, so als gäbe es eine klare Trennung zwischen meinen Augen und meiner Hand, ich meine, so als wüßten die einen nicht, was die andere tat. Kommt dir diese Reaktion normal vor?«

Der Colonnello zuckte leicht mit den Schultern: Was verstand er schon davon? Er hatte es ja noch nie erlebt.

»Ich erkannte Palme gar nicht.« Millepiedi setzte sich wieder an den Tisch und erinnerte sich, daß die beiden Schwestern ihm am Abend zuvor genau an diesem Tisch die Zukunft gelesen hatten. Die Erinnerung daran ließ ihn sich verloren fühlen. »Du kannst eine Person noch so oft auf einem Foto oder im Fernsehen sehen – und ich hatte Palme noch nie gesehen –, es ist eine ganz andere Person, wenn du sie um Mitternacht, außerhalb ihres öffentlichen Lebens, ich meine ohne Jacke, ohne Krawatte vor dir hast. Nein, ich habe ihn nicht erkannt ... Ich erinnere mich, wie bestürzt die Frau war ... ich meine seine Frau. Sie machte nichts, sie schrie nicht. In ihren Augen stand das blanke Entsetzen, nein, die reine Verzweiflung. Sie warf sich auf den Mann, der ohne einen Schrei in den Schnee gesunken war. Ich ging zielgerichtet auf den Bürgersteig zu ... Weißt du was?«

Der Colonnello rührte mit dem Löffel in der inzwischen leeren Mokkatasse, und er tat es voller Unduldsamkeit: Rhetorische Fragen hatten ihm noch nie gefallen, er haßte sie noch mehr als die Fernsehsendungen, die nach Flüchtigen suchten oder verlangten, in Gerichtssälen oder in Notaufnahmen filmen zu können. Orwell hatte den Großen Bruder vorausgesehen, der jeden von uns kontrolliert. Der Colonnello war der Ansicht, daß es noch schlimmer gekommen sei, nämlich mit der Rückkehr der Großen Inquisition.

Millepiedi war es leid, auf eine Antwort zu warten, die ohnehin nur ein Nein sein konnte, und redete weiter. »Ich habe den anderen, der meinen Rückzug decken sollte, überhaupt nicht wahrgenommen. Ich war so durcheinander, daß ich nur noch den Wagen erreichen und darin verschwinden wollte. Der Wagen stand genau da, wo er stehen sollte. Ich stieg ein. Das Auto fuhr schnell davon, an der ersten Querstraße befahl der Mann mit dem Hut abzubiegen. Wenige Meter weiter war die Leuchtreklame eines Kinos, dasjenige, aus dem, wie ich später in den Zeitungen las, Palme und seine Frau gerade herausgekommen waren. Wir fuhren in eine kleine Straße, die uns gleich darauf zwang, nach links abzubiegen. Die neue Straße öffnete sich rechts auf ansteigende Sträßchen. Das erste hatte Durchfahrverbot.

›Nimm die nächste‹, sagte der Mann mit dem Hut. Seine Stimme war ruhig, gewinnend: Er wirkte wie der Herr des Hauses, der die Gäste vom Flughafen abgeholt hatte und sie nun auf seinen Landsitz begleitete. Das Sträßchen, in das nun eingebogen werden sollte, hatte wieder Durchfahrverbot. Der Fahrer war sich einen Augenblick lang unsicher, der Mann mit dem Hut stieß ihn in den Arm und sagte ›Fahr‹. Unser Charon trat aufs Gas, der Wagen machte einen Satz, und ich fühlte meine Hand wieder auf dem Schalldämpfer der Pistole, die ich auf den Sitz gelegt hatte. Ich griff den Kolben, als ich oben am Ende der Straße zwei Uniformierte sah. Doch die beiden kümmerten sich überhaupt nicht um uns. Wir fuhren ziemlich schnell, wir fuhren im Durchfahrverbot, und die beiden machten nichts: nicht einmal ein Zeichen anzuhalten. Die mußten ganz ohne Frage zu uns gehören ...«

»Zu euch?«

Millepiedi fühlte sich betroffen, er suchte nach angemessenen Worten und fand sie nicht. »Ja ... ich meine, sie mußten ganz ohne Frage ein Teil des Plans sein, sonst hätten sie uns doch angehalten, zumindest hätten sie es versucht. Rechts, etwas zurückgesetzt, bemerkte ich den Eingang zu einem kleinen Hotel mit einem schwachen Licht über der Tür. Das Licht fiel auf ein Geländer, gegen das wir beim Abbiegen fast gefahren wären: Der Mann mit dem Hut hatte die Richtung erst zu allerletzt angegeben. Glücklicherweise konnte der Typ am Steuer was. Wir fuhren weiter hinauf, und ich fragte mich, wo wir rauskommen würden. Ich hatte völlig die Verabredung mit dem vergessen, der mir den Rückzug gedeckt hatte. Wir fuhren an einem kleinen Park vorbei, der links von uns lag: Die einzigen Laute kamen vom Schnee, der von den Ästen fiel. Keine Menschenseele war zu sehen.

›Halt‹, rief der Mann mit dem Hut. Die Bremsung war derart, daß die Pistole auf die Fußmatte fiel. ›Besser, Sie geben sie mir‹, sagte der Mann mit dem Hut, aber das sagte er äußerst freundlich. Während ich sie ihm hinhielt, stieg der, der mir den Rückzug gedeckt hatte, in den Wagen. Sein Gesicht war weiß wie ein Laken. Wir waren nur wenige Zentimeter von der Treppe entfernt, und weißt du was?«

Schon wieder, dachte der Colonnello.

Diesmal wartete Millepiedi auf keinerlei Antwort. »Ich könnte es schwören, ich wußte ja, daß es diese Treppe gibt, aber vorher hatte ich sie nicht gesehen. Merkwürdig, nicht?«

Millepiedi stand wieder auf. »Erinnerst du dich daran, daß ich in der Schule der einzige war, der keinen Spitznamen hatte?« Das war seine Art, auf einen zornigen Blick des Colonnello zu antworten.

»Was willst du damit sagen?«

»Die anderen wollten nicht glauben, daß Millepiedi, Tausendfüßler, mein richtiger Name sei, sondern mein Spitzname, weil ich nicht sitzen bleiben konnte und immer stehen wollte. Über die Jahre hat sich daran nichts geändert.« Es war, als wollte Millepiedi um Entschuldigung bitten. »Ich kann nicht reden und dabei stillsitzen.«

Der Colonnello brachte die Tassen und die Espressomaschine zum Abwaschbecken. Millepiedi folgte ihm.

»Von unten drangen Stimmen herauf, auch Scheinwerferlicht, sie kamen näher und entfernten sich dann wieder. Wir fuhren in aller Eile weiter. Nachdem der Mann, der meinen Rückzug gedeckt hatte, wieder etwas bei Atem war, verkündete er uns die wunderbare Nachricht, daß ein Mädchen ihn bemerkt habe, als er an Palmes Körper vorbeiging. Der Mann mit dem Hut beruhigte ihn und sagte dann, daß eine abschüssige Straße runtergefahren und den Hinweisschildern zum Flughafen nachgefahren werden solle. Mich überraschte die entschiedene Art und Weise, in der er befahl, nicht schneller als achtzig zu fahren. Denn ansonsten war er immer von ausgesuchter Höflichkeit.«

»Ich setze mich«, sagte der Colonnello.

»Stört es dich, wenn ich weiter im Zimmer herumlaufe?«

»Mach nur.«

»Wir fuhren über eine halbe Stunde. Als in der Ferne die Lichter des Flughafens auftauchten, bat mich der Mann mit dem Hut um die Windjacke. Ich zog sie aus und zwang dabei den, der meinen Rückzug gedeckt hatte, sich an die Wagentür zu pressen. Der Mann mit dem Hut verlangte die Schuhe von mir, und ich gab sie ihm, erhielt gleichzeitig aber meine zurück, die auch nicht die geringste Spur von Schnee oder Matsch aufwiesen. Ich sagte dir ja schon, die Organisation war perfekt. Das Auto blieb stehen, und ich dachte, daß sie mich die Schuhe zuschnüren lassen wollten. Der Mann mit dem Hut stieg aus, machte sich am Kofferraum zu schaffen und stieg mit der

Jacke, dem Mantel und der Krawatte wieder ein. Er reichte sie mir herüber, und nach einer Weile fragte er mit vollendeter Höflichkeit, ob ich auch die Krawatte umbinden könnte. Aber ohne Spiegel bin ich nicht in der Lage, mir Krawatten zu binden ... Um es kurz zu machen, ich ließ mir von dem, der meinen Rückzug gedeckt hatte, helfen. Wir kamen zum Flughafen, als Mitternacht vorbei war.

›Sie gehen jetzt hinein‹, sagte der Mann mit dem Hut zu mir. ›Rechts, nach wenigen Metern, ist die Toilette. Schließen Sie sich in die erste ein, alle Stunde wechseln Sie die Kabine. Morgen früh stehe ich vor dem Süßwarenladen neben der Toilette, dann händige ich Ihnen das Tikket und den Paß aus.‹«

Millepiedi schwieg, der Colonnello sah zum Fenster auf und fand ihn dort nicht. Eine Sekunde lang glaubte er, Millepiedi wäre verschwunden oder davongerannt. Er blickte um sich: Millepiedi stand unter dem Ziegelsteinbogen, der das Eß- mit dem Wohnzimmer verband; auf Zehenspitzen stehend und mit hochgereckten Armen versuchte er, den oberen Rand der Ziegelsteine zu berühren. Er versuchte es immer wieder, aber es gelang ihm nicht.

»Bin ich denn so klein?«

»Also, du bist in den Toilettenraum gegangen ...«

»Glaubst du mir?«

»Erzähl nur.«

»Machst du keine Notizen, schreibst du nichts auf?«

»Das wäre sinnlos, später mußt du sowieso noch jeden Seufzer zu Protokoll geben.«

»Aber du glaubst mir doch?«

»Die Geschichte ist so absurd, daß sie einfach wahr sein muß.«

Millepiedi versank im Sofa. »Du wolltest Fußballspieler werden, und ich wollte Arzt werden«, sagte er. »Du bist Carabiniere geworden und ich ... ich weiß nicht, was ich geworden bin. Aber wir sind wieder zusammen, und das gibt mir viel Kraft. Denen werden wir es schon zeigen, wir beide, oder?«

»Komm schon, erzähl weiter.« Der Colonnello war nicht der Typ, der Vorhersagen machte. Er weigerte sich vorherzusagen, was am nächsten Tag geschehen könnte, er sperrte sich gegen alles, was ihm den Geschmack an der Überraschung hätte einschränken können. Ein Leben für das Abenteuer, doch seit einiger Zeit kam es immer häufiger vor, daß er ans Alter und an die Pensionierung dachte: Ende des Abenteuers. An diesem sonnigen Vormittag, als er auf dem Sofa neben seinem alten Banknachbarn saß, hatte er das Gefühl, daß das Abenteuer auch vor dem Alter und der Pensionierung zu Ende gehen könnte.

»Hast du jemals sieben Stunden auf der Toilette eines Flughafens oder auf sonst irgendeiner Toilette verbracht?«

Der Colonnello hatte den nicht zu unterdrückenden Wunsch, sich zu räkeln. Er tat es und fühlte sich gleich wohler.

»Wenn ich als Junge schwarz Zug gefahren bin«, sagte Millepiedi, »hab ich mich höchstens eine halbe Stunde darin eingeschlossen, gerade so lange, bis die Kontrolleure vorbei waren. Sieben Stunden, ohne daß ich auch nur einmal einschlafen durfte, weil ich alle Stunde den Scheißkübel wechseln mußte. Die Anweisung war richtig, das kann man nicht anders sagen.« Millepiedi antwortete auf eine Frage, die er sich wer weiß wie oft gestellt hatte. »Verstehst du? Wenn jemand gekommen wäre und kontrolliert hätte, hätte er so nicht immer dieselbe Kabine verschlossen gefunden und Verdacht geschöpft.«

»Und was hast du während der sieben Stunden gemacht?«

»In Schweden schreibt man nicht einmal auf die Toilettenwände. Was für ein langweiliges Volk.«

Der Colonnello konnte ein leises Lachen nicht zurückhalten.

»Aber selbst, wenn sie etwas geschrieben hätten, wer

hätte das Schwedische verstehen sollen? Ich hab die Fliesen an den Wänden und auf dem Fußboden gezählt. Madonna, was für ein Dreck und eine Nachlässigkeit. Aber sie sind immerhin ein Musterbeispiel an Zivilisiertheit und wir nur arme Wilde! Zum ersten Mal in meinem Leben habe ich bedauert, weder ein Buch, noch eine Zeitung bei mir zu haben: Aber wer hätte denn auch bis zu diesem Augenblick die Zeit zum Lesen gehabt? Ist noch ein bißchen Kaffee da?«

Die Frage überraschte den Colonnello, der mit dem Kopf ein Nein andeutete.

»Hattest du in meine Tasse nicht was eingegossen?«

»Du hast ihn nicht getrunken, da hab ich es getan.« Der Colonnello war halb verärgert, halb verlegen: Er wollte Millepiedi nichts zugestehen, nicht einmal den kleinen Vorwurf, daß er seinen Espresso ausgetrunken hatte.

»Anfangs hab ich wenige Sekunden gebraucht, um die Toilette zu wechseln: die Sekunden, um den verdammten Koffer aufzuheben und ihn von einem Loch ins nächste zu schleppen. Danach habe ich begonnen, die Dinge gründlich zu machen: Ich guckte durchs Schlüsselloch, ich lauschte auf Schrittgeräusche; ich übte, den Koffer so schnell wie möglich hochzuheben. Hast du die Western vor Augen mit den Pistoleros, die das Herausziehen des Revolvers trainieren?«

Der Colonnello hatte sie vor Augen.

»Mit einem Wort, ich hab Geheimagent gespielt. Na ja, es war ja nicht nur ein Spiel. Aber während jener Minuten, ich meine während jener Stunden, war es für mich eins. Ich hatte völlig vergessen, daß ich gute Gründe hatte, mich zu verstecken, und daß die anderen gute Gründe hatten, mich zu suchen. Aber dafür hatte ich keine Angst. Nur die Warterei ging mir auf die Nerven. Wenn du es genau wissen willst, dann sag ich dir, daß ich in guter Stimmung war: Wie sollte sich auch jemand fühlen, der davon überzeugt ist, für sein ganzes Leben aus der Klemme zu sein? Ich würde keine Lira Schulden mehr haben, ich, der Wechsel morgens, mittags und abends fraß. Im letzten Scheißhaus, als es schon kurz vor sechs war, habe ich alle Borsten der Klobürste gezählt, und ich kann dir garantieren, daß drei fehlten. Um halb sieben hab ich das Klo verlassen, ich hab mich gewaschen und rasiert. Ich hab sogar das Hemd gewechselt. Um sieben habe ich pfeifend die längste Nacht meines Lebens hinter mir gelassen.

Der Mann mit dem Hut stand vor dem Süßwarenladen. Ohne jedes Wenn und Aber hat er mir ein Flugticket und einen Paß ausgehändigt: Beide waren auf Signor Felice Paolucci ausgestellt, wieder mit dem Foto, von dem ich mich nicht erinnere, es machen lassen zu haben. Außerdem hat er mir eine Quittung des Victory Hotels gegeben. Eine schlechte Kopie: Der Name wies ein paar Kleckse auf, eine geheimnisvolle Fünf stand darauf, deutlich waren nur der Preis – achthundert Kronen pro Nacht – und die Aufenthaltsdauer: vom dreiundzwanzigsten Februar bis zum ersten März. Der Mann mit dem Hut forderte mich auf, ihm zu folgen. Ich war noch mit der Entzifferung der Quittung beschäftigt, als mir klar wurde, daß ich hinter ihm herlaufen mußte, er ging nämlich schnell. Wir durchquerten die Abflughalle für die Inlandsflüge. Ganz hinten war eine Tür, auf der auf englisch stand, daß nur das Personal sie benutzen darf. Der Mann mit dem Hut öffnete sie mit allergrößter Selbstverständlichkeit; er sagte etwas, das ich nicht verstand, möglicherweise auf schwedisch, für den Fall, daß uns jemand hörte oder beobachtete, aber da war niemand. Mit der Hand gab er mir ein feierliches Zeichen, daß ich zuerst durchgehen sollte. Wir gingen durch einen schlecht beleuchteten Flur: Wahrscheinlich hatten wir ein paar hundert Meter zurückgelegt, als wir wieder vor einer Tür aus mattiertem Glas stehenblieben. Der Mann mit dem Hut hatte den Schlüssel und schloß sie auf. Wir kamen auf der anderen Seite der Paßkontrolle heraus, am Zugang zu den internationalen Flügen. Der Mann mit dem Hut sagte, der Flug nach Rom gehe von Gate dreizehn ab, dann wünschte er mir guten Flug. Er schloß die Tür ab, und ich hörte, wie der Schlüssel sich im Schloß umdrehte. Ich war zufrieden, daß ich nach Hause zurückkehrte, aber diese Zufriedenheit verflog am ersten Zeitungskiosk: Ich verstand nicht ein Wort, doch von den Fotos, von den Schlagzeilen, die so groß waren, daß sie aus den Zeitungen herauszutreten schienen, kapierte ich, was wir in dieser Gasse angestellt hatten.«

»Willst du damit sagen, daß du es ohne die Hilfe der Zeitungen nicht kapiert hättest?«

»Ja, ich begriff erst durch die Zeitungen, was wir gemacht hatten.« Millepiedis Stimme hatte die dunkle Faszination ferner Welten verloren, jetzt spiegelte sie Verlegenheit wider, Zwiespältigkeit.

»Du wußtest aber, daß du einen Mann ermordet hattest.« Der Colonnello stellte unnachgiebig klar, wer im Vorteil war und wer aufzuholen hatte.

»Mußt du unbedingt dieses Wort gebrauchen?«

»Was für einen Unterschied macht das Wort?«

Millepiedi schnaubte. »Ich wurde von wahnsinniger Angst befallen. Ich war sicher, daß man mich erkennen würde, daß es nur noch eine Frage von Sekunden war. Genau in dem Augenblick tauchte ein Soldat auf ...«

»Ein was? ...« Der Colonnello dachte, er habe falsch verstanden.

»Ein Soldat, ein Militär, einer, der Uniform trug und ein Schnellfeuergewehr umhängen hatte. Alles klar? Der Soldat kam auf mich zu, er zwinkerte mir zu, und ich fiel vor Entsetzen fast in Ohnmacht: Ich ließ den Griff des Koffers los und war im Begriff, zum Zeichen, daß ich mich ergebe, die Arme hochzuheben. In einem sehr verständlichen Englisch und mit Hilfe von Gesten fragte er mich, wohin ich fliegen würde. Mit dem letzten mir verbliebenen Atem antwortete ich: Rom. Ich dachte, dies würde einem Geständnis gleichkommen. Er packte meinen Koffer und begleitete mich zum Flugsteig. Vor einer leeren Stuhlreihe stellte er den Koffer ab und zwang mich, mich hinzusetzen. Er blieb dort und patrouillierte die wenigen Meter auf und ab, bis mein Flug aufgerufen wurde und ich in dem Tunnel verschwunden war, der zum Flugzeug führte.«

Wieder war Millepiedis Gaumen ausgetrocknet, eigentlich noch schlimmer als ausgetrocknet: Er hatte den Eindruck, daß seine Zunge über ein Stück Glaspapier fuhr.

»Es ist das erste Mal, daß ich das jemandem erzähle.« Er versank noch tiefer im Sofa. Reglos, die Augen geschlossen.

Der Colonnello nickte: Nachdem der Zauber durchbrochen war, würde Millepiedi es leichter erzählen können, wenn man ihn darum bitten würde. Denn man würde ihn unzählige Male darum bitten. Aus Pflicht, aus Neugier, aus Klatschsucht, für die Nachprüfung, für die Anklage, für die Verteidigung, für die Erinnerung, für das Vergessen. Und Millepiedi könnte sich dem nicht entziehen. Er sah ihn an: In Ordnung waren nur seine Haare, von denen jedes einzeln gekämmt worden war; die Hose, das Hemd hätten ein Überbügeln vertragen und wahrscheinlich eine Reinigung.

Millepiedi drehte sich zum Colonnello hin, als wäre er von einem Magneten angezogen. »Hast du verstanden, Alberto, in was für ein Wirrwarr ich mich da begeben habe? Ich war mitten in der Weltgeschichte gelandet, ich, der ich Angst hatte, in einer kurzen Zeitungsmeldung wegen eines ungedeckten kleinen Schecks erwähnt zu werden.«

Millepiedi gab sich einen Ruck mit den Armen und sprang auf halbem Weg zwischen dem Sofa und dem Tisch auf. »Ich frage den Experten: Was hältst du von dem Komplott? Nicht schlecht, oder? Sie kannten den Abend, an dem Palme ohne Begleitschutz war. Und ob es stimmt, was man später in den Zeitungen lesen konnte? Daß er nämlich darauf verzichtet hatte, um ins Kino zu gehen? Und was sagst du zu all den anderen? Den Polizisten oben an der Straße, dem Soldaten im Flughafengebäude, dem Mann mit dem Hut, der im Besitz des Schlüssels ist, mit dem er die Paßkontrolle umgehen kann, die Hotelquittung.« Millepiedi wiederholte es mit Zufriedenheit.

»Was waren das für Flugtickets?« Der Colonnello folgte seinen eigenen Gedanken, und die waren von denen Millepiedis sehr verschieden.

»Wie meinst du das?«

»Einfach nur Hinflugtickets oder Hin- und Rückflugtickets oder was sonst noch?« Der Colonnello zeigte deutlich seinen Verdruß, weil er nicht sofort verstanden wurde.

»Alle beide Hin- und Rückflugtickets. Ich habe sie kontrolliert. Das erste hatte ein offenes Rückflugdatum. Das zweite hatte bereits einen benutzten Hinflug. Und jetzt rate mal, an welchem Tag? Am 23. Februar. Dasselbe Datum wie die Ankunft von Signor Felice Paolucci im Hotel Victory.«

»Wärst du in der Lage, die beiden anderen, die mit dir im Auto waren, wiederzuerkennen?«

»Möglicherweise. Erinnere dich, es war dunkel: Ich habe sie kaum angesehen, ich war viel zu angespannt.« Er schwieg und kratzte sich die linke Schläfe. »Aber versuch einmal, mir Fotos zu zeigen, ich bin sicher, daß hier drinnen«, und er klopfte mit dem Mittelfinger der rechten Hand an die Stirn, »sich die eine oder andere Einzelheit festgesetzt hat, die mir hilft, sie wiederzuerkennen.«

»Und der Mann mit dem Hut?«

»Den sofort, auf der Stelle. Aber hat der nicht vielleicht zwischenzeitlich das Gesicht verändert?«

»Warum hat man dich nicht früher umgebracht?«

Millepiedi wurde kalt überrascht: Er fand, daß er diese Frage nicht verdient hätte und reagierte sauer. »Warum hätten sie mich umbringen sollen? Ich habe die Arbeit getan, für die ich angeworben worden war, ich habe niemals darüber gesprochen, ich bin keinem auf den Eiern rumgetrampelt, ich habe die Vereinbarungen eingehalten. Und auch sie haben die Vereinbarungen eingehalten. Das sind zuverlässige Leute, was glaubst du denn.«

»In welcher Weise haben sie ihre Vereinbarungen eingehalten?«

»Das erklär ich dir sofort.« Millepiedi hatte sich erhitzt: Mit rotem Gesicht setzte er sich dem Colonnello gegenüber hin und fing wieder an zu gestikulieren. »Vor zwei Jahren haben sie bei meiner Agentur eine Studie in Auftrag gegeben, die Vorschläge darüber ausarbeiten sollte, welche Aufgaben die halbstaatliche Behörde Fiera wahrnehmen könnte, die sich mit allem beschäftigt, was Messen angeht ... ist dir irgend etwas über diese Behörde Fiera bekannt?«

Der Colonnello verneinte.

»Die übliche völlig nutzlose Behörde, die übliche Futterkrippe. Man spricht seit Jahren über diese Behörde, doch bis vor kurzem waren nicht einmal die Arbeiten für ihren Sitz öffentlich ausgeschrieben. Für diese Studie hat man mir schöne saubere fünfhundert Millionen Lire bezahlt. Die Hälfte davon habe ich den beiden Stadtdezernenten überwiesen, die mir die Aufgabe übertragen hatten. Dann habe ich für zwanzig Millionen den Dekan der wirtschaftswissenschaftlichen Fakultät für die Anfertigung eines Berichts engagiert. Glaubst du, der hohe Herr vom Katheder hätte auch nur eine Zeile geschrieben? Nicht einmal im Traum. Die zweihundert Seiten des Berichts hat er den Händen von vier Arschlöchern von Assistenten anvertraut, die alle auf eine Stelle warteten und ungeheuer froh darüber waren, für ihren Boß unentgeltlich arbeiten zu dürfen. Am Ende sind mir zweihundertdreißig Millionen verblieben. Wenn man bedenkt, daß ich auch nicht eine Minute dafür gearbeitet habe, ist das doch ein schönes Sümmchen, oder nicht? Nach sechs Monaten haben wir eine sympathische Party veranstaltet, auch auf Kosten der Stadt, um die Arbeit vorzustellen. Alles so, wie es sein sollte: Seidenglanzpapier, Hochglanzeinband, Schirmherrschaft der Universität, die auch auf den Plakaten und in den Titeln des Berichts genannt worden war. Eine furchtbar seriöse Sache ... Ein ganz furchtbar seriöser Griff an den Arsch. Die Studie wird zu nichts nütze sein, niemand hat sie gelesen oder wird sie je lesen, die Exemplare liegen, wenn sie nicht gleich ins Altpapier gewandert sind, irgendwo verstreut in einem Lager der Stadtverwaltung. Der einzige Zweck waren die zweihundertfünfzig Millionen, die die beiden Dezernenten einsacken wollten. Sie brauchten einen Komplizen und haben mich ausgewählt. Vor 1986 hätten sie einen anderen ausgewählt. Geruht der Herr, mit dieser Erklärung zufrieden zu sein?«

»Willst du damit sagen, daß die beiden Stadtdezernenten Teil des Komplotts waren?«

»Was weiß ich? Vermutlich nicht, aber irgendwer hat ihnen das richtige Wörtlein ins Ohr gepustet, und die beiden haben gewußt, daß Peppe Millepiedi nicht nur eine Prämie verdient hatte, sondern auch eine vertrauenswürdige Person ist. Hör zu, eine andere Geschichte. Wochenlang haben sie in den Straßen Plakate aufgehängt, mit denen die braven Mitbürger aufgefordert wurden, eine Telefonnummer anzurufen, um auf solche Ladenbesitzer aufmerksam zu machen, die widergesetzlich die Preise für Konsumgüter heraufsetzten. Schade nur, daß nach sechsunddreißig Stunden das Freundschaftstelefon nicht mehr klingelte. Behördlicherseits abgeschaltet, doch niemand hat mit dem Anbringen der Plakate aufgehört, weil man die siebenhundert Millionen für den Zuschlag an die Mille P rechtfertigen mußte, das heißt meine Agentur. Bei der Gelegenheit bin ich mit einer Schmiergeldzahlung von einhundert Millionen abgefunden worden, weil meine Beschützer zu dritt waren. Hast du jetzt verstanden?«

»Peppe, du bist es, der nichts verstanden hat.« Der Colonnello war enttäuscht. »Du bist nicht am Leben geblieben, weil die anderen zu ihren Vereinbarungen standen, sondern weil du als Lebender eine Aufgabe erfüllt hast, du warst unentbehrlich. Jetzt gibt es keine Aufgabe mehr für dich, du bist entbehrlich und damit nutzlos geworden.«

»Alberto, du mußt mir helfen«, stammelte Millepiedi. Er sah aus, als würde er jeden Augenblick in Tränen ausbrechen. »Du wirst mir doch helfen, nicht wahr? Ich habe dir die Wahrheit erzählt. Ich habe dir von Don Salvatore erzählt, wenn du willst, nenne ich dir die Namen der Dezernenten, der städtischen und regionalen Verwaltungsbeamten, mit denen ich Geschäfte gemacht habe und denen ich Gelder gezahlt habe. Du, ja du kannst sie mit dem Arsch ins Wasser stecken.«

»Es gibt keinerlei Beweis dafür, daß du Palme getötet hast ...«

»Palmes Frau wird mich wiedererkennen.«

»Sie hat schon drei erkannt, die mit dem Mord nicht das Geringste zu tun hatten.«

»Aber ich bin ein Reumütiger, ihr glaubt doch den Reumütigen. Glaubst du mir nicht?«

Der Colonnello hätte am liebsten geantwortet, daß die Reumütigen wie eine Geldmünze waren, die durch die Luft flog: dabei konnte Kopf herauskommen oder auch Zahl. Doch er antwortete etwas verschwommener. »Ich habe damit nichts zu tun, damit haben die Richter zu tun, die Gerichte, mein Kommando. Ich glaube dir, aber die anderen wollen Beweise. Die Reumütigen haben allzu viele Überraschungen in der Hinterhand. Vorläufig haben wir nur deine Geschichte. Du würdest als Mythomane angesehen werden, und deine Freunde da unten würden das mit Vergnügen bestätigen; dann kämen Begebenheiten zum Vorschein, auch erfundene, die jeden davon überzeugen würden, daß du verrückt bist und daher unglaubwürdig. Du würdest zu einem zweiten Leonardo Vitale.«

»Wer ist Leonardo Vitale?«

»Ein kleiner Mafioso, der von mystischen Krisen heimgesucht wurde. Viel früher als andere Reumütige hatte er

1975 enthüllt, wie die ›Cupola‹ zusammengesetzt ist, welche Beziehungen zwischen den Mafiaclans bestehen und wer hinter einigen Verbrechen steckte. Die Mafia ließ ihn als verrückt erscheinen, sie verleumdete und diffamierte ihn: Weder Polizei noch Richter maßen seinen Enthüllungen irgendeine Bedeutung bei. Auf diese Weise hat dieser Staat eine der zahllosen Gelegenheiten nicht genutzt. Vitale wurde vor einigen Jahren beseitigt: Er war ein Wrack, er stellte überhaupt keine Gefahr mehr dar, doch die Mafia mußte beweisen, daß sie ein langes Gedächtnis hat und nichts unbestraft läßt. Jetzt weißt du, was dich erwarten kann.« Der Colonnello stand auf, ging um den Tisch und legte eine Hand auf Millepiedis Schulter.

»Aber ich habe einen Beweis.«

Die Augen von Millepiedi und die des Colonnello leuchteten gemeinsam auf.

»Ich habe die Quittung des Victory Hotels aufgehoben. Ich erklär dir das: Als ich in Rom angekommen war, wurde ich von einem anderen dieser Typen ›weder vorher noch nachher jemals gesehen‹ empfangen. Er nahm mir den Koffer, den Paß und das Flugticket ab. Er fragte mich nicht nach der Hotelquittung, und ich vergaß, sie ihm zu geben. Das fiel mir während des Heimflugs ein. Ich dachte, ich werde sie Don Salvatore aushändigen, aber auch er fragte mich nicht danach, und so behielt ich sie. Sechster Sinn, was?«

»Wo hast du sie?«

Millepiedis Gesicht verdüsterte sich. »Zu Hause. Ich bin in so großer Eile weg, daß ich nicht daran gedacht habe, sie mitzunehmen. Können wir nicht jemanden von deinen Leuten zu mir schicken, natürlich in Zivil? Der nimmt sie, und dann ist alles im Lot.«

»Das ist die schnellste Art, wie du die ganze Welt informieren kannst, bei wem du steckst. Außerdem müßte ich das Kommando benachrichtigen, die Sache in allen Einzelheiten erzählen, und die abschließende Bewertung könnte sein, daß du nicht vertrauenswürdig bist.« Der Colonnello hatte eine andere Lösung im Kopf. »Hast du niemand, dem du vertraust? Den du bitten kannst, die Quittung an sich zu nehmen?«

»Klar hab ich die: Maria, meine Haushälterin.«

Wie auf dem Billet angekündigt, kehrte Vera als erste nach Hause zurück, sie küßte den Colonnello auf die Wangen und reichte Millepiedi die Hand. Gerade hatte sie sich eine Schürze umgebunden, als Lia nach Hause kam. Sie prunkte mit einem kleinen Hut mit Schleier: Sie hob ihn hoch, um dem Colonnello einen Kuß auf die Wangen zu geben, und ließ ihn wieder herunter, um die Lippen zu einem kleinen Herzen zu formen und Millepiedi hinter diesem zerbrechlichen Schutzschild einen Kuß hinüberzuschicken. Die Atmosphäre entspannte sich, lud sich mit kleinen Höflichkeiten auf, gegenseitigen Nettigkeiten, stummen Botschaften auf der Wende von einer süßen Vergangenheit zu einer verheißungsvollen Zukunft.

Die Rebaudengoschwestern kochten Spaghetti mit Rum und jungen Tintenfischen. Vera zog aus dem Kühlschrank eine Platte, auf der ein Tiramisu wogte und bei jedem Schritt überzuschwappen drohte. »Das hat Lia gemacht«, sagte Vera, und Lia bedeckte ihr Gesicht mit den Händen, um sich der Komplimente des Colonnello und Millepiedis zu erwehren. Dann gab es Espresso und Nelkenblütenlikör.

»Was kann man noch mehr verlangen?« rief Millepiedi aus, und der Colonnello dachte, daß Millepiedi gar nichts mehr zu verlangen habe, daß es vielmehr die anderen wären, die etwas von ihm verlangen würden: Carabinieri, Polizei, Richter, Geheimdienste, die schwedischen Behörden. Auf dem Papier war das die logische Abfolge, aber der Colonnello hielt sie für die am wenigsten wahrscheinliche: Es überzeugte ihn nicht, daß die Auftraggeber sich von der Anzeige Millepiedis überraschen lassen würden, nachdem sie den aufsehenerregendsten Mord des Jahrzehnts vier Jahre lang geheimgehalten hatten. Der Colonnello hatte jedes Wort Millepiedis verschlungen: Er hatte ihn beim Erzählen genau unter die Lupe genommen, hatte seine Tics beobachtet, seine kleinen Manien, die zum Vorschein gekommen waren. Siebenundzwanzig Jahre lang hatte er Millepiedi voller Wut für Abschaum gehalten. Das war er auch, aber was Palme anging, war er ehrlich. Diese Gewißheit rief beim Colonnello eine stille Besorgnis hervor, denn sie bedeutete, das eigene Leben aufs Spiel zu setzen. Für wen und für was?

Der Colonnello hatte die vierzig überschritten und trauerte den ersten Jahren seiner Arbeit nach. Das hatte nichts mit der Sehnsucht nach der Jugend zu tun, die beispielsweise seinen Vater immer dazu brachte zu weinen, sooft er ›Lili Marleen‹ hörte. »Diese Musik«, sagte sein Vater, »diese Worte erinnern mich nicht an den Krieg und seine Scheußlichkeiten, sondern sie erinnern mich an die Zeit, als ich zwanzig war, an die Stärke meiner Leidenschaften und vor allem an meine Hoffnungen.«

Für den Colonnello war die Sehnsucht nach der Jugend etwas ganz anderes, es war das Bedauern, keinen offenkundigen Feind mehr zu haben, der bekämpft werden mußte. Gegen den Terrorismus hatte sich das gesamte Volk geschart, doch wie viele hatten Lust, sich gegen die Mafia zu scharen? War die Mafia ein Feind? Und wer war am Ende der gefährlichere Feind? Der Mafioso, der schoß? Der Geldanlageberater, der mit dem Mafioso Geschäfte machte? Der Politiker, der sich mit den von der Mafia kontrollierten Stimmen wählen ließ? Der Biedermann, der den Kopf wegdrehte, um den Mafioso nicht ansehen zu müssen? War es möglich, daß es so viele waren? War ein Gleichgewicht gestört worden, oder war die Gesellschaft schon immer so, und er hatte es nur nicht bemerkt?

Gegen die Terroristen befanden sie sich im Krieg, und

doch war ihm alles einfach und geradlinig vorgekommen. Jetzt befanden sie sich offiziell im Frieden, und alles war kompliziert und zweideutig. Auch die Reumütigen waren anders. Aus dem Terrorismus waren Jungen und Mädchen hervorgegangen, die Ströme von Blut hinter sich hatten, aber unvorbereitet auf das Leben und aufrichtig waren und nahezu unfähig zu lügen, sobald man sie aus dieser Brutstätte herausgezogen hatte. Sie waren zu erbarmungslosen Mördern im Namen eines Ideals geworden, und als Idealisten hatten sie die Gewißheit, auf die einzig mögliche Weise gehandelt zu haben. Selbst im schrecklichsten und dramatischsten Augenblick noch, dem der Geständnisse, dem der Nennung der Mittäter, waren sie zutiefst davon überzeugt, alles erklären und Verständnis finden zu können.

Ganz anders bei den Reumütigen der Mafia: Das waren Leute, die Protokolle an Stelle der Maschinengewehre einsetzten, die Anklagen losschleuderten, wenn sie mit Projektilen nicht mehr schießen konnten, die auf die Feinde, nicht auf die Freunde zeigten, Leute, die über jede Enthüllung verhandelten. Als er die Aussagen der zwei oder drei gelesen hatte, die ein paar Fetzen von der großen Wahrheit erzählt hatten, war ihm der bittere Geschmack zurückgeblieben, benutzt worden zu sein.

Es gab Tage und Nächte, da tobte der Colonnello. Er mußte befürchten, daß seine Unduldsamkeit ihn zum Gespött des Kommandos machte. Wie viele Offiziere und Unteroffiziere hatte er mit dem Etikett Träumer beiseiteschieben sehen. In jenen Tagen und Nächten hätte er Gott weiß was darum gegeben, daß der Terrorismus wiederkäme, daß es wieder möglich wäre, das Gute vom Bösen, die Guten von den Bösen zu trennen.

Als Millepiedi die Ermordung Palmes erwähnt hatte, hatte der Colonnello gehofft, der Terrorismus sei wieder zurückgekehrt. Doch das war nur die Hoffnung einer Sekunde: Millepiedi hatte die schlimmste Verstrickung aufgezeigt, in die man geraten konnte.

Millepiedi bewegte sich, um die Aufmerksamkeit des Colonnello auf sich zu lenken. Ganz leise flüsternd fragte er ihn, ob es möglich wäre, dieses Haus als Unterschlupf für die nächsten Jahre zu wählen. Im Fernsehen hatte er gehört, daß Reumütige das Recht auf einen Unterschlupf hatten: Also sollte der Colonnello wissen, daß dieses Haus, selbstverständlich mit den beiden Schwestern – das unterstrich er mit einer entschiedenen Bewegung seiner Hand – ganz oben auf seiner Wunschliste stand.

Der Colonnello stimmte zu, aber vor allem wechselte er das Thema: Er wollte, daß Lia und Vera so weit wie möglich aus der ganzen Sache herausgehalten wurden. Er fühlte sich den beiden gegenüber schuldig, denn er nutzte sie aus, und er würde sie auch weiterhin ausnützen, weil er nicht wußte, wohin er Millepiedi sonst bringen sollte. Trotzdem versuchte er, ihre Einbeziehung in Grenzen zu halten. Das tat er, um sich weniger schlecht zu fühlen, um sich vor sich selbst zu rechtfertigen.

Er hatte den beiden Schwestern einen tückischen, unberechenbaren Streich gespielt. Das hatten sie wegen der Spontaneität, mit der sie sich zur Verfügung stellten, wegen der Großzügigkeit, mit der sie gaben, ohne etwas zu fordern, nicht verdient. Der Colonnello mochte sie, die beiden reizten ihn. Sie kamen aus der Vergangenheit und lebten in einer unwirklichen Atmosphäre, in der die Beziehungen zum Nächsten von der Astrologie betont und bestimmt wurden. Er nahm es für bare Münze, als sie erklärten, nicht mehr mit ihm ins Bett gehen zu können, weil dies durch die Verflechtung astraler Einflüsse und Häuser Schwierigkeiten für ihn bedeutet hätte. Aber sie hatten die Gewohnheit beibehalten, ein paar Stunden miteinander zu verbringen und zu hoffen, daß Häuser und Einflüsse früher oder später eine ihren Vögeleien günstigere Position einnehmen würden.

Der Colonnello war unparteiisch: Ihn befriedigten beide. Er liebte den Phantasiereichtum der launischen Vera und die Fleischesfülle der ergebenen Lia. Das Eindringen

Millepiedis, sein Vorpreschen hatten ihn verwirrt: Einen Augenblick lang hatte er einen Rivalen in ihm erblickt. Aber er war nicht eifersüchtig: Wenn er sie nicht für sich genießen konnte, sollte der sie genießen, der dazu nicht mehr viele Gelegenheiten haben würde. Der Colonnello war überzeugt, daß Millepiedi bereits von einer der beiden Schwestern beschenkt worden war, und wenn sein Blick ihn nicht trog, war es Lia: eine gute Wahl. Er fühlte sich großzügig und freute sich, es zu sein, so als hätte er die selbstloseste Tat des Universums vollbracht.

Der Colonnello verließ das Haus der Schwestern beinahe im Laufschritt. In der Kaserne hatte er gesagt, er würde für drei Stunden wegbleiben, statt dessen waren es sechs Stunden geworden. Niemand würde ihn darauf ansprechen, aber jeder würde sich fragen, wo er war. Er wußte, daß er noch öfter fehlen würde. Dann würde sich auch das Kommando als neugierig erweisen. Für diesen Fall müßte er einen triftigen Vorwand parat haben, oder er würde Millepiedi und seine sperrigen Geheimnisse in die Pfanne hauen müssen. Doch was hätte er seinen Vorgesetzten denn bieten können, abgesehen von Millepiedis Aussage und der Quittung des Hotels Victory? General Miglietta würde sich mit so wenigem nicht zufriedengeben: Er würde sehr handfeste Beweise verlangen.

Und seine Familie? Was würde er Evelina erzählen? Nachdem er die Beziehung mit den Rebaudengoschwestern unter dem Vorwand topgeheimer Ermittlungen verborgen gehalten hatte, die ihn zu längeren und unvorhersehbaren Abwesenheiten zwangen – welchen Vorwand würde er sich jetzt einfallen lassen, um sie nicht zu beunruhigen? Niedergeschlagen legte der Colonnello im Geiste fest, was jetzt als nächstes zu tun war: die Alitalia für die Tickets, auch wenn er es für verdammt unwahrscheinlich hielt, daß die Computer Passagierlisten von vor vier Jahren noch im Speicher hatten; das Einwohnermelde- und das Standesamt, um herauszufinden, wie viele Felice Paoluccis es gab und was sie zwischen dem 22. Februar und dem 1. März 1986 getrieben hatten; den schwedischen Geheimdienst wegen des Hotels Victory, und er würde die Bitte, ihm mit Informationen zu helfen, mit einer ganz normalen Mafiageschichte begründen.

Und dann? Dann würde irgendein Heiliger schon weiterhelfen.

XII

Bezzi Vegetti wurde von seiner Frau geweckt. Ihre Laune war miserabel: Die Haushälterin hatte sie bei der Maniküre gestört. Unmutig ergriff Bezzi Vegetti den Telefonhörer: Das konnte nur Scherereien bedeuten, und als er Ielpos zögerliches »Hallo?« hörte, fand er seine schlimmsten Befürchtungen bestätigt.

Dieser vaterlandslose Geselle von Leo Levy hatte Ielpo schon bei Morgengrauen aus dem Bett geworfen, und das hatte bei dessen alter Mutter, die mit ihm im selben Zimmer schlief, fast einen Herzinfarkt ausgelöst: Levy verlangte, Bezzi Vegetti um 8 Uhr 30 zu treffen.

Eine Verabredung dieser Art deutete sogar auf enorme Scherereien hin. Bezzi Vegetti liebäugelte mit der Idee, Leo Levy wegen Wehrdienstverweigerung, Steuerhinterziehung und Verschwörung gegen den italienischen Staat verhaften zu lassen. Aber, ach, das waren nur Träume: um sie Wirklichkeit werden zu lassen, wäre ein richtiger Staat nötig, stark und entschlossen, nicht dieser unförmige Wackelpudding, der Italien selbst nach vierzig Jahren, die er, Bezzi Vegetti, diesem Staat diente, geblieben war. Und wenn er so lustlos aufwachte, schätzte er das Schicksal der Republik noch pessimistischer ein: Wenn es dem letzten Bezzi Vegetti nicht gelungen war, diesen Staat zu verbessern, wem sollte es dann überhaupt gelingen?

Gian Battista Bezzi Vegetti war Luftwaffengeneral und behauptete, zum Landadel zu gehören, aus einem Geschlecht, das sogar auf die Gonzaga zurückgehe. Diese wunderbare adelige Abkunft war nicht das einzige Wunder, das seine fünfundsechzig Lebensjahre begleitet hatte. Das jüngste Mysterium stellte seine Wiederbestätigung für weitere drei Jahre im Amt dar, an der Spitze der Abteilung O des Sismi, des militärischen Geheimdienstes. Das O stand für Operationen.

Die Abteilung O war auf Drängen der Vereinigten Staaten gleich nach dem Zweiten Weltkrieg geschaffen worden. Sie beschäftigte sich mit allem, womit sich die Regierung nicht beschäftigen konnte: Morde, Verschwinden, Entführungen, Erpressungen, Beziehungen zur Halbwelt. Zu Beginn war diese Einrichtung eng mit der Spitze des Geheimdienstes verbunden gewesen, doch über die Jahre hatte sie sich mit vollem Einverständnis sowohl der Amerikaner als auch der Italiener vollkommen von ihm abgelöst. Die Abteilung O hing nur noch formell vom Chef der Geheimdienste ab, in Wirklichkeit unterstand sie der amerikanischen Botschaft in der Via Veneto. Aus Washington waren die Geldmittel zum Aufbau der Abteilung gekommen, doch schon Mitte der fünfziger Jahre hatten es die Geldgeber satt, unbegrenzt einen Verband zu finanzieren, der aus zwei Dutzend Personen bestehen sollte, auf seiner Gehaltsliste aber über fünfzig Adepten stehen hatte, in manchen Fällen Vater, Sohn, Onkel und Neffe.

Dadurch war es zu endlosen Diskussionen gekommen. In den ersten Monaten des Jahres 1961, gleich nach Kennedys Einführung ins Weiße Haus, war der endgültige Pakt ausgehandelt worden. Die CIA hatte sich einverstanden erklärt, für jeden Angeworbenen eine feste Summe zu überweisen, die alle zwei Jahre neu festgelegt werden sollte: zehntausend Dollar pro Kopf. Als Gegenleistung dafür hatten die Mitglieder der Abteilung O den Kollegen von jenseits des großen Teiches bei allen Operationen auf italienischem Boden Rückendeckung gegeben, ohne Fragen zu stellen und ohne Skrupel zu haben.

Von den eigentlichen Aufgaben der Abteilung O hatten nur ganz wenige Kenntnis. In Forte Braschi, dem Sitz des Sismi, gab es weder einen Tisch noch ein Archiv noch einen Mann der Abteilung O. Sie gingen ihrer Aufgabe nach, indem sie dafür sorgten, in Deckung zu bleiben: Sie vertrauten weder dem Apparat noch den Politikern, und über die Jahrzehnte hatten sie sich vor jeder Art öffentlicher Aufmerksamkeit dadurch zu schützen vermocht, daß sie von dem einen wie von den anderen nicht zur Kenntnis genommen wurden. Trotzdem gab es unter einigen hochrangigen Offizieren des italienischen Heeres einen Wettlauf um den Eintritt in die Abteilung O, ja sogar um ihre Leitung. Was sie anzog, war einmal die Verfügbarkeit von Geldmitteln, über die sie praktisch keine Rechenschaft ablegen mußten, und zum zweiten die Möglichkeit, konkret auf das Geschehen im Land Einfluß zu nehmen. Und obwohl die Abteilung rund um die Uhr für die Anrufe des römischen Basismannes der CIA und für die Intervenierungsbitten anderer ausländischer Geheimdienste zur Verfügung stehen mußte, hatte sie viel Zeit zu ihrer Verfügung, sich dem Vaterland zu widmen. Und gerade diese Gelegenheit, ihr Bestes zu geben, nutzte sie, wodurch sie mit anderen gleichartigen Einrichtungen des Innenministeriums, der Finanzpolizei und der Carabinieri auf gleicher Ebene konkurrierte; etwa indem sie einen Politiker gegenüber einem anderen unterstützte und sich damit in den Besitz von Industrie- und Schlafzimmergeheimnissen brachte.

Die Männer der Abteilung hatten ihre Nase in viele Streitigkeiten gesteckt, ohne auch nur einmal ihr Büro zu verlassen: von den fehlgeschlagenen Staatsstreichen von 1964 und 1970 bis zur Auflösung der Abteilung Geheime Verschlußsache des Innenministeriums; von der Enthauptung einer mächtigen Freimaurerloge, der Propaganda 2, einfach P2 genannt, bis zur Anzeige gegen Mitglieder einer Gruppe, die sich an die Stelle der Abteilung O innerhalb der CIA drängen wollte. Sie nannten sich »Stay Behind«, auch bekannt unter dem Namen Gladio, und die Leute der Abteilung O hielten sie für Pfuscher und Schmarotzer, für gemeingefährliche Konkurrenten an der Dollarfront.

Bezzi Vegettis Wiederbestätigung im Amt als Leiter der

Abteilung O hatte die zahlreichen Gerüchte beiseite gefegt, daß er endlich in Ungnade gefallen sei und kurz vor der Abreise nach Hause stehe, damit er sich voll und ganz der Erforschung seines Familienstammbaumes widmen könne. Seit Jahren konzentrierten sich Erstaunen und Neid auf Bezzi Vegetti: Seine Karriere hatte zu den wildesten Spekulationen und zu den unglaublichsten Deutungen Anlaß gegeben. In Wirklichkeit war sie das Ergebnis unbedingten Gehorsams, plötzlicher Kehrtwendungen, der Ausrichtung auf die Stimme dessen, der das Sagen hatte.

Bezzi Vegetti war zum Ja-Sagen geboren: Seine Wendigkeit bestand darin, daß er auf das Notwendige immer noch eins draufsetzte und am Ende alles kassierte. Er war der Schlechteste beim Pilotenlehrgang gewesen und als einer der letzten zum General befördert worden. Seine eigentliche Karriere hatte kurz vor der Pensionierung begonnen, als seine gleichaltrigen Kollegen bereits Verhandlungen mit Rüstungsunternehmen über Posten in den Aufsichtsräten aufgenommen hatten. Er selbst hatte vor vielen Jahren schon begonnen, Umgang mit Leuten von den Geheimdiensten zu pflegen, um sich für einen Spitznamen zu rächen, der, wie einige meinten, ausgezeichnet zu ihm paßte. Wegen seines Adelsticks hatte man ihn »Graf Stummel« genannt, und »Stummel« bezeichnete im Kasernenjargon eine Zigarettenkippe. Bezzi Vegetti war darauf gekommen, als er zufällig zwei Wehrpflichtige im Vorbeigehen feixen hörte. Nach einem Monat unermüdlicher Kleinarbeit hatte sich sein Rachegelüst auf zwei Hauptmänner und einen Oberleutnant konzentriert, die wegen der großzügigen Handhabung von Freistellungen und Erlaubnissen bei der gesamten Truppe äußerst beliebt waren. Bezzi Vegetti hatte deren uneigennützige Großzügigkeit als Korruption erscheinen lassen, hinterbrachte seinen Verdacht aber nicht dem Standortkommandanten, sondern den für interne Ermittlungen zuständigen Stellen. Die beiden Hauptmänner und der

Oberleutnant hatten zwar beweisen können, daß sie mit den Vorwürfen nichts zu tun hatten, wurden aber gleichwohl versetzt. Bezzi Vegetti dagegen war aufgefordert worden, mit dem Geheimdienst zusammenzuarbeiten. In die Abteilung O hatte ihn dann ein langer, hagerer und jähzorniger General der Gebirgsjäger gebracht, der sich damit den Traum erfüllte, einen Majordomus von Adel zu haben.

1987, als er die Zweiundsechzig längst überschritten hatte, war Bezzi Vegetti zum Verantwortlichen für die Abteilung O ernannt worden, und zwar mit spezieller Absegnung aus Langley, dem Stammsitz der CIA. Er hatte nicht zum Kreis der Kandidaten gehört. Über seine Ernennung kamen alle erdenklichen Deutungen und Hintergrunderklärungen zum Blühen: Man habe ihn gewählt, weil er der größte Trottel sei; weil man ein Skelett brauche, das die Tür zum Schrank mit den anderen Skeletten fest zuhalte; weil er der am schlimmsten Kompromittierte sei; weil er niemals Nein sagen würde. Diese letzte Bemerkung war teilweise richtig: Bezzi Vegetti sagte niemals Nein, weil er sich weder um die Arbeit noch um die Luftwaffe noch um den Geheimdienst noch um die Abteilung O scherte. Sein eigentliches Streben war das nach Abendgesellschaften im Smoking, nach Opernpremieren, nach Einladungen zu Partys, nach einem Dienstauto mit Chauffeur, nach der Ergebenheit anderer: nach allem, was er als Kind gelebt und genossen hatte und was durch den Krieg und den Sturz des Faschismus hinweggefegt worden war. Sein erster Luftbrigadekommandeur pflegte zu sagen, daß Bezzi Vegetti jedesmal einen Orgasmus bekäme, wenn er eine gestärkte Hemdbrust anziehen könnte, und dann fügte irgend jemand unweigerlich hinzu, daß das überhaupt die einzigen Orgasmen wären, die Bezzi Vegetti hätte.

Was ihn aber darüberhinaus wirklich interessierte, wußte niemand, vielleicht nicht einmal seine Frau, die mit ihm Partys und Privilegien teilte. Signora Eleonora Cambiaghi, verheiratete Bezzi Vegetti, war kürzlich zur Präsidentin des Sozialvereins »Schwestern von Italien« ernannt worden. Signora Eleonora war spezialisiert auf die Eröffnung von Kindergärten und Waisenhäusern, auf das Streicheln von Kinderköpfchen, wobei sie jedesmal zum lieben Gott betete, daß sie keine Läuse hätten, und auf das Kundtun großer Liebe und großer Zuneigung zu diesen kleinen Geschöpfen, die der Pflege und Wärme bedurften. Signora Eleonora erwies sich als eine fähige Präsidentin, die geschickt auch noch die kleinsten Einzelheiten ihrer Aufgabe zu organisieren verstand. So hatte sie zum Beispiel die drei Carabinieri, die sie sich von ihrem Gatten als Begleitschutz hatte zur Verfügung stellen lassen, auf die denkbar beste Weise eingesetzt: Sie benutzte sie, damit sie die kleinen Kinder auf dem Arm hielten, die ihr leichten Ekel erregten.

Bezzi Vegetti erklärte die Zuneigung seiner Frau für die Kleinen damit, daß sie keine eigenen Kinder hatte. Daß sie an die Kinder dachte, die sie selbst nie bekommen hatte. Bezzi Vegetti seufzte vor Erleichterung: Ein Kind hätte ihn in jedem Fall verpflichtet, etwas zu geben, und er hatte nichts zu geben. Er wollte nur bekommen, wobei es ihm half, daß er keinerlei Stolz besaß. Auf der Jagd nach dem Erfolg gab es für ihn keinen Preis, der ihm zu hoch gewesen wäre. Die einzigen Schandtaten, von denen er sich ferngehalten hatte, waren die, die mit seiner tiefsitzenden Feigheit kollidiert wären. Er hatte Verschwörungen und Komplotte gestreift, er hatte mit jedem gemauschelt, der ihm Macht und Ehrungen verschaffen konnte, wobei er niemals die Form seiner brillantineglänzenden Haare durcheinanderbrachte: Sie klebten so fest an seinem Kopf, als käme er geradewegs aus dem Windkanal, wie ein anonymer Unteroffizier es glossiert hatte.

Bezzi Vegetti war der einzige, der sich nicht über die ihm angetragene Position wunderte. Er war der Ansicht, er besitze die unverzichtbaren Eigenschaften für die Führung der Abteilung O. Diese waren, wie er sagte, Flexibilität, Gesamtsicht und Verständnis für die übergeordneten Interessen. Seine Anschwärzer dagegen nannten sie Vasallentum, Trägheit und Unehrlichkeit. Vom Tag seiner Ernennung an hatte Bezzi Vegetti auf seine Bestätigung im Amt hingearbeitet. Er behauptete, Italien sei ein auf übler Nachrede beruhender Marktplatz, und wolle man Bescheid wissen, brauche man sich nur an die Portiersfrauen zu halten. Daher hatte er sofort die langweiligen und vor allem nutzlosen Büroarbeiten beiseite gelassen und sich mit Leib und Seele, von morgens bis abends, Gefälligkeitserweisen gewidmet und mit dem Sammeln von Dossiers über diejenigen angefangen, die ihm eines Tages einen Gefallen erweisen könnten. Er mißtraute allen, schätzte nur sich selbst und lebte wie ein Asket: Er war nicht an Sex interessiert und hatte keine Geliebten; er hatte niemals auch nur eine Zigarette geraucht, ganz zu schweigen von allem anderen; er besaß keinerlei Neigung zum Wetten oder zu Glücksspielen. Obwohl er gegen Ende der Amtszeit tausendmal das Totenglöcklein über seinen Namen hatte läuten hören, wußte Bezzi Vegetti, daß er ein derartiges Spinnennetz aus Bündnissen und Einschüchterungen gewoben hatte, das jede Gefahr ausschloß.

Sogar diejenigen, die er im privaten Kreis – leise, weil man ja nie wissen konnte – als »Rote« bezeichnete, hatten, was ihn betraf, ein doppelzüngiges Verhalten an den Tag gelegt. Den Worten nach waren sie für eine völlige Autonomie der Geheimdienste eingetreten und daher gegen seine Bestätigung im Amt gewesen. Aber gleichzeitig hatten sie ihn wissen lassen, daß sie, abgesehen von einer formellen und grundsätzlichen Opposition, nichts gegen ihn hätten: im Gegenteil, besser er als irgendeiner, der die Abteilung O für schmutzige Zwecke einsetzen würde. Bei Bezzi Vegetti konnte man in der Tat beruhigt sein: Er würde die Institutionen niemals verraten, allenfalls hätte er die glühenden Geheimnisse des einen oder anderen Ehegatten oder der einen oder anderen Ehegattin verraten.

Doch alle, die von den geheimen Dingen und von dieser

Art Verhandlung ausgeschlossen waren und das für zuverlässig hielten, was sie gehört und gelesen hatten, hatten vorausgesagt, eine Unterwassermine würde den General hochgehen lassen. Im Gegenteil, plötzlich war dieses magere Kommuniqué von drei Zeilen aufgetaucht.

Aufrecht im mittleren Sessel des Allerheiligsten sitzend – das war die einzige ihm angemessen erscheinende Definition für das Zimmer, in dem er residierte – hatte Bezzi Vegetti es überflogen, um sicherzugehen, ob die Kommas an der richtigen Stelle saßen. Dann hatte er es mit großer Sorgfalt zusammengeknüllt, bevor er den großen Weidenkorb anpeilte, der links von seinem Schreibtisch stand. Der Korb wurde das persönliche Archiv des Chefs genannt: in ihm landeten zwei Drittel aller an ihn gerichteten Schreiben. Trotz jahrelanger Übung traf Bezzi Vegetti mit seinen Papierbällchen den Korb nur selten. Dann mußten die vom Sekretariat herbeistürzen, sie aufheben und hineinwerfen. Wer sich in der ersten Zeit geweigert oder so getan hatte, als würde er nicht verstehen, war in die armseligsten Büros verbannt und in seiner Laufbahn beschnitten worden. Bezzi Vegetti hatte viele Jahre die Abfallpapiere seiner Vorgesetzten aufgehoben und gab dies als ein notwendiges Verfahren der Abteilung und als Dienst am Vaterland aus. Was er getan hatte, konnten die anderen auch tun, gerade weil Bezzi Vegetti angefangen hatte, seine eigenen Wünsche mit den Wünschen des Vaterlandes in Übereinstimmung zu bringen.

Als er an diesem Morgen in den Wagen stieg, konnten sowohl sein Chauffeur als auch die Männer seines Begleitschutzes sehen, daß er schlecht gelaunt war. Levy und das, was er vertrat, widerte ihn an: Er hielt ihn für einen skrupellosen Renegaten, der im Namen einer Sache auf der Stelle töten würde. Und diese Sache war der Judenstaat, dessen Methoden und Unnachgiebigkeit dazu beigetragen hatten, daß er, Bezzi Vegetti, oftmals die Nerven verloren hatte.

Er verhandelte lieber mit den Arabern: Er fand sie entgegenkommend und im richtigen Maße unredlich, wenn eine Kehrtwende anstand. Er schätzte ihre Unbeugsamkeit, die immer bereit war, sich den Notwendigkeiten des Augenblicks zu beugen. Mit einem Wort, er empfand sie zwar nicht als Brüder, doch mindestens als Cousins ersten Grades.

Mit Levy waren die Beziehungen von Anfang an kompliziert gewesen. Levy verlangte, daß Weiß weiß und Schwarz schwarz sei. Das einzige Mal, wo Bezzi Vegetti sich nach einem Hinweis von Levy auf drei Palästinenser, die am Flughafen von Fiumicino umstiegen, taub gestellt hatte, bekam er es mit den Amerikanern zu tun, die ihn geradezu wie einen Lakaien behandelten: Es gab eine ausgesprochen unerfreuliche Sitzung in einem der unterirdischen Salons der Botschaft in der Via Veneto, wo die Wände, obwohl sie in einer Tiefe von sieben Metern waren, den optischen Eindruck großer Fensterfronten vermittelten, die sich zur Straße hin öffneten. Der Mann der CIA hatte ihm vorgeworfen, die drei Palästinenser absichtlich nicht verhaftet zu haben. Bezzi Vegettis Ansicht nach waren sie drei harmlose Nichtskönner, die jedoch in dem radebrechenden Italienisch dieses diensthabenden Mister Jones zu drei hochgefährlichen Terroristen wurden. Der französische Vertreter hatte in einem Schwall von »mon Dieu« und »par Dieu« eine Serie von Attentaten vorausgesehen. Der britische Vertreter hatte sich darauf beschränkt, ausgiebig zu hüsteln. Und dieser Stinksack von Levy hatte die kleine Vorstellung genossen, ohne den Mund aufzumachen. Bezzi Vegetti hatte die gesamte Sitzung geschluckt, um die Amerikaner nicht noch weiter zu verstimmen: Er kannte ihre Dickschädeligkeit, wenn es um Rache ging, und wollte sie nicht am eigenen Leib erfahren, wenn es zu seiner Bestätigung im Amt kommen würde. Hinzu kam, daß diese Bestätigung mit den neuen Gehaltsverhandlungen zusammenfiel: Langley war absolut dagegen, die pro-Kopf-Quote von fünfzig- auf sechzigtausend Dollar zu erhöhen; mehr noch, man wollte unanzweifelbare Beweise für die Existenz der zweihundert Mitglieder, die die Abteilung O zu haben behauptete. Der Zählung der CIA zufolge waren es nicht mehr als sechzig.

Bezzi Vegetti hätte also Anlaß zur Sorge gehabt; trotzdem hatte er seine besten Leute auf Vergangenheit und Gegenwart dieses Judensohnes angesetzt, obwohl er begriffen hatte, daß der mit Vorsicht zu behandeln war und nicht verstimmt werden durfte. Nichts war zum Vorschein gekommen, auch nicht der unbedeutendste Fleck, abgesehen von der Begeisterung für den Kommunismus in seiner Jugend und seiner damaligen marxistisch-leninistischen Intoleranz. Aber das waren Dinge, über die bereits die israelischen Behörden ausreichend nachgeforscht hatten, und wenn sie damals schon nichts gegen ihn einzuwenden hatten, so würden sie jetzt, wo er für den israelischen Topagenten in Europa gehalten wurde, erst recht nichts gegen ihn einwenden. Jedenfalls war die Überwachung Levys nicht aufgegeben worden, auch wenn die Ergebnisse entmutigend blieben. Levy schien sogar asexuell zu sein: weder Frauen noch Männer; weder kleine Mädchen noch kleine Jungen. Ielpo hatte das folgendermaßen kommentiert: Entweder erledigt er das alles innerhalb der Botschaft, oder er läßt während seiner seltenen Rückreisen nach Tel Aviv Dampf ab, oder er ist vor jeder Wallung immun.

Die Verabredung war in einem Palazzo oberhalb von Trinità dei Monti. Der Sitz der Abteilung O befand sich zwar im Viale Mazzini, doch der General hatte eine Schwäche für die Spanische Treppe und den davorliegenden Platz: Er sprach davon als dem schönsten Blickfang der Welt. In dieser Gegend hatte er nach einer Wohnung gesucht, aber der Preis war zu hoch, und wiewohl er ihn sich leisten konnte, wollte er sich nicht exponieren. Er hatte einen der Sonderfonds dazu benutzt, die Abteilung O mit einer Repräsentationswohnung auszustatten, mit Fenstern, Balkons und kleinen Terrassen, die zum oberen

Teil der Spanischen Treppe hin lagen. Und weil er wesentlich mehr Stunden hier als im Viale Mazzini verbrachte, hatte er sich in diesen Räumen ein ganz privates Sekretariat eingerichtet. Die Koordinierung der Büros, der Sekretariate, des Begleitschutzes und der Offiziersburschen lag in den Händen von Nice Ielpo, der, als der General vor dem Hausportal eintraf, sich bereits dort befand und ins Leere starrte.

Nice Ielpo war zweiundvierzig Jahre alt, hatte einen Universitätsabschluß in Klassischer Philologie und die immer schwächer werdende Hoffnung, eine Stelle als Assistent für Altgriechisch an der Universität zu bekommen. Sein Vater war ein berühmter Gymnasiallehrer für Latein und Griechisch am Mamiani-Gymnasium gewesen: Vor seinem Katheder waren einige der bekanntesten Persönlichkeiten aus Politik und Industrie mit gesenktem Kopf vorbeidefiliert. Auch Bezzi Vegetti hatte dazugehört, hatte unendlich viele »knapp mangelhaft« und ständige Rüffel wegen seines mangelnden Gefühls für die Metrik einstecken müssen. In den letzten drei Gymnasialjahren war Bezzi Vegetti regelmäßig in Latein und Griechisch durchgefallen, aber jedesmal hatte seine Hochachtung vor diesem Lehrer mit Spitzentuch und Zwirbelschnäuzer zugenommen, der, Gewinner verschiedener Wettbewerbe für Latein und Griechisch, und in der Lage war, die Ilias, die Odyssee und die Äneis in beiden Sprachen auswendig vorzutragen. Nach dem Gymnasium und der Universität hatte der General die Beziehungen zu seinem Lehrer aufrechterhalten, bis er der einzige Gefährte eines langen, traurigen und einsamen Pensionärsdaseins geworden war.

Einmal im Monat holte Bezzi Vegetti seinen Lehrer ab und führte ihn in ein Restaurant: Hier, zwischen einem Zitat von Horaz und einem von Lukullus, zwischen einer Passage aus dem Äsop und einer Anekdote aus dem Plutarch, erwies sich sein Lehrer als ein Faß ohne Boden, aß für drei und rülpste für sechs. Bezzi Vegetti hatte den

Eindruck, daß sein Lehrer Ielpo viel Wert auf diese Mahlzeiten legte, damit er an anderen Tagen einsparen konnte. Aber er hatte sich immer gehütet, etwas von diesem Eindruck durchscheinen zu lassen, wegen der Belohnung, die er erhielt, wenn er ihn nach Hause zurückbegleitete. Das Zuhause des alten Ielpo waren zwei ungeheizte Zimmer in Monte Mario. Dort, nachdem er sich davon überzeugt hatte, daß die Läden, die Türen und die Fenster fest verschlossen waren, begann der alte Ielpo mit dem Deklamieren von Gesängen aus der Ilias und der Odyssee, und dabei nahm seine Stimme die Färbung an, die den Personen am ehesten entsprach. In der Interpretation seines Lehrers erstanden Achilleus und Helena, Odysseus und Kassandra zu neuem Leben, wurden Homer und seine verzauberte Welt, die kriegerischen Spannungen und die Spannungen der Leidenschaften lebendig. Bezzi Vegetti, der diese Auseinandersetzungen mit Waffen und um Frauen auch weiterhin dermaßen liebte, wie er nichts anderes je geliebt hatte, hörte hingerissen und tief beglückt zu, und er vergaß die Zeit und die Intrigen.

Als er ihn an einem Karsamstag nicht auf dem Bürgersteig vor dem verwaschenen Haus in Monte Mario stehen sah, durchfuhr den General eine böse Ahnung. Er stieg die drei Etagen ohne Aufzug hinauf und fand sie bestätigt: Ielpo keuchte auf einer so elenden Pritsche, wie Bezzi Vegetti sie nicht einmal in der abgelegensten Kaserne gesehen hatte. Auf einem Stuhl lag der Grisailleanzug mit Weste: Es war die Galakleidung, mit der sein Lehrer seit zwanzig Jahren zu ihren Verabredungen gekommen war. Abgesehen von einem leichten Stöhnen, schien Ielpo ruhig zu schlafen. Die Nachbarin, die sich um ihn kümmerte, hatte Bezzi Vegetti ins Ohr geflüstert, daß es mit Ielpo zu Ende gehe: Die Krise sei am Tag zuvor aufgetreten, aber er habe sich einer Einweisung ins Krankenhaus mit der Behauptung widersetzt, er erwarte jemanden. Die Frau hatte Bezzi Vegetti in der Hoffnung gemustert, daß Ielpos Warten nicht umsonst gewesen war.

Bezzi Vegetti hatte sich gründlich umgesehen: Innerhalb dieser wenigen Meter hatte das magische Fluidum seines Lehrers die Mauern von Troja und das Lager der Achaier, den Strand der Nausikaa und die Höhle des Polyphem erstehen lassen, doch plötzlich waren dort, wo sich die Bastionen erhoben hatten, abgenutzte Bücherregale voller Bücher und Staub; dort, wo Zelte und Feuer, Opferaltäre und Einfriedungen aufeinandergefolgt waren, stand, schief und krumm, eine Truhe; der feine Sand und das kristallklare Wasser war eine Wand von unkenntlicher Farbe; die Höhle des Giganten war ein Schrank mit einer Tür, die nicht mehr zuging. Der Zauber verschwand mit dem Zauberer.

Bezzi Vegetti hatte gefragt, ob es noch möglich war, etwas für Ielpo zu tun. Die Frau hatte die Arme emporgehoben und ließ sie in einer vielsagenden Geste wieder herunterfallen.

Genau in diesem Augenblick hatte der alte Ielpo noch einmal ein Auge geöffnet und gemurmelt: »Gian Battista …« Bevor er wieder zu Staub wurde und vielleicht zu seinem geliebten Homer einging, wollte Ielpo seinen beruflich aufsteigenden Schüler noch um einen letzten Gefallen bitten. So hatte Bezzi Vegetti erfahren, daß sein Lehrer einen heimlichen Sohn hatte, die Frucht einer späten Vernarrtheit. Die Mutter des Jungen war eine Schneiderin, deren Ehemann – ein Nichtstuer, ein lasterhafter Kerl – ein Jahr nach der Zeugung des Sohnes verstorben war. Von da an hatte Ielpo sich um die beiden gekümmert, und dies erklärte seine Armut. Bezzi Vegetti war zwischen Mißbilligung und Neugier hin und her gerissen, hätte tausend Fragen stellen wollen, doch sein Lehrer hatte ihm keine Zeit dazu gelassen.

»Ich leg dir meinen Sohn ans Herz«, hatte er ausgerufen und dann sein Leben in den Armen des Generals ausgehaucht. Bezzi Vegetti hatte dem Mann, der von Homer gelernt hatte, niemals die eigene Rolle zu spielen, ein letztes Mal bewundernd zugelächelt.

Ielpos Sohn war beim Standesamt auf den Namen Nicete eingetragen, hieß aber allgemein Nice. Nicete, auf griechisch Niketes, bedeutete »der, der siegt«, doch der dreißigjährige junge Mann, der sich an einem schwülwarmen Nachmittag im April bei Bezzi Vegetti vorstellte, hatte nicht viel von einem Sieger an sich. Im Gegenteil, er wies die Merkmale dessen auf, der sein Leben zwischen widerstreitenden Gefühlen verbracht hatte. Nicete Ielpo hatte eine ausgesprochene Aversion gegen diesen abgeschmackten Namen, der ihm grausame Witzeleien eingebracht hatte, bis seine Mutter ihn in der dritten Grundschulklasse einfach abkürzte. Und für den Vater empfand er mal Bewunderung, mal Verdruß. Der alte Ielpo hatte ihn beim Tod des Ehemannes seiner Mutter anerkannt und fast gleichzeitig die Beziehungen zu dieser Frau abgebrochen. Trotzdem hatte sie Nice in einer kultischen Verehrung für den alten Ielpo großgezogen, in Bewunderung für dessen Intelligenz und Bildung. Nice aber hatte tief in seinem Inneren das Gefühl, keinen Vater zu haben, sondern einen älteren Herrn, der sich aus der Ferne um ihn kümmerte und bei den seltenen Spaziergängen für seinen Großvater gehalten wurde. Ielpo war für die Schule und die Universität, für die Ferien, für den Lebensunterhalt aufgekommen, doch mit dem Sohn wollte er weder ins Kino gehen noch irgendeinen Jahrestag feiern. Nice war in Magliana aufgewachsen, ein brodelndes Viertel an der Peripherie von Rom, unter der Obhut der Mutter, die mit dem Nähen von Säumen und dem Wenden von gebrauchten Mänteln beschäftigt war, solange ihre Sehkraft dazu ausreichte. Er hatte die Universität abgeschlossen, sich dann aber mit schlechtbezahlten Ersatzlehrerstellen herumgeplagt und unter die vielen unbesoldeten Assistenten an der Universität eingereiht, die mit Ellbogen um ein Stipendium oder um ein Dissertationsprojekt kämpften. So war er dreißig geworden.

Bezzi Vegetti, der bereits zu den führenden Leuten der Abteilung O gehörte, hatte ihm einen Beratervertrag angeboten: fünfhunderttausend Lire monatlich für die historische Erforschung der Rolle der Luftstreitmacht beim Fortschritt Italiens. Eine überflüssige Arbeit, die, dazu verdammt, von niemandem zur Kenntnis genommen zu werden, Nice und seine Mutter aber vor der Armut bewahrte. Da der alte Ielpo seine Beziehung zur Familie nie durch eine Heirat geregelt hatte, konnten Mutter und Sohn nach seinem Tod keine Pensionsansprüche geltend machen. Und das, obwohl Bezzi Vegetti sich selbst auf diskrete Weise bei der Rentenanstalt dafür eingesetzt hatte.

Nice Ielpo war nach und nach Bezzi Vegettis Faktotum geworden und folgte ihm bei seinem Aufstieg bis an die Spitze der Abteilung. Er erledigte viele Dinge: Das reichte vom Bezahlen der Strom-, Wasser- und Gasrechnungen bis zur Verwendung als streng persönlicher Abgesandter des Generals bei heiklen Aufgaben. Er wurde eingesetzt für alle Kontakte, die nötigenfalls abgeleugnet werden mußten. Er war der Schutzschild, hinter dem die Achtung vor den Formen gewahrt wurde. In einer plastikbeschichteten Tasche voller Kratzer und mit ausgeleiertem Griff, dieselbe Tasche, die er schon während seiner ganzen Schulzeit benutzt hatte, hatte Nice Dokumente befördert, die geeignet gewesen wären, das Institut für Industriellen Wiederaufbau und den staatlichen Energiekonzern ENI auffliegen zu lassen und an die zehn Regierungen in die Krise zu stürzen. Hin und wieder wurden die Papiere durch Banknotenbündel ersetzt – Lire, Mark, Dollars, Pfund Sterling –, die mit größter Sorgfalt auf dem Schreibtisch des Generals deponiert wurden.

Der junge Ielpo zeigte keinerlei Interesse herauszufinden, welchen Zweck oder welche Absichten diese Bündel und seine anderen Aufgaben verfolgten. Seinem Naturell, seiner Neigung zur Routine nach war er treu; und auch wegen seiner Hoffnung, daß Bezzi Vegetti ihm wirklich die ersehnte festbesoldete Assistentenstelle an der Universität verschaffen könne. In Erwartung, daß dieser

Traum in Erfüllung gehen würde, fuhr er mit dem Autobus, dreimal umsteigen morgens und dreimal abends; trug er in seiner Jackentasche eine Zeitung, die er erst wegwarf, nachdem er sie von der ersten bis zur letzten Zeile gelesen hatte, auch wenn die Lektüre manchmal eine ganze Woche in Anspruch nahm; schlief er weiterhin mit seiner Mutter in einem Zimmer; verbrachte er die wenigen Tage seines Sommerurlaubs auf den Bänken der Villa Borghese; überzeugte er sich mühevoll, daß zwei Millionen Lire im Monat ein annehmbares Gehalt waren. Das einzige Mal, wo er versucht hatte, um eine Erhöhung zu bitten und vor Angst, mißverstanden werden zu können, geradezu stotterte, hatte man ihn neunzig Tage ohne Bezahlung zu Hause gelassen.

Ielpo stellte den schnellsten und unkompliziertesten Weg zu Bezzi Vegetti dar, doch Ielpo behielt sich vor zu entscheiden, wer es verdient hatte, ihn als Abkürzung zu benutzen und wer nicht. Das war die einzige Freiheit, die er genoß, und er war es zufrieden, achtete allerdings darauf, die Reizbarkeit des Generals nicht herauszufordern. Levy gehörte zu den wenigen, die Ielpo sympathisch waren. Und, als hätte die Sympathie noch nicht ausgereicht, hatte Ielpo gelernt, daß vor dem Mann vom Mossad sogar Bezzi Vegetti kleinlaut wurde. So hatte er an diesem Morgen, auch wenn es gerade erst sieben war, nicht gezögert, sofort den General anzurufen. Punkt acht war er oben bei der Trinità dei Monti, bereit, einen Arbeitstag zu beginnen, von dem er hoffte, daß er sich von den anderen nicht unterscheiden würde.

Levy kam alleine, und Ielpo sah, wie Bezzi Vegetti die Zähne zusammenbiß: ein kleiner Tick, der nur den Eingeweihten bekannt war und auf ein heraufziehendes Donnerwetter deutete.

»Signor Levy, wir stehen zu Ihrer Verfügung«, sagte Bezzi Vegetti, während er beschloß, die Untersuchungen über seinen Gast auszuweiten. Der Vater lebte in Tel Aviv, eine Schwester in Detroit und eine andere in Dallas, aber irgend jemand mußte doch in Italien geblieben sein: ein Cousin, eine Tante, ein Neffe. Einfach irgend jemand, dem er auf Biegen oder Brechen etwas andichten konnte, um die Patina arroganter Gleichgültigkeit von Levys Gesicht zu kratzen.

»Sagen Ihnen die Namen Filippo Armenise und Gesualdo Bellomio etwas?« Levy säuselte, und das war eine Einladung zur Komplizenschaft.

»Ich weiß, wer Armenise ist. Über Bellomio müssen wir etwas im Archiv haben. Ist es nicht so, Professore?«

Ielpo erschauderte. Er war dreimal in die Schweiz gereist, um Armenise schwere versiegelte Briefumschläge zu übergeben. Er war immer mit Militärmaschinen geflogen und der Ansicht gewesen, vor jeder Neugier sicher zu sein, doch Levys Worte machten ihm Kummer.

»Professore, haben Sie mich nicht verstanden?« drängte Bezzi Vegetti. »Haben wir etwas über diesen Bellomio oder nicht?«

»Verzeihung, ich war abgelenkt. Ja, über Bellomio haben wir was. Wenig allerdings.«

»Merkwürdig«, kommentierte Levy. »Er ist einer der verrufensten Männer Italiens, ist in Drogengeschäfte und Waffenschiebereien verstrickt, steckt in Finanzierungsgesellschaften, die Wucherzinsen erheben und als Geldwaschanlagen fungieren, er verfügt über ausgezeichnete internationale Verbindungen wie eben Filippo Armenise, und für Sie ist er gewissermaßen ein Unbekannter.«

»Fangen wir nicht schon wieder an, Levy«, sagte Bezzi Vegetti und ließ alle guten Manieren fahren. »Niemand hat gesagt, Gesualdo Bellomio sei uns unbekannt. Er ist ein Mann, gegen den nie Anzeige erstattet worden ist, und noch viel weniger ist er je verurteilt worden. Es stimmt: Er steht in Verruf, und in der Tat haben wir ein Auge auf ihn, aber unsere Probleme sind völlig andere. Oder ist es in Israel, bei Ihnen«, und Bezzi Vegetti betonte das Ihnen, »üblich, daß Sie verrufene Personen ohne Beweise ins Gefängnis werfen?«

Levy ging auf die Provokation nicht ein. »Wir haben Veranlassung zu glauben, daß Ingenieur Filippo Armenise und Gesualdo Bellomio, genannt der Dottore, Teil eines Plans sind, das Waffenembargo der UNO gegen den Irak zu umgehen.«

Im Saal war nur das Ticken der Pendeluhr zu hören.

»Sind Sie sich da sicher?« Bezzi Vegetti verschränkte die Arme auf seinem Rücken.

»Eine Waffenladung ist von Skandinavien aus auf dem Seeweg, macht Zwischenaufenthalt in Talamone oder in der Nähe, um anschließend auf zwei Handelsschiffe von Bellomio umgeladen zu werden, die sie in die Türkei bringen. Wir glauben, wir können Ihnen das genaue Datum der Ankunft der Waffen nennen, aber wir wissen nicht, wann, wie und wo sie auf Bellomios Schiffe umgeladen werden. Wenn Sie, Generale, zur Zusammenarbeit bereit sind, dann überlassen wir Ihnen gerne das gesamte Verdienst, die Waffenschieberei aufgedeckt zu haben.«

»Haben Sie gesagt bei Talamone?« Bezzi Vegetti versuchte, die Sekunden herauszuschinden, die es ihm erlauben würden, die Falle zu erkennen. Levys Angebot stank seiner Ansicht nach schlimmer als der Tiefkühlfisch, den man an den Verkaufsständen als frisch zu verkaufen versuchte.

»Ja.«

»Auslaufen in Schweden, Zwischenstop in Talamone, Ankunft in der Türkei: Das ist doch die gleiche Strecke wie 1986, als der Iran beliefert wurde.«

»Genau.« Levy gönnte sich ein leichtes Lächeln. »Wenn Sie sich dahinterklemmen würden, könnten Sie möglicherweise entdecken, daß Armenise und Bellomio auch damals eine Rolle spielten.«

»Aber jetzt geht es um den Irak.«

»Das sind Profis.«

Allzu professionell für Bezzi Vegettis Gefühl, der den gerade gebotenen Vorgeschmack auf den Ruhm bereits in die falsche Kehle bekommen hatte. Zum Argwohn über

Levys Großzügigkeit kamen die lästigen Schatten von 1986: Wenn er an dieser Stelle stand, so verdankte er das dem Vorgang von Talamone, den Verwicklungen und Fußangeln, die seinem Vorgänger und drei, vier Kandidaten für dessen Nachfolge den Boden unter den Füßen weggezogen hatten. Die in Talamone verschobenen Waffen hatten reichlich Köpfe rollen lassen. Bezzi Vegetti hatte nicht die Absicht, diese Geschichte wieder auszugraben: das konnte nur Unannehmlichkeiten provozieren.

»Signor Levy«, sagte er, »ich bezweifle nicht die Zuverlässigkeit Ihrer Informationen, aber ich habe meine Vorbehalte, was Talamone betrifft. Sie werden mit mir einer Meinung sein, daß diese Wahl unglücklich ist.«

»Darauf würde ich keinen Eid ablegen.«

Bezzi Vegetti versuchte zu verstehen, aber Levy kam ihm zuvor. »1986 haben Sie nicht den genauen Punkt herausgefunden, wo die Umladung stattfand, Sie haben immer von Talamone geredet, weil die aus Stockholm kommenden Hinweise dies so sagten, aber im Hafen von Talamone hat man nicht einmal einen Schraubenzieher an Land gehen sehen. Und um euch zu rechtfertigen, habt ihr schließlich eine Waffenlieferung der USA an Israel ins Spiel bringen müssen. Unsere Freunde müssen sich ziemlich sicher fühlen, wenn sie wieder die Bucht benutzen, die Sie zu entdecken nicht in der Lage waren.«

»Und Sie haben sie entdeckt?«

»Das geht nur uns etwas an.«

»Da dies aber in Italien geschieht, geht es in erster Linie uns etwas an.« Es ist wieder soweit, dachte Bezzi Vegetti: Dieser Bastard wird aufmüpfig.

»Generale, ich habe Ihnen mein Angebot gemacht: Datum und Gebiet der Umladung. Danach ist es für Sie ein Kinderspiel, die Kisten zu verfolgen und Bellomios Schiffe zu stürmen, wenn sie beladen sind. Wenn Sie einverstanden sind, gehen wir's an. Wenn Sie nicht einverstanden sind, wenden wir uns an jemand anderen.«

»Ihr großzügiges Angebot im Austausch für was?«

Levy deutete ein Lächeln an. »Im Austausch für Bellomio. Wir wollen ihn vor der Polizei, den Carabinieri, dem militärischen Geheimdienst, der Finanzpolizei. Wir denken, er kann uns wertvolle Informationen liefern.«

»Soll das ein Witz sein?« Bezzi Vegetti war indigniert. Aber Levy machte keinen Witz, und der General beruhigte sich.

»Ich weiß nicht, ob ich mich so darauf einlassen kann: Wenn Bellomio wirklich daran beteiligt ist, wäre es für die italienische Justiz ein großer Erfolg, seiner habhaft zu werden. Er könnte wichtige Geheimnisse offenlegen, ich meine die Beziehungen zwischen Mafia und Politik. Bellomio könnte Licht in die unaufgeklärten Morde der letzten Jahre bringen.«

»Generale, im Ernst.« Levy entwich ein leichtes Schnauben. »Haben Sie etwa darauf gewartet, daß wir Ihnen sagen, wer Gesualdo Bellomio ist? Trotzdem, keine Sorge: Nachdem wir ihn ausgequetscht haben, gehört er ganz und gar Ihnen. Noch Fragen?«

Bezzi Vegetti sah Ielpo an, dann stand er auf: Die Begegnung war zu Ende. Levy grüßte mit einer raschen Handbewegung; er kehrte dem General den Rücken und konnte dessen eisigen Blick nicht sehen, mit dem er ihn hinausbegleitete.

Levy bemerkte auch nicht, daß der General ihn noch beobachtete, als er ganz langsam die Stufen der Spanischen Treppe hinunterging. Rom lag heiter in schönem Sonnenschein, doch Levy spürte noch die feuchte Kälte, die ihm abends zuvor in die Knochen gedrungen war, als er drei Stunden lang darauf gewartet hatte, daß Armenise in seine Villa am Luganer See zurückkehrte.

Armenise hatte vor sich hin gepfiffen, als er die Rampe von der Garage zur Eingangstür heraufkam: Sie hatten sich auf ihn gestürzt und ihm den Lauf einer Smith & Wesson zwischen die Rippen gedrückt.

»Wir sind deine Freunde«, hatte Simon Nirenstein leise

gesagt, dessen früheste Erfahrungen auf Unternehmungen der Haganah gegen die Engländer in Palästina zurückgingen. »Jetzt bringst du uns ins Haus, ohne daß deine Frau und die Dienstboten argwöhnisch werden. Ich glaube, zum Reden ist der Raum geeignet, den du das ovale Arbeitszimmer nennst, er ist nah genug an der Eingangstür. Einverstanden?«

Armenise hatte sich so erstaunt gezeigt wie einer, der sich schutzlos fühlte. Und sein Erstaunen war noch größer geworden, als er im jüngsten der drei Aggressoren den schönen Jüngling mit den schwarzen Haaren und dem kleinen Smaragd im Ohrläppchen wiedererkannte, der zwei Abende zuvor seinem, Armenises, Chemin de fer-Gegner beigestanden war. Vor Erstaunen über die Anwesenheit des schönen Jünglings hatte Armenise Levy erst nicht wahrgenommen, der dabei war, die Tür des Arbeitszimmers hermetisch zu verriegeln.

»Ingegnere Armenise, verzeihen Sie die rauhe Art, mit der wir uns vorgestellt haben.«

Levy hatte gelächelt: der alte Nirenstein, als Herzog in Polen zwischen den beiden Weltkriegen geboren, hatte die Höflichkeit und die Ironie seines Ranges nicht verloren. »Aber wir wollten Sie nicht in Verlegenheit bringen, indem wir uns an der Haupteingangstür präsentieren. Wir wissen, daß der Butler und die Köchin seit sieben Jahren in Ihren Diensten stehen, aber kann man heutzutage dem Personal noch trauen? Leider sind die Zeiten vorbei, wo Diener, Köche und Butler bereit waren, die guten wie die schlechten Tage ihrer Herrschaft bedingungslos zu teilen. Wir leben in schwierigen Zeiten, Sie, glaube ich, können ein Lied davon singen: War es nicht vor fünf oder sechs Jahren, daß sich die Gouvernante mit dem schönsten Saphir Ihrer Gattin auf und davon machte?«

Armenise hatte nicht geantwortet: Er versuchte, sich ein Bild zu machen, wer die drei waren und was sie wollten.

»Wir brauchen Sie nicht ausdrücklich darauf hinzuweisen«, fuhr Nirenstein fort, »daß wir über unseren kleinen Besuch strengstes Stillschweigen bewahren, und wir raten auch Ihnen, nichts darüber verlauten zu lassen. Die Iraker sind nämlich nicht für ihren *sense of humour* und die Feinheit ihrer Sitten bekannt. Sie sind zwar Nachfahren der Babylonier, aber im unerbittlichen Lauf der Jahrhunderte haben sie einen Großteil dieser herrlichen Kultur verloren. Heute sind sie, wie soll ich sagen, naiver, plumper und würden nicht verstehen, daß Sie der Not und nicht dem eigenen Triebe gehorchend mit uns zusammengearbeitet haben.

Armenise fing an zu verstehen, und ein Schaudern überlief ihn.

»Mein Lieber, wozu diese Angst?« Nirenstein war inzwischen voll in Fahrt. »Wir sind nicht wie die Iraker. Wir kommen alle aus dem alten Europa, wir kennen die weltmännischen Sitten und die Gebräuche, wir sind entsprechend erzogen worden. Es gibt keinen Grund, weshalb wir uns nicht verständigen und zu einer völligen Übereinstimmung gelangen könnten.«

Nirenstein hatte Levys Blick gesucht: Das amüsierte Leuchten in Leos Augen hatte ihn zum Weitermachen animiert.

»Sie kennen ja schon unseren Aaron.« Nirenstein deutete auf den schönen Jüngling. »Wenn ich mich recht erinnere, sind Sie sich vorgestern abend im Casino von Campione begegnet. Aaron hat uns von Ihrer fabelhaften Glückssträhne erzählt: Sie haben elfmal die Bank gehalten. Unglaublich, Kompliment. Wissen Sie, daß ich nie über sieben hinausgekommen bin? Und das, obwohl ich mich seit rund vierzig Jahren am Chemin-Tisch herumschlage. Vielleicht ist es ja möglich, daß es einmal zu einem Spiel zwischen Ihnen und mir kommt: Wie man zu sagen pflegt, die Welt ist klein. Sehen Sie, Ingegnere, sie ist sogar so klein, daß auch wir erfahren haben, daß Sie, Saadun Jasim und Gesualdo Bellomio irgendetwas im

Schilde führen. Würden Sie wohl die Liebenswürdigkeit haben, uns das zu erklären?«

»Ich weiß nicht, worauf Sie hinauswollen«, brummte Armenise.

»Oh, oh, Ingegnere: Sie enttäuschen mich. Ich habe Ihnen zwar gesagt, daß wir nicht wie die Iraker sind, allerdings schätzen wir manche ihrer Techniken.«

Der schöne Jüngling stürzte sich auf Armenise und stopfte ihm den Mund mit einem Knebel. Er packte Armenises linken Arm und schlug den rechten fest auf den Schreibtisch. Noch bevor Armenise Schmerzen spüren konnte, hatte er die scharf geschliffene Klinge eines Dolches aufblitzen sehen. Der schöne Jüngling drehte Armenises rechte Hand um und stieß den Dolch durch die Handfläche. Er bohrte sich, Nerven und Fleisch durchschneidend, ins Holz.

Blut schoß heraus und bespritzte den Schreibtisch, eine wunderschöne Schale aus chinesischem Porzellan und ein kristallenes Tintenfaß aus Murano.

»Tut mir leid, Ingegnere: Leider haben wir nicht viel Zeit zu unserer Verfügung, um Ihre Gesellschaft zu genießen.« Aus Nirensteins Stimme war die Höflichkeit verschwunden. »Ich bitte Sie: Reichen Sie uns die Hand. Wenn nicht, wären wir gezwungen, sie uns zu nehmen. Ich will deutlicher werden: Aaron sammelt Dolche, er hat eine unerschöpfliche Anzahl davon. Aaron, zeig dem Ingegnere doch mal den Dolch, den du benutzen würdest.«

Der schöne Jüngling zog einen zweiten Dolch von ungewöhnlicher Machart aus seiner Jacke: Er hatte einen großen Griff und eine breite, dicke Klinge von wenigen Zentimetern. Er erinnerte an ein Beil.

»Haben Sie gesehen, Ingegnere, wie schrecklich er ist? Wenn Sie uns nicht erzählen, was Sie mit Jasim und Bellomio aushecken, wird Aaron das Beilchen auf jeden einzelnen Finger Ihrer rechten Hand heruntersausen lassen. Abgesehen davon, daß wir ein bißchen Schmutz machen würden, und es würde uns leid tun, Ihrer Gattin zusätzliche Arbeit zu verursachen, müssen Sie mir erklären, wie Sie ohne die fünf Finger Ihrer rechten Hand weiter Chemin de fer spielen wollen. Und ich hatte mich doch schon so gefreut, Sie einmal herauszufordern...«

Nichts mußte abgehackt werden. Armenise enthüllte jede Einzelheit. Während des Krieges zwischen dem Irak und dem Iran war Armenise einer der geistigen Köpfe der internationalen Bruderschaft, die Waffen an die beiden kriegführenden Parteien lieferte. Die Bekanntschaft Jasims, des Chefs der irakischen Spionage, hatte er bei dieser Gelegenheit gemacht.

Ende August hatte er ihn wiedergesehen. Jasim suchte Boden-Luft-Raketen und kannte die Fabriken in Schweden, Deutschland und Frankreich, die bereit waren, die Raketenteile zu liefern, die dann im Irak zusammengebaut werden sollten. Aber man mußte das Embargo und die von Woche zu Woche schärfer werdenden Kontrollen umgehen: großes Risiko, aber auch großer Gewinn. Armenise hatte eingewilligt und sich an die alten Helfer gewandt: Bellomio und zwei schwedische Waffenschieber, Olaf Nilsson und Gunnar Svenson. Diese sollten die Schiffe und die gefälschten Begleitpapiere besorgen. Offiziell würde die Ladung als Transport von elektronischen Paneelen für die Telefonzentrale von Tarent deklariert. Jasim hatte die Strecke entworfen: Abfahrt von Holmsund im Golf von Botnia, Zwischenstops in Hamburg und Marseille, um die Ladung zu vervollständigen, Umladung an einer Stelle an der toskanischen Küste, die die Iraker erst im letzten Augenblick bekanntgeben würden. An Land sollten die Verpackungen und die Begleitpapiere ausgetauscht werden: Die Ware würde dann als elektrische Haushaltsgeräte aus Italien deklariert, die aus dem Hafen von Neapel in die Türkei gebracht werden. Bellomio sollte für diesen zweiten Teil der Reise verantwortlich sein.

Klima und Temperaturen waren Levy egal: Er machte

keinen Unterschied zwischen dem Nebel in Mailand und dem strahlend blauen Himmel von Tel Aviv, doch an diesem Morgen hüllte ihn die römische Sonne angenehm ein. Auf der letzten Stufe der Treppe blieb er stehen, um sich mit Sonne aufzutanken, bevor er in den Schatten des Platzes eintauchte. Levy fragte sich, ob sie bisher eher geschickt gewesen oder nur vom Glück begleitet waren. Bei der Beyer hatten sie Spürsinn und Ausdauer gehabt. Bei Jasim war es wie beim Einziehen einer Feuerwehrleiter: Die Leute von der Abhörzentrale hatten ein wahres Wunder vollbracht, indem sie zuerst die Herkunft der Telefonate aus der Schweiz festgestellt, dann den Bezirk von Bern ermittelt und schließlich das um den See gelegene Stadtviertel herausgefunden hatten. Sie waren Anschluß für Anschluß durchgegangen, Wohnung für Wohnung, ohne irgendeinen verdächtigen Namen finden zu können. Daraufhin hatten sie einen Telefondienstler bestochen und sich ins elektronische Gehirn eingeklinkt, um herauszufinden, von welcher Telefonnummer aus dem Viertel am See die Beyer am Abend des 31. Oktobers angerufen worden war. Die Nummer gehörte einer auf libanesische Zwillinge eingetragenen Ex- und Importfirma, die dem Augenschein nach sauber war. Sich an ihre Fersen heftend, waren die Schweizer Leute auf Saadun Jasim gestoßen.

»Volltreffer«, hatte der Berner Chef ausgerufen. Das Auftauchen des großen Bosses bedeutete, daß sie auf der richtigen Spur waren. Um Jasim war ein unsichtbares Netz gespannt worden, das sich bei jedem seiner Schritte mehr zusammenzog und in dem sich auch ein korpulenter Herr verfangen hatte. Innerhalb von drei Tagen war er mit Jasim zweimal zusammengekommen: Seine Physiognomie war weniger bekannt als sein Name, der bei vielen Finanztransaktionen des Jahrzehnts aufgetaucht war, Filippo Armenise. Nun hatten sie ihn nicht mehr aus den Augen gelassen, und Armenise hatte sie ins Restaurant von Campione geführt. Gemeinsam mit ihm hatten sie auf die geheimnisvolle Person gewartet, die verspätet war, und hatten das Billet gelesen, das Armenise für ihn hinterlassen hatte. Bellomio kannten sie weder vom Sehen noch vom Namen her. Zum Glück für Levy hatte das japanische Paar wieder einmal das hohe Engagement gerechtfertigt, das es bei jeder Mission forderte: Der Neuankömmling war in allen Posen fotografiert worden, sogar während er das Billet las. Im Casino von Campione hatte sich Aaron um die Einzelheiten gekümmert und den endgültigen Beweis für die Beteiligung des Dottore erbracht.

Im Schatten der Piazza di Spagna trauerte Levy der Sonne nach: Wieder hatte ihn ein leichtes Frösteln erfaßt. Ein Frösteln, das auch von der Befürchtung kam, noch nicht alle Spieler in diesem Spiel und ihre Rollen entlarvt zu haben. Armenises Erklärung hatte zwar ein genaues Bild der gesamten Operation entworfen, trotzdem wußte Levy, daß irgendetwas fehlte. Es fehlte das Motiv für das Engagement von Sergio Limoli, dem Kassierer in der Konditorei, der von der Beyer den Auftrag erhalten hatte, in Begleitung seiner Freundin nach Orbetello zu fahren und dort auf die Übergabe eines Pakets zu warten, das er irgendwoanders hinbringen sollte. Was hatte Limoli mit der Sache zu tun, was konnte das Paket enthalten? Sein Instinkt sagte Levy, daß der Kassierer der Schlußstein in der gesamten Angelegenheit war, deshalb hatte er Bezzi Vegetti und die abgehalfterte Abteilung O hinzugezogen. Er wollte, daß sich seine früheren Landsleute um die Waffen kümmerten, damit er sich ganz mit Limoli und seinem geheimnisvollen Auftrag beschäftigen konnte.

Um besser nachdenken zu können, legte er den gesamten Weg bis zur Botschaft zu Fuß zurück. Auf dem Schreibtisch fand er eine Mitteilung der Telefonzentrale vor: »Eine Dame hat mit Ihnen sprechen wollen. Sie sagte, sie sei eine Freundin von Ihnen und überbringt Ihnen die Grüße der American Colony.« Ein Zucken durchfuhr

Levy. Er las es immer und immer wieder: American Colony. Der Name des Hotels in Ost-Jerusalem, im arabischen Teil. Der Treffpunkt westlicher Journalisten, der Vertreter von Nachrichtenagenturen, die mit der PLO in Verbindung standen, angehender Schriftsteller, möglicher Spione, geheimer diplomatischer Missionen. Das Hotel, in dem er seine Geschichte mit Michal erlebt hatte, und wohin Michal nur sehr ungern kam.

»Du«, sagte Michal, »benutzt mich nur als Vorwand. In Wirklichkeit willst du in dieses Hotel wegen deiner Arbeit. Und was gibt es Besseres, als sich hinter einer Affaire mit einer verheirateten Frau zu verstecken?«

Im American Colony hatte sie ihm vor drei Jahren Lebewohl gesagt. In der Liebe war Michal lustlos und schnell, gierte mehr nach Worten als nach Zärtlichkeit, war kein bißchen altruistisch, hatte nie Lust gehabt, Levy auszuziehen, und sie hatte sich nie völlig ausgezogen. Sie erlebte nur klitoriale Orgasmen, die von Levy viel Geduld erforderten, während sie immer ungeduldig war, wenn Levy seinen Teil Lust abbekommen wollte. Zwischen ihnen bestand ein kontinuierlicher Gegensatz, mitunter bitter, mitunter zynisch. Und doch hatte Michal, als es zwischen ihnen zu Ende war, eine Leere in Levys Leben erzeugt, die sich nicht mehr hatte ausfüllen lassen.

Einmal, als sie abends im Auto nach Tel Aviv zurückfuhren, hatte Levy sie gebeten, mit ihm zusammenzuleben.

»Du hast nur keine Lust, in eine leere Wohnung zu kommen.« Michals Ton war schneidender als eine Rasierklinge.

»Uhm.«

»Uhm was?«

»Ich habe Lust, nach Hause zu kommen und dich vorzufinden.«

»Aber ich habe keine Lust, die Tage damit zu verbringen, auf dich zu warten und mich ständig fragen zu müssen, ob du überhaupt noch einmal zurückkommst.«

»Ich könnte Minestrone für dich kochen.«

»Du kannst Minestrone kochen?«

»Besser als jede Frau in Tel Aviv. Vielleicht gibt es im gesamten Vorderen Orient niemanden, der sie so kocht wie ich. Eine echte neapolitanische Minestrone. Was meinst du?«

»Ist das nicht ein bißchen wenig als Grundlage für das Zusammenleben zweier Menschen?«

»Denk doch mal an die, die nicht einmal die Minestrone haben.«

Manchmal, wenn er bis zum Morgengrauen nicht schlafen konnte, malte er sich aus, wie sein Leben an einem norwegischen Fjord verlaufen könnte, wo er sich um Seehunde kümmert, mit Michal an seiner Seite und einem Teller Minestrone auf dem Tisch. Und die beiden Kinder von Michal, wohin sollte er die tun?

Jetzt war Michal in Rom.

Levy senkte den Blick auf das Blatt. Darauf stand, daß die römische Adresse der Dame das Hotel delle Nazioni ist, hinter der Piazza San Silvestro.

Torrisi verglich im Geist die Stöße von Hemden aus feinstem Material, alle mit den aufgestickten Initialen M P, mit seinen fünf Hemden aus dem Kaufhaus Standa, die in eine einzige Schublade paßten. Im Schlafzimmer von Millepiedis Dachterrassenwohnung füllten die Hemden eigens hergestellte Schubladen aus: Jede Schublade hatte eine dünne Glasscheibe mit einem Schlitz, um die Hand hindurchzuschieben. Doch die Schubladen reichten nicht, und die Hemden stapelten sich auch noch in den Regalen zweier großer Wandschränke. Torrisi schäumte vor Wut: nicht wegen des Vergleichs zwischen seinen und Millepiedis Hemden, sondern wegen des Spektakels, das man für ihn inszeniert hatte. Unter einem Stapel blütenreiner Hemden hatte er eine 7.65er Beretta hervorgeholt, ursprünglich für Blindschüsse, dann modifiziert, wobei Lauf und Wagen ersetzt worden waren: eines der vielen kleinen Meisterwerke, in denen der handwerkliche Ehrgeiz der Stadt zum Ausdruck kam. Die Projektile, die Leanza niedergestreckt hatten, stammten aus einer 7.65er, und Torrisi hätte ein ganzes Jahresgehalt verwettet, daß die ballistische Untersuchung bestätigen würde, gerade diese Beretta habe die Schüsse abgefeuert.

»Benachrichtige ich den Commissario?« fragte Ciucci mit seiner nach Tagliatelle riechenden Aussprache, ein Emilianer, der seit sechs Monaten bei der Einheit war.

»Tun Sie das, tun Sie das«, antwortete Torrisi, der wie versteinert vor diesen vielen Hemden stand. Er hatte Li Destri und den Untersuchungsrichter verzweifelt davon zu überzeugen versucht, daß Millepiedi nichts mit dem Verbrechen zu tun hatte.

»Ispettore ...«

Torrisi ging zu einem Zimmer am Ende des Flurs: Er stellte sich bereits auf einen weiteren spektakulären Fund ein.

»Sehen Sie sich das mal an«, sagte Ciucci und hielt ihm drei Blätter hin.

Es handelte sich um drei Wechsel von jeweils einhundert Millionen Lire, unterschrieben von Giuseppe Millepiedi. Begünstigter: Salvatore Leanza, genannt Totò und bekannt als Don Salvatore. Torrisi kamen die drei Wechsel echt vor, sie erinnerten ihn an die letzten, die er unterschrieben hatte, um eine Waschmaschine zu kaufen. Die Schlinge um Millepiedi zog sich mit diesem wertvollen Fundstück zu, das sogar die größten Skeptiker überzeugen würde: das Motiv für den Mord sei die Wiederbeschaffung der sich im Besitz von Don Salvatore befindlichen Wechsel. Kein Anwalt der Nebenkläger und kein Staatsanwalt würde Schwierigkeiten haben, das Gericht zu überzeugen, daß Millepiedi Leanza erschossen hatte, weil er von Schulden erdrückt wurde, die er nicht zurückzahlen konnte. Die einzig positive Seite dieser Angelegenheit lag für Torrisi im Beweis, daß der Maulwurf im Polizeipräsidium auch weiterhin ausgezeichnet arbeitete:

Er hatte seine Herren und Meister im gleichen Augenblick benachrichtigt, in dem Torrisi den Durchsuchungsbefehl in Händen hatte.

Torrisi fragte sich, ob das nächste Telefonat aus dem Präsidium nicht sein Todesurteil sein würde, wie es auch mit Kommissar Ribaudo und der Weißen Mannschaft geschehen war. Wer von denen, die ihm in den Büros und auf den Fluren zulächelten, wenn sie ihm begegneten, war bereit, ihn zu verkaufen? Sofern er ihn nicht bereits verkauft hatte …

XIII

Maria Licata war über alle Maßen dick. Sie war vierzig Jahre alt und konnte kaum lesen und schreiben. Nach der zweiten Grundschulklasse hatte ihre Mutter sie vermietet: zuerst an eine zahnlose Megäre, um ihr zu helfen, die Kinder des Viertels in einem dunklen Zimmer ruhig zu halten, während deren Eltern auf den Strich gingen, stahlen oder auf Raub auszogen; dann an Tano Pesce, der die einzige Kneipe in der Gegend besaß. Damals war Maria zehn: viel zu jung für alles, außer in der Küche zu arbeiten. Sie selbst sah keine Lira, weil ihr ganzer Lohn direkt von ihrer Mutter einkassiert wurde. Die ersten hundert Lire hatte ihr der schleimige Tano Pesce, dessen Atem immer nach Knoblauch stank, in die Hand gedrückt, nachdem sie eingewilligt hatte, ihre Hand auf seinen Penis zu legen und ihn eine ganze Weile rauf und runter zu ziehen. Das hatte sie dermaßen angeekelt, daß sie damals schon mit den Männern abgeschlossen hatte. Als sie dann eingewilligt hatte, sich Vanni hinzugeben, hatte sie dies nur getan, um von zu Hause wegzukommen. Vanni hatte sie geschwängert, aber nicht geheiratet. Nach Francas Geburt hatte er sich auf und davon gemacht. Maria hatte eine Arbeitsstelle im Haushalt des Notars Calaciura angenommen, der jedesmal hinter einer Tür stand und ihr verstohlen nachspähte, wenn sie sich beim Bodenwischen über den Eimer beugte. Nach zwei Jahren war Vanni wieder aufgetaucht und hatte sie erneut geschwängert, bevor er sich endgültig aus dem Staub machte, und zwar mit dem Goldkettchen, das sie Franca zum zweiten Geburtstag geschenkt hatte.

Agatina war geboren worden, und das war die einzige Woche, die Maria ihrer Arbeit ferngeblieben war. Danach hat es keine Sonn- und Feiertage, kein Weihnachten und kein Ostern mehr gegeben. Zum Notar Calaciura, der sich beim einzigen Mal, als er versuchte, sie im Badezimmer festzuhalten, eine Ohrfeige einhandelte, hatte sie zusätzlich die Witwe Rossitto nachmittags und die Kanzlei des Rechtsanwalts Geraci abends angenommen. Um Mitternacht sank sie ausgepumpt, aber stolz in ihr Bett: Franca und Agatina wollte sie ein Schicksal schenken, das anders sein sollte als das ihre. Sie wälzte sich von einer Seite auf die andere, zufrieden, daß sie die große Matratze mit keinem Mann teilen mußte: Männer erregten Abscheu in ihr, sie ekelten sie an. Viele bedrängten sie, weil sie alleine war, denn sie dachten, sie wäre darum leichter zu haben. Sie floh vor ihnen, als hätten sie die Pest. Die einzige Freude, die sie sich gönnte, waren mit Ricotta und kandierten Früchten gefüllte Cannoli. Sie waren ihr Mittag- und Abendessen; sie waren das Fett, das sich auf Hüften, Hintern, Schenkeln, Wangen und Hände legte. Sie war glücklich, daß sie dick wurde, denn sie hoffte, die Männer würden sie nun endlich in Ruhe lassen; aber diese Schweine machten ihr weiterhin Anträge, auch jetzt noch, wo sie selbst sich weigerte, sich in einem Spiegel zu betrachten.

Franca und Agatina waren im Abstand von drei Monaten geschwängert worden. Franca hatte ihren Verführer geheiratet, keine weiteren Kinder zur Welt gebracht, aber machte auf Maria nicht den Eindruck, glücklich zu sein. Agatina dagegen war mit ihrem Kind bei Maria geblieben, die damit ständig zwei Mäuler zu stopfen hatte. Die Jahre machten sich bemerkbar, doch noch stärker machten sich Zucker, Bluthochdruck und Cholesterin bemerkbar. Zum Glück aber gab es die Cannoli, die ihr die einzigen Augenblicke ungetrübter Freude schenkten. Mit großer Mühe schleppte Maria ihre Beine und Füße vorwärts und keuchte bei jedem Schritt. Beim Tod der Witwe Rossitto hatte sie daran gedacht, etwas weniger zu arbeiten, aber das Geld reichte hinten und vorne nicht. Sie hatte eine neue Stelle angenommen, wo sie neue Böden wischte, neue Möbel polierte, doch glücklicherweise war der Eigentümer nie da: Dottor Giuseppe Millepiedi.

Jeden Nachmittag fuhr sie zu der Dachterrassenwohnung hinauf und beseitigte von drei bis sechs die Spuren von Frauen und Geselligkeiten. Die Wohnung war groß, Maria führte den Haushalt völlig selbständig, niemand sagte ihr, sie solle ein Zimmer putzen oder die Küche in Ordnung bringen. Auf dem großen Sofa im Wohnzimmer holte sie Luft, sie machte sich einen Espresso, sie genoß den Sonnenuntergang von der riesigen Fensterfront des Salons aus. Millepiedi bezahlte sie pünktlich und stellte kaum Ansprüche: Es kam vor, daß sie ihn wochenlang nicht sah. Maria hatte noch nie so viel Freiheit genossen, sie fühlte sich in dieser Wohnung voller Möbel und ohne Menschen so wohl, daß sie eines Nachmittags, bevor sie die Wohnung verließ, vor dem Spiegel im Schlafzimmer stehengeblieben war. So schnell es ihre armen, von Krampfadern geschwollenen Beine zuließen, war sie weggelaufen.

Maria hätte diese Stelle gern ihr Leben lang behalten. Sie befühlte ihre Handtasche, in der sie den Zettel aufbewahrte, und fragte sich, ob sie wirklich das Richtige tue. Einen Rat hätte sie gebraucht. Doch an wen sollte sie sich wenden? Sie hatte keine Freundinnen, sie hatte keinen Mann – da sei Gott vor, und Er befreie uns von ihnen –, sie betrat nie eine Kirche, sie kannte keinen Pfarrer. Nicht einmal ihre Töchter hätten ihre Zweifel verstanden. Trotzdem mußte sie mit jemandem darüber reden, sie mußte wissen, ob sie das Richtige tat, wenn sie dem Freund von Dottor Millepiedi diesen Zettel aushändigte.

Am Abend zuvor war Maria schon fast eingeschlafen gewesen. Das Telefon hatte lange geklingelt, bevor sie antwortete. Zu den ganz wenigen Menschen, die sie hätten anrufen können, gehörte ganz sicher nicht Dottor Millepiedi. Maria war schläfrig, überrascht und deshalb ganz verlegen gewesen. Doch der andere hatte nicht darauf geachtet, er wollte es nur kurz machen.

»Maria«, hatte Dottor Millepiedi gesagt, »ich bin noch außerhalb der Stadt, wichtige Dinge halten mich fest. Aber ich brauche ein Stück Papier aus meiner Wohnung. Kannst du das morgen früh holen und einem Freund von mir geben, der um eins vor der Café-Bar an der Piazza Galatea ist? Er heißt Pietro, hat ein grünes Auto und wird in jedem Fall auf dich zukommen.«

Maria hatte ein Ja herausgebracht, an das sie noch zehn Fragen anschließen wollte, doch Dottor Millepiedi hatte ihr dazu keine Zeit gelassen. »Das Papier«, hatte er hinzugefügt, »befindet sich im schwarzen Register in der Küche.«

Maria hatte gemurmelt, daß sie nicht wisse, was ein Register sei.

Dottor Millepiedi hatte ihr erklärt, das sei ein dickes schwarzes Heft auf dem Regal rechts neben der Herdplatte.

»Das mit den Rezepten«, hatte Maria ausgerufen, worauf Dottor Millepiedi erleichtert geantwortet hatte »Genau!« Der Zettel lag zwischen dem Rezept für Pasta mit Sardinen und wildem Fenchel und dem Rezept für Auberginen nach Parmeser Art. Der Zettel war nicht auf italienisch geschrieben und oben standen zwei Worte: Victory Hotel.

Dottor Millepiedi beteuerte, ein Leben lang in ihrer Schuld zu stehen, und hatte aufgelegt, bevor Maria ihm die Fragen stellen konnte, die ihr auf der Zunge lagen. Was, wenn sie den Zettel nicht finden würde? Wenn sie noch nähere Einzelheiten brauchte? Was, wenn die Gattin des Notars Calaciura mit dem Stundentausch nicht einverstanden wäre? Wenn sie verlangen würde, daß Maria morgen früh zuerst bei ihr erschiene? Könnte sie erst am Nachmittag in die Dachterrassenwohnung hinaufgehen? Und wer würde in diesem Fall den Freund von Dottor Millepiedi benachrichtigen?

Nicht nur die Fragen waren ihr in der Kehle steckengeblieben, sondern auch etwas anderes, das, wie sehr Maria auch versuchte, es hinunterzuschlucken, immer wieder hochkam: die Gerüchte über Dottor Millepiedi. Unglaubliche Gerüchte, niederträchtige Gerüchte, die einem angst machten. Doch keine Angst vor Dottor Millepiedi. Marias Angst war, die einzige Arbeitsstelle zu verlieren, die keine Belastung für sie war. Wenn es stimmte, was die Bewohner sich im Viertel zuflüsterten, dann hatte Dottor Millepiedi Don Salvatore umgebracht, den bekanntesten und am meisten gefürchteten Halsabschneider in der Stadt. Folglich würde Dottor Millepiedi getötet werden oder im Gefängnis landen, jedenfalls wäre es mit dem Glücksfall dieser Wohnung, die sie beseligt ganz allein versorgen konnte, vorbei, und mit dem Espresso in der Küche und den Sonnenuntergängen hinter dem Fenster wäre es auch aus. Maria würde ihr Eckchen Glück verlieren, und das alles wegen so eines Scheißkerls wie Don Salvatore. Instinktiv hatte Maria Partei für Dottor Millepiedi ergriffen.

Maria hatte sich aufs Bett gehockt, glücklich darüber, daß Dottor Millepiedi sie um Hilfe gebeten hatte, auch wenn ihr klar war, daß er tief in der Klemme sitzen mußte, wenn er sich an sie wandte. Aber an wen sollte sich einer, der Don Salvatore kaltgemacht hatte, sonst wenden? Maria war die einzige im gesamten Wohnblock, die nicht in die Klauen von Don Salvatore geraten war. Ihre Nachbarinnen alle, und nicht eine von ihnen hatte eine gute Erinnerung zurückbehalten. Zinsen, die Vater, Mutter, Schwiegersöhnen, Schwiegertöchtern, Kindern, Enkeln und Großeltern die Luft abschnürten. Die Drohung, gleich beim ersten Verzug zu Tatsachen überzugehen. Trotzdem war Don Salvatore für einer von denen gehalten worden, zu denen man die Augen nicht aufschlagen durfte. Dieser Gedanke hatte sie nicht mehr einschlafen lassen und verdüsterte sie, während sie mit ihrem torkelnden Gang den steilen Weg hinaufging, der auf den Bürgersteig vor dem Haus einmündete. Es war ihr gelungen, die Arbeitszeit bei Notar Calaciura auf den Nachmittag zu verlegen, aber sie hatte, während sie mit seiner Gattin sprach, gehofft, daß diese etwas dagegen einwenden, die strenge Einhaltung der üblichen Arbeitszeit fordern, ihr, mit einem Wort, einen Ausweg aus den Qualen zeigen würde, die ihr die Eingeweide zuzudrükken begannen. Maria hatte entsetzliche Angst, daß sie sich, nur für einen Espresso und das Panorama des Himmels und des Meeres hinter der Fensterscheibe, in Schwierigkeiten ohne Ende begeben könnte. Seit wann konnte sich eine wie sie den Luxus erlauben, Lust auf etwas zu haben?

Maria öffnete die Handtasche, berührte den problemlos gefundenen Zettel und ging zum Geschäft von Mastro Saro, dem Obsthändler. Über ihn erzählte man sich, er habe einflußreiche Freunde; über ihn erzählte man sich, Mastro Saros Augen und Ohren seien die Augen und Ohren seiner Freunde; über ihn erzählte man sich, daß sein Haus Tag und Nacht denen offenstehe, die es verdienten; über ihn erzählte man sich, er halte sein Geschäft mit den schön sichtbaren Obst- und Gemüsekisten aus dem Grund immer offen, weil er keine Feinde, sondern nur Freunde habe; über ihn erzählte man sich, er sei ein geachteter Mann. Und Maria hatte das Bedürfnis, mit einem Mann zu reden, der Achtung genoß.

Bei Mastro Saro war eine Schlange von Bittstellern und Käufern. Maria schob sich auf die Seite und wartete, bis sie an der Reihe war.

»Guten Tag, Signora Maria, womit kann ich Ihnen an einem so schönen sonnigen Morgen dienen?«

»Mastro Saro, ich habe ein Problem, das mir das Blut vergiftet und mir das Fleisch zerreißt.«

»Wie ist das möglich?« sagte Mastro Saro, und seine Stimme drückte auf der Stelle Anteilnahme aus.

»Man hat mich um eine Gefälligkeit gebeten. Eine unbedeutende Gefälligkeit, eine Freundlichkeit, die man auch seinem letzten Bekannten nicht versagt. Aber ich habe Angst, daß diese Gefälligkeit mir mein Leben schwer machen könnte, und Schwierigkeiten habe ich wahrlich genug in meinem Leben gehabt. Ich bin es leid, Schwierigkeiten zu haben ...« Maria fuhr sich mit der Hand über die Stirn, um die schweren, fettigen Haare beiseite zu schieben, fast so, als wollte sie sich damit von ihnen und von ihren Sorgen befreien.

Mastro Saro geleitete sie ins Hinterzimmer. Es lag im Halbdunkel und bekam Licht durch eine kleine Fensterluke, die zum Hinterhof hinaus ging. Im Zimmer stapelten sich leere und volle Kisten, es diente als Lager und als Beichtstuhl.

»Signora Maria, verfügen Sie über mich. Wenn ich etwas tun kann, fühle ich mich geehrt. Worum geht es?«

Mastro Saro ging einen Schritt auf sie zu, und Maria zog sich instinktiv zurück, aber dann erinnerte sie sich wieder an das unförmige Bild ihrer selbst, das sie im Spiegel von Dottor Millepiedis Schlafzimmer gesehen hatte, und beruhigte sich. An ihr war nichts, wofür ein geachteter Mann den Kopf verlieren würde.

»Sie wissen«, sagte Maria, »daß ich bei Dottor Millepiedi saubermache ...«

»Ah«, sagte Mastro Saro, der über diese Einzelheit nicht im Bilde war.

»Ich sehe Dottor Millepiedi nie, ich gehe nachmittags dorthin, und er ist wegen seiner Arbeit immer weg. Das sage ich, damit Sie verstehen, daß ich nicht erstaunt war, wenn ich ihn in diesen Tagen nicht gesehen habe, bis mir das Gerücht zu Ohren gekommen ist, daß er sich aus dem Staub gemacht hätte, weil er ... weil er etwas mit dem Mord an Don Salvatore zu tun hat ...«

Mastro Saro wirkte wie eine Statue.

»... Sie wissen schon, der Halsabschneider.«

Mastro Saro machte mit seinem Gesichtsausdruck deutlich, daß er bestimmte Präzisierungen nicht für notwendig hielt.

»Gestern abend hat mich Dottor Millepiedi angerufen ...«

Mastro Saros Augen fingen an zu glänzen.

»Er hat mich gebeten, einen Zettel zu holen, den er in der Küche bei den Rezepten hatte, die er von überall mitbringt.« Maria sprach leiser. »Nicht, weil Dottor Millepiedi gerne kocht, er tut es nur, um sich vor den Mädchen zu brüsten, die er fast jeden Abend mit nach Hause bringt. In dieser Wohnung gibt es ein Rein und Raus ... Der Portier könnte ein Lied davon singen ...«

Maria verzog ihr Gesicht und machte eine kreisende Bewegung mit der Hand, um die Zahl und das Heikle dieser Geschichten anzudeuten. Dann schwieg sie, um wieder zu Atem zu kommen.

»Und was kann ich in dieser Sache für Sie tun?« Mastro Saro rechnete sich bereits die Vorteile aus, die er dadurch haben würde. Die Leute des Dottore liefen herum wie Leute, die nichts Besseres zu tun haben, um Informationen über Millepiedi einzuholen. Rechtsanwalt Midolo hatte auf den Stufen zum Gerichtsgebäude lauthals verkündet, daß man einen Christenmenschen und Familienvater wie Don Salvatore nicht auf diese Weise umbringt, ohne die Seele der gesamten Stadtbevölkerung zum Kochen zu bringen.

»Mastro Saro, was soll ich tun?« Maria seufzte tief.

»Das Stück Papier?«

»Das hab ich.« Maria klopfte mit der Hand auf die Handtasche.

»Kann ich es mal sehen?« Mastro Saro streckte die Hand aus.

»Es ist nicht auf italienisch geschrieben ... Ich soll es einem Freund von Dottor Millepiedi aushändigen. Aber wenn ich es aushändige, wird es doch wohl niemandem schaden? Verstehen Sie mich?«

Mastro Saro hielt die Hand ausgestreckt, Maria zog die Zunge aus der Lasche, die die beiden Teile der Handtasche zusammenhielt, und zog das von der Zeit vergilbte Blatt Papier heraus.

»Erlauben Sie«, sagte Mastro Saro. Er verschwand ins

Nebenzimmer. Maria hörte ein Surren, sie meinte auch, ein kleines Licht zu sehen. Mastro Saro kam wieder zurück und gab Maria den Zettel zurück.

»Kommt dieser Freund zu Ihnen nach Hause?«

Maria verneinte kopfschüttelnd. »Um eins vor der Bar an der Piazza.«

»In zwei Stunden also«, sagte Mastro Saro, indem er auf die Uhr blickte, aber das sagte er mehr zu sich selbst als zu der Frau.

Maria merkte, daß sie nicht mehr Teil von Mastro Saros Gedanken war: War das gut, oder war das schlecht? Die Überzeugung, nur das Beste gewollt zu haben, verflog, und sie stürzte wieder in eine erregte Verwirrung.

»Gut so, Signora Maria.« Das Kompliment löste ein Zucken in ihr aus. »Würden sich nur alle so wie Sie verhalten ... Gehen Sie beruhigt nach Hause.«

»Und der Zettel?«

»Händigen Sie ihn aus, und machen Sie sich keine Sorgen.«

»Garantieren Sie mir das?«

»Bei meiner Ehre und bei der Ehre meiner Familie: sonst soll ich meine Kinder nie mehr wiedersehen.«

Torrisi schloß die Tür und lehnte sich an einen Türpfosten, um von dem plötzlichen Hustenanfall nicht zerrissen zu werden. Als er allmählich nachließ, taten ihm die Brustmuskeln weh. Unvermittelt schaute er auf die filterlose Nazionale, die zwischen seinem Daumen und seinem Zeigefinger ausging: Wie war es nur möglich, daß das, was er am liebsten hatte, ihm soviel Qual zufügte? Er würde noch einmal Röntgenaufnahmen machen lassen: Die Hustenanfälle waren so unerträglich geworden und so häufig aufgetreten, daß er wie benommen war. Er hatte keine Angst zu sterben. Über den Tod hatte er einen Satz gelesen, der ihm sehr gefallen hatte. Für unseresgleichen – lautete der Satz – ist es nicht schwer zu sterben, aber schwer zu leben. Dieser Ansicht war auch er: Für ihn würde es nicht schwer sein zu sterben, schwer wäre es, mit Leiden zu leben, als Kranker zu leben, inmitten von Verboten zu leben.

Er suchte die Truhe, um sich auf sie zu setzen. Nach einem Augenblick der Verwirrung erinnerte er sich, daß die Truhe auf dem Weg zum Kloster war. Mariannina hatte sich nicht mehr gemeldet. Wie lange dauerte der Transport eigentlich? Die Sorge um das Schicksal der Truhe ließ ihn die Sorge um seine Gesundheit vergessen. Er konnte nur warten: auf den Tod, auf Marianninas Anruf, auf die beiden Stunden, die bis zur Verabredung mit Vincenzo Leanza noch vergehen mußten.

Schweren Herzens stieg er in den Uno und fuhr ihn zu den drei Bänken zu Füßen des Wolkenkratzers. Das war ein Gebäude von neunzehn Stockwerken, das in dem Jahr, als es erbaut wurde, ein Symbol des Fortschritts war. Inzwischen war es eine anonyme Mietskaserne mit Arztpraxen, Büros und Callgirl-Wohnungen geworden. Der ursprüngliche Plan sah eine kleine Piazza mit vielen Bäumen und Blumenrabatten vor. Bäume und Rabatten waren Modellentwurf geblieben.

Zaudernd lehnte er erst die eine, dann die andere Hüfte auf die Eisenstangen der Bänke. Seine Beine ließ er nach vorne rutschen, er schob den Borsalino nach oben, um seine Stirn den Sonnenstrahlen darzubieten. Er versuchte, ein bißchen Luft in die Lungen zu pumpen, doch der gleich einsetzende Husten hielt ihn ab weiterzumachen. Nach der Durchsuchung von Millepiedis Wohnung hatte er die Runde bei seinen Reumütigen gemacht. Sie alle hatten bestätigt, daß Millepiedi als der Mörder von Don Salvatore angesehen wurde: Bei den Verkaufsständen auf dem Markt, an den Café-Bar-Tischen, in den Spielhöllen im Freien gab es nicht eine Stimme, die sich erhoben hätte, um eine gegenteilige Äußerung zu machen.

Die Situation hatte ihm Michele kichernd auseinandergesetzt, während er eine kräftige Linie Kokain auf einem rechteckigen Spiegel vorbereitete. Er war damit beschäftigt, den abendlichen Deal vorzubereiten und nahm das zum Anlaß, sich selbst ein Stückchen vom Paradies zu schenken: »Haben Sie die drei uns offenbarten Wahrheiten vor Augen: Glaube, Hoffnung und Liebe? Daß dieser arme Hund von Millepiedi Don Salvatores Totengräber sein soll, ist eine weitere uns offenbarte Wahrheit, die vierte. Und diskutiert man etwa offenbarte Wahrheiten? Nicht mal im Traum, man wendet sie an und basta.«

»Wer hat die Anweisung gegeben?«

»Der Heilige Geist. Ispettore, was für Scheißfragen stellen Sie mir eigentlich? Ich habe nicht die blasseste Ahnung, und wenn ich sie hätte, würde ich es für mich behalten. Nicht einmal Ihnen würde es nützen, wenn ich mich Ihnen anvertrauen würde: Sie würden Gefahr laufen, Ihre beste Informationsquelle zu verlieren.«

Torrisi hatte sich umgedreht, um das Zimmer zu verlassen, in dem das reinste Chaos herrschte, wurde aber von Michele zurückgerufen.

»Nehmen Sie was?« Michele hatte ihn mit Blicken herausgefordert.

»Stopf's dir in den Hintern.« Noch nicht zufrieden mit der Antwort, hatte Torrisi dem Spiegel einen leichten Ruck versetzt: Das weiße Pulver hatte sich auf der Scheibe verstreut, und ein paar Körnchen waren auf den Boden gefallen.

Michele hatte mit seinem Zynismus die Situation gut auf den Nenner gebracht. Millepiedi war Don Salvatores Mörder: Wer die Macht hatte zu entscheiden, hatte entschieden; das Volk hatte zugestimmt; die Beweise kämen später.

Die Erfahrung lehrte Torrisi, daß in wenigen Tagen die ballistische Untersuchung der unter Millepiedis Hemden aufgefundenen Pistole und das handschriftliche Gutachten der Wechsel Millepiedi endgültig in die Zange nehmen würden. Sogar das Attentat, dem Millepiedi entgangen war, würde zu einer Szene der für das ehrenwerte Publikum aufgeführten Komödie werden. Niemand hätte sich gewundert, wenn sich Millepiedis Spuren verloren hätten oder seine Leiche früher oder später auftauchen würde. Bei all den Freunden von Don Salvatore, die losgelassen worden waren, um ihn zu jagen, war Millepiedi weniger wert als ein Amen.

Da konnte man nur sagen Gute Nacht, Marie und all denen, die sich, wie Torrisi, verbissen hatten, den Beweis zu erbringen, daß der Mord an Don Salvatore ganz andere Gründe hatte.

Li Destri hatte schon wieder einen Rückzieher gemacht. Die Entschlossenheit, nicht beim Augenschein stehenzubleiben, hatte eine Morgendämmerung lang gehalten. Angesichts der Pistole und der Wechsel hatte der Kommissar Torrisis Einwänden nur noch mit Widerwillen zugehört. Vergebens hatte Torrisi zu erklären versucht, daß Don Salvatore ihn nicht angerufen haben würde, wenn er sich von irgendeinem Millepiedi bedroht gefühlt hätte; daß niemand Millepiedis Rückkehr in die Stadt signalisiert habe; daß die einzige Zeugenaussage – ein anonymer Anruf – behauptete, daß zwei Männer Don Salvatores Körper in die Mitte der Piazza geschleift hätten. Und daß sie zu zweit waren, hatten sie bereits auf Grund der Hautabschürfungen an Don Salvatores Handgelenken vermutet. Diese Hautabschürfungen hatte Don Salvatore sich wahrscheinlich in dem Augenblick zugezogen, als er versucht hatte, vor seiner Exekution zu fliehen. Wenn einer der beiden Millepiedi war, wer war dann der andere? Wo war Don Salvatores BMW abgeblieben? Wem gehörte der Opel, aus dem – wieder dem anonymen Anruf zufolge – die Männer gestiegen waren, die Don Salvatores Leiche aus dem Kofferraum gezogen hatten?

Nach der Durchsuchung der Dachterrassenwohnung hatte Torrisi viele Enttäuschungen erlebt, und jetzt hatte er den Verdacht, daß auch die Verabredung mit Vincenzo Leanza zu einem derartigen Ergebnis führen würde.

Der Anruf von Don Salvatores Sohn hatte ihn vor der ersten Tasse Espresso und bei der vierten Zigarette an einem Tag erwischt, der sich als dumm und boshaft ankündigte.

»Können wir uns um zwölf Uhr sehen?« hatte der junge Leanza ohne große Umschweife gefragt. »In meinem Büro. Sind Sie einverstanden?«

Torrisi war einverstanden, ohne allerdings nachzufragen, wo sich das Büro befand. Im Polizeipräsidium hatte man ihm mitgeteilt, es sei im Wolkenkratzer. Es war elf Uhr, und er hatte beschlossen, daß er die Bank jetzt leid war.

Vincenzo Leanza trug keine Jacke, seine Krawatte war untadelig gebunden, seine Hemdsärmel waren hochgekrempelt. »Darf ich Sie so empfangen?« sagte er, als er ihm auf einem Flur mit hölzernen Türen halb entgegenkam.

»Aber ich bitte Sie«, antwortete Torrisi. Die Umgebung schüchterte ihn ein, die schönen Mädchen in Miniröcken, die auf Zehenspitzen in Zimmer gingen und aus Zimmern kamen, ein allgemeiner Eindruck von Üppigkeit, das verhaltene Ticken, das hier und da die Geldproduktion begleitete.

»Treten Sie doch ein.« Vincenzo Leanza lächelte gewinnend. Torrisi dachte, wenn er einen Sohn gehabt hätte, würde es ihm gefallen, wenn er so einnehmend lächelte.

Vincenzo Leanza nahm ein großes Blatt Kästchenpapier von seinem Schreibtisch und wedelte es durch die Luft: »Werfen Sie mal einen Blick darauf, und sagen Sie mir, was Sie davon halten.«

Torrisi setzte die Brille auf. Affidavit war der Name, den er am Anfang einer langen Kolonne auf der linken Seite las. Neben jedem Namen zwei Nummernserien, über der ersten war ein I, über der zweiten ein D. Torrisi ging die Namen und die Nummern durch, ohne eine logische Verbindung zu erkennen, bis seine Aufmerksamkeit auf das Italian Business fiel, den Namen der Finanzierungsgesellschaft, die Don Salvatore in der Stadt hatte.

»Wo haben Sie das gefunden?«

»In der einzigen Schublade im Schlafzimmer meiner Eltern, die ein Schloß hatte. Ein kleines Geheimnis, von dem nur meine Mutter etwas wußte. Den Schlüssel hatte Papa in seiner Jackentasche. Seine Mörder haben ihn glücklicherweise nicht durchsucht. Verstehen Sie, um was es da geht?«

»Ich habe verstanden, daß dies eine Auflistung von Gesellschaften ist. Alle von Ihrem Vater? Die Nummern daneben, was haben die zu bedeuten? Und dieses I und dieses D?«

»Papa war ein Genie«, sagte Vincenzo Leanza mit von Trauer durchsetzter Bewunderung. »Er hatte nicht einmal die Handelsschule abgeschlossen und hätte ohne weiteres Vorlesungen an der Universität halten können. Nicht eine einzige dieser Gesellschaften gehört meinem Vater, zumindest nicht offiziell. Es sind zweiunddreißig, überall verstreut. Nur weil ich aus der Branche bin und weiß, wie ich vorzugehen habe, konnte ich schnell auf die Städte kommen, zu der die jeweiligen Finanzierungsgesellschaften gehören. Und an diesem Punkt fingen die Überraschungen an. Nehmen Sie die erste, zum Beispiel, die Affidavit, sie ist in Rom tätig, gleichzeitig aber die Tochter einer Treuhandgesellschaft in Turin. Das Italian Business, also unsere oder vielleicht sollte ich sagen: die, die wir für unsere hielten, hängt von einer Treuhandgesellschaft in Mailand ab. Und ähnlich ist es bei den anderen. Ich habe drei Tage gebraucht, um das auseinanderzupusseln, und am Ende hatte ich eine Hand voller Fliegen. Das heißt, ich habe mich einem ebenso einfachen wie schlauen Plan gegenübergesehen. Jede dieser Treuhandgesellschaften hat einen einzigen Gesellschafter, der zugleich auch Geschäftsführer ist. Es handelt sich um zweiunddreißig Strohmänner, die als Gegenleistung für ein Trinkgeld von ein paar Millionen jedes Jahr Protokolle und Dokumente unterschreiben. Auch der Protokollführer wechselt von Gesellschaft zu Gesellschaft, und hier steckte die zweite Überraschung. Folgen Sie mir?«

»Nicht genau«, gestand Torrisi ein, der weiterlas, ohne zu begreifen, was ihn erwarten konnte.

»Ich habe mich mit drei Personen in Verbindung gesetzt, die als Protokollführer auftauchten. Keiner von ihnen wußte etwas davon: Sie schworen nicht nur, daß sie niemals als Protokollführer tätig gewesen wären, sondern behaupteten auch, niemals etwas mit der Treuhandgesellschaft noch mit der Finanzierungsgesellschaft zu tun gehabt zu haben. Dritte Überraschung: Diese drei Personen waren von hier, genau wie alle anderen neunundzwanzig Protokollführer. Mir ist ein ungeheuerlicher Verdacht gekommen. An einem Tag bin ich in Mailand, in Turin und in Rom gewesen, um mit denen zu sprechen, die als Gesellschafter und Geschäftsführer fungierten. Jeder einzelne von ihnen hat in dem Foto meines Vaters den Mann wiedererkannt, der sie engagiert hatte und als Protokollführer tätig war. Mein Vater hat jedesmal eine andere Identität benutzt, ohne Wissen des legitimen Besitzers. Und da die drei vermeintlichen Protokollführer behaupteten, meinen Vater niemals gesehen noch ihn je kennengelernt zu haben, hatte ich die Gewißheit, daß hinter meinem Vater eine riesige und mächtige Organisation tätig sein muß ...«

»Der Dottore ...«, brummte Torrisi.

»Bravo, aber es geht noch weiter. Die Gewinne dieser Finanzierungsgesellschaften sind lächerlich, trotzdem haben viele von ihnen fünf bis sechs Angestellte, was auf einen nicht unerheblichen Umsatz schließen lassen würde. Ich habe die eine und andere Bilanz eingehend geprüft und einen Wirbel von Operationen mit kleinsten Gewinnen festgestellt, als bestünde das einzige Interesse darin, riesige Geldsummen in Umlauf zu bringen. Geld, das gewaschen werden soll, mit Zahlungsanweisungen auf Banken in Liechtenstein, auf den Bahamas, in Luxemburg, auf der Insel Guernsey ...«

»Wo ist denn das?« Torrisi bekam die x-te Bestätigung dafür, daß es eine Welt gab, von der er ausgeschlossen war. Er wurde sich schmerzlich bewußt, daß seine Zeit vorüber war.

»Eine Insel im südlichen Ärmelkanal. Ein Steuerparadies, wo es mehr Banken als Einwohner gibt. Und jedesmal überschritten die Summen die Milliardengrenze erheblich.«

Vincenzo Leanza beugte sich vor und klopfte mit einem Bleistift auf die Mitte des Blattes.

»Vierte Überraschung: Sehen Sie die Namen, neben die ich einen kleinen Punkt mit dem Bleistift gesetzt habe? Das sind die Finanzierungsgesellschaften, deren letzte hinterlegte Bilanz ich habe prüfen können. In allen vier Fällen stellt die Summe der beiden Nummernfolgen, die auf dem Blatt angegeben sind, den Betrag dar, der in den Bilanzen als Rückstellung ausgewiesen wird. Die gleiche Summe erscheint anschließend als Ausgabe für eine Reihe von Anschaffungen, für die es zwar Rechnungen, aber keine Beweise gibt. Nehmen Sie die Affidavit. Die letzte Ausgabe betrifft ein Computerprogramm, das Video, Fax und Drucker einschließt. Ein Spielzeug, das gut für eine Bank ist, aber nicht für eine Finanzierungsgesellschaft. Soll ich weitermachen, oder soll ich Ihnen irgendetwas erklären?«

Vincenzo Leanza wartete ab, bis Torrisi eine gewisse Verlegenheit überwunden hatte.

»Ist dieser Begriff Rückstellung wichtig?« fragte Torrisi.

»Für eine Finanzierungsgesellschaft ist er ungewöhnlich. Rückstellungen werden in der Industrie gemacht, bei Unternehmen, die in Maschinen, Technologien und Forschung investieren müssen. Aber eine Finanzierungsgesellschaft hat über die vier Möbelstücke, den Computer und das Fotokopiergerät hinaus keine Ausgaben. Bei den Unternehmen meines Vaters dagegen wurden für Rückstellungen Summen bereitgestellt, die den Jahresgewinn um das Zehnfache übertrafen.«

»Das heißt?«

»Ich vermute, daß die Position Rückstellungen dazu diente, die wirklichen Gewinne der Finanzierungsgesellschaft zu verschleiern. Diese Vermutung wurde zur Gewißheit, als ich mir über eine andere Besonderheit klar wurde: In den vier von mir geprüften Fällen entsprechen die Zahlen der ersten Reihe dreißig Prozent des Rückstellungsbetrages und die Zahlen der zweiten Reihe siebzig Prozent. Kurz gesagt, wenn, wie ich vermute, die Position Rückstellungen die wirklichen Gewinne verschleiert, dann wurden diese zu festgelegten Prozentsätzen aufgeteilt, und man ließ sie durch einen Haufen falscher Rechnungen verschwinden. Fünfte und letzte Überraschung: Wem entsprechen die beiden Initialen, die über den beiden Nummernserien stehen, also das I, dem dreißig Prozent, und das D, dem siebzig Prozent zukommen?«

Torrisi hielt die filterlose Nazionale zwischen Daumen und Zeigefinger: Mit einer verärgerten, ungeduldigen, spannungsgeladenen Bewegung führte er sie an seine Lippen. Er atmete ein und hustete Schleim, er atmete nochmals ein und hustete wieder Schleim. »Na ja«, sagte er, »das D wird für den Dottore stehen. Und das I?«

»Das I steht für Ich, und das war die Art, wie mein Vater unterschrieb, wenn er uns eine Nachricht hinterließ. In diesem Ich lag, glaube ich, sein ganzer Stolz über das, was er hatte zuwege bringen können, über das, was er uns gegeben hatte.«

»Wenn das die Verbindung zwischen Ihrem Vater und dem Dottore ist, dann ist das wahrscheinlich auch das Motiv für die Ermordung Ihres Vaters. Was, zum Teufel, hat Millepiedi damit zu tun?«

»Sie sind der Polizist, finden Sie es heraus.«

»Wogegen Sie der Mitbürger sind, der die Menschen und die Gesetze achtet und Vertrauen in die Arbeit der Ordnungskräfte hat?«

»So ist es: Ich halte mich für einen guten Mitbürger,

der die Menschen und die Gesetze achtet. Und wissen Sie, wem ich das verdanke?«

»Natürlich dem alten Totò Leanza.«

»Nochmal bravo: Genau ihm verdanke ich das. Das mag Sie erstaunen, aber mein Vater hat uns beigebracht, aufrecht zu gehen, niemals vom Weg abzuweichen, in öffentlichen Grünanlagen den Rasen nicht zu betreten und den Gesetzen zu gehorchen. Mein Vater war, der er war, und ich vermute, daß er sich nicht anders verhalten konnte, aber für uns hat er ein anderes Leben gewollt. Sehen Sie sich doch nur die Entschlossenheit an, mit der er uns aus seinen Geschäften herausgehalten hat, was soweit geht, daß wir heute nicht einmal das Italian Business erben. Jetzt, wo ich dahintergekommen bin, wie die Dinge liegen, bin ich der erste, der es nicht will. Er aber hat es geschafft, daß wir reich sind und eine gute Zukunft vor uns haben, ohne in irgendeiner Weise mit seiner Welt in Verbindung zu stehen. Mein Büro, das Büro meines Bruders, unser kleines Familienunternehmen sind einwandfrei sauber, und ich will, daß es so bleibt.«

»Welchen Teil Ihrer Erzählung darf ich verwenden?« Torrisi war sprachlos: Wer weiß, ob Mariannina je mit soviel Liebe und soviel Achtung über ihn reden würde.

»Ich habe das Gefühl, Sie werden gar nichts verwenden können. Sie werden dieses dichte Spinnengewebe aus Treuhand- und Finanzierungsgesellschaften zerreißen können; Sie werden beweisen können, daß mein Vater der Schöpfer war und jedesmal Gesetze gebrochen hat, wenn er als Protokollführer gezeichnet und sich dabei für jemand anderen ausgegeben hat. Und dann? Ihr Ziel ist Gesualdo Bellomio, und Sie werden niemals beweisen können, daß er hinter meinem Vater stand.«

Torrisi regte sich auf: »Warum haben Sie mir dann dieses Blatt in die Hand gedrückt? Warum haben Sie Namen, Zahlen und Abkürzungen aufgedeckt? Welches Spiel spielen wir hier eigentlich?«

»Gar kein Spiel, verehrter Ispettore.« Vincenzo Leanza

senkte den Kopf auf eine Weise, die Torrisi an Totò Leanza erinnerte, wenn er in der Kirche der Fischer die Finger ins Weihwasserbecken tauchte und sich bekreuzigte. »Sie hatten mich gebeten, eine Verbindung zwischen meinem Vater und Gesualdo Bellomio zu finden. Die habe ich für Sie gefunden.«

»Warum?«

Leanza reichte Torrisi einen Aschenbecher, damit er darin seine Zigarettenkippe ablegen konnte.

»Mein Vater wird mir wesentlich mehr fehlen, als Sie es sich vorstellen können. Aber was mir keine Ruhe läßt, ist nicht, daß er tot ist oder daß man ihn nach einem so barbarischen Ritual umgebracht hat. Nein, was mich aufwühlt, was in mir finstere Verzweiflung hervorruft, weil ich mich so ohnmächtig fühle, ist, daß man diese Stadt innerhalb von fünf Minuten davon überzeugt hat, mein Vater sei von diesem Abschaum von Millepiedi wegen einer Geschichte von Wechseln und Halsabschneiderei umgebracht worden. Das ist die größte Beleidigung, die sie der Erinnerung an meinen Vater haben beifügen können. Haben Sie die Zeitung gelesen?«

»Nein, ich lese sie nicht gern. Ich interessiere mich nicht für die Todesanzeigen, weil ich weder Verwandte noch Freunde habe. Mich interessiert auch das Kinoprogramm nicht, weil ich nie ins Kino gehe. Warum sollte ich sie also lesen?«

»Sie tun schlecht daran, sie nicht zu lesen. Heute morgen, zum Beispiel, hätten Sie auf der Titelseite lesen können, daß die Polizei inzwischen keine Zweifel mehr über den Mordfall Leanza hat. Alles weist auf Dottor Millepiedi hin, schreibt der tüchtige Journalist. Verstehen Sie, wie mächtig die sind? Die lassen auf der Titelseite schreiben, was ihnen in den Kram paßt.«

»Dottor Leanza, wollen Sie mir wirklich erklären, wie mächtig die sind? Aber wer sind ›die‹? Wir reden hier und reden, aber wollen wir denen einen Vor- und Zunamen geben, wollen wir sie taufen?«

»Sie denken an Gesualdo Bellomio, und auch ich denke an ihn. Aber Bellomio ist einer, und die, die ihm in die Hand arbeiten? Und die Bellomios in den anderen Städten mit ihren Komplizen, Banditen und Sklaven?«

»Wollen Sie mir damit sagen, daß die anderen gewonnen haben? Das weiß ich.« Torrisi schnaubte, er setzte die Brille ab und steckte sie vorsichtig wieder in die Brusttasche: Bei dem, was sie gekostet hatte, mußte sie bis in alle Ewigkeit halten. »Das Problem ist nicht, daß sie gewonnen haben oder dabei sind zu gewinnen, das Problem ist, daß sie die Mehrheit darstellen. Sie kommen gut mit dem Staat aus, der mich dafür bezahlt, daß ich Jagd auf sie mache.«

»Und unerschütterlich tun Sie das auch.« Vincenzo Leanza erlaubte sich das Lächeln, das Torrisi so gefiel. »Deshalb habe ich heute morgen, als ich las, daß die Ermittlungen in Richtung Millepiedi gehen, gleich an Sie gedacht. Ich habe beschlossen, daß ich nicht teilnahmslos danebenstehen kann ... und Sie angerufen.«

»Haben Sie mich mit Superman verwechselt?«

»Nein, ich sehe in Ihnen jemand, der nicht lockerläßt und sich rächen will. Auch Sie haben eine kleine Rechnung mit dem Dottore zu begleichen. Ich habe Ihren Gesichtsausdruck, nachdem man versucht hatte, Sie umzubringen, nicht vergessen.«

»Wollen Sie durch mich Ihre Rache nehmen? Das ist allzu einfach, meinen Sie nicht?« Torrisi war härter, als er sein wollte, aber er war enttäuscht, denn bis vor einer Minute hätte er schwören mögen, daß der junge Leanza der Typ war, der Gerechtigkeit auf eigene Faust herstellte. Und diese Typen mochte Torrisi.

»Vielleicht ist das zu einfach, aber ich habe keine anderen Mittel. Ich weigere mich, ein Gewehr in die Hand zu nehmen und Bellomio abzuknallen, sofern mir das überhaupt gelingen würde.«

»Und ich dagegen verwandle mich in den Rächer der Nacht und mache reinen Tisch.«

»Theoretisch würde ich wirklich nein sagen.« Leanza sah Torrisi wie einen alten Freund an, dem man vertraut. »Indem ich das sage, weiß ich, daß ich Sie zusätzlich motiviere.«

»Wenn es also auch mir nicht gelingt, wäre Bellomio aus dem Schneider?«

»Als ich sechs, sieben Jahre alt war, waren wir noch sehr arm. So arm, daß ich kostenlos in die Schule der Christlichen Brüder aufgenommen wurde: Ich stellte ihre tägliche gute Tat dar. Sie gaben mir ein Bett und zu essen, und sie gaben mir vor allem guten Unterricht. Ich war der jüngste im Schlafsaal, in dem wir zu zehnt schliefen. Der älteste in diesem Schlafsaal war dreizehn, er war der Liebling des Präfekten und hatte mich auf dem Kieker. Er hatte den Präfekten davon überzeugt, daß ich ein Rebell sei, ein Asozialer, daß mich die Armut – wenn ich Armut sage, meine ich, daß ich 1967 nicht einmal fünfzig Lire hatte – in einen Teufel verwandelt habe, geboren, um Regeln zu übertreten. Er war ungeheuer geschickt, er erhob nie die Hand gegen mich, es genügte ihm, mich zu erpressen, zu bedrohen, mich in Angst und Schrecken zu versetzen. Er hielt mir die Nase zu, während ich schlief, oder er drückte mir auf die Augenlider. Ich war sein persönliches Spielzeug. Hin und wieder versuchte ich, mich zu wehren, doch ohne Ergebnis. Meinem Vater und meiner Mutter erzählte ich nichts: Wenn sie mich aus dem Kolleg genommen hätten, wäre noch ein Maul zu stopfen gewesen. Ich war so verzweifelt, wie nur ein Kind von sieben Jahren verzweifelt sein kann, angesichts der Ohnmacht gegenüber dem, der seine Macht spüren lassen konnte. Eines Abends sagte mir dieser Junge, ich solle den Nachttopf ausleeren, der randvoll war. Alle anderen im Saal lachten, sie zeigten mir ihre leeren Nachttöpfe, sie warnten mich, auch nicht einen Tropfen zu verschütten, weil ich ihn sonst mit der Zunge auflecken müßte. Ich flehte zu Gott, fragte ihn, ob das alles gerecht sei. Ich schloß die Fäuste und rührte mich nicht vom Bett weg. Der Junge sagte mir dreimal, ich solle den Nachttopf ausleeren. Ich antwortete nicht. Ich sah, wie er auf mein Bett zukam, und schloß die Augen: Ich dachte an das Schönste, was ich hatte, ich dachte an meine Mutter, daran, wie sie mich im Sommer mit dem Gartenschlauch abspritzte und mir anschließend in der Sonne die Haare bürstete, bis sie trocken waren. Ich dachte an diese Dinge, um nicht laut zu schreien, um nicht vor Angst und Schrecken verrückt zu werden. Hat man Sie jemals mit Urin übergossen?«

»Mich?« Torrisi schrak auf seinem Stuhl auf.

»Mich schon. Er schüttete langsam den gesamten Inhalt des Nachttopfs über mir aus. Er schüttete ihn auf meine Pyjamahose. Diese Qual dauerte einige Minuten: Im Saal war es mucksmäuschenstill. Ich vermute, daß auch die anderen Jungen im Saal schockiert waren. Als er aufgehört und mich in einen stinkenden Lumpen verwandelt hatte, sagte er: ›Pinkelst du etwa noch in die Hose? Und wieviel ... Ich sehe schon das Gesicht des Präfekten morgen früh. Armer Vincenzino.‹ Dann sah er das Glas Marmelade, das mir meine Mutter zwei Tage zuvor mitgebracht hatte. Es war süße Orangenmarmelade, sie machte sie aus den faulen Orangen, die der Obsthändler abends in die Mülltonne warf. Morgens ganz früh, bevor die Müllmänner kamen, ging meine Mutter dorthin und durchwühlte die Abfälle, um zu sehen, ob sie nicht irgendwelches Gemüse, irgendwelches Obst gebrauchen konnte. Sie suchte vor allem nach Orangen: Diese Marmelade war der einzige Luxus für uns Kinder. Für ein Glas brauchte sie dreißig angefaulte Orangen, die sie sorgfältig säuberte und das Verwertbare rettete. Sie machte die Marmelade nachts, in den einzigen freien Stunden, die sie hatte. Morgens, erinnere ich mich, hatte sie dunkle Ringe unter den Augen, die habe ich nie vergessen. Dieses Glas Marmelade war für mich alles. Ich verzehrte sie mit Blicken, aber ich hatte beschlossen, sie bis Sonntag nicht anzurühren, damit auch ich etwas Besonderes für den Festtag haben würde. Der Junge nahm das Glas, öffnete es und aß die Marmelade mit den Fingern, er reichte es herum, aber keiner wollte etwas. Er aß weiter. Mitten in der Nacht hat er dann eine furchtbare Vergiftung bekommen. Er wurde als Notfall in ein Krankenhaus eingeliefert und gerade noch gerettet. Trotzdem funktionierte etwas nicht: Nach einigen Monaten erkrankte er an Gelbsucht, die seine Leber schwer schädigte, und nach wenigen Jahren verstarb er. Die Christlichen Brüder ließen die Marmelade untersuchen. Heraus kam, daß meine Mutter die Orangen nicht gut genug gesäubert hatte: Sie hatte ein paar faule Stellen mitverwendet, die, in Gärung übergehend, zu einer Giftbombe geworden waren. Ich wurde sofort nach Hause zurückgeschickt, die Geschäfte meines Vaters fingen an, besser zu laufen, wir waren nicht mehr auf die Mildtätigkeit anderer angewiesen.«

»Da haben wir es mit der höheren Gerechtigkeit zu tun«, sagte Torrisi. »Ein schöner Trost.«

»Wir haben es mit der einzigen Gerechtigkeit zu tun, die weder verzeiht, noch betrügt.«

»Ich soll demnach also Ihre Marmelade für den Dottore sein?«

»Wer will das wissen?«

»Meiner Ansicht nach ißt der Dottore keine Marmeladen.«

»Wenn Sie es nicht sind, wird es ein anderer sein, aber ich bin sicher, daß Gesualdo Bellomio eines Tages für alles zahlen wird. Ein einziges Projektil würde genügen, um jede Schuld zu bezahlen. Die einzigen Tugenden, die in dieser Welt zählen, sind Geduld und Gedächtnis.«

Unten am Portal traf ein Sonnenstrahl auf Torrisis rechtes Augenlid und zwang ihn, nach unten zu sehen: Der Inspektor wunderte sich, daß er eine Zigarette zwischen Daumen und Zeigefinger hielt. Er erinnerte sich nicht, eine filterlose Nazionale aus dem Päckchen gezogen, noch sie angezündet zu haben.

»Na denn ... na denn, dann wollen wir mal sehen.« Vera wirkte wie der Torero, der sich vorsichtig um den Stier bewegt, bevor er ihm den Todesstoß versetzt.

»Was denn nun noch?« Millepiedi hätte liebend gern die Bücher, die Grafiken, den Sextanten und die Stifte weit weggeschmissen, die die Rebaudengo-Schwestern auf dem Tisch in schöner Ordnung ausgebreitet hatten, an dem sich, abgesehen vom Schlafen und vom Vögeln, ihr Leben abspielte.

»Lieber Peppe«, sagte Vera, »Sie sind ein interessantes Objekt ... sehr interessant. Hat man Ihnen das schon einmal gesagt?«

Millepiedi wäre es lieber gewesen, wenn sie es ihm auch jetzt nicht sagen würden. Er begegnete dem Blick von Lia und übermittelte einen stummen Hilferuf.

»Peppe, Sie brauchen keine Angst zu haben«, sagte Lia und hob die füllige Brust.

Millepiedi wurde von dieser Fleischesfülle abgelenkt: Sie vermittelte ihm ein Gefühl von Geborgenheit, sie weckte in ihm die Versuchung, sich dort mitten hineinzuverkriechen, in der Gewißheit, daß sie ihn wärmen und schützen würde.

»Ich habe Ihre Grafik erstellt«, sagte Vera. »Sind Sie gar nicht neugierig, sie kennenzulernen?«

Wenn er hätte entscheiden können, dann hätte Millepiedi in diesem Augenblick in einen Zug steigen, abfahren und zwanzig Jahre früher wieder aussteigen wollen.

»Sie haben mir gesagt, daß Sie am 27. Juni 1949 um 14 Uhr 18 geboren sind. Stimmt's?«

»Mehr oder weniger.«

»Was heißt das: mehr oder weniger?«

»An die Stunde kann ich mich nicht erinnern. Es ist das, was meine Mutter mir immer gesagt hat.«

»Gut, ich habe Ihrer Mutter geglaubt. Der Unterschied zu Greenwich beträgt eine Stunde, –15 östliche Länge ...« Vera maß noch einmal im Atlas nach. »... 37,3 nördlicher Breite. Krebs mit Aszendent Skorpion, beides

Wasserzeichen, aber Sie haben auch Luft als dominierendes Element. Unbeständig, wechselhaft, passiv, nächtlich, feminin, empfänglich, beeinflußbar. Erkennen Sie sich darin wieder?«

»Mehr oder weniger.«

»Sie sagen immer mehr oder weniger. Sie arbeiten nicht mit.« Vera gebrauchte den Ton, den sie in der Klasse bei den widerspenstigsten Schülern anwandte. »Zum Beispiel ... zum Beispiel: Der Erfolg hat sich bei Ihnen um fünfunddreißig eingestellt, ein schwer erkämpfter, plötzlicher Erfolg.«

Vera sah Millepiedi in Erwartung einer Bestätigung oder einer Verneinung an.

»Ich sage Ihnen das«, fuhr Vera fort, »weil Sie Saturn in der Jungfrau im zehnten Haus haben. Aber im zehnten Haus haben Sie auch Pluto im Löwen. Dieser Erfolg ist auf dunkle Weise gekommen. Was haben Sie bloß angestellt?«

Millepiedi öffnete den Mund, um etwas zu sagen: Er vertrug Veras Anspielungen nicht, er vertrug es nicht, wie sie ihn beobachtete.

»Seien Sie nicht entsetzt.« Lia mischte sich ein, um die Stimmung zu entkrampfen, die sich verdüstert hatte. »Jedes Zeichen hat Merkmale, die dann vom Aszendenten modifiziert werden.«

»Sie, zum Beispiel, sind als Krebs ein Fisch auf dem Trockenen«, sagte Vera. »Ein Tongefäß unter Eisengeschirr, um mit Manzoni zu sprechen, ein Lamm unter Wölfen. Diese Welt bedrückt Sie, Sie empfinden sie als fern von Ihrer Mentalität. Das feminine Prinzip, das Yin, das typisch für Krebse ist, macht Sie beeinflußbar und empfindsam, impulsiv und unbeständig. Sie neigen dazu, sich von den Ereignissen mitreißen zu lassen, statt sie selbst zu gestalten.«

»Doch der Aszendent Skorpion rettet Sie.« Lia deutete ein Lächeln an. »Sie sind hochintelligent, Peppe, Sie versuchen, sich auch mit Hilfe von Schläue durchzusetzen.

Vielleicht verlangen Sie zu sehr, daß man Ihnen gehorcht, und das verursacht das eine oder andere Familienproblem, vor allem mit den Frauen in Ihrer Familie.«

Millepiedi dachte an seine Frau, an seine Töchter, an die schwierigen Jahre, von denen er hoffte, daß er sie mit dem neuen wirtschaftlichen Wohlstand hinter sich gelassen hatte.

»Die einzige Frau, für die Sie wirklich etwas empfinden oder empfunden haben, ist Ihre Mutter. Sie haben den Mond im Krebs im neunten Haus. Sie sind vom Bild Ihrer Mutter beherrscht. Stammt Ihre Mutter aus einer anderen Stadt?«

Millepiedi mußte schweren Herzens zustimmen.

»Sie mögen unabhängige, aber traditionelle Frauen: Venus im Krebs im neunten Haus.«

Vera sprach mit geschlossenen Augen: Millepiedi hatte die Befürchtung, daß sie in sein Gehirn eindringen wollte, dorthin, wo sie entdeckt hätte, daß der Hinweis auf die Mutter Millepiedi in den Alptraum gestürzt hatte, den er schon im Haus der Baronin Stramondo durchgemacht hatte. Der Alptraum mit ihm als Kind, das auf den geländerlosen Balkon zuging, und mit seiner Mutter, die ihn nicht zurückhalten konnte.

»Basta!« schrie Millepiedi.

»Sie sind ja ganz verschwitzt. Fühlen Sie sich wohl?« fragte Lia leicht besorgt.

»Basta!« wiederholte Millepiedi leise. »Basta, basta ... Haben Sie verstanden: basta ... Ich will nichts wissen, nichts gibt Ihnen das Recht, mein Leben umzustülpen wie einen Handschuh.«

»Peppe, Sie irren, wenn Sie so etwas sagen.« Mit einer gebieterischen Handbewegung brach Vera Millepiedis Versuch zu reden ab. »Wir tun das für Sie. Wir können weder den Tod noch das Leben vorhersehen. Aber wir können Sie in die richtige Richtung weisen, damit Sie die besten Entscheidungen treffen. Der Skorpion ist das Zeichen des Todes, der Metamorphose, der Wiedergeburt.

Der Skorpion ist in Einklang mit den Merkmalen eines seiner Beherrscher, Pluto. Der Herr der versunkenen Welt, des Totenreichs, der Tiefe. Der andere Herr ist Mars, der das Feuer im Gegensatz zum stehenden Gewässer der Sümpfe symbolisiert, zu denen der Skorpion letzten Endes immer wieder zurückkehrt. Der Skorpion reicht von Ende Oktober bis Ende November: die Zeit der Toten, des Laubs, das von den Bäumen fällt. Der Triumph der Finsternis. Doch der Skorpion stirbt, um wiedergeboren zu werden, um sich zu erneuern. Also seien Sie heiter: Nach jedem Tod feiern Sie Ihre Auferstehung, die großartiger ist als die vorangegangene.«

Millepiedi war nicht heiter, es gelang ihm nicht, er wollte es nicht: Er wollte nur weg aus diesem Haus. Er war es leid, mit dem Tod in Verbindung gebracht zu werden. Den Tod durfte man nicht einmal erwähnen, den beiden Schwestern dagegen machte es Spaß, mit ihm herumzuspielen, wider seinen Stachel zu löcken. Aber was wußten Sie schon vom Tod? Sie hatten nicht wenige Zentimeter vor den Augen von Filippo Brioche gestanden ... Und Filippo Brioche war aufgetaucht, nachdem er, Millepiedi, sich durch die andere Hexe, die Baronin Stramondo, in diese Dinge hatte hineinziehen lassen. Millepiedi kniff sich in den Schenkel: seine Schuld, wenn er Alberto vertraut hatte. Auch Alberto mußte Teil des Planes sein ... Plötzlich erinnerte er sich, daß die Baronin eines Nachts, als sie noch an dem dreibeinigen Tisch saßen, auf Piemont, auf Turin als das Reich des Bösen angespielt hatte, auf die Gegenwart der sieben Satansweiber, grausamen, vampirhaften Dienerinnen des Bösen ...

Millepiedi hätte am liebsten aufstehen, die Tür aufreißen und ins Freie fliehen mögen: Die Welt draußen kam ihm wesentlich weniger bedrohlich vor als die in diesen Wänden eingeschlossene. Er saß im Käfig, das geweihte Opfer zweier Erinnyen, die, nachdem sie seinen Lebenssaft ausgesogen hatten, auch sein Blut aussaugen würden, bis er zu einer willenlosen Puppe in ihren Händen geworden wäre.

»Haben Sie sich beruhigt, Peppe?« Lia trat voller Zärtlichkeit und Verständnis neben ihn. »Wir haben verstanden, Peppe, daß Sie Hilfe brauchen, und wir geben sie Ihnen. Sie haben verborgene Feinde, Neptun in der Waage im zwölften Haus.«

»Nicht nur das«, sagte Vera düster. »Sie werden vom Tod verfolgt. Uranus im Krebs im achten Haus, Merkur in den Zwillingen im achten Haus, Mars in den Zwillingen im achten Haus. Aber Sie reisen gern, Ihre Sonne steht im Krebs im neunten Haus, Sie lieben unerwartete Ortswechsel, Jupiter im Wassermann im dritten Haus. Wir versuchen Sie zu retten, und Sie beschimpfen uns.«

Vera war weiß im Gesicht, ihre Augen blitzten in den Augenhöhlen, die Millepiedi wie offene Wunden vorkamen. »Fliehen Sie, gehen Sie fort, kehren Sie in Ihre Stadt zurück. Nur dort können Sie davonkommen.«

Millepiedi fühlte, daß eine Hand seinen Ellbogen streichelte: Es war nicht Lia, es war Vera. »Also gut«, sagte sie, »wir werden mit Alberto sprechen ...«

Die Haustür flog auf: Alberto trat ein.

»Bring mich weg«, sagte Millepiedi. »Gehen wir.«

»Was heißt das?« fragte der Colonnello.

»Das heißt, daß ich weg will. Noch bin ich Herr über mich selbst und kann mich frei bewegen ...«

»Du bist Herr über gar nichts. Danke Gott, wenn die beiden Schwestern dich behalten und ich nicht beschließe, dich in die Kaserne zu bringen.«

Millepiedi war über Albertos Härte entsetzt. Er war jetzt davon überzeugt, daß auch er zu der Falle gehören mußte.

»Können wir hinaufgehen?« Der Colonnello packte Millepiedi am Arm und zog ihn die Treppe hinauf.

»Du wirst wegen der Ermordung Totò Leanzas gesucht«, sagte der Colonnello und stieß Millepiedi aufs Bett.

»Aber das war ich nicht.«

»Wer soll das beweisen?«

»Ich war schon zwölf Stunden vorher abgereist. Ich habe dir alles erzählt.«

»Du hast mir erzählt, was du mir erzählen wolltest. Sei vorsichtig, Peppe, ein zweites Mal nimmst du mich nicht mehr auf den Arm.«

»Was für ein zweites Mal, wann habe ich dich auf den Arm genommen?« Erschöpft wie er war, durchzuckte es Millepiedi. »Wer versichert mir eigentlich, daß du mir die Wahrheit erzählst? Was, wenn alles nur ein Bluff wäre? Wenn du mich herummanövrierst, um deine Ziele zu erreichen? Wer sind die beiden Megären, zu denen du mich gebracht hast? Wer kennt sie eigentlich? Sie tun nichts anderes, als mir den Tod vorherzusagen. Los, beweise, daß du mir die Wahrheit gesagt hast. Wer sucht mich wegen des Mordes an Don Salvatore?«

Der Colonnello reichte Millepiedi ein mehrfach gefaltetes Blatt. Millepiedi faltete es auf. Es war die Fotokopie des unteren Teils einer Zeitungsseite. Mit einem gelben Leuchtstift waren sieben Zeilen in einem Artikel unterstrichen, dessen Titel lautete »Leanzas Mörder identifiziert«. Im Untertitel wurde mitgeteilt, daß die Polizei inzwischen sicher sei, zweifelsfrei die Person festgestellt zu haben, die den bekanntesten Wucherer der Stadt ermordet habe.

»Das ist die Zeitung von heute morgen, die Zeitung von unten.«

Millepiedi nahm die Stimme des Colonnello schon nicht mehr wahr. Er las die mit dem Leuchtstift angestrichenen Zeilen bereits zum zweiten Mal. »Gut informierte Quellen im Polizeipräsidium sind der Ansicht, daß die Festnahme des Mörders von Totò Leanza nur noch eine Frage von Stunden sei. Tatsächlich steht der Mann fest, der sein Schuldenkonto bei Don Salvatore mit einer Bleikugel ausgeglichen hat. Es soll sich dabei um Dottor Giuseppe Millepiedi handeln, von seinen Freunden Peppe genannt, einen der aufstrebenden Unternehmer unserer Stadt, Eigentümer der Marketing- und Werbeagentur Mille P. Dottor Millepiedi ist seit dem Abend jenes tragischen Mittwochs verschwunden, doch nach Angabe der Ermittler liegen erdrückende Beweise vor.«

Nachdem Millepiedi die sieben Zeilen zum dritten Mal gelesen hatte, blickte er auf eine Radierung des Schlosses von Venaria, die sich schön neben dem Fenster ausnahm.

»Es sieht so aus«, sagte der Colonnello, »als wäre in deiner Wohnung die Pistole gefunden worden, mit der Leanza niedergestreckt wurde, und ein paar Wechsel mit deiner Unterschrift zu Gunsten von Leanza.«

»Was für Wechsel? Ich unterschreibe seit vier Jahren keine Wechsel mehr, die letzten hat mir Don Salvatore nach Stockholm zurückgegeben, und ich habe sie einen nach dem anderen zerrissen und in kleinsten Schnipseln in die Toilette geschmissen.«

»Und die Pistole?«

»Nie eine besessen. Nie einen Schuß abgegeben ...« Millepiedi wurde von einem scharfen Blick des Colonnello getroffen. »Na gut, abgesehen von der Episode damals, habe ich nie in meinem Leben einen Schuß aus einer Pistole abgefeuert.«

»Peppe, die Situation ist sehr kritisch geworden.« Der Colonnello riß unvermittelt die Zimmertür auf. Niemand stand davor, von unten drang das Geräusch der beiden Schwestern herauf, die in der Küche beschäftigt waren. »Ich habe erfahren, daß jede Stunde ein Haftbefehl erlassen werden kann. Dann kann ich dich nicht mehr beschützen, du müßtest dich stellen, und dann müßten wir uns eine neue Strategie ausdenken.«

»Glaub mir, Alberto: Ich bin es nicht gewesen.«

»Ob ich dir glaube oder nicht, ist nicht so wichtig. Wenn du es nicht gewesen bist und es beweisen kannst, ist das vielleicht ein weiterer Beweis dafür, daß deine Geschichte mit Palme stimmt, und sie versuchen, dich in die Zange zu nehmen.« Der Colonnello zog ein anderes

Blatt heraus und wedelte mit ihm vor Millepiedis Augen hin und her.

»Die Quittung«, schrie Millepiedi, schöpfte wieder Hoffnung und nahm wieder Farbe an.

»So hört dich die gesamte Nachbarschaft!«

»Schlimmstenfalls kann mich der Hund hören, der mir durch den Einfluß deiner Hexenweiber allerdings ein bißchen dusselig vorkommt. Die alte Maria hat sich toll verhalten. Glaubst du mir jetzt?«

Der Colonnello hatte nur eine Gewißheit: daß die Sache verwickelter wurde und sich seiner Kontrolle immer mehr entzog. Es hatte ihm schon nicht gefallen, daß er dem Leutnant Romeo gegenüber knappe Andeutungen machen mußte, auch wenn er diesem jungen Mann aus Venetien traute, einem gläubigen Katholiken, gottesfürchtig und dem Reglement treu. Romeo hatte er gesagt, daß eine absolut geheime Operation im Gange war, über die er keine Einzelheiten preisgeben könne. Romeo hatte ihn nicht enttäuscht: Er hatte sich, ohne Erklärungen zu verlangen, zur Verfügung gestellt. Innerhalb eines halben Tages war er nach Sizilien und zurück geflogen und hatte das kostbare Stück Papier mitgebracht. Er hatte nichts Sonderbares bemerkt, es gab keine Hindernisse, niemand war ihm gefolgt oder hatte sich für seine Person interessiert. Die Quittung bewies, daß Millepiedi zumindest bei einer Einzelheit nicht gelogen hatte. Doch gleichzeitig mit der Quittung waren von der Insel die ersten Nachrichten über Millepiedis Verstrickung in die Ermordung Leanzas eingetroffen.

Der Colonnello blieb nicht zum Abendessen bei den Schwestern. Er hatte Lust bekommen, sich mit Evelina und den Kindern an einen Tisch zu setzen. Er hoffte, daß sie ihn in ihr Geplauder über die Schule und das Leben einbeziehen würden. Er brauchte es, daß er ihnen zuhören konnte, während sie über Befragungen und Versammlungen, über Friedensdemonstrationen, Filme und Partys diskutierten. Er hatte sich vorher nie richtig um die Familie kümmern können, und er fürchtete, daß er es danach auch nicht richtig könne. Es gab Zeiten, da war die Arbeit so intensiv und beglückend gewesen, daß alles andere zweitrangig wurde. Er hielt sich für privilegiert, denn er war einer der wenigen aus seiner Generation, der den Krieg nicht durch andere starke Gefühle hatte ersetzen müssen. Aber nun war er von diesem Privileg nicht mehr sehr überzeugt.

»Was soll ich tun?« fragte Millepiedi, als er ihn zum Wagen begleitete.

»Bleib hier, verkriech dich im Haus. Ich melde mich.«

»Haben dir die Hexenweiber was über mein Horoskop erzählt, über die Sterne ...«

»Ja, haben sie ...«

Jetzt fehlen uns nur noch die Sterne. Vera und Lia trafen mit ihren Horoskopen so genau ins Schwarze, daß einem schauderte. Und dennoch war das einzige, was er nicht würde tun dürfen, Millepiedi wieder mitzunehmen; auch wenn die Antwort der Rebaudengerinnen ihn drängte, den Besuch bei General Miglietta vorzuverlegen. Aber was hätte er ihm erzählen sollen? Millepiedi blieb der Hauptverdächtige in einem Mordfall. Alles übrige mußte man beweisen, indem man von der auf Felice Paolucci ausgestellten Quittung des Victory Hotels und von den drei in Italien existierenden Felice Paoluccis ausging. Der Colonnello hatte sie ausfindig gemacht und sie befragt, indem er sich als Angestellter des Ministeriums ausgab, der eine Studie über organisiertes Reisen erstellte. Jeder der drei hatte behauptet, niemals nach Schweden gefahren zu sein.

Beim dritten Glas Wein heftete sich Millepiedis Blick auf Veras Hinterteil und blieb dort kleben.

»Darf ich mich bewegen?« Vera schien erfreut über so viel Aufmerksamkeit. »Ich müßte in die Küche ...«

»Ich geh schon«, flötete Lia.

Millepiedi füllte sein Glas und erhob es auf die Gesundheit der beiden Schwestern. Doch nicht nur auf ihre: Im Geiste trank Millepiedi auf Leanza, auf Palme, auf Filippo Brioche, auf Sizilien, auf die Feinde, die Jagd auf ihn machten, auf Cosentino: Wer gibt denn schon was auf euch? Wenn ich nämlich sterbe, erstehe ich wieder auf und bin besser als vorher.

Lust weckte ihn auf. Er hatte geträumt, daß jemand seinen Penis liebkoste, und dann merkte er, daß es kein Traum war.

»Ich bin gekommen, um Ihnen das zu bringen, wovon Sie Ihren Blick nicht mehr losreißen konnten«, sagte Vera mit einem Kinderstimmchen. »Ist es recht so?«

XIV

Als er endlich ein Abteil mit drei freien Plätzen gefunden hatte, konnte er sich nicht mehr erinnern, durch wie viele Wagen er inzwischen gegangen war. Er vermutete, an der Spitze des Zuges zu sein. Die gelblichen Schildchen neben der Abteiltür bestätigten, daß die Sitze frei waren. Mit einem leichten Nicken des Kopfes grüßte er die beiden Frauen und den Jungen, die im Abteil saßen. Er stellte die große Plastiktasche neben drei Lederkoffern und einem Beutel aus feinem Leder ab. Er verglich die Plastiktasche mit den Koffern und dem Beutel und befürchtete, die schlechte Qualität könne die Herkunft verraten. Er setzte sich hin und wurde von tiefer Mutlosigkeit erfaßt: Er erinnerte sich nicht mehr, auf welchen Namen sein Paß ausgestellt war. Ausgerechnet den Namen, der ihn seit zwei Tagen wie ein Schild schützte und der ihm Schritt für Schritt bis zum Ende des unbekannten Abenteuers, auf das er sich einlassen mußte, folgen würde, vielleicht sogar noch länger. Die lange Reise hatte düstere Gedanken aufkommen lassen, und jetzt flüsterte ihm sein Verstand eine Zukunft ohne Grenzen oder genaue Umrisse, ohne Zeit noch Raum ein. Je mehr er sich anstrengte, um so hartnäkkiger verweigerte ihm die Erinnerung die beiden Namen, die sie verschluckt hatte. Die Mutlosigkeit lähmte ihn. Er war nicht für Täuschungsmanöver und Verstellungen geschaffen: Er war unfähig, sich vor sich selbst und vor anderen zu verstellen. Um sich nicht verstellen zu müssen, hatte er wie ein Ausgestoßener gelebt, und jetzt mußte er sich verstellen, nur um weiter wie ein Ausgestoßener zu leben, ohne das elementarste Recht. Das Recht, seinen Vor- und seinen Nachnamen zu nennen.

Er war vom letzten Wagen bis zum ersten gegangen, um einen Platz zu finden, für den er den Mund nicht aufmachen mußte: Er wollte nicht fragen, und er wollte nicht antworten. Vor allem wollte er sich nicht unterhalten: dann hätte ihn sein holpriges Italienisch verraten, wie übrigens auch sein holpriges Deutsch. Wie viele konnten von sich behaupten, keine Sprache, keinen Vornamen, keinen Nachnamen mehr zu haben? Er schloß halb seine Augen, bedauerte, nicht mehr in Ost-Berlin zu sein oder dem, was einmal Ost-Berlin war. Sein Herz fing jäh an zu rasen. Er legte sich eine Hand ans Herz, hoffte, daß er es so beruhigen könne, darauf bedacht, die Augenlider geschlossen zu halten: denn er war davon überzeugt, die Schnellfeuergewehre zweier Polizisten unter seiner Nase zu sehen, wenn er sie aufmachen würde. Forderten sie ihn auf, sich auszuweisen, würde er aufgeben. Er würde gestehen, der zu sein, der er war: Matteo Corsini, in Abwesenheit zu achtzehn Jahren Gefängnis wegen Beihilfe zum Mord und bewaffneten Raubüberfalls verurteilt.

Er redete sich ein, daß sie ihm gleich Handschellen anlegen würden. Luciano De Bellis. Ja, das war der Name in seinem Paß. Sein Herz beruhigte sich. Er öffnete die Augen. Von Polizisten keine Spur. Die beiden Frauen und der Junge unterhielten sich miteinander. Der Intercity war auf dem Weg nach Rom, Stazione Termini, wo er um 17 Uhr 55 ankommen würde. Über den Dächern war der Himmel von Mailand mehr blau als grau. Ein mattes Blau, das er seit zwölf Jahren nicht mehr gesehen hatte. Berlin war herrischer, sogar noch in den Farben: nicht, daß es dort viele gab, vor allem nicht im Ostteil, doch die, die es gab, waren eindeutig, ohne Halbtöne.

Er war acht Tage vor dem Ende des Jahres 1978 nach Ost-Berlin gekommen. Eine überstürzte Flucht, bei der er die Grenze kurz oberhalb des Brenners in einer Nacht überschritt, in der der Schnee sogar in die Ohren drang. Sechs Stunden waren sie marschiert. Der Alte, der ihn und Giacomo geführt hatte, hatte ihnen dringend empfohlen, ihre Füße in seine Schrittspuren zu setzen. Als sie das österreichische Dorf erblickten, wo sie den Zug nach

Wien besteigen wollten, hatte er ein kaum hörbares »Addio« herausgebracht und war umgedreht.

Von der Zugreise war ihm in Erinnerung geblieben, wie verloren sie unter all den Leuten waren, die die Berge, den Schnee und das Skilaufen liebten. Niemand hatte sich weiter um sie gekümmert, alle waren aufgeregt, weil es bald Weihnachtsferien geben würde. Niemand hatte auf ihre verstörten Gesichter geachtet oder auf ihre Hände, mit denen sie sich an die Armlehnen klammerten, in der Furcht, eine dunkle Macht könnte sie wegschleppen. Sie hatten fliehen können, weil sie im Augenblick der Erstürmung der Wohnungen im Kino waren. Ein kleiner, heruntergekommener Saal unterhalb der Regenrinnen von Giacomos Wohnung. Und Giacomo war es, der ihn aus dem Kino geschleift hatte, weil er einen gerade hereingekommenen Kinobesucher sich darüber hatte beklagen hören, daß die Straße mit Autos der Carabinieri vollgestopft sei. Sie waren durch einen Nebenausgang hinausgeschlüpft. Giacomo hatte ihn durch Gassen und kleine Straßen bis zu einer Garage getrieben, in der ein Citroën für sie bereitstand. Mit ihm waren sie bis Mailand gekommen und hatten sich drei Tage lang auf einem Dachboden zusammengekauert. Von dort bis zu einem Bauernhaus auf dem Land in Venetien, in der Nähe von Monselice, danach der Sprung nach Österreich. Hätte er sich nicht zufällig in Giacomos Gesellschaft befunden, wäre er niemals geflohen: er hätte weder die Möglichkeit und vielleicht nicht einmal die Absicht dazu gehabt. Seit diesem Tag fragte sich Corsini, ob Giacomo seine Rettung oder sein Untergang war.

Von Wien aus waren sie in die Tschechoslowakei gelangt. Giacomo war in Prag geblieben, er, Corsini, hatte sich auf den Weg nach Ost-Berlin gemacht. Im Oktober 1979 hatte ihn das Schwurgericht von Florenz zu achtzehn Jahren verurteilt. Er war der einzige aus der Gruppe, der um eine lebenslängliche Freiheitsstrafe herumgekommen war. Sie hatten einen Wärter getötet, der im

Florentiner Murate-Gefängnis die Genossen gequält hatte, aber Corsini hatte weder geschossen, noch an der Aktion teilgenommen. Er hatte die Falle und das Bekennerschreiben vorbereitet.

Er war versucht, an das Gericht zu schreiben und um die gleiche Strafe wie für die Personen, mit denen er gemeinsam gehandelt hatte, zu bitten. Es wäre ein einfacher, kurzer Brief gewesen. »Der Unterzeichnete Matteo Corsini bittet um das Privileg, die lebenslängliche Gefängnisstrafe zu teilen, die dieses Gericht sich entschlossen hat, den anderen Angeklagten aufzuerlegen. Auch ich bin wie sie schuldig, von einer Gesellschaft von Gleichen geträumt zu haben, einer freundlicheren und aufrichtigeren Gesellschaft, einer Gesellschaft mit Idealen, in der man sich nicht schämen muß, gut zu sein.«

Er hatte dem Gericht nie geschrieben, und dies hatte im Lauf der Jahre sein schlechtes Gewissen gegenüber den alten Gefährten verschlimmert. Darüber hätte er gern mit Giacomo gesprochen, ebenfalls zu lebenslänglich verurteilt; aber man hatte ihm gesagt, Giacomo habe sich in Nicaragua dem bewaffneten Kampf angeschlossen. Mit dem schlechten Gewissen war auch der Verdruß darüber gewachsen, daß er vom Anfang bis zum Ende eine Nebenrolle gespielt hatte. Sowohl für seine Freunde wie für seine Feinde war er auf halbem Wege stehengeblieben.

Eugenias Haarschopf ... Danielas Augen ... Riccardos kehliges R ... Der Schnauzbart von Maurizio ... Robertos Grübchen ... Monatelang hatten ihre Gesichter ihn in Ost-Berlin nicht verlassen. Alle im Gefängnis. Alle ohne Aussicht auf Zukunft. Er spann sich leidenschaftliche Gespräche mit jedem von ihnen aus und meldete sein gutes Recht an, ein wahrer Revolutionär zu sein, auch wenn er nicht getötet hatte. Und wenn er sich an die imaginären Richter wandte, erklärte er beherzt, daß er genauso Revolutionär und genauso schuldig wie die anderen sei, daß seine Strafe ungerecht sei. Er verdiene lebenslänglich wie die anderen, weil er wie die anderen für die Tötung des Gefängniswärters gestimmt, bei den Vorbereitungen mitgemacht, ja sogar der letzte war, der die Strecke am Tag vor dem Attentat noch einmal kontrolliert hatte.

Jawohl, Hohes Gericht, ich habe den Schlußpunkt gesetzt, ich habe grünes Licht gegeben. Das ist wesentlich mehr, als wenn ich den Abzug gedrückt hätte.

Aus diesen einsamen und – weil er die anderen Bewohner der riesigen Siedlung in der Nähe des Flughafens nicht stören wollte – leisen Rededuellen ging er schweißgebadet und wesentlich ermatteter hervor als bei der Überquerung der Grenze.

Im Februar '81 hatte der Appellationsschwurgerichtshof von Florenz die Strafen bestätigt. Das hatte ihm Frau Hannelore mitgeteilt. Sie hatte den Auftrag, sich um ihn zu kümmern. Sie konnte ebenso fünfunddreißig wie fünfzig Jahre alt sein, sie sprach annehmbar italienisch, und sie war es, die ihm das Gehalt aushändigte. Corsini hatte das Gefühl, daß Frau Hannelore zur Stasi gehörte, doch zwischen ihm und der Frau waren die Kontakte auf ein Minimum beschränkt: Eines der längsten Gespräche ging um seinen neuen Namen.

»Von jetzt an heißen Sie Andreas«, hatte ihm Frau Hannelore mitgeteilt.

»Andreas wie?«

»Ist Andreas nicht genug?«

»Ich dachte, man brauche auch einen Nachnamen.«

»Hier ist das nicht nötig. Für Ihre Nachbarn und für Ihre Arbeitskollegen werden Sie Andreas sein. Niemand will Ihren Nachnamen wissen.«

Frau Hannelore war am 1. Januar 1979 bei ihm erschienen. Obwohl es Feiertag war, hatte sie schon um 8 Uhr bei ihm geklopft. Seitdem hatte sie keine Verabredung am ersten jedes Monats ausgelassen, ob es nun ein Sonn- oder ein Feiertag war. Sie war es, die ihm den Auftrag gegeben hatte, sich in der kleinen Kinderbekleidungsfabrik vorzustellen. Corsini hatte das niedrige Gebäude bei seinen kurzen Abendspaziergängen schon gesehen: Es stand wenige hundert Meter von seiner Mietskaserne entfernt, und über dem Eingang flatterten zwei Kinder, die sich an der Hand hielten. Er hatte begonnen, kleine Kleidungsstücke zuzuschneiden und zu nähen, bis er Frau Hannelore sagte, daß er ein musisches Gymnasium besucht habe und daß er, bevor er von einer Gesellschaft der Gleichen träumte, davon geträumt habe, Kleider zu entwerfen. Frau Hannelore hatte ihn in ein Büro versetzen lassen, wo man ihm einen Bleistift und ein Blatt Papier in die Hand gedrückt hatte. Corsini hatte gezeigt, daß er etwas konnte, und am ersten eines Monats hatte Frau Hannelore ihm zwei Eintrittskarten für die Philharmonie in die Lohntüte gesteckt.

»Gehen wir zusammen hin?« hatte Corsini in seinem mühseligen Deutsch gefragt. Und zur Unterstützung hatte er zunächst mit dem Zeigefinger an seine Brust geklopft und ihn dann der von Frau Hannelore genähert.

Frau Hannelore hatte ein Nein angedeutet und vor Erstaunen die Augen weit aufgerissen. Das beruhigte Corsini, denn Frau Hannelore flößte Scheu ein.

Die übriggebliebene Eintrittskarte war beim Abteilungsleiter in Waren umgetauscht worden. Der war ein säuerlicher Typ mittleren Alters, der mit seinen abrupten Bewegungen und mit seinem verzerrten Gesichtsausdruck genau den Abteilungsleitern bei Fiat oder bei SIT-Siemens entsprach, die Corsini am grünen Tisch, während der langen Zusammenkünfte, bei denen sie die Hoffnung planten, zu hassen gelernt hatte.

Der Abteilungsleiter beschäftigte sich mit der Presse- und Propagandaarbeit in der Parteizelle des Viertels. Corsini hatte gebeten, die Eintrittskarte gegen eine italienische oder französische Tageszeitung einzutauschen: Nach einem Jahr hatte er Lust bekommen herauszufinden, was sich außerhalb dieser Mauern ereignete, und Französisch war die Fremdsprache, die er in der Schule gelernt hatte.

Der Abteilungsleiter hatte ihn argwöhnisch gemustert. Corsini hatte präzisiert, daß er neugierig auf die Ergebnisse der Fußballmeisterschaft war. Er war für die Florentiner Mannschaft. Hatte der Abteilungsleiter die Fiorentina jemals spielen sehen?

Der Abteilungsleiter wußte nicht einmal, daß es die Fiorentina überhaupt gab, aber drei Tage nach dem Konzert hatte er ihm mit einer gewissen Vorsicht ein Exemplar von ›Le Monde‹ ausgehändigt.

Corsini hatte sie von Anfang bis Ende verschlungen, auch wenn er nur die Hälfte von dem verstand, was darin geschrieben war.

»Aber die Fußballergebnisse stehen nicht drin.« Das hatte er gesagt, um den Augenschein zu wahren, überzeugt, daß er längst in die Falle getappt war: Viel zu spät hatte er bemerkt, daß die Ergebnisse nicht aufgeführt waren.

Der Abteilungsleiter hatte beinahe versucht, sich zu rechtfertigen, indem er behauptete, im Augenblick keine anderen Ausgaben von ›Le Monde‹ zu haben, ›L'Humanité‹ hatte er in Hülle und Fülle, aber darin war kein Sportteil.

Würde Andreas zwei Eintrittskarten für eine neue ›Le Monde‹ erhalten? Frau Hannelore war großzügig, denn sie gab ihm mal Eintrittskarten für die Philharmonie, mal Eintrittskarten für Kammermusik, für Kompositionen mit Streichern und Oboe, sogar für ein Konzert mit Rostropowitsch. Sie steckte sie zusammen mit dem Geld in die Lohntüte und erwiderte Corsinis Dank mit einer Spur von Affektiertheit. Die Eintrittskarten hatten ihm einmal monatlich ein Exemplar von ›Le Monde‹ garantiert.

»Kann ich die wohl bekommen? Auf italienisch natürlich.«

Am Abend des 1. März 1981 war Frau Hannelore über die lange Bücherliste ins Staunen geraten.

»Betreffen die Bücher Ihren Prozeß?« Sie stand wie üblich kerzengerade vor der Tür: Sie machte weder Anstalten hereinzukommen noch wegzugehen.

Corsini hatte das verneint und gehofft, sein Nein nicht erklären zu müssen. Er hätte nicht gewußt, wo er anfangen und in welcher Sprache er das sagen sollte. Frau Hannelore hatte ihn von oben bis unten gemustert. Sie war zur Treppe gegangen, ohne ihm etwas zu versprechen oder zu verweigern.

Das erste Paket war Corsini an einem Nachmittag in die Fabrik geschickt worden, eine halbe Stunde vor Feierabend. Es enthielt Amadeo Bordigas ›Gesammelte Schriften‹ und Althussers ›Das Kapital lesen‹. Vier Tage später hatte er vor der Eingangstür zu den beiden Zimmern mit dem mikroskopischen Bad eine Einkaufstasche gefunden, aus der die ›Schriften zur Philosophie und politischen Ökonomie‹ von Marx herausschauten. Der schwere Band lag auf den ›Adressen/Zueignungen‹ vom selben Autor, unter denen die ›Elemente der Selbstkritik‹ von Althusser, ›Mythen des Alltags‹ von Barthes, ›Die heilige Familie‹ von Engels und die Essaysammlung ›Ordine nuovo‹ von Gramsci lagen. Zu Beginn des folgenden Monats hatte Frau Hannelore persönlich vier Bücher überbracht. Sie waren allesamt von Lenin: ›Was tun?‹, ›Ein Schritt vor und zwei zurück‹, ›Der Imperialismus als höchstes Stadium des Kapitalismus‹, ›April-Thesen‹.

»Die anderen«, hatte Frau Hannelore gesagt, während sie Corsinis Einladung einzutreten ablehnte, »werde ich in den kommenden Wochen für Sie besorgen. Ich habe mir erlaubt, Trotzki und den Chruschtschow-Bericht zu streichen. Nicht empfehlenswert, weder für mich noch für Sie.«

Frau Hannelore hatte Wort gehalten. So hatte Corsini ›Herrn Eugen Dührungs Umwälzung der Wissenschaft‹ von Engels, ›Geschichte und Klassenbewußtsein‹ von Lukács, ›Eros und Kultur‹ von Marcuse bekommen. Er hatte sie auf den Boden gestellt und besorgt angesehen:

sechzehn Brocken, unter denen ein Maultier zusammenbrechen würde. Sie waren ein Teil der Schriften, die Daniela ihm geraten hatte zu lesen, um rational die Gründe zu erfassen, die ihn irrational zur Revolution trieben.

Doch der Hauptgrund, der ihn getrieben hatte, war Daniela selbst, als er sie mit dem Gesicht zur Wand vor der Universität gesehen hatte. Sie hielt ihre Hände hinter dem Kopf verschränkt, während ein Bulle ihr mit dem Gummiknüppel zwischen die Jeans ging, um ihre Beine auseinanderzustellen. Daniela hatte protestiert, der Bulle hatte sie mit dem Gummiknüppel auf die Leiste geschlagen, und Corsini, der sich gerade für Architektur immatrikuliert hatte, war auf den Bullen losgegangen. Er wollte ihn nur abhalten, aber um das zu tun, mußte er ihn angreifen. Er wurde von zwei weiteren Polizisten attackiert, einer hatte einen Schlagring und riß ihm die rechte Schulter auf. Blutend und zerschlagen wurde er in die Kaserne gebracht. Gemeinsam mit Daniela, die ihn von ganz hinten, als letzte in der Reihe der zusammengekauerten jungen Leute, aus den Augenwinkeln abschätzte, hatten sie ihn in den Gefangenentransporter gesteckt.

Im Gefolge von Daniela hatte Corsini die Basis- und die Großstadtkollektive kennengelernt, dazu die unendlichen Zusammenkünfte, bei denen jeder nur darauf bedacht war, sich selbst reden zu hören, statt sich den anderen verständlich mitzuteilen. Er hatte Flugblätter verteilt, unbekümmert darum, wer gerade an ihm vorbeiging. Er hatte Wände dazu benutzt, Hymnen auf Mao, auf Che, auf Onkel Ho zu singen: Slogans, nachts gemalt, mit wachsamem Auge und wachsamem Ohr, um den Faschisten und der politischen Abteilung des Polizeipräsidiums rechtzeitig zu entkommen. Er war neunzehn Jahre alt und trug in seinem Herzen die Traurigkeit, daß die Welt ihren Protest nicht zur Kenntnis nehmen wollte. Die Welt merkte überhaupt nicht, daß sie existierten. Viel lustiger, viel ironischer und einschneidender war es gewesen, als er mit fünfzehn in riesigen Lettern an die Wände seiner Pfarrei geschrieben hatte: »China, China – bist uns nicht mehr nah – wenn du nicht mehr nah uns bist – kommt dann wieder der Herre Christ?« Damit sollte der Pfarrer geärgert werden, aber dann hatten sich die Zeitungen der Sache bemächtigt, und die offiziellen Reaktionen waren gewaltig. Die Katholiken hatten sich über die blasphemische Gleichsetzung empört, die extreme Linke hatte sich aufgeregt und die Sache schwachsinnig und respektlos genannt, womit sie nun wieder ihrer hartnäkkigen Begriffsstutzigkeit Ehre machte.

Danielas Umtriebigkeit kam Corsini wie verlorene Liebesmüh vor. Er begriff nicht, warum Daniela so verbissen den Gründen für ein allgemeines Unbehagen in Büchern nachjagte, von denen einige vor hundert Jahren geschrieben worden waren, ein Unbehagen, das man jederzeit in den Wohnungen und auf den Straßen feststellen konnte. Corsini weigerte sich, Marx und Marcuse zu lesen: Ihm reichten seine Erfahrungen aus, um zu erkennen, daß dies keine Gesellschaft von Gleichen war. Die Schlangen, in denen er in seiner Kindheit mit der Großmutter vor dem Postamt gestanden hatte: viele Stunden in eisiger Februarkälte oder in schwüler Junihitze, um eine Rente von zweihunderttausend Lire abzuholen. Seine Familie, die von den monatlichen achthunderttausend Lire seines Vaters, eines Bankangestellten leben mußte, während andere Familien achthunderttausend Lire am Tag ausgaben. Für Leute wie ihn bestand alles aus Antragsformularen mit Steuermarken, einzuhaltenden Fristen, unendlichen Schlangen. Für Leute wie ihn war die Justiz blind, der Staat nur aufgebürdete Pflichten und verweigerte Rechte, die Geschichte eine böse Stiefmutter. Für Leute wie ihn war das Schicksal Zynismus und Falschspielerei, weil irgend jemand das Blatt absichtlich gezinkt hatte. Für Leute wie ihn war das Leben eine regelmäßig vor der Nase zugeworfene Tür.

Corsini schäumte, wenn er las, welche Opfer und Entsagungen die auf sich nahmen, die das Leben beschnitten hatten: Laut forderte er für sich das Recht, kein Genie zu sein und respektiert zu werden, auch wenn er einer der vielen war. Er hatte nie davon geträumt, ein Privilegierter zu sein, ihm hätte es schon genügt, wenn es keine Privilegierten mehr gäbe. Zu der Zeit, als er zum Gefolge von Daniela gehörte, war er bereits überzeugt, daß er seine Gesellschaft der Gleichen nur verwirklichen konnte, wenn er alle ärmer machte. Für Leute wie ihn hätte das bereits eine Errungenschaft bedeutet.

Sechs Jahre war er um Daniela herumgeschlichen. Sie hatten nie auch nur eine zärtliche Geste oder ein zärtliches Wort ausgetauscht. Daniela floh vor allen Äußerungen, die sie lachend als süßholzraspelndes Schmachten bezeichnete. Corsini hatte sich damit abgefunden. Am Abend vor dem Attentat hatte Daniela ihn mit ihrem völlig verbeulten roten Cinquecento nach Hause gefahren und sich zuerst in seine Dachstube eingeschmuggelt und dann in sein Bett. Eine Nacht wie diese war sechs Jahre Warten wert. Corsini war noch ganz erschöpft von den hinter ihnen liegenden Stunden, als Daniela ihm mitteilte, daß er an der Aktion nicht teilnehmen würde: Er sollte das Bekennerschreiben auf der Maschine tippen und es in das Telefonbuch der Zelle hinter der Piazza della Signoria legen.

Corsini hatte protestiert, er wollte unbedingt dabeisein. Er war der letzte, der die Straßen und Kreuzungen überprüft hatte, die der Gefängniswärter auf seinem Weg nach Hause nahm, und jetzt ließ man ihn nicht mitmachen?

»Genau«, hatte Daniela geantwortet. »Heute nacht ist mir klar geworden, daß du der zärtlichste Mensch auf der Welt bist, du kannst keiner Fliege was zuleide tun, geschweige denn einem Menschen. Und außerdem hast du dich immer geweigert, Schießübungen zu machen. Du könntest einen von uns erschießen.« Daniela hatte ihm flüchtig die Wange gestreichelt.

Dreimal hatten sie das Telefon in der Dachkammer klingeln lassen, um ihm mitzuteilen, daß das Attentat geglückt war, und er war davongestürzt, um das Bekennerschreiben an die vorgesehene Stelle zu bringen, bevor er die Telefonzentrale der Tageszeitung ›La Nazione‹ anrief. Am nächsten Morgen hatte er in der Zeitung gelesen, daß das Kommando aus drei Leuten bestanden hatte, sicher aber weitere Komplizen in der Nähe postiert gewesen waren: Das Feuer war von einer jungen Frau eröffnet worden. Das Phantombild hatte Corsini der Hoffnung beraubt, daß Eugenia die junge Frau war: Wie verzerrt die Gesichtszüge auch sein mochten, die Haare und der Mund waren die von Daniela.

Giacomo hatte festgelegt, daß eine Woche lang keiner die anderen aufsuchen sollte. Corsini hatte sich daran gehalten, aber er verzehrte sich danach, Daniela zu sehen, sie zu berühren. Er war sicher, daß Daniela ihn liebte, daß sie ihn vom Attentat nicht ausgeschlossen hatte, weil sie kein Vertrauen in seine Kaltblütigkeit hatte, sondern weil sie den uneingestandenen Wunsch hatte, ihn zu beschützen.

Am zweiten Tag hatte Giacomo an die schmale, niedrige Tür zur Dachkammer geklopft.

»Ich konnte es einfach nicht mehr allein aushalten«, hatte er mit gesenktem Blick gesagt. »Gehen wir ins Kino? Schließlich bist du sicher: Niemand hat dich gesehen.«

Aus den bruchstückhaften Informationen, die er während seiner Flucht mit Giacomo bekommen konnte, hatte Corsini erfahren, daß die Bullen Daniela und Giacomo seit Wochen beschattet hatten. Über die beiden waren sie zu den anderen Mitgliedern der Gruppe »26. Oktober« gelangt. Das war die Unterschrift, die Corsini unter das Bekennerschreiben gesetzt hatte, und die Zeitungen hatten begonnen, sie als Mitglieder des »26. Oktobers« zu bezeichnen. Corsini hatte die Unterschrift aus dem Stand erfunden, um das größte aller Versäumnisse nachzuholen: Bei den hundert Zusammenkünften und bei den hundert Diskussionen, die dem Hinterhalt vorausgingen, hatte nämlich niemand daran gedacht, der Gruppe einen Namen zu geben.

Am dritten Tag der Ermittlungen hatten die Zeitungen enthüllt, daß unten auf dem Bekennerschreiben »Kampfeinheit 26. Oktober« geschrieben stand. Terrorismusexegeten und Terrorismusspezialisten hatten sich den Kopf über das Datum zerbrochen. Nicht einmal Daniela, Eugenia, Maurizio, Riccardo und Roberto hatten nach ihrer Verhaftung auf die Frage antworten können: »Was bedeutet ›26. Oktober‹?« Daraus hatten die Ermittler den Schluß gezogen, daß die Verweigerung der Antwort der dickköpfige Schutz vor wer weiß was für einem ideologischen oder subversiven Geheimnis sein müsse. Diese Schlußfolgerung hatte den Fünfen zusätzliche Prügel eingebracht und ein wildes Durcheinander von Vermutungen ausgelöst.

»Was zum Teufel bedeutet ›26. Oktober‹?« hatte Giacomo ihn gefragt, als sie den Dachboden in Mailand erreicht hatten.

»Erinnerst du dich, daß Daniela mir im Frühjahr den Auftrag gegeben hatte, etwas über die Ausbeutung der Kleinbourgeoisie durch die großen Gruppen herauszufinden, die an der Börse agieren? Wo, meinst du, hätte ich sonst angefangen, wenn nicht beim Schwarzen Freitag an der Wall Street 1929?«

»Der war am 24. Oktober. Was hat das mit dem 26. Oktober zu tun?«

»In Italien wurde die Nachricht am 26. Oktober veröffentlicht. Das war der Tag, an dem wir in diesem Land der Saft- und Kraftlosen dem Zusammenbruch des Kapitalismus am nächsten gekommen sind, und meiner Meinung nach mußte das gefeiert werden. Welches Signum hätte besser zu Leuten wie uns gepaßt?«

Giacomo sah nicht sehr überzeugt aus. »Du bist nicht normal. Daniela hatte recht, wenn sie sagte, daß für dich die Norm darin besteht, daß jeder eine Schraube locker hat, und die Ausnahme darin, daß hier und da eine Schraube auch fest sitzt.«

Giacomos Feststellung hatte die Sehnsucht nach Daniela noch gesteigert. Corsini hatte nicht aufgehört, an sie zu denken. Ihn quälten die Gedanken, die Überlegungen, die sie entflammen konnten: Er fühlte Daniela als Teil seiner selbst, und die Tatsache, daß er ihre Gedanken nicht kannte, brachte ihn in die Lage eines Menschen, dem ohne sein Wissen ein Gliedmaß amputiert wird.

Es wurde Frühling, dann Sommer, Herbst und dann Winter, und allmählich wurde ihm klar, daß sein Blick auf die Welt immer mehr von Danielas Abwesenheit erfüllt wurde. Je mehr Daniela ihm fehlte, um so heftiger stieg eine Frage in seinem Inneren auf, auf die er unbedingt eine Antwort finden mußte. Die Lektüre der seltenen Exemplare der ›Le Monde‹ hatte ihm die bittere Gewißheit beschert, daß der Traum von einer Welt von Gleichen, einer freundlicheren und aufrichtigeren Welt verflogen war.

Corsini hatte sich vor den einzigen Spiegel der Wohnung plaziert, in dem Loch, das als Bad diente, und war zu der Einsicht gekommen, daß es jetzt an der Zeit war, sich auf die Bücher zu stürzen. Er wollte herausfinden, warum die anderen wieder einmal gewonnen und sie wieder einmal verloren hatten. Um die Antwort darauf zu erhalten, hatte er sich bei der Auswahl der Bücher auf Daniela verlassen, auf die Schriften, von denen sie über Monate hinweg versucht hatte, sie ihm näherzubringen.

Montags, dienstags, mittwochs, donnerstags und freitags lernte er von 6 Uhr nachmittags bis 10 Uhr am Abend. Samstags und sonntags von 11 Uhr vormittags bis 4 Uhr nachmittags. Er hatte begriffen, daß, wenn er sich über Bücher beugte, es so war, als würde er sich über Daniela beugen, ihre Haare streicheln und sich in ihren Augen verlieren. Da gab es Sätze, die sie ihm voller Wucht zurückbrachten und vor ihn stellten: »Denk dran,

Matteo: Die Pflicht eines guten Kommunisten ist es, falsche Thesen zum richtigen Zeitpunkt zu vertreten und mit jedem Mittel dem zu widersprechen, der richtige Thesen zum falschen Zeitpunkt vertritt.« Wenn er auf einen dieser Sätze stieß, war er fähig, ihn über Tage, über Wochen und Monate hinweg immer wieder zu lesen und feine Schwingungen daraus zu empfangen, die jeden Muskel anspannten. Seit der Nacht mit Daniela hatte er keine Frau mehr angerührt und sich geschworen, daß er es nur mit ihr und sonst mit keiner wieder machen würde.

»Die Menschen können ohne Angst sterben, wenn sie wissen, daß das, was sie lieben, vor dem Elend und vor dem Vergessen geschützt ist«, hatte Marcuse geschrieben. Doch seine Daniela war vor nichts und vor niemand geschützt, und er wollte nicht nur nicht sterben, sondern war im Gegenteil bereit, für sie zu kämpfen. Er konnte zwar ihre Person nicht verteidigen, aber ihre Ideen schon, sogar die, die er, als sie frei waren zu handeln und zu denken, nicht teilte.

Die erste dieser Ideen war der Kommunismus so, wie er sich geschichtlich entwickelt hatte. Doch Corsini entfernte sich davon mit jeder Seite. Kein Kommunismus befriedigte ihn: weder der reale noch der mögliche noch der nationalistische. Bestenfalls hielt er ihn für das letzte Bollwerk der großbürgerlichen Privilegien, schlimmstenfalls für einen Höllenkreis, für den Triumph menschlicher Verrohung. Sein Kommunismus dagegen bestand aus der Erweiterung der menschlichen Freiheit, bedeutete ein Leben mit einem Lächeln auf den Lippen, ein Leben, das sich durch Solidarität und Liebe auszeichnete.

Rastlos ging er von einem Autor zum anderen über. Der Stapel hervorragender Namen, die den unterschiedlichsten Generationen die Herzen entflammt und die Gehirne in Bewegung gebracht hatten, kamen ihm vor wie eine einzige perfekte große Schauspieldarbietung. Sie waren nicht die Ausbrecher aus der heutigen Gesellschaft, für die er sie gehalten hatte, sie waren lediglich willige Reformer, die keine Ketten durchbrechen, die nicht das zyklische Erscheinen eines Tyrannen abwenden würden. Doch je mehr er sie kritisierte, um so eifriger las er sie, weil er die Fackel am Leuchten halten wollte, die Daniela ihm weitergereicht hatte. Oft teilte er nicht ein Wort von dem, was er las, aber er wollte mit ganzer Kraft verhindern, daß Danielas Lektion verlorenginge.

Er reinigte, er ordnete und staubte jeden Tag die wenigen, mit einem Bett, einem Schrank, einem Puff, drei Plastikstühlen, zwei Regalen, zwei Tischen und einem kleinen Glasschrank vollgestellten Quadratmeter. Hatte Lenin nicht gesagt, die erste Pflicht eines Revolutionärs sei es, vor der eigenen Tür zu fegen? Doch Corsini tat es nicht, um den Beweis zu erbringen, daß er ein perfekter Revolutionär war, er tat es in der Illusion, daß, eines Tages, bei Morgengrauen oder bei Abenddämmer Daniela an seiner Tür klingeln würde. Das, ja das wäre der Beginn des neuen Tages gewesen, dessen messianische Erwartung die Existenz so vieler unbewaffneter Militanter und ebenso vieler bewaffneter Propheten erklärte. Und für diesen neuen Tag sollte Daniela ein Haus vorfinden, das auf sie gewartet hatte.

Im März 1984 war das Urteil des Appellationsschwurgerichts vom Kassationsgerichtshof rechtskräftig bestätigt worden. Die Strafen waren nun endgültig. Der lebenslänglichen Freiheitsstrafe hatte sich Giacomo entzogen, der in Salvador inmitten der Guerilleros der Front Farabundo Marti starb. Sich der lebenslänglichen Freiheitsstrafe zu entziehen versuchten Eugenia, Maurizio und Riccardo, die sich losgesagt hatten; und Roberto, der auf dem Gipfel einer mystischen Krise darum gebeten hatte, das Ordensgelübde ablegen zu dürfen. Blieb nur Daniela, die den Unverbesserlichen und Uneinsichtigen zugerechnet wurde, weil sie nicht bereit war, ihre Ideen zu ändern und die alten Genossen zu verraten.

Neben den Büchern hatte Corsini einen neuen Zeitvertreib gefunden: den Besuch des Schießplatzes. Waffen verursachten ihm Nesselsucht. Er hatte keine Ahnung von ihnen, auch weil er um den Wehrdienst herumgekommen war, hielt es aber für unvermeidlich, zur letzten Schlacht gerüstet anzutreten. Denn er war sicher, daß es eine letzte Schlacht geben würde. Nach so vielen durchfochtenen Schlachten fürs Überleben hätte es ihm Spaß gemacht, einmal eine Schlacht fürs Siegen zu schlagen; aber er sah deutlich voraus – und das verursachte ihm beinahe physische Schmerzen –, daß er sich das nicht aussuchen konnte, er konnte nur mitmachen.

Die Jahreszeiten waren dicht aufeinandergefolgt. Corsinis Tage wurden durch die Kleiderentwürfe, die Bücher, den Schießplatz und die Putzerei zu Hause geregelt. Nur zweimal hatte er sich bis zum Brandenburger Tor vorgewagt, war die Straße Unter den Linden zurückgegangen, wobei er Mühe hatte, sich vorzustellen, daß sie einmal eine der spektakulärsten Verkehrsadern eines längst begrabenen Europas war. Er hatte den ordentlichen, sauberen Park bewundert, aber seine Augen waren kalt geblieben. Der Potsdamer Platz dagegen hatte ihm das Herz erwärmt. Die riesige trostlose Fläche war ihm wie der ideale Ort für den Aufbau der neuen Gesellschaft vorgekommen. Vom Alexanderplatz war er enttäuscht: Er war bereits zu einer zusammenfallenden Erinnerung an das geworden, was er hätte darstellen sollen.

Diese Spaziergänge hatten ihn dazu gebracht, seine Existenz innerhalb der Mauern seiner Fabrik, des Schießplatzes und seiner Wohnung zu verbarrikadieren. Ihn hielt der Trost aufrecht, daß auch noch die kleinste Obliegenheit Daniela gewidmet war. Daniela, die eines Tages in der Tür stehen und sich ihm an den Hals werfen würde. Er liebte sie aus der Entfernung auf eine Weise, wie er es niemals erlebt hatte, als sich ihre Körper noch täglich streiften. Nie hatte er gewagt, ihr zu schreiben, aus Furcht, daß der Brief eines Untergetauchten, eines Komplizen ihre Lage im Gefängnis noch verschlechtern könnte. Doch er zweifelte nie an Danielas Liebe. An manchen Abenden, wenn er den Kopf von den neuen Büchern hob, die zu dem ersten Stapel gekommen waren, spürte er eine große Harmonie in seinem Inneren, dann schloß er die Augen und sah, wie Daniela ihn in ihrer Gefängniszelle anblickte. Und Danielas Augen waren mehr als alle Worte. Die neuen Bücher hatten die ideologische Gemeinschaft mit den alten verloren. Frau Hannelore lavierte zwischen seinen Wünschen und dem, was sie beschaffen konnte, hin und her: Manchmal waren es wirklich Schundromane. Damit war der Zauber, inmitten der Zeilen einen von Daniela ausgesprochenen Satz wiederzufinden, verschwunden. Dennoch hatte Corsini gelernt, daß oft ein Eigenschaftswort, eine Beschreibung ausreichten, um Daniela vor seine Augen treten zu lassen: Er ging mit der gleichen Hartnäckigkeit auf die Suche nach ihnen, mit der er den gesamten Briefwechsel zwischen Marx und Engels verschlungen hatte.

Die Musik gehörte nicht mehr zu seinen Interessen. Frau Hannelore hatte es von selbst gemerkt, oder es war ihr zugetragen worden, daß Corsini seinen Fuß nicht mehr ins Konservatorium und in die Konzertsäle setzte. Corsini brauchte die Eintrittskarten nicht einmal mehr, um sie gegen Exemplare von ›Le Monde‹ einzutauschen. Er stand längst irgendwo zwischen Vergangenheit und Zukunft. Die Gegenwart nahm er so wenig zur Kenntnis wie die Frauen. Die Erinnerung an die Nacht mit Daniela hatte er mit so viel liebevoller Sorgfalt gepflegt, daß er sich einreden konnte, sie sei gerade erst vorüber: Die Vision von Danielas nacktem Körper rief wilde Erektionen bei ihm hervor. Ungeduldig wartete er darauf, daß sie vorübergingen, ohne auch nur einen Augenblick lang die Befriedigung auf irgendeine andere Art in Erwägung zu ziehen. Er hätte sich wie der gemeinste aller Verräter gefühlt.

Am Tag nach seinem sechsunddreißigsten Geburtstag war er aufgewacht und hatte noch die Erinnerung an ein tiefes Glücksempfinden, an eine befreiende Entladung im Gesicht stehen. Die Flecken auf seiner Pyjamahose hatten deutlich gemacht, daß es sich um einen Samenerguß handelte. Darüber war er so verlegen geworden, als hätte er in die Hose gepinkelt, und diese Verlegenheit hatte er mit sich herumgeschleppt, so daß er die Menschen, welche die Straßen und Bürgersteige bevölkerten, ständig um Entschuldigung bat. Corsini hatte nicht einmal an Feiertagen so viele gesehen, und dabei war es ein ganz normaler Freitag mit bleiernem Himmel. Männer und Frauen, Junge und Alte waren von einer ungezügelten Ausgelassenheit erfaßt, in ihren Gesichtern stand eine ungewöhnliche Aufgeregtheit. Am Fabriktor war das Pförtnerhäuschen von unbekannten Menschen besetzt, und Lothar, der Chefpförtner, trug keine Uniform. Jeder wollte seine Geschichte erzählen, die Stimmen überlagerten sich und gingen unter.

»Was ist los, Lothar?« Die Frage brachte die anderen zum Schweigen.

»Wie, was ist los?«

Corsini hatte mit dem resignierten Gesichtsausdruck eines Menschen geantwortet, der verstehen will, aber nicht versteht, weil niemand ihm hilft zu verstehen.

»Letzte Nacht ist die Mauer gefallen«, hatte Lothar gesagt, während die anderen um ihn herum in Verteidigungshaltung gingen, denn eine Unwissenheit solchen Ausmaßes machte sie argwöhnisch. »Haben Sie das denn nicht mitbekommen? Bei dem Höllenlärm auf den Straßen, bei den ganzen Fernsehberichten?«

Corsini blieb stumm. Er ging in sein Büro, ohne zu erklären, daß er kein Fernsehgerät besitze, und daß die Nächte, in denen er Schlaf finden konnte, so selten waren, daß er sich, wenn eine von ihnen auftauchte, in sie vergrub und für niemanden mehr da war. Außerdem hatte ihn in dieser Nacht anderes beschäftigt.

Die Tage der Sorge brachen an. Jeder war überzeugt, daß nichts mehr so sein würde wie früher, und einige wollten sich lieber nicht ausmalen, wie ihr Leben von nun an verlaufen würde. Frau Hannelore kam weiterhin jeden Monat mit der Lohntüte. Corsini hätte ihr gerne ein paar Fragen gestellt, hatte aber gelernt, daß es sinnlos war, Frau Hannelore zu fragen: Wenn sie etwas zu sagen hatte, sagte sie es von selbst.

In seinem Büro hatte man Corsini mitleidvolle Blicke zugeworfen. Seit elf Jahren arbeitete er in der Bekleidungsfabrik, aber er hatte keinerlei Beziehung zu irgendwem. Niemand hatte gewagt, ihn einzuladen, und er hatte sich so verhalten, daß keiner eine Einladung aussprach. Ihm war es recht, daß man ihn mit aus Respekt und Unverfrorenheit vermischter Distanz behandelte. Er wurde lieber ertragen als bemitleidet.

Daß sich die Situation überschlug, hatten ein paar winzige Umstände deutlich gemacht. Der erste war Marianne Witts Verhaftung, die als Nummer Eins unter den Gesuchten in Westdeutschland galt. Im Unterschied zu ihm lebte die Witt in einer großen Wohnung in der Rosenbekkerstraße, und ihr Aufenthalt im Osten bestand aus ein paar bequemen Arbeiten, neuen Identitäten und Ferienlagern. Die Witt gehörte in jeder Hinsicht zur Gemeinschaft der großen Schützlinge, von der Corsini es vorgezogen hatte, sich fernzuhalten. Dabei hatte ihm seine Rolle als bescheidener Weibel der Revolution geholfen. Ein großer Unbekannter zu sein, der keine entscheidenden Unternehmungen aufzuweisen hatte, stellte ein Privileg dar. Die Kollegen von Frau Hannelore waren nicht einmal von der Erwägung gestreift worden, ihn anzuwerben, während die Witt und ihre aus dem Westen geflüchteten Genossen sofort integriert wurden. Das Leben war ihnen in vieler Hinsicht leichter gemacht worden, doch verhaftet wurde die Witt von den Agenten der Kriminalpolizei, die ihr noch bis tags zuvor Hochachtung entgegengebracht hatten.

Das wird mir nicht passieren, hatte Corsini die Festnahme der Witt kommentiert. Allerdings hätte er sich das gerne von Frau Hannelore garantieren lassen. Aber wo sollte er sie finden? Er hätte in der Zentrale nach ihr fragen können, doch unbewußt befürchtete er, er könnte jemanden, der ihn vergessen hatte, daran erinnern, daß unter Honeckers Schützlingen auch er war. Nicht, daß er sich einbildete, ohne Wissen der örtlichen Heiligenfiguren in Ost-Berlin zu wohnen, doch bis dahin hatte er sich bemüht stillzuhalten, um leichter vergessen werden zu können. Sogar Frau Hannelore glaubte mit ihm an diese Illusionen, deren Chancen, Wirklichkeit zu werden, eins zu einer Million standen.

Der zweite Umstand war die offizielle Aufforderung, Ost-Mark gegen West-Mark einzutauschen. Eine harte Mark gegen zwei wertlose Ost-Mark. Es war Sonntag, der 1. Juli, und Frau Hannelore hatte nicht um 8 Uhr an die Tür geklopft. Um fünf nach acht hatte Corsini bereits resigniert: Frau Hannelore hatte sich nie um mehr als dreißig Sekunden verspätet. Bei ihr waren fünf Minuten etwas Unvorstellbares, außer, daß sie einen Unfall gehabt hätte. Corsini hatte sich abzulenken versucht, indem er ›Der eindimensionale Mensch‹ von Marcuse durchblätterte, das Buch, das Frau Hannelore ihm im vergangenen Monat besorgt hatte. Bei jeder Seite war er alle denkbaren Entschuldigungen durchgegangen, die die Verspätung seiner Schutzpatronin rechtfertigten.

Um elf war Corsini tief erschreckt. Frau Hannelore war sein einziger Bezugspunkt in einer Stadt, in der er lediglich die Adresse des einen oder anderen Ladens, der Konzertsäle und des Schießplatzes kannte. Er hätte viel dafür gegeben, eine Waffe zu haben. Anders als die Witt hätte er dann denen, die kommen und ihn verhaften würden, nicht zugelächelt.

Zur Mittagszeit war Corsini ins Freie gestürzt, angelockt von der Sonne und auf der Flucht vor dem unendlichen Gefühl der Bedrückung, das plötzlich von den fünfzig Quadratmetern ausströmte, die er seit elf Jahren bewohnte. Ost-Berlin war an diesem Sonntag eine einzige

Menschenschlange. Aber es waren nicht die Schlangen besiegter Menschen, die, wie im Fernsehen oder im Kino, den Siegern lautlos entgegengingen, tief gedemütigt und voller Scham, um Waffen und Munition abzuliefern. Corsini sah rings umher Freude und Zuversicht: Eltern und Kinder, Mütter mit ihren Kleinen im Kinderwagen, gelöste und entspannte Familiengruppen, als wären sie bei einem Picknick. Die Bürger des sterbenden Demokratischen Deutschlands kamen, um Geld abzuliefern. In der dreitausendjährigen Geschichte der Welt ergab sich eine Nation zum ersten Mal einer Bank.

Mit jedem Schritt wurde Corsini stärker von einer eigentümlichen Erregung erfaßt. Die Ungewißheit, was sich am nächsten Tag ereignen würde, erweckte in ihm angenehme Empfindungen und verjagte düstere Gedanken. Hätte er einen Fotoapparat gehabt, würde er Schnappschuß um Schnappschuß einen Augenblick verewigt haben, den die Geschichtsbücher überliefern würden. Diesen Sonntag hatte er mit dem Teufel im Leib erlebt. Er war von einem Punkt zum anderen in Ost-Berlin gegangen. Er hatte die Euphorie vieler Berliner beobachten können, die überzeugt waren, daß morgen für sie der neue Tag anbrechen würde, und zwar nicht der von Marx und seinen Anhängern versprochene, sondern der von Kohl und der Deutschen Bundesbank. Erschöpft von dem ungewohnten Spaziergang und bestärkt in der Hoffnung, daß die letzte Schlacht immer näher rückte, war er nach Hause zurückgekehrt. Man würde zwar keine Straßen noch Plätze nach ihm benennen, aber es kam ihm vor, daß sein Leben nur dann einen Sinn hätte, wenn er pünktlich zur Verabredung erschiene.

Er hatte von Daniela geträumt, aber es war nichts Aufreizendes oder Erotisches vorgekommen. Daniela hatte sich die Haare wachsen lassen, ihr Gesicht hatte sie ihm nicht zugewandt und ihn immer nur angeknurrt. Vorwürfe von Fraktionismus, von Opportunismus, von Deviationismus, dabei hätte sie doch wissen müssen, daß er jede Art von »Ismus« verabscheute. Daniela war schlimmer als eine Erinnye aufgetreten: Jeder kleinste Vorwand genügte, um sich auf ihn zu stürzen. Vergebens hatte Corsini versucht, etwas zu sagen. Daniela hatte und gab keinen Frieden. Aufgeweckt wurde er von einem lang anhaltenden Klingeln an seiner Tür. Als er aus dem Bett sprang, hatte er noch Danielas letzte Beschimpfung im Ohr: Feigling.

»Kann ich hereinkommen?«

Frau Hannelores Frage hatte ihn aus seiner Benommenheit gerissen und auch aus seinem Erstaunen, auf der Türschwelle seine Tutorin in Hochform zu sehen: lang, steif, einsilbig.

»Ich habe Ihren Lohn nicht und werde ihn auch nicht mehr haben.«

Frau Hannelore hatte sich aufrecht und ordentlich auf einen der drei Plastikstühle gesetzt. Corsini hatte sich zu ihren Füßen hingehockt.

»Sie werden mitbekommen haben, daß sich die Dinge hier ändern.«

»Muß ich gehen?« Corsini war aufgestanden.

»Das wäre keine schlechte Idee. Aber wohin? Es sieht so aus, als gäbe es für Leute wie uns kein Vaterland mehr. Nicht einmal das große Mütterchen Rußland hat ausreichend Rüben und Kartoffeln, um uns satt zu machen.« Frau Hannelores Schweigen hatte Corsini Zeit gegeben nachzudenken. Und er hatte nur an eines gedacht: Freiwillig würde er sich nicht ergeben.

»Ich habe ein paar West-Mark aus unseren Sonderfonds zusammengekratzt.« Frau Hannelore hatte den Umschlag in Corsinis Hand gehauen. »Damit müssen Sie so lange wie möglich auskommen. Ich glaube nicht, daß ich Ihnen noch mehr geben kann.«

»Was soll ich tun?«

»Corsini, eine Möglichkeit gibt es.« Frau Hannelore hatte ihn noch nie bei seinem Namen genannt. »Es gibt Arbeitsangebote für Leute aus unserem Bereich.«

»Was für Arbeit?«

»Arbeit für Leute, die zu allem bereit sind. Wir können keine großen Ansprüche mehr stellen.«

»Wer bietet die Arbeit an?« Corsini hielt sich noch immer für einen ständig dienstbereiten Revolutionär.

»Alle. Unsere alten Freunde und unsere alten Feinde. Von einem Landsmann von Ihnen habe ich ein Sprichwort, das auf uns zutrifft: Einem guten Pferd fehlt es nie an einem guten Sattel. Kennen Sie dieses Sprichwort?«

Corsini kannte es nicht.

»Momentan«, sagte Frau Hannelore, »können wir nicht viel mehr sein als ein gutes Pferd.«

»Momentan?«

»Wir kommen zurück, keine Sorge. Viel zu viele Ketten fesseln diese Welt, als daß nicht früher oder später irgendein Spartakus sie zu zerreißen versuchen würde. An dem Tag wird das, was heute verlacht wird, wieder der Traum von Millionen von Menschen sein.«

Corsini war klar geworden, daß Frau Hannelore mit der gleichen Intensität glaubte wie er. Daniela hätte gesagt, Frau Hannelore vertrete die richtigen Thesen zur falschen Zeit, aber das tat sie nur, um ihre Zugehörigkeit zu einer Idee und die Idee selbst zu verteidigen. Corsini war angetan: Immer hatte er Frau Hannelore voller Vertrauen betrachtet, und jetzt wurde er angemessen belohnt. Frau Hannelore gehörte mit Sicherheit zur Stasi, aber noch sicherer war es, daß sie eine gute Kommunistin war: Eine wie sie würde eine wertvolle Bereicherung in seiner Gesellschaft der Gleichen sein.

»Nehmen Sie an oder nicht?« Die Art, wie Frau Hannelore fragte, ließ Ungeduld erkennen.

Corsini hatte nicht recht verstanden, was er annehmen sollte, hatte aber ja gesagt.

»Ich bleibe in Verbindung«, hatte Frau Hannelore gesagt. »Ich hoffe, daß ich Neuigkeiten habe, bevor die Wiedervereinigung offiziell wird. Dann müssen wir den westdeutschen Behörden sämtliche Listen unserer Gäste übergeben. Darunter sind auch Sie. Allerdings stehen Sie dort mit Ihrem richtigen Namen, Matteo Corsini, während Sie hier als Andreas bekannt sind. Und dazu haben Sie einen völlig anderen Namen.«

In Frau Hannelores Hand tauchte ein Paß mit einem amarantroten Umschlag auf, in den zwei Zeilen eingestanzt waren: »Europäische Gemeinschaft«, »Repubblica Italiana«.

»Er ist völlig einwandfrei.« Frau Hannelore hatte mit dem Paß vor Corsinis Augen hin und her gewedelt. Sie hatte ihn auf Seite zwei aufgeschlagen: Unter einem Foto neuesten Datums von Corsini standen die Angaben zur Person von De Bellis, Luciano, geboren am 17. 3. 1950 in Genua.

»Wir haben Sie ein bißchen älter gemacht. Macht Ihnen das was aus?« Frau Hannelore hatte den Paß auf den Stuhl gelegt, auf dem sie bis vor einer Sekunde noch gesessen hatte. »Ich muß gehen. Den nächsten Kontakt haben wir in der Fabrik. Ich werde jemanden schicken, dem ich vertraue. Er oder sie wird Sie fragen, ob Sie einen gewissen Luciano De Bellis kennen. Das ist das Codewort, vergessen Sie es nicht.«

Ende September hatte ihn ein Mädchen mit feuerrotem Haar gefragt, ob er einen gewissen Luciano De Bellis kenne. Corsini war dem Mädchen auf einen Bauernhof bei Dresden gefolgt. Dort gab es Kühe, Schafe, Hühner, Schweine, Kaninchen. Über einen Monat lang hatte Corsini sie auf die Weide getrieben, die Ställe saubergemacht, den Futterbrei zubereitet. Er hatte Flanellhosen getragen, Hemden aus gefärbter Wolle und eine wasserdichte Mütze, um sich gegen den Dauernieselregen zu schützen.

Am 15. November war eine alte Gestalt über die Krokuswiese zum Hühnerstall gegangen, in dem er Futter ausstreute. Als die Gestalt sich unter den Zaun bückte, erkannte Corsini Frau Hannelore wieder. Sie war nicht mehr lang und steif. Sie sah aus wie eine anspruchslose Frau im fortgeschrittenen Alter. Sie blieb einsilbig.

»Ich habe ein Angebot für Sie.«

Corsini säuberte sich die Hände, indem er einen feuchten Lappen benutzte, der aus dem Hosengürtel hing.

»Sie fahren nach Hause zurück.«

Corsini hatte vor Erstaunen die Augen weit aufgerissen.

»Sie kehren nach Italien zurück«, hatte Frau Hannelore hinzugefügt.

»Aber da werde ich verhaftet.«

»Sie bleiben für die Zeit der Operation in Italien, danach werden Ihre neuen Arbeitgeber sich um eine Unterbringung für Sie kümmern. Eine sichere Unterbringung, im Ausland. Das hat man mir garantiert. Begehen Sie nicht den Fehler, Ihre Eltern aufzusuchen, versuchen Sie nicht einmal, sie zu treffen. Das wäre der Untergang für Sie und auch für Ihre Eltern.«

»Warum gerade Italien?«

»Sie fahren morgen früh nach München. Dort nehmen Sie ein Flugzeug nach Zürich. Von Zürich fahren Sie mit dem Zug nach Mailand und dann von Mailand mit dem Zug nach Rom. Es ist nicht vorgesehen, daß Sie in Hotels oder sonstwo übernachten. Gehen Sie in Rom in die Pension Bel Ami hinter der Stazione Termini. Dort werden Sie ein für De Bellis reserviertes Zimmer und einen Umschlag mit italienischem Geld vorfinden. Sie sind Tourist, bis sich die anderen melden. Sie haben keine Wahl. Wenn Sie nicht annehmen, können wir Ihnen keinen Schutz mehr bieten, und Sie müssen selber sehen, wie Sie zurechtkommen.«

»Wer sind die anderen?«

»Das wissen wir nicht. Keine Leute von hier. Sie haben einen der vielen Vermittler eingeschaltet, die sich damit beschäftigen, uns in kleinen, mundgerechten Happen zu verkaufen. Man suchte einen Schützen, der aus großer Entfernung schießen kann, der unbekannt und vor allem nicht wiedererkennbar ist. Ich habe mich an Ihre Fortschritte der letzten Jahre auf dem Schießplatz erinnert.«

»Sie meinen, ich sei der Sache gewachsen?«

»Das kann ich nur hoffen.« Frau Hannelore hatte ein Grinsen unterdrückt.

»Ich weiß nicht, ob ich einen Mann kaltblütig erschießen kann ... einen, den ich noch nie gesehen habe.«

»Wenn das fehlschlagen würde, wäre es schlimm. Für alle.«

Corsini hatte keine Zeit mehr zu fragen, was dann so schlimm wäre und wer »alle« waren.

»Natürlich haben sie wissen wollen, wie Sie wirklich heißen und welcher Name im Paß steht. Auf Wiedersehen.« Bevor Frau Hannelore ging, hatte sie sich gebückt, um einen Ginsterzweig aufzuheben.

Die Reise war ohne Hindernisse gewesen, und jetzt, im Abteil, gewöhnte sich Corsini wieder daran, eine Sprache zu hören, die er seit zwölf Jahren entbehrte. Mit ihr tauchte seine Kindheit und damit auch sein Vater und seine Mutter wieder auf. Frau Hannelore hatte ihm erlaubt, ihnen zwei Briefe im Jahr zu schicken. Corsini brachte gerade mal eine Seite zusammen. Von sich aus empfand er eine ausgesprochene Abneigung gegen Briefe und Postkarten, zudem blockierte ihn die Gewißheit, daß jemand von der Stasi, vielleicht Frau Hannelore selbst, seine Zeilen lesen würde, bevor er sie über geheimnisvolle, seinen Aufenthaltsort geheimhaltende Wege weiterleitete. Corsini hatte sich nie über äußerst dürftige Mitteilungen über sich selbst und Grüße ohne Leidenschaft oder Bedauern hinausbegeben. Seine Zuneigung für die Eltern war mehr das Ergebnis einer Gewohnheit als echte Kindesliebe. In den zwölf Jahren hatte er nur ganz selten unter ihrer Ferne gelitten. Die spärlichen Informationen erhielt er über Frau Hannelore: Es geht ihnen gut, sie haben den Brief erhalten, sie lassen Sie wissen, daß Sie sich in Acht nehmen sollen.

Jetzt würde er unendliche Freude empfinden, wenn er sie in seine Arme schließen könnte, hier im Abteil. Er hätte die Länge seiner Abwesenheit an ihren Falten, an der Gebeugtheit ihrer Rücken messen wollen. Er hätte sie wie die Kinder behandelt, die er nicht hatte haben wollen. Es machte ihm nichts aus, daß er seinen Vater und seine Mutter höchstwahrscheinlich nie mehr in die Arme schließen würde; aber es machte ihm etwas aus, sie genau in diesem Augenblick nicht zu sehen. Seine Eltern gehörten der Vergangenheit an, der einzige Mensch, der zur Zukunft gehörte, war Daniela. Drei Jahre zuvor hatte Frau Hannelore ihm mitgeteilt, daß sie aus dem römischen Gefängnis Rebibbia in ein anderes Hochsicherheitsgefängnis überführt worden war.

Corsini neigte den Kopf, wie Daniela ihn in dem vergitterten Gefangenentransporter geneigt hatte, als sie ihn zum ersten Mal musterte. Er schlief sofort ein.

XV

»Ich bin Ispettore Torrisi.«

Der Dottore kniff die Augen zusammen: Sie hatten wieder angefangen, ihn zu quälen, und zwar noch schlimmer, so als wäre Sand in sie gekommen. Er bedauerte, daß er nicht in seinem dunklen Schlafzimmer sein konnte, aber es war der 19. November, heiliger Faustus Märtyrer, fünfzigster Hochzeitstag.

Der hat mir noch gefehlt, dachte der Dottore. Was wollte er? Eine Beförderung? Eine Empfehlung? Eine Stelle für seinen Sohn? Ein Weihnachtsgeschenk? Der Dottore sah ihn genauer an, und was er sah, gefiel ihm nicht: ein alter Mann, undefinierbar gekleidet. Er hatte sich vorgestellt, ohne den Hut abzunehmen.

»Man hat mir gesagt, Sie würden mich suchen ...« Der Dottore roch von weitem, wer ihm auf die Eier gehen würde, vor allem, wenn jemand als Polizist verkleidet war.

»Ich wollte Sie davon in Kenntnis setzen, daß wir eingetroffen sind. Sagen Sie Ihren Leuten daher, daß sie ruhig bleiben sollen, wenn sie uns hier und da sehen.« Je mehr der Inspektor redete, um so weniger gefiel er dem Dottore. »Wir werden uns unauffällig verhalten, doch um jeder Überraschung zuvorzukommen, müssen wir hin und wieder das Gelände abschreiten.«

»Das ist Rechtsanwalt Midolo. Falls Sie irgend etwas brauchen, wenden Sie sich an ihn. Wollen Sie etwas trinken? Wollen Sie etwas essen? Wollen Sie ausruhen? Tun Sie, was Sie wollen.«

»Wir sind im Dienst.«

»Aber das hier ist ein Fest. Vergessen Sie das nicht. Der Polizeipräsident wird es Ihnen gesagt haben.«

Der Dottore wandte sich ab und war verbittert: ein

unheilvolles Zeichen für den Tag des heiligen Faustus, den 19. November, für den Hochzeitstag, für ihn, der eingewilligt hatte, ihn zu feiern, für die Idee, den Polizeipräsidenten und die anderen Herumquaker in der Schärpe mit den italienischen Staatsfarben einzuladen.

»Signor Bellomio ...«

Torrisis Stimme traf den Dottore wie ein Dolchstoß: Wenige, nur ganz wenige durften sich unterstehen, ihn so zu nennen, dazu in der Öffentlichkeit.

Der Dottore blieb stehen und drehte seinen Kopf nur ein wenig.

»Ich kannte einen Ihrer Freunde«, sagte Torrisi. »Totò Leanza ... genauer gesagt Don Salvatore.«

»Ein feiner Mann«, antwortete der Dottore, während er sich zum hellerleuchteten Haupteingang begab. »Friede seiner Seele.«

Rechtsanwalt Midolo schloß sich dem Dottore an. Vor Zerknirschung senkte er seinen Kopf auf die Brust: Sogar die einfachsten Dinge waren heutzutage kompliziert geworden. Zwei aufgeweckte Burschen, die nicht in der Lage sind, einen miesen Polizisten umzunieten, der einen Seicento fährt und der eigentlich in ein Altersheim gehörte. Und diese miese Type besitzt nicht nur die Unverfrorenheit, sich zu zeigen und vorzustellen, sondern macht auch noch Witze, statt der Madonna ein paar Kerzen anzuzünden und vom Angesicht der Erde zu verschwinden. Was konnte Rechtsanwalt Midolo schon machen, wenn alles auf dem Kopf stand, wenn der Dottore beschlossen hatte, die halbe Welt herauszufordern, statt in Ruhe all das zu genießen, was er angehäuft hatte, und das wenige, was ihm im Alter von siebzig noch an Leben beschieden war? Konnte er, Rechtsanwalt Midolo, etwa gleichzeitig an zehn verschiedenen Stellen sein? Nein. Konnte er sich gleichzeitig mit der Theorie und mit der Praxis beschäftigen? Nein. Sprang er zwischen der Verlegung der Gesellschaften nach Liechtenstein und den laufenden Geschäften nicht schon genügend herum? Standen sie nicht alle in seiner Schuld, angefangen beim Dottore? Doch. Und nochmals doch, aber er war genauso sicher, daß der Dottore nicht nur nicht zufrieden wäre, sondern ihm auch noch Vorhaltungen machen würde.

»Mein Kompliment, Midolo, wirklich, Kompliment.« Der Dottore ließ eine Litanei los, die denen, die ihn kannten, Schauer über den Rücken jagte.

»Ich kann nicht auch noch die Verantwortung für alle Verrückten übernehmen«, antwortete Midolo, ohne den Kopf zu heben.

»Der hier ist nicht verrückt, die Verrückten sind wir, weil wir uns vom Erstbesten, der uns über den Weg läuft, anpinkeln lassen. Er sollte unter der Erde liegen, aber das tut er nicht. Nein, keineswegs. Statt dessen ist er hier, und keiner sagt mir ein Wort. Keiner sagt mir, wer der Polizist ist, der mich sprechen will. Avvocato Midolo, sind Sie Ihres Postens vielleicht überdrüssig?«

Wenn es Fliegen gegeben hätte, man hätte sie herumfliegen hören.

»In meinem eigenen Haus beleidigt, am Tag meiner goldenen Hochzeit! Glauben Sie denn, ich wäre so alt geworden, um mich vom erstbesten Schwanzbläser auf den Arm nehmen zu lassen, der zudem noch nicht einmal den Hut abnimmt, wenn er mit mir redet? Und das lassen Sie zu? Und niemand von euch hält es für seine Pflicht, diesen Hut mit einem Schlag herunterzuhauen, den er auf seinen Hörnern und den Hörnern sämtlicher nachfolgender sieben Generationen sitzen hat.«

Der Dottore warf einen zornigen Blick um sich, er verweilte auf jedem Gesicht, so als ob er sich die Gesichtszüge all derer in sein Gedächtnis einprägen wollte, die ihn enttäuscht hatten.

»Vergessen wir nicht, er ist ein Polizist ...«

»Wissen Sie, wo ich mir die Polizisten hinstecke? Aber nicht nur ihn, sondern die, die hundertmal wichtiger sind als er ... Wissen Sie, wo ich mir den Commissario Ribaudo hingesteckt habe, vor dem Sie und andere Ihres Schlages vor Angst grün geschissen haben? Sehen Sie mich gefälligst an, wenn ich mit Ihnen rede ...«

Rechtsanwalt Midolo brachte seinen Kopf nur widerwillig aus der einzigen Haltung, in der er sich sicher fühlte.

»Hier habe ich mir Ribaudo hingesteckt«, und der Dottore hob mit beiden Händen den Hosenschritt hoch. »Und hier steck ich mir den Schwanzbläser da draußen hin und euch alle, und dann bleibt noch genug Platz für Eure Familien, für den Polizeipräsidenten, für den Bürgermeister, für den hohen Antimafia-Kommissar, für den Minister, für den Präsidenten der Republik und für den Ewigen im Himmel! Habe ich mich klar ausgedrückt, oder braucht jemand noch zusätzliche Erklärungen?«

»Sagen Sie mir nur ein Wort, und schon bin ich auf dem Weg.« Einer, der sich in dunkle Schale geworfen hatte, trat hervor. Seine Haare glänzten vor Brillantine.

»Du kannst dich in den Arsch ficken lassen«, sagte der Dottore. »Jetzt wird nichts unternommen. Mehr noch, wir hofieren ihn, wir wiegen ihn in Sicherheit, wir kümmern uns mit großer Aufmerksamkeit um ihn: Wir benehmen uns wie artige Kinder. Wir haben anderes im Kopf, als uns um einen Ispettore von der Polizei zu kümmern. Übrigens, Avvocato, gibt es Neuigkeiten?«

Rechtsanwalt Midolo segnete Millepiedi. »Die Spur ist wahrscheinlich richtig. Wenn Sie wollen, sage ich Ihnen nachher mehr.«

Der Polizeipräsident würdigte Torrisi eines flüchtigen Grußes und verschwand in dem zum Festungsbunker ausgebauten und zu einem prächtigen Landsitz umgestalteten Gehöft. Während Torrisi dem Polizeipräsidenten nachsah, wurde sein Blick von den Vergitterungen angezogen, die rundum in die gesamte Außenmauer eingelassen waren. Ihre Zahl war beträchtlich, und sie waren so angeordnet, daß die zu ebener Erde mit denen auf der ersten Etage alternierten.

»Komm her, La Rosa«, sagte Torrisi.

Mit schnellem Schritt kam ein junger Mann auf ihn zu. Ständig zog er an seiner allzu eng sitzenden Jacke, um Falten und Wölbungen zu beseitigen.

»Siehst du diese Fenstergitter?«

La Rosa verstand nicht, worauf der Inspektor hinaus wollte.

»Als dieses Gehöft gebaut wurde, dienten die Gitter den ehrlichen Hausbewohnern dazu, sich mit Waffen gegen Banditenüberfälle zur Wehr zu setzen. Denn zu jener Zeit lebten die Banditen in der Macchia, in den Wäldern, auf den Bergen, sie schliefen in eilig errichteten Unterkünften, wenn sie Glück hatten, im Stroh der Bauern. Zu jener Zeit erkannte man Banditen schon am Gesicht und an der Kleidung. Zu jener Zeit lebten die Banditen draußen und die anständigen Leute drinnen. Zu jener Zeit öffneten anständige Leute den Banditen nicht ihre Türen, sondern waren sogar bereit, sie mit Waffen von ihren Häusern fernzuhalten.« Torrisi warf die filterlose Nazionale weg, setzte die Lesebrille auf und schob eine Hand durch das Gitter: Es gab keine Spinnweben, nichts Hinderliches. Man hätte meinen können, daß irgend jemand tagtäglich dafür sorgte, daß sie bestens in Schuß blieben.

»Doch vor wem müssen sich die Bewohner heute schützen? Banditen, die im Freien leben, in der Macchia, die schon anders aussehen, gibt es nicht mehr. Kannst du mir also sagen, La Rosa, vor wem sie sich schützen müssen?«

La Rosa war verlegen: Er verstand nicht, worauf der Inspektor hinaus wollte, er wußte nicht, was er antworten sollte, und ihm gefielen die beiden nicht, die mit schlaksigem Schritt auf sie zukamen, neugierig geworden durch die Stimme des Inspektors.

»Fällt Ihnen denn nichts ein, La Rosa? Ein intelligenter junger Mann, und gut informiert wie Sie, antwortet nichts? Dabei ist es nicht schwer: Vor wem muß man sich heute denn schützen, wenn nicht vor der Polizei? Heute, wo die Banditen in den Häusern wohnen, können von draußen doch nur noch die Polizisten kommen.« Torrisi klopfte mit einer Hand von innen gegen eines der Gitter. »Und hier weiß man, wie man sie empfangen muß.«

La Rosa knöpfte die Jacke auf und seufzte erleichtert. Mit seiner Hand streifte er die Pistole, die er auf der Seite trug: Die beiden Neuankömmlinge standen unbeweglich da und machten kein besonders glückliches Gesicht über das, was sie zu hören bekamen.

»Weißt du was, La Rosa?« Torrisi steckte die Lesebrille wieder in die Brusttasche zurück und führte eine Zigarette an die Lippen. »Gehen wir, bevor sie merken, daß wir Polizisten sind.«

Torrisi durchstreifte den gesamten Garten, unbeeindruckt von den scharfen Blicken. Er zählte über fünfzig Männer, die überall auf den Dächern, in den Alleen, unter den Orangenbäumen versteckt waren, um diesen riesigen Überfluß zu schützen, der sich zu Ehren des Dottore und seiner Gattin versammelt hatte. Gerade die Nachricht über das Fest hatte Torrisis boshafte Phantasie angeregt. Mit Li Destri hatte er schwer kämpfen müssen, doch am Ende hatte der Kommissar zugestimmt, allerdings hatte er ihn auch aufgefordert, sich nicht die kleinste Störung zu erlauben: der Polizeipräsident, dessen Begleitschutz unter Torrisis Kommando stehen sollte, würde es keinem von beiden je verzeihen.

»Aber sollten nicht wir es sein«, hatte Torrisi eingewandt, »die dem Polizeipräsidenten die Teilnahme an einer derartigen Feier nicht verzeihen dürften?«

Li Destri hatte die Bemerkung nicht gefallen und gesagt: noch ein Wort, und Torrisi würde nicht dabei sein.

»Ispettore«, hatte Li Destri hinzugefügt, »denken Sie daran, daß Gesualdo Bellomio ein Herr ist, der Steuern zahlt, jeden Sonntag zur Kirche geht, das Gesetz achtet und nicht auf den Boden spuckt. Er hat noch nie einen

Strafzettel bekommen, und sei es auch nur wegen Falschparkens.«

»Eine schöne Macht, wahrscheinlich hat er die städtischen Schutzleute gekauft.«

Der junge Leanza hatte ihn richtig eingeschätzt und sich entsprechend wie ein echter Hurensohn verhalten. Ihm hatte ein Gespräch genügt, um Torrisi garzukochen, dem das an Mariannina gesandte Material zum ersten Mal wirklich bedeutend vorkam. Dahinter steckte mehr als Skandale und Ermittlungen. Vorausgesetzt, er könnte es hervorrufen, wollte er etwas wesentlich Handfesteres, um seine Rachgier zu besänftigen. Während unendlich langer Stunden, in denen er bei sich zu Hause und im Büro Löcher in die Wände gestiert hatte, hatte Torrisi sich immer wieder gesagt, daß er es nicht nur für sich tat sondern auch für die Stadt. Sie kam ihm niedergeschlagen vor. Verdorben und feig geworden wie ein geprügelter Hund. Wenn, wie die jungen Leute in den neuen Antimafia-Vereinigungen behaupteten, es die Leute aus Torrisis Generation waren, welche die Stadt in diesen Zustand manövriert hatten, dann mußte einer aus derselben Generation das Signal für den Wechsel geben.

Torrisi hielt sich andererseits für überholt, manchmal sogar für pathetisch, wenn er versuchte, zwischen die vier Mauern seiner Stadt Menschen und Dinge einzuschließen, die sich längst über alle fünf Kontinente erstreckten.

Auf welche Weise konnte man diese Stadt lieben? fragte sich Torrisi. Wenn man jemanden oder etwas liebt, steht man immer vor dem gleichen Problem: dem Problem, daß man es zeigen muß. Liebe zur Stadt zeigen hieß in erster Linie, sie zu schützen, sie zu zwingen, die Apathie abzuschütteln, die dem stillschweigenden Dulden vorausging, und das stillschweigende Dulden, das der Apathie vorausging. Torrisi hatte niemals mit der Idee gespielt, zu fliehen oder wegzuziehen: er hätte nicht gewußt, wohin. Dort war er geboren, und dort würde er auch sterben: Nicht einmal die Liebe zu Mariannina, der ständige Wunsch, die letzten Jahre in ihrer Nähe zu verbringen, hätten ihn davon abhalten können, die Gerüche und vielfältigen Geschmacksfreuden aufzugeben, die ihn von Geburt an begleiteten.

Er hatte die Absicht, etwas zu tun, und diese Absicht wuchs mit jedem Tag. So, wie die Absicht der anderen wuchs, ebenfalls etwas zu tun, allerdings zum eigenen Vorteil, unbekümmert um Verbote, um Moral, um göttliche Gebote.

Der kleine Pfad führte unter Olivenbäume: Zunächst sah es aus, als würde er nur leicht ansteigen. Torrisi kletterte ziemlich lange hinauf und bereute es schon. Er ging gebückt weiter, unter Zweigen und Blättern, die ihn kitzelten, und hielt mit einer Hand seinen Hut fest. Als er oben angelangt war, atmete er schwer und fühlte sein Gesicht vor Anstrengung glühen. Er stand auf einem baumlosen Hang, der von mannshohen Macchiabüschen eingefaßt war. Er erkannte den oberen Teil des Gehöfts und begriff, daß er bei dem, dem Haupteingang abgewandten, rückwärtigen Teil herausgekommen war. Von unten drang das unbeschwerte Rauschen vieler Stimmen herauf und der schwache Widerschein überall aufgehängter Glühbirnen. Torrisi war überrascht, nirgends bewaffnete Männer zu sehen, ging sehr vorsichtig bis zu den Macchiabüschen hinüber, stellte sich aufrecht hin und sah unter sich das große Fest. Luftlinie nicht mehr als zwanzig Meter, doch die Lämpchen, die über den Tischen hingen, machten es für die unten praktisch unmöglich, oben etwas zu erkennen. Torrisi bewegte sich mit der Langsamkeit einer Katze, um seine Anwesenheit hier nicht zu enthüllen. In der Stille des Hanges hörte er ein Knacken und wandte sich blitzschnell mit dem Colt in der Hand um.

»Stimmt irgendwas nicht?«

Ein junger Mann mit langen Haaren und einem Ohrring im linken Ohrläppchen stellte die Frage. In diesem Halbdunkel kam er Torrisi wie der attraktivste junge

Mann vor, den er je gesehen hatte. Er schien unbewaffnet zu sein.

»Ich bin Ispettore Torrisi«, sagte er mit vorgehaltenem Colt. »Ein ganz normaler Beobachtungsrundgang. Sie haben mich erschreckt.«

»Sie mich auch. Ich stehe ein bißchen weiter da hinten, hinter diesem Baum dort. Ich hatte gehört, daß sich etwas bewegte, da bin ich gekommen, um nachzusehen, was los war. Ich kehre wieder an meinen Posten zurück.«

Torrisi fiel auf, daß der junge Mann der einzige aus der Privatarmee des Dottore war, der an diesem Abend nicht in Gala gekleidet war: Er trug Jeans, Pullover und Tennisschuhe. Walzerklänge drängten Torrisi, sich wieder dem Fest zuzuwenden.

Seiner Frau den Arm reichend, schritt der Dottore zum mittleren Tisch. Die Gäste klatschten herzlich Beifall, und die Walzerklänge setzten sich nur mit Mühe durch. Der Dottore dankte mit einem Lächeln, das wie eine Grimasse wirkte. Bevor er Platz nahm, erhob er einen Arm zum Gruß. Mit dem Einzug der Kellner im Smoking begann das Abendessen.

Je länger Torrisi hinschaute, um so sicherer war er, daß sich da eine Vorstellung abspielte, die er aber nicht zu deuten wußte. Die Kellner, die Gäste, die Gastgeber, die Musik waren die Bestandteile eines großen Entwurfs. Er hielt die Zigarette waagerecht vor seine Nase, und durch die glühende Spitze hindurch sah er sich genau den Tisch des Polizeipräsidenten an. Der war mit den Cannelloni beschäftigt: gierig und förmlich aß er und redete. Wenn man es ihm gemeldet hätte, würde er das Verhalten seines Begleitschutzchefs nicht gebilligt haben, der es sich herausgenommen hatte, den Dottore zu stören. Zwischen dem Polizeipräsidenten und Torrisi bestand keine Sympathie. Der Polizeipräsident hielt Torrisi für anmaßend, und Torrisi hielt den Polizeipräsidenten für einen Bummelanten. Torrisi konnte sich denken, daß der Polizeipräsident nicht gerade entzückt war, heute ausgerechnet ihn zwischen den Beinen zu haben, aber er hätte auch nicht gegen seinen Grundsatz verstoßen, nicht in die Einsatzpläne seiner Sektionsleiter einzugreifen, nur um Torrisi loszuwerden.

Die Zigarette verglühte, und Torrisi richtete sie auf den Dottore. Vielleicht hatte der Polizeipräsident ja recht: Zumindest an diesem Abend hatte sich Torrisi einiges herausgenommen. Aber was blieb dem Volk der Besiegten denn sonst übrig? Ging die Sache gut, würden sie ihn mit einem Tritt in den Hintern in Pension schicken; ging sie schief, würden sie ihn von Kugeln durchsiebt zum Friedhof tragen. Warum sich dann also nicht die Genugtuung gönnen, den Dottore vorzuladen und ihm von Mann zu Mann in die Augen zu blicken? Die Fotokopien der in vielen Jahren angehäuften Dokumente und Protokolle, die Absicht, sich ihrer zu bedienen, um einer urtümlichen Gerechtigkeit zu dienen, erinnerte ihn an diejenigen, die den Vorzug des Onanierens gegenüber einem wilden Fick priesen. Und seine Überlegungen waren geistiges Onanieren, denn in vierzig Berufsjahren war es ihm noch nie gelungen, die zu ficken, die es verdient gehabt hätten. Hatte er den Dottore, der zwei Wochen zuvor sein Todesurteil unterschrieben hatte, etwa gefickt, als er ihn eben so offen herausforderte? Nein, aber seit knapp einer Stunde atmete er freier. Er warf die Kippe hinter sich und rückte die Einzelheiten des Festes in sein Blickfeld.

Endlich begriff er.

Er begriff, welche Vorstellung da gegeben wurde. Es war eine Vorstellung über die absolute Macht. Am Tisch des Dottore saß nämlich der Architekt Fabbricatore, der seit August nicht nur der bedeutendste Unternehmer des italienischen Südens, sondern einer der bedeutendsten von ganz Italien war: An einem Morgen hatte er die NAM gekauft, Nuova Azienda Meccanografica – Neue Gesellschaft für Lochkartensysteme –, ein multinationales Unternehmen mit Verzweigungen in allen Kontinenten. Mit einer Summe von über zehn Billionen Lire hatte Fabbricatore das Geschäft an sich gerissen, das außerhalb der üblichen Börsenwege abgeschlossen worden war, und die Gerüchte, wer diesen Deal finanziert habe, waren wie die Gerüchte des Heiligen Ufficiums. Zur offiziellen Besiegelung der Tatsache, daß dies der wichtigste Tisch war, saß auch Ciccio Spedicato dort, ein Orangenhändler, gegen den wegen allem, was das Strafgesetzbuch zu bieten hatte, ermittelt wurde, der aber niemals verurteilt worden war. Spedicato war der Abgesandte der Familien der Westküste Siziliens, doch in den letzten Monaten trat die Macht aus jeder Pore seiner Haut hervor. Man hatte ihn mit Fabbricatore reden gesehen, und das genügte, um ihn dem Kreis der stillen Finanzförderer des Architekten zuzurechnen. Am Tisch rechts von diesem Haupttisch saßen der Baron Lamantia, an dem man die einmalige Ungewißheit pries, ob er nun Gärten sammle oder Milliarden; der Commendatore Prestipipino, Präsident der Banca del Mare und Aufsichtsratsmitglied der NAM. Am linken Tisch saßen der junge Dottor Di Mauro, Sekretär der städtischen Christdemokraten, Präsident des Appellationsgerichts, ein gerade erst berufener Lombarde, der in sechs Monaten ein bißchen herumgeschnuppert und sich angepaßt hatte; und schließlich der neue Oberbürgermeister Nocita, der dieses Amt schon einmal innegehabt hatte, bevor er wegen einer Affäre bei der öffentlichen Auftragsausschreibung im Gefängnis gelandet war. Nocita hatte sich zur gleichen Zeit wieder erholt, als sein Hauptfeind und Parteifreund, der Abgeordnete Antonino Rapisarda entführt und unter unbeschreiblichen Quälereien ermordet worden war. An den Tisch unmittelbar hinter dem des Dottore waren der Polizeipräsident, der Präfekt, der Direktor der örtlichen Zeitung, Gigi Cantone, Professor Reina, der blasierte Ratgeber des Fürsten, gleichgültig, wer dieser Fürst war, und der neue Hohe Antimafia-Kommissar Melito gesetzt worden, der bis vor einem Jahr der

Polizeipräsident der Stadt war und im Geruch der Vasallenschaft zu jeglicher Macht stand.

Die vier Tische waren räumlich getrennt von den anderen aufgestellt, an denen mehr oder weniger durcheinander die Masse all derer saß, die den Ehrgeiz hatten aufzusteigen und doch nur schwerlich aufsteigen würden. Sie stellten die jüngste Garde das Vasallentums dar: die modernen Diener des Endes dieses Jahrtausends, zumeist mit Universitätsabschlüssen und einem amerikanischen Master's Degree, doch in ihrem Innersten Sklaven, die sich wie Sklaven herumschleppten und auf dem Fest glückselig und zufrieden in ihren maßgeschneiderten Anzügen herumscharwenzelten. Die Kellner traten zu ihnen und taten ihnen einheitlich kleine Portionen auf, nachdem die Besetzung der vier Haupttische sich nach Herzenslust von den Platten bedient hatte.

Unter seiner Nasenspitze hatte Torrisi Fleisch und Blut der Macht beisammen, Männer, die über Hunderttausende, vielleicht Millionen andere Menschen entschieden. Männer wie der Dottore, die mit weit aufgerissenem Mund aßen; Männer wie Spedicato, die sich zwischen einem Bissen und dem nächsten ins Ohr kniffen; Männer, die ein wandelndes Handbuch der guten Manieren waren, wie etwa der Architekt Fabbricato.

»Eine Bombe würde hier reinen Tisch machen«, sagte unerwartet eine Stimme.

Torrisi empfand die gleiche wilde Resignation, die er als Kind empfunden hatte, wenn seine Mutter seine geheimsten Gedanken erriet. Er vergaß den Dottore und dessen Gäste, er vergaß die Vorsichtsmaßnahmen, er wollte nur herausfinden, wer ihm da ins Herz geschaut hatte. Wenige Meter von ihm entfernt grinste Padre Mazza mit einer Zigarettenspitze aus Perlmutt und einer langen, dünnen Zigarette.

Torrisi kannte ihn dem Namen nach: Cantones Zeitung lobte schon seit einigen Jahren seinen Einsatz für die Benachteiligten, und die Artikel waren oft mit einem Foto versehen. Doch auf den Fotos war ein Priester zu sehen gewesen, der litt und sich entrüstete, während der, der da in der Kutte auf ihn zukam, ein mit sich und der Welt in Frieden lebender Priester war.

»Hab ich Sie erschreckt?« fragte Padre Mazza.

»Ich hatte nicht damit gerechnet, Gesellschaft zu bekommen.«

»Ich weiß nicht, wie es Ihnen geht, aber ich hatte Lust, eine Zigarette in heiliger Ruhe zu rauchen, und da unten gibt es zwar viel von allem, aber keine Ruhe. Gehören Sie zur Gruppe?«

»Nein.«

»Ein Bewunderer?«

»Ein Polizist.«

»Ihr Gesicht kommt mir bekannt vor ...«

»Mein Name ist Torrisi.«

»Der vom Attentat auf dem Viale?« Padre Mazza wurde neugierig.

»So ist es.«

»Sind Sie zu Ermittlungen hier oder für Kontrollen?«

»Wegen der schönen Aussicht.«

»Geben Sie schon zu, daß ich Ihnen das Wort aus dem Mund genommen habe. Sie werden es nicht bemerkt haben, aber Sie murmelten diesen Satz: Ich habe ihn von Ihren Lippen abgelesen.« Padre Mazza verlor seine flotte Art und wurde ernst. »Wenn man wie ich ständig mit Taubstummen zu tun hat, lernt man natürlich auch etwas.«

»Aber wie schafft das einer, der nicht nur mit Taubstummen, sondern auch mit Krüppeln, Blinden und hoffnungslos Kranken zusammen ist, mit denen da unten zusammenzusein?« Die Worte waren schneller als die guten Absichten, der Grimm hatte die guten Manieren geschlagen.

»Ich bin ein Hirte, dem man eine Herde anvertraut hat, und mit dieser Herde versuche ich, das Lob des Herrn zu singen. Durch mich werden sie«, und mit einer weit ausholenden Handbewegung deutete er auf die Menschenmenge unten, »das Mittel zur Linderung der Leiden vieler unglücklicher Menschen.«

»Deren Geld stinkt, um nicht noch Schlimmeres zu sagen.«

»Unser Herr sagte: ›Wer ohne Sünde ist, der werfe den ersten Stein‹. Sie sind so, wie die anderen wollen, daß sie sein sollen.«

Torrisi schüttelte das Päckchen mit den filterlosen Nazionali, um eine herauszubekommen.

»Eine schöne Zigarette ist genau das, was man jetzt braucht.« Padre Mazza zog an seiner voller Lust. »Darf ich Ihnen eine Parabel aus unseren Tagen erzählen?«

Er verstand Torrisis Schweigen als Zustimmung.

»Eine Familie aus meiner Gemeinde, der Vater bei der Stadtverwaltung, die Mutter zu Hause, die Kinder in der Schule, hat ihr kleines bißchen Erspartes auf der Bank: so an die zwanzig Millionen Lire. Während ihrer täglichen Einkäufe hört die Mutter eine Finanzierungsgesellschaft loben, die vor kurzem ihr Büro im Viertel eröffnet hat. Sie verstehen mich schon, Ispettore: eine dieser Finanzierungsgesellschaften, die wie Pilze aus dem Boden geschossen sind; ein mieses Geschäftslokal, ein Schild, ein Tisch, vier Stühle ...«

»Da unten haben wir die höchsten Vertreter dieses Gewerbes.«

»Lassen Sie mich zu Ende erzählen. Die Nachbarinnen sagen der Frau, daß es keinen Sinn mehr hat, sein Geld auf die Bank oder auf die Post zu bringen; daß die Finanzierungsgesellschaft das Geld im wahrsten Sinn des Wortes verschenkt, und nicht dabei mitzumachen wäre eine Todsünde. Eines Nachmittags, herausgeputzt in ihrem Feiertagsstaat, gehen Mann und Frau mit den beiden Kindern zu der Finanzierungsgesellschaft. Die Frau führt das Wort und erklärt, daß sie da so ein kleines Sümmchen hätten, das sie gerne anlegen würden, ihr ganzes Erspartes. Der, der auf der anderen Seite des Tisches sitzt, fragt brutal, wieviel. Die Frau antwortet leise, aus Furcht, irgend jemand mit unlauteren Absichten könnte mithören, wie groß der Batzen ist. Der Typ haut auf die Tasten eines Taschenrechners, rechnet irgendetwas durch und verkündet dann sein Urteil: ›Bei zwanzig Millionen‹, sagt er, ›kann ich Ihnen elf Prozent geben.‹ Der Ehemann brummelt, die Frau erwidert, daß die Nachbarinnen ihr Hoffnung auf größere Erträge gemacht hätten; sie hätten ihr Geld in Staatliche Schatzbriefe angelegt, und die erbrächten ja schon zehn Prozent pro Jahr ... Der Typ hinter dem Tisch unterbricht die Frau und sagt: ›Aber ich meine elf Prozent pro Monat.‹« »Padre Mazza hatte einen Blick wie jemand, der ins Schwarze getroffen hatte.

»Glauben Sie, Ispettore, daß die gute Frau und ihre Familie auch nur eine Sekunde lang von der Vorstellung gestreift wurden, etwas Unrechtes zu tun? Oder daß sie sich gefragt hätten, wie ihr Geld verwendet würde? Oder daß sie Zeit damit verloren hätten herauszufinden, welche ehrliche Geldanlage einen Zinsgewinn von einhunderteinunddreißig Prozent pro Jahr erbringen kann? Sie haben nur daran gedacht, von dem zu profitieren, was ihnen angeboten wurde, im sicheren Gefühl, nichts Unrechtes zu tun und bestärkt vom Beispiel der anderen.«

»Sind wir in der Muttergesellschaft aller bösen Menschen und verantwortlich für alle Schuld?«

»Nein, wir befinden uns im Materialismus, der unsere Epoche prägt, im Konsumismus, der sie verschlingt, es fehlen uns die Ideale und tragenden Lehren.«

»Und was tut Ihre Kirche dabei?«

»Sie predigt in der Wüste, sie ist eine Stimme, die niemand mehr hören will.«

»Aber Sie predigen nicht in der Wüste, Ihre Stimme wird gehört, Ihren Aufrufen folgen immer viele: der beste Teil der Stadt, wie die Zeitung sie nennt. Haben Sie keine Gewissensbisse, wenn Sie Geld von Fabbricatore, von Spedicato, von Bellomio, von Lamantia und den anderen ehrenwerten Herren annehmen?«

»Jesus sagte: ›Gebt Gott, was Gottes ist, und dem Kaiser, was des Kaisers ist.‹ Ich kassiere im Namen meiner Verkrüppelten, meiner Blinden, meiner Tauben, meiner Stummen, meiner Armen bei meinen Brüdern in Christo ab. Durch meine bescheidene Person wünscht unser Herr im Himmel, der alles sieht und alles versteht, daß aus dem Bösen das Gute für sein leidendes Volk hervorgehe. Ach, ich vergaß: Vor wenigen Tagen haben zwei aufgeweckte Burschen an die Tür jener Frau geklopft und fünfzig Prozent von den Zinserträgen ihrer Geldanlage bei der Finanzierungsgesellschaft gefordert. Und die Frau wird zahlen. Der eine oder andere avantgardistische Soziologe würde sagen, daß das die ständige Umverteilung der Gewinne ist.«

Der aufgekommene Wind erinnerte daran, daß es Herbst war. Torrisi hatte die unsinnige Angst, sein Hut könne davonfliegen und zwischen den Tischen landen.

»Wenn Sie eine Bombe werfen wollen, dann werfen Sie sie ruhig«, sagte der Priester. »Es würde nichts ändern. Die einen würden verschwinden und andere träten hervor und würden ihre Stelle einnehmen. Das Böse haben nicht Bellomio und seine Clique erfunden. Sie haben nur zusammengelesen, was andere sie gedrängt haben zusammenzulesen. Darüber waren alle zufrieden, denn alle haben sie etwas abbekommen.« Padre Mazza verschloß sich in seinen stämmigen Körper, um sich vor dem Wind zu schützen.

»Hier«, sagte er, »fängt es an, kalt zu werden. Ich gehe wieder dorthin, mitten unter meine Sünder.«

Blitzartig kam Torrisi ein Gedanke. »Haben Sie, als Sie heraufkamen, einen jungen Mann mit langen Haaren, Jeans und Pullover gesehen?«

»Ich habe niemanden gesehen.«

Wie ein Wirbelwind wurde Padre Mazza von Torrisi überholt, der die Pistole in der Hand hielt. Der Inspektor verließ den Pfad und machte einen Schritt zur Seite unter die Olivenbäume. Der Priester lief dem Polizisten hinterher. Padre Mazza holte Torrisi an einem Wacholderstrauch ein. Zuerst sahen sie die Füße, danach den übrigen Körper eines auf der Erde liegenden Mannes. Er war festlich gekleidet. Seine Kehle war durchschnitten, der Hemdkragen blutdurchtränkt: daß das Hemd weiß war, konnte man nur noch an den Manschetten erkennen. Auf diese Weise erfuhr Torrisi, wovon sich der schöne junge Mann mit den langen Haaren und den Jeans entfernt hatte.

Ielpo ging völlig aufgelöst durch das Eingangstor des Palazzos oben bei Trinità dei Monti. Er nahm die Treppe, aus Angst, daß der Aufzug ihn noch mehr Zeit kosten könnte. Als er die dritte Etage erreicht hatte, durchschoß ihn der Gedanke, daß es ihm Spaß machen würde, irgendwann einmal klammheimlich durch ein Eingangstor zu gehen. Dazu hatte er noch nie Gelegenheit gehabt, obwohl sein Leben durchaus nicht mehr so jung war. Andererseits hatte Ielpo auch noch nie eine Frau, eine Affaire, eine Freundschaft verstecken müssen. Besser so, sagte er sich, als er an der Tür ohne Namensschild klingelte. Alle seine Gedanken lösten sich angesichts der finsteren Mienen und der stummen Zurechtweisung, die ihn empfingen, in nichts auf.

»Wo bist du denn nur gewesen?«

»Wir haben dich überall gesucht.«

»Seit zwei Stunden fragt der Generale nach dir ...«

»Wir haben einen Wagen zu dir nach Hause geschickt, aber du warst nicht da.«

»Geh sofort zu ihm, er ist außer sich.«

Ielpo trat ins Allerheiligste ein, ohne sich den Regenmantel auszuziehen. Bezzi Vegetti schlürfte eine Tasse Espresso vor dem Balkon. Die Wolken hingen tief und schienen auf den umliegenden Gebäuden zu liegen. Ielpo warf einen Blick zum Rattankorb hinüber und sah, daß er bis zum Rand mit Papierbällchen angefüllt war. Allerdings lag ein Blatt Papier auf dem Schreibtisch des Generals, auf dem gewöhnlich nichts außer einem Taschenkalender, den Stiften und der Fernbedienung lag.

»Sie wissen natürlich von nichts.«

Ielpo versuchte sich vorzustellen, was denn so Schwerwiegendes vorgefallen sein könnte. Doch das war hoffnungslos in einem Land, wo sogar das Schweigen eines Politikers zu einer ganzseitigen Schlagzeile in den Zeitungen wurde.

»Ielpo«, sagte der General und bewegte sich auf seinen Schreibtisch zu, »der Augenblick ist gekommen, wo Sie sich zusammenreißen müssen, und ich will es Ihnen nicht noch einmal sagen müssen.« Bezzi Vegetti gab ihm die Tasse und setzte sich in den großen Sessel. Ielpo blieb mit der Plastiktasche unter dem Arm und der Mokkatasse in der rechten Hand stehen. Das alles befand sich in einem heiklen Gleichgewicht, doch Ielpo wagte es nicht, sich zu bewegen: Aus Erfahrung wußte er, daß die Standpauke noch nicht vorüber war.

»Sie«, fing der General wieder an, »weigern sich, den Führerschein zu machen, haben nicht das Geld, um sich ein Taxi zu leisten und bewegen sich mit Autobussen fort. Und jetzt weigern Sie sich auch noch hartnäckig, ein Handy zu akzeptieren. Ja, glauben Sie denn, wir sind hier, um Ihre Marotten zu ertragen?«

Ielpo wurde klar, daß an diesem Morgen ein Stückchen seiner Freiheit auf und davon fliegen würde. Er haßte Autos und weigerte sich kategorisch, den Führerschein zu machen. Er würde vor Scham sterben, wenn an ihm eines der Taschentelefone herumklingelte, die inzwischen die Städte verpesteten, ob er es nun im Autobus oder auf der Straße benutzen sollte. Seine Finanzen erlaubten ihm keine Taxifahrten. Um seine und des Generals Probleme aus der Welt zu schaffen, hätte es genügt, morgens eines der Dienstautos benutzen zu dürfen, abends hätte er lieber weiterhin die öffentlichen Verkehrsmittel genommen, die es ihm ermöglichten, zwei Stunden lang in aller Ruhe zu lesen. Und Ielpo glaubte hartnäckig weiter, daß er nichts Unmögliches verlangte, wenn er darum bat, daß ihn ein Auto zu irgendeiner Zeit zu Hause abholen kam, auch um sieben Uhr morgens. Die Abteilung O hatte einen riesigen Autopark, und alle profitierten ohne Einschränkung davon ...

»Kommt überhaupt nicht in Frage«, hatte Bezzi Vegetti kategorisch beschieden. »Den einfachen Mitarbeitern steht die Benutzung der blauen Autos nicht zu.« Bezzi Vegetti hatte sogar gebrüllt, als er abschließend sagte: »Wollen Sie, daß man Ihnen wegen des unberechtigten Gebrauchs der Dienstwagen den Prozeß macht?«

Das war das erste und letzte Mal, daß Ielpo schüchtern seine kleine Bitte vorgetragen hatte. Eine Woche darauf hatte Bezzi Vegetti ihm während der Prüfung von Berichten über einen heimlichen Sohn, den der Sekretär einer Partei mit einem Pornostar hatte, beiläufig die Bemerkung hingeworfen, daß im Safe ein Vorrat an Führerscheinen liege: ob er nicht zufällig einen brauche? Ielpo hatte so getan, als hätte er nicht verstanden, und von diesem Tag an wurde die Stunde, zu der er im Büro erschien, auf die Minute genau auf dem Besucherzettel festgehalten.

»Gestern abend hat es einen Toten in Bellomios Landvilla gegeben.« Bezzi Vegetti deutete auf das Blatt Papier, das für wenige Augenblicke noch auf dem Schreibtisch lag. »Der Bericht ist mit dem Boten heute morgen eingetroffen ... Wir wissen natürlich von nichts. Schade, daß man uns darüber in Kenntnis gesetzt hat, Bellomio könnte möglicherweise im Mittelpunkt eines internationalen Schmugglerkartells stehen und mit den Irakern unter einer Decke stecken. Auf diese Weise könnte man uns, wenn etwas herauskommt, der Komplizenschaft mit Bellomio und seinen Leuten beschuldigen.«

Gerade die Anwesenheit der Iraker hatte Bezzi Vegetti veranlaßt, sich mit äußerster Vorsicht zu bewegen. Die Abkömmlinge des Propheten waren bei mehr als einer Gelegenheit zu großzügige Partner gewesen, als daß man sie nun plötzlich den Unerwünschten hätte zuordnen können. Bezzi Vegetti hatte dieses Alter und diesen Posten nicht erreicht, weil er glaubte, daß es nur die Entscheidungen und die Haltung der Regierung gab. Es gab auch die Entscheidungen der politischen Parteien – und dazu gehörten nicht nur die, die Teil des Regierungsbündnisses waren; man mußte auch die Kräfte der Opposition berücksichtigen, die in einem gewissen Rahmen eine Stimmenthaltung oder eine Zustimmung zur Regierungsmehrheit unter der Hand aushandeln konnte; und es gab die Entscheidungen der Industrie- und Finanzlobbies, die unter bestimmten Umständen mehr als alle anderen zusammen genommen zählten. Kurz, wie auch immer man sich bewegte, man war derart vielen Risiken ausgesetzt, daß Bezzi Vegetti die Formel von der aktiven Unbeweglichkeit erfunden hatte: Ihr hatte er sich angepaßt, und dank ihrer hatte er mehr als eine Unannehmlichkeit überstanden.

Was für ein Leben, murmelte der General gelegentlich abends, bevor er einschlief. Seine Frau tat so, als würde sie sich für sein Leben interessieren, aber in Wirklichkeit war sie ganz von der Lektüre der Frauenzeitschrift ›Amica‹ oder vom Monatsbericht ihres Vereins beansprucht. Ihrer Meinung zufolge versammelten die »Sorelle d'Italia« das Übelste, was es im Hinblick auf Großmannssucht, Eitelkeit, Karrieremacherei, Neid und Eifersucht gab. Gäbe es nicht sie, die sich um die besten Gäste kümmerte, würden sich die anderen im wahrsten Sinn des Wortes zerfleischen, nur um dabeizusein.

Das Leben, das Bezzi Vegetti meinte, bezog sich auf das des Leiters eines Supergeheim- und Superabhängigkeitsdienstes. Italien war die einzige Nation des westlichen Blocks, die keine autonome Politik betrieb. Sie befand sich immer im Schlepptau von irgend jemand, und wenn sie, die Herren aus dem Souterrain, überleben und Karriere machen wollten, mußten sie flink und behende die Wünsche ihrer augenblicklichen Herren und Meister voraussehen und erraten, wann einer dieser Herren und Meister abserviert würde. Zwischen den einzelnen Streitereien gab es nie Zeit, sich um die Feinde zu kümmern, denn die Freunde nahmen die gesamte Zeit in Anspruch.

Nach dem Gespräch mit Levy hatte Bezzi Vegetti seinen Lieblingsspruch wiederholt: Mal sehen. Die Mitglieder der Abteilung O hatten gelernt, daß dieser Satz mehr als eine Dienstanweisung wert war. Doch der Tote in Bellomios Landhaus kehrte alle gewohnten Vorsichtsmaßnahmen um.

Ielpo gab die stramme Haltung auf, in der er bisher verharrt hatte: Der Wutausbruch hatte sich fast erschöpft, jetzt wäre es nötig, über die weiteren Schritte Entscheidungen zu treffen. Er stellte die Mokkatasse auf dem Heizkörper ab, setzte sich auf das Sofa daneben, legte die Tasche auf den Boden. Das Zuschauen und Abwarten bei dieser Geschichte zwischen Israelis, Irakern, Schweden und Mafiosi genügte nicht mehr.

»Wenn ich nicht die Initiative ergriffen hätte«, sagte Bezzi Vegetti, »hätten wir heute morgen Ihretwegen zwei Stunden verloren.«

»Signor Generale, man hat den absurden Plan, die gesamte Stadt für den Autoverkehr zu sperren, in die Tat umgesetzt. Wenn Sie den Sturm auf die Busse miterlebt hätten! Nach jeder Haltestelle kamen die Busse wegen der vielen Menschen, die sich hineinzwängten, fast nicht von der Stelle. In den fünfunddreißig Jahren, in denen ich öffentliche Verkehrsmittel benutze, kann ich mich an kein solches Durcheinander erinnern. Dazu kommt – aber das ist nur mein persönlicher Eindruck –, daß der Verkehr kein bißchen weniger geworden zu sein scheint. Das einzige Ergebnis ist, daß ein armer Hund wie ich zweieinhalb, statt der üblichen drei viertel Stunden braucht.«

»Wenn ein armer Hund wie Sie sich nur entschließen könnte, Auto zu fahren ...«

»Signor Generale, können Sie denn nicht mit dem

Oberbürgermeister reden? Ich garantiere Ihnen: Diese Verkehrsmaßnahme ist das Letzte. Fuhr man bis gestern noch im Schneckentempo, dann kommt einer seit heute gerade noch rechtzeitig zu seiner Pensionierung an sein Fahrtziel.«

Ielpo sah Bezzi Vegettis Gesichtsausdruck und wechselte sofort das Thema. »Wer ist der Tote?«

»Einer von Bellomios Handlangern. Man hat ihm die Kehle durchschnitten, während er das Fest beschützte, das der ehrenwerte Herr für seine goldene Hochzeit gab.« Bezzi Vegetti las geistesabwesend vom Blatt ab, das er immer wieder durchgelesen hatte. »Wir wissen nicht viel darüber.«

Das hieß im Klartext: noch weniger als nichts.

»Die Leiche«, sagte Bezzi Vegetti weiter, »hat ein Polizist aus dem Begleitschutz des Polizeipräsidenten entdeckt: Auf dem Fest waren viele Leute. Polizeipräsident, Oberbürgermeister, Richter, der hohe Antimafia-Kommissar, der Architekt Fabbricatore, der das Unternehmen für Lochkartensysteme an sich gerissen hat und von dem wir immer noch nicht wissen, wer ihm das Geld dafür gegeben hat. Ielpo, die Sache stinkt. Die Anwesenheit der Israelis macht sie noch komplizierter und garantiert uns die nächste Einmischung der Amerikaner, die Rechenschaft über jeden unserer Schritte verlangen werden. Auf dieser Welt kann man leider nicht in Ruhe leben, Saddam fehlte uns da gerade noch. Zuerst hieß es lieber Saddam hier, lieber Saddam dort: Jetzt ist er der gemeinste aller Treulosen. Die, die ihm das Bett gemacht haben, schwören beim Bild ihrer Mutter, noch nie etwas von ihm gehört zu haben. Gehen Sie zu Ihrem Freund Levy und überreden Sie ihn, uns alles zu sagen, was er weiß.«

»Weiß er denn was?«

»Hat man schon je einen Juden erlebt, der nicht irgendwas weiß? Manchmal frage ich mich, warum ich Sie hier behalte und nicht lieber an die Universität schicke. Wenn es nicht um des Versprechens willen wäre, das ich Ihrem seligen Vater am Sterbebett gegeben habe ...« Bezzi Vegetti war glücklich, den soundsovielten Beweis seiner Herzensgüte geliefert zu haben. »Rekapitulieren wir: Levy taucht hier auf und enthüllt uns eine Waffenschieberei, die er für wichtig hält, in Wirklichkeit aber nichts anderes als die übliche Veranstaltung sein wird, die die Israelis ins Gigantische ziehen, um Buffalo Bill und seine Cowboys zu überreden, so schnell wie möglich etwas gegen Saddam zu unternehmen. Levy, diese gelungene Kreuzung zwischen einem Kaktus und einem Kojoten tritt ganz als Herr auf: Er ist bereit, auf Verdienste und Ruhm zu verzichten, fordert im Gegenzug aber freie Hand bei Bellomio, über den er uns, ganz nebenbei bemerkt, eine Standpauke hält. Drei Tage später wird einer, der die Unversehrtheit Bellomios und seiner bedeutenden Gäste gewährleistet, abgeschlachtet. Was sagt Ihnen Ihr Riecher?«

Ielpos Riecher sagte ihm, daß es leider kein Tag wie jeder andere sein und daß der General ihn leider nicht an die Universität schicken würde: Was für den General eine Drohung war, war für ihn eine Verheißung. Aber ob Drohung, ob Verheißung, er hatte ihn das viel zu oft sagen hören, als daß er es noch ernst nehmen konnte. Vom Sofa aufstehend, bemerkte Ielpo, daß sich drei Haare in der Nähe des Nackens aus Bezzi Vegettis an den Schädel geklebten Haaren gelöst hatten. Sie waren der einzige sichtbare Hinweis auf einen Zustand zunehmender Nervosität.

»Signor Generale«, sagte Ielpo mit äußerster Vorsicht, um keinen neuerlichen Wutausbruch zu provozieren, »brauchen wir bestimmte Informationen? Soll ich mir von Signor Levy etwas Besonderes erklären lassen, oder soll ich nur aufschreiben, was er mir erzählt?«

Bezzi Vegetti sah ihn wie den größten Trottel aller Zeiten an, genau so, wie der Lehrer Ielpo Bezzi Vegetti angesehen hatte, wenn er sich bei den Versmaßen im Griechischen vertan hatte. »Levy wird Ihnen nur das erzählen, was er Ihnen erzählen will. Stellen Sie keine Fragen, machen Sie nicht alles noch komplizierter. Sie sind der einzige hier drinnen, der diesem Juden sympathisch ist, und die Juden achten auf respektvolle Distanz. Wer weiß schon, ob er nicht doch ein Herz hat, das er Ihnen öffnet. Alles klar?«

An der Wohnungstür lief Ielpo einer der Nichtstuer nach, die im Vorzimmer der Abteilung O herumsaßen. »Ich begleite dich dorthin«, sagte er. Er war ein Unteroffizier der Armee, war aber angezogen wie die Leute aus dem Volk, die Ielpo abends aus dem Autobusfenster herumflanieren sah, in der Nähe von Café-Bars, von Semmelbuden, von Imbißlokalen. Ielpo mochte keinen Senf, keine Hot dogs, keine Fritten: das war die neueste Mode aus den USA, nur dazu da, die Luft von Rom zu verpesten.

Sie fuhren mit dem Motorrad, Ielpo hielt sich an den Hüften des Unteroffiziers fest, darauf bedacht, mit seiner Hand nicht an die Pistole zu kommen, die der am Gürtel trug. An der israelischen Botschaft ging Ielpo hinein, sein Begleiter blieb draußen und lehnte sich lässig ans Motorrad. Levy ließ ihn über eine Stunde warten, und in dieser Stunde dachte Ielpo noch einmal über die Gründe nach, die ihm den ehemaligen Studenten der Architektur sympathisch machten. Er hatte die Akte von Leone Levi gelesen und sich von Leo Levy bezaubern lassen, von seinen Abenteuern und seinen Entscheidungen, denen Nicete Ielpo selbst mit Entschiedenheit ausgewichen wäre. Ielpo hielt sich für jemand, dem große Ideale und niedrige Instinkte, wie sie Levy beflügelten, fremd waren, ebenso die großen Schaubühnen, die Levy brauchte, um sie darstellen zu können. An Levy mochte er den müden Schritt, den versunkenen Gesichtsausdruck, die überflüssigen Pfunde, die fehlenden Frauen und erotischen Abenteuer, daß er die anderen siezte in einer Welt, die durch das Duzen verschlammt wurde. Er hatte ihn seit dem Tag, als sie miteinander bekannt gemacht worden waren, »Professore« genannt.

»Lieber Professore, wie kommt es, daß man gerade Sie hergeschickt hat?« Levy zeigte sich von schöner Aufrichtigkeit. »Muß ich daraus schließen, daß die Abteilung O erledigt ist, oder bereitet der Schlaufuchs von Bezzi Vegetti eine seiner Unternehmungen vor?«

Ielpo drückte herzlich Levys ausgestreckte Hand und wußte nicht recht, was er darauf antworten sollte. »Der Generale möchte ... das heißt, er wünscht sich, daß wir uns hinsichtlich der Schlußphase der Operation miteinander abstimmen.«

»Wieso möchte er das? Bin ich dem Generale plötzlich sympathisch geworden?«

»Der Generale ist überrascht über das, was in Sizilien passiert ist, das heißt, mit dem Mann von Bellomio, der während des Festes abgeschlachtet wurde: Vielleicht ist das der Augenblick, von dem an wir gemeinsam weitermachen sollten.«

»Lieber Professore, verbessern Sie mich, wenn ich irre: Ihr Schlaufuchs von Chef weiß nicht mehr ein noch aus und hofft, daß der Jud, das heißt ich, die Kohlen für ihn aus dem Feuer holt.« Levy lächelte genüßlich.

»Signor Levy, Sie sind zu streng mit dem Generale. Auch er kämpft für die Verteidigung der gemeinsamen Werte des Westens ...«

»Aber was sagen Sie denn da, Professore? Wenigstens Sie sollten nicht darauf hereinfallen. Lassen Sie sich von unseren Beteuerungen nicht vom rechten Weg abbringen. Wir verkaufen Rauch, wir betreiben das älteste und sinnloseste Geschäft der Welt: Das erste Bestechungs- und Spionageunternehmen betrieb die Schlange gegenüber dem einfältigen Adam. Die Prostitution der Frauen kam erst danach: Ohne das Überredungswerk der Schlange hätte Eva nie die Beine für Adam breit gemacht. Seit jenem Tag wird jedes unserer Unternehmen als das endgültige im Kampf zwischen Gut und Böse hingestellt. Wir haben eine unendliche Reihe von Schlägen ausposaunt, und doch war keiner davon in der Lage, einen

Krieg, eine Guerilla, eine Revolution, einen Aufstand der Menschen zu verhindern. Keine unserer Unternehmungen, keine unserer Kehrtwendungen hat es den einen oder den anderen erlaubt zu siegen. So wird es wohl auch dieses Mal sein. Wenn wir Erfolg haben, werden es die Iraker und ihre Genossen beim nächsten Mal versuchen; haben wir keinen Erfolg, werden wir es bei den nächsten Etappen des Feldzugs erneut versuchen, Türkei oder Bagdad. Diesen Beruf gibt es, um es den Bezzi Vegettis und den Levys zu ermöglichen, ihr Leben zu fristen, Macht zu erlangen, belobigt und mit diskreten Preisen ausgezeichnet zu werden. Professore, so lange es noch geht – ziehen Sie sich daraus zurück.«

Nichts wünschte Ielpo sich mehr, doch die Jahre vergingen, und die Universität rückte in immer größere Ferne.

»Kehren Sie an die Universität zurück, lehren Sie wieder. Wollen Sie nach Israel kommen? Ich kenne da jemanden an der Universität von Tel Aviv. Sprechen Sie einigermaßen englisch?«

Ielpo machte mit der Hand so so.

»Denken Sie darüber nach, und dann sagen Sie mir Bescheid.«

Ielpo stellte sich den Campus vor, den Rasen, die Privatunterkunft, das Arbeitszimmer mit seinem Namensschild, die Prüfungen, die Sommerferien. Dann dachte er an seine Mutter, an das ganze Leben, das sie in Magliana verbracht hatte: Sie würde sich jeder noch so kleinen Veränderung entschieden widersetzen, ganz zu schweigen von einer Übersiedlung nach Israel.

»Signor Levy, was kann ich dem Generale über diesen Toten mitteilen?«

»Daß wir leider, leider genauso viel wissen wie er, das heißt nichts. Wir betreiben Nachforschungen, wir denken daran, jemanden runter zu schicken, um die Luft zu schnuppern. Ja, könnten Sie den Generale nicht in meinem Namen bitten, uns auf dem laufenden zu halten, wenn ihr etwas herausfinden solltet?«

Ielpo stieg noch ganz benommen von dem Angebot einer Anstellung an der Universität von Tel Aviv, das Levy wiederholt hatte, als er ihn zur Tür begleitete, aufs Motorrad.

Dieser Tote, dachte Levy, als er schnell wieder in seine Dunkelkammer zurückkehrte, war ein lästiger Zwischenfall. Bevor Aaron sich nach Orbetello begab, hatte er ihm erklärt, daß er nicht anders konnte, als den Wachmann umzubringen: Er hatte ihn mit dem Teleobjektiv in der Hand überrascht. Aaron hatte gerade die von Levy in Auftrag gegebenen Fotos geschossen, nur noch fünf Minuten, dann wäre er aus der Villa verschwunden gewesen. Aber er hatte nicht nur jemanden abmurksen müssen, sondern war auch noch auf einen Polizisten gestoßen: Glücklicherweise hatte er seine Ausrüstung vorher in einem Gebüsch verstecken können.

Mit Hilfe eines Vergrößerungsglases ging Levy noch einmal die zum Fest des Dottore eingeladenen Gäste durch. Die Rollen und ihre Darsteller wurden klarer. Die Männer der Abteilung O tappten im dunkeln, und Bezzi Vegetti wäre nur allzu froh gewesen, das aufzusammeln, was sie ihm überlassen würden. Immer noch mußte herausgefunden werden, was Sergio Limoli, der von Ulrike Beyer engagierte Kassierer der Konditorei, transportieren sollte. Limoli wohnte in der Pension in Orbetello und wartete auf ein Zeichen. Wenn Armenise die Wahrheit gesagt hatte, müßte Limoli noch eine weitere Woche warten. Immerhin wußten Limoli und seine Freundin, wie sie sich die Zeit vertreiben konnten. Sie vögelten dreimal am Tag, nüchtern, vor den Mahlzeiten.

Auch Levy hatte wieder Lust zum Vögeln bekommen, die Lust auf Michal war zurückgekehrt. Sie hatten sich in der Eingangshalle des Hotel delle Nazioni getroffen. Michal war nicht mehr bei der Armee, sie arbeitete im Industrieministerium und war mit einer offiziellen Delegation in Rom.

»Bringst du mich zum Mittagessen in so eine Trattoria,

wie man sie aus dem Kino kennt?« Michal hatte ihn sehr verführerisch angesehen, ihre weißliche Haut war leicht gerötet.

Sie hatten Toasts und Coca-Cola auf einem Sofa in der Eingangshalle verzehrt. Levy hatte daran gedacht, daß er beobachtet werden könnte und wollte nicht, daß Michal da hineingezogen würde, aber vor allem wollte er den anderen nicht seine schwache Stelle enthüllen. Sie hatten über alles geredet, das heißt über nichts. Die drei Jahre der Entfernung waren unüberwindbar.

»Ich weiß, daß es nicht besonders vernünftig war, nach dir zu suchen«, hatte Michal gesagt, »aber ich wußte, daß du in Rom bist, und ich wollte dich unbedingt sehen.«

»Und deine Skrupel? Die Wichtigkeit deiner Familie?«

»Hier sind wir in Rom, die Familie ist mir in Tel Aviv wichtig.« Michal hatte den Kopf gesenkt. »Ich habe nie aufgehört, dich zu lieben.«

»Ich auch.«

»Aber du würdest dann den Anspruch stellen, jeden Abend in mich einzudringen, du möchtest dich in jeden Raum meines Lebens hineinzwängen, möchtest der Herr sein. Und das will ich nicht.«

»Nennst du das, was du jetzt tust, Leben?«

»Was verstehst du schon davon?«

»Hast du einen Liebhaber?«

»Wie rückschrittlich du bist. Liebhaber gibt es nicht. Es gibt Lieben, du bist meine Liebe und wirst es immer sein. Dann kann es jemanden geben, mit dem du in aller Eile eine dampfende Leidenschaft abkühlst. Das hinterläßt keine Spuren.«

Michal wurde zu einer Sitzung erwartet, Levy wollte sich nicht von dem von Armenise, dem Dottore und den Irakern inszenierten kleinen Schauspiel ablenken lassen. Und das einzige auf der Welt, das ihn ablenken konnte, war Michal. Und Michal war nicht nur in Rom, sondern sagte auch, sie habe ihre Vorbehalte in Tel Aviv gelassen. Der Beruf war die Verdammnis, Michal war die Belohnung, und in der letzten Zeit hatte Levy viel zu viel Umgang mit der Verdammnis gepflegt, als daß er nicht gedacht hätte, eine Belohnung verdient zu haben.

XVI

Cosentino hatte die drei letzten Nächte schlaflos zugebracht, über Zeitungsartikel, Fernschreiben, Faxe, Polizeiberichte, Botschaftsmitteilungen gebeugt. Er suchte die beiden Komplizen von Millepiedi bei dem Attentat von Stockholm, und sein Spürsinn sagte ihm, daß er sie unter den Toten und nicht unter den Lebenden suchen mußte. Der Colonnello nannte sich einen Riesentrottel, daß er nicht früher daran gedacht hatte. Er hatte die Sünde maßlos leidenschaftlichen Eifers begangen. Millepiedis unglaubliche Geschichte hatte ihn in Bann geschlagen. Der Wunsch, die stützenden Versatzstücke zu finden, hatte ihn hierhin und dorthin getrieben. Er war immer nur der Alitalia und den Felice Paoluccis nachgegangen und hatte die beiden anderen Beteiligten an dem Kommando in Stockholm vernachlässigt.

Die Zeit drängte. Aus Sizilien hatte man ihn benachrichtigt, daß der Haftbefehl gegen Millepiedi jeden Augenblick ausgestellt werden konnte. In diesem Fall wäre dem Colonnello nichts anderes übriggeblieben, als Millepiedi zu General Miglietta zu bringen: nur daß er das lieber mit der einen oder anderen Bestätigung für das bestürzende Geständnis in der Tasche getan hätte.

Wäre Millepiedi irgendeiner gewesen, hätte Cosentino ihn für einen Aufschneider gehalten, vielleicht sogar für einen Provokateur. Doch Millepiedi war Peppe, und er glaubte Peppe. Mehr aus dem Bauch als aus Vernunftsgründen. Die Vernunft forderte ihn sogar auf, die butterweichen Beweise in den Papierkorb zu werfen, die Millepiedi vorlegen konnte: den Versuch von Filippo Brioche, ihn umzubringen; die auf Felice Paolucci ausgestellte Quittung des Victory Hotels; die Gewißheit, daß keiner der drei in Italien existierenden Felice Paoluccis jemals nach Stockholm gefahren war. Aber da war das Gefühl aus dem Bauch, und gleichzeitig waren da auch die tausend Tage, die sie gemeinsam in der Mittelschule verbracht und sogar den Atem miteinander geteilt hatten. Der Colonnello glaubte Peppe, weil er nach siebenundzwanzig Jahren noch genauso war, wie er ihn zuletzt gesehen hatte, das heißt zu jeder Untat fähig. Mit einem Unterschied: Die Rollen waren vertauscht, jetzt war es nicht mehr Peppe, der die Spielregeln diktierte. Seit über einer Woche hing er voll und ganz von ihm ab. Und während der seltenen Pausen bei der mühevollen Beweisermittlung ertappte sich der Colonnello bei der Frage, ob sein Eifer, Millepiedis verblüffendem Abenteuer Glauben zu schenken, ausschließlich beruflich motiviert war oder nicht eher von dem Wunsch, den alten Klassen- und Bankkameraden in einem Zustand der Abhängigkeit zu halten. Doch außer seinem eigenen Gewissen hätte niemand und nichts Beweise dafür liefern können.

Auch zu dieser frühen Morgenstunde, in der die kleinen Wolken die großen jagten, fragte sich der Colonnello: Könnte ich so niederträchtig sein? Könnte ich mich so skrupellos verhalten? Und obwohl er sich eine tröstende Antwort auf jede beunruhigende Frage ausgedacht hatte, blieb das Problem, daß er nicht vor einen Formalisten wie General Miglietta hintreten und nur deshalb um Vertrauen bitten konnte, weil er und Millepiedi als kleine Jungs Händchen gehalten und ihre Schenkel aneinander gerieben hatten.

Die Lösung war ihm nach dem letzten Streit mit Millepiedi gedämmert, der ihn anflehte, wieder nach Hause gebracht zu werden, um der von den Rebaudengo-Schwestern vorausgesehenen Gefahr zu entgehen. Lia und Vera erlebten Peppes Launen als angenehme Abwechslung in ihren von Schule und Astrologie bestimmten Tagen und Nächten. Auch dem Colonnello gegenüber hatten sie wiederholt, daß Millepiedi von einer äußeren Gefahr bedroht werde, daß Unbekannte hinter ihm her seien, um ihm etwas anzutun. Mit einer einzigen Gedankenverbindung hatte der Colonnello plötzlich diese Unbekannten mit den ebenfalls unbekannten Komplizen von Stockholm zusammengebracht, und genau bei dieser Gelegenheit hatte er sich einen Riesentrottel genannt, weil er nicht schon früher darauf gekommen war. Auch als Tote würden die beiden Komplizen den Beweis für die Ehrlichkeit Millepiedis erbringen, mit allem, was daraus folgen würde.

Erneut hatte er Oberleutnant Romeo mobilisiert, und gemeinsam hatten sie vier Unteroffiziere ausgesucht. Sie alle vertrauten dem Colonnello so sehr, daß sie sich gleich an die Arbeit machten, ohne jegliche Erklärung zu verlangen. Der Colonnello hatte gesagt, daß sie eine Aufstellung über alle Männer machen müßten, die zwischen dem 15. Oktober und dem 10. November in Italien unvorhergesehenerweise gestorben sind, und über alle männlichen Italiener, die im gleichen Zeitraum im Ausland gestorben sind. Zu dieser Aufstellung müßten auch die Selbstmorde und Morde gerechnet werden, die keinerlei Logik entsprachen und deren Motive nur dem Täter bekannt waren. Der Colonello vermutete, daß, wenn man beschlossen hatte, Millepiedi aus dem Weg zu schaffen, es durchaus wahrscheinlich war, daß man auch die anderen beiden am Attentat auf Palme Beteiligten aus dem Weg schaffen wollte. Und es war auch anzunehmen, daß der Tod der anderen beiden als Verkehrsunfall, als Mord ohne Hand und Fuß verbrämt worden war.

Zwischen dem 15. Oktober und dem 10. November waren 500 Todesfälle registriert worden. Der Colonnello hatte vorgeschlagen, alle die auszusondern, die jünger als fünfundzwanzig und älter als fünfundfünfzig waren. Danach waren 327 übriggeblieben: Sie waren jeden einzelnen durchgegangen und nahmen nur die Fälle völlig zweifelsfreier Zufälligkeit heraus.

Unter Gähnen, Espressos und Räkeleien hatte der Colonnello mehr als einmal das Gefühl beiseite gewischt, daß seine Nachforschungen auf reine Vermutung zurückzuführen sein könnten, daß – sofern Millepiedis Geständnis keine abenteuerliche Erfindung war – nichts dafür sprach, daß die beiden anderen Komplizen aus dem Weg geschafft worden waren. Es gab Augenblicke, wo ihm die Absurdität, in die er sich mit jedem Tod weiter hineinbegab, klar vor Augen stand. Alles kam ihm so beliebig vor. Wer konnte schon sicher sein, daß der Zeitraum 15. Oktober bis 10. November richtig war? Wer konnte schon sicher sein, daß die beiden mutmaßlichen Komplizen nicht bei einer banalen Regulierung offener Rechnungen oder bei einem der Morde hingerichtet worden waren, die er verworfen hatte? Wer konnte schon sicher sein, daß die Beseitigung der beiden nicht so gut verheimlicht worden war, daß sie gar nicht zur Kenntnis genommen wurde? Kurz gesagt, als die endgültige Liste auf 153 Namen verringert worden war, hatte der Colonnello mit dem Gedanken gespielt aufzugeben. Das war am Morgen des 20. Novembers.

Über Turin schimmerte eine wäßrige Sonne, und das Quietschen der Straßenbahnen hatte in den Ohren des Colonnellos einen düsteren Klang, an dem auch das Fernschreiben nicht unbeteiligt war, das Romeo ihm übergeben hatte. Es war gerade aus Sizilien eingetroffen. Es enthielt zwei Mitteilungen. Die erste betraf einen am Abend zuvor auf dem Landsitz von Gesualdo Bellomio begangenen Mord: Bellomio hatte sämtliche Träger der lokalen Macht bei sich versammelt, um seinen fünfzigsten Hochzeitstag zu feiern. Während des Festes war einem seiner Wachmänner die Kehle durchschnitten worden. Im Fernschreiben wurde Bellomio als ein äußerst zurückgezogen lebendes, aber dennoch von Gerüchten und Klatsch umgebenes Mitglied der sizilianischen Geschäftswelt bezeichnet. Hinsichtlich der Motive und der Täter des grausamen Verbrechens wurde auf zukünftige Ermittlungen verwiesen. Die zweite Mitteilung betraf die Entscheidung der Staatsanwaltschaft, Haftbefehl gegen

Giuseppe Millepiedi wegen des Mordes an Totò Leanza, besser bekannt als Don Salvatore, zu erlassen.

Die beiden Mitteilungen stellten sich in Cosentinos Überlegungen nebeneinander und bewirkten, daß er nun nicht mehr locker lassen wollte. Er rief Romeo zu sich und sagte ihm, er habe vierundzwanzig Stunden Zeit, um sich die Fotos der 153 in den Listen »überlebenden« Leichen zu beschaffen. Romeo erwiderte mit einem so knappen »Zu Befehl«, daß Cosentino gerührt war. Der Augenblick war gekommen, daß seine Männer wenigstens zum Teil wissen sollten, an was für einem vergifteten Unternehmen sie eigentlich arbeiteten. »Tenente«, sagte er im Ton freundschaftlichen Entgegenkommens, »diese ganzen Ermittlungen stehen in Verbindung mit Ihrer Mission in Sizilien. Mehr sage ich Ihnen nicht, weil ich Sie da nicht unnütz hineinziehen will. Wenn es schiefgeht, können Sie immer noch behaupten, meine Anweisungen ausgeführt zu haben, daß ich Sie aber über alles in Unkenntnis gelassen habe. Geht es gut, werden Sie an meiner Seite stehen.« Romeo stand stramm und antwortete mit einem hellen »Danke«.

Der Colonnello hatte beschlossen, die 153 Fotos Millepiedi zu zeigen und verband damit die Hoffnung, daß sein Spürsinn und sein Gewissen ihn nicht völlig in die falsche Richtung leiteten. Doch dafür mußte er unbedingt einen Tag herausschinden.

General Miglietta empfing ihn sofort. Bei aller Trokkenheit hatte er eine Schwäche für diesen Colonnello mit dem Aussehen eines Arabers, der Farbe eines Afrikaners und der Traurigkeit eines Sizilianers.

»Lieber Cosentino, haben Sie Neuigkeiten über den Diebstahl der Karabiner?«

Der Colonnello hatte sich nicht nur seit Tagen nicht mehr mit der Nachforschung über die sechs aus der Waffenkammer der Kaserne verschwundenen Karabiner beschäftigt, sondern hatte sie sogar aus seinem Kopf verdrängt.

»Möglicherweise sind wir an einem entscheidenden Punkt angelangt«, antwortete er. »Wir müssen eine Adresse kontrollieren, in deren Besitz wir gekommen sind. Ich hoffe, daß ich Ihnen noch in dieser Woche umfassend Bericht erstatten kann.«

Miglietta legte den vertraulichen Ton ab und nahm die für ihn bezeichnende Haltung eines Unwissenden an: Wenn es nicht die Karabiner waren, was hatte Cosentino dann veranlaßt, um einen dringenden Vortrag bei ihm nachzusuchen?

»Generale, ich bin der Überzeugung, daß wir es mit einem Fall zu tun haben, der uns geradewegs in die Bücher bringt.« Der Colonnello wußte, daß er damit Miglietta zum Erschaudern brachte, dessen ganze Anstrengungen darauf gerichtet waren, nicht einmal in die Morgenzeitungen zu kommen. »Ein alter Klassenkamerad ist bei mir vorstellig geworden, der im Besitz von Hintergrundwissen über ein berühmtes Verbrechen ist. Ich schicke voraus, daß dieses Hintergrundwissen so sehr außerhalb aller gewohnter Vorstellung liegt, daß ich es zunächst für reine Phantasie hielt. Aus Skrupel habe ich selbst einige Ermittlungen durchgeführt, die, zu meiner großen Überraschung, positive Ergebnisse erbrachten.«

Miglietta bereitete sich nach und nach auf das Schlimmste vor und auf die bestmögliche Weise, Komplikationen zu vermeiden.

»Ihr früherer Schulkamerad«, informierte sich der General, »ist er ein Zeuge oder ein Kronzeuge?«

»Beides zugleich. Er ist davon überzeugt, daß die Auftraggeber dieses berühmten Verbrechens beschlossen haben, alle unter die Erde zu bringen, die daran beteiligt waren, so auch ihn.«

Der Colonnello hatte knapp geantwortet, um weitere Fragen von seiten Migliettas zu ermöglichen, doch dessen Neugier war bereits erschöpft.

Der Colonnello sorgte dafür, daß das unnatürliche

Schweigen unterbrochen wurde. »Es geht um die Ermordung von Palme.«

»Oh je.« Miglietta machte den Eindruck, als wollte er sich in Sicherheit bringen.

»Damit verbunden ist auch ein Mord in Sizilien.«

»Das verstehe ich nicht.«

»Mein Mann ist heute morgen beschuldigt worden, einen Wucherer wegen einer nicht beglichenen Schuld umgebracht zu haben. Mein Mann behauptet jedoch, daß der Wucherer derjenige sei, der ihn damals angeworben habe, und daß er von denen umgebracht worden sei, die hinter ihm die Fäden in der Hand hielten.«

»Jedenfalls scheint mir, daß diese Geschichte stinkt.«

»Ich bin der Meinung, daß mein Mann die Wahrheit erzählt. Die ersten Nachforschungen haben seine Version bestätigt.«

»Wir können keinen Mörder schützen ...« Miglietta schnitt dem Colonnello die Antwort ab. »Oder keinen, der des Mordes beschuldigt wird. Ihren Worten entnehme ich, daß die Polizei für diesen Fall zuständig ist. Um des lieben Himmels willen, vermeiden wir jedes Aufsehen, zumal dieser Herr ein ehemaliger Schulfreund von Ihnen ist. Können Sie sich die Schlagzeilen vorstellen und die Anfragen im Parlament, wenn man entdeckt, daß wir die Übergabe auch nur um eine Minute verzögert haben?«

»Ich brauche vierundzwanzig Stunden Zeit. Wir müssen einhundertdreiundfünfzig Fotos zusammenbekommen, um sie ihm zu zeigen. Wenn wir durch die Fotos einen weiteren Beweis dafür bekommen, daß er nicht lügt, können wir den Richter verständigen und meinen Mann hier behalten. Andernfalls überstellen wir ihn gleich morgen früh.«

Der General schüttelte den Kopf: Er mochte keine Abenteuer und die damit verbundenen Risiken. »Ich sage es Ihnen noch einmal: Diese Geschichte stinkt. Denken Sie daran, daß Kronzeugen wie eine durch die Luft wirbelnde Münze sind: dabei kann genauso gut Kopf wie Zahl herauskommen.«

Der Colonnello sah ihn erstaunt an: Der Ausspruch stammte von ihm, und Miglietta hatte sich in aller Ruhe seiner bemächtigt.

»Wenn wir ihn nach Sizilien zurückschicken, beseitigen sie ihn im Handumdrehen, und wir würden die Gelegenheit verspielen, Licht in die Ermordung von Palme zu bringen.«

»Weil man, Ihrer Ansicht nach, auf uns wartet? Bei all den Geheimdiensten, Regierungen, Multinationalen, die sich damit beschäftigt haben? Colonnello, es ist völlig in Ordnung, daß man zu einem alten Schulfreund steht, aber sind Sie nicht der Meinung, daß Sie übertreiben?« Der General spielte die Rolle des alten, fürsorglichen Onkels.

»Mein Mann sagt, es war die Mafia ...«

»Immer diese Mafia. Kommt es Ihnen eigentlich überzeugend vor, daß jedesmal, wenn ein Notstand, ein Zwischenfall, ein schicksalhaftes Ereignis eintritt, die Mafia verantwortlich ist? Wenn Manzoni Widrigkeiten auflösen wollte, hatte er die göttliche Vorsehung zur Verfügung. Und was haben wir? Die Mafia!«

Der Colonnello ahnte, daß er eine Bresche in Migliettas Verteidigungslinie geschlagen hatte. »Vierundzwanzig Stunden ... Generale, geben Sie mir vierundzwanzig Stunden.«

Miglietta willigte mit einem Kopfnicken ein.

»Ich danke Ihnen. Da gibt es noch etwas. Tenente Romeo und vier Unteroffiziere sind mir bei der Sache zur Hand gegangen. Sie haben es aus Pflichtbewußtsein und Freundschaft getan, aber sie haben keine Ahnung von den Hintergründen.«

Resigniert breitete Miglietta die Arme aus. Wo würde es mit der Waffengattung der Carabinieri noch hinkommen, wenn das so weiterginge?

Der Colonnello rechnete, daß er zwei Stunden brauchte, um Millepiedi davon in Kenntnis zu setzen, was ihn am folgenden Tag erwartete. Er würde ihm nichts von dem Haftbefehl sagen: Peppe wäre zu den unvorstellbarsten Reaktionen fähig.

Torrisi hatte Maria Licata noch nie gesehen, aber er erkannte sie sofort. Erschöpfender hätte die Beschreibung von Millepiedis Portier nicht sein können. Dick und wankend, so sah die Frau aus, als sie auf dem kurzen ansteigenden Stück des Trottoirs vor ihrem Haus erschien. Torrisi war nicht sicher, ob er sie dort, auf der Straße, ansprechen sollte oder in dem Hauseingang, in dem es keine Portiersloge und wahrscheinlich keinen Hausmeister gab. In diesem Verbrecher- und Elendsviertel stellte er den Feind schlechthin dar, und es war sicher, daß sie ihn sogar von der anderen Straßenseite aus wittern würden.

Den Gestank von einem Bullen riecht man sogar noch in der Kloake. Das hatte ihm ein Typ zischend mitten ins Gesicht gesagt, der gleich am Anfang seiner Karriere, nach einer langen Verfolgungsjagd zu Fuß, in Handschellen abgeführt wurde. Diesen Satz hatte Torrisi nie vergessen, und in seinem Innersten stimmte er ihm zu. Ohne fremde Hilfe, mit der Verurteilung des Dottore im Nakken, in einem Viertel, wo sich hinter jedem Fensterladen eine Falle verbarg, befürchtete er, daß er nicht nur nach Polizist stank, sondern nach noch etwas anderem.

Es war eine der klassischen Situationen, in denen Torrisi das Gefühl hatte, ein Toter zu sein, der beobachtete, was den Lebenden zustieß. Und was ihm der Portier des Wohnhauses von Millepiedi erzählt hatte, entfernte ihn immer weiter von den Lebenden.

Nach der Hausdurchsuchung, bei der die Pistole und die Wechsel zum Vorschein gekommen waren, hatte sich Torrisi von der Dachterrassenwohnung ferngehalten, auch wenn er von der Begierde verzehrt wurde, sie alleine zu durchsuchen und auf den Kopf zu stellen. Er hätte seinen geliebten Seicento verwettet, daß es in den Zimmern mit Blick aufs Meer etwas gab, das erklären konnte, was Millepiedi mit Don Salvatore und vielleicht sogar mit dem Dottore wirklich verband.

Glücklicherweise hatte er nicht die Möglichkeit, seinen Seicento zu verwetten: Er hätte ihn einfach verloren. An dem bewußten Nachmittag hatte er endlich den Mut aufgebracht, in die Dachterrassenwohnung zurückzukehren, und die drei Stunden, in denen er sie durchstöberte, hatten auch nicht die unbedeutendste Spur ans Licht gebracht. Und dennoch hatte die Bluttat auf dem Landsitz des Dottore am Abend zuvor gezeigt, daß sich die Situation keineswegs geklärt hatte. Der Mann mit der durchschnittenen Kehle stellte ein weiteres Mosaiksteinchen dar: aber in welchem Mosaik? Die einzigen, die alles ganz klar sahen, waren die Richter: Sie hatten keinerlei Zweifel, als sie vor wenigen Stunden den Haftbefehl gegen Millepiedi unterschrieben.

Torrisi hatte sich dermaßen lange in der Wohnung aufgehalten, daß der Portier gekommen war. Er hatte etwas Ungenaues von Sorgen um den Inspektor gebrummt, und Torrisi hatte sich schnell mit der freien Hand am Geschlechtsteil zur Abwehr von Unheil berührt. Mit Kennerblick hatte der Portier festgestellt, daß hier einmal gut staubgewischt werden müsse, die Zugehfrau aber schon seit Tagen nicht komme.

»Als der arme Dottor Millepiedi noch lebte ...«

»Wieso? Ist er tot?« hatte Torrisi, auf das Schlimmste gefaßt, gefragt.

»Hoffentlich nicht, aber ...« Der Portier hatte mit dem Blick nach einer Bestätigung gesucht, die nicht eingetroffen war. »Jedenfalls, ich sprach von Maria, der Zugehfrau. Jeden Nachmittag, und wenn die Welt zusammengebrochen wäre, war sie hier und machte Ordnung zwischen drei und sechs, in ihrem Arbeitsrhythmus, denn sie gleicht mehr einer Ballonflasche als einer Frau, aber sie war pünktlich und zuverlässig. Nachdem Dottor Millepiedi verschwunden war, kann der sich glücklich schätzen, der sie noch mal hier gesehen hat. Nein, um genau zu sein, habe ich sie noch ein einziges Mal gesehen, vorgestern morgen. Sie ist gekommen und wieder gegangen, alles innerhalb von einer Viertelstunde. Was kann sie in einer Viertelstunde schon saubergemacht haben?«

Tja: Was kann sie in einer Viertelstunde schon saubergemacht haben?

Torrisi war sofort hellhörig geworden: Die Ballonflaschenzugehfrau war zu dem Stück Brot geworden, das man einem Verhungernden hinwirft. Wie sein Vater sagte, wenn er eine Hartnäckigkeit rechtfertigen wollte: Wenn wir dreißig geschafft haben, schaffen wir auch einunddreißig. Um einunddreißig zu schaffen, genügten Torrisi die Beschreibung der Frau und die Angabe, wo sie wohnte.

Er zündete sich eine Nazionale an dem fast verglommenen Zigarettenstummel in seiner Hand an. In zwei Sätzen war er an der Haustür. Der muffige Geruch verschlug einem den Atem. Maria Licata war gerade dabei, sich auf das Erklimmen der zweiten Stufe der schmalen, steilen Treppe vorzubereiten, indem sie das rechte Bein ganz langsam bewegte und sich mit der linken Hand am Geländer mit der abgeplatzten Farbe festhielt. Torrisi konnte die Anstrengung hören, war aber viel zu sehr mit der Einschätzung der Risiken seiner Schachzüge beschäftigt: Er bewegte sich auf vermintem Gelände, wo jeder ein potentieller Feind und keiner ein Freund war. Der Dottore würde früher oder später über seine Fragen, über seine Beharrlichkeit, die offizielle Wahrheit bezüglich Don Salvatores und Millepiedis nicht hinzunehmen, informiert werden. Dann wäre er, wenn kein Wunder geschähe, ein toter Mann, viel toter, als er es seit zwei Wochen ohnehin schon war. Es sei denn ... der plötzliche Gedanke machte ihm angst. Es sei denn, daß er zuerst auf den Abzug drückte. So wie er abends zuvor dem Dottore gegenübergestanden hatte, könnte er ihm auch ein zweites Mal gegenüberstehen. Und Mariannina befand sich unter dem Schutz der Schwestern, des Klosters und des Ewigen im Himmel.

»Signora Licata ...«

Die Frau stellte beide Beine auf die nächste Stufe, bevor sie sich zu Torrisi umdrehte. Die erloschenen, tiefliegenden Augen in dem aufgedunsenen Gesicht ließen keine Physiognomie erkennen.

»... ich möchte Sie etwas fragen.«

»Polizei?« Sie fragte ohne genervt oder besorgt zu sein.

»Ja.«

Maria Licata wandte sich ganz zu ihm um und stützte ihr ausladendes Hinterteil gegen die Wand.

»Wir haben erfahren, daß Sie schon seit einigen Tagen nicht mehr in die Wohnung von Signor Millepiedi gehen. Hat Ihnen das jemand befohlen, vielleicht sogar Signor Millepiedi selbst? Oder seine Frau, eine der Töchter?«

»Nein.« Maria Licatas Stimme klang müde, auf dem Grund eines jeden Wortes nahm man ein leichtes Röcheln wahr. »Ich habe alles geordnet, habe geputzt, habe Staub gewischt: Die Wohnung ist in Ordnung. Dottor Millepiedi ist nicht da, es gibt keinen, der Schmutz macht, warum sollte ich dann jeden Tag hingehen? Ich gehe einmal in der Woche, in meinem Alter tut ein bißchen Ruhe ganz gut.«

»Sie gehen nachmittags dorthin, stimmt's?«

»Sie wissen ja schon alles, wie immer.«

Torrisi bemerkte einen Anflug von Spott. »Das letzte Mal sind Sie aber morgens gegangen, sagen wir so gegen elf, und Sie haben sich ungefähr eine Viertelstunde dort aufgehalten. Was ist passiert, wieso vormittags und warum nur so kurz?«

Maria Licata merkte, daß ihre Bemühungen umsonst gewesen waren: Man würde ihr die ruhigen Stunden in der Dachterrassenwohnung von Dottor Millepiedi wegnehmen.

»Dottor Millepiedi hatte mich abends zuvor angerufen«, sagte die Frau.

»Ach ja?«

»Ja. Er wollte, daß ich ein Blatt Papier aus einer Art ... sagen wir Heft nehme. Dottor Millepiedi hatte es eigentlich anders genannt, aber daran erinnere ich mich nicht mehr. Das Heft war voller Kochrezepte, es stand in der Küche, in einem Regal, links neben dem Spülbecken.«

Torrisi erinnerte sich genau an die Küche, sie sah aus wie in einer Fernsehreklame. Er erinnerte sich an das Regal, aber er erinnerte sich nicht an Hefte oder daran, daß sie ihm aufgefallen wären. Er hatte nicht so gesucht, wie er hätte suchen müssen.

»Haben Sie das Stück Papier gefunden?«

»Es war genau da, wo Dottor Millepiedi gesagt hatte.«

»Was stand drauf? Ich meine: War es eine Quittung, ein Notizzettel, war er mit Kugelschreiber oder mit Schreibmaschine beschrieben? Haben Sie es gelesen?«

Maria Licata war von der Vielzahl der Fragen ganz benommen und hob die Hände, wie um sich zu verteidigen. »Ich habe es nicht gelesen. Ich habe ihn einen Augenblick lang betrachtet, bevor ich ihn in die Tasche gesteckt habe. Ich glaube, oben stand so was wie ›Victoria‹ geschrieben. Ich wollte nichts mit diesem Zettel zu tun haben, ich habe Dottor Millepiedi lediglich die Gefälligkeit erwiesen, um die er mich gebeten hatte.«

»Warum sind Sie so sicher, daß er am Telefon war?«

»Was denn, was denn, jetzt erkenn ich schon seine Stimme nicht mehr? Und außerdem, wer hätte mir denn sonst so genaue Anweisungen geben können?«

Die Schlüssigkeit dieser Überlegung überzeugte Torrisi. »Und was haben Sie mit dem Zettel gemacht?«

»Dottor Millepiedi hatte mir gesagt, ihn um ein Uhr einem Freund von ihm zu übergeben, der vor der Bar an der Piazza Galatea auf mich warten würde. Sein Freund hatte ein grünes Auto, aber fragen Sie mich nicht, was für eine Marke, davon verstehe ich nichts.«

»Haben Sie diesen Freund getroffen?«

»Pünktlich zur vereinbarten Zeit.«

»Hat er etwas zu Ihnen gesagt?«

»Was sollte er mir schon sagen? Er hat gesagt: ›Ich bin Pietro‹, das war der Name, den Dottor Millepiedi mir genannt hatte. Ich hab ihm den Zettel ausgehändigt, er hat mich gegrüßt und ist abgefahren.«

»Was für ein Typ war das?« Torrisi war dabei, die Geduld zu verlieren, die Schwerfälligkeit dieser Frau hatte ihm allen Schwung genommen: Nicht sie hing mehr von seinen Fragen ab, sondern er von ihren Antworten.

»Ein Gutgestellter, mit großem Schnurrbart. Einer vom Kontinent.«

»Woher wissen Sie das?«

»Er war nicht von hier ... sein Geruch war anders.«

»Was haben Sie in der Zeit gemacht, nachdem Sie Millepiedis Wohnung verlassen und bevor Sie den bewußten Mann getroffen haben?«

Maria Licata verlor ihre Gelassenheit, zwar nur für den Bruchteil von Sekunden, doch Torrisi entging es nicht.

»Was soll ich schon gemacht haben? Nichts. Möglich, daß ich was eingekauft hab.«

»Wenn wir das zu Protokoll nehmen müssen, bestellen wir Sie ins Polizeipräsidium. Guten Abend.«

Maria Licata hievte sich weiter die Treppe hoch. Eine Stufe nach der anderen, ein Bein nach dem anderen. Sie wollte sich nur noch aufs Bett legen. Sich Rat bei Mastro Saro zu holen, dem Obstverkäufer, das hatte Zeit bis morgen. Außerdem: War es eigentlich nötig, seinen Rat einzuholen?

Torrisi war zufrieden, als er aus dem Labyrinth kleiner Gassen in die Panoramastraße einbog, die am Meer entlangführte. Man konnte ihn überall umbringen, sie waren die Herren und Meister der Stadt, doch auf der noch stark befahrenen Circonvallazione genoß er wieder den Geschmack der Freiheit, den er in dem Viertel verloren hatte, im Rücken das unangenehme Gefühl, daß jeder

Schritt der letzte sein konnte. Millepiedi lebte also und konnte sich frei bewegen. In seiner Wohnung hatte also doch der Beweis gelegen, den er gesucht und nicht gefunden hatte. Millepiedi hatte einen geheimnisvollen Verbündeten. Torrisis gute Laune steigerte sich. Er gönnte sich einen tiefen Zug an seiner Zigarette und fühlte sich so wohl wie schon seit Monaten nicht mehr. Das Spiel war noch nicht zu Ende, vielleicht würde es eine Verlängerung geben. Wesentlich war nur dabeizusein. Aus der Erregung, die in ihm aufkam, zog er den Schluß, daß er noch nicht in dem Alter war, wo der Gedanke an den Tod sich vom Alptraum in Erleichterung verwandelte.

Er hielt vor einer Telefonzelle an und wählte die Nummer von Giovanni, dem Zuhälter. Der Kreis der Reumütigen mußte sich noch einmal ans Werk machen: Er mußte herausfinden, wer Millepiedis Beschützer war. Torrisi war überzeugt, daß Maria Licata bereits anderen sowohl von Millepiedis Anruf als auch von dem Zettel erzählt hatte. Folglich gab es jemanden, der sich auf die Spur geheftet hatte, auf die sich auch Torrisi heften wollte. Und in dieser Stadt hielt ein solches Geheimnis nicht länger als einen halben Tag. Wenn jemand etwas wußte, dann würden auch die Büßer früher oder später etwas wissen. Torrisi war so begeistert über das, was ihn erwartete, daß er den Brandschmerz nicht spürte, den die zwischen seinen Fingern verglimmende Nazionale verursachte.

Matteo Corsini war noch nie in Rom gewesen. Seit drei Tagen war er nun dort, und doch hatte er die Pension Bel Ami nur ganz selten verlassen, gerade oft genug, um keinen Verdacht auf sich zu lenken. Das hatte er aus einem der Heftchen gelernt, die in den siebziger Jahren unter den Erbauern der »neuen Welt« in Umlauf waren. Aus ihnen konnte man auch lernen, wie man einen Molotowcocktail bastelt, wie man die Stadtguerilla organisiert, wie man sich vor Verhören der Polizei schützt, wie man sich inmitten der Menschen versteckt. Es war sogar schädlich, wenn man immer in einem Zimmer eingeschlossen blieb: Das war der sicherste Weg, die Neugier anderer auf sich zu lenken. Wenn er konsequent nach diesen Handbüchern für angehende Revolutionäre gehandelt hätte, dann hätte er sich ständig auf Straßen, in Warenhäusern, im Menschengewühl bewegen müssen.

Aber Corsini lebte in der panischen Angst aufzufallen. Seit fast zwölf Jahren hatte er kein Italienisch mehr gesprochen, und er hielt es für unmöglich, daß die, mit denen er gelegentlich sprach, das nicht merkten. Die Jeans, die Pullover, die Manteljacke, die ihn in Ostdeutschland vor der Kälte geschützt hatten, schienen ihm nun dazu geschaffen, ihn als Untergetauchten zu verraten. Das Italien, dem er begegnete, als er an der Stazione Termini ausgestiegen war, hatte ihn zunächst eingeschüchtert, dann aufgebracht. Er fand, es war vulgär geworden, raffgierig, bösartig und gleichgültig. Es war das Italien, das er und einige andere vorausgesehen und vergeblich bekämpft hatten. Es war das Italien, das ihn im Ausland gehalten hatte und Daniela hundert Jahre lang im Gefängnis halten würde. Die Autos, die Leute, die Schaufenster, sogar die grellen Farben von Rom waren der unwiderlegbare Beweis dafür, daß er und seine Gefährten genau geahnt hatten, wohin die vermeintlichen Reformen führen würden. Sie waren gute Propheten gewesen, doch weil sie verloren hatten, wurden sie als Verbrecher gebrandmarkt. Corsini hatte gelernt, daß das Recht auf der Seite des Gewinners ist und daß zum Siegen weder Ideologien noch Programme nötig sind, sondern ausschließlich die Kraft, einen Traum zu verwirklichen. Ihnen war das offensichtlich nicht gelungen. Nichts und niemand aber konnte ihnen die Überzeugung und die Freude nehmen, sich im Schützengraben der Gerechten versammelt zu haben.

Er war zufrieden, daß er nicht dabeisein mußte, wenn Ost-Berlin zu Schleuderpreisen verhökert wurde, wenn seine stillen Straßen der kommerziellen Verwüstung geopfert wurden. Neonlampen würden ihr falsches Licht dem beruhigenden Grau der Geschäfte aufzwingen, die über vierzig Jahre das Wenige verkauft hatten, was es gab. Läden für Motorräder und T-Shirts würden die Buchhandlungen ersetzen, und im neuen Jahrhundert würde ein anderer Matteo Corsini die Bücher nicht mehr finden, die ihm über so lange Zeit Gesellschaft geleistet hatten. Das Grand Hotel Ecke Friedrichstraße kehrte in seine Erinnerung zurück. Die Schweden hatten es erbaut: Es war von unglaublicher Schönheit, die Linien und die Eleganz von typisch europäischer Prägung. Nie würde er Ost-Berlin vergessen.

Und an sie, wer würde sich an sie erinnern? An Giacomo, irgendwo in der unbekannten Erde von El Salvador begraben; an Roberto, der seit Jahren von der Religion das erflehte, was die Revolution ihm nicht gegeben hatte, auch weil die Revolution nie ausgebrochen war; an Eugenia, Maurizio, Riccardo, die jeden Tag damit beschäftigt waren zu beweisen, daß sie sich losgesagt hatten. Aber losgesagt wovon? Vom Stolz, zur bewaffneten Avantgarde des Proletariats gehört zu haben, auch wenn das Proletariat dann in seiner Höhle versteckt blieb und sich für die üblichen dreißig Silberlinge verraten hatte?

Während der unendlichen Stunden auf seinem Zimmer stellte Corsini sich vor, er würde ein Flugzeug nehmen und mit einem Blumenstrauß in der Hand an das Gefängnistor klopfen, hinter dem Daniela eingekerkert war. Er würde sie nicht ins Sprechzimmer rufen lassen; er würde direkt in ihrer Zelle erscheinen und ihr die Blumen überreichen. Corsini hatte sich angestrengt zu erinnern versucht, welche Blumen Daniela am liebsten hatte: Er wußte es nicht, weil er ihr nie eine Blume geschenkt hatte, und das kam ihm plötzlich wie die gemeinste Handlung vor, der er sich Daniela gegenüber schuldig gemacht hatte. Er würde ihre Zelle voller Blumen stellen: Nelken, Tulpen, Rosen, Gladiolen, Orchideen, Azaleen ... und viele andere mehr, deren Namen er nicht kannte, genauso wenig, wie er den Namen des Gefängnisses von Daniela kannte.

Dann fiel sein Blick auf eine Seite der Zeitung. Er hatte sie gekauft, um mit dem Italien vertraut zu werden, das ihn umgab. Er hatte sie durchgeblättert, ohne sich auf die Überschriften und Nachrichten konzentrieren zu können. Was ihn anzog, war ein Name: Ugo Gnudi. In Corsinis Erinnerung tauchte die zerbrechliche Gestalt mit der vorgewölbten Lippe auf; auf dem Kopf hatte sie eine Baskenmütze. Diese Baskenmütze wurde schräg getragen und während der Vorlesungen, die Professor Gnudi seinen Widersachern wie einen Fedehandschuh hinwarf, vorsichtig auf das Katheder gelegt. Am Anfang waren es nur Studenten, dann, vom Tumult angezogen, hatte sich die übliche Gesellschaft versammelt: Arbeiter, Vollzeitmilitante, Arbeitslose, Versammlungsspezialisten. Die einzige Losung war: verhindern, daß Gnudi seine Vorlesung beginnt und ihn mit Pfiffen und Sprüchen eindecken.

Der Hörsaal war der größte der Fakultät für Politische Wissenschaften, und man flüsterte sich zu, daß Gnudi ihn absichtlich ausgewählt habe. Er trat mit dem sanftesten Gesichtsausdruck der Welt ein, mit schnellen Schritten legte er die Entfernung bis zum Podest zurück, nahm die Baskenmütze ab, legte sie an die linke Ecke des Katheders, faßte die Masse der Anwesenden scharf ins Auge, die bis dahin eine liturgische Stille bewahrt hatte, und gab, wie ein Dirigent, das Zeichen zum Beginn. Dies aber weder mit einem Taktstock noch mit der Hand: Er gab es, indem er den Mund für die erste Vorlesung über »Politische Doktrinen« im akademischen Jahr 1972–73 öffnete.

Vier Jahre lang hatten sie ihn diese Vorlesung nicht halten lassen. Fernsehen und Zeitungen hatten Professor Gnudi in alle Wohnungen des Landes getragen. Minister, Juristen, Polizei hatten sich für den Fall interessiert, dessen Resonanz bisweilen wesentlich dramatischere Ereignisse verdrängt hatte. Italien war in zwei Lager gespalten: Die einen hielten den Professor für einen Märtyrer der Freiheit, einen Apostel des Pflichtbewußtseins, den Schutzengel all dessen, was es in der Gesellschaft noch an Beständigem gab; den anderen zufolge war er ein Provokateur, ein wild gewordener Opportunist, ein Adept überholter Großordinarien, die das Neue nicht zuließen.

In Corsinis Erinnerung hatte Gnudi dazu geschwiegen; was nichts mit seiner Verabredung um 11 Uhr mit dem, was er »seine Klasse« nannte, zu tun hatte, war ihm völlig fremd. Gnudi hatte niemals einen Eingriff von außen zugelassen; mit sanftem Stimmchen erläuterte er, daß es sich um eine unbedeutende Angelegenheit handelte, die nur ihn und seine Schüler betraf. Doch für die Studentenbewegung war es eine Frage der Ehre geworden, Gnudi daran zu hindern, seine Vorlesungen zu halten. Listen wurden aufgestellt, mit den Namen derer, die täglich reihum in den Bänken sitzen mußten. Zu Beginn der Woche wurden die Listen vor dem Hörsaal angebracht, und eines Morgens hatte Gnudi die für diesen Tag vorgesehene abgenommen und einen Namensappell durchgeführt. Die siebzig Abkommandierten der Studentenbewegung waren anwesend, die anderen hundert waren Neugierige, Journalisten, Polizisten, Müßiggänger. Es war das einzige Mal, daß man Gnudi erlaubt hatte zu sprechen. Bei allen anderen Gelegenheiten wurde die Aula fünfzig Minuten lang zu einem Volkstribunal, und von den Bänken erhob sich immer irgend jemand und verlas die Anklagepunkte. Corsini erinnerte sich an die ersten drei: Liberaler, Idealist, Crocianer. Dagegen erinnerte er sich nicht mehr genau an die nachfolgenden; immerhin waren darunter: Großordinarius, Diener der Herrenklasse, Rassist. Der Schluß war einzigartig und änderte sich nie: Prüfungsaas, das beißt, endet noch im Scheiß. Wenn das Pfeifkonzert, die Sprüche, die Spottverse losgingen, vertiefte sich Corsini regelmäßig in die Sportberichte der ›Nazione‹. Die

Fiorentina wurde stets als die Mannschaft des folgenden Jahres bezeichnet, und für das laufende Jahr mußte man eben durchhalten.

»Professor Gnudis letzter Kreuzzug – Befreien wir uns von Medizin und Ärzten« titelte die Zeitung. Es war eine Seite aus dem Lokalteil, und Corsini blätterte bis zur ersten Seite zurück: Ihm waren Zweifel gekommen, ob es sich um eine römische Tageszeitung handelte, aber es war ›Il Messaggero‹, und daher mußte die Aula Magna der Katholischen Universität zwangsläufig die der Hauptstadt sein. Der Beginn war auf 17 Uhr festgelegt. Corsini entschloß sich hinzugehen. Er dachte, dies sei der beste Weg, wieder an das Italien anzuknüpfen, das er verlassen hatte. Professor Gnudi hatte er den Rücken gekehrt, als er nachsah, wie viele Minuten es noch bis zum Ende seiner Vorlesung waren: Mit der Hand hatte er drei angezeigt, und der Chor wurde lauter. Das war im April 1977. Von wesentlich entscheidenderen Ereignissen in Anspruch genommen, hatte Corsini die Vorlesungen nicht mehr besucht: Professor Gnudi war aus seinem Blickfeld verschwunden. In der Schlagzeile des ›Messaggero‹ hatte er ihn wiedergefunden: diesmal als Hauptperson, nicht mehr als Verfolgter, und als Corsini den langen Artikel las, wurde ihm bewußt, daß es inzwischen Professor Gnudi war, der gegen andere protestierte.

Corsini fragte sich, ob es wohl klug wäre, sich an einen öffentlichen, mit Menschen überfüllten Ort zu begeben. Er schloß aus, daß die italienische Polizei ein Foto neuesten Datums von ihm hätte. Gegenüber den während des Prozesses veröffentlichten Fotos hatte er sich verändert, obwohl er wenig getan hatte, um seine Gesichtszüge unkenntlich zu machen. Innerlich und äußerlich war er gealtert. Sein Gefühl sagte ihm, daß man ihn nicht erkennen würde, aber dem Gefühl konnte man nur bis zu einem gewissen Grad vertrauen. Nachdem er eine Stunde lang Für und Wider abgewogen hatte, kam er zu dem Schluß, daß es nicht einen vernünftigen Grund gab, zu dem Vortrag von Professor Gnudi zu gehen, außer, daß er es leid war, sich ewig in dem Zimmer zu verbarrikadieren. Andererseits hielten sich die Risiken in Grenzen, abgesehen davon, daß er seine geheimnisvollen Auftraggeber damit vielleicht in Raserei versetzte. Allerdings war auch er einigermaßen wütend auf sie. Denn bisher hatte er keinerlei Lebenszeichen von ihnen erhalten. Kaum hatte er nach der Vorbestellung auf den Namen Luciano De Bellis gefragt, hatte ihm die quirlige Frau von der Pension einen festen Umschlag ausgehändigt. Mit einer Mischung aus Sorge und Neugier hatte er ihn geöffnet: Der Umschlag enthielt drei Millionen Lire, einen zerknitterten Führerschein mit seinem Foto, eine Kreditkarte und eine Karte für den Bankautomaten. Die Dokumente waren auf Luciano De Bellis ausgestellt. Außerdem lagen ein paar maschinengeschriebene Zeilen bei, die ihn darauf aufmerksam machten, daß die Kreditkarte und die Karte für den Bankautomaten unecht waren, zu seiner Tarnung dienten und er es sich nicht einfallen lassen sollte, sie zu benutzen.

Die Aula Magna des Rektorats war gesteckt voll. Corsini stellte sich in die Ecke, in der man vor Blicken am besten geschützt war, die einzige, in der keine Stühle standen. Zwar achtete er darauf, nicht aufzufallen, schaute aber blitzschnell hierhin und dahin, um Gnudi ausfindig zu machen. Zuerst erkannte er die Baskenmütze wieder, dann die noch magerer und kantiger gewordene Gestalt. Er hätte schwören können, daß die Baskenmütze immer noch dieselbe war.

Gnudi bewegte sich unter Beifall und sichtbaren Zeichen der Zustimmung. Corsini fiel eine Einzelheit auf, die ihm bis dahin entgangen war: Der größte Teil der Zuhörer bestand aus jungen Leuten, geschmackvoll in vielerlei Halbtönen gekleidet; von ihren Körpern gingen angenehme Düfte aus; sie zogen es vor, verhalten miteinander zu flüstern, statt zu sprechen, jedenfalls darauf bedacht, den neben ihnen Stehenden nicht zu stören. Corsini bemerkte, daß zusammen mit den Gefühlen auch die schweren Eskimojacken, die Rollkragenpullover, die Schlaghosen in die Rumpelkammer geworfen worden waren; alles, was schon rein optisch den Unterschied ausmachte. Er blickte um sich: eine graue Flanellhose, ein weißes Hemd, ein anthrazitfarbener Wollpullover mit Zopfmuster, feste Mokassins, eine über dem Arm gefaltete Windjacke, weil sich der Träger ihrer ein bißchen schämte.

»Was ist die Medizin?« Gnudi stellte diese Frage einer Zuhörerschaft, die gespannt darauf wartete, daß er es ihr erklärte. »Ist sie vielleicht ein multinationales System, das in der Lage ist, über die Grenzen hinweg Armeen und Regierungen, Flotten- und Luftkampfverbände, Soldaten und Freiwillige zu mobilisieren? Oder sollten wir sagen, daß sie dem Augenschein nach ein Imperium ohne Tyrannen und ohne Parlament ist, gleichwohl in der Lage, eine genaue Ordnung zu fordern und zu erhalten? Oder ist sie die letzte Illusion der menschlichen Rasse, der letzte Schutzschild, der uns armseligen Zweibeinern bleibt in dem wahnsinnigen Wunsch, der Umklammerung der alles verschlingenden Zeit zu entgehen?« Das Rauschen wollte zum Beifall werden, doch Gnudi sprach unmerklich lauter und gab damit zu verstehen, daß er nicht unterbrochen werden wollte.

Corsini bemerkte, daß Gnudi seine Baskenmütze links von sich abgelegt hatte, doch weil er kein Katheder, sondern den langen Tisch für die Staatsexamensprüfungen vor sich hatte, balancierte er die Mütze fast am äußeren Tischrand. Eine kleine Bewegung, ein Luftzug, und die Baskenmütze wäre auf dem Boden gelandet.

»Die Medizin ist der beste Presseagent ihrer selbst. Sie organisiert Tagungen, Debatten, Seminare. Und wozu macht sie das Ihrer Meinung nach? Etwa weil sie irgendeine wunderbare Entdeckung mitzuteilen hat? Weit gefehlt. Sie organisiert Paraden, bei denen sie keine neue Entdeckung vorzustellen hat, sondern die ausschließlich dazu dienen, ihre Muskeln spielen zu lassen, ihre Errungenschaften darzustellen und bei dem einen oder anderen gelegentlichen, waghalsigen Kritiker panische Angst zu verbreiten. Die Medizin ist von dieser übermenschlichen Mission dermaßen in Anspruch genommen, daß sie nicht mehr die Jahre, die Monate, die Wochen, die Tage, die Stunden, die Minuten hat, um sich der Kranken anzunehmen. Sie ist viel zu sehr mit der Ausbeutung selbst noch der Sekunden beschäftigt, um gegen die Zeit und ihre Allmacht anzukämpfen, in dem Versuch, ihr die geweihten Opfer zu entreißen. Und damit, so glaubt sie, schlägt sie ihr ein Schnippchen, indem sie sich über Naturgesetze lustig macht, die Milliarden von Jahren alt sind, unendlich viel älter als der Mensch und damit die Medizin selbst. Aber kann sich die Medizin wirklich über die Zeit lustig machen? Ist sie wirklich in der Lage, mit der alleinigen und unbesiegbaren Herrin des Universums zu konkurrieren?«

Die Frage donnerte auf das Publikum nieder und verbreitete Angst. Corsini war unentschlossen: Nahm Gnudi weiterhin jeden auf die Hörner, der ihm gerade in die Quere kam, oder war er nur noch schrullig?

»Die Medizin hat jedes Krankenhaus, jede Klinik, jede Notaufnahme, jede Arztpraxis zu einem Vorposten ihrer Armeen und ihrer Schlacht gemacht. Schon lange gibt es keinen Arzt mehr, vom unerfahrensten bis hinauf zum berühmtesten, der sich nicht als Teil dieses ruhmreichen, unbesiegbaren Heeres empfindet und sich nicht mit der heiligen Aufgabe betraut fühlt, gegen den Feind Nummer Eins zu kämpfen: die Zeit. Und wir alle, krank oder gesund, stellen in einem Augenblick das Schlachtfeld dar und dann wieder die heißbegehrte Beute. Die Medizin kämpft bei jedem einzelnen von uns mit der Zeit. Das wunderbare Ereignis um Lazarus wiederholt sich. Wie viele Lazarusse sind es, die in jedwedem Teil des Geoids aufstehen und zu jeder Stunde des Tages und der Nacht wandeln? Und die Schriften sagen uns, daß Lazarus viel weniger lange lebte als der zum Tode verurteilte Krebskranke, dem die bewunderungswürdige Unbeugsamkeit der Medizin den Hauch des Lebens wiederschenkt. Denn was sind diese Chirurgen, diese Leuchten der Frühdiagnose anderes als die obersten Führer einer streng militärisch aufgebauten Hierarchie?«

Der Beifall brauste. Die Begeisterung ergriff Junge ebenso wie weniger Junge. Gnudi legte eine Hand auf seine Lippen, preßte sie, bis das Blut aus ihnen entwich, beseitigte einen unsichtbaren Faden von seiner Baskenmütze. Corsini fühlte sich unwohl. In ungewöhnliche Formen verpackt, hörte er wieder die Gedankengänge, die seine Lehrjahre bestimmten. Damals wie heute hielt er die Suche nach hehren Gründen für die Auflehnung gegen eine noch in ihren kleinsten Taten oder ihren unbedeutendsten Handlungen unterdrückende Gesellschaft lediglich für einen Vorwand; eine Gesellschaft, deren Freiheitsbeschränkungen weit vor den Krankenhäusern und den Arztpraxen begannen.

»... sechs Jahre hat der Zweite Weltkrieg gedauert ...« Corsini hatte die Fortsetzung der Predigt nicht mitbekommen. »Das heißt der Konflikt, der die meisten Opfer gekostet hat. Sechs Jahre sind also eine enorm lange Zeit, die allein schon ausreichen würde, um das Schicksal von Menschen, von Nationen, von ganzen Rassen verändern zu können, davon könnten die Juden Ihnen etwas erzählen. Und sechs Jahre sind oftmals der Zeitraum, den die Strategen der medizinischen Hierarchie den Opfern ihrer Schlachten versprechen, den Larven, denen sie während mörderischer Zerstörungseingriffe die Würde des Lebens herausgerissen haben. Armselige Zombies, die gezwungen sind zu atmen, während sie sich doch eigentlich wünschen, daß jemand den Apparat abschaltet.«

Ein lastendes Schweigen vernichtete die Inbrunst, die Begeisterung der Zuhörerschaft.

»Doch wir sprechen über eine äußerst merkwürdige, auf ersten Blick ungleiche Schlacht. Auf der einen Seite scharen sich elektronische Apparaturen, nukleare Kleinigkeiten, ferngesteuerte Hilfsmittel, unbegrenzte Geldmittel; auf der anderen steht die Zeit, die wir uns als besonnene alte Dame vorstellen können, die, unbeeindruckt von ihren Feinden und deren Plänen, weiterhin und unerbittlich die Sekunden, die Minuten, die Stunden mahlt. Und denken Sie daran, ihre Leere ist nicht durch prunkvolle Dünkelhaftigkeit vernebelt. Die Zeit hat das nicht nötig, denn sie hat die Naturgesetze auf ihrer Seite, die sich über die Aufmärsche, die Strategien und Kriegsmaschinerie lustig machen. Aber was können wir tun? Wie können wir dem neuesten der Großen Brüder entfliehen, der über uns schwebt? Wie der Bedrohung, daß uns zu unserem Wohl eine umfassende, ständig auf neuestem Stand gehaltene Datenkartei aufgezwungen wird? Wie der Angst, nicht mehr frei zu sein, solche Entscheidungen zu treffen, die, seien sie auch noch so klein, unserer Existenz Sinn und Substanz verleihen? Ich sage Ihnen, daß wir in keiner Weise mehr dem entfliehen können, was über unseren Häuptern schwebt. Mehr noch, unsere hochmütige Stumpfsinnigkeit wird uns eines Tages noch dazu verleiten, die von Mangel geprägten Strukturen, die unzureichenden Mittel, die Fehldiagnose zu segnen, weil sie die einzigen Mittel sind, durch die wir uns den Zwängen entziehen können, die man uns aufpfropfen will. Werden damit für uns, die wir uns gegen jede Diktatur, gegen jede ideologische und religiöse Tyrannei erhoben haben, die Tage der Knechtschaft unter der Medizin als zerstörerischer Supermacht anbrechen?«

Die Zustimmung im Saal brach alle Deiche, doch Gnudi war noch nicht am Ende, und mit ausholenden Handbewegungen gebot er der überbordenden Begeisterung Einhalt.

»Denken Sie daran, im Dunkel des uns geschenkten Todes treiben Bruchstücke der inneren Freiheit, Wahrheitssplitter, die wesentlich mehr wert sind als ein schiefgelagertes Überleben in einer gebändigten Körpermaterie.«

Viele standen auf und applaudierten, jeder war bereit, sich den Anti-Medizin-Brigaden anzuschließen. Corsini sah einen schlimmen Abend für jeden Arzt voraus, der mit einem der Anwesenden in Berührung kommen würde. Er klatschte in die Hände, um sich von den anderen nicht zu unterscheiden, doch das Unbehagen hatte zugenommen. Italien stellte sich ihm immer mehr als ein Land dar, in dem tiefe Verwirrung herrschte, in dem die Karten neu gemischt wurden und das rückschrittliche Rennen mal links, mal rechts über die Hürden begann, ganz wie die Mode es gerade verlangte.

»Interessanter Vortrag, nicht wahr, Signor De Bellis?«

Corsini wurde bei diesem an sein rechtes Ohr geflüsterten Satz wie vom Blitz getroffen. Er rückte ein paar Zentimeter ab, um den anzustarren, der ihn angesprochen hatte. Er erblickte einen untersetzten Mann mit Hängebäckchen wie bei einem Neugeborenen, das Haar durch einen Mittelscheitel geteilt, mit einer runden Stahlbrille wie der von Tom Courteney in ›Doktor Schiwago‹.

»Fanden Sie ihn nicht interessant?« wiederholte Levy, hakte sich bei ihm ein und drängte ihn an die Wand. Um sie herum prasselte es nur so von Fragen, und zwei bereitwillige Mädchen mit Mikrofonen vollbrachten Wunder an Balanceakten, um es den Ausgesuchten möglich zu machen, ihre Fragen zu stellen.

Während die Stunden im Zimmer über ihn hinwegglitten, eine länger als die andere, hatte Corsini sich vorzustellen versucht, wie der Mann wohl aussehen würde, der mit ihm in Verbindung trat. So hatte er ihn sich wirklich nicht vorgestellt. Zunächst hielt er ihn für einen Italiener, doch etwas, auf das er nicht kam, paßte nicht ganz.

»Ich hatte mich schon gefragt, wann ihr euch endlich melden würdet«, sagte Corsini.

»Haben Sie es plötzlich eilig?« Während Levy sprach, schickte er seine Blicke nach rechts und nach links. »Man hat uns gesagt, daß Geduld eine Ihrer besten Eigenschaften sei. Sofern wir nicht falsch informiert sind, warten Sie schon seit zwölf Jahren ...« Levy sagte das mit einem entgegenkommenden Lächeln, das Corsini einen Schauer über den Rücken jagte.

Ja, sie waren richtig informiert, und Corsini vermutete, daß sein Leben keine Geheimnisse für den Mann neben ihm barg.

»Fühlen Sie sich wohl in Rom?« fragte Levy mit unerwarteter Fürsorglichkeit.

Corsini nickte bejahend.

»Was muß ich tun?«

»Sie müssen einen Mann töten. Sie müssen ihn aus einer Entfernung von ungefähr einhundertfünfzig Metern treffen.«

Corsini konnte einen Ausdruck des Unbehagens nicht unterdrücken, den Levy mißverstand.

»Man hat uns versichert, daß Sie ein ausgezeichneter Schütze sind. Wir haben die Aufzeichnungen des Schießplatzes ausgewertet, und Sie haben volle Wertung bis zu zweihundert Metern bekommen, bei Zielen, die kleiner waren als ein menschlicher Kopf.«

Corsini bejahte erneut. Es hätte zu lang gedauert und wäre auch sinnlos gewesen, diesem ungerührten Typen – ob er nun über Rom sprach oder darüber, einen Menschen aus dem Weg zu schaffen – zu erklären, daß das Unbehagen nichts mit der Entfernung zu tun hatte, sondern mit der neuen Rolle, die sie ihm aufzwangen. Corsini wandte sich Levy zu, der ihn genau musterte: Ihre Blicke forderten sich heraus. Corsini dachte mit Haß daran, daß es den Feinden der Menschheit nicht genügt hatte zu siegen; sie wollten den Besiegten auch noch die Seele herausreißen.

Levy spürte, daß sich hinter den zwölf Jahren untergetauchter Existenz noch etwas anderes verbarg, das mehr als der bloße Wunsch war, der Gefängnisstrafe zu entgehen.

»Fragen?«
»Nein.«
»Probleme, Zweifel?«
»Nein.«
»Gut. Wir melden uns mit einem Anruf in der Pension Bel Ami. Sie werden dann einen Zug nehmen müssen, wir werden Sie etwas früher anrufen, um Ihnen die Abfahrtszeit, das Gleis und die Stadt zu nennen, in der Sie aussteigen müssen.«
»Wann?«
»Das erfahren Sie zu gegebener Zeit.«
»Aber was, wenn ich bei eurem Anruf draußen bin, wenn ich Lust habe, ins Kino zu gehen, in ein Restaurant, ein bißchen Luft zu schnappen?«
»Keine Sorge, wir setzen uns auf jeden Fall mit Ihnen in Verbindung ... Denken Sie daran, jedesmal wenn Sie die Pension verlassen, den Führerschein, die Kreditkarte, die Bankautomatenkarte bei sich zu haben. Aber denken Sie auch daran, sie nicht zu benutzen.« Levy sagte das in einem Ton, als wüßte er, daß Corsini sie in diesen drei Tagen immer bei sich gehabt hatte.
Corsini hatte jetzt die Bestätigung, daß sie ihn ständig kontrollierten, und darüber war er zufrieden: Er konnte den vagen Plan einer Flucht aufgeben, mit dem er mehr aus Pflichtgefühl als aus Hoffnung gespielt hatte.
»Ich überlasse Sie jetzt der Diskussion.«
»Einen Augenblick«, sagte Corsini. »In Deutschland wurde mir gesagt, daß ihr nach der Operation für einen sicheren Ort, einen Unterschlupf außerhalb Italiens für mich sorgen würdet. Bestätigen Sie mir das?«
»Keine Sorge. Wir halten immer, was wir versprechen. Sie werden sogar wählen können.« Levy gelangte auf Zehenspitzen zur Tür. Er mußte sich beeilen, um sich umzuziehen und zur Villa Pamphili zu fahren. Er hatte sich selbst zu einem Empfang zu Ehren der israelischen Delegation eingeladen. Er hatte Michal noch nie im Abendkleid bewundert.

Corsini sah Gnudi sprechen, hörte seine Worte aber nicht. Der Professor, über den sie sich vor fünfzehn Jahren in dem Bewußtsein lustig gemacht hatten, daß sie ihn unter Sprüchen und Chören begraben und vergessen könnten, stand wie zum Beweis da, daß es niemals nur eine Wahrheit gibt, denn gäbe es nur eine, wäre sie viel zu schwer zu akzeptieren. Gnudi hatte nicht nur gewonnen, nein, inmitten all dieser Menschen, die an seinen Lippen hingen, stellte er die Opposition gegenüber der etablierten Macht dar.

Corsini war über sich und über das, was ihn erwartete, enttäuscht. Er wußte nicht, wer sein Gesprächspartner war, und nur schwerlich würde er es erfahren, jedenfalls nicht vor Beendigung der Operation, für die er angeworben worden war.

Er sollte töten.

Das hatte er noch nie getan, und er wußte nicht, ob er dazu in der Lage sein würde. Er hatte nicht jahrelang trainiert, um ein Killer zu werden. Über Hunderte von Abenden hatte er in der Illusion gezielt und geschossen, auf Barrikaden zu klettern. Statt dessen sollte er auf Kommando töten, vielleicht einen von der Linken, vielleicht einen Gefährten ... Er sollte es schnell und gewissenhaft tun. Und dann könnte er an der Reihe sein. Wenn sie ihn nicht umbrachten, würden sie aus ihm ein Gebrauchswerkzeug machen.

Nicht Italien war schlimmer geworden, sondern die Welt. Er trauerte der kleinen Wohnung in Berlin nach, den grauverhangenen Tagen, der aussichtslosen Arbeit, den Abenden am Schießplatz, den Nächten über den Büchern. Er besaß nichts, aber er hätte auf etwas von diesem Nichts verzichtet, wenn er sich ein paar Minuten lang gegenüber Frau Hannelore hätte aufspielen und träumen können, von Wunschbildern, die niemals Wirklichkeit würden, und der Gesellschaft, der er hartnäckig hinterherjagte.

Aus Corsinis Gedanken verschwanden die Eltern und

jede Zukunftsspur, sogar Daniela verlor sich in der Zerrissenheit, die in jede Ecke seines Körpers eingedrungen war. Corsini wandte seine Aufmerksamkeit wieder Gnudi zu. Lieber Professore, hätte er am liebsten gesagt, sehen Sie mich an: Auch ich bin eine gebändigte Körpermaterie, ohne Bruchstücke der Freiheit, ohne Wahrheitssplitter; ich überlebe, weil ich jemand in den Kram passe. Und dieser Jemand gehört nicht Ihrem Megaheer der Medizin an; er ist jemand wie Sie und ich und daher wesentlich schlimmer als Ihre Supermacht.

Das hätte er gerne sagen wollen. Statt dessen ging er hinaus.

XVII

Er hatte mit Evelina geschlafen, und während er ihr die Haare aus den Augen strich, wurde ihm bewußt, daß sie es schon ziemlich lange nicht mehr getan hatten.

Nach den Nächten in der Kaserne, auf den Spuren der beiden Komplizen von Millepiedi, war der Colonnello zum Schlafen nach Hause gefahren, und das sich Herumwälzen zwischen den Bettlaken hatte ein diffuses Gefühl der Behaglichkeit hervorgerufen. Danach war er erschöpft gewesen, aber eher mental als physisch. Immer hatte er gedacht, das Leben sei wie eine parlamentarische Demokratie: ein Gleichgewichtspunkt zwischen Kräften und Gegenkräften. Diesen Gleichgewichtspunkt hatte er gesucht und respektiert; er war der Ansicht, daß seine Erfolge – die Karriere, die Familie, die Rebaudengo-Schwestern und ihre Vorgängerinnen – das Ergebnis der Anwendung, der Achtung der Regeln dieses Kräfteverhältnisses waren. Doch seit Millepiedi wieder aufgetaucht war, war das Gleichgewicht aus den Fugen geraten. Der Colonnello hatte die Freude an der Vergangenheit und die Begeisterung für die Zukunft verloren. Der Eindruck, eine Spielzeugwelt, eine Welt der Fiktionen geschaffen zu haben, war ihm ins Fleisch eingedrungen, auch, daß sich die Lebensfreude anderswo aufhielt und überhaupt etwas ganz anderes war. Gerne hätte er dieses Gefühl bekämpft, es mit den Gesetzen der Logik eingerissen, aber er empfand ein eigentümliches Gemisch aus Machtlosigkeit und Trägheit, das ihm vom Gehirn aus in die Muskeln drang. Und wenn die Spielzeuge und Märchenwelten das liebe gewohnte Aussehen der kleinen Dinge annahmen, die ihn bis kurz zuvor noch entzückt hatten, stürzte er in die trostlose Vorstellung, daß er ihrer plötzlich beraubt werden könnte.

Seine Frau drehte sich auf die andere Seite. Der Colonnello hörte ihrem regelmäßigen Atem zu. Evelinas Gesichtszüge bewahrten die Frische ihrer ersten Begegnungen: Auf der Suche nach der Erinnerung an eine Einzelheit ging er sie alle einzeln durch. Die Lippen, die Wangen, das Grübchen am Kinn, die winzig kleine Narbe hinter dem linken Ohr, die Augenbrauen, die Stirnfalten: jede einzelne davon verband er mit etwas Zartem und Undefinierbarem. Die Augen waren ein Kapitel für sich. Der Colonnello hielt sie für den wichtigsten Teil an einer Person, weil man mit dem Schließen der Augen Abschied vom Leben nimmt, und er vertraute darauf, daß, wenn sein letzter Augenblick kommen würde, Evelinas Augen sein letztes irdisches Bild wären. Evelina war die beste aller Ehefrauen und die beste aller Mütter. Sie war nicht die beste aller Liebhaberinnen, aber das war für den Colonnello immer weniger entscheidend. Er bedauerte alle Gelegenheiten, bei denen er sie betrogen hatte, und er war kurz davor, sich selbst den Eid zu leisten, daß dies nie wieder vorkommen würde. Doch zu einem derartigen Schwur hielt er sich noch nicht für bereit, und er wich vor dem Versprechen zurück. Er schwor lediglich, daß er an Evelinas Seite alt werden wolle.

In der Wohnung wurden die Schritte der Kinder hörbar. Er versuchte, sie auf Grund der Geräusche zu unterscheiden, die sie nicht zu machen versuchten, aber ließ es sofort bleiben. Das war eine weitere Wahrnehmung, die ihm fehlte und die er nie mehr zurückgewinnen konnte. Unter tausend Vorsichtsmaßnahmen stand er auf, um Evelina nur ja nicht zu wecken, die ein Augenlid leicht öffnete und ihn frage: »Was machst du denn?«

»Nichts«, sagte er. Er schämte sich, ihr zu sagen, daß er den Kindern zuschauen wollte, wie sie sich für die Schule fertig machten.

Gianmarco und Giacinta waren zwölf Monate auseinander. Fünfte Klasse Gymnasium der eine, vierte Klasse Gymnasium die andere. Intelligent und lustlos Gianmarco. Methodisch und genau Giacinta, in der er sich in vielen Charakterzügen wiedererkannte. Auch Lia hatte ihm wiederholt gesagt, wenn sie seine Wangen mit ihren überbordenden Brüsten bedeckte, daß seine Tochter ein perfektes Ebenbild von ihm sei. Ohne Giacinta hätte er Lia nicht kennengelernt, hätte er Vera nicht kennengelernt, wäre er niemals in ihre ganz eigenwillige Welt eingelassen worden.

Er hatte die Rebaudengo-Schwestern gern. Die Stunden, die er in ihrer Gesellschaft verbrachte, waren unbeschwert: voller Hätscheleien und Sorglosigkeit. Möglich, daß er eines Tages wieder mit einer von ihnen schlafen würde. Er stellte sich vor, beide im selben Bett zu haben, und das machte ihm Gänsehaut. Cosentino dachte, daß er sich nicht geändert habe: Schon als Junge war es ihm oft passiert, daß er nicht wußte, was er wollte, es aber von ganzem Herzen wollte.

»Papa, knöpfst du mir den Kittel zu?« Luigi lächelte und ließ ein großes Loch in der oberen Zahnreihe sehen. Der Schneidezahn war vor drei Tagen ausgefallen, Luigi hatte es ihm sofort mitgeteilt, nachdem er seine Mutter gezwungen hatte, ihm den Telefonhörer zu geben. Das war in den Tagen gewesen, als der Colonnello in der Kaserne gelebt und Leichen katalogisiert hatte.

Luigi, das jüngste der vier Kinder, war sieben Jahre alt. Als er noch nicht in dem Alter gewesen war, in dem man selbst die verborgensten Gedanken der Erwachsenen erahnt, wurde er als »Ausrutscher« bezeichnet, und zwar in dem Sinn, daß er sich auf der Welt angemeldet hatte, ohne dazu eingeladen worden zu sein. Cosentino war von der Vorstellung eines vierten Kindes nicht begeistert, aber Evelina hatte nicht nachgegeben. Obwohl sie selbst ein Einzelkind war, sah sie in jedem Kind eine Segnung des Ewigen. Cosentino hatte den Willen seiner Frau respektiert, und jetzt war er ihr dankbar wegen des Lebens, das Luigi ins Haus gebracht hatte.

Roberta glitt auf Zehenspitzen aus dem Bad in die Küche und aus der Küche zur Wohnungstür. Mit elf Jahren hatte sie die Bewegungen eines Models: das war das Ziel das sie sich gesteckt hatte, und die unendlich langen Beine, mit denen Mutter Natur sie ausgestattet hatte, waren eine schöne Empfehlung.

Cosentino hielt Roberta mit ihren elf Jahren für allzu schön. Er hatte Evelina seine Zweifel und Befürchtungen, möglicherweise ein Pin-up-girl in der Familie zu haben, anvertraut, erhielt aber nur eine grobe Antwort.

»Du bist wirklich ein Schwarzseher. Das ist deine schmutzige Phantasie, nur deshalb denkst du an derartige Dinge, Roberta wird nicht einmal davon berührt. Sie ist ein ganz normales Mädchen, das von Modeschauen begeistert ist. Das ist alles. Zu gegebener Zeit sprechen wir noch einmal darüber.« Luigi erzählte aber ständig von den Anrufen, die Roberta bekam, und Cosentino hätte fast lieber eine häßliche Tochter gehabt.

»Die Wahrheit ist«, hatte Evelina ausgerufen, »daß du dich jeder familiären Verantwortung entziehst. Und weil Robertas Wünsche und ihre Persönlichkeit anders sind als die, an die du gewöhnt bist, begehrst du auf und versuchst, sie zu beseitigen. Aber nur, weil das für dich bequemer ist. Und das ist Roberta gegenüber nicht fair.«

Evelina ging aus der Wohnung und hielt Luigi an der Hand.

»Wenn ich kann«, sagte Cosentino, »komme ich zum Mittagessen nach Hause. Jedenfalls ruf ich dich an.«

»Was ist los mit dir? Was soll all diese Fürsorglichkeit? Hast du Angst, wir könnten dich vergessen?«

Mit seinen Lippen berührte Cosentino flüchtig die Lippen seiner Frau.

»Hab verstanden«, sagte Evelina. »Ich soll kochen. Und ich hatte schon die Hoffnung, daß ich mir die Sache heute einfach machen könnte. Aber fürs Vergnügen zahlt man, ist es nicht so? Und dich am Tisch zu haben ist immer ein Vergnügen ...« Evelina zog die Tür hinter sich zu. Luigi winkte mit einem Heft.

Die Kinder nannten ihn den Militärschrank. Er stand am Ende des Flurs, und Cosentino hatte ihn praktisch requiriert, um die Winter-, die Sommer-, die Gala- und die Tarnuniformen darin aufzubewahren. Er fand sie perfekt geordnet und perfekt gebügelt. Er trug sie nur selten. Das letzte Mal beim Nationalfeiertag. Er schob Kleiderbügel und Hosen mit einwandfreien Bügelfalten beiseite, er hob Windjacken und Gummistiefel hoch: Die Tennistasche befand sich ganz unten. Er zog die beiden Reißverschlüsse auf, und mit einer Vorsicht, die in achtzehn Dienstjahren nicht abgenommen hatte, holte er eine Maschinenpistole M 12 und die Einzelteile eines FAL heraus, des automatischen Leichtgewehrs BM 59. Sie schienen gut in Schuß zu sein, doch der Colonnello machte sich Vorwürfe, weil er sie schon seit über einem Monat nicht mehr kontrolliert und gereinigt hatte. Er versuchte, das mit dem plötzlichen Auftauchen Millepiedis zu entschuldigen, aber Peppe war erst vor zwei Wochen auf der Bildfläche erschienen. Nein, er war ganz einfach nachlässig gewesen, und zwar aus der Überzeugung heraus, daß die Gefahren sich verzogen hätten.

Im Geist die Anweisungen des Handbuchs wiederholend, zerlegte er die Maschinenpistole, setzte sie wieder zusammen und fügte die Teile des Gewehrs ineinander. Er blies vermeintlichen Staub weg, bürstete kräftig Schlösser und Läufe, vordere und hintere Zwinge, Abzüge und Federn, Bodenstück und Wagen. Als er sicher war, daß nichts mehr die beiden Waffen blockierte, kehrte er zum Schrank zurück und durchstöberte noch einmal den unteren Teil. Diesmal zog er einen Seesack heraus, dessen Riemen noch nach Meerwasser rochen. Er öffnete ihn und nahm drei Magazine mit zweiunddreißig Schuß für die M 12 heraus und vier Magazine mit zwanzig Schuß für die FAL. Er schob ein Magazin in die Schnellfeuerpistole und ein anderes in das Gewehr. Die übrigen steckte er in die Tasche, zusammen mit drei vorbereiteten Magazinen für die Beretta vom Kaliber 9, die er unter der Achsel trug.

Noch nie war er mit einem derartigen Arsenal herumgelaufen. Das konnte ein böses Vorzeichen sein. Die Lage schien unter Kontrolle, kein Indiz deutete darauf hin, daß etwas Unerwartetes seitens derer eintreten könnte, die Jagd auf Millepiedi machten. Aber der Colonnello fühlte sich mit diesen Waffen in Reichweite besser beschützt. Wer weiß, was die Rebaudengo-Schwestern davon halten würden, aber ihm blieb keine Zeit mehr, die Planeten zu Rate zu ziehen. Er war schon an der Tür, als er noch einmal zurückgehen mußte, um die braune Mappe mit den 153 Fotos zu holen, von denen jedes mit einem kurzen Lebenslauf versehen war. Er drückte auf den Fahrstuhlknopf. Die Tennistasche trug er in der rechten Hand und die braune Mappe in der linken. Er beschloß, daß er eine Hand frei haben müsse und steckte die Mappe in die Tasche.

Der Croma war rechts vom Hauseingang geparkt. Was er trug, war so schwer, daß er den Wagen zur Seite gebeugt erreichte. Im Unterschied zu anständigen Leuten, die zum Tennisspielen fuhren, stellte er die Tasche nicht in den Kofferraum, sondern neben sich auf den Beifahrersitz.

Er war so in Gedanken versunken, daß er sich in der Straße irrte. Als ihm das bewußt wurde, war er noch verwirrter über die Vorsichtsmaßnahmen, die er traf. Er sagte sich immer wieder, daß er schon Schlimmeres gesehen und erlebt hatte, daß er niemandem gesagt habe, wo er Millepiedi versteckt hielt und es daher unmöglich sei, daß man etwas über ihn herausgefunden habe. Aber es half alles nichts: Eine Vorahnung hatte sich in ihm breitgemacht und ging nicht weg. Er dachte an die bevorstehenden Weihnachtsferien, an das Haus, das sie in Courmayeur gemietet hatten, an Robertas Wettkämpfe, an Luigis Zahn. Er dachte, die Gedanken an die ihm liebsten Personen würden ihm helfen, die Angst zu vertreiben, die in ihm aufkam.

Mit dreißig Stundenkilometern bog er auf die lange Straße ein, die ihn zu dem Haus der Schwestern führte. Seine Augen prüften die Bäume, die Felder, die kleinen Häuser. Alles in Ordnung wie das Haus mit den halb heruntergelassenen Rolläden.

Der Colonnello stieg aus dem Auto und hielt die Hand auf dem Schaft der Beretta. Vorsichtig näherte er sich dem Haus bis zur Tür, die sich wie durch einen Zauber öffnete. Fast hatte er die Pistole aus der Pistolentasche gezogen, doch Millepiedis lachendes Gesicht beruhigte ihn. Millepiedis Haare waren vor kurzem gewaschen worden, das Grau war abgeschwächt, schimmerte leicht bläulich. Er trug eine elegante Kombination mit einer auffälligen Krawatte, die aber farblich paßte. Millepiedi machte eine anmutige Drehung.

»Ist das gut so?« fragte er ausgelassen.

»Ausgezeichnet.«

»Die beiden Feen haben verlangt, daß ich ordentlich gekleidet sein müsse, und gestern nachmittag haben sie eingekauft.«

Der Colonnello deutete auf die Haare.

»Ich habe sie mit einem Mittel gewaschen, das sonst mein Friseur anwendet. Wie haben uns für deinen Generale in Schale geworfen. Ob er das zu schätzen weiß?« Erst jetzt bemerkte Millepiedi die Tennistasche. »Gehen wir Tennis spielen?« fragte er augenzwinkernd.

Der Colonnello bückte sich, um die braune Mappe herauszunehmen. Er fragte sich, ob sich die Bemerkung auf ihn alleine bezog oder ob Millepiedi wirklich glaubte, sich in seiner Lage ein Tennismatch leisten zu können.

Die Mappe öffnete sich plötzlich: Die oben liegenden Fotos verstreuten sich überall. Millepiedi wurde vom Inhalt der Tasche angezogen.

»Wozu diese Waffen?« Seine Stimme verriet Mißlaunigkeit.

»Ich bringe sie für eine Überprüfung in die Kaserne.«

Sie setzten sich nebeneinander. Der Colonnello spürte

einen Stich durchs Herz. Die Szene war die gleiche wie jene vor dreißig Jahren, die sich tausendmal wiederholt hatte. Eine zufällige Begegnung, eine Laune des Zufalls. Sie war die Ursache so vieler Probleme gewesen und drohte, weitere heraufzubeschwören. Millepiedi streckte den Arm nach den Fotos aus, der Colonnello rückte brüsk von ihm ab: Einen Augenblick lang hatte er befürchtet, daß Millepiedi seine Hand ergreifen wollte.

»Sind das die Hingeschiedenen?«

Der Colonnello bejahte und zeigte die ersten Bilder. Die einen hatten sich in Pose gestellt, andere hatten wegen des plötzlichen Blitzes der Fotoautomaten die Augen geisterhaft weit aufgerissen; wieder andere lächelten glücklich während des Urlaubs oder hatten ihr Glas auf einem Fest erhoben; noch andere waren während der Arbeit aufgenommen worden oder im Kreis ihrer Familie. Bruchstücke ausgelöschter Existenzen, denen Millepiedi nicht mehr als drei Sekunden widmete.

»Würde es dir was ausmachen«, sagte der Colonnello, »wenn du die Fotos nicht auf dem Tisch verstreust? Gib sie mir zurück, ich bringe sie wieder in Ordnung ... Hast du mir zugehört?«

»Der ist es ... Ja, der ist es. Da bin ich sicher.«

Der Colonnello sah einen jungen Mann, der unter dreißig sein mußte und am Steuer eines Autos aufgenommen worden war: Der junge Mann hatte sich lächelnd zum Rücksitz gedreht, wo wahrscheinlich der saß, der ihn fotografiert hatte.

»Der Fahrer.« Millepiedi zeigte auf ihn, halb angewidert, halb ängstlich. »Als ich wieder ins Auto stieg, nachdem ich auf Palme geschossen hatte, hatte er sich nach mir umgedreht: der gleiche Gesichtsausdruck, die gleichen verzerrten Lippen.«

»Massimo Deodato, Journalist«, las der Colonnello auf dem Begleitzettel. »Gestorben am 23. Oktober bei einem Autounfall, kurz nachdem er die jugoslawisch-bulgarische Grenze überschritten hatte. Ein Lastwagen, ein Sattelschlepper, jedenfalls ein großes unbekannt gebliebenes Auto hat den Landrover unter sich begraben, in dem auch zwei Mädchen mitfuhren. Er war von seiner Zeitung nach Bulgarien geschickt worden, einer Monatszeitschrift für Freizeitgestaltung. Er sollte eine Artikelserie über die Urlaubsorte am Schwarzen Meer schreiben. Seine Leidenschaft waren Autos, er hatte sogar an ein paar Bergrennen teilgenommen.«

Millepiedi starrte immer noch auf das Foto: Je länger er es anstarrte, um so blasser wurde er.

Der Colonnello wurde von einer sich steigernden Euphorie ergriffen, die Vorahnungen und Ängste verjagte.

»Er ist umgebracht worden, stimmt's?« Millepiedi stellte eine Frage, deren Antwort er kannte. »Hier steht, der Unfall ist am 23. Oktober passiert, sieben Tage vor meinem …«

»War es nicht schon nach Mitternacht, als Brioche versucht hat, dich umzunieten?«

»Mann, gehst du einem auf die Eier … Na gut, auch wenn es der 31. und nicht der 30. war, ändert das was? Bei mir ein versuchter Raubüberfall, bei dem hier ein Autounfall … Sie erreichen dich überall, wo sie wollen.«

Millepiedi richtete einen so flehentlichen Blick an den Colonnello, daß dieser ganz verlegen wurde.

»Komm schon, Peppe, denken wir an den dritten.«

»Die Waffen in der Tasche sind für uns, für dich … Du hast Angst, stimmt's? Du denkst, sie können auch hierher kommen. Aber du hast mir doch gesagt, daß dies hier ein todsicheres Versteck wäre. Verdammte Scheiße, wenn sie uns hier finden, sitzen wir in der Falle. Wir haben keinen Ausweg. Alberto, ich bitte dich, ruf deine Leute an. Ich will hier nicht sterben. Tu was … Sie haben tausend Arme, sie kommen überall hin.«

Millepiedi brüllte aus voller Kehle, der Colonnello schüttelte ihn mit aller Kraft und fand sich mit einem an seiner Schulter weinenden Millepiedi wieder.

»Ich will nicht sterben, ich will nicht sterben.« Es war wie das Röcheln eines Menschen im Todeskampf.

»Komm jetzt, Peppe. Sehen wir uns noch die anderen Fotos an. Je eher wir fertig sind, um so schneller bist du in Sicherheit. Komm jetzt, wir müssen noch mehr als die Hälfte durchsehen.« Der Colonnello legte seinen Arm um Millepiedi: Seine Geste überraschte ihn. Er hätte eingestehen müssen, daß etwas von der alten Sympathie übriggeblieben war. Aber es war nicht nur Sympathie, er schuldete Millepiedi Dankbarkeit für den Haß, den dieser ihm geschenkt hatte.

Sie wurden langsamer. Millepiedi hielt jedes Foto lange zwischen seinen Fingern, bevor er »Nein« sagte, und bisweilen klang dieses »Nein« so unsicher, daß der Colonnello angefangen hatte, einen ganz schönen Stapel auf die Seite zu tun, um später noch einmal darauf zurückgreifen zu können.

Draußen das leise Geräusch eines Motors. Der Colonnello hastete ans Fenster: Hinter der Gardine stehend sah er einen roten Audi 80. Er fuhr langsam. Im Auto saßen vier, wenn nicht gar fünf Männer und schienen sich nur für die Straße zu interessieren. Als der Audi wieder Fahrt aufnahm und hinter der Biegung verschwand, machte sich der Colonnello Vorwürfe: Nun riefen auch schon Schatten seinen Argwohn hervor. Tremal Naik, der Hund, streifte sanft wie ein Lamm um den Eingang.

»Alberto«, Millepiedis Stimme zitterte vor Anspannung. »Das hier ist der andere, der, der mir den Rückzug decken sollte und nach mir aus dem Wagen gestiegen ist und den wir oben an der Treppe wieder haben einsteigen lassen.«

Der Colonnello las sofort den Begleitzettel, ohne sich um das Gesicht zu kümmern.

»Giorgio Valle«, las er mit halblauter Stimme, »fünfundvierzig Jahre, gestorben am Sonntag, dem 28. Oktober an Herzversagen während eines Marathonlaufs in New York. Bankangestellter. Verheiratet, eine Tochter ... In New York waren beide, Frau und Tochter, bei ihm.

Die Daten passen«, sagte der Colonnello. »Der Fahrer am 23. Oktober, der hier am 28. Oktober und du in der Nacht vom 30. auf den 31. Oktober. Einer in Bulgarien, einer in Amerika, du vor deinem Haus. Sie mußten alles schnell durchziehen, ohne großartige Möglichkeit, Ort und günstigsten Umstand zu bestimmen. Es sei denn ...«

»Es sei denn?« wiederholte Millepiedi, aufgewühlt von dem, was der Colonnello enthüllen würde.

»Es sei denn, sie haben die Orte absichtlich gewählt. Einer wird von einem Sattelschlepper in Bulgarien überrollt, den niemand gesehen hat; bei einem setzt das Herz während eines Marathonlaufs aus: Das fällt weniger auf, als wenn sie zwei Schritt von der Haustür entfernt gestorben wären, wo ein Unfall schwieriger vorzutäuschen gewesen wäre. Du hattest keine Ausflüge oder Reisen ins Ausland geplant?«

»Ich?« fragte Millepiedi erstaunt.

»Nein, dein Nachbar«, die sarkastische Bemerkung rutschte dem Colonnello einfach heraus. »Ich will wissen, ob sie dich auch anderswo hätten erwischen können.«

»Es war eine ruhige Zeit, ich mußte nicht weg.«

»Das erklärt, weshalb sie den vorgetäuschten Raubüberfall organisiert und Filippo Brioche geschickt haben. Aber sie sind das Opfer von unglücklichen Umständen und einer übereifrigen Professionalität geworden. Man kann nur sagen: aufgeweckte Burschen.«

Lia stürzte gewissermaßen herein. Sie war nicht mehr die faszinierende Dame mit fülligen Formen, sondern eine verängstigte und übergewichtige Frau. »Alberto, sei vorsichtig: Draußen sind Leute, die mir nicht gefallen, und heute ist ein schwarzer Tag. Oh, mein Gott, warum hast du ihn nicht schon früher weggebracht?«

»Lia, was ist los?«

»Da steht ein Auto am Anfang der geraden Straße. Sie

haben eine Polizeikelle und wollten mich nicht durchlassen, weil eine Operation im Gange sei. Ich habe gesagt, daß ich hier wohne, da haben sie sich angesehen und mich aufgefordert, sofort ins Haus zu gehen.«

Der Colonnello ging schnell ans Seitenfenster und schob die Gardine etwas zur Seite, um besser sehen zu können.

»Von hier aus kann man den Anfang der Straße nicht sehen. Da ist noch ein weiteres, das hin und her fährt. Siehst du's?«

»Ist das ein Lancia Dedra? Weiß?«

»Ja, ich hab gesehen, daß es weiß ist, aber ich weiß nicht, welche Marke.«

Der Colonnello konnte es sehr gut sehen. Es parkte hundert Meter weiter rechts. Die Wagentüren standen weit offen.

»Und als ich meinen Wagen abstellte«, fügte Lia hinzu, »war ich sicher, daß ich ein querstehendes Auto am anderen Ende der Straße gesehen habe. Ein rotes Auto.«

Der Colonnello wußte, daß es der rote Audi war, der kurz vorher vorbeigefahren war.

»Alberto, ruf jemanden an, ruf deine Leute an. Hier sitzen wir in der Falle.« Millepiedi saß auf dem Rand des Sofas und hämmerte mit den Fäusten auf seine Knie. »Ich hab doch gesagt, daß du mich nicht für voll nimmst. Seit ich dich getroffen habe, nimmst du mich nicht für voll, spielst du den Neunmalklugen. Du bist es, der alles weiß, der alles tut ... Siehst du jetzt, daß ich recht hatte? Du bist genauso ein armes Würstchen wie ich. Die da, ja, die wissen wirklich alles, die kommen überall hin. Wir werden zugrunde gehen wie elende Ratten.«

Der Telefonhörer war stumm. Der Colonnello ließ ihn plötzlich los. Zu fünft waren sie aus dem weißen Dedra gestiegen, zwei hatten den Kofferraum geöffnet und zogen eine Kombination aus Gasflaschen und

Schläuchen heraus. »Ein Flammenwerfer«, flüsterte er, und dann wurde ihm erst bewußt, daß der Telefonhörer auf dem Fußboden zersprungen war.

»Haben sie die Telefonleitung abgeklemmt?« Millepiedi war verzweifelt.

»Peppe, wir müssen hier raus.« Die Stimme des Colonnello war flach. »Wir ziehen uns Richtung Wald zurück, und dann versuchen wir, bis zu einem Haus zu gelangen.«

»Hier sind wir wenigstens geschützt.«

»Du hast doch selbst gesagt, daß wir wie elende Ratten zugrunde gehen werden ... Wir müssen die beiden Fotos retten, die sind wichtiger geworden als wir.«

»Ich bin kein Held.« Millepiedi sagte es fast weinerlich.

»Ich auch nicht. Los jetzt, wir sind zu zweit.«

Der Colonnello stürzte sich auf die Tennistasche. Er nahm die M 12 und reichte sie Millepiedi. »Kannst du mit ihr umgehen?«

»Verdammt, nein, wie oft muß ich dir noch sagen, daß ich in meinem ganzen Leben noch keinen einzigen Schuß abgefeuert habe? Na gut, außer in der bewußten Nacht.«

Der Colonnello entsicherte die Schnellfeuerpistole und drückte sie ihm in die Hand. »Jetzt brauchst du nur noch auf den Abzug zu drücken. Wenn du das Magazin wechselst, machst du es genauso, wie du's im Kino gesehen hast. Steck dir die Magazine in den Hosengürtel. Wir gehen zur Haustür raus ...«

»Dann sehen sie uns doch.«

»Sie sollen uns sehen, denn ich will nicht, daß sie in dieses Haus kommen.«

Der Colonnello wandte sich mit sanftestem Ton an Lia. »Ich hoffe, sie folgen uns und lassen dich in Ruhe. Sobald es geht, steig ins Auto und fahr in den Ort. Wenn uns irgend etwas passieren sollte, mußt du diese beiden Fotos mit den Begleitzetteln dem Carabinieri-

Generale Miglietta aushändigen. Du findest ihn in Turin. Du mußt dem Generale von mir sagen, daß die beiden auf den Fotos die anderen Beteiligten am Attentat auf Palme waren ...«

»Palme?« Lia war bestürzt. »Der richtige Palme, der Schwede?«

»Genau der, aber unterbrich mich nicht.« Während er Lia Anweisungen gab, hatte der Colonnello das Gewehr an sich genommen und zwei Magazine in seine Jackentasche gesteckt; die drei Magazine der Pistole steckte er dagegen in die Hosentasche. »Sag ihm auch, daß der, der auf Palme geschossen und ihn getötet hat, Peppe war ...«

Wortlos zeigte Lia mit ihrem Finger auf Millepiedi.

»Richtig. Peppes vollständiger Name ist Giuseppe Millepiedi. In den Berichten aus Sizilien steht alles weitere. Ciao, amore mio, grüße Vera.«

»Alberto, rette dich, ich flehe dich an.«

»Zweifelst du daran?«

Lia hatte erschreckende Gewißheiten, und sie wandte den Blick ab in der Hoffnung, daß sie ihre Tränen verbergen könnte.

»Denk schon mal über das Menü für die Feier nach«, sagte der Colonnello. »Ein großes Gelage und dann ...« Er deutete mit dem Kopf auf die Schlafzimmer oben.

»Peppe, los, gehen wir. Wir werden wieder miteinander spielen, wie in der Mittelschule. Diesmal bin ich dann der Angreifer und du der Verteidiger.«

»Meine Frau, meine Töchter.« Millepiedi hatte sich daran erinnert, eine Familie zu haben.

»Lia, bitte Generale Miglietta, sich um Signora Millepiedi und die Töchter zu kümmern. Jetzt gehen wir.«

Der Colonnello blickte ein letztes Mal aus dem Fenster. Die fünf kamen im Halbkreis näher: der mit dem Flammenwerfer etwas hinter den anderen.

»Ich geh zuerst raus«, sagte der Colonnello. »Peppe, du folgst mir, schick ihnen eine saftige Garbe und geh dann hinter dem Waschtrog links in Deckung.«

Plötzliches Gebell unterbrach die Stille.

»Mein Gott, Tremal Naik«, schrie Lia.

»Geh nach oben ... Peppe, wo hast du deine Pistole hingetan?«

»In die Tischschublade hinten.«

»Lia, nimm sie und benutz sie, wenn nötig.«

Der Colonnello öffnete die Tür fünf Zentimeter. Tremal Naik hatte die fünf knurrend zum Stehen gebracht, die von dem keuchenden Boxer mit weit aufgerissenem Maul wie hypnotisiert waren. Der Colonnello schlich hinaus und streckte sich auf der Erde aus. Er nahm den Mann mit dem Flammenwerfer ins Visier. Der Schuß aus der FAL und Tremal Naik gingen gleichzeitig los. Zuerst ging der Mann mit dem Flammenwerfer zu Boden, dann Tremal Naik, der von Schüssen aus einer Kalaschnikow getroffen worden war. Der Colonnello nützte den Vorteil, den Tremal Naik ihm durch sein Opfer verschafft hatte, bis zuletzt aus. Er gab Millepiedi ein Zeichen, er solle zum Waschtrog hinübereilen.

Als die vier merkten, daß nicht der Hund den Kopf ihres Freundes zertrümmert haben konnte, blickten sie auf und sahen den Mann, hinter dem sie her waren. Er fuchtelte völlig durcheinander mit einer Schnellfeuerpistole hinter dem Waschtrog herum und schoß wild in die Gegend. Immerhin mußten die vier sich ducken.

Der Colonnello nutzte das aus, um zu Millepiedi zu gelangen. »Wir müssen den Wald erreichen.« Sie waren ungefähr zweihundert Meter entfernt. »Du läufst, ich geb dir Rückendeckung.«

Millepiedi stand auf.

Der Colonnello legte seine Hand auf Millepiedis Arm. »Peppe, das nächste Mal, wenn du schießt, ziel wenigstens.«

»Uffa ... Was für ein häßlicher Ort zum Sterben und, unter uns gesagt, auch zum Leben.«

»Was?«

»Das erklär ich dir im nächsten Leben.«

Millepiedi schoß davon wie eine Rakete. Er lief geduckt, schlug Haken. Der Colonnello erinnerte sich an die Zeit, als Millepiedi Flügelspieler war. Aber er hatte Zweifel, daß er dieses Tempo lange durchhalten könnte. Er konzentrierte sich auf die vier. Einer richtete sich auf, der Colonnello schoß und verfehlte sein Ziel. Millepiedi war sichtlich langsamer geworden, er lief auch nicht mehr geduckt, und mit der Hand berührte er seine Hüfte. Er war ein bequemes Ziel, wenn auch weit entfernt.

Der Colonnello stürzte Millepiedi hinterher. Er hatte einen Felsbrocken als Beziehungspunkt ins Auge gefaßt. Er erreichte ihn. Er drehte sich um. Er sah, daß die anderen in geduckter Stellung geblieben waren. Er fragte sich, was sie vorhatten. Vielleicht standen sie wegen des zertrümmerten Kopfes ihres Freundes mit dem Flammenwerfer noch unter Schock.

Der Colonnello fluchte. Lia flüchtete durch eines der hinteren Fenster. In der rechten Hand hielt sie Millepiedis Pistole. Vielleicht war Lia einer Täuschung erlegen und hatte die Schüsse nicht mehr wahrgenommen. Sie würde von den vier Männern zerrissen werden. Der Colonnello richtete sich auf und lief rückwärts auf den Wald zu. Millepiedi war verschwunden, und doch konnten sie ihn nicht getötet haben, weil niemand geschossen hatte. Der Colonnello blickte verzweifelt um sich. Millepiedi tauchte vom Erdboden auf, lehnte sich an einen Baum und kotzte. Der Colonnello fühlte sich verloren: Seine Pläne waren dabei zusammenzustürzen, und das Auto, das langsam die Straße heraufkam, war eine weitere Bestätigung, daß es keinen Ausweg gab. Die vier mußten ein Funkgerät haben und hatten Verstärkung angefordert. Wahrscheinlich würden auch die vier aus dem Audi herkommen.

Warum, dachte er, kommen im Film immer unsere Leute und im Leben dagegen immer die anderen?

Er sah, wie Lia sich an der Hauswand entlangdrückte. Lia und die beiden Fotos waren mehr wert als er, mehr als Millepiedi, mehr als alles andere. Er schoß zweimal in schneller Folge auf die vier. Endlich bemerkte ihn Lia, und der Colonnello versuchte, ihr stumm mitzuteilen, daß sie ins Haus zurückkehren solle. Lia schob sich weiter an der Hauswand entlang. Wenn sie den vieren auf der Wiese entkommen konnte, würde sie denen in dem langsam auf das Haus zufahrenden Auto oder denen im Audi in die Fänge geraten.

Allmächtiger im Himmel, wo bist du?

»Komm, Alberto! Ich geb dir Feuerschutz.«

Millepiedis Stimme überraschte ihn. Millepiedi umfaßte die Schnellfeuerpistole und hielt sie ausgerechnet in die Richtung des Colonnello, der sich sagte, daß ihm gerade noch fehlen würde, von Peppe über den Haufen geschossen zu werden.

»Duck dich.«

»Ich weiß doch, wie das zu Ende geht: Diese Szene habe ich schon gesehen ...«

Der Colonnello senkte das Gewehr. »Was willst du damit sagen? Was bedeutet das, du hättest diese Szene schon gesehen?«

»Nichts, nichts«, antwortete Millepiedi, der die Baronin Stramondo, die spiritistische Sitzung, die beiden Männer auf der Flucht nicht erwähnen wollte, die plötzlich vor sein inneres Auge getreten waren. Jetzt war ihm alles klar, schmerzlich klar ...

Der Colonnello gab zwei weitere Schüsse auf die vier ab, die wieder langsam näher kamen.

Auch das andere Auto war eingetroffen, und die Jäger waren jetzt zu neunt. Aus dem Augenwinkel bemerkte der Colonnello, daß auch links von ihm etwas vor sich ging. Das mußten die aus dem Audi sein. Die einzige Erleichterung war, daß er Lia nicht mehr sah. Vielleicht hatte sie ja verstanden, daß sie dabei war, in eine Falle zu tappen. Vielleicht war es ihr gelungen, sich zu verstecken. Vielleicht hatte der Allmächtige im Himmel beschlossen einzugreifen.

»Scheiße, sind das viele.« Millepiedi sagte es in herausforderndem Ton. Der Colonnello verzichtete darauf, es zu hören. Er stellte sich neben Millepiedi und streichelte das Gewehr.

»Neun rechts und fünf links«, sagte Millepiedi. »Was machen wir?«

»Wie vorhin. Richtung Wald. Lauf, ich deck dich.«

Millepiedi machte sich seufzend davon. Er trabte nur wenige Meter vor dem Colonnello her, obwohl dieser seinen Schritt schon verlangsamt hatte.

Die Verfolger kamen Handbreit um Handbreit näher.

Der Colonnello richtete sein Gewehr auf einen der Gruppe aus dem Audi, der nicht weiter als fünfzig Meter entfernt aufgetaucht war. Er drückte auf den Abzug: Der Mann verlor das Gleichgewicht und versuchte, es wiederzuerlangen, bevor er mit ausgebreiteten Armen und Beinen nach hinten fiel.

Ein Sausen war beim Colonnello und bei Millepiedi hörbar.

»Achtung, sie schießen.« Millepiedi war nahe am Waldrand. Er zeigte auf die zerbröselte Borke eines Baums. Der Colonnello erkannte drei Präzisionsgewehre in der rechten Gruppe und zwei weitere in der linken.

»Peppe, mit diesen Gewehren können sie uns auch auf zweihundert Meter treffen. Wir müssen so gedeckt wie nur irgend möglich bleiben.«

Millepiedi verzog sein Gesicht zu einem Ausdruck der Hoffnungslosigkeit.

Wieder Sausen, zweimal und gleichzeitig, kurz darauf ein drittes Mal.

»Wir sind fast am Wald«, sagte der Colonnello. »Versuchen wir, ihn zu erreichen, indem wir durch das Gras robben. Los, mach. Ich deck dich. Dann deckst du mich, und ich komme nach.«

Millepiedi sah abwesend aus. Der Colonnello rüttelte ihn. »Noch haben sie uns nicht, also nicht locker lassen. Im Wald müssen auch sie auf der Hut sein.«

»Das schaffen wir nie, es sind zu viele. Wir wissen nicht wohin, wir wissen auch nicht, wo der Wald aufhört. Aber ich will ihnen nicht in die Hände fallen. Ich bring mich um, oder bring du mich um ...«

»Red keinen Scheiß. Eins nach dem anderen, zuerst zu den Bäumen, dann kümmern wir uns um alles weitere.« Der Colonnello hatte eine blitzartige Eingebung. »Vergiß nicht, daß Lia da ist. Vielleicht kann sie Alarm schlagen. Wir müssen durchhalten.« Um seine Worte zu unterstreichen, feuerte der Colonnello zwei Schüsse ab, wohl wissend, daß sie niemanden treffen würden.

Und in der Tat verlangsamten die beiden Schüsse weder das Näherkommen der rechten Gruppe noch das der linken. Sie kamen so koordiniert in ihre Richtung, daß sie notwendigerweise Funkkontakt haben mußten. Zum Glück trug keiner den Flammenwerfer. Das war schon tröstlich. Sterben, das war in Ordnung, aber nicht gebraten. Weniger seinetwegen als wegen Evelina.

»Ahh«, Millepiedi preßte seine Hand auf das Schulterblatt. Die Finger färbten sich mit Blut. Er torkelte, er suchte einen Halt: Er war eine Bilderbuchzielscheibe. Der Colonnello sprang auf. Das Sausen der Schüsse wurde intensiver. Er stürzte sich auf Millepiedi, um ihn herunterzuziehen. Er packte ihn in dem Augenblick, in dem er merkte, daß seine Hüfte zerriß. Er hatte das Gefühl, daß ein sengendes Feuer ihn verschlingen würde. Mit Mühe schob er die Jacke beiseite und sah, wie sich ein Blutfleck auf seinem Hemd ausbreitete. Millepiedi lamentierte.

»Peppe ...«

»Die Schulter, die Schulter ... Sie haben sie mir zertrümmert ... Diesmal ist es aus.«

Der Colonnello merkte, wie sein Blick sich umnebelte. Nach links sah er noch gut, er sah, wie die Gruppe näherkam; nach rechts sah er verschwommen, konnte die Umrisse nicht mehr erkennen.

»Peppe, versuch aufzustehen ... Du kannst es. Wirf

dich zwischen die Bäume. Ich halte sie auf ...« Er robbte bis zum Gewehr. Mit großer Mühe zog er die Magazine aus der Jacke. Er legte sie, wenige Zentimeter von seiner Nase entfernt, auf das Gras.

»Wo soll ich deiner Meinung nach denn hin?« Millepiedis Stimme hatte einen klagenden Ton. Er richtete sich halb auf und lehnte sich an einen Baumstumpf, der mit pfeildurchschossenen Herzen und honigsüßen Sätzen übersät war.

»Ein Leben lang Banknachbarn«, deklamierte Millepiedi. »Gefällt dir das als Grabinschrift, Alberto?«

»Mach nicht den Idioten, ret...te... dich.«

»Wenn ich mich hätte retten können, hätte ich mich schon gerettet.«

Die M 12 nur mit der Rechten haltend, feuerte Millepiedi erneut drauf los. »Sie kommen.«

Der Colonnello stürzte in die Finsternis. Mit einer Hand rieb er sich die Augen, um das Dunkel zu vertreiben und wieder Licht zu sehen.

»Alberto, links ...«

Es schien ihm, als ob Peppe zeigen wollte, wohin er den Ball schießen sollte, wie in den Tagen ihrer Kindheit, als sie auf dem kleinen Platz der Salesianer spielten.

Der Dottore war mit Annettas Brüsten zugange. Er hatte den letzten Knopf der Bluse aufgemacht und bereitete sich nun auf die Büstenhalterkörbe vor. Bei Annetta steckte was drin. In den ersten Tagen kam sie mit Pullovern bekleidet an, unter denen die Titten nur so herumhopsten, doch ein Wort des Dottore hatte genügt, um ihr zu verstehen zu geben, was passender wäre. Als sich der Dottore dieser majestätischen Apfelhälften bemächtigte, die eher wie aus Marmor als wie aus Fleisch gemacht schienen, schlug sein Herz so wild, daß er den Griff seiner Hände etwas lockern mußte.

»Was ist?« fragte Annetta, in der Angst, daß sie unbeabsichtigt die Ursache dieser jähen Abkühlung sein könnte.

Der Dottore beruhigte sie mit einem Zeichen der linken Hand. Mit der rechten kitzelte er weiter an einer Brustwarze herum. Er vertraute darauf, daß es sich nur um eine momentane Erregung handeln und eine Pause von ein paar Sekunden ausreichen würde, damit das Herz zu seinem gewohnten Rhythmus zurückfinden könnte.

Annetta wagte es nicht, sich auch nur einen Millimeter zu bewegen. Sie hatte nicht genau verstanden, was eigentlich vorgefallen war. In der Ungewißheit blieb sie, wie sie war: rittlings auf einem Schenkel des Dottore, den Rock bis zur Scham hochgezogen, mit geöffneter Bluse, die Brüste draußen, und dem Büstenhalter, dessen Gummiband schmerzhaft einschnitt.

Die Herzschläge verlangsamten sich. Gleichzeitig verflog die leichte Verstörung des Dottore, der jetzt merkte, wie schwer Annetta war und wie sehr seine Augen brannten. Ihm stand der Sinn nur noch nach Augentropfen. Wenig freundlich gab er Annetta zu verstehen, daß sie aufstehen solle, und ging schlurfend zu der kleinen Kommode, in der er die Medikamente aufbewahrte. Er träufelte die Tropfen in seine Augen und verfluchte Dottor Di Stefano, seinen Augenarzt. Er müßte sich einen anderen suchen: Im letzten Jahr hatten die Schmerzen zugenommen. Und wenn er sein Augenlicht verlieren würde? Er spürte, wie die Kälte sich von seinen Füßen nach oben im Körper ausbreitete.

Das Summen des Haustelefons erinnerte den Dottore daran, daß dieses Geräusch wirklich ein Scheißgeräusch war. Auch das mußte geändert werden. Aber mußte er sich denn um jede Kleinigkeit kümmern? Was taten eigentlich die anderen, die er sündhaft teuer bezahlte, wenn sie nicht einmal begriffen, daß das Geräusch des Haustelefons ein Scheißgeräusch war? Irgendwer mußte gefeuert werden. Das sagte er zwar immer, aber dann tat er es doch nicht, und die anderen nutzten das aus.

»Ja?« Für den Dottore lief an diesem Morgen alles

verkehrt, und der Abend bot auch keine besseren Aussichten.

»Avvocato Midolo bittet darum, Sie sofort sprechen zu dürfen.«

»Stell ihn durch.«

»Er sagt, es wäre besser, wenn er das persönlich täte.«

»Warum, zum Teufel, telefoniert er dann erst?«

Sekunden mit Geraune vergingen, unterbrochen von merkwürdigem Rauschen.

»He, seid ihr noch da? Das ist doch ...« Der Dottore hatte die Geduld verloren. »Wo steckt dieser hohe Herr von und zu Arschloch?«

»Entschuldigen Sie ... Er hat gesagt, er geht gleich zu Ihnen. In wenigen Minuten wird er bei Ihnen sein.«

Rechtsanwalt Midolo, wie er leibt und lebt, immer unentschlossen. Der Dottore war überzeugt, daß Midolo plötzlich Zweifel bekommen hatte, ob er, ohne angemeldet zu sein, vorstellig werden sollte oder nicht, obwohl er schon auf halbem Weg war. Er spürte, daß Midolo in den Falten seiner Seele der Verlockung Widerstand leistete, den Teufel mit dem Weihwasser zusammenzuführen. Leider Gottes nötigte ihn das Ableben Don Salvatores, bei dem Avvocato über einiges hinwegzusehen. Er sehnte den Tag, die Stunde und die Minute herbei, wo er sie alle zum Teufel schicken konnte. In einer Woche würde die Ladung in der Türkei ankommen; vierzig Tage danach würde er seinen gesamten Besitz nach Liechtenstein transferieren; im März 1991 würde er seinen Anteil an der Operation kassieren, der im Erwerb von beträchtlichen Aktienpaketen dreier großer, weltweiter Holdings zu einem Vorzugspreis bestünde. Und dann, ja dann konnte ihn auch Armenise mit all seinem weltmännischen Geraune am Arsch lecken.

Das erste, was dem Dottore an Midolo auffiel, war der Schweiß: Wie war es nur möglich, daß der noch am 21. November so schwitzte, wo er selbst bereits eine Weste unter der Jacke anzog?

Midolo war nicht nur verschwitzt, er war auch rot im Gesicht. Er ließ eine braune, mit zwei roten Gummibändern verschlossene Mappe von einer Hand in die andere wandern. Er hatte Mühe, den Schwall von Wörtern zurückzuhalten, die ihm auf der Zunge lagen.

»Avvocato, was soll diese ganze Hast?«

Midolo antwortete mit noch immer gesenktem Kopf, womit er seine Hochachtung und Ergebenheit zum Ausdruck brachte. »Wir haben ihn erwischt.« Und er legte einen mit einer Polaroidkamera aufgenommenen Stapel Farbfotos vor. Auf dem ersten hatte Millepiedi seinen Körper an einen Baumstumpf gelehnt, den Kopf leicht zur Seite geneigt, die Augen weit aufgerissen und gläsern. Auf dem zweiten war der Körper auf der Erde ausgestreckt, die Augen immer noch weit aufgerissen: Man bemerkte eine Wunde an der linken Schulter, Blutflecken auf dem Hemd. Auf dem dritten war das Blickfeld größer.

»Und wer ist der hier?« Der Dottore zeigte auf einen anderen Mann, dessen Gesicht man nicht erkennen konnte und der ausgestreckt neben Millepiedi lag.

»Der hatte Millepiedi begleitet.« Rechtsanwalt Midolo schwieg einen Augenblick, um Luft zu holen. »Ein Colonnello der Carabinieri ...«

»Nur?«

»Wir konnten nicht anders. Sie waren bewaffnet, sie haben auf uns geschossen. Der Colonnello hat zwei unserer Leute erledigt. Er heißt ... er heißt Alberto Cosentino ...«

»Und jetzt haben wir es mit den gesamten Carabinieri zu tun.«

»Das ist nicht gesagt. Das ist eine eigentümliche Geschichte, die wir noch genauer unter die Lupe nehmen müssen. Cosentino und Millepiedi waren Klassenkameraden in der Mittelschule. Cosentino hatte Millepiedi versteckt, aber das muß er seinen Vorgesetzten wohl verschwiegen haben.«

»Wollen Sie damit sagen, daß ein Colonnello der Carabinieri aus Freundschaft oder dergleichen sich hergibt, ohne Wissen seiner Vorgesetzten einen wegen Mordes Gesuchten zu verstecken?« Der Blick des Dottore war ungehaltener als seine Worte. Daumen und Zeigefinger der rechten Hand strichen über den dünnen Schnauzbart, um zu kontrollieren, ob er nicht ungleich war.

»Das ist eine verwickelte Geschichte.« Rechtsanwalt Midolo sagte dies mit einem bedauernden Ton in der Stimme. »Die Carabinieri wissen wenig darüber, und wahrscheinlich haben wir ihnen das Wenige, was sie wußten, weggeschnappt.« Er legte die braune Mappe deutlich sichtbar vor den Dottore.

»Das überzeugt mich nicht . . . das überzeugt mich ganz und gar nicht . . .« Zornig schüttelte der Dottore den Kopf, und diese Bewegung erhöhte den Schmerz in seinen Augen. »Sind Sie sicher, daß Sie da nicht die größte Wichserei des Jahrhunderts veranstaltet haben? Meines Erachtens haben wir unsere Probleme gerade jetzt verdoppelt, wo wir statt dessen Friedhofsruhe gebraucht hätten.«

Rechtsanwalt Midolo breitete die Arme aus, als ob er damit Verständnis für sich und die Sinnlosigkeit der Welt erflehen wollte.

»Wir sind nicht von gestern, und morgen sind wir auch noch nicht am Ende: Schenken Sie uns ein wenig von Ihrem Vertrauen, und Sie werden sehen, daß die Dinge durchaus nicht so schwarz sind, wie Sie sie sehen.« Er hielt einen Augenblick inne. »Vielleicht sind sie nicht rosig, aber so schwarz sind sie auch nicht. Ich hatte Ihnen doch von Mastro Saro erzählt, dem Obsthändler, und von der Rechnung des bewußten Hotels in Stockholm . . .«

Durch ein Zeichen forderte der Dottore ihn auf, sich bei der Beschreibung kurz zu fassen, doch Rechtsanwalt Midolo war beharrlich.

»Mastro Saro war es, der die Alarmglocke läutete, als

die Zugehfrau von Millepiedi bei ihm auftauchte. Millepiedi hatte sie am Abend vorher angerufen: Er wollte, daß sie ein Stück Papier aus seiner Wohnung hole und einem Freund aushändige. Wir hatten Glück ... mehr noch, Signor Gesualdo, es war ein Zeichen Ihrer Weitsichtigkeit und Ihrer Macht ...«

Mit einer ungeduldigen Handbewegung bedeutete der Dottore ihm, rasch zum Ende zu kommen.

»Ich sagte gerade, daß sich die Frau an einen Mann gewandt hatte, eben Mastro Saro, der Ihnen treu ergeben ist und Wert darauf legt, seine Ergebenheit zu zeigen. Mastro Saro fertigte eine Fotokopie dieses Stücks Papier an, übergab es uns und informierte uns über die Verabredung. Auf diese Weise konnten wir das Treffen zwischen der Zugehfrau und diesem Freund von Millepiedi an der Piazza Galatea beobachten. Die Frau händigte das Papier aus, und wir hefteten uns auf die Spur des Typen.«

Der Dottore dachte voller Verachtung an Don Salvatore. Er hatte ihm hoch und heilig versichert, daß keinerlei Spur der Affäre Palme übriggeblieben war, und dieser elende Hund von Millepiedi hatte sogar die Rechnung des Victory Hotels aufbewahrt. Er hätte Don Salvatore schon wesentlich früher liquidieren sollen, aber kann denn ein Christenheiliger allein an alles denken?

»Gibt es auch das Original der Hotelrechnung?« fragte der Dottore und zeigte auf die Mappe.

»Nein. Wir haben was anderes gefunden, aber nicht die Rechnung.« Midolo zeigte dem Dottore die Mappe.

»Was, zum Teufel, ist da drin?«

Rechtsanwalt Midolo stellte sie unter tausend Vorsichtsmaßnahmen auf den Sessel, auf dem der Dottore vor wenigen Minuten noch an Annetta herumgefummelt hatte. Er öffnete sie und zog einige Fotos heraus.

»Schon wieder Fotos?« Der Dottore verstand nichts mehr.

»Die waren in dem Haus, in dem Millepiedi Unterschlupf gefunden hatte. Es sind alles Männer. Wir wissen, wer sie sind, weil jedes Foto einen Begleitzettel hat, aber wir wissen nicht, was sie zu bedeuten haben. Ach, ich vergaß: Sie sind alle tot. Unfälle oder ungelöste Mordfälle. Eigenartig, nicht wahr?«

Der Dottore ging zum Schreibtisch und nahm aus einer Schublade zwei Fotos.

»Lassen Sie prüfen, ob unter den Fotos diese beiden sind.«

»Darf ich wissen, wer die sind?«

»Valle und Deodato. Als Tote.«

Midolo sah, daß auf dem ersten der Körper eines zwischen den Trümmern eines Landrovers eingeklemmten Mannes deutlich zu erkennen war. Er hatte die gleichen weit aufgerissenen Augen wie Millepiedi, und es war ein ausdrücklicher Wunsch des Dottore gewesen, daß die Leiche so fotografiert werden sollte. Auf dem zweiten war ein Typ im T-Shirt, leblos auf einer Straße. Auch er hatte glasige Augen.

»Wer sagen Sie, war dieser Colonnello?« Aus der Stimme des Dottore war jeder burschikose Ton verschwunden.

»Ein Klassenkamerad ...«

»Das hab ich begriffen. Welche Aufgaben hatte er innerhalb der Carabinieri?«

»Er gehörte zu einer Spezialeinheit des Antiterrorismus. Vor einem Jahr nach Turin versetzt.«

»Ist das alles?«

»Reicht das nicht?«

»Millepiedi hat den Colonnello auf die Spuren der Geschichte in Stockholm gesetzt.«

»Sie brauchen mir nichts weiter zu sagen.« Midolo bekam die Panik. Alle, die mit der Ermordung Palmes zu tun gehabt hatten, waren unter die Erde gebracht worden, er aber wollte leben, und zwar möglichst gut, so wie bis vor einer Minute.

Der Dottore grinste. »Keine Panik, mein lieber Avvocato. Um diese Operation durchzuführen, mußten wir die Spuren der anderen auslöschen, und das haben wir gemacht, indem wir die ersten beiden aus dem Weg geschafft haben. Millepiedi war das Versatzstück, das uns noch fehlte. Doch ein Floh kann einen Elefanten zum Niesen bringen, und das will ich verhindern. Ihr Colonnello war kein Dummkopf: Er suchte unter den Toten die Komplizen, von denen Millepiedi ihm erzählt haben wird. Wir müssen uns über Cosentino genau informieren, über seine Verbindungen, über die Kommandos, denen er unterstand.«

»Seit wir ihn zum ersten Mal sahen, haben wir ihn nicht mehr aus den Augen verloren. Derjenige, der die Hotelrechnung bei Millepiedis Zugehfrau abgeholt hat, ist ein Oberleutnant, er heißt Romeo. Zuerst wußten wir nicht, an welchen Heiligen wir uns wenden sollten, Romeo schien eine Sackgasse zu sein. Aus Verzweiflung haben wir begonnen, alle Offiziere der Kaserne zu überprüfen, bis endlich unser lieber Mitbürger Cosentino zum Vorschein kam. Wir haben weitere Nachforschungen angestellt und entdeckt, daß er von der ersten bis zur dritten Stufe der Mittelschule mit Millepiedi in einer Klasse war. Von da an haben wir uns auf Cosentino konzentriert. Drei Tage lang hatte er sich in der Kaserne eingeschlossen, so daß wir schon dachten, sie würden Millepiedi dort festhalten. Gestern morgen dann der Coup.«

Der Dottore, der die Zimmerdecke angestarrt hatte, beehrte den Rechtsanwalt mit seiner Aufmerksamkeit.

»Der Colonnello war zuerst zu seinem Kommando gefahren, wo er eine Unterredung von ungefähr einer halben Stunde mit seinem Vorgesetzten, dem Generale Miglietta, hatte, danach ist er zum Stadtrand gefahren, einem Ort, der ...« Rechtsanwalt Midolo unterbrach sich und nahm einen Zettel zu Hilfe. »Der Ort heißt Venaria. Er hielt vor einem kleinen, etwas abgelegenen Haus in einer dünn besiedelten Gegend. Er blieb nur wenige Minuten drinnen. Das Haus gehört zwei Schwestern, zwei Lehrerinnen ...« Wieder schaute er auf den Zettel. »...

Sie heißen Rebaudengo. Es scheint, daß sie mit dem Colonnello etwas hatten.«

»Alle beide?«

»Es sieht so aus ... Ich sagte: Es sieht so aus. Zu der Zeit, als der Colonnello das Haus betrat, mußten die beiden Lehrerinnen in der Schule sein. Irgendwer hat dem Colonnello die Tür geöffnet, doch wir konnten nicht sehen wer, und ich habe eine Erstürmung nicht anordnen wollen, ohne wirklich sicher zu sein, daß Millepiedi da drinnen war. Wäre er aus irgendeinem Grunde nicht da gewesen, hätten wir beim Colonnello Alarm ausgelöst. Jedenfalls haben wir weder den Colonnello noch das Haus eine Sekunde aus den Augen gelassen. Heute morgen ist der Colonnello wieder dorthin gefahren, und Millepiedi hatte beim Öffnen den Kopf herausgestreckt. Dann haben wir eingegriffen, aber die beiden waren bewaffnet: eine M 12 und ein Präzisionsgewehr ...«

»Und warum waren sie bewaffnet?«

»Unsere Jungs hatten keine Zeit, sie das zu fragen.« Rechtsanwalt Midolo hoffte, nicht allzu unverschämt gewesen zu sein. »Sie versuchten zu fliehen, der Colonnello hat zwei von den unsrigen fertiggemacht, aber schließlich haben wir die Angelegenheit zu Ende gebracht.«

»Lieber Avvocato, sprechen Sie, wie Ihnen der Schnabel gewachsen ist.«

Nach heftigem Klopfen traten vier Männer ein. Einer trug die braune Mappe, ein anderer die beiden Fotos, die der Dottore aus der Schreibtischschublade geholt hatte.

»Diese beiden hier sind nicht darunter«, sagte der älteste.

Rechtsanwalt Midolo nahm einen Ausdruck an, der deutlich machte, daß er nicht von gestern war und morgen noch nicht am Ende ist. Der Dottore ergriff die beiden Fotos und verschloß sie, gemeinsam mit denen, die Millepiedis Ermordung bewiesen, wieder in der Schublade.

»Na dann, an dieser Stelle schließt sich der Kreis«, verkündete Midolo ganz euphorisch. »Und für uns schließt er sich in großem Stil. Alle werden sie davon überzeugt sein, daß Millepiedi von den Freunden unseres seligen Don Salvatore umgebracht wurde, um dessen Tod zu rächen. Mit der Pistole und den drei Wechseln, die wir in Millepiedis Wohnung versteckt haben und die die Polizei gefunden hat, wird es schwer sein, die Staatsanwälte vom Gegenteil zu überzeugen. Sehen Sie jetzt, daß die Dinge doch nicht so schwarz aussehen?«

»Das wird sich zeigen.« Der Dottore wandte sich ab. Für ihn war das Gespräch beendet, und er hatte jetzt durchaus anderes, mit dem er sich beschäftigen mußte.

»Es gibt da noch eine letzte Sache.« Diesmal sprach Midolo sehr leise. »Wir haben eine der Schwestern töten müssen. Unsere Jungs stießen auf sie, und sie hatte eine Pistole in der Hand. Sie konnten nicht anders.«

»Ein Elefant in einem Porzellanladen hätte weniger Schaden angerichtet.«

»Sagen wir, ein Problem weniger in dem Augenblick, als sie in das Haus eindrangen, um zu kontrollieren, ob Millepiedi etwas von Interesse zurückgelassen hatte. Aber außer diesen Fotos war da nichts.«

»Guten Abend, Avvocato.«

Midolo ging hinaus und fragte sich, ob er der Hölle oder dem Paradies nähergerückt sei. Warum nur hatte er vor fünfundzwanzig Jahren nicht am Bewerbungsverfahren für den Eintritt in die Staatsanwaltschaft teilgenommen?

Der Dottore warf einen Blick auf die Standuhr. Vielleicht war Armenise noch zu Hause.

XVIII

Es traf Torrisi unvorbereitet, er kam sich verraten vor. Immer wieder zählte er die Päckchen mit den filterlosen Nazionali durch: nichts zu machen, genau fünfzig waren übriggeblieben. Fünf Stangen. Zehn in jeder Stange. Sie lagen unten im Karton, dem letzten der fünf, die Pino ihm zum vergangenen Weihnachtsfest hatte zustellen lassen. Für Torrisi war es ein unzweideutiges Zeichen des Schicksals, und seit einem Jahr spielte er nun mit dem Gedanken, seinen Beruf an den Nagel zu hängen, wenn die Päckchen aufgeraucht sein würden. Es kam ihm wie eine Verrücktheit vor, und er hatte ausgerechnet, daß es zwischen Februar und März des neuen Jahres so weit sein könnte. Er betrachtete die blauen Päckchen, das große schwarze N, atmete den Duft eines stets gehaltenen Versprechens ein und spürte einen kleinen Stich innerer Bewegung. Angefangen mit dem Rauchen der filterlosen Nazionali hatte er am ersten Tag seines Dienstes bei der Polizei.

Wenn es Pino nicht gegeben hätte, den er seit seinen Schultagen nicht mehr gesehen hatte und dem er nach annähernd zehn Jahren als Chef einer kleinen Schmugglerbande wiederbegegnet war, hätte er sich damit abfinden müssen, das Dreckszeug zu rauchen, das zu astronomischen Preisen in den Tabakgeschäften verkauft wurde. Andererseits, wie hätten sie bei all der Werbung im Fernsehen und in den Zeitungen das Zeug für weniger Geld verkaufen sollen? Als ob einer mit der Zigarette zwischen den Fingern dazu auch noch angetrieben werden müßte. Wer soviel Geld für die Werbung ausgab, hatte wahrscheinlich nie eine Zigarette genossen, wußte nicht, daß das Leben ohne den Geschmack von Tabak und Nikotin fader war als ein Orangensalat ohne Salz und Olivenöl.

Bis fünfzehn waren er und Pino gemeinsam aufgewachsen. Sie hatten Hunger und Freuden, kleine Diebstähle und Hoffnungen miteinander geteilt. Sie waren noch in der ersten Mittelschulklasse, als sie sich die erste Zigarette hergestellt hatten, indem sie Stroh und Heu in einem viereckigen Stück Seidenpapier aufrollten. Als die Alliierten in Sizilien landeten, kannten zwar beide bereits den Wert von Zigaretten, doch die Lucky Strikes, die ihnen amerikanische Soldaten hin und wieder zusteckten, bedeuteten die Welt, weil sie jenen Zauber enthielten ... In jenem Sommer voller Sonne und Hitze waren sie noch keine dreizehn. Er erinnerte sich an die Schrecken der letzten Luftbombardements, doch aus den Dosen, aus der Schokolade, aus den Zigaretten, mit denen die *Marines* sie ausgelassen überschütteten, strömte die Sicherheit einer großartigen Zukunft. Sie beide fingen die Zigaretten im Flug auf und steckten sie sich hinter die Ohren, wie sie es die schurkischsten unter den Schurken hatten machen sehen.

Dann war die Zukunft gekommen, und sie hatte überhaupt nichts Großartiges. Pino und er waren 1945 auseinandergegangen. Sie hatten das Angebot erhalten, sich abends an einer bestimmten Stelle der Küste einzufinden: Ein kleines Geschäft sei zu erledigen, für einen Schein zu fünfzig Lire. Pino war gegangen, Torrisi hatte an seinen Vater und an seine Mutter gedacht und war umgedreht. Wäre er gegangen, wäre sein Leben wahrscheinlich anders verlaufen: Er hätte sich nicht vierzig Jahre lang unter Regen und Wind, unter Leichengeruch und Fäulnisgestank aus dem Staub machen müssen. Und mit welchem Ergebnis letzten Endes, außer dem, daß er sich recht und schlecht durchschlug?

Er hatte Pino das erste Mal verhaftet, als er ihn dabei überraschte, wie er Kisten mit Zigaretten von einem Fischerboot lud. Er hatte ihn noch viermal festgenommen, aber bei ihm zu Hause. Da war er schon der Pino »der beiden Meere«: Zu der Zeit gehörte er nicht mehr zu denen, die die Kisten abluden, sondern zu denen, die den Auftrag dazu erteilten. Sie waren zwar keine Freunde mehr, aber ihre gemeinsame Vergangenheit schuf ein besonderes Klima der Komplizenschaft. Sie respektierten einander und schätzten sich.

Der auf bestialische Weise hingerichtete Körper Pinos war neun Monate zuvor aufgefunden worden. Das war an einem feuchten Februarabend, Torrisi hatte gerade den zweiten Karton mit den Nazionali angebrochen, und er hatte lange Sekunden reglos vor der Leiche gestanden. Plötzlich war er sich bewußt geworden, daß Pino nicht mehr der Junge mit dem dichten kastanienbraunen Haar war. Er war ein armseliger alter Mann, der miterleben mußte, wie er starb. Nach diesem Mord, dessen Schuldige natürlich nie ermittelt wurden, auch wenn die Motive und die beteiligten Personen bekannt waren, hatte Torrisi den Eindruck, daß bei jeder Zigarette, die zwischen seinen Fingern erlosch, auch ein Stückchen von ihm selbst erlosch.

Er hatte sich also verrechnet. Die fünfzig Päckchen würden wenig mehr als einen Monat reichen: Mit ihnen würde er mehr oder weniger bis Ende Dezember kommen. Dann müßte er seinen Abschied für Neujahr einreichen, ohne bis zum nächsten März zu warten, dem Zusammentreffen zwischen seinem sechzigsten Geburtstag und den vierzig Jahren, die er damit verbracht hatte, einer Sache zu dienen, die für ihn gleichbedeutend war mit den blassen Gesichtern von Polizeipräsidenten und Kommissaren.

Torrisi war spät nachts und schlecht gelaunt nach Hause gekommen. Im Büro hatte man ihn schon auf der Schwelle aufgehalten, um ihn über die Ereignisse in Venaria zu informieren, das heißt über den Tod von Millepiedi, eines Colonnello der Carabinieri, der mit ihm zusammen war, und der Eigentümerin des Hauses, in dem Millepiedi höchstwahrscheinlich versteckt worden war. Die Nachrichten waren noch ziemlich konfus, viele Einzelheiten schwebten in der Luft, ohne auf greifbare Gründe zu deuten. In der Aufgewühltheit der Gemüter und im Chaos der Anweisungen und Gegenanweisungen, die auf die Nachricht gefolgt waren, hatte man entdeckt, daß eine Schwester und die betagten Eltern des Colonnello Cosentino in der Stadt wohnten. Doch nur wenige erinnerten sich an den Offizier, und niemand war sogleich imstande, einen überzeugenden Grund zu nennen, der erklärte, weshalb er mit einer Waffe in der Hand Seite an Seite mit Millepiedi gestorben war.

»Morgen werden wir mehr wissen«, hatte Kommissar Li Destri abschließend gesagt und fuhr nach Hause. Doch Torrisi genügte das, was er bereits wußte, um zu dem Schluß zu gelangen, daß der Dottore ein weiteres Mal überlegen gesiegt hatte. Nach dem Gespräch mit Millepiedis Zugehfrau war Torrisi vor Stolz geschwellt gewesen, jetzt aber war er niedergeschlagen, weil er den letzten Hoffnungsschimmer schwinden sah. Wer würde Gesualdo Bellomio je auf die Verbrechen, auf das Unrecht, auf die Schweinereien festnageln können, die ihn in den Rang eines Dottore erhoben hatten?

Wieder war Torrisi zum soundsovielten Mal gegen geschlossene Türen angerannt. Daran war er zwar gewöhnt, aber er war es leid. Er besaß nicht den geringsten Anhaltspunkt: Hätte er wenigstens den Zettel, den die Zugehfrau an Millepiedis Abgesandten weitergegeben hatte, in der Hand gehabt ... Jetzt hatte er nur die Überzeugung, daß der Fremde von der Piazza Galatea ein Mann von Colonnello Cosentino gewesen sein mußte. Und mit dieser Überzeugung konnte er sich allenfalls den Hintern abwischen.

Im einzigen Sessel seiner Wohnung hatte er auf den Anbruch des Tages gewartet und sich dabei eine Zigarette nach der anderen angezündet. Als das erste Licht dämmerte, hatte er das inzwischen leere Päckchen zusammengeknüllt und sich zu dem Karton vorgewagt, der ihm den jüngsten Reinfall bescherte.

Zu sich selbst redend, entschied er, daß die Stunde gekommen war, die Marionetten einzupacken und das kleine Theater, in dem er Darsteller, Regisseur, Autor und Zuschauer zugleich war, an einen anderen Ort zu verfrachten. Er sah sich nicht mehr im Gewand des einsamen Rächers, der in der Lage war, den Dottore die offenen Rechnungen bezahlen zu lassen.

Die Nachforschungen des Gerichts auf Grund der von Don Salvatores Sohn aufgefundenden Liste der Gesellschaften hatten nichts ergeben. Er hatte den jungen Leanza noch einmal getroffen, und dieser hatte die letzte seiner Illusionen zunichte gemacht, als er ihm erklärte, daß es für ihn nach dem Tod des Vaters fast unmöglich sei, zum Inneren des Spinnennetzes vorzudringen. Die Holzköpfe, die sich als Geschäftsführer hergegeben hatten, hätten von nichts eine Ahnung, und die Bilanzen seien nur mit dem einzigen Ziel erstellt worden, Sand in die Augen zu streuen. »Wichtig ist, daß man sich erinnert«, hatte Vincenzo Leanza abschließend gesagt. Doch für Torrisi war das Erinnern nicht mehr so wichtig. Er hielt sich in der Stadt für denjenigen, der mehr erinnerte und mehr wußte als alle anderen. Doch was hatte ihm all dieses Wissen genützt? Er mußte bei jedem Schritt nach vorne und nach hinten sehen, konnte mit nur einem Auge schlafen, war den Launen und Schrullen derer ausgesetzt, die zu jeder x-beliebigen Stunde über sein Leben und seinen Tod entscheiden konnten.

Er wollte handeln, etwas tun, irgend etwas. Auch fortlaufen. Das einzige, was er nicht mehr wollte, war abwarten, daß die anderen den ersten Zug machten. Mißgestimmt hatte er den jungen Leanza verlassen: Er war ihn leid, er kam ihm vor, als wäre er aus demselben Stoff gemacht wie der Vater, er glaubte nicht mehr an seine Sorge um eine moralische Wiederherstellung. Er war sogar zu der Schlußfolgerung gelangt, daß auch er eines Tages seinen Gesualdo Bellomio treffen würde.

Wäre er ein guter Katholik gewesen, hätte er sich in den

Willen Gottes und in seine Weitsicht ergeben. Er hätte sein Vertrauen auf den gesetzt, der alles sieht und alles weiß; er hätte Kraft in dem Gedanken gefunden, daß der Dottore beim Posaunenschall des Jüngsten Gerichts seiner ewigen Strafe nicht entgehen würde. Doch Torrisi spürte die stichelnde Versuchung, auch die Religion aufzugeben. Sein Gott war der seiner Kindheit: ein Gott, der die Missetaten wegwischt, die Guten belohnt und einschreitet, wenn Gewalt angewandt wird. Er mochte den Gott mit dem Schwert in der Hand, den Jesus, der die Händler aus dem Tempel vertreibt, nicht den Gott, der Friede unter den Menschen predigt, die guten Willens sind. Doch wo hatte Gott die Menschen guten Willens nur gefunden?

Auf der Schwelle zum sechzigsten Lebensjahr hätte Giovanni Torrisi gerne verkündet, daß von den wenigen Menschen guten Willens, denen er begegnet war, keiner in seinem Bett gestorben war. Er dagegen wollte unbedingt im eigenen Bett sterben, und zwar so spät wie möglich. Er wollte auch noch anderes und beschloß, daß das beste Mittel, um seine Pläne zu verwirklichen, ein Telefongespräch mit Mariannina sei. Vorausgesetzt, daß man im Kloster bereit wäre, sie um sieben Uhr morgens aufzuspüren.

Er wurde mehrfach verbunden, bevor er endlich die Stimme seiner Tochter hörte.

»Papa, ist etwas passiert? Gibt es Neuigkeiten?«

»Mariannina, alles in Ordnung. Ich wollte nur ein bißchen mit dir reden. Da wird man alt, blickt um sich, sucht ein vertrautes Gesicht, einen Menschen, den man gern hat. Und wenn dieser Mensch weit weg ist, erreicht man ihn mit dem Telefon. Das sagt ja auch die Werbung der Telefongesellschaft ...«

»Papa, ich sehe doch nie fern.« Mariannina hatte die Sanftheit wiedergewonnen, die sie seit jeher hatte.

»Ach ja, hatte ich vergessen. Jedenfalls gibt es da den Werbespot mit einem Vater, einem Mann wie mich, der seine Tochter anruft, die weit weg ist, während eine Stimme außerhalb des Bildfeldes flüstert: ›Das Telefon, deine Stimme‹.«

»Ich würde sie gern öfter hören, deine Stimme, Papa.«

»Du wirst sie öfter hören, und du wirst mich auch öfter sehen...«

»Wirklich?« Mariannina Freude durchdrang das Telefon und auch die Ferne.

»Hör zu, Mariannina, ich bin alt, vielleicht nicht furchtbar alt, aber ich habe meine Jahre auf dem Buckel, ich glaube, ich habe meinen Teil geleistet. Was hältst du davon, wenn ich, statt im kommenden März, gleich in Rente ginge, sagen wir in einem Monat? Und wenn wir Weihnachten und Neujahr miteinander verbringen würden?«

»Meinst du das wirklich? Ich könnte die Mutter Oberin bitten, dich bei der Christmette dabeisein zu lassen ...«

Torrisi spürte eine prickelnde Erregung. Ich muß abscheulich alt geworden sein, dachte er, wenn mir die Aussicht, ein paar Stunden in einer Kirche zu verbringen, das Blut in Wallung bringt. Dann dachte er an die letzten Feste, die er alleine oder bei dem einen oder anderen Kollegen oder, schlimmer noch, bei dem einen oder anderen Verwandten verbracht hatte, und kam zu dem Schluß, daß er Grund hatte, erregt zu sein.

»Papa ... Papa ... bist du noch da? Hörst du mich?«

»O ja, Mariannina, sprich nur.«

»Bist du wirklich davon überzeugt, daß du schon vor März in Rente gehen willst? Wolltest du nicht dein vierzigjähriges Dienstjubiläum begehen? Sie würden dir doch eine schöne Feier ausrichten.«

»Was das angeht, haben sie mir die Feier schon beschert ... Mariannina, die Wahrheit ist, daß ich nichts mehr zu tun habe. Ich hatte einen Fall, von dem ich glaubte, er würde mich einige Zeit beanspruchen, aber der ist bereits gelöst ... er hat sich in nichts aufgelöst, wie immer. Ich müßte hierbleiben und die Tage zählen, da ziehe ich es doch vor, mich den Jahren, die mir noch vergönnt sind, und meiner einzigen Tochter zu widmen.«

»Papa, wichtig ist nur, daß du davon überzeugt bist. Wann kommst du?«

»Ich brauche gerade soviel Zeit, meinen Rücktritt zu erklären und alles in Ordnung zu bringen, ungefähr einen Monat. Ich rechne mal, daß ich am 23. Dezember bei dir sein kann, es könnte auch der 24. werden ...«

»Wirst du zur Mitternachtsmesse da sein?«

»Ihr lest sie nicht mehr auf lateinisch, stimmt's?«

»Papa, seit ungefähr dreißig Jahren wird sie auf italienisch gelesen.«

»Ja, ich weiß. Aber auf lateinisch war sie schöner. Man war stolz, Teil einer Gemeinschaft zu sein, deren Universalität auch in der Sprache bestand. Ich weiß nicht, ob ich mich klar ausdrücke, aber die Vorstellung, daß ich in jedem Teil der Welt die Messe mit den gleichen Worten hätte hören können, gefiel mir.«

»Ausgerechnet dir, wo du doch nie zur Messe gegangen bist?«

»Trotzdem. Stell dir vor, ich würde nach Frankreich fahren, geh in eine Kirche, um die Messe zu hören, und verstehe kein Wort. Früher hätte ich alles verstanden.«

»Warum fängst du nicht an, in Italien in eine Kirche zu gehen?«

»Bin ich ... bin ich ...« Torrisi brach da ab. Er konnte schlecht erklären, daß er das letzte Mal, als er in eine Kirche gegangen war, aus Verzweiflung hineingegangen war, um Unseren Herrn zu bitten, Mariannina von ihrem Vorhaben, Klausurnonne zu werden, abzubringen.

»Du wirst schon sehen, Papa, daß dir die Christmette gefällt, sie wird dir helfen, dich zu sammeln. Du und ich werden gemeinsam an Mama denken, an die schöne Zeit, die wir mit ihr verbracht haben. Wir werden unserem Nächsten gegenüber gütiger sein und mehr Solidarität zeigen; wir werden mit größerem Vertrauen in die Menschen und in die göttliche Vorsehung der Zukunft entgegenblicken. Papa, ich bin unendlich glücklich, Weihnachten mit dir zu verbringen.«

»Mariannina, sag mir: Gibt es das Paradies?«

»Papa was geht dir durch den Kopf?«

»Wenn es keins gäbe, wär das ein schöner Reinfall. Das sage ich nicht meinetwegen, ich verdiene es nicht, ich sage es deinetwegen.«

»Papa, ich muß jetzt Schluß machen, ich war schon viel zu lange am Telefon.«

»In Ordnung, Liebes: Wir sehen uns am 24. Mariannina ...«

»Ja, Papa?«

»Sag dem Papst, er soll die Messe wieder auf lateinisch lesen lassen.«

Zufrieden legte Torrisi den Hörer auf. Angesichts der Beziehungen, die er mit dem Ewigen aufgenommen hatte, bat er ihn, dafür zu sorgen, daß seine Intuition richtig war. Denn er hatte Mariannina in der vollen Überzeugung angerufen, daß sein Telefon kontrolliert wurde. Die anderen sollten wissen, daß er die Waffen streckte. Er zog sich zurück. Er wurde zum harmlosen Rentner. Er wollte, daß die anderen das wußten und wirklich daran glaubten. Nur so könnte er sich den notwendigen Freiraum schaffen, um mit der Neufassung der wirklichen Geschichte dieser dunklen Jahre zu beginnen. Und wenn er sie geschrieben hätte, würde er Ministerien, Gerichte und Zeitungen mit anonymen Anzeigen und Meldungen überschütten.

Von diesem Augenblick an wollte er sich so verhalten, daß man ihn für das letzte Arschloch halten sollte. Ihm kam es nur darauf an, bei der Christmette im Kloster dabeizusein. Er würde Mariannina wiedersehen, und er würde auch die Truhe wiedersehen, in der Vergangenheit und Zukunft verschlossen waren, aber auch das Böse, das er in Gutes verwandeln würde.

Bezzi Vegettis erfahrenem und geübtem Blick verhieß die Sitzung nichts Gutes. Viel zu wenig Leute, um hoffen zu können, keine Spuren zu hinterlassen, keine Verpflichtungen einzugehen, deren Erfüllung der eine oder andere fordern könnte.

Ielpo war zusammen mit einer Schar steif herumstehender Offiziere im Vorzimmer zurückgeblieben. Durch die noch weit geöffnete Tür zum Salon sah ihn der General alleine in einer Ecke stehen, bewußt ignoriert von dem kleinen Hofstaat, der Admiral Vernola, den Chef des SISMI, des Militärischen Geheimdienstes, begleitet hatte. Den Gerüchten zufolge, die ihm seine Leute zugetragen hatten, war es gerade Vernola, der diese vertrauliche Sitzung im engsten Kreis gefordert hatte. Vertraulich und im engsten Kreis nur den Worten nach, denn mindestens zwanzig hatten davon Kenntnis.

Vernola hatte ihn mitten in der Nacht geweckt, um ihm mitzuteilen, daß seine Anwesenheit erwünscht sei. Erwünscht von wem? Bezzi Vegetti wußte, daß er drei Vierteln des italienischen Heeres unsympathisch war. Vernola hatte seine Ernennung und Bestätigung im Amt weitgehend unterstützt, doch immer in einer Weise operiert, daß die SISMI deutlich von der Abteilung O unterschieden blieb, so, als handele es sich um zwei getrennte Einheiten.

Dieser aufgeblasene Bär von Gardin schob seine hochgewachsene Gestalt durch die Reihen von Stühlen und Sesseln, wobei er peinlich darauf achtete, seinen Blick auch nicht einen Zentimeter zu senken. Er gab zu verstehen, daß die Freskenmalerei und die Wandteppiche des Salons ihn dermaßen faszinierten, daß er sich auch nicht eine Sekunde um die anderen Gäste kümmern konnte. Gardin stand der Guardia di Finanza vor, der Finanzpolizei, und war einer der giftigsten Gegner von Bezzi Vegetti. Der General hielt ihn für den Urheber einiger tödlicher Papiere, in denen er unumwunden beschuldigt wurde, ein Gutteil der Geheimfonds der Abteilung O in die eigene Tasche gesteckt zu haben. Bezzi Vegetti antwortete, indem er die Siebte Sektion des römischen Polizeipräsidiums – die einstige Sittenpolizei – veranlaßte, in ein Landhaus gleich vor den Toren Velletris einzudringen. Dort war gerade ein ausgelassenes kleines Fest im Gange, und Kokain war im Spiel. Unter den Festgenommenen befand sich auch Gardins Ehefrau. Er hatte sich sehr abrackern müssen, um zu verhindern, daß die Nachricht in den Zeitungen durchsickerte. Und Bezzi Vegettis Leute hatten noch einen anderen Schlag in petto: Es war ihnen gelungen, einen romantischen Spaziergang Gardins mit seinem blonden, effeminierten Chauffeur in den Wäldern von Fregene zu filmen.

Der Minister spielte die Rolle des Hausherrn und sprach mit seinen Gästen. Pagen reichten Espresso, Milch, Hörnchen und Fruchtsäfte. Bezzi Vegetti nahm ein mit Creme gefülltes Hörnchen. Die Haushälterin hatte vergessen, ihn zu wecken, und um rechtzeitig an Ort und Stelle zu sein, hatte er das Frühstück ausgelassen. Das mit Creme gefüllte Hörnchen war vorzüglich, aber es blieb ihm im Hals stecken: Je länger er darüber nachdachte, um so mehr beunruhigte es ihn, sich an diesem Ort zu befinden. Normalerweise zögerte man schon, ihn zu den interministeriellen Sicherheitssitzungen hinzuzuziehen, jetzt aber befand er sich auf einem Gipfeltreffen der Chefs der empfindlichsten Organe des Staates im kleinsten Kreis. Aus diesen trüben Gedanken riß ihn für einen Augenblick das Erscheinen des Präfekten Andreolo, eines pedantischen Staatsbeamten, den verschiedene Wechselfälle schließlich auf den Chefsessel des SISDE gesetzt hatten, des dem Innenministerium unterstehenden Geheimdienstes.

Und was, wenn man ihn als Opfer auserkoren hatte? Bezzi Vegetti ging im Geist noch einmal die Dokumente durch, die er unterzeichnet, die Operationen, die er genehmigt hatte. Alles normale Routine, hinter keinem dieser Papiere konnte sich eine Falle verbergen. Unbekümmert ging er zu Ielpo hinüber, der in die Lektüre einer zwei Tage alten Zeitung vertieft war.

»Bringen Sie sich auf den neuesten Stand der Dinge?« Ielpo sprang vom Stuhl auf und hatte Sorge, daß ihm die Tasche, der Regenmantel, die Dokumente und die erwähnte Zeitung zu Boden fallen könnten. »Ich mußte noch einen Artikel über den Ursprung der Pizza lesen. Die Chinesen behaupten, sie hätten sie erfunden, aber ich glaube, daß wir uns ganz gut halten ...«

»Zu welcher Einsicht sind Sie gelangt?«

»Über die Pizza?«

Mit einem Blick machte Bezzi Vegetti ihn fertig.

»Verzeihung«, murmelte Ielpo. »Aus dem, was ich dem Geflüster entnehmen konnte, muß es um eine böse Geschichte gehen, die in Verbindung mit dem Tod des bedauernswerten Colonnello der Carabinieri steht. Sie wissen nicht, was sie davon halten noch an welchen Heiligen sie sich wenden sollen. Meiner Meinung nach hat Vernola Sie hinzugezogen, um Ihnen die eine oder andere Aufgabe anzudrehen, die die unbefleckte Fassade der Geheimdienste beeinträchtigen könnte. Sagt Vernola nicht immer, er wolle seine Aufgaben im Licht der Sonne erledigen? Möglich, daß er einen feinen Gestank von Kloake wahrgenommen hat, und so ist er auf die Abteilung O gekommen, um seine Haut zu retten.«

Bezzi Vegetti ging noch verwirrter in den Salon zurück. Als es neun Uhr schlug, die Stunde des offiziellen Beginns, kündigte ein Zusammenschlagen der Hacken und plötzliches Schweigen im Vorzimmer General Longhi an, den Obersten Befehlshaber der Carabinieri, und General Miglietta, den Kommandeur der Turiner Brigade, dem Cosentino unterstanden hatte. Die vor weniger als vierundzwanzig Stunden erfolgte Ermordung des Colonnello hatte die Wut der Carabinieri ausgelöst, vor allem aber die Neugier der anderen Verbände. Sie waren von den Umständen fasziniert, mehr aber noch von der Anwesenheit eines wegen Mordes Gesuchten an der Seite des Colonnello. Was konnte einen Mann wie Cosentino, diesen Helden im Kampf gegen den Terrorismus, den eine glänzende Karriere erwartete, veranlaßt haben, bis in den Tod einen Niemand zu verteidigen, an dessen Namen Bezzi Vegetti sich nicht einmal erinnern konnte? Aber mehr noch als der Versuch, sich an diesen Namen zu erinnern, versuchte Bezzi Vegetti eine Erklärung für die Anwesenheit des früheren Polizeipräsidenten Melito zu finden, der sich von heute auf morgen als Chef des Hohen Antimafia-Kommissariats wiedergefunden hatte und damit dem Kommandanten Fedeli nachfolgte, der mit den Leuten seines Begleitschutzes in einem Hinterhalt massakriert worden war.

Auf ein Zeichen des Ministers hin wurde die Tür geschlossen. »Zu allererst meinen Dank, daß Sie gekommen sind, trotz der kurzfristigen Vorankündigung. Doch nachdem ich gestern abend mit Generale Longhi gesprochen und mich mit Ammiraglio Vernola beraten hatte, hielt ich es für wichtig, daß jeder der hier anwesenden Herren in Anbetracht der heiklen Lage möglichst umfassend hinsichtlich des spektakulären Motivs unterrichtet wird, das der Grund für die Ermordung des Colonnellos und des anderen in seiner Begleitung sein kann.«

Der Minister machte eine Pause, um wieder zu Atem zu kommen, und wechselte abrupt das Thema. »Ist Ihnen kalt?«

Niemand wagte es, ihm offen zu antworten.

»Ich muß gestehen, daß ich es ein bißchen kalt finde. Wahrscheinlich ist eine Grippe im Anzug ...«

Er betätigte eine Klingel. Ein Bebrillter in dunkelgrauem Anzug erschien.

»Lieber Dottor Lentini«, sagte der Minister, »könnten Sie veranlassen, daß die Heizung etwas aufgedreht wird?«

Bezzi Vegetti nutzte die Gelegenheit, um verstohlen zu Gardin hinüberzublicken: Er machte sich Notizen mit einem vergoldeten Füllfederhalter.

»Generale Longhi«, sagte der Minister, »wären Sie

wohl so freundlich, uns über die Ermittlungen zu informieren?«

Longhis Gesichtsausdruck war finster. »Dienstag morgen hatte sich Colonnello Cosentino zum Vortrag angemeldet und Generale Miglietta darüber informiert, daß ein alter Schulfreund von ihm, genauer gesagt: ein alter Klassenkamerad, wie wir nachher herausfinden konnten, ihn um Schutz gebeten hatte.«

»Der Schulkamerad war Giuseppe Millepiedi?« Das war die Stimme des Präfekten Andreolo.

»Genau«, antwortete Longhi. »Millepiedi ist... war der Eigentümer einer recht aktiven Werbe- und Marketingagentur, die er mit ziemlich wenig Phantasie ›Mille P‹ genannt hatte. Mit dieser Agentur hatte er in den letzten Jahren Geschäfte abgeschlossen, bei denen viel Geld im Spiel war, und er wurde zu einer Persönlichkeit, die in seiner Stadt eine nicht unwesentliche Rolle spielte, unter gewissen Gesichtspunkten sogar geachtet war. Ist das so richtig, Dottor Melito? Sie sind Polizeipräsident in der Stadt von Millepiedi gewesen, vielleicht erinnern Sie sich an ihn ...«

Der Hohe Antimafia-Kommissar ließ sich zu einer Geste des Verdrusses hinreißen. »Als ob es ausreichen würde, Polizeipräsident zu sein, um das Gute und das Böse in einer Stadt zu kennen ... Immerhin, ich habe durch mein Büro nachforschen lassen: Bei uns liegt nichts gegen Millepiedi vor, er ist ein unbeschriebenes Blatt, kann auch nicht mit dem kleinsten unsauberen Geschäft in Verbindung gebracht werden ...«

»Und dennoch hat Millepiedi Cosentino enthüllt, daß er aus Sizilien geflohen sei, weil sein Leben in Gefahr war. Millepiedi behauptete nämlich, der Mörder Olof Palmes zu sein ...«

Erstaunen trat auf die Gesichter derer, die nichts davon wußten, das heißt auf Gardins, Andreolos und Bezzi Vegettis Gesicht. Melito machte eine Bewegung, die Ungläubigkeit ausdrückte.

»Carlo«, Gardin wandte sich mit freundschaftlicher Anteilnahme an Longhi, »hältst du das für möglich?«

»Omero«, erwiderte Longhi ebenfalls in vertraulichem Ton, »das ist eine Hypothese, deren Spur wir verfolgen. Vorläufig beschränke ich mich auf eine Rekonstruktion des Geschehenen. Ich war dabei zu sagen, daß Millepiedi sich in dieser Eigenschaft bei Cosentino meldete. Und nachdem gegen ihn ein Haftbefehl wegen der Ermordung eines gewissen Totò Leanza erlassen worden war, beteuerte er nicht nur seine Unschuld, sondern sagte auch, daß es dieser Leanza gewesen sei, der ihn im Winter 1986 in der Sache Palme angeworben habe. Jetzt bitte ich Sie alle, genau zuzuhören, was zwischen dem vergangenen 30. und 31. Oktober geschah. Am 30. Oktober entgeht Millepiedi einem Hinterhalt vor seinem Haus ...«

»Sind Sie sich da sicher?« Melitos Ton war entschieden. »Mir liegt nichts dergleichen vor.«

»Wir haben hier den Bericht der Polizei für die Justizbehörde. Es sah ganz nach einem bewaffneten Raubüberfall aus, doch die Polizisten der Streife, die zufällig bei dieser Sache zugegen waren und eingeschritten sind, haben geschrieben, sie hätten gesehen, wie ein Mann seine Pistole auf Millepiedis Stirn richtete, und sie hatten den deutlichen Eindruck, daß er dabei war abzudrücken. Bei dem folgenden Schußwechsel wurde der Mann mit der Pistole getötet, während sein Komplize fliehen konnte. Der Getötete, der die Pistole auf Millepiedi gerichtet hatte, war Filippo Lo Verso, genannt Brioche. Ein Name, der einigen von uns traurigerweise bekannt ist. Lo Verso war einer der gefährlichsten Untergetauchten von Sizilien.«

»Und Sie, verehrter Generale«, sagte der Minister, »fragen sich und fragen uns, wie kommt ein Boß von diesem Kaliber dazu, sich die Mühe zu machen, einen x-beliebigen Bürger zu überfallen?«

»Genau«, rief Longhi. »Am Tag nach dem fehlgeschlagenen Raubüberfall wird Totò Leanza mit einem Schuß zwischen die Augen umgebracht. Dieser Totò Leanza ist in den einschlägigen Kreisen als Don Salvatore bekannt. Er wird auf einer Piazza gefunden, in seinem Mund stekken zwei Geldscheine von je hunderttausend Lire. In der Symbolsprache der Mafia kann das bedeuten, daß Leanza für Geld Verrat begangen hat oder daß er zu habgierig war. Soweit wir feststellen konnten, war Leanza der größte Wucherer der Stadt und der Provinz. Mehr als ein gezielter Hinweis deutet auf Millepiedi als den Mörder. Während einer Durchsuchung in seiner Dachterrassenwohnung kommt eine Beretta 7.65 zum Vorschein, ursprünglich für Blindschüsse gedacht, dann aber modifiziert, indem Lauf und Wagen ersetzt wurden. Nach den ballistischen Untersuchungen ist dies die Tatwaffe, mit der Leanza durch zwei Schüsse hingerichtet wurde. Das ist noch nicht alles: In der Wohnung entdeckt die Polizei drei Wechsel, von Millepiedi zu Leanzas Gunsten ausgestellt.«

»Ein rundum gelöster Fall«, kommentierte Gardin, »wenn wir diesen beiden Beweisstücken Glauben schenken dürfen. Es liegt sogar eine gewisse Logik darin. Leanza streitet sich mit Millepiedi wegen der Wechsel, er schickt ihm Lo Verso, um ihn zu erschrecken, vielleicht um ihm eine Lektion zu erteilen, möglicherweise auch, um ihn umzubringen.« Gardin wollte sichergehen, daß er alle denkbaren Möglichkeiten genannt hatte. »Aber Millepiedi rettet sich, und nachts darauf regelt er endgültig das Problem mit Leanza.«

»Die Überlegung ist schlüssig«, pflichtete Longhi bei. »Trotzdem sind wir bei der Frage von vorhin: warum Lo Verso bemühen? Konnte Leanza Lo Verso Befehle erteilen?«

»Einen Augenblick, mir scheint, wir bewegen uns da ein bißchen zu schnell.« Melito war ausgesprochen glücklich, die Zügel ein bißchen zu straffen. »Millepiedi enthüllt, daß Leanza ihn für Palme angeworben hat. Aber ist es überhaupt denkbar, daß ein vollkommen Unbekannter wie Leanza eine so entscheidende Rolle bei einem derartigen Attentat spielen konnte? Wenn Leanza damit zu tun hat, kann er nur von jemand anderem vorgeschickt worden sein ...«

»Auch in dieser Richtung ermitteln wir«, sagte Longhi, der sich diese Frage bereits gestellt hatte und hoffte, daß jemand aus Sizilien ihm Aufschluß darüber geben könnte, war der Chef Leanzas war. »Jedenfalls verschwindet Millepiedi am Morgen des 31. Oktobers von der Bildfläche und taucht am Nachmittag des 12. Novembers, einem Montag, im Haus der Schwestern Rebaudengo auf.«

»Ach«, sagte Präfekt Andreolo und machte damit darauf aufmerksam, daß er noch anwesend war. »Und woher wissen wir das?«

»Das hat uns die Schwester der Ermordeten gesagt. Cosentino selbst hatte Millepiedi dorthin gebracht und sie gebeten, ihn aufzunehmen.«

»Und diese beiden Schwestern haben ihn ohne Ah und Bah einfach so bei sich aufgenommen?« Melito bedauerte, daß er eine typisch sizilianische Redensart gebraucht hatte. Sie war ihm in seiner Wut entschlüpft, und diese Wut kam immer angesichts bestimmter Rekonstruktionen auf, die selbst dann noch wackelten, wenn man sie stützte.

»So hat es uns die überlebende Schwester Rebaudengo gesagt.« Longhi hatte der völlig zerstörten, aber zu keiner Träne fähigen Frau geglaubt. »Die Signora hat uns erklärt, daß sie beide dem Colonnello blind vertrauten, daß sie dachten, er würde sie nie in Schwierigkeiten stürzen. Dottor Melito, ich bitte Sie, machen Sie sich keine Sorgen: Wir ermitteln, wir suchen nach weiteren Einzelheiten, wir wollen sichergehen, daß Signora Rebaudengo uns keine Einzelheit verschwiegen hat.«

Melito schlug zurück: »Mithin hatten die beiden Frauen keinerlei Vorstellung davon, daß sie einen Typen beschützten, der von der Polizei gesucht wurde ... und auch von jemand anderem?«

»Das trifft nicht genau zu.« Longhis Stimme wurde leiser. Die anderen dachten, es handele sich um eine äußerste Vorsichtsmaßnahme, wohingegen er sich ein bißchen für das schämte, was er jetzt sagen mußte. »Die Schwestern Rebaudengo sind … waren leidenschaftlich an Astrologie interessiert, und die, mit der wir gesprochen haben, versichert, sie und ihre Schwester hätten in den Gestirnen gelesen, daß sich ihr Gast in Schwierigkeiten befand. Ausgerechnet Primavera Rebaudengo, die von den beiden Schwestern, die überlebt hat, hatte Millepiedi darauf hingewiesen, und er war darüber verzweifelt.«

»Was haben sie ihm vorausgesagt?« Der Minister zeigte sich interessiert.

General Longhi lächelte ganz unauffällig. Sobald man über Gestirne sprach, über Horoskope, Kartenlegen, tauchte jemand auf, der unbedingt mehr wissen wollte. »Vera Rebaudengo ist der Ansicht, daß sie mittels der Kombination von Planeten, Zeichen und Meridianen gelesen habe, daß ihr Gast schlimme Augenblicke durchlebt hatte und von Menschen bedroht würde, die nach ihm suchten. Sie und ihre Schwester hätten ihn aufgefordert, wieder in seine Heimatstadt zurückzukehren; sie hatten auch Colonnello Cosentino informiert, daß, wenn Millepiedi länger in ihrem Haus bliebe, er sich furchtbaren Begegnungen aussetzen würde. Um es kurz zu machen: Für den, der daran glaubt, gab es ausreichende Gründe, äußerst besorgt zu sein.«

Es war mäuschenstill, und Longhi nahm diese Gelegenheit wahr, um zu ernsthafteren Themen zurückzukehren. »Ich habe Ihnen gegenüber vor dieser Abschweifung erwähnt, daß wir die finanzielle Lage Millepiedis untersucht haben. Um das Bild zu vervollständigen, sage ich Ihnen, daß wir dank der Italienischen Staatsbank in Millepiedis Konten eingestiegen sind, wir haben Nachforschungen angestellt und sie mit seinen jüngsten Steuererklärungen verglichen; wir sind Geschäft um Geschäft,

Lira um Lira die zum Abschluß gebrachten Arbeiten seiner Agentur durchgegangen. Kurz: Was zum Vorschein kam ist eine absolut ruhige wirtschaftliche Lage, vielleicht reicht es, wenn ich sage, daß Millepiedi sich erlauben konnte, die Dachterrassenwohnung, in der er seit einigen Monaten wohnte, in bar zu kaufen. Die derzeitige wirtschaftliche Lage Millepiedis ist nur schwer mit den Leanza überlassenen Wechseln vereinbar, die alle zwischen Ende Oktober und Anfang des neuen Jahres fällig werden.«

»Die Handschriftuntersuchung?« fragte Andreolo.

»Millepiedis Unterschrift scheint echt zu sein.«

»Wissen wir etwas über die Höhe dieser Wechsel?« Diese Frage kam von Admiral Vernola.

»Es sind drei zu je einhundert Millionen Lire. Zusammen mit den Zinsen hätte Millepiedi, so sagt man mir, ungefähr siebenhundert Millionen zahlen müssen.«

»Heißt das«, mischte sich Gardin ein, »daß du, Carlo, eine spektakuläre Inszenierung nicht ausschließt, um Millepiedi in die Enge zu treiben, der einer Hinrichtung entgangen ist und durch Italien zieht wie eine Treibmine?«

»Das schließe ich nicht aus, nein. Vor allem angesichts der Sicherheit, mit der Colonnello Cosentino Generale Miglietta erklärt hat, daß er Millepiedi auf Grund seiner ersten Nachforschungen für glaubwürdig hielt.«

»Wissen wir«, fragte der Hohe Kommissar Melito mit einem Ausdruck, als wäre er jetzt auf das Schlimmste gefaßt, »worin diese Nachforschungen bestanden?«

»Vor ungefähr einer Woche«, antwortete Longhi, »bat Cosentino einen seiner Offiziere, den Tenente Romeo, nach Sizilien zu reisen, in die Stadt Millepiedis, um zu einer festgelegten Zeit an einem festgelegten Ort eine Frau zu treffen, die ihm ein geheimnisvolles Stück Papier aushändigen würde. Cosentino klärte Tenente Romeo darüber auf, daß es sich um einen persönlichen Gefallen handeln und er damit außerhalb des Schutzschildes der

Truppe agieren würde. Tenente Romeo willigte ein. Zur Verabredung kam die Frau, die wohl Millepiedis Zugehfrau sein muß.«

»Wie kommt es, daß dieser Tenente nicht daran dachte, seine Vorgesetzten in Kenntnis zu setzen?« Vernolas Ton war bereits eine Anklage gegen den Oberleutnant Romeo.

»Verehrter Ammiraglio«, sagte der Minister, »was in aller Welt soll das: Cosentino wurde von seinen Männern geschätzt, sie mochten ihn gern. Wenn zu der Zeit, als Sie noch Kapitänleutnant waren, Ihr Kommandant, zu dem Sie ein gutes Verhältnis hatten, dem gegenüber Sie eine aufrichtige Wertschätzung empfanden, Sie um einen persönlichen Gefallen gebeten hätte, hätten Sie ihm diesen Gefallen verweigert?« Der Minister schloß seine Bemerkung mit einem Lächeln ab, das jedoch den Schlag, den er dem Chef des Geheimdienstes versetzt hatte, nicht abmilderte.

»So ist es mehr oder weniger.« Longhi stimmte den Ausführungen des Ministers voll zu.

»Ich war bei der Zugehfrau von Millepiedi stehengeblieben ...« Longhi blickte auf die Uhr. »In diesem Augenblick müßte sie vernommen werden. Hoffen wir, daß dabei etwas herauskommt. Wir haben das Stück Papier gefunden, das die Frau Romeo übergab: Es befand sich im Safe des Colonnello. Es handelt sich dabei um die Rechnung eines Hotels in Stockholm, des Victory Hotels, ausgestellt auf einen gewissen Felice Paolucci, der dort vom 22. Februar bis zum 1. März 1986 gewohnt haben soll. In der vergangenen Nacht haben wir die drei existierenden Felice Paoluccis ausfindig gemacht. Keiner von ihnen ist jemals in Stockholm gewesen, alle drei wurden übrigens zu diesem Thema schon von einem phantomhaften Beamten des Tourismusministeriums befragt für eine Studie über organisierte Reisen. Im Ministerium versichert man, daß eine derartige Studie niemals ins Auge gefaßt wurde und man sich für niemand mit dem Namen Felice Paolucci je interessiert habe.«

Longhi schwieg, um mögliche Fragen zuzulassen.

Der Minister ergriff das Wort: »Ihre Schlußfolgerung?«

»Daß Cosentino es war, der dieser Spur nachging. Ich gehe in kleinen Schritten voran, aber ich habe den Eindruck, daß Millepiedi die Rechnung des Victory Hotels als Beweis dafür aufgehoben hat, daß er an dem Abend, an dem Palme ermordet wurde, unter falschem Namen in Stockholm war. Cosentino hatte herausgefunden, daß tatsächlich niemand mit dem Namen Felice Paolucci zwischen dem 22. Februar und dem 1. März in der schwedischen Hauptstadt war, und er war zu dem Schluß gelangt, daß Millepiedi zumindest in dieser Einzelheit die Wahrheit gesagt hatte. Wie Sie sich erinnern werden, sagte Colonnello Cosentino am Dienstag morgen zu Generale Miglietta, daß die ersten Nachprüfungen seinem früheren Klassenkameraden recht gaben.«

»Haben Sie Cosentinos Foto den drei Paoluccis bereits vorgelegt?« Bezzi Vegetti wunderte sich über seine eigene Frage.

»Leider haben die drei nur am Telefon gesprochen. Cosentino war viel zu überlegt, als daß er sich in einem direkten Gespräch zu erkennen gegeben hätte.«

»Ist das alles?« fragte Gardin.

»Nein. Das ist nur der Anfang. Allerdings würde ich es vorziehen, wenn Generale Miglietta die weiteren Ausführungen übernähme.«

Miglietta räusperte sich und holte aus der Aktentasche, die er neben seinem Stuhl abgestellt hatte, einen weißen Umschlag von mittlerer Größe. »Wie Sie wissen werden, ist bei dem Hinterhalt von Venaria außer Colonnello Cosentino und Giuseppe Millepiedi auch Signora Rebaudengo Eulalia, genannt Lia, getötet worden, achtunddreißig Jahre alt, Mittelschullehrerin für Humanfächer und bis zum letzten Jahr ...«, Miglietta unterbrach sich, setzte eine Brille auf und nahm aus dem weißen Umschlag ein maschinenbeschriebenes Blatt, das er kurz zu Rate zog, »Lehrerin der zweitältesten Tochter von Colonnello

Cosentino ... Giacinta Cosentino. Um genau zu sein, sie war Giacinta Cosentinos Lehrerin nur im vergangenen Jahr. Was eigentlich auch wieder nicht das vergangene Jahr ist, denn wir reden vom Juni dieses Jahres ...«

»Einzigartig die Bekanntschaft zwischen dem Colonnello und der Lehrerin«, sagte Andreolo, nicht zuletzt, um dem Wirrwarr von Monaten und Jahren zu entgehen, das seine Fähigkeit zur Synthese auf eine harte Probe stellte. »Wie viele von uns würden eine Person, die versteckt werden soll, in das Haus einer ehemaligen Lehrerin der Tochter bringen? Oder kannte er die Frau genauer?« Der Präfekt ließ seinen Blick herumwandern: Die eigentliche Frage, die er stellen wollte, ergab sich, ohne daß er sie aussprechen mußte.

»Wir haben nicht nach Gerüchten über eine mögliche Beziehung zwischen Colonnello Cosentino und einer der beiden Schwestern Rebaudengo gesucht.« Migliettas Antwort war knapp. »Jedenfalls wäre das der Aspekt, der uns am wenigsten angeht und interessiert.«

»Wollen wir zum Thema zurückkommen?« Longhi brach endgültig den Klatsch ab.

»Gut«, fing Miglietta von neuem an. »Der Körper von Lia Rebaudengo wurde etwa hundert Meter vom Haus entfernt gefunden, in Richtung ihres am Straßenrand geparkten Autos. Mit Hilfe der Fußspuren war es möglich, ihren Weg zu rekonstruieren: Lia Rebaudengo war aus einem Fenster auf der Rückseite des Hauses gestiegen, möglicherweise hat sie versucht, zu ihrem Auto zu gelangen, um Hilfe zu holen. Was ich Ihnen sage, ist durch einen eindeutigen Beweis belegt, der uns von der Schwester ausgehändigt wurde ...«

Wieder unterbrach sich Miglietta, um den Zettel zu Rate zu ziehen. »Die Schwester heißt Vera, die abgekürzte Form von Primavera, und auch sie ist Lehrerin ... für Mathematik in derselben Schule wie ihre Schwester Lia. Vera Rebaudengo hat uns einen Brief übergeben. Er stammt von Lia. Sie schrieb ihn, kurz bevor sie versuchte zu fliehen, und versteckte ihn im Bett der Schwester, unter den Decken. Ich lese ihn Ihnen vor.«

Es herrschte absolute Stille, während Miglietta in dem Umschlag herumhantierte. Der Brief war ein Stück liniertes Papier, das hastig aus einem Heft gerissen worden war. Die Schrift sah sehr klein aus.

»Meine geliebte Vera«, Miglietta hielt inne und räusperte sich. »Ich weiß nicht, ob ich noch einmal das Glück habe, Dir zu begegnen und Dich zu sehen. Ich habe nur sehr wenig Zeit, um Dir all die Gefühle zu erklären, die mich an Dich gebunden haben und die Du im übrigen genau kennst. O Gott, wieder zwei Schüsse ... Ich habe nicht den Mut, mich am Fenster zu zeigen, aus Angst, ich könnte Alberto und Peppe tödlich getroffen niedersinken sehen. Sie versuchen, den Wald zu erreichen, sie sind bewaffnet, doch die anderen sind mindestens zehn. Alberto hat mir Peppes Pistole gegeben, aber ich weiß nichts damit anzufangen. Meine geliebte Vera, ich habe das schreckliche Gefühl, daß ich, wenn ich im Haus bleibe, nicht mehr entkommen kann. Das sage ich weniger meinetwegen als vielmehr im Hinblick auf den Auftrag, den Alberto mir gegeben hat. Er hat mir zwei Fotos gegeben, die um jeden Preis zu Generale Miglietta gelangen müssen. Ich habe Angst, daß, wenn ich sie behalte, sie in die Hände dieser Mörderbande geraten, und dann wäre das Opfer von Alberto und Peppe umsonst gewesen. Ich vertraue sie Dir an, zusammen mit meiner ganzen Liebe. Gib Du sie an Generale Miglietta weiter, Du findest ihn beim Kommando in Turin. Du mußt ihm sagen, Alberto läßt ihm ausrichten, daß die beiden auf den Fotos Peppes Komplizen bei dem Attentat auf Palme waren. Ich schaudere, wenn ich daran denke, auf was für eine Geschichte wir uns da eingelassen haben: Wenn sie anders ausgehen würde, wäre sie vielleicht sogar amüsant, aber so ... Meine geliebte Vera, ich muß jetzt gehen: Ich versuche, jemanden zu erreichen, um Alarm zu schlagen. Vielleicht gelingt es mir ja noch, Alberto und Peppe zu retten. Seit ein paar Minuten höre ich keine Schüsse mehr... Ich umarme Dich mit aller Liebe der Welt, vergiß mich nicht. Für immer, Deine Lia.«

Miglietta war bewegt. Er rückte seine Brille zurecht. »Unter der Unterschrift folgt noch eine Zeile, folgende: ›Ich vergaß: Unten im Wohnzimmer steht eine braune Mappe mit Fotos, die bei den beiden war, ich hinterlasse sie Dir.‹

»Ist die Mappe gefunden worden?« fragte Gardin.

»Sie ist verschwunden«, sagte Longhi. »Offensichtlich haben die Killer sie mitgenommen. Auch wenn wir keine Einbruchspuren feststellen konnten, sind wir sicher, daß sie in das Haus eingedrungen sind.«

»Mithin wissen wir also nicht, um was für Fotos es sich handelt?« Melito setzte wieder sein resignierendes Gesicht auf.

»Und die beiden Fotos der mutmaßlichen Komplizen?« Der Minister zeigte sich ungeduldig. »Wie hat Cosentino sie gefunden?«

»Signor Ministro«, sagte Longhi, »wir haben eine Antwort auf alles ... fast alles. Bevor wir auf die beiden Fotos zurückkommen, die auf Grund des Opfers von Eulalia Rebaudengo zu uns gelangt sind, möchte ich gerne die Chronik der letzten achtundvierzig Stunden vervollständigen. Ich habe bereits Tenente Romeo erwähnt, der sich aus Freundschaft bereit erklärt hatte, nach Sizilien zu fahren, um die Rechnung des Hotels in Stockholm in Empfang zu nehmen. Nun, einige Tage nach dieser Reise wandte sich Colonnello Cosentino erneut an Romeo und bat ihn, eine absolut vertrauenswürdige Mannschaft aus Unteroffizieren zusammenzustellen. Ihnen gibt Cosentino Anweisung, Nachforschungen über alle verdächtigen Todesfälle männlicher Italiener zwischen fünfundzwanzig und fünfundfünfzig Jahren im In- und Ausland anzustellen.«

»Carlo, was meinst du mit verdächtigen Todesfällen?« Gardin hielt seinen Füllfederhalter in der Luft.

»Unfälle, unerklärbare Selbstmorde, Morde ohne Motiv und ohne Täter.«

»Für welchen Zeitraum?« Bezzi Vegetti sah ein internationales Durcheinander von gigantischen Ausmaßen sich abzeichnen.

»Vom 15. Oktober bis 10. November. Tenente Romeo hat uns gesagt, es sei eine Sklavenarbeit gewesen. Anfangs waren es 500 Fälle, die in Betracht gezogen wurden, dann wurden sie auf 327 und dann auf 153 vermindert. Von diesen haben sie jeweils ein Foto und eine kurze biographische Beschreibung beschafft. Tenente Romeo ist sich sicher, daß Cosentino gestern morgen die Mappe, von brauner Farbe, wie er präzisiert hat, mit den 153 Fotos und den Begleitzetteln bei sich hatte. Die arme Lia Rebaudengo weist darauf auch in ihrem Brief hin. Daraus leiten wir die Vermutung ab, daß Colonnello Cosentino die Fotos mit zu Millepiedi genommen und dieser seine Komplizen von Stockholm erkannt hat.«

»Vorausgesetzt, daß Millepiedi die Wahrheit gesagt hat.« Bezzi Vegetti fühlte sich verpflichtet, diese Bemerkung einzuwerfen. Die Sache nahm eine Wendung, die ihm nicht behagte. Mit den Deutschen, den Amerikanern, den Schweden, den Israelis würde er später verhandeln müssen und nicht diese Schreihälse, die bequem da herumsaßen und sich furchtbar wichtig nahmen. Bezzi Vegetti bohrte seinen Blick in den des Ministers, so als wären Vernola und die anderen überhaupt nicht anwesend. Bestenfalls waren sie dabei, in einem Riesenscheißhaufen herumzustampfen, wobei sie sich so besudeln würden, daß es für den Rest ihrer nutzlosen Tage ausreichte. »Ich habe die Rekonstruktion von Generale Longhi mit großem Interesse verfolgt, allerdings möchte ich unterstreichen, daß wir über einen Toten reden, der unsere Vermutungen niemals bestätigen oder dementieren kann. Ich möchte nicht, daß wir uns in eine Hypothese vergaffen und uns von ihr gefangennehmen lassen. Wie ich Sie auch bitten will, daran zu denken, daß Millepiedi, sofern er ein Provokateur oder ein Aufschneider war, leichtes Spiel gehabt hätte, zwei Leichen als Komplizen zu bezeichnen, die ihm niemals hätten widersprechen können.«

»Niemand von uns hat diese elementaren Vorsichtsmaßnahmen außer acht gelassen.« Gardin ließ seinen Blick auf der Suche nach Unterstützung über die anderen streifen.

»Generale Bezzi Vegetti«, sagte der Minister, »was würden Sie demnach vorschlagen?«

»Daran zu denken, daß wir uns auf vermintem Gelände bewegen, mit dem Risiko, alten Bündnissen einen Stoß zu versetzen oder, schlimmer noch, einen Aufruhr zu entfachen, den wir am Ende nicht mehr kontrollieren können. Malen wir uns ruhig alle möglichen Szenarien aus, aber bevor wir sie ernsthaft in Erwägung ziehen, müssen wir noch einen weiten Weg zurücklegen.« Bezzi Vegetti verstand immer noch nicht, weshalb man ihn herbestellt hatte, allerdings sah er äußerst klar, daß ihm aus alldem nur eine ganze Reihe von Scherereien erwachsen konnte, wie Ielpo es auch schon vermutet hatte.

»Ich danke dem Generale«, sagte Longhi mit leichter Ironie, »daß er uns an einige grundlegende Prinzipien unseres Berufs erinnert, hat und möchte ihn beruhigen, daß wir weder Chimären verfolgen noch auf Schlagzeilen aus sind. Was mich angeht«, und Longhis Stimme bekam einen Sprung, »hätte ich auch gerne auf die von heute morgen verzichtet. Dennoch ist es unsere Pflicht, nichts unversucht zu lassen. Drei Personen haben sterben müssen, damit diese beiden Fotos mit ihrem schrecklichen Geheimnis zu uns gelangen konnten. Wir müssen weitermachen. Und sei es nur aus Achtung vor diesen Toten.«

Longhi gab Miglietta ein kleines Zeichen, der aus dem weißen Umschlag die beiden Fotos zog, an denen je ein Zettel mit den biographischen Hinweisen befestigt war, die Cosentino und seine Mannschaft zusammengetragen hatten. Die Paßbildgesichter von Massimo Deodato und

Giorgio Valle gelangten in die Hand des Ministers und von ihm im Uhrzeigersinn zu Vernola, Gardin, Andreolo, Bezzi Vegetti und Melito. Jeder las Vor- und Nachnanen, Alter, Geburtsort, Wohnort, den Ort, an dem der Tod eintrat, die Ursache. Alle richteten ihre Aufmerksamkeit auf Longhi, um mehr zu erfahren.

»Deodatos Unfall«, erklärte Longhi auf eine Frage, die niemand gestellt hatte, »war äußerst merkwürdig. Er geschah am 23. Oktober. Deodato war auf dem Weg nach Bulgarien. Bei ihm waren zwei Freundinnen. Eine Urlaubs- und Arbeitsreise. Deodato war Journalist für ›Turismo 2000‹, eine Monatszeitschrift für Freizeitgestaltung. Die Direktion der Zeitschrift hatte ihm den Auftrag gegeben, neue Urlaubsziele am Schwarzen Meer ausfindig zu machen. Gleich hinter der jugoslawisch-bulgarischen Grenze wurde Deodatos Landrover von einem Sattelschlepper gerammt. Es gibt keine Zeugen, die bulgarische Polizei ist zu keinem Ergebnis gelangt. Soweit wir feststellen konnten, sind sowohl das Auto als auch die drei Insassen zerquetscht worden. Uns wurde gesagt, es habe Stunden und Stunden gedauert, bis die armen Körper herausgezogen und zusammengefügt werden konnten.«

»Mithin ist bei diesem Typen jede Vermutung möglich«, sagte Andreolo. »Und der andere?«

»Giorgio Valle ist am 28. Oktober während eines Marathonlaufs in New York gestorben. Der Arzt hat Tod durch Herzversagen attestiert. Wir warten darauf, daß die Justizbehörde uns die Genehmigung für eine Autopsie erteilt.«

»Rekapitulieren wir«, sagte Gardin. »Einer stirbt am 23. Oktober, der andere am 28. Oktober, und Millepiedi entgeht einem Raubüberfall oder auch einem Attentat in der Nacht vom 30. auf den 31. Oktober. Ist das richtig?«

»Ja, so ist es«, bestätigte Miglietta, der unbedingt wieder in den Kreis zurückkehren wollte.

»Jetzt ist es Ihnen vielleicht klar, weshalb ich Sie in aller

Eile hergerufen habe.« Der Minister übernahm wieder die Führung der Sitzung. »Wir müssen eine Wahrheit herausfinden, die möglicherweise explosiv sein kann ...«

»Vorausgesetzt, daß Millepiedi, als er noch lebte, Cosentino nicht an der Nase herumgeführt hat und nicht jetzt uns, noch im Tod, an der Nase herumführt.« Bezzi Vegetti beharrte auf seiner Sichtweise.

Der Minister drückte Mißbildung aus, und dann stahl ihm auch noch Melito die Zeit: »Aber das ist noch nicht alles«, sagte der Hohe Antimafia-Kommissar. »Wir dürfen nicht nur über Millepiedis Rolle nachdenken, sondern müssen uns auch die Frage stellen, ob Colonnello Cosentino aus uns unbekannten Gründen gemeinsam mit seinem früheren Schulfreund nicht in irgendwelche dunklen Geschäfte verwickelt war. Auch ich empfehle Ihnen, wie schon der Generale Bezzi Vegetti, äußerste Vorsicht.«

»Ich nehme an, daß niemand von uns als Umstürzler angesehen werden kann.« Der Minister sprach ziemlich barsch. »Ich bin daher sicher, daß jeder von uns bereit ist, mit größter Sorgfalt seine Pflicht zu tun.« Der Minister machte absichtlich eine Pause, er ließ die Augen von einem zum anderen wandern, ohne daß ihm Widerstand begegnete. »Ich mit meiner Person übernehme die Aufgabe, die Ermittlungen zu koordinieren. Die Carabinieri müssen mit aller Gründlichkeit der Fährte nachgehen, die Colonnello Cosentino zurückgelassen hat. Die Geheimdienste müssen mit ihren schwedischen Kollegen feststellen, ob Millepiedi und die beiden auf den Fotos von den Zeugen des Verbrechens an Palme wiedererkannt werden können. Die Guardia di Finanza und der Hohe Antimafia-Kommissar müssen den Faden rekonstruieren, der von Millepiedi aus nach Sizilien führt, vor allem zu diesem Leanza, den Millepiedi als den bezeichnet hat, der ihn angeworben hatte. Der SISDE untersucht das Privatleben der drei Felice Paoluccis.«

Als Gardin erneut den Namen Leanza hörte, beugte er sich über die Aktentasche, die er neben sich liegen hatte.

Der Minister wurde auf diese Bewegung aufmerksam und schwieg, um dem Kommandeur der Guardia di Finanza die Möglichkeit zu geben, etwas zu sagen, aber dieser war so sehr mit Suchen beschäftigt, daß er diese kleine Höflichkeitsgeste nicht bemerkte.

»Ich glaube zu verstehen«, fing der Minister wieder an, »daß dazu auch Kontrollen von Banken und Finanzierungsgesellschaften gehören, für die man in Abstimmung miteinander vorgehen soll, um zu vermeiden, daß man sich gegenseitig auf die Füße tritt und sich Unfreundlichkeiten sagt. Ich verlange absolute Zusammenarbeit. Die erste Antwort jedenfalls müssen uns die Schweden geben. Ammiraglio Vernola, veranlassen Sie, daß die drei Fotos schnellstmöglich nach Stockholm gelangen.«

»Schon geschehen, Signor Ministro.« Vernola lächelte. »Dank der vertrauensvollen Zusammenarbeit mit Generale Longhi ist einer unserer Leute bei Tagesanbruch mit einer Militärmaschine abgeflogen. Um die Mittagszeit, das heißt in zwei Stunden, rechnen wir mit einer Antwort. Allerdings mache ich mir keine großen Illusionen. Die zuverlässigste Zeugin ist Palmes Ehefrau, die sich oft in Widersprüche verwickelt hat, und ich halte sie für nicht in der Lage, uns eine endgültige Antwort zu geben. Denken wir jedenfalls daran, daß wir bei diesen Ermittlungen öfter auf verschlossene als auf weit offenstehende Türen stoßen werden. Die Ermordung Palmes steht im Zusammenhang mit großen internationalen Waffenschiebereien und mit dem Krieg zwischen dem Irak und dem Iran. Die damit verbundenen Interessen sind von gigantischen Ausmaßen und beziehen Länder und Industrien mit ein, die über jeden Verdacht erhaben sind. Erfüllen wir ruhig unsere Aufgabe bis auf den Grund, wie Sie es richtigerweise von uns gefordert haben, Signor Ministro, aber erwarten wir keine aufsehenerregenden Ergebnisse und lassen wir uns immer noch ein Hintertürchen offen.«

Vernola bemerkte, daß sich der Gesichtsausdruck des Ministers verfinstert hatte, und er zog seinen Joker aus dem Ärmel. »Ich habe Generale Bezzi Vegetti gebeten, an unserer Sitzung teilzunehmen, damit er als Verantwortlicher der Abteilung O diskrete Schritte bei den entsprechenden Abteilungen der ausländischen Geheimdienste in die Wege leitet. Die Abteilung O könnte eine Rolle von großer Bedeutung spielen: Sie verfügt über Geldmittel, Kontakte, die Möglichkeit, an Stellen zu gelangen, zu denen wir nicht einmal in halb offizieller Mission je hingelangen könnten. Sind Sie nicht auch dieser Meinung, Bezzi Vegetti?«

Ich tret dir in die Eier, antwortete Bezzi Vegetti im Geiste, der seine schlimmsten Befürchtungen Wirklichkeit werden sah. Vernola schob ihm den größten Reinfall des Jahrzehnts zu. Der Admiral würde auf der faulen Haut liegen und den Verkehr der stillen offiziellen Kontakte lenken, während ihm die Aufgabe zufallen würde, im Schlamm herumzustochern: Beim ersten Rauschen des Laubes würden sie ihn zum Sündenbock machen.

»Ich bin der Meinung, daß es sinnvoll wäre, sofort die offiziellen Stellen der obersten Ebene in Schweden miteinzubeziehen.« Bezzi Vegetti gab damit zu verstehen, daß er sich Vernolas Meinung nicht anschloß, ohne dies aber ausdrücklich zu sagen. »Sagen wir ihnen, was wir in der Hand haben, arbeiten wir in jeder möglichen Weise zusammen, aber sie sollten es sein, die die Sache klären. Uns betrifft sie nicht.«

»Ich wehre mich gegen die Abscheulichkeiten, die ich in dieser Runde zur Kenntnis zu nehmen gezwungen bin.« Gardin war mit strahlendem Gesicht aus seiner Sucherei wieder aufgetaucht. Vor sich hatte er einen kleinen Berg von Dokumenten aufgehäuft. »Aus der Erzählung von Generale Longhi zieht man den Schluß, daß die Ermordung Palmes von Italienern ersonnen und ausgeführt worden sein könnte. Wir haben die Pflicht, die Sache zu vertiefen, wie der Signor Ministro zu Recht und ausdrücklich angemahnt hat, und wenn nötig, haben wir die Pflicht, die Verantwortlichen der Justiz und der Geschichte zu überantworten. Jedem von uns bietet sich die einmalige Gelegenheit, die Verflechtung zwischen Mafia – denn mit Sicherheit hat sie ihre Hand im Spiel – und großem internationalen Schiebertum mitten ins Herz zu treffen. Wir können, wir dürfen uns das nicht aus übergroßer Vorsicht entgehen lassen.« Gardin hätte gerne noch etwas hinzugefügt, zog es aber vor, sich das für zuletzt aufzuheben.

»Ich weiß nicht«, sagte der Minister leidend, »zu welchen Ergebnissen wir gelangen werden, aber wir dürfen nichts unversucht lassen. Diese Angelegenheit könnte es uns ermöglichen, wieder ein Vertrauensverhältnis zu den Menschen herzustellen. Wir könnten zeigen, daß der Staat sein Gesetz durchzusetzen versteht, ohne vor irgendeinem Heiligtum haltzumachen. Wir könnten sogar zu der Schlinge der Mafia vordringen, die Sizilien erdrosselt und Italien bedroht.« Der Minister verfolgte den Traum, der erste zu sein, der der Schlange der Mafia das Haupt abschlägt. Ein Traum, der angesichts des Windes der vorgezogenen Wahlen, der über Rom wehte, und angesichts der halben Mißerfolge, die die letzte Phase seiner Amtszeit kennzeichneten, fast zur Notwendigkeit wurde.

»Wenn Sie, Signor Ministro, einverstanden sind«, sagte Vernola, »setzen wir die nächste Zusammenkunft für die Vorgehensweise auf 19 Uhr fest.«

Gardin kam dem Minister zuvor. »Vielleicht haben Sie, Signor Ministro, mit Ihrem Spürsinn ins Schwarze getroffen, als Sie uns die mögliche Verwicklung der Mafia angedeutet haben ...«

Alle dachten, daß es Gardin war, der als erster die Mafia ins Spiel gebracht hatte, aber sie taten so, als wäre nichts weiter.

»Ich habe einige Dokumente zu Rate gezogen«, fuhr Gardin fort, »die ich mitgebracht habe. Sie sind das Ergebnis äußerst diskreter Ermittlungen, die wir seit über einem Jahr über die aus dem Boden schießenden Treuhand- und Finanzierungsgesellschaften durchführen. Im Zeitraum eines Vormittags sprießen sie aus dem Boden, und niemand weiß, wer die wirklichen Gesellschafter sind, woher das Geld kommt, wohin die Gewinne verschwinden. Bei der dritten oder vierten Erwähnung des Namens Leanza habe ich mich erinnert, daß ich seinen Namen irgendwo schon einmal gelesen hatte. Ich habe meine Dokumente konsultiert und etwas gefunden.« Gardin setzte ein breites Lächeln auf. »Aus unseren Ermittlungen geht hervor, daß Leanza der stille Gesellschafter einer ganzen Reihe von Finanzierungsgesellschaften sein könnte, die hier und da in Italien entstanden sind, und dies gibt uns bereits eine andere Vorstellung von seiner Person. Danach wäre er durchaus nicht nur ein kleiner Wucherer aus der Provinz. Und darüber hinaus: Wir sind überzeugt, daß Leanza der Strohmann von Bellomio gewesen ist, von Gesualdo Bellomio ...« Gardin sprach mit kalkulierter Langsamkeit jede Silbe des Vor- und Nachnamens einzeln aus. »... Und jeder von uns hat schon mindestens einmal mit diesem Mann zu tun gehabt.«

Der Minister hatte das, um die Wahrheit zu sagen, nicht, aber er hielt es für angebrachter, darüber hinwegzugehen.

»Und wenn Bellomio«, fuhr Gardin fort, »der ist, für den viele von uns ihn seit Jahr und Tag halten, verdüstert sich das Bild immer mehr.«

Melito fühlte, wie sein Magen zu einem Eisklumpen wurde. Wie würde er seine Anwesenheit beim Fest zum fünfzigsten Hochzeitstag von Gesualdo Bellomio vor wenigen Abenden rechtfertigen können? Sollte er es gleich sagen und auf die Nachsicht des Ministers hoffen? Oder sollte er offizielle Gründe vorschieben?

Bezzi Vegetti hätte jeden Preis bezahlt, um sein Verlangen zu befriedigen, Leo Levy mit eigenen Händen erwürgen zu können. Ihm war klar, daß er in einer Falle saß und nichts zur Verfügung hatte, womit er da wieder herauskam. Er hätte sagen müssen, daß Bellomio in eine andere Geschichte verwickelt ist, statt dessen sagte er nichts: Er hatte einen viel zu großen Schaden aufgetürmt, als daß eine derartige Enthüllung keinen Argwohn erregen würde. Wer hätte ihm abgenommen, daß er in gutem Glauben handelte, als er einen Pakt wie den mit Levy geschlossen hatte? Die Hyänen vom Schlage Gardins wären gegen die Handlungsfreiheit angegangen, die dem Vertreter eines ausländischen Geheimdienstes eingeräumt worden war. Was kümmerten sie die nicht geschriebenen Vereinbarungen, die die Abteilung O einhalten mußte, wenn sie überleben wollte? Was wußten sie schon von den bisweilen sogar demütigenden Wegezöllen, die er zahlen mußte, um im Gegenzug vier Dollar und die eine oder andere Information aus dritter Hand zu bekommen? Andere hatten die Abteilung O geschaffen, und er, er hatte sich aus reiner Dienstauffassung hergegeben, sie zu leiten, schließlich mußte es jemanden geben, der sie leitete. Und er konnte sehr wohl für sich in Anspruch nehmen, es getan und dabei immer das Gemeinwohl im Auge behalten zu haben, wobei er immer darauf achtete, Feuer zu löschen, statt sie zu legen. Und jetzt sollte er für alle bezahlen? Bezzi Vegetti überlegte, ob es zufällig irgendwo eine für ihn günstige Kehrseite gab, mußte aber einsehen, daß sich, bevor er nicht die Schiffe mit den Waffen festgesetzt hätte, alles gegen ihn richtete. Diesmal konnte ihn nur ein spektakulärer Erfolg im Sattel halten. Aber wie viele Tage waren es noch bis zu dem Ereignis? Er würde sich erneut mit Levy messen müssen, und bei diesem Gedanken ging es ihm noch schlechter. Er setzte sich der Gefahr eines Infarktes aus, als unter den vielen Hypothesen, die ihm durch den Kopf gingen, die auftauchte, daß die mutmaßliche Verschiebung von Waffen aus Schweden in den Irak auf dem Weg über Italien nur vorgetäuscht sei. Vielleicht hatten die dreimal verfluchten Zionisten sie selber angezettelt, um Bellomio ohne weitere Komplikationen liquidieren zu können. Der Mossad hatte seine Pranken in so vielen Schweinereien, daß er sie sehr wohl auch in der Ermordung von Palme stecken haben konnte.

Der General verließ den Saal mit einer fixen Idee: Er würde Levy wirklich eigenhändig erwürgen, das schwor er bei der guten Seele seiner seligen Mutter.

XIX

Die Phasen, in denen die Wolken die Sonne bedeckten, dauerten länger als die Phasen, in denen sich die Sonne von der grauen Decke befreite und ein paar schüchterne Strahlen auf den Hauptplatz von Mendrisio fallen ließ. Der Dottore trug eine große Brille mit schwarzen Gläsern und haßte seine Augen, weil sie ihn zwangen, sich einer Vorschrift zu unterwerfen, ihn, der sein ganzes Leben lang damit angegeben hatte, daß Ratschläge und Empfehlungen ihn einen Dreck scherten. Er ging seit ungefähr einer Viertelstunde auf und ab, und Wut kochte in ihm hoch: Wo hielt sich Armenise versteckt? Und wer war er überhaupt? Die Frage irritierte die Seite im Dottore, die an diesem Nachmittag keine Grübeleien mochte. Die andere Seite dagegen bohrte hartnäckig weiter: Was wußte er eigentlich von Ingenieur Filippo Armenise? Seit ungefähr zehn Jahren machten sie Geschäfte, gute Geschäfte; der Ingenieur zeigte sich immer freundlich und nach außen hin immer ergeben. Und was, außer diesen guten Manieren, sprudelte sonst noch in ihm? Würde er seine Hand für Armenise ins Feuer legen?

Bei ein paar Gelegenheiten hatte er sich die Mühe gemacht, ihn überprüfen zu lassen: Armenise hatte diese Überprüfungen bestanden. Aber eigentlich blieb er ihm völlig fremd. Diesem völlig Fremden hatte er allerdings den Auftrag anvertraut, ihn in die große internationale Finanzwelt einzuführen, und nicht nur das. Aber hatte Christus nicht dem Judas getraut, und hatte er selbst nicht Don Salvatore getraut, der fähig war, sich gegen ihn zu wenden, und das für so ein Nichts wie Millepiedi? Einer, der weniger wert war als der unbedeutendste Stein auf dem Grund des Meeres.

Beim Gedanken an Millepiedi fuhr er mit der Hand in

die Jacke seines zuckertütenfarbenen Dreiteilers. Die Fotos waren da, wo sie sein sollten. Er richtete den Kopf wieder auf und sah am Ende der Piazza Armenise auf sich zukommen. Er war aus einem Bentley gestiegen: Jemand im Inneren des Wagens machte die Tür wieder leise zu und fuhr zum gegenüberliegenden Bürgersteig.

Armenises rechte Hand war verbunden, außerdem humpelte er, gestützt auf einen schönen Gebirgsstock. Der Dottore ging langsamer, bis er ganz stehenblieb. Er wandte den Kopf leicht dem Berg zu, der hinter Mendrisio aufragte, aber er bemerkte ihn nicht einmal.

Sie mochten wohl zwanzig Jahre alt sein, vielleicht jünger. Ihre Kleidung, ihr Verhalten war genau so wie bei all ihren Altersgenossen: Tennisschuhe, verträumter Gesichtsausdruck, Jeans, Walkman, eine Gehweise, die dem Rhythmus der Musik folgte. Sie waren beide viel zu sehr in ihr Paradies vertieft, als daß sie auf den alten Mann geachtet hätten, der humpelte und in die andere Richtung ging. So rempelten sie in perfekter Gleichzeitigkeit gegen Armenise, doch dank ihrer wendigen Körper gelang es ihnen irgendwie, ihn noch mit den Armen aufzufangen und den Sturz abzufedern. Armenise fiel nach hinten. Als der Chauffeur des Bentley herbeigelaufen kam, waren die beiden schon dabei, Armenise wieder aufzurichten, nachdem sie ihn abgetastet hatten, um sicherzugehen, daß er sich nichts gebrochen hatte. Armenise klopfte sich den eleganten, mit Pelz gefütterten Lodenmantel ab, brachte den weichen Hut in Ordnung und ließ mit einem nachsichtigen Zeichen seines Kopfes die beiden los, die sich gleich wieder dem aus dem Walkman strömenden Zauber überließen. Sie wiegten sich erneut, doch das hinderte den größeren der beiden nicht, sich zu Armenise umzudrehen und die rechte Hand zu einem eindeutigen Zeichen der Entschuldigung zu heben.

Ingenieur Armenise merkte das nicht einmal: Mit einem Anflug von Sorge betrachtete er seinen robusten Gebirgsstock.

Dagegen merkte es der Dottore, der die gesamte Szene mit seinen schmerzenden Augen beobachtet hatte, ohne daß ihm auch nur ein Detail entgangen war. Seine Augen begannen zu tränen. Er konnte sie nur mit Mühe offenhalten: Er spürte den Schmerz von tausend Stichen. Die auffälligen dunklen Gläser waren völlig unnütz: Am liebsten hätte er sie unter seinen Füßen zertreten, wenn er sich nicht so geschämt hätte, seine armen, geröteten, nassen Augen zu enthüllen. Die Augen des alten Mannes, der er war und der zu sein er so widerlich fand.

Die Bewegung mit der rechten Hand bedeutete, daß alles in Ordnung war. Die beiden ebenso zerstreuten wie fürsorglichen Jungen waren Teil der Inszenierung, die der Dottore auf die Beine gestellt hatte, um unliebsame Überraschungen aller Art auszuschließen. Ihn hatte die eigentümliche Verabredung erstaunt, die Armenise ihm auf der Piazza eines kleinen unbekannten Dorfes vorgeschlagen hatte, statt im geliebten Campione, in einem der üblichen, zwei Schritte vom Casino gelegenen Restaurants. Der Dottore witterte eine technische Falle, um das aufzunehmen, was er und Armenise sich zu sagen hätten, doch angesichts der Notwendigkeit, daß man auf jeden Fall in Aktion treten müsse, war er vorsichtshalber auf Nummer Sicher gegangen. An einem Donnerstag Ende November hatte man noch nie so viele Touristen gesehen – und würde sie auch nie wieder sehen. Wenigstens dieses Mal war Rechtsanwalt Midolo wirklich tüchtig gewesen. Er hatte die Café-Bar, die Straßen, Gassen, Plätze und Dächer seit dem Morgen mit Menschen überfluten lassen. Als er die Grenze bei Chiasso überschritt, hatte der Dottore die Garantie, daß ihn nichts Unangenehmes in Mendrisio überraschen würde. Die letzte Überprüfung war von den beiden Jungen mit dem verträumten Gesichtsausdruck vorgenommen worden, die Armenise angerempelt und ihn innerhalb weniger Sekunden von Kopf bis Fuß kontrolliert hatten. Ihre Hände hatten keinerlei ungewöhnlichen Gegenstand an Ingenieur Armenise feststellen können. Die Metalldetektoren in ihren Walkmen hatten bestätigt, daß Armenise nichts als seine Kleider am Körper trug. Die Bewegung der rechten Hand, die für alle eine Bitte um Entschuldigung war, gab in Wirklichkeit grünes Licht. Hätten sie auch nur den geringsten Zweifel gehabt, hätten sie die linke Hand hochgehoben.

Der Dottore ging mit ausgebreiteten Armen auf Armenise zu und setzte eine Miene des Bedauerns über den unvorhergesehenen Zwischenfall auf. Jede Einzelheit sagte ihm, daß er Armenise vertrauen konnte, aber er träumte davon, es wäre bereits der 1. Januar, er wäre fern von allem und allen, nur damit beschäftigt, die Börsenkurse zu verfolgen.

»Waren diese beiden kleinen Arschlöcher Ihr Werk?«

Der Dottore war von Armenises Ton überrascht. In den zehn Jahren, die er ihn nun schon kannte, konnte er sich nicht erinnern, ihn so wütend und so wenig auf Form bedacht erlebt zu haben, daß er sogar die üblichen Begrüßungshöflichkeiten überging.

»Aber, Ingegnere, haben Sie sie noch alle? Ich bin es schließlich, der Argwohn hegen sollte, und da kommen Sie und stellen mir Fragen? Wann hätten wir uns je auf einer öffentlichen Piazza getroffen, vor den Augen aller?«

»Sie haben mich zu Boden geworfen und die Gelegenheit genutzt, auch noch meinen Schwanz zu befummeln. Was haben Sie befürchtet? Daß ich irgendeine mysteriöse Waffe bei mir hätte oder was sonst?«

»Ich verstehe Sie wirklich nicht. Ich habe Ihnen immer vertraut, und das wissen Sie auch.«

Armenise zeigte seine Unduldsamkeit, indem er mit der Schulter zuckte: Er ging vor dem Dottore her, fast so, als wollte er sich nicht mehr mit ihm unterhalten. Auch der Jude hatte ihn nach den Gründen für diese Verabredung auf einer Piazza gefragt, und er hatte ihm geantwortet, daß er sich so sicherer fühle. Und das stimmte. Seit der israelische Geheimdienst Teil des Spiels geworden war, kam ihm jeder Tag wie dem Tod entrissen vor. Und auch die Helvetische Konföderation hatte nicht mehr das Verführerische, das ihn 1980 veranlaßt hatte, sich hierher zu flüchten. Er hatte sich von seinem Rechtsanwalt immer wieder sagen lassen, mit wieviel Monaten Gefängnis er rechnen müsse, wenn er sich den italienischen Behörden stelle. Die Angst vor dem Gefängnis wetteiferte mit seiner Angst vor den Sizilianern, den Irakern, den Schweden und ihren deutschen Genossen; mit der Angst, wann sie sich zu fragen beginnen würden, wen er verraten habe. Und dieser Jude mit dem so harmlosen Aussehen und der so unverhohlenen Bösartigkeit jagte ihm blankes Entsetzen ein. Er war in sein Leben eingedrungen und drohte damit, nicht mehr aus ihm zu verschwinden. Doch Armenise hatte nicht die Gerichte und nicht die Urteile von Leuten seines Schlages vermieden, um jetzt das gefügige Werkzeug eines vom Satan besessenen Zionisten zu werden.

Er hatte die Dokumente über zehn Jahre seiner Vermittlertätigkeit und seiner Geschäfte katalogisiert und in einen Koffer verstaut: Da war nicht eine Nation, nicht eine Holding, die sich nicht seiner Dienste bedient hätte. War es möglich, daß jetzt keiner in der Lage war, ihm zu helfen, nachdem er den anderen bei jeder sich bietenden Gelegenheit geholfen hatte? Sie nannten es Spielregeln, in Wirklichkeit handelte es sich um ein ständiges Spiel mit den Regeln, um sie auf die eigenen Bedürfnisse zurechtzubiegen. Das Gesetz des Dschungels war da viel ehrlicher. Liebend gern wäre Armenise zur Entdeckung einer neuen Welt aufgebrochen: Aber wo fand man sie?

»Was ist mit Ihrer Hand passiert?« Der Ton des Dottore klang versöhnlich.

»Mir ist das Messer ausgerutscht, als ich eine Gurke in der Küche in Scheiben schneiden wollte.«

»Und wozu der Stock?« Es gab zu vieles, das nicht so war wie sonst, als daß der Dottore nicht nachgeforscht hätte.

»Ein Arthroseschub. In unserem Alter sind wir jeglicher Art von Unbill ausgesetzt.« Armenise hatte die Nächte damit zugebracht, nach den unzähligen Feindschaften und den wenigen Freundschaften zu suchen, um den Schlüssel zu finden, der es ihm erlauben würde, eine undurchschreitbare Tür zwischen sich und den anderen zu schließen. Er hatte sogar die Möglichkeit erwogen, sich Bellomio anzuvertrauen. Doch selbst, wenn der sich auf seine Seite gestellt hätte, welchen Schutz hätte er ihm bieten können? Die Erde war schon klein und feindselig genug für das Geschlecht der Bellomios geworden, ganz zu schweigen also von den Verbündeten der Bellomios.

Der Dottore hatte ein kleines Fotoalbum aus Plastik in der Hand, eines von denen, die man an den Ständen der Wochenmärkte fand.

»Ich habe etwas für Sie«, sagte er tonlos.

Armenise stützte sein Gewicht auf den Stock und streckte die verbundene Hand aus. Bevor er das ungewöhnliche Geschenk in die Tasche seines Lodenmantels steckte, wägte er es in der Hand. Er nahm sich nicht einmal die Zeit, es zu öffnen. Er begab sich zu seinem Bentley, und der Dottore begriff, daß er ihm folgen sollte.

Wir geben ein schönes Paar ab, murmelte der Dottore: Er humpelt und hat eine verbundene Hand, ich mit dunkler Brille wie der Blinde von Sorrent. Fehlt nur noch, daß uns ein Kind hinterherhüpft.

Es gab keine Kinder, und die Anwesenden schienen nur Augen und Sinn für den fernen Streifen des Sees zu haben, auf dem das Licht allmählich verschwand.

Armenise setzte sich auf den Rücksitz des Bentley und lud den Dottore ein, ebenfalls dort Platz zu nehmen.

»Na, dann schauen wir mal«, sagte Armenise und blätterte das kleine Album durch. »Ob wir als Tote wohl auch so häßlich aussehen werden?«

»Wieso? Glauben Sie, als Lebende wären wir schön?«

»Sagen wir interessant ... Wer ist der hier?«

»Giorgio Valle. Unter dem Foto ist der ärztliche Totenschein.«

Armenise holte das Blatt heraus und las die ersten Zeilen. »Was tat er in New York?«

»Er nahm an einem Marathonlauf teil.«

»Ich habe immer gewußt, Sport ist Mord.« Armenise lachte, der Dottore verzog keine Miene.

»Unsere Freunde gingen gern auf Reisen. Der andere hier nach Bulgarien ... Das ist nicht gut ausgegangen. Das Gesicht ist fürchterlich.«

»Das übrige ist noch schlimmer.«

»Ist das der, der gestern in der Zeitung war?« Armenise klopfte mit dem Finger auf Millepiedis Gesicht herum.

»Ja.«

»Eine schöne Bescherung das mit dem Colonnello der Carabinieri.«

»Wir haben schon Schlimmeres durchgestanden.«

»Können wir ausschließen, daß es Folgen geben wird, daß Ihnen beispielsweise niemand gefolgt ist?«

Der Dottore setzte die Brille ab und richtete seinen Blick auf Armenise. Er biß vor Schmerzen die Zähne zusammen. »Wir haben unseren Teil erfüllt, jetzt sind Sie und Ihre Freunde dran.«

»Ich sehe den ärztlichen Totenschein für diesen letzten hier nicht.«

»Er ist nicht dabei. Wir haben ihn noch nicht erhalten. Genügen die Zeitungsartikel nicht?«

»Hochverehrter Bellomio, ich spreche nicht für mich. Ich spreche für die anderen, das sind Moslems, die haben andere Gebräuche als wir. Sie sind so sehr an das Böse gewöhnt, daß sie glauben, daß alle es mit der gleichen Verbissenheit wie sie selbst verfolgen.«

Armenise klopfte mit der Hand auf die Schulter des Chauffeurs.

»Jean, wärst du wohl so freundlich und würdest mir das Päckchen reichen, das du ins Handschuhfach gelegt hast?«

Eine orangefarbene Schleife hing daran, die Armenise vorsichtig aufschnürte. Das Papier stammte aus einer

Konditorei in Genf: Drinnen waren keine Süßigkeiten, sondern eine Reihe von Fotos, die mit Infrarotkamera aufgenommen worden waren. Armenise hob eines nach dem anderen hoch, so, als wollte er den Inhalt noch einmal durchgehen.

»Zugegeben, ein paar Jahre sind inzwischen verflossen, doch die Gesichter müßten identisch sein. Dieser Trottel hier dürfte der letzte sein, der, der in den Zeitungen war.«

Armenise wandte sich an den Dottore, der sich leicht zu dem Foto heruntergebeugt hatte. Das war mit Gewißheit Millepiedi, abends aufgenommen, im Inneren eines Autos. Und als er diese Einzelheiten mit dem in Verbindung brachte, was Armenise über die inzwischen verflossenen Jahre gesagt hatte, kam er zu dem Schluß, daß Millepiedis Foto auf die Nacht des Attentats auf Palme zurückging. Irgend jemand hatte Millepiedi und die anderen fotografiert, während sie auf dem Weg waren, den schwedischen Premierminister umzubringen.

»Wo kommen die her?« fragte der Dottore, dem alles schwarz vorkam, obgleich er die dunkle Brille abgenommen hatte.

»Unsere Freunde haben sie mir zur Verfügung gestellt, damit ich feststellen kann, ob in Ihrem Geschenkpäckchen auch die richtigen Geschenke sind. Also, was sagen Sie? Ist das der aus den Zeitungen?«

Armenise wartete diesmal die Antwort nicht ab. Er öffnete das kleine Fotoalbum und suchte Millepiedis Foto heraus. Er legte die beiden Fotos nebeneinander, betrachtete sie von vorne und von der Seite, danach konzentrierte er sich mit einem Ausdruck des Zweifels auf die beiden anderen. Auf den Fotos von Stockholm wirkte Deodato unbeirrbar. Er war vor allem im Profil aufgenommen worden, nur eines zeigte ihn von vorn, er hielt das Lenkrad zwischen den Händen und zeigte größte Gleichgültigkeit. Valle täuschte Härte vor, der Unterkiefer war nach vorn geschoben, seine Haltung war aufrecht. Die perfekte Schärfe der Fotos machte deutlich, daß sie nicht in Bewegung aufgenommen worden waren. Wahrscheinlich während der Haltemomente an Ampeln und Kreuzungen. Aus einem anderen Auto oder sogar von einem eigens dort geparkten. Eine so perfekte Organisation, daß die schlimmsten Befürchtungen des Dottore noch übertroffen wurden.

»Also gut«, sagte Armenise. »Das hier ist der Zermalmte und das hier der, der durch den Sport umgekommen ist. Soweit es mich betrifft, ist jedes Versatzstück an seiner Stelle. Operation abgeschlossen. Ich werde die Fotos sofort an unsere Freunde weiterleiten. In jedem Fall bin ich autorisiert, Ihnen unverzüglich die Sie betreffenden Anweisungen zu geben. In sechsunddreißig Stunden, das heißt in der Nacht von Samstag auf Sonntag, wird ein Containerschiff unter norwegischer Flagge in den Hafen von Genua einlaufen, wo zur Abwechslung mal wieder ein Streik der Hafenarbeiter im Gange ist . . .«

»Der Name des Schiffes?«

»›Rosemunde‹. Ich sprach vom Streik: der führt dazu, daß das Löschen der Kisten mit den Disketten nicht erfolgen kann. In Genua wird das Schiff aufgefordert, einen anderen Hafen anzulaufen, und es wird auch ein Inspektionsprotokoll der Guardia di Finanza ausgehändigt, welches bestätigt, daß sich in den Kisten wirklich das befindet, was auf den Begleitpapieren angegeben ist. Das Schiff fährt nach Livorno weiter. ›Rosemunde‹«, und hier konnte Armenise ein Lächeln nicht unterdrücken, »läuft in den Hafen ein. Die Kisten werden im Lager der Brüder Bronzetti deponiert. Sie müssen Montag nachmittag dafür sorgen, sie von dort wegzuschaffen. Natürlich gehen die Kisten nicht nach Borgomanero, sondern, wie wir bereits gesagt haben, nach Neapel, nachdem Sie, mit einem Schlag des Zauberstabes, die Disketten während der Überfahrt in italienische Haushaltsgeräte umgewandelt haben, die ein Unternehmen in Istanbul gekauft und Ihren Schiffen anvertraut hat. Kisten, Begleitpapiere: Haben Sie bereits alles beschafft?«

»Keine Sorge.«

»Wie viele Schiffe werden Sie einsetzen?«

»Nach der Ladung, die Sie mir beschrieben haben, haben wir ausgerechnet, daß zwei ausreichend sind.«

»Und wenn sie nicht ausreichen sollten?«

»Sie reichen aus.« Der Dottore sagte das unwirsch.

»Ich würde es vorziehen, daß die gesamte Ladung im Schiffsraum ist und nicht sichtbar an Deck. Das Mittelmeer ist in diesem Augenblick belebter als die Piazza Navona am Sonntagmorgen. Flugzeuge und Hubschrauber überfliegen es ständig und werden bei der kleinsten Kleinigkeit argwöhnisch.«

»Wollen Sie mir beibringen, wie das zu tun ist, was ich seit zwanzig Jahren mache?«

»Wir können uns verabschieden, mir scheint, daß es nichts mehr zu sagen gibt, zumindest für den Augenblick. Wenn Sie die Ladung im Hafen von Istanbul abgeliefert haben, rufen Sie mich an, dann werden wir uns um den Teil des Geschäftes kümmern, der Ihnen am meisten am Herzen liegt.« Armenise legte seine Hand auf den Arm des Dottore, um das alte Bündnis zu beschwören.

»Und die Fotos?« Der Dottore blickte finster.

»Welche Fotos?«

»Ihre.«

»Wollen Sie sie?«

»Ich will die Negative.«

»Das scheint mir äußerst schwierig.«

»Damit hätten Ihre Freunde immer etwas in der Hand, womit sie mich erpressen könnten.«

»Wie Sie ihnen gegenüber, denn ich denke doch, daß auch Sie dafür gesorgt haben, die drei Fotos, die Sie mir gegeben haben, vervielfältigen zu lassen, sofern Sie nicht die gesamte Serie besitzen. Man wird doch nicht grundlos der Dottore.«

Der Dottore machte Anstalten, aus dem Bentley zu steigen.

»Schade, daß Sie sich nichts aus Karten machen«, sagte

Armenise. »Wenn Sie es täten, und dann vor allem aus Poker, wüßten Sie, daß es keine Kombination gibt, mit der man in der Lage wäre, immer zu gewinnen: denn auch ein *Royal Flush* aus Herzen bis zum As kann geschlagen werden. Das ist das Schöne am Poker und am Leben. Wie dem auch sei, lieber Bellomio, vergällen wir uns nicht das Blut, denken wir lieber, daß wir beide weiter gewinnen werden. Es würde mir gefallen, bei der Gründung der Bellomio International dabeizusein. Wenn Sie mich anrufen und mir sagen, daß die Haushaltsgeräte in der Türkei eingetroffen sind, könnten wir uns über einen gemeinsamen Urlaub verständigen. Luxemburg, Monte Carlo, Liechtenstein: Wir werden eine Rundreise dahin machen, wo alle Freunde sind.«

Als er zu dem Wagen ging, der ihn nach Italien zurückbringen würde, dachte der Dottore, daß er sich bei seinen Feinden wohler fühle.

Levy bewegte Arme und Beine, um gegen die Kälte anzukämpfen, doch die Kälte hatte sich an seiner Haut festgesetzt. Und zusätzlich zur Kälte mußte man die Rechnung auch noch mit der Feuchtigkeit machen, die ihm in die Knochen drang. Und als ob Kälte und Feuchtigkeit noch nicht ausreichen würden, stieg ihm der Geruch des Meeres in die Nase, den Abfall und Unachtsamkeit zu Gestank hatten verkommen lassen. Levy roch an seinem Regenmantel, um herauszufinden, ob der Gestank ihn bereits durchdrungen hatte. Es sah nach Regen aus, und als Schutz hatte er lediglich ein baufälliges Dach in einer der Gassen, die auf den Kai vom Ponte Libia im Hafen von Genua führte. Es war vier Uhr morgens, und die »Rosemunde« schaukelte weniger als dreihundert Meter von ihm entfernt auf dem Wasser. Vor einer Stunde hatte sie angelegt, an Bord waren nur die Standlichter eingeschaltet. Es war eines der größten Containerschiffe, das er je gesehen hatte. Man hatte ihm erklärt, daß es auf der anderen Seite des Hafens hätte anlegen sollen, wenn die

Hafenarbeiter nicht gestreikt hätten; doch in dieser chaotischen Situation ...

»Achtung ...« Menachem Bronsteins Stimme drang in Levys Ohr und riß ihn aus seinen bitteren Gedanken über Klima, Gestank und »Rosemunde«, die an einer Stelle lag, wo sie nicht hätte liegen sollen.

»Ein Mann kommt die Gangway herunter. Er blickt verstohlen nach rechts und links ... auch wenn er das nicht zeigen will ... Er hat ein ziemlich großes Paket unter dem Arm, es könnte eine kleine Kiste sein.«

Und wer ist das? Was will er? Levy fragte sich, ob sich mit allem übrigen auch sein Gehirn zusammenziehen würde. Seit ein paar Tagen hatte er Schwierigkeiten, Schritt mit den Ereignissen zu halten. Er hatte sich vorgestellt, sie würden mehrere Handelsschiffe verwenden, statt dessen war dieses riesige Containerschiff aufgetaucht. Auch die Anlegestelle war eine andere: nicht mehr eine der Buchten in der Nähe von Talamone, die schon zu Zeiten der Waffenschiebereien zwischen 1984 und 1986 ausprobiert worden waren, sondern Livorno via Genua. Der Zwischenaufenthalt im wichtigsten Hafen des Mittelmeers hatte ihn durcheinandergebracht. Hatte die »Rosemunde« am Ponte Libia nur wegen des Streiks der Hafenarbeiter festgemacht oder weil der Plan, sei er nun alt oder neu, es so vorsah? Wer würde die Gewähr dafür übernehmen, daß nach Genua die Ladung in Livorno an Land gehievt wird? Und wirklich am Sonntag morgen, das heißt in wenigen Stunden, vor aller Augen?

Dieser schleimige Typ von Ingenieur Armenise, der sogar noch sich selbst verraten würde, hatte gesagt, daß kein Grund zur Sorge bestehe. Die Iraker seien eben so, änderten die Pläne im letzten Augenblick, und zwar mehr, um ihre Teilhaber zu beeindrucken als aus wirklichen Sicherheitsgründen. Doch Levys Meinung nach stimmte die Rechnung nicht.

»Der Mann ist jetzt auf dem Kai. Ran wer dran ist.«

Levy spürte, daß Bronstein Hals über Kopf vom Dach der Halle herunterkam, auf dem er sich postiert hatte, um bessere Sicht zu haben. Die Sicht, die ihm fehlte, mit all den Kränen, die den Kai verstellten.

»Tretet mit dem Mann auf keinen Fall in Kontakt«, Levys Befehl durch das Mikrophon klang endgültig. »Berichtet über jede Bewegung, doch haltet ausreichenden Abstand. Denkt daran, höchstwahrscheinlich sind irakische Agenten in der Nähe. Nicht auszudenken, wenn sie uns sähen.«

Aber wo zum Teufel könnten sie stecken? Levy schien es unmöglich, daß eine so riesige Ladung nicht ein Mindestmaß an Schutz erhielt. Es sei denn, die Italiener würden sich um ihren Schutz kümmern ... Er sagte Italiener, aber er hätte genausogut Deutsche, Sowjets, Amerikaner, Mexikaner sagen können. Und doch gehörte er einmal, und das über zwanzig Jahre lang, zu ihnen ...

»Der weiß nicht einmal, wo er hingehen soll ...«

Levy erkannte die Stimme nicht, aber er kannte auch nur ein paar von den zehn von Bronstein für die Mission Angeworbenen. Und die Mission schloß Genua und Orbetello ein. Tel Aviv stellte keine Männer mehr, im Gegenteil, sie verlangten eine täglich steigende Zahl als Begleitschutz, für Personenschutz, für Sonderaufträge. Levy hatte Schwerarbeit leisten müssen, um die Abteilung B (die die Stellungen in Italien, Österreich und Deutschland umfaßte) davon zu überzeugen, daß diese Mission alle Aufmerksamkeit verlangte und möglicherweise absoluten Vorrang hatte. Sie erweise sich, hatte er seinen Leuten gesagt, als eine äußerst schwierige Operation, deren Entwicklung niemand vorhersehen könne.

Levy pflegte alle durch Erfahrung vorgesehenen Zweifel, und der eine und andere wurde ihm durch eine zweitausendjährige Verfolgung eingegeben. An geraden Tagen kam es ihm plausibel vor, daß Armenise, die schwedischen Waffenschieber und die irakischen Agenten sich zusammengetan hatten, um Bagdad mit Waffen zu versorgen. An ungeraden Tagen kam ihm dieses Schiebergeschäft wie ein ungeheuerliches Ammenmärchen vor, und dann quetschte er alle seine Sinne aus, um die richtige Fährte zu erwittern. Doch die einzige Fährte war die Route, von der die anderen meinten, sie könnten sie benutzen, um das Embargo zu umgehen.

Im schlimmsten Fall, tröstete sich Levy, werden wir sie ihnen für die Zukunft kaputtmachen. Und er ging noch einmal die lange Reihe großer und kleiner Komplizenschaften durch, die offengelegt werden sollten, bevor er sie Bezzi Vegetti zum endgültigen Stutzen anvertraute. Wie wütend der Generale war bei dem Gespräch, das sie vor weniger als vierundzwanzig Stunden in dem wunderbaren kleinen Palazzo oben bei Trinità dei Monti hatten. Bezzi Vegetti hatte auch nicht eine Beleidigung und nicht eine Unverschämtheit ausgelassen. Und das alles wegen der schönen Augen von Gesualdo Bellomio. Er hatte Bezzi Vegetti noch nie so wütend erlebt und ein paar Minuten gebraucht, bis er begriff, daß es nur um Eigenliebe ging: Bezzi Vegetti interessierten die Waffenschieberei, der nahe Krieg, die Verbündeten, die Feinde nicht. Ihn zerfraß lediglich die Überzeugung, daß jemand versucht habe, ihn reinzulegen. Und dieser Jemand war Levy.

»Er geht zu einer Lagerhalle für Brennstoffe ... Er steckt einen Schlüssel in die Tür ... Er hat sie geöffnet ... Er ist reingegangen und hat zugemacht. Was jetzt?«

Durch den Kopfhörer drangen neue Kümmernisse.

»Untersteht euch ja nicht hineinzugehen. Den ersten, der sich bewegt, schick ich mit einem Tritt in den Arsch in den Negev zurück.« Levy redete so, um sich Mut zu machen. Außer Bronstein waren die drei anderen dort Freiwillige. Junge und weniger Junge, die in Italien lebten und arbeiteten und auf eigenes Risiko und eigene Gefahr dem Land der Väter, der Söhne, der Freunde dienen wollten, ohne irgendeinen Vorteil daraus zu ziehen.

Er durfte nicht vergessen, ihnen zu danken, wenn sie

sich wieder verabschiedeten. Mit den dreien, mit denen er und Bronstein ins Hafengelände eingedrungen waren, hatte er nicht einmal ein Wort gewechselt. Er hatte sie vor einem ziemlich demolierten Tor getroffen, für das Bronstein sich den Schlüssel verschafft hatte, und von da aus hatten sie über eine Stunde zu Fuß gehen müssen, um zum Ponte Libia zu kommen.

Levy trat unter dem Dach hervor. Er dachte nicht mehr an den Gestank, er dachte an die vielen Einzelheiten, die nicht zueinanderpaßten. Von der Zahl der Schiffe, einem statt drei, bis zur Einfügung von Genua, der Ersetzung von Talamone durch Livorno, der Bestimmung, die auf die Kisten geschrieben war: Ursprünglich sollten es elektronische Paneele für die Telefonzentrale in Tarent sein, jetzt dagegen waren es Disketten für die Terminals einer Firma in Borgomanero geworden. War das lediglich eine Frage der Bequemlichkeit, der Begleitpapiere, oder gärte unten drunter irgendeine andere Schweinerei?

Er ging auf Zehenspitzen. Die Augen hatten sich an die Dunkelheit gewöhnt: Sie suchten Mauern, Türen, Straßenpflaster aufmerksam ab. Sie fanden nichts, doch das Gefühl einer Gefahr blieb. Levy hatte sich fast in das Nichtvorhandensein der irakischen Agenten geschickt, aber gerade das störte ihn, verstärkte seine Frustration. Er bewarf sich mit Beleidigungen, die weitaus schlimmer waren als die von Bezzi Vegetti. Er war sicher, daß irgendetwas passierte, das sein Verstand nicht in der Lage war zu erfassen. Er hatte sein hervorragendes Können immer in der Leichtigkeit gesehen, mit der er sich in die Gedanken anderer versetzen konnte, und plötzlich sah er nicht mehr über seine Nasenspitze hinaus. Er machte einen Satz, um einer Pfütze auszuweichen, und die Uzi, die er unter dem Regenmantel trug, hämmerte ihm schmerzhaft gegen das Brustbein.

»Was Neues von dem Mann?« fragte er ins Mikrofon.

»Er ist immer noch in der Halle. Soweit ich sehen kann, ist die Halle mit einer Baracke verbunden ... und ich glaub, daß es ringsherum ganz schön viele davon gibt. Wenn unser Mann rauskommt oder schon zu einer Hintertür raus ist, kriegen wir ihn nicht mehr.«

»Wo seid ihr?«

»Nordöstlich von der Stelle, an der wir standen. Blikken Sie in Richtung Mond: Können Sie einen Kran mit einer in der Luft schwebenden Kabine erkennen?«

»Ja, seh ich ...«

»Wir sind genau da drunter.«

»Menachem«, sagte Levy, »hörst du mich?«

»Ja, Leo.«

»Kannst du zur Kaserne der Guardia di Finanza gehen?«

»Die am Eingang?«

»Ja.«

»Dafür brauch ich ungefähr zehn Minuten ...«

»Macht nichts. Geh hin und kontrolliere, ob nicht zufällig der Typ da auftaucht, den du vom Schiff herunterkommen gesehen hast.«

Levy hatte gedacht, daß der Landgang des Unbekannten vom Schiff möglicherweise in Verbindung mit dem Protokoll der Guardia di Finanza zu bringen sein könnte, mit dem bestätigt würde, daß die »Rosemunde« Disketten für Terminals transportierte. Vielleicht war in dem Paket der Bestechungspreis enthalten: Dollar, Mark, Heroin, Kokain. Er wußte, daß es nicht so war, doch nachdem er das Vertrauen in die eigene Fähigkeit verloren hatte, wollte er lieber sichergehen. Er war in der Nähe des Krans angelangt, als ein Blitz den Himmel zerriß und einen neuen Regenguß ankündigte.

»Seit wann ist er da drin?«

»Acht Minuten«, antwortete ein Junge mit verlorenem Blick und einem Dreitagebart. Nervös schob er eine Pistole – Levy kam sie wie eine tschechoslowakische Star vor – von der linken in die rechte Hand.

»Zeig sie nicht so offen«, sagte Levy. »Steck sie in die Tasche oder unter die Jacke.«

»Sie sind Leo Levy?« Der Junge war verlegen.

»Ja.«

»Freut mich, Sie kennenzulernen.«

Levy hatte im Kibbuz von Beniamino Segre gelernt, bei Komplimenten nicht mehr rot zu werden. Aber wenn sich seine Wangen auch nicht röteten wie in seiner Jugendzeit, spürte er doch eine gewisse innere Bewegung. An diesem Abend allerdings war er ungeheuer selbstkritisch und konnte nicht hinnehmen, daß ihm jemand widersprach: Niemand hatte das Recht, sich zu freuen, einen Mann kennenzulernen, der nicht mehr Schritt mit den Fakten halten konnte, sondern ihnen hinterherhinkte wie der dümmste Zionist. Warum ihm wohl gerade die Beleidigung ins Gedächtnis kam, die ihm die Beyer während des Verhörs entgegengeschleudert hatte?

»Wie heißt du?«

»Solomon Ginzburg. Mein Cousin ist mit Ihnen in Argentinien gewesen ...«

Der Cousin von David Ginzburg ... Levy erinnerte sich an einen schlaksigen jungen Mann mit elegantem Aussehen. Großer Polospieler. Oder war das ein anderer David Ginzburg? Wenige Nachnamen und immer die gleichen, die sich in Freud und Leid begegnen.

»Kann man um die Halle herumgehen?« wandte sich Levy an den Jungen.

»Ich weiß nicht. Wir haben die Anweisungen befolgt, wir haben uns nicht von der Stelle gerührt. Wenn Sie wollen, probier ich's.«

Mit einer raschen Handbewegung wies Levy zwei an zu gehen und den Jungen, sich nicht vom Fleck zu rühren. Levy holte die Uzi unter seinem Regenmantel hervor und stellte sich vorsichtig neben die Tür der Halle. Bevor er langsam den Griff runterdrückte, hantierte er mit einem Draht herum. Die Tür öffnete sich quietschend. In der Halle herrschte derselbe Gestank wie draußen. Im Dunkel ging Levy Schritt um Schritt vorsichtig weiter. Er blinzelte heftig, um erkennen zu können, was ihn umgab.

Kurz bevor er gegen sie stieß, erkannte er eine Säule aus Fässern, die bis zur Decke reichte. Er zog sich hinter diesen Schutz zurück, um zu entscheiden, ob er seine kleine Taschenlampe einschalten sollte oder nicht. Noch einmal schaute er angestrengt ins Dunkel, doch die Finsternis schien ihm undurchdringlich. Einen Augenblick lang wurde er sogar von dem Entsetzen gepackt, er könne blind geworden sein, doch dann bemerkte er links ein Stückchen von Grau durchzogener Schwärze. Darüber war er erleichtert: Niemals war ihm ein so häßlicher Himmel so schön vorgekommen. Es handelte sich um ein großes Fenster, einen Meter über dem Boden, halb geöffnet. Levy ging darauf zu und stieß mit dem Bein gegen etwas Festes. Aus dem Mantel holte er die Taschenlampe und leuchtete auf einen umgestülpten Waschbottich.

Jetzt war alles klar, und zwar so klar, daß er traurig umkehrte und dem Schein der Taschenlampe folgte. Perfekte Organisation. Im Geiste gratulierte er Saadun Jasim: Der Chef der irakischen Spionage in Europa hatte seinen Ruf als ausgezeichneter Schachspieler gefestigt, von dem man behauptete, er würde auch die kleinste Bewegung voraussehen. Der Mann, der von der »Rosemunde« gekommen war, hatte sich bei seiner Orientierung nicht dem Zufall überlassen. Er wußte genau, welchen Weg er nehmen mußte, er hatte die Schlüssel zu der Halle, ihm war erklärt worden, daß er durch das Fenster wieder hinaussteigen sollte, und um ihm den Weg zu erleichtern, hatten sie sogar den umgestülpten Waschbottich für ihn bereitgestellt.

Draußen, vor der Halle, empfing ihn ein Dauernieselregen. Die, die er geschickt hatte, um die Rückseite der Halle zu kontrollieren, hatten das große Fenster nicht bemerkt und deshalb gesagt, es gebe keine anderen Ausgänge. Levy machte es kurz mit den Erklärungen. Er hatte es eilig, so schnell wie möglich zu Bronstein zu kommen. Allmählich fing er an, die gesamten Vorgänge zu begreifen. Er hätte sich sogar darüber gefreut, nicht mehr der verblödetste aller Zionisten zu sein, wenn ihm das, was sich langsam herauszubilden begann, nicht das Gehirn hätte gefrieren lassen.

Sie stolperten förmlich über Bronstein, der unter einer Pyramide von Schwellen ausgestreckt lag. Die anderen lächelten, Levy nicht. Bronstein kroch mit großer Behendigkeit hervor, doch Levy wich instinktiv einen Schritt zurück: Auch wenn sich sein Geruchssinn an den Gestank im Hafen gewöhnt hatte, so stank Bronstein doch sieben Meilen gegen den Wind.

»Ich hab eben nicht in Rosenwasser gebadet.« Bronstein hatte gemerkt, daß Levy vor ihm zurückgewichen war, und das hatte ihn irritiert. »Da drunter stinkt es gemeiner als in einer Kloake: Doch wenn man zwischen toten Ratten und Wasser herumrobbt, das noch aus der Zeit von Christoph Kolumbus stammt, erhält man eine ausgezeichnete Sicht auf die Kaserne der Guardia di Finanza.«

»Hast du irgendwas gesehen?«

»Nicht unseren Mann. Um die Wahrheit zu sagen, hab ich überhaupt nichts gesehen. Wer soll denn deiner Meinung nach in so einer Wolfsnacht die Nase vor die Tür stecken?«

Sie nahmen den Hafengestank mit in den BMW, den sie einen Kilometer entfernt geparkt hatten, mitten in Sampierdarena. Levy bemächtigte sich augenblicklich des Funktelefons, und Bronstein ließ den Wagen nicht an, weil er befürchtete, er könne die Verbindung stören. Er ließ nur die Fenster herunter, um Luft hereinzulassen und so den Gestank etwas zu mildern.

Obwohl Bronstein keine Fragen gestellt hatte, war ihm klar, daß etwas Wichtiges Levy beschäftigte: Warum hätte er sonst zweimal versucht zu laufen, und beim zweiten Mal hatte er nicht einmal gemerkt, daß er fast einen ausgelaugten, müden Transvestiten umgerannt hätte? Bronstein hatte stehenbleiben und die Proteste des Transvestiten über sich ergehen lassen müssen, der eine Eisenstange aus seiner Handtasche gezogen hatte. Bronstein sagte ihm, sein Freund würde ins Krankenhaus laufen, weil sein Sohn gerade dort eingeliefert worden sei ...

»Hallo, Simon? Hab ich dich geweckt? Bist du allein? Hör zu: Sie haben einen Mann an Land geschickt, mit einem Paket. Wir haben ihn verloren, aber ich bin sicher, daß er bei dir in Orbetello auftaucht. Er muß der sein, der den Auftrag hat, Verbindung mit dem Kassierer aus der Konditorei aufzunehmen. Ach, übrigens: Ist der Junge immer noch da? Gut so, gut ... Laßt ihn nicht eine Sekunde aus den Augen. Wenn es so ist, wie ich sage, brauchen wir Verstärkung ...« Levy drehte sich zu den dreien um, die auf dem Rücksitz saßen. »Wer von euch kann nach Orbetello fahren? Sagen wir für zwei Tage, vielleicht drei, einschließlich Dienstag?«

»Bis morgen, glaube ich, alle«, sagte der älteste. »Montag aber muß ich zurück ins Büro.«

»Kein Problem für mich«, sagte der Junge mit dem verlorenen Blick. »Ich kann Dienstag bleiben, Mittwoch ... So lange ihr wollt, so lange ich gebraucht werde.«

»Simon, wir können dir drei schicken, auch Menachem kommt mit, der ist der einzige, der den Mann gesehen hat, auch wenn er weit entfernt und es dunkel war. Ich glaube, daß der Kontakt zwischen dem Mann vom Schiff und Limoli schon heute stattfindet, spätestens morgen. Wenn sie wieder auseinandergehen, müssen wir beiden folgen. Bereite also die Mannschaft vor, verständige die Schweiz, Österreich, Frankreich, auch Jugoslawien. Simon, wir müssen ihnen folgen, ohne einzuschreiten, verstanden? Ich erklär dir das: Ich habe den Eindruck, aber es ist mehr als ein Eindruck, daß der eigentliche Knackpunkt ihrer Mission nicht der Waffentransport ist, sondern der Mann vom Schiff. Jasim hat sich seinem Ruf entsprechend verhalten. Er hat eine wichtige und eine nebensächliche Operation auf die Beine gestellt und sie so miteinander verbunden, daß nur er sie auseinandernehmen kann, und er ist, wenn die Lage es erfordert, bereit, die nebensächliche Mission zu opfern, die alle für die wichtigste halten.«

Levy sah Bronstein an: Der streichelte das Lenkrad und wartete darauf loszufahren. »Auch dieser unvorhergesehene Aufenthalt in Genua, über den wir uns das Gehirn zermartert haben, ist im Hinblick auf das eigentliche Ziel einkalkuliert worden, nämlich, den Mann mit dem Paket an Land zu lassen. Bei der augenblicklichen Überwachung des Mittelmeers war es für Jasim zu gefährlich, es auf offenem Meer zu tun, und er wollte kein noch so geringes Risiko eingehen und es in Livorno machen ...« Levy tröstete sich: Vielleicht war er doch nicht der verblödetste unter den Verblödeten. »Hör zu, Simon. Ich muß auf einen Sprung nach Rom wegen der gleichzeitig laufenden Geschichte. Ich rechne damit, daß ich gegen dreizehn Uhr bei dir sein kann. Wenn wir tüchtig sind und Glück haben, könnten wir ins Schwarze treffen, aber dafür müssen wir äußerst tüchtig sein und äußerst viel Glück haben, sag das deinen Leuten. Jetzt laß ich dich ... Nein, noch nicht, Simon, entschuldige, daß ich dich darum bitte: Könntest du einen Erkundungsgang unter dem Hotel von Limolo machen? Einfach, um nachzusehen, ob alles in Ordnung ist, ob unsere Leute auch wirklich ihre Augen offenhalten? Hat Aaron die Wache? Gut. Trotzdem wäre ich beruhigter, wenn du mal kurz vorbeischauen würdest. Du bist der Onkel, der alles weiß, alles gesehen hat und dem nichts entgeht.«

Bronstein ließ sofort den Motor an. »Schaffen wir's?« Er fragte dies leise und hoffte, daß die anderen es nicht gehört hatten.

»Wir versuchen's«, antwortete Levy und blickte nach unten. »Jasim hätte mich fast reingelegt, und auf jeden Fall habe ich mich heute nacht geirrt. Durch meine Schuld haben wir den Mann verloren. Ich dachte, er wäre der, der den Auftrag hatte, den Offizier von der Guardia di Finanza zu bestechen, der die falschen Inspektionspapiere ausstellen soll, aber diese Papiere sind wahrscheinlich längst an Bord.«

»Na, jedenfalls hast du alles wieder ins Lot gebracht.« Bronstein folgte den Hinweisschildern und bog in die Straße zum Aeroclub ein.

»Und wenn der Mann mit dem Paket nicht nach Orbetello fährt?« Levy konnte seine Unruhe nicht verbergen. »Wenn auch Limoli nur ein vorgetäuschtes Ziel wäre?«

»Willst du mir dann erklären, warum sie ihn seit zwanzig Tagen dort haben?«

»Noch ein Lockvogel, der vielleicht für irgendeinen Blödsinn eingesetzt werden soll. Der Mann mit dem Paket kann in diesem Augenblick nach überall hin auf dem Weg sein. Wir hatten ihn im Visier, und ich hab ihn entkommen lassen, wie der verblödetste ... aller Verblödeten.«

»Aber die Beyer hat nicht gelogen, als sie uns enthüllt hat, daß sie Limolo engagiert hat, damit er nach Orbetello fährt, wo ihm was übergeben werden soll.«

»Weder hat die Beyer gelogen, noch hat Armenise gelogen, aber Jasim kann beide belogen haben, dazu ist er absolut fähig. Wir stehen uns seit zehn Jahren immer wieder gegenüber, er mißtraut dem Nächsten so sehr, daß ich glaube, er erzählt sogar sich selbst irgendwelche Lügen. Und da soll er anderen gegenüber offen sein?«

Levy öffnete das Fenster auf seiner Seite und steckte den Kopf hinaus. Er beruhigte sich, indem er mit der Hand über sein Gesicht fuhr. Er rieb die Wangen, denn er mochte es, wenn er seinen stacheligen Bart spürte.

Diese Tage hinter Armenise, die abgehörten Telefonate, das Mikrofon im Stock, um auch noch die Seufzer während des Gesprächs mit dem Dottore zu hören: das alles war vielleicht nutzlos gewesen, sogar schädlich. Eine schöne Geschichte, in die er sich da ohne Fallschirm gestürzt hatte. Wenn der Mann mit dem Paket die Nabe der gesamten Operation war und verschwunden bliebe, was hätte er dann noch in der Hand? Er machte eine Rechnung auf. Die Waffenladung, die Bezzi Vegetti in Neapel abfangen würde; das Containerschiff; die beiden schwedischen Schieber – Gunnar Svenson und Olaf Nilsson –, die die Verschiffung organisiert hatten; Gesualdo Bellomio; die bestürzende Geschichte des Attentats auf Palme.

Zunächst hatte er Armenise nicht geglaubt. Ihn machten weder das Motiv noch die Auftraggeber skeptisch, aber was ihm wenig glaubwürdig vorkam, ja sogar unglaubwürdig, war, daß sich Leute der Mafia daran beteiligt hatten. Für Levy identifizierte man die Mafia mit Schiebermützen, mit Luparas, mit schwarz gekleideten Frauen, mit Ehre, Familie, ein wenig barbarischen Ritualen, über die die Amerikaner so viele Erfolgsfilme gedreht hatten. Daß er die Mafia in allen großen Geschäften wiederfand, die auf dem Erdball abgewickelt wurden, hatte ihn erschüttert, hatte ihn aber auch dazu gebracht, sich ein Phänomen näher anzusehen, um das er sich bisher nicht gekümmert hatte. Im Augenblick war die Mafia ein Feind, aber in Zukunft konnte sie ein Supermarkt werden, in den man hineingeht, kauft, bezahlt und wieder hinausgeht.

Er kannte den Dottore nur von seinem Ruf her. Und nach dem, was er von ihm bei der Begegnung mit Armenise in Mendrisio gesehen und gehört hatte, genoß der Dottore seinen Ruf nicht zu Unrecht. Um so nahe wie möglich bei ihm zu sein, hatte sich Levy mit Uniform und Schirmmütze als Armenises Chauffeur verkleidet. Er hatte Bronsteins und Nirensteins Druck standgehalten, die über so viel Unvorsicht entsetzt waren, und er hatte sich auch amüsiert. Gott ja, er hatte anfangs zwar ein bißchen gezittert, als die beiden Jugendlichen Armenise umgerannt hatten, um herauszufinden, ob er Mikrofone oder Aufnahmegeräte bei sich hatte, aber dann hatte es ihm doch gefallen, auch wenn er zweimal nervös geworden war, als der Dottore sein Gesicht verzogen hatte. Das Gesicht des Dottore war eine Landkarte aus Falten und Flecken: Levy hatte bemerkt, daß diese Flecken sich weiteten und wieder verkleinerten, während Armenise sprach. Ahnte der Dottore etwa, daß in Armenises Stock ein Mikrofon versteckt war?

Die Stimme des alten Sizilianers hatte ihn beeindruckt. Sie war ihm in die Erinnerung eingegraben: eine Stimme, die aus einer Kultur stammte, die weder besser noch schlechter, weder älter noch jünger war. Sie war ganz einfach anders. So anders, daß jeder Versuch, sie zu verstehen, völlig sinnlos war. Allenfalls hätte man sich einigen können.

An jenem Nachmittag hatte Levy mindestens fünfzehn Leute des Dottore gezählt. Aber er war sicher, daß er zu ihnen noch all die in den Häusern, in den Lastwagen versteckten, als Touristen verkleideten in den Geschäften hätte zählen müssen. Er hatte nur drei, und Aaron war nicht dabei, aus Sorge, daß er nach dem Eindringen in Bellomios Villa erkannt werden könnte. Solange Armenise und der Dottore nicht Platz im Bentley genommen hatten, war Levys Aufmerksamkeit ganz auf das gerichtet, was um ihn herum vorging. Doch gleich nachdem sich die beiden auf dem Rücksitz niedergelassen hatten, war er von der ungewöhnlichen Verhandlung gefesselt worden.

Der Austausch der Fotos der Toten hatte ihn desorientiert. Levy erlebte hier noch einmal die zähen Verhandlungen aus der Grundschule um die Bildchen von Fußballspielern. Das hatte ihn dermaßen bestürzt, daß er nur noch Augen und Ohren für das hatte, was wenige Zentimeter hinter seinem Rücken vor sich ging.

Nachdem er Bellomio sprechen gehört hatte, seine deutlich artikulierten Sätze, die Worte, von denen keines überflüssig war, wurde Levy klar, daß der Dottore niemals an die Zufälligkeit des Eingreifens von Bezzi Vegettis Leuten glauben würde, wenn sie in den Hafen von Neapel eindrängen. Beniamino Segre hatte ihm beigebracht, daß der Unterschied zwischen einem, der handelt, und einem, der denkt, darin besteht, daß der erstere sich nur mit der Gegenwart beschäftigt, weil er unfähig ist, die Zukunft zu planen, während der letztere die Gegenwart plant, um in der Zukunft die Zinsen zu kassieren. Dies war eine Lehre, die Levy sich immer anzuwenden bemüht hatte. Im Fall von Armenise und Bellomio hatte er bereits festgelegt, daß ihm einer als Toter und einer als Lebender seine Dienste leisten würde. Daß der Tod des einen dem anderen das Leben schenken würde und daß er selbst damit ein wunderbares Instrument zur Verfügung hätte, das er in den noch vor ihm liegenden Jahren zur Anwendung bringen konnte.

Nur ein Hindernis gab es noch zu überwinden: Bezzi Vegetti. Der Entgegenkommendste und Zugänglichste unter den Verbündeten hatte sich in einen respektlosen Troll verwandelt. Die Ermordung des Colonnello der Carabinieri hatte die römischen Geheimdienste auf die Fährte des Attentats auf Palme geführt, und leider war dabei auch der Name Bellomio ans Licht gekommen.

Zwischen einer Beleidigung und einer Drohung war sich Levy darüber klar geworden, daß Bezzi Vegetti die Rolle des Dottore nicht in vollem Umfang begriffen hatte: Er dachte zwar, der Dottore sei in die Sache verwikkelt, aber er wußte nicht, in welchem Ausmaß. Levy hatte auf dieses noch nicht geklärte Detail spekuliert, um seine Gutgläubigkeit zu proklamieren und allen Beschimpfungen Einhalt zu gebieten, die der General eine halbe Stunde lang über ihn ausgeschüttet hatte. Und das, obwohl er, Levy, sich schon mit dem unleidigen Gefühl, seine Zeit zu vertrödeln, zu dieser Verabredung eingefunden hatte.

»Ich werde die Regierung von Tel Aviv zwingen, Sie zurückzurufen«, hatte Bezzi Vegetti ihm ins Gesicht geschrien, ohne abzuwarten, daß die Tür geschlossen wurde. »Ich werde dafür sorgen, daß Ihre Karriere zu Ende ist, ich werde allen erzählen, daß Sie der Unzuverlässigste unter allen Juden sind, und das sagt ja wohl alles, wenn man bedenkt, wie unzuverlässig Ihre Rasse ist. Hören Sie gefälligst auf, immer nur an Ihren gottverdammten Eigennutz zu denken. Das können Sie mit anderen machen, aber nicht mit mir ...« Und in diesem Ton ging es weiter. Vergebens hatte Levy Ielpo stumm um Hilfe gebeten. Der Professore hatte sich in den Sessel in der Ecke verdrückt und sah starr vor sich hin, um weder Bezzi Vegettis noch Levys Blicke kreuzen zu müssen.

Levy hatte etwas gedämmert, als der General in schneller Folge die Namen Palme und Bellomio nannte.

Er hatte geschworen, nichts davon zu wissen.

Bezzi Vegetti hatte die Beschimpfungen noch verstärkt. »Ich verlange, sofort von Ihnen zu erfahren, ob die momentane Operation auch mit dem Mord an Palme im Zusammenhang steht. Sie müssen mir endlich sagen, was Ihre Rolle bei der ganzen Sache ist. Ihr wärt doch fähig, Palme aus dem Weg geschafft zu haben und jetzt alle Hebel in Bewegung zu setzen, damit die Waffen in den Irak kommen und eure Verantwortung verschleiert wird.«

Eine ganze Reihe von Fragen war gefolgt, denen Levy hartnäckig völlige Unkenntnis entgegengesetzt hatte.

Jede Frage des Generals hatte die Rolle der drei Männer bestätigt und deutlich gemacht, die er als Tote auf den Fotografien gesehen hatte, die der Dottore an Armenise ausgehändigt hatte.

Bezzi Vegetti mußte seine Gedanken gelesen haben. »Als Sie hier waren, haben Sie von einer Verbindung zwischen Armenise und Bellomio gesprochen. Wenn die beiden bei diesem Geschäft gemeinsame Sache machen, ist es doch sehr wahrscheinlich, daß sie das auch vor vier Jahren getan haben.«

Levy hatte das gleichgültigste Gesicht aufgesetzt, zu dem er fähig war.

»Ielpo!« Als der Professore seinen Namen mit so viel Nachdruck aussprechen hörte, war er aufgesprungen. »Kennen wir Armenises derzeitigen Aufenthaltsort? Wohnt er immer noch in dieser Villa in der Nähe von

Lugano? Wir werden ihm einen kleinen Besuch abstatten müssen.«

Mithin, hatte Levy sich gedacht, ist Armenise unserem Freund doch nicht so unbekannt. Sobald er das Gebäude verlassen hätte, würde er sich darum kümmern müssen, Armenise an einem anderen Ort unterzubringen, bis die Wogen sich geglättet hätten. Er hielt den Ingenieur zwar für einen harmlosen Schwanz, doch wie alle Schwänze war auch er durchaus nützlich für eine gewisse Art von Zeitvertreib: folglich mußte er zuvorkommend behandelt, bei der Stange gehalten und von jedem möglichen Trauma ferngehalten werden.

»Ich vermute, nicht einmal über Armenise haben Sie irgendwelche interessanten Neuigkeiten.« Bezzi Vegetti hatte Levy wieder unter Beschuß genommen.

»Da vermuten Sie richtig.«

Nach einem Prusten hatte der General Tag, Stunde, Ort, Hauptakteure und Nebenrollen der Operation verlangt.

»Und ich hoffte schon, Sie hätten mich herbestellt, weil Sie die eine oder andere gute Nachricht für mich hätten.«

Bezzi Vegetti hatte getan, als habe er nichts gehört und bestand auf seinen Forderungen.

Angesichts der soundsovielten einschüchternden Frage hatte Levy sich zu einem weiteren Schwur hinreißen lassen.

»Meineidiger!« Bezzi Vegetti hatte in dieses Wort die ganze Verachtung gelegt, zu der er fähig war.

»Unsere Vereinbarungen sind damit hinfällig.« Bezzi Vegettis Feststellung war feierlich. »Sie werden nicht mehr die freie Hand haben, die ich Ihnen zugebilligt hatte, um Bellomio auszuquetschen. Die Verhaftung Bellomios findet gleichzeitig mit der Erstürmung der Schiffe statt.«

»Generale, Sie können Bellomio nicht verhaften.« Levy hatte beschlossen, daß er schon viel zu viel Zeit vergeudet hatte. Man mußte mal wieder Ordnung in den Hierarchien schaffen, damit jeder wußte, wo sein Platz war.

Bezzi Vegetti hatte das Kinn hochgezogen und gab sich Mühe, die Fassung wiederzugewinnen: Er wollte sich den Verwegenen genau ansehen, der es wagte, ihm zu widersprechen.

»Sie können Bellomio nicht verhaften, weil Sie damit zeigen würden, daß Sie wußten, wem die Schiffe gehören, und damit würden Sie die ohnehin schon am seidenen Faden hängende Deckung einer ganz normalen Inspektion zunichte machen. Und wenn unsere Vereinbarungen nicht bestätigt werden, werden Sie niemals die Namen der Handelsschiffe erfahren und in welchem Hafen die Ware entladen wird ...«

»Der Kontakt erfolgt in einer Bucht in der Nähe von Talamone. Spielt das Alter Ihnen schon so übel mit? Haben Sie vergessen, daß Sie mir das bereits gesagt haben?«

»Der Kontakt sollte in der Nähe von Talamone erfolgen. Aber nun hat sich alles geändert: Anzahl der Schiffe, Route, Ort der Löschung, Ort der Beladung.«

»Und Sie kennen die neuen Pläne?« Auch der General hatte gemerkt, daß seine Stimme zitterte.

»Ja.«

Das Schweigen hatte den Akt der Ergebung besiegelt.

»Ja, wir kennen die neuen Pläne und sind nach wie vor bereit, Ihnen den Ruhm der Enttarnung zu überlassen. Doch ich brauche Bellomio. Nach dem, was Sie mir über Palme erzählt haben, brauche ich ihn noch dringender. Wir müssen alles aus ihm herausbekommen, was er über die Komplizen, über andere Waffentransporte, über die europäischen Industrieunternehmen weiß, bei denen sie sich bedienen, über die Vermittler und über die irakischen Kontakte. Uns langt eine Stunde, höchstens zwei. Danach gehört er ganz Ihnen, so wie das Verdienst und der Ruhm.«

Bezzi Vegetti hatte zugestimmt, ohne den Mund aufzumachen.

Levy war zur Tür gegangen.

»Und der neue Plan, die Namen der Schiffe, die Häfen?« Bezzi Vegetti wirkte wie ein Kind, dem man das Spielzeug wegnahm.

»Dienstag morgen unterrichte ich Professore Ielpo. Wir werden Ihnen sagen, in welchem Hafen Bellomios Schiffe die Waffen laden.«

»Wenn wir aber keine Zeit mehr für eine Intervention haben? Wir müssen Männer und Mittel vorbereiten, wir brauchen Hubschrauber und Schnellboote, wir müssen die Kommandos mindestens zweier Waffengattungen vorwarnen. Sie spielen mit dem Feuer. Sie wollen Bellomio? Ich überlasse ihn Ihnen für eine Stunde, aber ich verlange, daß einer meiner Männer dabei ist, wenn Sie in sein Haus eindringen und Bellomio verhören. Im Gegenzug dafür enthüllen Sie mir hier und jetzt den neuen Plan.«

»Dienstag morgen. Professore, tut mir leid, Sie wecken zu müssen.« Levy war schnell aus dem Zimmer gegangen. Nicht daß ihn Bezzi Vegettis Reaktion besonders kümmerte, aber er hatte sich überlegt, daß es angenehmer, weitaus angenehmer war, sie sich zu ersparen.

Der BMW hielt am Rand der Piste des Aeroclubs. Levy stieg eilig aus. Wenn sie den Mann mit dem Paket nicht finden würden, wäre es ein Verlustgeschäft.

Und so kam ihm sein Leben bereits vor. Das Wiederauftauchen Michals hatte ihm schmerzliche Erinnerungen und Traurigkeit gebracht. Er hätte Michal jede Nacht in seinem Bett haben wollen; er hätte ein Kind haben wollen; er hätte ein Haus haben wollen, in das er zurückkehren konnte; er hätte das Schöne im Leben haben und das Häßliche wegschieben wollen.

»Leo, belüg dich nicht selber«, hatte Michal zu ihm gesagt, als es ihnen gelungen war, sich auf einer Terrasse, von der aus man den Eindruck hatte, man könne die

Kuppel des Petersdoms mit der Hand berühren, etwas abseits zu setzen. »Du willst vor allem deine Arbeit, und dann willst du hin und wieder auch mit mir ins Bett gehen. Das können wir doch trotzdem.«

Levy hatte Michal zufrieden angesehen. Es war beruhigend zu wissen, daß man begehrt wurde. »Bei mir gibt es zuviel Unruhe. Wenn sie dich mit mir sehen würden, könnten sie auf merkwürdige Gedanken kommen.«

»Was soll das heißen? Zuerst sagst du mir, daß dir nichts mehr paßt, daß du alles ändern willst, und jetzt, um nur ja deine Arbeit nicht zu kompromittieren, weigerst du dich sogar, mich mit zu dir zu nehmen.«

Michal hatte gelächelt, und Levy hatte, wenn er recht darüber nachdachte, die Befürchtung, daß es ihm nicht gelungen war, sich zu erklären.

»Ich liebe dich, du bist die einzige Frau, die ich will, aber ich will dich nicht, wenn wir uns in Rom oder in Bombay treffen, und ich will dich nicht, nur wenn es dir gerade paßt. Und ich will dich jetzt nicht, weil ich dich unnötig Gefahren aussetzen würde. Ich möchte in ein Haus, in eine Wohnung zurückkommen, wo du mich erwartest. Michal, versuchen wir es. Du könntest die Kinder mitbringen ...«

Michal hatte den Kopf geschüttelt. »Zu viele müßten wegen unseres eventuellen Glücks leiden.« Michal hatte zurück in den Salon geblickt. »Würden wir denn wirklich glücklich sein? Manchmal habe ich den Eindruck, daß wir beide auch so auskommen ... Nehmen und lassen, verschwinden und wieder auftauchen, lieben und vergessen. Bist du sicher, daß du mich nicht mit zu dir nehmen kannst?«

Levy war sich so sicher, daß er den Empfang sofort verlassen hatte. Mitten in der Nacht war er plötzlich von Eifersucht überwältigt worden und hatte im Hotel delle Nazioni angerufen. Schlaftrunken hatte Michal geantwortet.

»Leo, was ist los?«

»Bist du allein?«

»Was soll die Frage?«

»Ich hatte Angst, daß du die Gesellschaft von jemand anderem gesucht haben könntest.«

»Willst du, daß ich zu dir komme?«

Es war eines der schwierigsten Neins, das Levy je ausgesprochen hatte.

»Ich liebe dich«, hatte Michal gehaucht.

Levy hatte sich in diesen drei Wörtern verloren, er hatte bis zum Tagesanbruch Phantasien von Tagen und Nächten, die anders waren als die, an die er gewöhnt war. Als die kleine Cessna, die er in Genua bestiegen hatte, ihn auf dem Rasen einer großen Villa vor den Toren der Hauptstadt absetzte, hätte er viel für ein Bad und frische Kleidung gegeben.

Bevor er den Hörer abhob, blinzelte er auf die Uhr, die er auch beim Schlafen am Handgelenk trug. Zehn nach acht. Er brauchte die Dauer eines Gähnens, um die Stimme des Mannes zu erkennen, der mit ihm in der Aula Magna der Universität gesprochen hatte.

Corsini stieß zwei Jas heraus, bevor er den Hörer wieder auflegte. Der Zug fuhr in drei Viertelstunden ab. Er duschte schnell und ließ sich Zeit beim Rasieren. Er packte die Tasche. Zweimal kontrollierte er die auf Luciano De Bellis ausgestellten Papiere. Dreimal steckte er den Paß an eine andere Stelle. Schließlich schob er ihn in die Tasche des Flanellhemdes unter seinem Pullover. Die Stimme am Telefon hatte ihm geraten, ihn zwar immer griffbereit zu haben, aber außerhalb der Reichweite von Dieben.

An der Stazione Termini waren weniger Menschen als bei seiner Ankunft. Ihm fiel ein, daß Sonntag war. In Ost-Berlin würde der Bahnhof verlassen sein; sofern das Wetter es zuließ, würden die Berliner die kleinen Schiffchen auf der Spree bevölkern, für eine Tour, die sie auswendig kannten.

Corsini sah ständig auf seine Uhr und alle Uhren an der

Stazione. Ein Junge von dunkler Hautfarbe bot ihm eine an. Mit einer Bewegung des Kopfes sagte er Nein, dann erkannte er, daß der Schal, den der Junge um den Hals trug, eine Kefieh war.

Trug er sie, weil er daran glaubte oder weil er nichts anderes hatte? Der Junge hockte sich wieder neben den Zeitungsstand. Corsini betrachtete ihn und seine funkelnden Uhren; er betrachtete die Zeitungen – es war ihm, als sehe er das Wort Gorbatschow –; dann betrachtete er wieder den Jungen und beschloß, daß er zu den Seinen gehörte.

Er kam näher, um eine Uhr zu kaufen.

Der Lautsprecher kündigte die Abfahrt eines Zuges an. Es war der Zug, der ihn der Verworfenheit entgegenbringen sollte. Doch wenn die Verworfenheit die einzige Möglichkeit war, sich nicht zu ergeben, dann sollte sie willkommen sein.

Seine Großmutter sagte immer: Nur wer fällt, kann auch wieder aufstehen. Doch Corsini hatte gelernt, daß es auch Stürze gab, von denen man sich nicht mehr aufrichten konnte. Er blickte ein letztes Mal zu dem Jungen mit der dunklen Hautfarbe und der Kefieh um den Hals: ein weiteres Opfer der Niederlage des Kommunismus. Dank der kommunistischen Solidarität war er hier gelandet, um Uhren zu verkaufen, doch die Niederlage des Kommunismus, die die alten Adepten zwang, nicht einmal die Abfahrt eines Zuges zu versäumen, hatte ihm den Käufer entzogen.

Der Dedra 2000 mit elektronischer Einspritzung bog von der großen Ringautobahn, die Rom umgibt, auf die Autobahn nach Civitavecchia ab. Levy döste vor sich hin und hörte nicht einmal das Telefon.

»Levy, Levy ...«, der Mann am Steuer klopfte mit dem Telefonhörer mehrmals auf Levys Arm, um ihn aufzuwecken. »Bronstein ist dran, aus Orbetello. Er will dich sprechen.«

»Hier bin ich ...«

»Leo, jetzt haben wir's.« Bronstein gab sich keine Mühe, seine innere Erregung zu verbergen. »Ein Mann mit einem Paket, und ich will wieder nach Minsk zurückkehren, wenn das nicht derselbe ist, der von der ›Rosemunde‹ gekommen ist. Er streicht um die Pension, in der sich Limoli aufhält. Ich vermute, er wartet darauf, daß Limoli runterkommt. Wie sollen wir weitermachen?«

»Bleibt ziemlich weit von der Stelle entfernt stehen, wo die Begegnung stattfindet. Sie dürfen nicht den geringsten Verdacht schöpfen. Dann schick Aaron und noch einen hinter dem Mann vom Schiff her. Das übliche Netz um den Kassierer aus der Konditorei.«

»Was soll Aaron tun?« Bronstein und Levy wußten, daß Aaron das Todesurteil für den irakischen Boten bedeutete.

»Er heftet sich an die Fersen seines Mannes und wird erst dann tätig, wenn wir ihm grünes Licht signalisieren.«

»Und du, was wirst du tun? Jetzt ist es eigentlich nicht mehr notwendig, daß du nach Orbetello kommst.«

»Wie bewegt sich Limoli?«

»Er hat ein Auto. Ich glaube nicht, daß sie ihn in ein Flugzeug oder einen Zug steigen lassen: viel zu gefährlich mit dem Paket. Wir werden das Auto verfolgen.«

»In Ordnung. Ich fahre ins Büro. Sofern es nichts Neues gibt, nehmen wir alle halbe Stunde Verbindung auf. Menachem, du mußt dir die Verfolgung von Limoli antun.«

»Gab es Zweifel daran?«

»Tut mir leid.«

»Mir nicht.«

»Sag Simon, er soll bis zur vollständigen Entladung der Kisten in Livorno bleiben. Auch für ihn gilt der halbstündige Kontakt.«

Jetzt begann Levy wirklich zu schlafen.

XX

Der Dottore drang mit seinem Blick so weit, wie das Alter und die Wolken, die sich in der Ferne herabsenkten, es zuließen. Die grünblaue Weite des Wassers war ganz still, nicht eine Kräuselung verunstaltete sie. Er zwang sich zu dem Gedanken, daß dieses Panorama ihm nicht fehlen würde, daß es überall auf der Erde schönere Meere gab als dieses hier.

Auch Ende November? fragte eine aufsässige kleine Stimme in seinem Inneren.

Auch Ende November, antwortete er gereizt.

Die Villa war in einer kleinen, von zwei Felshängen geschützten Bucht gebaut worden. Das Meer benetzte das Ufer nicht einmal drei Meter von den Fenstern und Balkonen entfernt, welche die rückwärtige Wand unterbrachen. Das Erdgeschoß wurde ganz von dem endlosen Salon eingenommen, von der Küche und von dem sechseckigen Badezimmer, das an Stelle des Daches eine gläserne Kuppel hatte. Eine Grille des Dottore, die noch etwas von der Sehnsucht nach seiner Kinderzeit an sich hatte, als er sich unter Bäumen verkroch, um seine Notdurft zu verrichten, und nach dem blauen Himmel, der ihm die richtigen Eingebungen vermittelte.

Vor fünfunddreißig Jahren gab es hier nur trostlose Felsbrocken am Meer. Er hatte sie en bloc erworben: Ein Wort hatte genügt, um dieses Grundstück in den Bebauungsplan einfügen zu lassen, mit den Anschlüssen für Strom, Gas, Telefon und einer Panoramastraße, die dieses kleine Stück Paradies mit dem Rest der Welt verband.

Der Parzellenverkauf war eines der lukrativsten Geschäfte des Dottore gewesen. Nur um eine noch so kleine Scheibe von dieser verzauberten Gegend zu besitzen, waren Altreiche und Neureiche einverstanden, die Häuser, von denen eines ans andere gebaut war, mit Gold zu bezahlen. Die Ausnahme stellte diese Villa dar, fernab von den anderen, die einzige, die sich bis zum ersten Stockwerk erheben durfte. Der Dottore hatte sie seinen Vorlieben entsprechend entworfen. Das Bad mit der gläsernen Kuppel war eine davon. Die andere, die wirklich wichtige, war der direkte Zugang zum Meer: Man konnte es erreichen, indem man entweder den Weg nahm, der vom Einfahrtstor bis zur Haustür führte und dann ums Haus herumlief, oder aber über den Betonweg, der vom Balkon des ersten Stockwerkes steil zu dem wirren Haufen von Felsblöcken mitten im Meer hinabfiel. Nur der Salon war mit Absicht von jeder Verbindung abgeschnitten. Der Dottore hatte gehofft, ihn so vor der nassen Badehoseninvasion seiner Kinder und den Freunden seiner Kinder schützen zu können. Der Salon war der Ort seiner inneren Einkehr. In der vom Aufklatschen der Rollbrandung durchrauschten Stille vereinigten sich seine Ideen mit dem inneren Frieden.

Seit zehn Jahren hatte er darauf verzichten müssen, die Villa im Sommer zu benutzen. Sie auch nur eine Woche lang zu bewohnen, hätte bedeutet, sie mit seinen Kindern und den Freunden seiner Kinder teilen zu müssen und dann mit den Enkeln und den Freunden seiner Enkel. Verwandte und Gäste hatten sich die Villa erobert. Die sechs Zimmer auf der ersten Etage waren als Schlafzimmer hergerichtet worden, und der Salon verkam nicht selten zu einem Feldbettenlager. Der Dottore hatte sich zurückgezogen. Statt die gelegentlichen Kontakte mit der zahlreichen Verwandtschaft zu vermehren, hatte er es vorgezogen, in das Festungsgehöft umzusiedeln und in der Villa von November bis Februar aufzutauchen, wenn die Invasoren anderen Ferienbelustigungen nachgingen.

Es war Dienstag, der Himmel war bewölkt und das Meer glatt. Das Thermometer zeigte achtzehn Grad an, und die Luft klebte, kein Windhauch. Aus der Küche drangen verhaltene Geräusche von Türen, die geöffnet und geschlossen wurden. Er hatte um einen Espresso gebeten. Einer seiner vier Begleiter kümmerte sich darum.

Der Dottore ging voller Gedanken zur Fensterfront, die eine halbe Wand einnahm: Er zog so gut es ging an Schnüren und Bändern, um Vorhänge beiseite zu schieben und Rolläden hochzuziehen. Die doppeltverglasten Sicherheitsfenster hinderten den Geruch des Meeres daran hereinzudringen, doch der Dottore stellte ihn sich in Gedanken vor, und während er das tat, schloß er die Augen halb und atmete beglückt tief ein. Ganz langsam öffnete er die Augenlider. Es war kein schöner Dienstag, doch er hatte die Farben, die zu dem paßten, was in wenigen Minuten stattfinden würde: seine endgültige Weihe. Der Dottore blickte nach oben, er war ohne Brennen und mit weniger geröteten Augen als sonst aufgewacht. Die Wolken waren im Begriff, sich weiter auszubreiten: Jede freie Stelle im Himmelsblau würden sie zudecken und die Lichtreflexe der Sonne auswischen, die ihm doch nur Tränen verursachten.

Ungefähr hundert Meter entfernt schwamm ein kleines Ruderboot, ein einsamer Fischer hielt das Ruder ins Wasser und hatte den Rücken der Küste zugewandt. Das Boot war alt und bestand aus Holz, es war rot und blau angestrichen. Die horizontalen Linien überlagerten sich schief und krumm und verrieten, daß sie in Handarbeit gemalt worden waren. Der Dottore war auf der Seite der Fische, aber vor allem ertrug er keine Eindringlinge. Er betrachtete diesen Teil des Meeres als sein Privateigentum, und dieses Männlein da hinten, das sich mit einem Filzhut schützte, störte die Aussicht.

Er war versucht, seine Männer zu rufen, aber das Motorschnellboot war in der Garage, und es zu Wasser zu lassen hätte gut eine halbe Stunde in Anspruch genommen. Er hätte diesen Wichser mit Schreien vertreiben lassen können, aber diese Typen waren dickhäutig.

Und wenn der da sich anschließend an die Hafenverwaltung wenden würde, konnte ihm daraus eine ganze Reihe von Komplikationen entstehen.

Der Dottore wunderte sich über so viel Zögerlichkeit. War das ein weiteres Anzeichen für beginnendes Altern? Nein, es war nur ein besonderer Tag.

Warum kam der Anruf von Rechtsanwalt Midolo nicht? Es war schon zwanzig vor zehn, und die Verschiffung der Kisten im Hafen von Neapel war auf neun Uhr festgesetzt. Midolo hatte garantiert, daß es nicht länger als drei Viertelstunden dauern würde. Um Punkt zehn würde Armenise aus der Schweiz anrufen, um zu erfahren, ob die Orangen noch an den Bäumen hingen. Der Ingenieur war argwöhnisch geworden: Inzwischen hatte er nicht einmal mehr genug Vertrauen, ins Casino zu gehen. Überall sah er Spione und Feinde. Hals über Kopf war er aus der Villa in Lugano in ein Chalet in Graubünden umgezogen, in dem es kein Telefon gab. Das wenigstens hatte er behauptet und verlangt, daß er es sein solle, der ihn anruft.

Der Dottore hatte ihm nur widerwillig die Nummer der Villa gegeben. Das hieß nicht, daß sie geheim war, doch Armenises Stimme würde hier eindringen und das Gleichgewicht zerstören. Zwischen dem Haus in der Stadt und dem Gehöft hatte er sich für die Villa entschieden, weil er ohne indiskrete Blicke, ohne unnötiges Geschwätz, ohne hohle Phrasen den Augenblick erleben wollte, in dem Rechtsanwalt Midolo ihm mitteilen würde, daß die Kisten verschifft und die beiden Schiffe dabei wären, den Anker zu lichten. Er hatte Midolo sogar aufgetragen, ihm am Telefon das Auslaufen der Schiffe aus dem Hafen zu beschreiben.

Er wünschte, daß es ein magischer Augenblick werden sollte: viel magischer als die erste Blaserei, die erste Milliarde, das erste Mal, als er eine Ratte zertrat, das erste Mal, als er seinem Nächsten auf den Kopf gepinkelt hatte. Er sollte den Abschluß und Höhepunkt all der Dinge darstellen, die ihm vorausgegangen waren. Er sollte seinem Leben und seinen Entscheidungen einen Sinn geben. Er sollte die Schlußszene der schönsten Geschichte werden, die jemals auf dem Angesicht der Erde erlebt, erzählt und aufgeführt wurde. Und er war ihr alleiniger Hauptdarsteller. Als er noch den Geschichten der anderen zuhörte, hatte man ihm erzählt, die alten Römer seien überzeugt gewesen, daß die Besten unter ihnen nicht sterben, sondern in den Himmel an die Seite der Götter aufgenommen würden. Dem Dottore war klar, daß er sterben mußte, aber er stand im Begriff, in einen ganz besonderen Himmel an der Seite der Herren des Universums zu kommen. In nicht ganz einem Monat würde er dort aufgenommen werden, wohin jeder seinesgleichen strebte: in die Gesellschaft. Endlich würde er dann seinen Platz in dem ihm angemessenen Salon haben.

Und wenn die Empfindungen, die er tagelang gehegt hatte, durch Midolos Anruf Wirklichkeit würden, wollte er sie mit niemandem teilen. Er verlangte sie ausschließlich für sich allein.

Die Villa symbolisierte den Beginn seines Abenteuers auf Erden, das Geschäft, das ihn aus dem Durcheinander der Möchtegerne herausgehoben und direkt für die Spitze bestimmt hatte. Vor vielen Sommern, als er unter der glühenden Sonne nachmittags um zwei in den friedlichen Gewässern schwamm, die an die Villa heranschwappten, hatte er geglaubt, die tiefe Bedeutung dessen zu verstehen, weshalb er aß, atmete, trank, ging, vögelte. Er hätte sie niemals beschreiben können, trotzdem war er sicher, sie erfaßt zu haben, und das hatte ihm genügt. Er schwamm und tauchte nach jeweils vier Armschlägen das Gesicht ein: Als er wieder auftauchte, kam die Welt ihm geglättet vor und vor allem frei von allen miesen Typen.

Er hatte Lust auf einen Sprung ins Wasser. Vielleicht nach Midolos Anruf. Und Armenise sollte doch zum Teufel gehen. Aber wie würden seine armen Augen auf das Salzwasser reagieren?

Er stellte fest, daß das Boot nähergekommen war und der fischende Mann seinen Rücken nicht mehr der Villa zugewandt hatte. Er hielt den Kopf gesenkt, der ganz von dem Hut verdeckt wurde. Der Dottore setzte die Brille auf, um besser erkennen zu können. Das Boot gleich den kleinen Wasserfahrzeugen, die er seinen Enkeln geschenkt hatte, als sie noch mit wenigem zufrieden waren.

Das Klingeln des Telefons hinderte ihn daran, die Jagd auf dieses Arschloch zu befehlen, das nicht einmal an einem so besonderen Tag die Fische in Ruhe ließ. Er würde es nach dem Gespräch mit Rechtsanwalt Midolo tun. Doch mehr als die Fische sorgte ihn der eigene Triumph: Er wollte ihn in absoluter Einsamkeit feiern.

Das Telefon war eins von denen, die Giorgio Armani entworfen hatte, ein Unikat mit dem Namen »Notturno«. Es war in der Tat schwarz und hatte etwas von Trauer an sich. Es hatte eine lange elastische Schnur. Der Dottore ergriff es voller Freude und sagte ungewöhnlich heiter »Ja, bitte«, während er auf die Fensterfront zuging.

Die Antwort hörte er nicht mehr.

Ein gepanzertes Kugelprojektil von hundert Gramm zerschmetterte seinen Kopf wie eine Melone.

Nachdem der Mann auf dem Boot die Winchester Kaliber 20 hingelegt hatte, sagte er etwas, das an das ruhige, sanfte Meer gerichtet schien. Unter einer gelben Wachstuchplane holte er einen Motor hervor, hob ihn unter Anstrengung hoch, befestigte ihn am Heck und zog den Anlasser. Der kleine Propeller fing in dem Augenblick an sich zu drehen, als zwei Hünen in beigem Zweireiher in großen Sätzen zu laufen begannen, geradeaus, an den Felsen entlang. Der letzte dieser Felsen verkürzte die Entfernung zum Boot erheblich, wohingegen der hinabführende Betonweg nach einem Bogen wesentlich früher aufhörte. Beide trugen eine Kalaschnikow, und dies ließ sie aus dem Gleichgewicht kommen. Als derjenige von ihnen, der vorne war, sah, daß sich das Boot schneller entfernte, als sie vorwärtskommen konnten, schoß er eine langdauernde Garbe, die das Wasser weniger als einen Meter vom Boot entfernt hochpeitschte.

Der Mann, der sich auf diesem Boot befand, zog den Anlasser derart, daß er zu zerreißen drohte. Er hatte ihn bis zum zulässigen Ende herausgezogen, die Höchstgeschwindigkeit war erreicht, aber der Mann hielt diese Höchstgeschwindigkeit noch für zu gering, um sich in Sicherheit fühlen zu können. Und so redete er wieder zum Wasser.

Es war etwas ganz anderes als ein Gebet, denn ein weißes Hochseeschnellboot mit einem schwarzen Strich in der Mitte tauchte auf.

Es wurde von einem großen Schnauben empfangen, das von einer Granate kam, die weit über das Fischerboot hinausgegangen war.

Der Mann im Boot suchte angestrengt nach der neuen Gefahrenquelle. Er fand sie auf der Terrasse der Villa. Es war eine Bazooka. Wenn sie die Peilung korrekt einrichteten, war das das Ende für ihn und für die anderen.

Auf der Kajüte des Schnellbootes erschien ein Maschinengewehr. Sein tödlicher Rosenkranz streckte sogleich die beiden am Felsen nieder, und nachdem es Mauern, Fenster und Scheiben durchlöchert hatte, wurde es auf das Dach der Villa gerichtet. Diejenigen, welche die erste Granate gefeuert hatten, mußten in Deckung gehen, und das machte es dem Schnellboot möglich, das Fischerboot zu erreichen und es mit seiner Größe zu schützen, während der Mann mit dem Hut am Heck hochgezogen wurde.

Vom Dach der Terrasse ging ein weiterer Schuß los. Vom Schnellboot aus antworteten sie, indem sie in alle Richtungen feuerten.

»Genug«, schrie Levy, der ausrechnete, daß sie auf die Entfernung in Sicherheit waren. »Versteckt das Maschinengewehr und macht euch wieder wie friedliche Touristen zurecht, die eine schöne Bootstour genießen wollen.«

Corsini keuchte schwer. Die Erregung darüber, daß er auf einen ihm unbekannten Menschen geschossen hatte; daß er von denen an Land ins Visier genommen worden war; die Salven aus der Bazooka und die Maschinengewehrgarben, die über ihn hinweggefegt waren: das alles hatte zu dem tranceähnlichen Zustand, in dem er sich befand, beigetragen. Das Schnellboot brummte auf vollen Touren, das Boot, auf dem er bis vor wenigen Sekunden noch gestanden hatte, schien sich mit unglaublicher Geschwindigkeit zu entfernen, bis er begriff, daß es sank. Er wußte zwar, daß er außer Gefahr war, aber in seinem Kopf ging alles durcheinander. Er kannte keinen von denen, die um ihn herum waren, ohne sich aber irgendwie um ihn zu kümmern. Er kannte keinen, außer einem.

»Jetzt erklären Sie mir, was ich getan habe ...« Er packte Levy fest am Arm und zwang ihn, sich umzudrehen. Levy legte ihm eine Hand auf die Schulter, doch Corsini entzog sich, so, als befürchtete er, angesteckt zu werden.

»Beruhigen Sie sich«, sagte Levy. »Es ist alles vorbei. In Kürze werden Sie in Sicherheit sein.«

»Was heißt das, in Sicherheit sein? Was ist alles vorbei? Sagen Sie mir endlich, wer Sie sind? Wo bringen Sie mich hin? Was wollen Sie von mir?«

»Wir sind Bürger des Staates Israel.« Mit der Hand deutete Levy auf die anderen, die sich rasch wieder in Touristen verwandelten.

»Bastarde ...«, sagte Corsini mit einem erstickten Schluchzer.

»Israelis«, entgegnete Levy. »Juden.«

»Dann habe ich also einen eurer Feinde getötet?«

»Ja, Signor Corsini: Sie haben einen unserer Feinde getötet. Aber er war kein Freund von Ihnen. Er war kein Palästinenser, wenn das Ihr Gewissen beruhigen kann.« Levy wollte zynisch wirken, und das gelang ihm voll und ganz. »Sie haben einen Feind des Staates Israel getötet, aber er war auch ein Feind der Menschheit. Sie haben eine internationale Polizeiaufgabe erfüllt.«

»Wird man mir dafür eine Medaille verleihen?« Unter Levys Flankenschüssen gewann auch Corsini wieder sein Gleichgewicht zurück.

»Man wird Ihnen keine Medaille verleihen. Im Gegenteil, wir werden es so einrichten, daß niemand oder fast niemand weiß, daß Sie der Täter waren. Aber wenn es in Ihrem Leben eine Sache gibt, die Sie niemals zu bereuen brauchen ...«

»Ich habe nichts zu bereuen.«

»Schon gut, wir wissen, daß Sie zur Gattung der Reinen und Harten gehören. Jedenfalls sagte ich, falls Sie irgendwann einmal etwas zu bereuen haben sollten, bereuen Sie es nie, diesen Mann auf den Müll geworfen zu haben, Gesualdo Bellomio, genannt der Dottore.«

»Wer war er?«

»Einer der großen Mafiabosse. Ein Genie des Bösen. Ein Mann ohne jeden Skrupel, der jeden zertreten hat, der ihm auf seinem mit Morden und Verbrechen gepflasterten Weg in die Quere kam.«

»Mit einem Wort: ein Zionist ad honorem?«

Levy antwortete nicht. Er richtete seinen Blick auf den Horizont. Corsini erkannte einen winzigen Umriß und begriff, daß sie sich auf ihn zubewegten.

»Wo bringen Sie mich hin?« Wieder packte er Levy am Arm und spürte, wie sein Handgelenk fest umklammert wurde.

Levy sah ihn an: Jede Form von Erbarmen war verschwunden. »Fassen Sie mich nicht an.«

Er ließ Corsinis Handgelenk los: Es hatte sich auberginenblau verfärbt.

»Dieser Erdölfrachter fährt unter liberianischer Flagge und ist nach Haifa unterwegs.« Levy deutete auf den Umriß, der zusehends größer wurde. »Sie werden in Haifa an Land gebracht, und dann sind Sie frei zu gehen, wohin Sie wollen.«

»Ihr habt mir einen sicheren Unterschlupf garantiert.«

»Wenn Sie es wünschen, steht er Ihnen zur Verfügung.«

»Und welcher?«

»Der Staat Israel.«

Corsini ging in all dem, was er hätte sagen, erklären, widersprechen wollen, unter. Vor allem hätte er protestieren wollen. Aber er tat es nicht.

»Wie kommt es, daß Sie so gut italienisch sprechen?«

Corsinis Frage überraschte Levy. »Das ist doch unwichtig.«

»Ich wollte nur wissen, ob Sie Italiener sind ... wenigstens der Abstammung nach.«

»Macht das einen Unterschied?«

»Und was für einen. Anders als ich, der nichts über Sie weiß, wissen Sie sehr viel über mich. Zumindest wissen Sie das, was Ihnen meine früheren Beschützer über mich erzählt haben. Vor zwölf Jahren bin ich aus diesem Land weggegangen, weil ich in einen Mord verwickelt war, an dessen Ausführung ich beteiligt war, mit der gleichen Hingabe und der gleichen Abstraktion, mit der damals viele von uns eine Zukunft aufbauten, die nie eingetroffen ist. Wenn ich zu entscheiden gehabt hätte, wäre der Mann, der da getötet wurde, niemals getötet worden. Und tatsächlich ließen meine Gefährten mich außen vor.« Corsini wurde von einem Zweifel befallen. »Habe ich mich verständlich ausgedrückt?«

»Nicht sehr.« Levy sagte das fast so, als wollte er sich entschuldigen.

Doch um verständlich zu sein, hätte Corsini von dem erzählen müssen, was ihm die Seele bewegte, und so hätte er von Daniela erzählen müssen, die ihn vielleicht aus Liebe außen vor gelassen hatte, nicht aus Angst, daß er unfähig sei.

»Wenn Sie in jenen Jahren in Italien gewesen wären oder wenn Sie tatsächlich da waren, wüßten Sie, daß einige von uns alles geopfert haben, was sie liebten, alles, was sie besaßen, um einem Traum zu folgen. Sie haben auf alles verzichtet, was sie selbst hätten tun können, und sie haben es getan, um sich in den Dienst der Menschheit zu stellen. Verstehen Sie das?«

»Natürlich verstehe ich das, aber ich erkenne nicht, was das mit der Gastfreundschaft zu tun hat, die wir Ihnen anbieten.«

»Sehen Sie, Signor Namenlos, es gibt Ideen, die für mich fundamental sind: Vertrauen in die Menschheit; Erlösung der Schwächsten; eine Gesellschaft von Gleichen oder eine Gesellschaft, in der alle arm sind, und nicht eine mit vielen Armen und wenigen Reichen. Für Sie wird das alles dummes Zeug sein, aber ich glaube noch immer daran.« Und dann hätte er noch anfügen wollen, daß er an die Liebe einer Frau glaube und an die Gewißheit, daß er sie eines Tages wieder in seinen Armen halten werde.

»Das alles verstehe ich«, sagte Levy mit kaum merklicher Ungeduld. »Oder vielleicht verstehe ich kein Wort. Das macht keinen Unterschied. Was zählt, ist, daß Sie mir mit Ja oder Nein antworten müssen, bevor wir Sie an Bord dieses Erdölfrachters bringen.«

Corsini versuchte, die Meilen abzuschätzen, die ihn vom Rest seines Lebens noch trennten.

»Ich biete Ihnen die Möglichkeit, weiterhin an Ihre Ideen zu glauben.« In Levys Ton lag Überredung. »Sie werden in einen Kibbuz gehen, wo Sie frei studieren, lesen und arbeiten können. Und der Kibbuz ist heutzutage das, was Ihren Vorstellungen am nächsten kommt.«

Corsini machte den Eindruck, als habe er nicht gehört, und vielleicht hatte er es wirklich nicht. »Ich bin Kommunist«, sagte er, »und ich werde es bis zum Ende meiner Tage bleiben. Ich bin nicht als Kommunist geboren worden, es war kein plötzlicher Blitzstrahl. Ich bin es geworden, weil ich die anderen beobachtet und in mich hineingeschaut habe. Kom-mu-nist.« Er sprach die einzelnen Silben des Substantivs deutlich aus, bereit zur soundsovielten Herausforderung. »Mir gefiel und mir gefällt der Klang dieses verlorenen Wortes, die Tatsache, daß es

Furcht und Respekt einflößte. Es beleidigt mich, daß man dieses Wort heute als Schmähung versteht.«

Levy dachte nach: Kommunist. Das war er auch gewesen. Oh, und wie! Und heute, was war er heute? Ein Mörder, ein Betrüger, ein Opportunist, ein Lügner. Das alles war er im Namen eines Ideals, das er noch höher stellte, ein Ideal, das alles reinwusch und alles rechtfertigte, das auch noch den verlorensten aller Sünder zum Heiligen erklärte.

»Und was verlangen Sie als Gegenleistung dafür?«

Levy hatte diese Frage nicht erwartet. »Ihre Fähigkeit als Schütze könnte mir dienlich sein.«

»Ein Killer...« Corsini wurde laut. »Ich soll ein Killer werden?«

Corsini schrie, und während er schrie, schätzte er, daß das Schnellboot und der Frachter sich in einer Minute treffen würden.

Levy antwortete nicht.

»Vom Frachter wird angefragt, wie viele an Bord kommen werden...«

Die Frage des Jungen, der kurz zuvor das Maschinengewehr mit absoluter Meisterschaft bedient hatte, rüttelte Levy aus seinen Gedanken. Wenn nicht noch so viele Einzelheiten in Ordnung zu bringen gewesen wären, wäre er gerne an Bord gegangen. Er hätte ein paar Tage der Ruhe gebrauchen können, abseits sogar von seinen sonst üblichen Ausruh-Gewohnheiten. Die Aussicht darauf dämmerte ihm plötzlich und gefiel ihm. Er könnte Michal anrufen. Sie war vor zwölf Stunden nach Tel Aviv zurückgekehrt. Sie hatte ihn eindringlich gebeten, sich in Israel wiederzusehen. Sie hatte ihm das Versprechen abgenommen, sie anzurufen. Levy dachte, daß er sie nach Haifa einladen könnte. Er hatte Michal wiedergefunden, und er hatte Angst, sie wieder zu verlieren: ein neuartiges, nie zuvor empfundenes Gefühl. Jetzt, wo sie nicht mehr da war, war es ihm recht, sie mit ihrem Mann und ihren Kindern zu teilen. Es wäre ihm recht gewesen, sie mit einer ganzen Schar anderer Liebhaber zu teilen, solange er nur ein kleines Stück von ihr besitzen konnte. Doch wäre er Michal recht? Vielleicht könnten sie in Haifa darüber sprechen. Morgens mit Corsini, am Nachmittag und Abend mit Michal. Lehrer und Liebhaber. Die Aussicht elektrisierte ihn.

»Corsini, haben Sie Lust, in einer Woche noch einmal darüber zu reden? Wenn Sie in Haifa ankommen und Sie einverstanden sind, lasse ich Sie in einen etwas abseits gelegenen Kibbuz bringen, wo niemand Ihnen Fragen stellen wird und Sie nur aufgefordert werden, sich an den Gemeinschaftsaufgaben zu beteiligen. Ich werde nachkommen. Dann werden wir Zeit haben, miteinander zu reden und, wer weiß, uns auch zu erklären. Wer kann schon ausschließen, daß wir uns etwas zu sagen haben?«

Als Corsini mit einem sehr dürftigen Sessellift auf den Erdölfrachter gehievt wurde, wandte er den Blick zu Levy zurück, und dieser war sicher, ein fast unmerkliches Lächeln wahrgenommen zu haben.

Bezzi Vegetti betrat das Privatbüro des Ministers mit vollen Segeln. Die Entdeckung der Waffenschieberei in den Irak war den Zeitungen und dem Fernsehen nicht bekannt geworden. Trotz des Einsatzes von Einheiten der Carabinieri und der Guardia di Finanza hatte die Nachrichtensperre eigentümlicherweise funktioniert. Zum Glück von Bezzi Vegetti jedoch wußten die davon, die es wissen sollten. Das heißt, sie wußten, daß es die Leute der Abteilung O waren, die die Spur entdeckt hatten, die den Sattelschleppern gefolgt waren, auf denen die Kisten von Livorno nach Neapel transportiert wurden, und die die beiden Handelsschiffe erstürmt hatten. In den Kisten war so ziemlich alles: Artilleriegranaten, Boden/Luft- und Boden/Boden-Raketen, Raketenabschußvorrichtungen, Handgranaten, Bazookas, Maschinengewehre, Munition für die unterschiedlichsten Kaliber. Es reichte, um zwei Regimenter und zwei Raketenbatterien zu bewaffnen.

Ielpo blieb vor der letzten Schwelle stehen. Der General teilte ungern die Augenblicke des Ruhmes mit anderen. Und dieser, wie geheim er auch immer sein mochte, kündigte sich als der strahlendste Augenblick für Bezzi Vegetti und die Abteilung O an. Ielpo setzte sich manierlich in einen Jugendstilsessel. Er mußte noch die Zeitung vom vergangenen Sonntag zu Ende lesen. Zuletzt war er bei einem Bericht über die Bewerbungsmodalitäten für festbesoldete Lehranstellungen in den italienischen Universitäten stehengeblieben. Er müßte den General darauf aufmerksam machen.

»Lieber Bezzi Vegetti«, fing der Minister an, »erlauben Sie mir, Ihnen zu dem großartigen Erfolg zu gratulieren, den wir dank Ihrer außerordentlich wertvollen Informationen erzielen konnten. Sogar die Amerikaner haben angerufen, um unser Verhalten zu loben und im Namen der Administration zu danken. Sie wissen besser als ich, daß das nicht alle Tage vorkommt, ja eigentlich nie.«

Der Minister strahlte über das ganze Gesicht. Bezzi Vegetti hätte das auch gern getan, aber er befürchtete, er könne unter diesen artigen Lobesbezeugungen die Dekkung vernachlässigen, dabei war die Partie noch offen. Niemand hatte ihm mehr irgendwelche Mitteilungen in der Sache Palme gemacht, und gerade von dieser Seite befürchtete er noch den einen oder anderen Heckenschuß. Nichtsdestotrotz war es tröstlich, sich auf der Woge der schönen Erinnerungen treiben zu lassen. Neapel war ein voller Erfolg gewesen, und was auf Neapel folgte, war noch besser ...

Ielpo hatte die richtige Idee gehabt: Man sollte vier Task-forces von jeweils fünfzig Männern vorbereiten, ausgestattet mit Hubschraubern und über vier Zonen des Tyrrhenischen Meeres verteilt. Fünf Minuten nach dem Anruf, in dem Levy mitteilte, daß Neapel der ausgewählte Hafen war, waren sechs Hubschrauber mit den unterschiedlichsten Abzeichen aus einem Wald in der Nähe von Salerno aufgestiegen. Und weitere achtzehn hatten das gleiche von La Spezia, von Grosseto und von Paola aus getan. Als die erste Gruppe den Kai und die beiden Schiffe herausgefunden und eingekreist hatte, hatte Bezzi Vegetti dafür gesorgt, Longhi und Gardin zu informieren. Doch mit der halben Stunde, die sie zu ihrer Verfügung hatten, konnten sowohl die Carabinieri als auch die Guardia di Finanza nur äußerst bescheidene Kräfte in Bewegung setzen. Kurzum: Wären die Männer der Abteilung O nicht gewesen, hätte die Operation Licht – wie sie genannt wurde – zu einem Fehlschlag führen können. Dennoch hatte Bezzi Vegetti zugestimmt, daß die offiziellen Verdienste, im engsten Kreis der Eingeweihten, auch Longhi und Gardin zufielen. Die Konsequenz war, daß sich die beiden zu Dankesworten gezwungen sahen, die sie nur sehr ungern aussprachen, die auf dem Schachbrett der realen Macht jedoch von grundlegender Bedeutung waren.

Die Abteilung O war nicht nur tüchtig gewesen, sondern hatte auch unverschämtes Glück. Unter den ersten, die auf dem Kai von Neapel verhaftet worden waren, befand sich die merkwürdige Figur eines Rechtsanwalts, eines gewissen Midolo, der furchtbar zu schwitzen angefangen hatte. Je mehr er schwitzte, um so mehr redete er. Ein ganzer Wasserfall von Enthüllungen. Und was für Enthüllungen. Rechtsanwalt Midolo war allerdings auch gewitzt. Er hatte sofort begriffen, daß er sich in den Händen einer geheimen oder fast geheimen Organisation befand. »Wenn ihr mich da außen vor laßt«, hatte er vorgeschlagen, »kann ich euch eine Geschichte enthüllen, die ihr euch nicht einmal in euren kühnsten Träumen vorstellen könnt.«

Bezzi Vegetti war viel zu sehr mit der Jagd auf den Dottore beschäftigt, als daß er sich mit Midolo hätte beschäftigen können. Ielpo hatte vorgeschlagen, ihn so lange einzumotten, bis sie ihm ein bißchen Aufmerksamkeit zukommen lassen konnten. So wurde es dann auch gemacht. Während fünf Hubschrauber nach Sizilien flogen, um Gesualdo Bellomio einzupacken – und wenigstens dafür hätte Bezzi Vegetti den Lorbeer offiziell für sich reklamieren können –, wurde Midolo in ein abgelegenes Landhaus bei Grottaferrata gebracht.

Bezzi Vegetti war über den Schlamassel informiert worden, als er gerade die Schwelle der Wohnung bei Trinità dei Monti überschritten hatte. Der Dottore getötet, zwei weitere Tote auf den Felsen, die Außenmauern der Villa durchlöchert wie ein Sieb. An diesem siegreichen Tag war bei Bezzi Vegetti schlagartig jede Euphorie verflogen. Mit zusammengebissenen Zähnen hatte er geknurrt: »Ich will Levys Kopf.« Mit einem Blick hatte er Ielpo niedergeschmettert, der zu Besonnenheit riet. An alle Büros und alle Mitglieder der Abteilung O war der Befehl ergangen, Leo Levy zu finden, ihn in Handschellen zu legen und ihn vor den General zu bringen.

»Damit«, hatte Ielpo eingewandt, »riskieren wir nur diplomatische Schwierigkeiten. Sie setzen die Ergebnisse von Neapel aufs Spiel.«

»Bevor ich sterbe, will ich mir diese Befriedigung gönnen. Auch wenn das den Dritten Weltkrieg heraufbeschwört, vom Ende meiner Karriere ganz zu schweigen.«

An einen Bezzi Vegetti, der in dem Maße seinen Verstand verloren hatte, konnte sich Ielpo nicht erinnern. Sogar sein kerzengerader Haarscheitel war in Unordnung geraten. Ein Schauspiel ohnegleichen, das keine Wiederholung erleben würde.

Levy war in seinem Bett zu Hause während des ersten richtigen Schlafs nach so viel durchwachten Nächten überrumpelt worden. Sie hatten ihn im Schlafanzug, in Handschellen und mit verbundenen Augen in einen Trödlerladen an der Porta Portese geschleppt. Trotz der klirrenden Nachtkälte hatten sie ihm nicht erlaubt, einen Mantel anzuziehen. Das war eine zusätzliche und daher sehr wohlwollend zur Kenntnis genommene Unfreundlichkeit, die ausgerechnet die Agenten der Abteilung O ihm zugefügt hatten, die vor Bellomios Villa von einem

Kommissar entdeckt worden waren. Bezzi Vegetti hatte dessen Namen fein säuberlich aufgeschrieben: Li Destri. Auch mit ihm würde er noch eine Rechnung zu begleichen haben, aber zuerst war Levy an der Reihe.

Das ganze Spektakel hatte Levy irgendwie amüsiert. Er mußte sich sehr beherrschen, um nicht in ein homerisches Gelächter auszubrechen, als er Bezzi Vegetti in einem kleinen schmiedeeisernen Lehnstuhl eingepfercht sitzen sah, dessen Sitzfläche mit Löchern versehen war, um das Gesäß dessen frisch zu halten, der darauf saß. Ein Stück längst vergangener Sommer, wer weiß wie in diesem Laden gelandet, der Rost hatte die Oberhand über die bläuliche Farbe gewonnen, und die Armlehnen quälten den General sichtlich.

Levy hatte auf Bezzi Vegetti eingedroschen, der mit seinen Schmerzen beschäftigt war, die das zwischen die Eisenstangen eingeklemmte Fleisch verursachte. »Generale, diese Dramolette überlassen Sie besser uns. Sie und Ihre Männer verstehen nichts davon: Ihr seid viel zu rüpelhaft, um die Rollen hartgesottener Männer spielen zu können.«

Hätte er das doch nur nie gesagt: Er hatte eine schnelle Folge von Vorhaltungen ausgelöst, ein Bombardement von Drohungen, ein Pulverfaß von Anschuldigungen.

»Haben Sie nicht den Eindruck, daß Sie übertreiben?« hatte Levy entgegnet. »Wenn ich den Mund aufmache, fliegen Sie innerhalb von drei Stunden von Ihrem Stuhl. Vorausgesetzt, daß es gelingt, Sie aus dem da herauszuzerren, in den Sie gerade eingeklemmt sind.«

Bezzi Vegetti war weiß geworden. Es war, als wäre ihm erst in diesem Augenblick die lächerliche Haltung bewußt geworden, in der er da saß. Mit einem entschlossenen Ruck, der ihm zerreißende Stiche verursacht hatte, war er aufgestanden und hatte ein Zeichen gegeben. Doch die Lust, seinem Gegenüber eine Lektion zu erteilen, hatte sich erschöpft. Bezzi Vegetti war wieder der, der er immer gewesen war: ein vorsichtiger und entgegenkommender Schnüffler, der gerade wegen dieser Eigenschaft an die Spitze der Abteilung O berufen worden war.

Levy bekam die Handschellen abgenommen, jemand hatte ihm ein Plaid angeboten, Ielpo hatte eine Flasche geholt. Einen ausgezeichneten Rémy Martin.

»Diesmal werden Sie mir die Ermordung des Dottore büßen.« Bezzi Vegetti war der erste, der nicht an das glaubte, was er da sagte.

»Bellomio wurde aus dem Weg geschafft«, Levy hatte sich das Plaid über die Schultern gelegt, »so wie wir alle aus dem Weg schaffen werden, die in diese Waffenschieberei verwickelt sind.«

»Ihr seid bei der Bibel stehengeblieben: Wer nicht für mich ist, der ist gegen mich.«

»Sie lernen wirklich schnell.«

»Könnte ich vorher darüber informiert werden, damit ich jemanden schicken kann, um die Scherben wegzukehren, oder muß ich warten, bis ich es in den Zeitungen lese?«

»Die Zeitungen? Ich habe nichts in den Zeitungen gelesen ...«

»Ich meinte ja nur so.«

»Hier eine erste Neuigkeit: Ihre westlichen Kollegen stellen sich die Frage, woher die Waffen kamen, wer sie nach Italien gebracht hat. Ich habe den Eindruck, daß diese Frage ohne Antwort bleiben wird.«

Bezzi Vegetti räusperte sich besorgt.

»Die Antwort«, fuhr Levy fort, »liegt auf dem Grund des Mittelmeeres. Sehen Sie mich nicht so an: Wir haben das Schiff gesprengt, das die Waffen bis nach Livorno gebracht hat.«

»Dann war also Livorno der Übergabehafen ...« Der Zorn bemächtigte sich wieder des Generals.

»Zunächst hatten sie einen Zwischenaufenthalt in Genua, dann sind sie nach Livorno weitergefahren. Dort hat sich jemand darum gekümmert, zehn Zeitminen unter dem Kiel anzubringen. Wenn der Zeitplan eingehalten wurde, ist die Explosion auf offenem Meer erfolgt: vor Gibraltar.«

»Und keiner hat was gemerkt?«

»Anscheinend nicht. Die vorbeifahrenden Schiffe haben nichts beobachtet. Sie werden sehen, keiner wird das Verschwinden des Containerschiffes ›Rosemunde‹ melden.«

»Lebt Armenise noch?«

»Man sucht nach ihm. Keine Sorge, wir werden auch noch mit ihm abrechnen. Oder haben Sie was dagegen?«

»Armenise ist in der Schweiz. Was soll mir das also ausmachen.«

Besser so, dachte Levy. Mit Armenise würde man in der Weise abrechnen, daß man ihn leben ließ und im geeigneten Augenblick einsetzte. Vor zwei Tagen hatte Ingenieur Armenise angefangen sich zu erinnern. Zwanzig Jahre Betrügereien und Erpressungen. Die, die Buch darüber führten, hatten Levy gesagt, daß auch Bezzi Vegetti darin erschien.

Die Gesellschaft war im Begriff, den Trödlerladen zu verlassen. Levy hatte Bezzi Vegetti beiseite genommen.

»Ich weiß, daß ich Ihnen noch etwas schulde. Hören Sie mir gut zu: In Genua hat man einen Mann vom Schiff geschickt. Wir sind ihm gefolgt. Dieser Mann hat sich in Orbetello mit einem jungen Mann getroffen, der Kassierer in einer Café-Bar und Konditorei in Mailand war. Er hat ihm ein Paket übergeben. Der Kassierer hatte ein Mädchen bei sich, gemeinsam sind sie im Auto nach Reggio Calabria gefahren. Wir dachten, sie würden die Fähre nehmen, statt dessen sind sie zum Bahnhof gefahren. Dort haben sie das Auto stehenlassen und haben sich am Fahrkartenschalter angestellt. Dann sind zwei Araber gekommen, mit einem Paket, das mit dem der beiden Italiener völlig identisch war. Die Pakete auszutauschen war ein Kinderspiel. Der junge Mann und die junge Frau sind wieder ins Auto gestiegen und wahrscheinlich nach Mailand gefahren, die beiden Araber haben sich zur Fähre begeben.«

Levy hatte geschwiegen und sich die Nase gekratzt.

Bezzi Vegetti hatte diese Pause respektiert.

»Das Paket ist jetzt in unseren Händen, und es wird gerade im Labor untersucht. Raten Sie mal, was da drin ist.«

»Ich will Ihnen die Pointe nicht verderben.«

»Eine Bakterienkultur, die nach Ansicht unserer Experten hervorragend geeignet ist, unsere Wasserzuleitungen zu vergiften.«

»In Sizilien?«

»Die beiden Araber haben uns enthüllt, daß das Ziel die Nato-Basis von Sigonella bei Catania war. Doch bei genauer Auswertung der Wasserleitungspläne der Gegend sind wir zu dem Schluß gekommen, daß sie, wenn sie das Wasser von Sigonella verseucht hätten, gleichzeitig die gesamten Wasserleitungen der Provinz verseucht haben würden.«

»Sind Sie sich mit dem, was Sie da behaupten, wirklich sicher?« Bezzi Vegetti war nicht nur bestürzt, sondern spürte das Entsetzen des Mitgliedes der zivilisierten Gesellschaft, das sich wieder im Kampf mit den Barbaren sieht. »Daraus können wir einen weltweiten Skandal machen. Schließlich ist das der Beweis für die Niedertracht und Heimtücke Saddams.«

»Das wäre nicht sinnvoll. Wenn wir die Sache öffentlich machen, würde das nur die Angst der Menschen hervorrufen und einen solchen Druck erzeugen, daß man sich schließlich zu einer Einigung mit Saddam gezwungen sähe. Sich ergeben ist immer weniger mühsam als zu kämpfen. Nein, die Sache muß unter Verschluß gehalten werden. Ich biete sie Ihnen an, damit Sie Ihr Prestige vergrößern können: Sie werden sehen, wie zufrieden Ihre amerikanischen Freunde mit Ihnen sind. Fragen Sie sie, wie viele derartige Fälle sie in Europa und bei sich zu Hause schon entdeckt hätten.«

»Was wollen Sie damit sagen?«

»Daß ich Ihnen rate, Häfen und Flughäfen in höchste Alarmbereitschaft zu versetzen. Einmal haben sie es versucht, sie können es auch ein zweites Mal versuchen. Die Araber sind Fatalisten und hartnäckig: Wenn sie glauben, im Recht zu sein, lassen sie nicht locker, bis sie es erreicht haben ...«

»Apropos Araber, was ist mit den beiden passiert?«

»Hab ich Ihnen jemals erzählt, daß ich ein begeisterter Rugbyfan bin? Vor Jahren wurde der Kapitän der englischen Mannschaft vor einem Spiel gegen Schottland interviewt, bei dem es um den Fünf-Nationen-Cup ging. Wissen Sie, was der Fünf-Nationen-Cup ist? Was, das wissen Sie nicht? Na ja, was soll's. Jedenfalls wurde dieser Kapitän interviewt, der aussah wie ein Kleiderschrank und ein böses Gesicht machte. Er wurde gefragt, wie sein Tip für den Ausgang des Spiels wäre. Er kaute auf einem Kaugummi herum, setzte eine noch häßlichere Miene auf und antwortete: Es wird keine Gefangenen geben. Dabei handelte es sich lediglich um ein Rugbyspiel. Die beiden Araber gehen zu dieser Stunde glücklich in den Gärten Allahs spazieren.«

»Man wird die Leichen finden ...«

»Sie sind auf dem Seeweg nach Haifa. Die Untersuchung ihrer Kleidung wird uns zusätzliche Erkenntnisse bringen.«

»Und die beiden Italiener?«

»Bis zur Unkenntlichkeit entstellte Körper, sofern man sie überhaupt finden wird. Um den Schmerz Ihres edelmütigen Herzens zu lindern, will ich Ihnen noch sagen, daß die beiden Araber zur Gruppe von Abu Nidal gehörten und daß die Italiener Ableger der Komitees Kämpfender Kommunisten waren, die in Verbindung mit der RAF standen. Fühlen Sie sich jetzt wohler?«

Zwei Tage nach diesem Gespräch hatte Bezzi Vegetti das Paket und ein Gutteil seines Inhaltes zugestellt bekommen. Es fehlte die Probe, welche die Israelis für ihre

Untersuchungen zurückbehalten hatten. Mit diesem Geschenk und mit den Laboratoriumsbefunden in der Hand hatte Bezzi Vegetti die Runde durch die politischen Parteien gemacht, durch die Gewerkschaften, durch die wichtigsten Geschäftslobbys. Er war sogar in den Vatikan gegangen, um die gebührenden Lobsprüche einzusammeln. Um den Triumph vollständig zu machen, hatte er sich die Freiheit genommen, eine Sitzung mit den Verbindungsoffizieren der Nato einzuberufen. Mehr oder weniger widerwillig hatte sich jedoch keiner den förmlichen Komplimenten entziehen können.

Die Einladung des Ministers zu einem Breakfast hatte die letzte Stufe beim Aufstieg Bezzi Vegettis in den Olymp derer dargestellt, die sich um das Vaterland verdient gemacht hatten.

Der General begann mit seiner Zusammenfassung, während er Honig auf ein Croissant strich, und beendete sie bei der dritten Tasse Espresso, nachdem er das gesamte Tablett mit den Croissants leer gemacht, von den Käsetellern gekostet, Milch getrunken und den Kaffeelöffel in die Schale mit der Sahne getunkt hatte. Im Verlauf der Erzählung wurde Leo Levy zu einem unbedeutenden, anonymen israelischen Agenten, dessen Weg sich von Zeit zu Zeit mit dem der Abteilung O gekreuzt hatte.

Der Minister hörte mit offenem Mund den Wundergeschichten über die Agenten der Abteilung O zu, die es fertigbrachten, sich überall dort einzuschleusen, wo ihr Beruf und ihre Hingabe für die italienische Fahne es verlangten.

Am Ende seines Berichts war Bezzi Vegetti so erschöpft, als hätte er alle diese Unternehmungen allein durchgeführt.

»Und das Schiff, mit dem sie Waffen, Munition und alles übrige nach Italien gebracht haben?« fragte der Minister. »Haben Sie es identifiziert? Was ist daraus geworden?«

Bezzi Vegetti erinnerte sich nicht, von Schiffen erzählt zu haben. Er hatte erklärt, daß die Ladung in Livorno deponiert worden sei und daß der dafür Verantwortliche auch den beiden Italienern das mörderische Paket ausgehändigt habe. Wieso wußte der Minister etwas von der Existenz des Schiffes? Bezzi Vegettis Gesichtsausdruck verfinsterte sich: Er fürchtete ständig, daß er aus dem schönen Traum aufwachen müsse. Er hatte seine Vorsichtsmaßnahmen getroffen, indem er nicht auf Einzelheiten der verschiedenen Episoden einging, bei denen die Israelis den Ton angegeben hatten, war aber immer noch voller Sorge, daß er sich ein bißchen zu weit hinausgelehnt haben könnte.

»Wir sind nicht sicher, ob es wirklich ein Schiff gibt.« Bezzi Vegetti beließ die Sache im vagen.

»Ich meinte, verstanden zu haben«, sagte der Minister beharrlich, »daß, wenn der Zielort ein Hafen war, es auch ein Schiff geben müsse.«

Bezzi Vegetti atmete freier. »Es ist durchaus möglich, Signor Ministro, daß Sie recht haben. Wir ermitteln noch, um weitere Verantwortlichkeiten festzustellen. Es wird keine Verzögerungen geben, noch wird irgendetwas unversucht gelassen werden, die Schuldigen der Justiz zu überantworten.«

»Ach, übrigens«, fragte der Minister, »wie ist das Paket in Ihre Hände gelangt? Was ist mit den beiden Italienern geschehen? Sie sind der Beweis dafür, daß meine Vermutungen und wiederholten Warnungen vor dem Wiedererstehen des Terrorismus in Italien richtig waren. Auch dieses Mal habe ich richtig gelegen, als ich die gesunden Kräfte des Landes aufforderte, in ihrer Wachsamkeit nicht nachzulassen.«

»In Luft aufgelöst. Ich habe Ihnen erklärt, daß uns die Schnelligkeit der Ereignisse gezwungen hat, so gut wie möglich die Gegenden abzuschirmen, in denen die Operation Licht durchgeführt wurde. Ach ja, dabei erlaube ich mir, Ihre Aufmerksamkeit auf die Zweckmäßigkeit zu lenken, der Abteilung O eigene, von anderen unabhängige Finanzmittel zur Verfügung zu stellen ...«

»Wir werden sehen, wir werden sehen ... Aber kommen Sie doch zum Abschluß dieses Teils Ihrer Erzählung.«

»In der abschließenden Phase war nur einer unserer Agenten vorhanden, der die Begegnung mit dem Beauftragten der Araber und den beiden jungen Italienern beobachtete. Unser Agent ist den beiden gefolgt, die dann im Auto in Richtung Sizilien gefahren sind. In Zusammenarbeit mit den Israelis haben wir erst in Reggio Calabria eine schnelle Eingreifmannschaft zusammenstellen können. Wir sind in dem Augenblick in Aktion getreten, in dem das Paket in die Hände der Araber wechselte.«

»Die Israelis haben sich sicher nicht zweimal bitten lassen, sie umzubringen?« Der Minister hatte sich bereits selbst die Antwort gegeben.

»So ist es. Sie waren so schnell, daß sie beinahe die gesamte Operation in Gefahr gebracht hätten.«

»Wie das?«

»Sie hatten sich nicht an meine Anordnungen gehalten und viel zu schnell eingegriffen. Dadurch konnten die Araber und die Italiener in entgegengesetzte Richtungen fliehen.«

»Die beiden Italiener habt ihr nicht mehr aufgespürt?« Der Minister war enttäuscht: Damit löste sich auch der greifbare Beweis für seine Weitsichtigkeit in Luft auf.

»Nein, und ich habe Zweifel, daß wir sie je aufspüren werden. Ich vermute, daß ihre Auftraggeber jede Spur beseitigen wollten oder sie sogar für Leute hielten, die ein doppeltes Spiel trieben. Mehr oder weniger das gleiche muß mit Bellomio passiert sein: ermordet gleich nach unserer Erstürmung der Schiffe.« Bezzi Vegetti hoffte, daß Levy aufrichtig gewesen war, als er versichert hatte, daß die Körper von Sergio Limoli und seiner Freundin unauffindbar wären.

»Haben Ihnen die Israelis das Paket, ohne Schwierigkeiten zu machen, ausgehändigt?«

»Das hätte noch gefehlt, daß sie uns Schwierigkeiten machen. In unserem Haus sind wir es, die das Sagen haben. Im Vertrauen, wir haben ihnen aus Gründen gut nachbarschaftlicher Beziehungen erlaubt, eine kleine Probe zu behalten. Ich hoffe, daß Sie, Signor Ministro, damit einverstanden sind.«

Der Minister ging zum Schreibtisch hinüber. Er kam mit ein paar Blättern voller Unterstreichungen und Randbemerkungen zurück. »Ich habe hier die Antwort der Schweden zu unseren Ermittlungen in der Sache Palme. Ihre Aufforderung, mit äußerster Vorsicht ans Werk zu gehen, hat sich als prophetisch herausgestellt. Die schwedischen Behörden haben mit ihrem Verdruß über unser Interesse nicht hinter dem Berg gehalten. Ich vermute, sie denken, wir wollen uns einmischen. Die Fotos, die wir ihnen geschickt haben ...« Der Minister beugte sich zum Lesen über das Blatt. »Die Fotos von Millepiedi, Deodato und Valle sind den Augenzeugen vorgelegt worden, und niemand hat sie wiedererkannt.«

»Auch nicht die Ehefrau?«

»Soweit ich weiß, nicht.«

Und doch war gerade das Attentat von Stockholm die Geschichte, die Rechtsanwalt Midolo als Gegenleistung für seine Freiheit erzählt hatte. Midolo hatte Bezzi Vegetti berichtet, daß der Dottore in die Waffenschieberei während des Krieges zwischen dem Irak und dem Iran verwickelt gewesen sei und daß die anderen Beteiligten über ihren Mittelsmann Armenise irgendwann die Forderung vorgebracht hätten, Killer anzuheuern und Palme umzubringen. Sie hatten den Verdacht, der Ministerpräsident stände kurz davor, im Parlament die Verstrickungen und die Beteiligten an dem großen Schmuggelgeschäft zu enthüllen, das beide Gegner versorgte.

»Leider hat uns die Tötung Bellomios eines überaus wichtigen Zeugen auch für diese Angelegenheit beraubt«, sagte Bezzi Vegetti. »Er war das Glied, das es uns erlaubt hätte, die Ermordung Palmes mit den Waffenschiebergeschäften in Verbindung zu bringen, vielleicht wären wir noch bis zu den Schiebereien im Krieg zwischen dem Iran und dem Irak vorgedrungen. Schade.«

Bezzi Vegetti sagte das in einem Ton, daß der Minister sich bemüßigt fühlte, ihn gleich zu trösten. »Es ist trotzdem alles gut gegangen. Verfallen wir um Gottes willen nicht in eine Opfermentalität.«

Bezzi Vegetti hatte die nächsten Schachzüge genau überlegt. Rechtsanwalt Midolo mußte pfleglicher behandelt werden als eine seltene Pflanze in einem Gewächshaus. Und dann war da noch Armenise, noch einer, dessen Spuren sich verloren hatten. Levy hatte beiläufig gesagt, daß er auch mit Armenise noch abrechnen würde, aber den Worten dieses wandernden Juden zu trauen, über den man ihm berichtet hatte, er sei nach Tel Aviv geflogen, war so, als wenn man den Einflüsterungen der eigenen Seele getraut hätte.

Torrisi verließ die Kapelle mit dem Borsalino in der Hand und einem tiefen Frieden im Herzen. Eine kalte, sternlose Nacht umfing ihn. Er hatte noch nie an einem feierlichen Hochamt teilgenommen und war von der Atmosphäre leidenschaftlicher Anteilnahme tief beeindruckt gewesen. Seit zwei Stunden war Weihnachten, und seit zehn Tagen war er Rentner. Er hatte klammheimlich seinen Abschied genommen und damit seine Kollegen und Vorgesetzten völlig überrascht. Vor allem aber hatte er damit jede Verabschiedungszeremonie verhindert. Das war das positivste an seinem letzten Tag im Polizeipräsidium. Kommissar Li Destri hatte ihn für nach den Feiertagen zu einem Mittagessen zu zweit eingeladen, die anderen hatten die üblichen sinnlosen Sätze hervorgekramt.

Er hatte keine Schubladen auszuräumen. Er hatte nur den *Caller id* mit nach Hause genommen, aber er bezweifelte, daß er ihn noch einmal gebrauchen würde.

Mit dem Tod des Dottore hatte sich der Kreis geschlossen und die außen vor gelassen, die so gerne im Namen des Gesetzes, der Gerechtigkeit und der aufrichtigen Beziehungen zwischen den Menschen dazwischengefunkt hätten.

Der Dottore hatte einen schönen Tod gehabt, schnell, ohne daß er ihm bewußt geworden wäre. Zuviel Gnade für einen wie ihn. Der Gerichtsmediziner hatte mehr als eine halbe Stunde gebraucht, um die Stücke des von der hundert Gramm schweren Kugel zertrümmerten Schädels wieder zusammenzufügen, die im Augenblick des Aufpralls eine mörderische Vielzahl kleiner Kugeln freisetzte.

»So tötet man Elefanten«, hatte der Gerichtsmediziner erklärend gesagt.

Nein, so tötet man Gesualdo Bellomio, hatte Torrisi gedacht. Ein anonymer Anruf hatte ihn und Li Destri zur Villa eilen lassen. Sie hatten den Körper des Dottore im Salon gefunden, zwei Helfershelfer tot zwischen den Felsen, die Außenmauern von großkalibrigen Projektilen durchlöchert.

»Hier ist mit einem Maschinengewehr geschossen worden«, hatte einer der Gruppe gerufen, während er eine von Kalk weiß überzogene Kugel in seiner Hand herumdrehte.

Man fand keine Zeugen. Es schien eindeutig, daß der Dottore von einem auf den Felsen aufgestellten oder in einem Boot auf dem Meer befindlichen Killer getötet worden war; ebenso eindeutig schien es zu sein, daß die Maschinengewehrsalven aus mehr oder weniger der gleichen Richtung abgefeuert worden sein mußten. Alles andere blieb in Dunkel gehüllt, angefangen beim plötzlichen Erscheinen einiger steifer Beamter der Abteilung O, die Li Destri abgekanzelt hatte.

Am Tag seines Abschieds hatte Torrisi Li Destri am Telefon schnauben gesehen, mit der Akte des Dottore, die vor ihm aufgeschlagen auf dem Schreibtisch lag. Und wenn er bis zu diesem Augenblick den unverständlichen Wunsch hatte, jemand sollte ihn doch bitten zu bleiben, die vorzeitige Versetzung in den Ruhestand zu verschieben, so hatte ihm angesichts dieses Bildes der Machtlosigkeit, das er nur zu gut kannte, der Wunsch, sich davonzuschleichen, ein Gefühl des Wohlbefindens vermittelt.

Die Straße, die vom Kloster zur Pension hinaufführte, die Mariannina für ihn entdeckt hatte, war von schwachen und weit auseinander stehenden Laternen beleuchtet. Torrisi versetzte einer Bierdose einen leichten Tritt. In der Tasche hatte er das letzte Päckchen Nazionali. Er zündete sich eine an, wofür er das Streichholz an einer Mauer rieb, die ein Weinfeld begrenzte. Eine Nazionale würde er aufheben, um den Beginn des neuen Jahres zu feiern. Dann würde er das Rauchen drangeben. Andere Marken verursachten ihm Ekel. Ein leichter, aber schleimiger Hustenanfall schien ihm ein gutes Zeichen dafür. Das Bett, auf dem er sich ausstrecken könnte, war gut eine halbe Stunde zu Fuß entfernt, und um diese Uhrzeit gab es nur noch seine Beine, die ihn dahinbringen konnten.

Mariannina hatte der Schwester Oberin die Erlaubnis abgerungen, ihn beim Weihnachtsmahl mit am Tisch sitzen zu lassen, wenn sie ihre endgültige Aufnahme unter die Klausurschwestern nach zweijähriger Bewerbungszeit, ebenso langem Noviziat und sechs Probejahren feiern würde. Torrisi würde einen seitlichen Platz einnehmen und darauf achten müssen, die anderen Schwestern nicht anzusprechen, doch wenn er die Augen herumwandern ließe, würde er wenigstens Marianninas Augen begegnen, die den gleichen Glanz bewahrt hatten wie zu der Zeit, als sie ihn, kaum daß sie geboren war, fest angeblickt hatten.

Auch in der Kapelle hatte Torrisi sich mit einer hinteren Bank zufriedengegeben. Es war ihm gelungen, der Messe bis zum Offertorium zu folgen, danach hatte er sich in sinnlose Gedanken verloren, in Fragen, die unbeantwortet blieben. Er meinte zu wissen, was die Polizei ohne ihn wäre; ohne die Ermittlungen, ohne die Nazionali und ohne den Dottore. Gemeinsam mit ihnen trat er von der Bühne ab, ein pathetisches Überbleibsel einer nicht mehr existierenden Welt, ein sinnloser Zeuge dessen, was die Vergangenheit geschlagen hatte und die Zukunft vernachlässigen würde.

Aber was ging ihn die Zukunft an? Er würde weiterhin freitags Fisch essen, und er würde weiterhin am Fest des 8. Septembers in der Kirche im alten Fischerviertel teilnehmen. Er würde weiterhin Naphtalin in den Hut legen und sich vor dem Einschlafen im Bett räkeln. Er würde weiterhin das erste Bad im Meer am 29. Juni nehmen, dem Fest von Peter und Paul, und den Wollpullover im Winter und das baumwollene Turnhemd im Sommer anziehen und das eine durch das andere am 40. Juni, wie sein Vater ihn nannte, das hieß am 10. Juli, ersetzen. Nach außen hin würde nichts anders werden.

Er dachte an den engen Kreis der Reumütigen. Er hatte ihre Namen nicht weitergegeben. Nutten, Zuhälter, Diebe, Betrüger, Drogensüchtige und Transvestiten wurden wieder frei wegen Berufsaufgabe. Sie würden nicht mehr verpflichtet sein, Mitteilungen unter der Hand weiterzureichen.

Die Mitteilungen würde sehr bald er weitergeben. Und nicht unter der Hand. Aus der Truhe, die Mariannina in einem Kellerraum des Klosters untergebracht hatte, hatte er die ersten Blätter herausgenommen. Sie betrafen den Bau einer Autobahn, die fünfzig Toten und die Hunderte von Milliarden, die sie gekostet hatte. Über Zeitungen und Fernsehen, Minister und Staatsanwälte machte er sich zwar keine Illusionen, dennoch hoffte er, jemanden zu finden, der den Fotokopien und den für die heißesten Fälle aufbewahrten Originalen Glauben schenken würde.

Torrisi blieb unter einer Laterne stehen und lächelte bitter. Vom 1. Januar an würde er ein Vollzeitreumütiger sein. Das schuldete er all denen, die ihren Glauben bewahrt hatten und, weil sie das zeigten, sterben mußten.

Amanda Cross:
Schule für
höhere Töchter
Kriminalroman
dtv

Fran Dorf:
Die Totdenkerin
Psychothriller

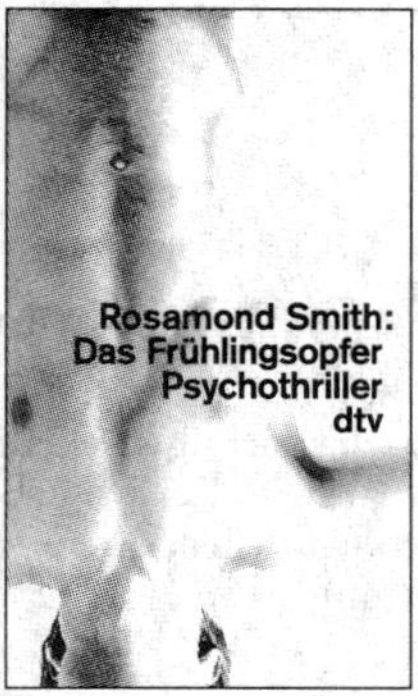

Marissa Piesman:
Kontaktanzeigen
dtv 11682
Leiche in bester Lage
dtv 11875

Zelda Popkin:
Rendezvous nach Ladenschluß
dtv 11559
Karrierefrauen leben schneller
dtv 11640
Die Tote nebenan
dtv 11804
Ein teuflisches Testament
dtv 12038

Suzanne Prou:
Die Schöne
dtv 11349

Joan Smith:
Schmutziges Wochenende
dtv 11387

Joan Smith:
Wer wohnt schon noch bei seinem Mann
dtv 11466
Ein häßlicher Verdacht
dtv 11550
Was Männer sagen
dtv 11978

Rosamond Smith:
Der Andere
dtv 11370
Das Frühlingsopfer
dtv 11859
Dein Tod – mein Leben
dtv 12001

Hannah Wakefield:
Die Journalistin
dtv 11542
Die Anwältin
dtv 11681

Hanneke Wijgh:
Tödliche Leidenschaften
dtv 12011

Margarete Zigan:
Möwenfutter
dtv 11684

Anthologien:

MordsFrauen
dtv 11377

Alle meine Mordgelüste
dtv 11647

Da werden Weiber zu Hyänen
dtv 11787

Mord am Fjord
dtv 11902

Blut in der Bassena
dtv 12018

Rebecca Stowe:

Bloß ein böses Mädchen

»Dieser Roman ist ebenso scharfsichtig wie liebenswert frech. Er lädt ein zum Vergleich mit dem ›Fänger im Roggen‹, aber Rebecca Stowe hat das ganze Selbstvertrauen einer Schriftstellerin mit einem völlig eigenen Thema.« (Sunday Telegraph)

»›Ein Mann‹, sagte ich, als Miss Nolan mich fragte, was ich einmal werden wollte.« – Die zwölfjährige Maggie müßte eigentlich das glücklichste Mädchen der Welt sein, oder wenigstens von North Bay, wo ihr Vater eine Bonbonfabrik hat. Aber sind die Pittfields wirklich eine so harmonische Familie, wie die anderen glauben? Ist Maggie nicht vielmehr ein ziemlich schwieriges kleines Biest, das alle Leute in Atem hält und mit seinen Phantasien verstört? Warum behauptet sie, daß in ihrem Kopf gleich fünf verschiedene Mädchen und obendrein noch ein junger Mann wohnen? Ist sie verrückt? Oder hat es mit ihrem Lehrer zu tun? Und diesem eigenartigen, etwas lächerlichen, nie ganz aufgeklärten Zwischenfall in der Schule, von dem niemand spricht? »Ein außergewöhnlicher, vollkommen durchdachter Roman.«
(Joan Didion)

dtv 11642

Italo Calvino im dtv

»Calvino ist als Philosoph unter die Erzähler gegangen, nur erzählt er nicht philosophisch, er philosophiert erzählerisch, fast unmerklich.« (W. Martin Lüdke)

Foto: Isolde Ohlbaum

Das Schloß, darin sich Schicksale kreuzen
Erzählung
dtv 10284

Die unsichtbaren Städte
Roman
dtv 10413

Wenn ein Reisender in einer Winternacht
Roman
dtv 10516 / dtv großdruck 25031

Der Baron auf den Bäumen
Roman
dtv 10578

Der geteilte Visconte
Roman
dtv 10664

Der Ritter, den es nicht gab
Roman
dtv 10742

Herr Palomar
dtv 10877

Abenteuer eines Reisenden
Erzählungen
dtv 10961

Zuletzt kommt der Rabe
Erzählungen
dtv 11143

Unter der Jaguar-Sonne
Drei Erzählungen
dtv 11325

Marcovaldo oder Die Jahreszeiten in der Stadt
dtv 11415

Das Gedächtnis der Welten
Cosmicomics
dtv 11475

Auf den Spuren der Galaxien
Cosmicomics
dtv 11574

Wo Spinnen ihre Nester bauen
Roman
dtv 11896

Heikle Erinnerungen
Erzählungen
dtv 19026

Frances Fyfield im dtv

Foto: Isolde Ohlbaum

Schatten im Spiegel
Kriminalroman · dtv 11371

Die Anwältin Sarah Fortune ist jung, schön, erfolgreich – und rothaarig. Die Annäherungsversuche ihres Klienten Charles Tysall machen ihr angst: Seine Bekanntschaft scheint nämlich rothaarigen Frauen schlecht zu bekommen …

Feuerfüchse
Kriminalroman · dtv 11451

Eine Leiche im Wald, und der Schuldige scheint schnell gefunden. Alles deutet auf einen jungen Englischlehrer hin. Aber Helen West gibt sich nicht gern mit einfachen Lösungen zufrieden.

Im Kinderzimmer
Roman · dtv 11516

Katherines Leben in ihrem luxuriösen Zuhause hat seinen Preis: Sie versucht sich die Liebe ihres Mannes durch Anpassung und Unterwerfung zu erhalten, seine grausamen Spielchen stumm zu ertragen. Doch damit ist ihre kleine Tochter Jeanetta dem Sadismus des Vaters hilflos ausgeliefert …

Dieses kleine, tödliche Messer
Kriminalroman · dtv 11536

Der Täter ist geständig. Und er belastet die bis dato unbescholtene Antiquitätenhändlerin schwer. Die Staatsanwältin Helen West setzt alles daran, die wahre Schuldige vor Gericht zu bringen – aber deren krankhafte Rachsucht sucht bereits das nächste Opfer …

Tiefer Schlaf
Kriminalroman · dtv 11786

Niemand interessiert sich besonders dafür, was der ehrbare Apotheker in seinem Hinterzimmer treibt. Als seine Frau tot aufgefunden wird, will die Staatsanwältin Helen West als einzige die Version des »natürlichen Todes« nicht akzeptieren. Ein kriminalistisch-psychologisches Kabinettstück von tödlicher Intelligenz.